W0416676

Bilder auf der Umschlagseite:

- Panorama vom hinteren Plötzigtal mit dem abgeholzten Tschachaun und Anhalter Hütte mit Heiterwand, wo die im Buch beschriebenen Galmei-Vorkommen noch heute sichtbar sind.

- Trachtenpaar: Vermutlich nach einem Bild aus dem Jahre 1510 wurde im Jahre 1820 ein Kupferstich angefertigt, der Bauersleute aus Pfafflar mit eleganter und kostspieliger Tracht zeigt, die sich normalerweise Bauern in einem abgelegenen Hochtal nicht leisten konnten.

- Galmei (Bild Rückseite): Zinkklumpen aus der Galmei-Hütten-Ruine im oberen Brennhüttental.

Das verschworene Tal

Zum Autor

Walter Lechleitner wurde am 20. Juni 1931 in Boden im Lechtal geboren. Als Sohn einer Lehrers- und Bauerntochter verbrachte er seine Kindheit und den größten Teil seines Lebens in seinem Geburtsort. Erst im reiferen Lebensabschnitt bemerkte er Unterschiede in der Moral sowie der Einstellung zu Kirche und Religion zwischen dem Hochtal und den tiefer gelegenen Talorten im Lechtal.
Von Kindheit an widmete er verlassenen Bergwerken, Knappenlöcher genannt, ein besonderes Interesse. Diesen kommt im vorliegenden Buch eine wichtige Bedeutung zu.
Die Erziehung des Autors war tief geprägt von Erzählungen und mündlichen Überlieferungen aus alter Zeit. Erst nach seiner Pensionierung fand er Muße, sich eingehend mit den Eigenarten seiner vertrauten und geliebten Heimat auseinanderzusetzen.

Walter Lechleitner

Das verschworene Tal

Historischer Heimatroman

EHRENBERG-VERLAG

© 2010 EHRENBERG-VERLAG
2. Auflage
Huter & Klimesch OG
Mühler Straße 12 / 7, A-6600 Reutte
www.ehrenberg-verlag.at • info@ehrenberg-verlag.at
ISBN 978-3-901821-18-9

Autor: Walter Lechleitner, A-6644 Boden

Satz und Layout: Romanesco Werbeagentur, Reutte, www.romanesco.at

Edition: Armin Müller (Weimar), Dr. Edeltraud Tagwerker (Aldrans)
und Reinhold Sturm (Lechaschau)

Fotos: Walter Lechleitner (Boden), Kupferstich v. J. 1820, Pepi Koch (Höfen / Bschlabs),
Wolfgang Stern (Tarrenz) und Hermann Buhlmann (Ulm)

Um die historische Erkundung haben sich verdient gemacht:
Pepi Koch (Höfen / Bschlabs), Josef Friedl (Boden) und Leo Lechleitner (†)

Druck: AZ Druck und Datentechnik GmbH, Kempten

Um dieses Buch haben sich besonders verdient gemacht:

Armin Müller, Maler und Schriftsteller in Weimar, Edition des ersten Drittels

Dr. Edeltraud Tagwerker, Lans bei Innsbruck, Edition der letzten zwei Drittel

Pepi Koch, geboren in Bschlabs, wohnhaft in Höfen, Wiederentdecker der Galmei-Hütten-Ruine

Inhalt

Vorwort

... von Walter Lechleitner

Diese Erzählung erhebt keinen Anspruch auf geschichtliche Tatsachen, sie versucht aber Geschichte aufzuarbeiten, welche nirgends zu lesen oder dokumentiert ist. Durch die Einbeziehung von mündlichen Überlieferungen und Erzählungen alter Leute wird versucht, die Geschehnisse von damals lebendig zu vermitteln.

Wenn diese Lektüre dazu beitragen kann, die Menschen in diesem interessanten Seitental des Lechtales den Gästen aus nah und fern etwas näher zu bringen und den Leser zu unterhalten, dann dürfte sie ihren Zweck erfüllt haben.

Ich musste dieses Buch schreiben ...

... weil es nahe beim Dorf Boden in den Lechtaler Alpen einen alten, heute noch begehbaren Stollen und einen Schacht gibt, in dem offensichtlich Erz abgebaut wurde. Ein zweiter größerer, verschütteter Stollen ist nachweisbar.

... weil über diesen Bergbau bis jetzt kein einziger Hinweis in geschichtlichen Dokumentationen gefunden wurde.

... weil in Pfafflar bereits im Jahr 1510 eine Festtracht dokumentiert ist, für welche damals in einem so abgeschiedenen Bergdorf kein Zweck erklärbar ist und sich die Leute solche Anschaffungen in dieser Zeit ohne zusätzliche Verdienstquellen gar nicht leisten konnten.

... weil in Pfafflar, von alters her, kein einziges religiöses Symbol zu finden ist, und weil in diesem Ort, trotz der frühen Besiedlung, kein sakraler Bau und in Boden erst unbegreiflich spät eine Kapelle errichtet wurde.

... weil in der Nähe der Anhalter Hütte die Fundamente einer Galmeihütte, mit Resten von geröstetem Galmei, deutlich zu erkennen sind und dorthin durch das Plötzigtal ein uralter, fachmännisch angelegter, aber scheinbar funktionsloser Weg führt.

So lasst uns nun diese Geschichte so um die Mitte des 15. Jahrhunderts beginnen ...

1. Die Einöde

Ein fast zweitausend Meter hoher Pass und ein vierstündiger Fußmarsch trennten vom Süden her die wenigen Häuser in den Bergen zwischen Inn und Lech von den mächtigen Schlossherren im Inntal. Um nach Norden ins Lechtal zu kommen, brauchte man keinen Pass zu überwinden, dafür aber versperrten schier unpassierbare Schluchten den Weg. Nur über steile Pfade, streckenweise über senkrechten Felswänden, kam man auf abschüssigem Gelände an den Ort in 1600 Meter Seehöhe – Pfafflaar genannt – der eher eine entlegene Einödsiedlung war als ein Dorf.

Groß gewachsen waren sie nicht, die rätoromanischen Einwohner dieser Bergeinöde. Geprägt von einer armseligen Jugend ihrer Ahnen, sah man es den meisten nicht an, wie viel Kraft, Ausdauer und Arbeitsleistung in ihnen steckte. Was sie an Leibeskraft nicht vollbringen konnten, machten sie großteils wett durch ihr Talent zum Improvisieren und der Anwendung schlau durchdachter Arbeitsmethoden.

Sechs Hütten, mit rohen Baumstämmen primitiv gezimmert, die Fugen mit Moos und Lehm einigermaßen winddicht zugestopft, mussten für Mensch und Vieh den kurzen Sommer und den langen Winter über als Behausung dienen. Über dem ebenerdigen Raum befand sich die Scheune, voll mit Heu, so dass kaum Wärme nach oben entweichen konnte. Ein paar Rinder, Ziegen und Schafe erwärmten den gemeinsamen Raum so, dass niemand frieren musste. Gekocht wurde, sofern es das Wetter einigermaßen erlaubte, in einem kleinen Unterstand im Freien. Nur bei großer Kälte, Schnee und Regen mussten auf einer kleinen Feuerstelle im Innern der Hütte die Speisen erwärmt werden.

Ein einziger Neubau wurde für die kinderreichste Familie gebaut und sollte von nun an den Menschen allein, getrennt vom Vieh, als Behausung dienen. Dieses Haus sollte zwar nur einer Familie ein menschenwürdiges Dasein bescheren, war aber bald gemeinsamer Treffpunkt für alle 32 Bewohner. Man kam tagsüber zusammen, um sich zu unterhalten, zu spinnen und zu stricken oft bis in den Abend hinein. Die Männer bastelten primitive Geräte und Einrichtungsgegenstände. Dieses Haus sollte Vorbild für weitere Hausbauten sein. In wenigen Jahren wollte man erreicht haben, dass niemand mehr mit dem Vieh zusammenwohnen musste.

Die ersten Bewohner dieser Bergsiedlung waren Hirten aus dem Engadin, das, damals hoffnungslos übervölkert, die Einheimischen nicht mehr ernähren konnte. Diese Hirten und Bauern, an ein karges Leben in den hochalpinen Regionen gewohnt, blieben schließlich auch den Winter über in ihren Sommerbehausungen, denn jeden Herbst waren sie als unnütze Esser nach Hause zurückgekommen. In Pfafflaar lebte man zwar noch abgeschiedener als im Engadin, aber jeder hatte genug zu essen. Rüben, Weißkraut, Gerste und Bohnen gediehen auch noch auf dieser Höhe im rauen Nordalpenklima. Milch und Käse bekam man ausreichend von Ziegen und Kühen. Im Herbst wurde im Schloss Starkenberg und im Stift Stams Käse gegen Korn getauscht, damit man über den Winter genug Brot hatte.

Im Sommer kam Vieh vom Schloss Starkenberg bei Tarrenz auf die saftigen Almen des Hahntennentales. Dieses Vieh musste von den Pfafflaarern gehütet werden. So stand es in einem Vertrag. Die Hütten dienten bei Schlechtwetter nicht nur als Wohnung für die Familien, sondern auch als Unterstand für das Weidevieh. Es musste ein bedeutender Vorrat an Heu angelegt werden, nicht nur für die eigenen Tiere. Das Heu wurde notwendig gebraucht, um das Vieh bei Schneeeinbruch ein paar Tage durchfüttern zu können. Deshalb hatte man dem Ort den Namen Pavelaers gegeben, abgeleitet vom Lateinischen pabularium – Alm, Weideplatz oder Futterstadel. Die Winter waren lang und schneereich. Viele Monate blieb der Pass ins Inntal, der Hahntennen, unpassierbar. Man sprach untereinander romanisch, beherrschte aber die deutsche Sprache ausreichend und hatte aus dem Engadin Kenntnisse der italienischen Sprache mitgebracht. Durch die monatelange vollständige Abgeschiedenheit und die Sprachbarriere wurden die Bewohner der Landeskultur, ja sogar der Religion mit den Jahren immer mehr entfremdet. Sie entwickelten ein eigenständiges Gefühl für Anstand, Sitte und Ordnung und gegenseitiger Hilfe. Die allgemeinen Gesetze interessierten sie nur, soweit sie mit ihrem Dasein in unmittelbarer Verbindung standen oder, laut Tradition und Gesetz, unumgänglich waren.

2. Im Schneesturm

Es war die erste Schlechtwetternacht im Spätherbst. Es schneite in großen Flocken und der Wind wirbelte den Schnee herum, dass man kaum von einer Hütte zur anderen sehen konnte. Male, die alte Oma, war unruhig. Gern wollte sie diese innere Angst vor den anderen verbergen, doch so recht wollte es ihr nicht gelingen. Lee, ihr zehnjähriger Enkel, wusste, warum die Oma, von allen nur 's Ahnle genannt, Angst hatte und fragte, nur um sie zum Reden zu bringen: „Gell, die müssten von Imst schon lange zurück sein?"

„Ja, wären nicht die Ersten, die am Hahntennen im Kreis gelaufen sind, weil sie im Schneesturm den Weg nach Pfafflaar nicht mehr gefunden haben", antwortete 's Ahnle. Wenigstens der Bub teilte ihre Sorge.

Stark zweifelnd, ob man seinen Wunsch erfüllen würde, machte der Zehnjährige einen kühnen Vorschlag: „Ahnle, ich geh ihnen ein Stück entgegen, etwas Last kann ich ihnen auch abnehmen, wenn sie zu schwer zu schleppen haben. Sie werden immerhin ein paar Säcke Korn mitbringen, vielleicht auch die Glasscheiben, die wir voriges Jahr nicht kaufen konnten."

Es stimmte schon, man hatte einige Laib Käse nach Tarrenz ins Schloss Starkenberg mitgenommen und hoffte, so wie schon seit vielen Jahren, für jeden Käslaib vier Scheffel Korn zu bekommen. Dieses Jahr war ein guter Sommer gewesen. Man konnte fünf Laibe mehr mit zum Schloss nehmen, als man Scheffel Korn brauchte. Dafür gab es bescheidenes Geld, das notwendig für Werkzeug, Salz und wichtige Kleinigkeiten war. Diesen Herbst wollte man alles zurückstellen, nur um vier Fensterscheiben kaufen zu können. Glas war furchtbar teuer, doch man wollte wenigstens etwas Tageslicht in der verrauchten Kammer haben, wenn es draußen schneite und sehr frostig war.

Das neue Haus war immerhin ein großer Fortschritt. Vor drei Jahren hatte es in Pfafflaar für jede Großfamilie nur einen Raum gegeben. Rinder, Ziegen, Schafe und Hühner nahmen die eine Hälfte des einzigen ebenerdigen Raumes ein, die andere Hälfte diente als Küche, Aufenthalts- und Schlafraum für die Menschen. Es war zum Aushalten, weil die Ahnen im Engadin auch keine andere Lebensweise kannten. Im Inntal war man schon etwas fortschrittlicher. Da gab es in fast jedem Haus nicht nur zwei, sondern sogar drei Räume. Wenn die Hirten von Pfafflaar nach Imst kamen und natürlich penetrant nach Stall rochen, wurden sie nicht selten ausgelacht. Man hörte immer wieder schlechte Witze über die Pfafflaarer.

So hatte man in Gemeinschaftsarbeit endlich ein Haus über dem Bach gebaut, das nur als Wohnhaus dienen sollte. Zwei Winter lang hatte man Holz geschlägert. Nur mit einer Axt, Hacke genannt, mussten die Bäume gefällt und zugehackt werden. Der Transport zur Baustelle war auch keine leichte Arbeit gewesen, obwohl man die Bäume gleich oberhalb der Baustelle fällen konnte. Im Sommer war neben dem Vieh hüten und dem wenigen Ackerbau, den man auf einer Höhe von 1600 Meter betreiben konnte, das Haus so aufgezimmert worden, dass es endlich bewohnbar war. Vorerst war es für die größte Familie gedacht, und sollte, wie die Häuser im Tal, drei Räume haben. Der erste Raum nach dem Eingang war Küche, Selchkammer und Heizraum in einem, links ging es zum eigentlichen Aufenthaltsraum und dann weiter zum Schlafzimmer der Eltern. Abends kamen alle Nachbarn in den Wohnraum. Jetzt erst fühlten sie, wie armselig sie neben dem Vieh wohnten. Nächsten Sommer wird man wohl darangehen, ein zweites Haus zu bauen. Der einzige Nachteil gegenüber dem Viehstall war die kaum ausreichende Heizung im offenen Herd in der Küche. Obwohl alle Fugen an den Außenwänden mit Moos und Lehm beinahe perfekt abgedichtet waren, blieb es im Wohnraum meistens ungemütlich kalt. Die Wärme der Tierleiber fehlte. Ja, wenn man Fenster aus Glas hätte, dann wäre es gut zum Aushalten. Licht brauchte man unbedingt für die Arbeiten im Haus, aber ohne Glasfenster mussten die kleinen Wandöffnungen, welche abends mit Heu zugestopft wurden, geöffnet werden. Deshalb froren die Leute oft den ganzen Tag, so dass die Älteren manchmal lieber wieder zurück in den Stall gingen, um Wolle zu spinnen oder etwas zu basteln.

Darum hoffte man, dass die fünf Männer, die gestern mit Käse übers Joch gewandert waren, heute mit Korn und ein paar Fensterscheiben zurückkommen würden. Sie wussten, dass sie in der Jahreszeit spät daran waren und es bald Schnee geben würde. Sepp, der Älteste der Gruppe, Vater von Lee, dem Zehnjährigen, hatte den Wetterumschwung geahnt. Gerade deshalb musste man noch schnell vor dem Winter den Käse gegen das Korn eintauschen und Fensterglas für den Neubau kaufen. Ohne zusätzliches Korn für das Fladenbrot könnten sogar die Lebensmittel über den Winter knapp werden.

Auf Wunsch von Lee, den Männern entgegenzugehen, reagierte das Ahnle gar nicht so ablehnend: „Bub, wenn du mir versprichst, dass du nicht weiter gehst, als dass du den Bach sehen kannst, so könnte es den anderen eine große Hilfe sein. Du musst aber unbedingt Elsa und Sefa mitnehmen."

Die beiden Schwestern waren begeistert, den Bruder begleiten zu dürfen. Elsa war zwölf Jahre alt, Sefa ein Jahr älter. Sie fühlten, wenn die Männer in Not waren, durften auch sie ihren Mut beweisen. So gab ihnen das Ahnle noch einen guten und strengen Befehl: „Also, gehen dürft ihr nur solange ihr den Bach sehen könnt, damit ihr wieder zurückfindet. Bleibt immer wieder stehen und horcht, ob ihr nicht Stimmen oder Rufe hört. Wenn ihr bis zum Ende vom Bach kommt, ohne dass ihr einander begegnet seid, dürft ihr nur noch über den niederen Schluchtrand hinaufklettern. Dann müsst ihr rufen, so laut wie ihr nur könnt. Danach ganz still horchen. Auf keinen Fall dürft ihr von da aus noch weitergehen. Versprecht ihr mir das?"

„Ja, Ahnle, das versprechen wir dir!"

Nun hieß es sich beeilen, denn es würde bald Nacht werden und es war auch noch nicht sicher, ob die Mutter, das Mariele, die gerade die Kühe molk, mit der Einwilligung vom Ahnle einverstanden war.

„Und rechtzeitig, bevor euch zu kalt wird, zurückkommen!", rief das Ahnle noch in die Dämmerung und den Schneesturm den dreien nach, bevor sie in Richtung Joch verschwanden. Angst brauchte sie um die drei Jungen nicht zu haben. Sie kannten im Hochtal jeden Weg und Steg. Es war für die Kinder zumutbar, dass sie auch bei Nacht, dem Bach entlang zurückfinden würden.

Die Kinder kamen auf dem leicht ansteigenden Pfad gut voran. Gut, dass sie den Wind im Rücken hatten. So war die Schlucht, wo der Bach fast zu Ende war, schneller als geplant erreicht, ohne dass ihnen jemand begegnet war oder dass sie einen menschlichen Laut gehört hätten.

Der Rat vom Ahnle war gut. Über dem Rand der Schlucht konnte man schon einen Teil der Hochfläche von der Passhöhe erahnen, und zurück zum Bach zu finden war überhaupt kein Problem. Lee stand als Erster oben, die zwei Mädchen folgten ihm dicht. Nur der Wind war zu hören, doch kein Laut von Menschen. Doch, was war das? Erfreut zeigte Lee in Richtung Pass: „Schaut, da oben ist jemand, ich sehe deutlich, wie jemand mit großen Schritten an den Latschen vorbei geht. Der kommt aber nicht zu uns, der geht dem Berghang zu. Der wird sich verirren. Den müssen wir erreichen und ihm den richtigen Weg zeigen."

Nun sahen es auch die Mädchen deutlich: „Ja, da geht einer, den müssen wir einholen."

Schnell liefen die Kinder gemeinsam dorthin, wo alle drei den Mann gesehen hatten. Sie ließen dabei die markante Latsche nicht aus den Augen, um ihn ganz sicher einholen zu können. Als sie die Latsche erreicht hatten war keine Spur eines Menschen zu sehen. Der Mann konnte doch nicht geflogen sein? Im frischen Schnee müsste er eine deutliche, tiefe Spur hinterlassen haben. Der Schneefall und der Wind hatten etwas nachgelassen. Jetzt konnten sie ganz deutlich sehen, dass die Stelle, wo sie den Mann gesehen hatten, von keinem Menschen betreten worden war. Was sie gesehen hatten war nur Täuschung oder Einbildung, weil sie hofften, sie müssten ihre Leute, die sie suchten, sehen. Dieses Erlebnis sollte ihnen ein Leben lang eine Lehre sein und ein Eindruck bleiben, den sie nicht mehr vergessen konnten.

Es wurde zwar schnell dunkel, doch hatten sie nun etwas bessere Sicht und der Wind war kaum noch von Bedeutung. So schrien sie aus voller Kehle jodelartige Laute in die Nacht, um danach ganz still zu verharren, wie 's Ahnle angeordnet; doch nichts war zu hören als das leise Säuseln des Windes in den Latschenzweigen. Groß war die Erleichterung, als sie endlich Rufe von weit her hörten. Nun blieben sie, wie es das Ahnle befohlen hatte, am Platz stehen und wiederholten immer wieder die Rufe. Sie merkten dabei deutlich, dass die Gegenrufe immer näher kamen, nur kamen sie nicht von der Passhöhe herab. Endlich sahen sie Gestalten in der Nacht, die quer an sie herankamen. Die fünf Männer hatten sich tatsächlich verirrt, glaubten sogar, dass sie noch gar nicht so weit gekommen wären. Es wäre sehr unwahrscheinlich gewesen, dass sie ohne die Rufe der Kinder den Weg nach Pfafflaar wieder gefunden hätten. Sie wären nicht die Ersten gewesen, die am Hahntennen erfroren sind.

Die Kinder nahmen der Gruppe einige Lasten ab. Dem Bach entlang war man bald zurück in Pfafflaar, wo alle von den Frauen und den zurückgebliebenen Männern ungeduldig, aber nicht mit lautem Jubel, erwartet wurden.

Hungrig waren alle. Zur Begrüßung und zur Feier, weil nun wieder etwas ins Haus gekommen war, was man so notwendig brauchte, hat das Mariele Fleisch von einem Lamm gekocht. Dazu gab es Weißkraut, Kohlrüben und frisch gebackenes Fladenbrot, das mit dem Fleisch weich gedünstet wurde. Ein festtägliches Gericht in Pfafflaar, von ganz besonderem Geschmack. Heute wurde ausnahmsweise einmal nicht mit dem Salz gespart.

Die Sorge um die Gruppe war schnell vergessen. Zu oft kam jemand in dem einsamen Hochtal in Gefahr, doch meistens ging es glimpflich aus.

Wichtiger war es nun zu erfahren, was mitgebracht wurde. Sehnsüchtig hoffte man auf die Fensterscheiben. Sepp getraute sich fast nicht, es zu sagen: „Glas ist fürchterlich teuer. Vier Scheiben hätten wir sowieso nicht bekommen, und eine Holzhacke brauchen wir unbedingt, wenn wir im Winter das Holz für das zweite Haus fällen müssen."

„Du hast dir also eine Hacke gekauft und wir sollen den ganzen Winter im Dunkeln oder in der Kälte arbeiten", sagte Mariele, die Mutter von Lee und Jaggl.

Sepp, ihr Mann, konnte sie verstehen: „Na, na, so ist es auch wieder nicht. Wir brauchen eine Hacke und ihr Weiber braucht eine Fensterscheibe. So haben wir von jedem eben ein Stück gekauft. Für mehr hat das Geld vom Käse nicht gereicht. Nur einen halben Kreuzer haben wir für einen Käslaib bekommen."

Mit diesen Worten wurde sogar das Ahnle, obwohl schon fast eingeschlafen, wieder hellwach: „Die Schlossherren zahlen aber auch immer weniger. Früher haben sie uns für einen Käslaib zwei Scheffel Korn gegeben, seit ein paar Jahren nur noch einen und nun zahlen sie immer weniger für den überzähligen Käse."

Jaggl, der älteste Bruder von Lee, beide sehr intelligent, mischte sich nun auch ein: „'s Ahnle hat recht. Die Herren im Inntal geben uns immer weniger für den Käse und Fleisch wollen sie überhaupt nicht kaufen. Womit sollen wir unsere Häuser bauen? Nicht einmal Salz können wir uns noch leisten. Wenn wir nicht andere Abnehmer für unseren Käse und unser Fleisch finden, müssen wir von Pfafflaar ausziehen wie unsere Ahnen aus dem Engadin."

Sepp wusste von dem ein bisschen mehr: „Das war im Engadin etwas anders. Im Oberengadin und im Pergell lebten so viele Menschen, dass sie nicht mehr genug zu essen hatten. Wenn die Hirten von Pafflaar im Herbst heimgekommen sind, hat sich niemand gefreut. Nein, erschrocken sind sogar die Eltern, weil sie nicht wussten, woher sie das Essen für ihre Kinder nehmen sollten. Die neuen Kleider, welche die Hirten von den Herren im Inntal als Hirtenlohn bekamen, sahen nett und gut aus, doch davon essen konnte man nicht. So ist mein Urgroßvater, als er eine Frau gefunden hatte, die mit ihm das abenteuerliche Los teilen wollte, in einem Herbst nicht mehr zurück ins Engadin gegangen, sondern ist da in Pfafflaar geblieben, wo schon vier Familien einige Winter verbracht hatten."

Nun interessierte sich Jaggl auf einmal für diese Geschichte, von der er bisher nur ein paar Andeutungen gehört hatte: „Stimmt es, dass den ersten Ansiedlern in Pfafflaar von Stams und Starkenberg fest geholfen wurde, damit sie da sesshaft werden konnten?"

„Ja, das ist schon wahr. Vor ihrem ersten Winter in Pfafflaar konnten sie im Herbst vom gehüteten Vieh eine Kuh, zwei Schafe und zwei Ziegen behalten. Die Kälber von der Kuh, die Lämmer und die Zicklein durften sie als ihr Eigentum betrachten. Dazu konnten sie etwas Korn umsonst bekommen. Erst nach drei Jahren mussten sie die Muttertiere zurückgeben", wusste Sepp, der Vater von Lee und Jaggl, von seinem Großvater noch ganz genau.

Jaggl interessierte sich zwar auf einmal für die Vergangenheit, blickte aber doch mehr in die Zukunft. Plötzlich hatte er eine Idee: „Wie wäre es denn, wenn wir uns einmal im Lechtal umsehen würden? Die meisten Leute dort sind sicher sehr arm, aber es gibt, wie man hört, auch einige Reiche darunter. Vielleicht brauchen die auch Fleisch, das wir bis jetzt überhaupt nicht verkaufen konnten."

Ander, der Nachbar, wusste davon anscheinend mehr: „Es soll am Lech Eisen und Blei gefunden worden sein. Dort, wo es Erz gibt, sind Leute mit viel Geld."

„Wenn wir bei uns in einem Berg Blei finden, dürfen wir nur schwer arbeiten, und die Herren von Stams und Starkenberg werden noch reicher und geiziger", erwiderte Sepp und fügte hinzu: „Wir müssen zufrieden sein, wenn wir Leute mit Geld finden, die uns unseren Käse und unser Fleisch zu einem guten Preis abkaufen, damit wir endlich anständige Häuser bauen können. Haben wir nicht außerdem so etwas wie einen Vertrag, dass wir unsere Produkte nur dem Schloss Starkenberg und dem Stift Stams verkaufen dürfen?" Ander daraufhin entrüstet: „Der Vertrag wurde von uns bisher genau eingehalten. Wenn die uns immer weniger geben und fast nichts mehr bezahlen, so haben diese Herren den Vertrag nicht eingehalten." Sepp, zustimmend: „Ja, das ist wahr, und wo Not ist muss sich der Mensch selber helfen."

Jaggl gefiel das, und er wollte gleich aktiv werden: „Wir haben noch drei Laib Käse, die wir verkaufen können. Morgen gehe ich mit zwei Laib ins Lechtal. Weniger als bei den Starkenbergern werde ich wohl nicht einhandeln müssen."

„Du musst aber den Lech aufwärts gehen, da soll es Eisenbergwerke und reiche Leute geben", gab Ander noch einen guten Rat. Für heute war es Zeit zum Schlafen. Morgen wollte man weitersehen.

Blauer Himmel begrüßte die Frühaufsteher, die das Vieh füttern und die Schafe und Ziegen melken mussten. Zum Frühstück gab es ein Milchmus mit grobem Gerstenschrot dick eingekocht. Gerste war das einzige Getreide, das jedes Jahr ausreifte. Jeder in der Familie hatte seinen Holzlöffel, seinen Platz beim Tisch und in der Pfanne seinen Bereich. Hungern musste niemand in Pfafflaar. Das war aber schon beinahe alles, denn weitere Ansprüche durfte niemand haben. Die meisten waren auch zufrieden. Nur wenn sie einmal ins Inntal kamen und sahen, wie die Menschen dort lebten, wurden Bedürfnisse geweckt, welche die Frauen, die nur ganz selten übers Joch, den Hahntennen, gingen, gar nicht gekannt hatten.

Jaggl stand mit dem Vorsatz auf, gleich am Morgen mit zwei Laiben Käse ins Lechtal zu gehen. Noch war der Schnee nicht tief und weiter unten würde es aper werden. In Bschlabs nahm er sich vor, beim Hiasl einzukehren. In dem Haus war es immer warm und gemütlich. Die Mutter mit ihren zwei wunderhübschen Töchtern umsorgte ihn bei jedem Besuch. Dass die Töchter im heiratsfähigen Alter waren, war auch nicht gerade uninteressant.

3. Handel und Liebe

Auf dem Weg ins Tal war wenig Zeit zu verlieren. Bis ins Duerf sollte er schon noch bei Tageslicht kommen. Da möchte er es zuerst versuchen, ob sie seinen Käse mögen. Aber kurz bei Hiasl musste er einkehren, um wenigstens ein freundliches „Allegra", der damalige Gruß zu jeder Gelegenheit, ins Haus zu rufen.

„Aber, Jaggl, du wirst doch nicht so schnell wieder weitergehen. Für eine saure Milch wird die Zeit wohl reichen. Du kommst noch früh genug ins Duerf, und wir wissen auch, wohin du zuerst gehen sollst. Beim Gedeon, der hat eine große Familie, wenig Grund und wenig Vieh. Der braucht immer zusätzlich etwas zum Essen", sagte Mina, die Ältere der Mädchen.

Justina, die Jüngere, warf gleich ein: „Aber Geld hat der. Niemand weiß woher. Er ist ein anständiger und gescheiter Mensch. Er kann gut lesen und schreiben. Er hilft, wenn jemand in Not ist, und alle haben ihn gern."

Darauf die Mutter: „Und wenn der Gedeon selber nichts braucht, weiß er sicher jemand, der dir den Käse abkauft."

Jaggl erfuhr, dass sich die Bschlaber im Lechtal viel besser auskannten als die Pfafflaarer. Mit dieser Unterhaltung verging die Zeit, so dass er sich schließlich wirklich beeilen musste, wenn er noch bei Tageslicht ins Duerf kommen wollte. Also eine kurze, innige Verabschiedung mit lieben, sehnsüchtigen Blicken zu den Mädchen. Wenn er sich für eine entscheiden sollte, er wüsste nicht für welche. Am liebsten würde er alle beide heiraten, denn eine war anmutiger als die andere.

Das Versprechen, am Rückweg länger zu verweilen, vielleicht sogar über Nacht, fiel ihm ganz leicht, und so stapfte Jaggl frohen Mutes über den schmalen Pfad in Richtung Lechtal. Das letzte Stück, bevor man den Talboden erreichte, war so steil, dass man die Hände zu Hilfe nehmen musste. Bei aller Trittsicherheit war es auch für einen Bergmenschen wie Jaggl nicht ungefährlich, zweihundert Meter über einer senkrechten Wand, auf einem kaum dreißig Zentimeter breiten Pfad zu gehen. Da war der Weg über den Hahntennen geradezu ein Kinderspiel. Kein Wunder, dass man Bschlabs auch als „Hinter den Riegeln" bezeichnet hat.

Im Tal gesellte sich ein Bauer zu ihm, der beim Bach zu Hause war. Er trug nichts außer einem ganz kleinen Schnerfsack am Rücken. Es sah fast so aus, als ob er etwas mit Kurierdiensten zu tun hätte. Sein Wissen war überdurchschnittlich. Er konnte sicher lesen und schreiben. Über seine Bauernarbeit sprach er kaum, doch die Dorf- und Talprobleme schien er bestens zu kennen. Im Duerf, dem größten Dorf im Tal, wurde gerade eine nicht ganz kleine Kapelle gebaut. Ein Pfaffe war schon seit Monaten im Dorf, doch die Lechtaler wussten nicht so recht, was sie von den gescheiten Lehren der Kirche halten sollten. Zu lange waren sie auf sich allein gestellt gewesen, von Gott und der Welt vergessen. Sie waren tief mit der Natur verwurzelt, hatten ihre eigene, eher leichtlebige Moral und konnten nicht verstehen, was sie mit dem Begriff Sünde anfangen sollten. Ein Kind in die Welt zu setzen war natürlich und schön, sogar unbedingt notwendig, wenn es im Lechtal aufwärts gehen sollte. Warum durfte ein Paar nicht beieinander schlafen, wenn es noch nicht von der Kirche verheiratet war? Kinder waren im Lechtal immer ein Segen, und wegen einem Kind brauchte man auch nicht zu heiraten. Jaggl wusste wohl, dass es auch im Inntal drüben eine ganz andere Moral gab als in Pfafflaar. Kein Wunder, dass viele Leute Angst vor den Pfaffen und den Klöstern hatten. Ohne diese geistliche Beeinflussung konnten sie mit der Moral leben, die ihnen von Kindheit an beigebracht wurde, von Oma, Opa und den Eltern überliefert. Anständig und ehrlich sein, niemandem etwas wegnehmen, und nicht zuletzt, Eltern und Großeltern umsorgen, wenn sie alt wurden. Die Kinder zu anständigen Menschen erziehen, daran halfen alle mit. Das waren ihre Gebote und ihre Moral, welche für Jaggl aus dem kleinen Bergdorf am Hahntennen ganz selbstverständlich waren. Interessant war für ihn aber, dass man auch im Lechtal ähnlich dachte und dieselbe Moral vertrat, nicht so wie in Imst, wo man es ohne gute Beziehungen zu den Pfaffen und den Klöstern schwer hatte.

So unterhielten sie sich gut. Nur wenn die Sprache auf das Geld kam, so fühlte Jaggl immer wieder, wie sein Gesprächspartner wortkarg wurde. Sein Instinkt und natürliches Gefühl sagten ihm, dass es im Lechtal etwas geben musste, was niemand wissen durfte.

Im Duerf zeigte ihm der Mann vom Bach noch das Haus von Gedeon, dann trennten sie sich mit einer gegenseitigen Einladung. Endlich gab er seinen Namen preis: „Ich bin der Albin vom Bach“, sagte er, und ein bemerkenswerter Stolz klang dabei durch.

Die meisten Häuser vom Duerf waren klein und primitiv. Alle aber ansehnlicher und komfortabler als die in Pfafflaar und in Bschlabs. Vier oder fünf Häuser fielen durch ihre Größe und Gepflegtheit auf. Am Ortsrand sah man ein Bauwerk, an dem gearbeitet wurde, die Kapelle.

Das Haus von Gedeon wirkte besonders gepflegt. Ja, bei diesem Gedeon muss Geld sein.

Als Jaggl mit dem rätoromanischen Gruß „Allegra“ ins Haus eintrat, wusste man schon, dass er aus einem Seitental kam.

„Von wo kommst du heute schon her, wirst müde und hungrig sein? Magst ein paar Eier in der Pfanne?“, wurde er gleich wie ein alter Bekannter begrüßt.

Nein, so hat er sich die Begrüßung nicht vorgestellt. Seine Mutter, wie das Ahnle hatten ihm immer eingeprägt, dass man eine Einladung nie abschlagen soll, dennoch antwortete er etwas zurückhaltend: „Ich komme jetzt von Pfafflaar zum ersten Mal ins Duerf. Ihr wisst doch noch gar nicht, wer ich bin, vielleicht ein Gauner?“

„In Pfafflaar und in Bschlabs, ja im ganzen Lechtal, können sich keine Gauner halten. Mit denen werdet ihr wie wir fertig. Also komm, setz dich, iss und dann sagst du uns, warum du zu uns gekommen bist.“

Bei soviel Offenheit und herzlicher Aufnahme konnte man gar nicht anders, als sich richtig satt essen, zumal man sicher keinem Armen etwas wegaß. Die in Butter eingeschlagenen Eier waren wirklich köstlich. Mit so viel Butter hatte er noch keine Eier gegessen. Dazu noch das Fladenbrot, nicht so dünn und ganz weich, einfach herrlich.

Nach dem Essen ging es dann wie von selbst, dass die Rede auf den Zweck seines Besuches kam: „Von den Schlossherren zu Starkenberg und von denen im Stift Stams bekommen wir jedes Jahr weniger für unseren Käse, obwohl sie uns vor Jahren versprochen haben uns soviel Korn dafür einzutauschen, dass niemand Not leiden muss. Fleisch hätten wir jetzt auch schon von unseren Schafen und Ziegen, bald sogar auch von unseren Stieren. Fleisch wollen sie uns überhaupt keines abkaufen. Sie sagen, dass es nicht mehr gut ist, wenn man es so lange am Rücken ins Tal trägt."

„Das Fleisch wird sogar besser, wenn man es auf einer Kraxe stundenlang beim Laufen durchschüttelt", warf Gedeon ein.

Darauf Jaggl jetzt ganz frei: „Früher konnten wir jedes Jahr etwas Werkzeug, Hacken, Sensen und Messer kaufen. Seit ein paar Jahren geben sie uns immer weniger für den Käse. Wir täten so notwendig ein bisschen Geld brauchen, damit wir uns wenigstens Glas für unsere Fenster in den neuen Häusern kaufen könnten."

„Was, ihr baut jetzt neue Häuser? Da müsst ihr aber sehr fleißig sein", tat Gedeon etwas verwundert. Bis jetzt glaubte er, dass sich die Hirten beim Vieh im Kuhstall recht wohl fühlten und gar kein richtiges Haus brauchen würden.

„Es geht auch ziemlich langsam. Doch mehr als ein Haus in zwei Jahren schaffen wir nicht. Bevor nur das Holz beim Baugrund ist, gehen zwei Winter drauf. Wir haben in ganz Pfafflaar nur zwölf Männer, die wirklich schwer arbeiten können. Im Sommer müssen wir außer unserem Vieh natürlich auch das Vieh von Starkenberg hüten. Rüben, Kraut und Gerste, sowie etwas Hanf und Lein müssen wir anbauen. Am meisten Arbeit macht das Heu, damit wir unsere Kühe, Schafe und Ziegen durch den Winter füttern können. Die Frauen und die größeren Kinder helfen mit so gut es geht, aber die kleinen Kinder brauchen auch jemand."

„Ich sehe schon, ihr seid anständige, arbeitsame Leute. Warum sollen wir euch nicht etwas abkaufen, wenn ihr etwas Gutes zu bieten habt?"

„Heute habe ich zwei Laib Käse mit. Wollt ihr einmal davon kosten?"

„Ja, gerne", ertönte es aus aller Munde.

Freudig packte Jaggl den in große Ampferblätter eingewickelten Käse aus. Zuerst versuchte Gedeon selbst ein kleines Stück: „Mhm, der schmeckt voll ausgereift. Wenn der noch besser gesalzen wäre, wäre das der beste Käse, den ich je gegessen habe." Die ganze Familie fiel über den Käse her, dass es nur so eine Freude war. Wenn Jaggl keinen einzigen Groschen dafür bekommen würde, so wäre er allein mit dieser unerwarteten Anerkennung bereits genug belohnt.

„Schade, dass du nur zwei Laib von dem Käse mitgenommen hast. Wir könnten dir zwölf davon abkaufen." Das war der Höhepunkt, von nun an dürfte vieles leichter werden.

Freudig packte Jaggl den zweiten Laib aus. Gedeon war nun auf einmal Geschäftsmann: „Was hast du dir für einen Preis vorgestellt?"

„In Starkenberg haben wir für einen Laib zuletzt nur einen halben Kreuzer bekommen", sagte Jaggl wahrheitsgetreu.

Jetzt haute Gedeon mit der Faust auf den Tisch: „Die edlen Schlossherren und die so gerechten geistlichen Herren sollen sich schämen. Selbst in Saus und Braus leben und dann einem Hirten überm Hahntennen nicht einmal einen ehrlichen Preis bezahlen. Ich gebe dir zwei Kreuzer für einen Laib und dazu noch soviel Salz, dass du zwei Käse damit salzen kannst."

Überglücklich von diesem Angebot tat Jaggl nun trotzdem überrascht und bescheiden: „Ja kann ich so viel Geld überhaupt annehmen? Und dann noch das Salz dazu, das wir immer so teuer kaufen mussten?"

„Ich bezahle nicht mehr und nicht weniger als etwas wert ist. Kann schon passieren, dass ich einmal weniger bezahle, wenn der Käse nicht so gut gelungen ist. Übrigens:

Fleisch könnt ihr mir von einem Gstrein und von einem Kitz bringen." Ein kastrierter Hammel, Gstrein genannt, wurde als besondere Delikatesse geschätzt.

„Ein Gstrein wird bei uns bald geschlachtet. Kitz gibt es erst im Frühjahr", sagte Jaggl, um nicht falsche Hoffnungen auf einen Kitzbraten zu wecken.

„Weiß ich", sagte Gedeon. „Aber den Gstrein kannst mir bald bringen. Hast du nicht gesagt, dass ihr Glas für eure Fenster braucht?"

„Das wäre etwas vom Wichtigsten. Die Weiber frieren im neuen Haus, wenn sie die Fensterlöcher aufmachen müssen, damit sie bei ihrer Arbeit etwas sehen können. Das Vieh hat uns im Stall immer gut gewärmt, aber es möchte doch niemand mehr zurück. Alles versammelt sich nun in der neuen Stube. Die Leute kommen untereinander gut aus, wenn es auch manchmal einen Streit gibt. Meistens wird aber nur über unbedeutende Kleinigkeiten gestritten. Die großen Dinge werden alle friedlich miteinander erledigt."

„Nett, wie ehrlich du alles erzählst. Was das Glas betrifft, so könnte es schon sein, dass ich übermorgen ein paar Scheiben bekommen kann. Auf der Via Claudia wird viel Glas von Venetien her transportiert. Habe dort Leute, die gut mit den Fuhrleuten und Händlern umgehen können. Ich glaube, dass es da sogar billiger als über dem Hahntennen ist."

„Heute gehst du doch nicht mehr zurück?", fragte die Frau von Gedeon und fügte hinzu: „Wir haben ein Gästezimmer. Du brauchst heute nicht auf dem Heu zu schlafen. Kannst auf einem richtigen Strohsack übernachten, und ein Frühstück haben wir auch noch für dich."

„Ich weiß nicht, wie ich mich für das alles bedanken soll", sagte Jaggl am nächsten Morgen beim Abschied. Diese Leute musste man genau so ehrlich und nobel behandeln, wie sie ihn jetzt beim ersten Besuch behandelt haben.

Als ob Gedeon seine Gedanken geahnt hätte, machte er ein indirektes Angebot: „Wäre schon längst einmal gern über den Hahntennen gegangen. Muss ein schönes Joch sein mit guten Weiden für das Vieh. Ihr seid im Winter so abgelegen, aber im Sommer seid ihr uns überlegen. Wir haben immer wieder Schwierigkeiten mit dem Lech. Jedes Jahr macht uns der Lech Felder kaputt, die wir gerodet und eingesät haben. So hat halt jeder seine Sorgen. Ihr wahrscheinlich mehr als wir. Einkehren tue ich sicher bei euch. Möchte auch die Leute von Pfafflaar kennenlernen. Die Romanen waren mir immer sympathisch, wenn ich sie auch gar nicht verstehe, wenn sie sich untereinander unterhalten."

„Bei uns spricht man beide Sprachen. Ohne Deutsch kommen wir nicht mehr durch. Daheim sprechen wir meistens romanisch, weil es einfacher ist."

So verabschiedeten sie sich herzlich mit „Allegra", was so viel bedeutet wie „Freude sei mit dir".

Für Jaggl war es eine doppelte Freude den Heimweg anzutreten, denn schließlich gab es in Bschlabs noch die Familie mit den zwei netten Töchtern.

Beim Hiasl in Zwieslen wurde er, wie immer, freudig begrüßt. Nun hatte er doch einiges zu erzählen. Zum Abendessen gab es Saubohnen, eine echte Bschlaber Spezialität. Schade, dass sie in Pfafflaar kaum ausreiften. Man müsste mehr Bohnen von Bschlabs eintauschen. Zum Unterschied von Pfafflaar gab es in Bschlabs nicht genug fruchtbaren Ackergrund und vor allem zu wenig Weidegrund. Das steile Gelände war auch schwerer zu bewirtschaften. Es musste fast alles auf dem Rücken ziemlich weit getragen werden. In Bschlabs musste man schwerer arbeiten als in Pfafflaar. So kam es, dass nur ganz selten ein Mädchen von Pfafflaar nach Bschlabs heiratete, doch umgekehrt sehr wohl.

Dass Jaggl heute in Bschlabs übernachten würde, war für ihn selbstverständlich. So oft kam man doch nicht zu Hiasls Weibern. Fesche Mädchen um die zwanzig Jahre, die einander so ähnlich sahen als wären sie Zwillinge. Eines war sicher: Beide Töchter mochten ihn und machten auch kein Hehl daraus. Vater Hiasl, die Mutter und sogar der jüngere Bruder gingen bald nach dem Essen schlafen. Man wollte augenscheinlich den jungen Leuten Gelegenheit zum Anbandeln geben. Und eine Heirat nach Pfafflaar war gar nicht so schlecht.

So waren die drei bald allein in der kleinen Stube. Man lachte und zwickte sich gegenseitig mal in den Schenkel, mal in die Rippe. Eine links, die andere rechts, wetteiferten sie geradezu, ihm zu gefallen. Ja, nicht nur das, sie wollten die Gelegenheit nützen, um ihn einmal ganz zu bekommen. Wer das Rennen schließlich machen würde, war gar nicht so wichtig. Hauptsache, man hatte ein wunderschönes Erlebnis. Darauf waren nun echt gute Aussichten. Jedes Mädchen hatte eine Hand bereits unterm Tisch und streichelte bei Jaggl alles, was leicht zu erreichen war.

Auf einmal sagte Mina ganz unbefangen: „Wirst du uns heute Nacht, wenn wir beieinander schlafen, überhaupt noch unterscheiden können?"

„Ganz sicher, die Frechere bist du, die Mina."

„Schwer getäuscht. Bei Nacht bin ich viel frecher, wirst schon spüren, was ich mit dir mache", gab sich Justina ihrer Schwester überlegen.

„Und wenn ich dich dort anfasse, wo du es am liebsten hast, dann ist es dir sowieso egal, wer es von uns beiden ist", sagte Mina, als ob sie ihn durchschaut hätte und in diesen Dingen schon sehr erfahren wäre.

Jetzt wurde er aber richtig gefordert, da half nur die Flucht nach vorn: „Jedenfalls werde ich mit euch beiden fertig. Weiß sowieso nicht, wen ich von euch lieber habe. Am liebsten hätte ich euch alle beide. „Du weißt aber noch gar nicht, ob wir dich für mehr als eine Nacht mögen", bellte Justina dazwischen. Er weiter aufreizend: „Und ihr wisst noch gar nicht, ob ich überhaupt etwas mit euch mache, was ihr gern habt."

Das Kienfeuer in Kamin war am Erlöschen. So kroch man durch ein kleines Loch in der Stubendecke in das obere Geschoss. Die Eltern schliefen neben der Stube im Parterre und nur der kleine Bruder schlief auch im Obergeschoss auf dem Heu in einer kleinen Nische, die er sich selbst durch kleine Baumstämme von der Schlafstelle der Mädchen abgetrennt hatte.

Obwohl alle drei kurz vorher in der Stube unten noch laut und übermütig waren, hörte man oben nur noch leises Geflüster und Rascheln im Heu. Der Bruder sollte nicht geweckt werden. Sie breiteten ein paar Schaffelle so auf das Heu, dass sie ohne Heugekitzel liegen konnten.

Doch nun lag er mitten zwischen den zwei Mädchen und wusste nicht, welche links und welche rechts von ihm lag. Er spürte wie die Hände ihn immer frecher betasteten und schließlich streichelten. Er musste zumindest ihre Busen anfassen und ebenfalls streicheln. Er kam schon so aus der Fassung, dass er nur noch die Stimme hörte, welche ihm leidenschaftlich zuflüsterte: „Oh, so komm doch!"

Von nun an wusste er nicht mehr, was und wie ihm geschah, ganz von selbst waren sie ineinander, und der Höhepunkt war bald erreicht. Es war phantastisch.

Noch in Trance machte sich aber schon die andere bei ihm bemerkbar. Eine nochmalige Erregung ließ auch nicht lange auf sich warten. Jetzt spürte er so richtig, was Liebe sein kann. Ging es bis jetzt ohne einen Kuss ab, so überhäufte ihn die zweite geradezu damit. Zum ersten Mal spürte er einen richtigen Zungenkuss. Es machte ihn fast wahnsinnig. Er wusste nicht, was er tun sollte, bis auch sie fest, kosend und etwas länger ineinander waren.

Diese Nacht war wirklich für drei gemacht. Liebe, Schlaf und Leidenschaft wechselten sich ständig ab. Das Heu raschelte immer wieder, und jeder gönnte dem anderen neidlos das Höchste, was dieses bescheidene Dasein zu bieten hatte: den Quell des Lebens und der Freude.

Zurückgekehrt nach Pfafflaar, erkannte 's Ahnle, sobald sie sein Gesicht gesehen hatte, dass er Schönes erlebt haben musste.

„Wirst nicht sogar eine Frau gefunden haben?“, sagte sie mehr spöttisch als ernst.

„Kann schon sein, dass du bald einmal Urahnle sein wirst.“

Nun war das strahlende Gesicht nicht mehr zu verbergen und, als ob ihre eigene Kinderzeit zurückkäme, musste sie ihm etwas Nettes sagen: „Ja, ja, nütz nur deine Jugend aus. Der Ernst des Lebens kommt früh genug. Was du jetzt Schönes erleben kannst, musst du voll genießen, und was du jetzt versäumst, ist dir wahrscheinlich für immer verloren. Aber anständig bleiben! Einem Mädchen nichts versprechen, was du nicht halten kannst.“

„Da brauchst du keine Angst zu haben. Ich bleibe schon anständig. Ich habe gestern im Duerf erlebt, dass anständige Menschen etwas gelten. Ich weiß auch: Der Ernst des Lebens beginnt spätestens, wenn wir beisammen sind und ein Kind haben. Wir müssen schauen, dass wir ein Haus bekommen. Platz wäre schon noch neben dem Kassian. Ich mein auch, der wird nichts dagegen haben, wenn ich neben ihm baue.“

„Ja, wäre nicht schlecht, aber vielleicht gibt es noch einen besseren Platz“, erwiderte 's Ahnle, als ob sie gewisse Dinge vorausahnen würde.

Nun kam Vater Sepp bei der Türe herein. Er wurde von Jaggl gleich mit „Allegra, Papa“ begrüßt.

„Allegra, bist lang aus gewesen. Ist dir entweder ganz gut oder schlecht gegangen?“

„Gut, Vater, gut. Schau wie viel Geld ich für die zwei Käslaib bekommen habe und noch Salz dazu“, konnte er freudestrahlend dem Vater berichten und packte gleich alles aus, was er bekommen hatte.

„Das ist gut, hast du auch gut gemacht. Verkaufen ist manchmal gar nicht so leicht, aber du kannst es. Es werden sich alle darüber freuen.“

„Wir werden auch noch Glas für ein Fenster bekommen, wenn wir einen Gstrein ins Duerf bringen. Der Gedeon hat mir versprochen, dass er uns einen abkauft. Er meint, dass er uns das Glas von Händlern aus Venetien besorgen kann.“

Nun hatte es Sepp auf einmal eilig: „Das muss ich gleich allen Nachbarn sagen. So eine gute Nachricht bekommt man nicht alle Tage.“

„Dich kann man öfter ins Lechtal schicken“, kam Kassian als Erster mit einem Kompliment zu Jaggl.

„Hab nur das getan, was ihr auch alle getan hättet, und ich habe halt Glück gehabt", gab sich Jaggl bescheiden.

„Jedenfalls hätten wir schon längst einen Mann wie dich gebraucht. So armselig, wie wir bis jetzt gelebt und unser Dorf aufgebaut haben, kann es nicht mehr weitergehen. Wir müssen schauen, dass wir auch so leben können, wie die unten in den Tälern."

„Du, Kassian, man braucht gar nicht so weit zu gehen. In Bschlabs kann man lernen, wie man Häuser baut. Wenn man in Bschlabs auch viel schwerer arbeiten muss und viel zu wenig Weiden für das Vieh hat, so muss man die Bewohner um so mehr bewundern, wenn man die Häuser von innen sieht. Mit dem Hausbau sind uns die Bschlaber weit überlegen. Die haben sogar einen Kalkofen, obwohl sie die Kalksteine von weit her tragen müssen. Die mauern schon seit zwei Jahren mit Kalk und wir immer noch mit Lehm, der so feucht ist."

„Da hast du schon recht. Ein Bschlaber, es muss der sein, der vom Koaser nach Bschlabs geheiratet hat, soll sogar schon mit einer großen Säge Bäume gefällt haben", war Kassian gleicher Meinung.

Den Kassian ganz vorsichtig in seine Pläne einzuweihen, dafür wäre jetzt ein günstiger Moment: „Ich meine, es könnte nicht schaden, wenn wir die Beziehungen zu Bschlabs ein wenig verstärken würden."

„Kannst recht haben. Vielleicht sollten wir uns überhaupt ein wenig mehr nach dem Lechtal hin orientieren. Dann wären wir nicht ganz allein auf die Gunst von Starkenberg und Stift Stams angewiesen."

„Du, Kassian, wenn wir es in der Richtung anpacken, wird es einen Fortschritt geben. Nach allem, was ich im Lechtal gehört habe, ist das der richtige Weg", sprach Jaggl sichtlich erleichtert und in der Hoffnung, dass Kassian mit dieser Meinung auch alle anderen von Pfafflaar würde überzeugen können. Kassian und sein Nachbar Sepp regierten die Dorfgemeinschaft so, dass niemand es so richtig merkte und keiner sich unterdrückt oder benachteiligt fühlte.

Jetzt waren sie schon zu dritt, denn, dass Sepp seinen Sohn nach dem gelungenen Gang ins Lechtal unterstützen würde, war selbstverständlich. Das fühlte Kassian mehr als Jaggl, und so sagte er ganz frech zu ihm: „Jaggl, hast du noch nicht daran gedacht, dass wir wieder einmal eine Blutauffrischung brauchen könnten. Eine familiäre Verbindung mit Bschlabs wäre wohl das Allerbeste."

„Mein lieber Kassian, da hätte ich sogar gewisse Absichten, aber dazu sollte man doch zuerst ein eigenes Haus haben. Die Mädchen von Bschlabs kann man nicht heiraten und dann zusammen mit dem Vieh in einem Stall wohnen."

„Neben meinem Haus wäre doch noch Platz für dein Haus. Aber wenn du da ein Haus baust, dann so wie in Bschlabs. Wohnhaus, Stall und Stadel unter einem Dach, aber durch eine feste Wand getrennt."

„Mensch, Kassian, hast du eine gute Idee! Ich lasse dir selbstverständlich noch viel Platz, dass du einen Wohnteil an den Stall anbauen kannst", sagte darauf hocherfreut Jaggl.

Er erwähnte mit keinem Wort, dass es zuvor schon seine Absicht gewesen war, an diesem Platz sein Haus zu bauen. – Ja, es tat sich etwas in Pfafflaar. Ein Gstrein wurde geschlachtet. In jedem Haus war noch ein Käslaib übrig zum Verkaufen. So machte man sich zu dritt ins Lechtal auf. Jaggl nahm seinen Bruder Eduard und Kassians Sohn Markus mit. Beim Hiasl kehrte man natürlich ein und konnte sogar ein Geschenk überreichen. Ein Stück Fleisch vom Gstrein und ein Viertel von einem Käslaib wurde von den Frauen nur nach anfänglich heftigem Sträuben angenommen. Natürlich mussten alle versprechen, am Rückweg wieder einzukehren.

Jaggl musste seinen Stock vergessen, damit er einen Grund zum Umkehren fand. Nur so war es ihm möglich, sich von den Mädchen gebührend zu verabschieden. Jetzt ließ sich aber nur noch Justina sehen. Sie drückten sich hinter der Tür fest umschlungen ineinander. Für mehr reichte die Zeit nicht. Jetzt merkte er erst, dass die, welche ihn in der Nacht nicht nur aufgereizt, sondern auch herzlich liebkost hatte, nicht Mina, sondern Justina war. Von dieser Erkenntnis an wusste er auf einmal, welche zu ihm gehören würde. Erleichtert und froh konnte er mit seinen Begleitern den Weg ins Duerf fortsetzen.

Diesmal waren sie früher auf dem Weg, als Jaggl bei seinem ersten Besuch im Duerf. Gedeon war begeistert, dass die Pfafflaarer so schnell mit den von Jaggl versprochenen Produkten kamen. Er bezahlte einen anständigen Preis und lud sie wie selbstverständlich zum Essen und Übernachten ein. Eine Stärkung nahmen sie gern an, doch Jaggl hatte schon so von Hiasls Weibern geschwärmt, so dass sie heute noch bis Bschlabs zurückwollten. Zu tragen hatten sie nicht mehr viel, nur eine gute Holzhacke und das Glas.

Zurück ging es, obwohl teilweise der Weg sehr steil anstieg, recht schnell. Bei allen Burschen „zogen" die Mädchen immer mehr, je näher sie Bschlabs kamen.

Das letzte Stück zu Hiasls Weibern überwanden sie wie im Flug. So, als ob die Mädchen schon geplant hätten, wurden die Pfafflaarer nicht von zwei, sondern gleich von drei Mädchen begrüßt. Sehr schüchtern kam Elga aus der Dunkelheit der hinteren Küche. Auch sie war hübsch, blonde Zöpfe um den Kopf geschlungen und Busen so richtig verlockend zum Anfassen. Also, wenn es einigermaßen nach Plan ging, sollte diese Nacht keiner leer ausgehen.

Wahrscheinlich hatten sie Jaggl schon beim vorherigen Besuch angesehen, wie gut ihm die Saubohnen schmeckten. Jedenfalls gab es dieses Gericht auch heute wieder. Es war eine Freude, den Burschen zuzuschauen, mit welchem Appetit sie die Bohnen aßen.

Die Unterhaltung, zuerst mit Hiasl und seiner Frau, bezog sich ganz auf Bschlabs, Pfafflaar und das schwere Leben im Winter. In Bschlabs war der Winter eher erträglich. Zumindest im Frühjahr konnte man da mit einer um mindestens drei Wochen früheren Schneeschmelze rechnen. Dafür machten in Bschlabs das steile Gelände und die wenigen Viehweiden schwer zu schaffen.

So wie die Pfafflaarer wegen dem vielen Schnee über dem Hahntennen eingeschlossen waren, so waren es die Bschlaber wegen der Lawinen in Richtung Lechtal. Interessant, dass in Bschlabs viel mehr Mädchen als Buben geboren wurden und in Pfafflaar gerade umgekehrt mehr Buben. Nach einer netten, interessanten Unterhaltung ließ man auch heute die Jungen bald wieder allein unter sich. Jaggl blieb mit Justina in der Stube. Die anderen vier schlüpften durch das kleine Loch in das Obergeschoss, wo seine Kameraden die erste Liebesnacht erleben sollten.

So interessant und nett die erste Nacht mit den zwei Mädchen war, so erleichtert war Jaggl jetzt, da er wusste, wem sein Herz gehörte. Auf einmal war es nicht mehr so sehr die Leidenschaft, die beide vereinigte. Es war Liebe, Zuneigung und das Gefühl, einander zu gehören mit dem Willen gemeinsam durchs Leben zu gehen. Sie küssten einander die ganze Nacht unaufhörlich. Jetzt war es wirkliche Liebe, dass sie sogar stundenlang gar kein Verlangen nach einer vollen Vereinigung spürten. Dafür ging der Orgasmus zum Abschluss beiden bis ins Mark und durch den ganzen Körper. Das Glücksgefühl war so vollkommen, dass sie, obwohl es Zeit zum Aufstehen war, tief einschliefen.

Im Morgengrauen kam Vater Hiasl in die Stube, rüttelte boshaft an Jaggls Zehe und sagte ganz laut: „Justina, aufstehen, du musst in den Stall die Ziegen melken!“

Die Zehe hatte er absichtlich verwechselt, so eng umschlungen lagen sie unter den Schaffellen.

4. Häuser bauen

Am nächsten Tag, nach Pfafflaar heimgekehrt, hatten die drei jungen Burschen nur noch die Mädchen, eine zukünftige Familie und den Bau eines Hauses im Kopf. Nicht in zwei Jahren ein Haus, nein, in einem Jahr zwei Häuser müssten sie bauen. Mindestens so groß und so komfortabel wie die in Bschlabs und den Stall mit Stadel direkt neben dem Wohnteil, damit es Vieh und Menschen wärmer hätten. Kein frei stehendes Wohnhaus sollte mehr gebaut werden, dann wäre das ganze Wohnhaus bedeutend wärmer. Platz für einen gemauerten Ofen müsste man auch gleich beim Fundament vorsehen. Ja, ja, sie würden aus dem Pfafflaar schon noch ein richtiges Dorf machen.

Mit Vater Sepp, Ander und Kassian war es leicht. Drei fortschrittlich denkende Menschen, die, wären sie nur ein wenig mehr zu Geld gekommen, gleich mutig wie jetzt ihre Kinder gehandelt hätten. Es waren außer ihnen aber noch drei Familien, die Valentins, die Sentis und die Isidors. Die langen Winter, die arbeitsreichen Sommer und die Abgeschiedenheit hatten aus diesen sechs Familien eine werden lassen. Sicherlich gab es, neben kleinem Geplänkel, ab und zu auch einen heftigeren Streit, doch nie kam es so weit, dass man sich am nächsten Morgen nicht ein versöhnliches „Allegra" austauschte. Nun war die Belastung größer geworden, denn die Jungen hätten am liebsten in zwei Jahren die Siedlung um das Doppelte vergrößert. Wer sollte das schaffen?

„Du, Sepp", fragte Isidor recht vorsichtig: „Meinst du, dass wir so viel arbeiten und verkaufen können, dass alle drei Heiratslustigen so schnell Häuser bekommen?"

„Ja, Benjamin, ganz wohl ist mir bei der Sache auch nicht, aber denk daran: In wenigen Jahren sind auch deine Kinder so weit. Die müssen genau so ein eigenes Dach über dem Kopf bekommen. Nein, nein, leicht wird es nicht sein. Ich meine, dass wir die Väter von den Bschlaber Weibern gut gebrauchen könnten. Wenn wir uns schon mit dem Vieh besser auskennen und mit Acker und Käse besser umgehen können, die Bschlaber haben Häuser bauen besser gelernt. Aber schlau, schlau müssen wir sein, ja sehr schlau!" Ganz leise und geheimnisvoll klang seine Stimme.

„Weißt du etwa schon, wie du die Bschlaber zu uns nach Pfafflaar herauf bekommst, dass sie uns beim Haus bauen helfen?"

„Ich habe so eine Ahnung, wie man sie dazu bringen könnte. Bin nicht sicher, ob sie wirklich kommen. Darum sage ich jetzt lieber noch nichts", meinte Sepp so bestimmt, dass man ihm glauben musste. Was Sepp sagte, wurde auch gehalten, selbst wenn es sehr schwer wurde. Seine Korrektheit, verbunden mit einer beachtlichen Portion Intelligenz, verschafften ihm Respekt und Anerkennung in dieser kleinen Gesellschaft. Sepps Familie hatte den Hausnamen Lees. Die Lees waren die stillen Regenten von Pfafflaar, ohne dass es die anderen zu fühlen bekamen. In der Not wussten der Sepp, 's Ahnle oder der junge Jaggl immer einen Ausweg. Geheiratet wurde nie untereinander. Inzucht war streng verpönt. Meistens kam die Frau von auswärts. Ins Engadin verloren sich die Beziehungen, also musste man sich in der Nähe nach geeigneten Partnerinnen umschauen.

Diesen Herbst wollte es lange nicht so richtig schneien. Nach jedem Morgengrauen erwachten die Berggipfel im Sonnenglanz. Wie eine goldene Schnur schlug die Sonne zuerst an den Bergkämmen an, um ins Tal abzusteigen und den Menschen einen Hauch von Wärme zu bringen. Es lag gerade genug Schnee, dass man die Baumstämme, welche man geschlägert hatte, mit primitiven Schlitten an die zukünftigen Baustellen transportieren konnte. Als das getan war, brauchte man bis zum Frühjahr nicht mehr viel zu tun. So konnten die jungen Liebhaber jede Woche einmal nach Bschlabs zu ihren Bräuten.

Nun mussten endlich einmal die Mädchen nach Pfafflaar, um sich den zukünftigen Schwiegervätern vorzustellen. Ganz schüchtern kamen die drei in Begleitung ihrer Freunde. Für dieses Ereignis wurde ein kastrierter Ziegenbock geschlachtet. Es gab ein richtiges Festessen mit Kohlrüben und Fladenbrot. Allmählich legten die Mädchen die Scheu ab. Mit dem Ahnle kamen sie zuerst ins Gespräch. Man musste antworten, wenn das Ahnle fragte: „Ja, ihr drei, ganz leicht werdet ihr es auch nicht haben. Wir haben zwar immer genug zu essen und die Arbeit ist nicht so schwer wie in Bschlabs, aber unsere Häuser sind nicht so gut und auch nicht so warm wie die von euch. Glaubt ihr, dass ihr das durchstehen könnt, bis auch wir anständige Häuser haben?"

Darauf Justina, die Mutigste: „Wir wissen, dass auch in Pfafflaar nicht alles gut ist. Jaggl, Eduard und Markus haben uns nichts Schönes vorgemacht. Sie sagen alles, wie es ist."

Mina fiel ein: „Ihr wisst selber nicht, was bei euch viel besser ist?"

Nicht einmal 's Ahnle konnte darauf eine Antwort geben, und deshalb fuhr Mina fort: „Bei euch gibt es keinen Streit. Alle helfen zusammen, wenn etwas zu machen ist. Ihr erledigt ja sogar die normalen Feldarbeiten miteinander."

„Das geht doch gar nicht anders." Sepp kam dazu: „Allein kann man viele Arbeiten gar nicht machen, und jeder Mensch in Pfafflaar weiß: wenn es dem Nachbar gut geht, so hat er die Chance, dass es auch ihm bald besser geht."

Mina bejahend: „Ja, ihr seid eine große Familie. Bei uns sind die Häuser und die Leute zu weit auseinander. Jeder hilft zwar dem anderen, wenn einer wirklich in Not ist. Häuser bauen geht nur, wenn alle zusammenhelfen. Die meiste Zeit lebt aber jeder für sich und kritisiert gern den Nachbarn. Daraus wird dann oft ein Streit."

Darauf 's Ahnle mit seiner großen Erfahrung: „Da können die Bschlaber nichts dafür. Die Walliser sind einmal kritischer als die Rätoromanen, dafür aber handwerklich viel geschickter. Ihr arbeitet sicher mehr und schwerer als wir. Wir können und müssen sogar von euch was lernen."

Darauf Justina, hocherfreut: „Das wird aber meinen Vater freuen, wenn er so etwas hört. Es geht ihm über alles, wenn man seine Arbeit lobt, und Häuser bauen, das kann er wirklich."

Was hörte da Sepp? Genau das, was er sich vorgestellt hatte, um den Hiasl als Helfer zu gewinnen. Darauf musste er eine Gegenfrage anbringen: „Glaubst du, dass dein Vater zu uns heraufkommen würde, um uns wenigstens zu zeigen, wie wir bauen und das Holz vorbereiten sollen?"

„Das macht er sogar gern. Ich bin schließlich seine Tochter, für die er ganz bestimmt ein schönes Haus bauen möchte."

„Uns soll das ganz recht sein. Wir werden schon eine Gelegenheit finden, ihm ..." Sie unterbrach sich.

Was war auf einmal mit Mina? Gerade als ob sie sich erbrechen müsste, lief sie schnell, mit der Hand vor dem Mund, weg und hinter ein Hauseck. Alle waren erschrocken, nur ’s Ahnle lächelte verschmitzt: „Wird nicht schlimm sein. So jung wird man schnell wieder gesund.“

Elga rannte ihr nach, bald kamen beide zurück. Die Übelkeit schien schnell überwunden. Für Justina war es anscheinend nichts Besonderes, denn sie nahm kaum Notiz davon und unterhielt sich lieber mit Sepp und Mariele. Die drei waren so vertraut miteinander, dass sie sich schon über die Kinder unterhielten, die da kommen sollten. Justina, ganz unbefangen: „Mir wäre es lieber, wenn wir mit einem Kind noch warten könnten, bis wir ein Haus haben. Wenn es aber vorher kommt, soll es uns auch recht sein.“

Mariele darauf, das Gesicht glänzend in Vorfreude auf zu erwartende Enkel: „Je eher, desto lieber. Wichtig ist nur, dass Mutter und Kind gesund sind.“

Das war eine gute Einstellung. Mit den Leuten kann man zusammenleben, und das gab ihr Mut: „Dann hat Mina keine Schwierigkeiten zu erwarten?“

Mariele, etwas erstaunt, aber schnell wissend: „Warum? ... Ach ja, ist es bei der schon so weit? Bekommen wir jetzt schon Nachwuchs?“

Justina vertraulich: „Seit zwei Wochen ist sie sich sicher, dass sie schwanger ist. Jetzt haben wir mit der Übelkeit den Beweis.“

Mariele merkte, wie geheimnisvoll Justina sprach, und gab ihr den Rat: „Jaggl musst du es sagen. Er soll es nicht von anderen erfahren. Er wird sich mit Mina und Eduard freuen.“

„Ich möchte damit noch eine oder zwei Wochen warten. Vielleicht kann ich ihm dann gleich zwei Neuigkeiten erzählen“, sagte Justina mehr vertrauensselig als zaghaft.

Darauf Mariele, freudig: „Glaubst du, dass es bei dir auch so weit ist?“

„Weiß noch gar nichts, eher nicht, aber möglich wäre es schon.“

„Wenn es wäre, gibst du mir gleich Bescheid. Ich würde mich riesig auf ein Enkelkind freuen.“

„Das verspreche ich dir – Mama ...“

Darauf kollerte ihr vor Rührung und Erwartung eine Träne aus dem rechten Auge. So viel Herzlichkeit hatte sie von der Schwiegertochter nicht erwartet.

Klar, dass die Mädchen in Pfafflaar übernachten würden. Man breitete im neuen Haus, in der großen Stube, ein paar Ziegenfelle aus und brachte noch weiche Schaffelle zum Zudecken herbei. Die drei Paare sollten sich wohl fühlen in Pfafflaar.

5. Die Katastrophe

Nur noch wenige Schönwettertage trennten die Bergbewohner von dem richtigen, schneereichen Winter. Diesmal rächte sich der schöne Herbst besonders. Es schien, als ob es überhaupt nicht mehr aufhören würde zu schneien. Still rieselten die Flocken, der Schnee wurde immer höher. Um von einer Behausung zur anderen zu kommen, musste man in tiefem Schnee waten. Es gab nur einen Trost: die ganze Dorfgemeinschaft war gesund beisammen, das Vieh stand im Stall, zu essen und zu trinken war ausreichend vorhanden. Was sollte da schon passieren? Schwere Winter gab es immer wieder. Etwas aber gab Anlass zum Nachdenken: 's Ahnle war wortkarg, gar nicht so wie man es von ihr gewohnt war. Irgendetwas hatte das zu bedeuten.

Das Feuer in der Wohnstubenecke durfte nicht erlöschen. Mariele und Jaggl wechselten sich darin ab, Holz von draußen zu holen. Niemand sprach viel. Jeder begann etwas zu arbeiten, so als ob man etwas Unerwartetes verdrängen müsste. Eigenartig, niemand dachte ans Schlafen. Es wird Mitternacht vorüber gewesen sein, da hörte man ein ganz kurzes Rauschen, das mit einem dumpfen Knall endete.

„Was war das?", fragte Mariele sichtlich aufgeregt.

Doch Sepp antwortete ruhig: „Wird ein überhängender Schneebrocken vom Dach gefallen sein."

Alle arbeiteten ruhig weiter. Nach wenigen Minuten klopfte es ans Fenster, und schon kam die Frau von Kassian zur Tür hereingerannt und schrie: „Alle hocken seelenruhig bei ihrer Arbeit. Wisst ihr nicht, was passiert ist?" Nahm aber gleich die Antwort vorweg: „Die Lahne, die Lahne ist direkt bei unserem Haus vorbei bis zum Bach hinunter. Unser Haus steht noch, aber der Ziegenstall, den wir letztes Jahr angebaut haben, ist weg. Ich glaube nicht, dass eine Ziege überlebt hat."

Wortlos sprangen alle ins Freie. Sepp zündete zuerst einen Kienspan an, bevor er nach draußen ging. Ohne Licht konnte man nichts sehen in dieser Dunkelheit.

Soviel konnte er im Kienspanlicht gleich erkennen: es war eine riesige Lawine. Der Wald links über Kassians Hütte musste ziemlich mitgerissen worden sein, denn bachabwärts, wo vorher eine tiefe Mulde war, sah man einen Hügel aus Schnee und Baumstämmen, höher als die Häuser daneben. Von Kassians Ziegenstall mitsamt den Ziegen war nichts mehr zu sehen. Wahrscheinlich steckten sie so tief im Schnee, dass man sie vor dem Frühjahr nicht würde finden können.

Jaggl wollte gar nicht in den blassen Schimmer des flackernden Kienspanlichtes gehen. In der Dunkelheit konnte er seinen wirren, bedrückenden und zugleich erleichterten Gefühlen besser freien Lauf lassen. Für ihn hatte die Lawine eine doppelte Bedeutung. Mitten im Lawinenstrich wollte er sein Haus bauen. Nicht auszudenken, wenn die Lawine einige Jahre später gekommen wäre. Für alle, die sich in diesem Haus befunden hätten, wäre dies der sichere Tod gewesen. Seine Frau, er selbst und vielleicht schon ein Kind wären dann nicht mehr am Leben. Soweit konnte nichts Besseres passieren, als dass die Lawine jetzt, vor dem Hausbau, kam.

Doch wo sollte er jetzt bauen? Pfafflaar war hinten und vorn von Lawinen bedroht. Allzu weit von seiner Familie entfernt wollte er nicht wohnen. Außerdem: Wasser sollte nicht weit vom Haus entfernt sein. Was wird Justina sagen, wenn sie von dieser Lawine erfährt, dachte er. Wird sie überhaupt noch bereit sein, zu ihm nach Pfafflaar zu ziehen?

„Da haben wir aber Glück im Unglück gehabt." Kassian war es, der auf einmal hinter Jaggl auftauchte und genau mitfühlen konnte, was in seinem Hirn vorging.

„Das kann man wohl sagen, aber leichter wird es durch die Lawine nicht werden. Wohin sollen wir jetzt unsere Häuser bauen? Bis jetzt gab es nur eine Lawine bachaufwärts. Vom Bach abwärts haben wir alle geglaubt, dass uns der Wald über den Feldern schützt. Jetzt müssen wir einen Bauplatz finden, wo wir vor Lawinen sicher sind und wo es Wasser gibt."

„Musst nur schauen, Jaggl. Wo sehr alte Bäume stehen, da sind wir sicher. Wenn wir genau geschaut hätten, dann hätten wir sehen können, dass dort, wo diese Lawine den Wald durchbrochen hat, nur mitteldicke Bäume standen, keine sehr alten. Die Lawine muss früher schon einmal den Wald umgelegt haben."

Da musste Jaggl ihm sofort recht geben: „Das stimmt! Dass wir da erst jetzt darauf kommen?"

„Wir müssen immer dazulernen, und wir werden es den Kindern weitergeben. Aber Jaggl, musst nicht ganz verzagen. Jetzt müssen wir ins Ebele hinüber bauen. Dort stehen riesige Bäume, welche wir mit der Hacke kaum fällen können, aber zumindest eine kleine Quelle gibt es dort. Es ist gutes Wasser, nur sehr wenig. Wenn man es in einem Tümpel sammelt, könnte es reichen", meinte Kassian tröstend und auf einmal ganz optimistisch.

„Ach, Kassian, du bist immer wieder mein Retter, wenn ich nicht mehr weiter weiß. Das werde ich dir nie vergessen!"

Die jungen wie die alten Männer von Pfafflaar hatten sich schon oft darüber unterhalten, wo man Häuser bauen könnte. Alle waren sich bewusst, dass der Platz bei der derzeitigen Siedlung nicht mehr lange ausreichen würde. Eine ebene Waldfläche, vom Bachlauf aus gesehen, links oben, wäre ein wunderschönes Bauland. Auf dieser Fläche waren weiter hinten bereits einige von Latschen bewachsene Flecken als Krautäcker kultiviert worden. Weiter vorne, wo es eine kleine Quelle gab, waren die Baumstämme so dick, dass sie nur mit übermäßigem Arbeitsaufwand gefällt werden konnten. Ein uralter Baum, den man Waldkönig nannte, hatte über einen Meter Durchmesser und knorrige Äste. Bis dieser eine Baum weg wäre, müsste man sich mit ihm einige Wochen lang beschäftigen. Außerdem gab es im Quellenbereich sumpfige Stellen. Eigenartig, dass die Quelle, kaum an der Oberfläche, schon wieder im Boden verschwand. Hauptsache, sie kam ans Tageslicht. Ein Trog für das Vieh und wenig, aber gutes Wasser zum Kochen und Trinken, das müsste reichen. Leicht würde es auf keinen Fall sein, dort Häuser zu bauen, aber nicht unmöglich.

Am nächsten Morgen schien sich die Natur für die tagelangen Schneefälle revanchieren zu wollen. Tiefblauer Himmel überraschte die Frühaufsteher, und bald berührte die Sonne golden die östlichen Flanken der gewaltigen Berge. Jetzt sah man so richtig das Ausmaß der Verwüstung, das die Lawine angerichtet hatte. Links über Pfafflaar, wo vorher ein dichter Wald bis zu den steilen Berghängen hinauf reichte, war nun eine einzige weiße Schneefläche. Über dem Bach, ganz nahe bei den Häusern, türmte sich der Schnee meterhoch. Baumstämme ragten wie stumme Mahnmale der Naturgewalten aus dem Schnee schräg in die Höhe. Von dem Ziegenstall mit den neun Ziegen war auch bei Tageslicht nichts zu entdecken. Gut, dass die Lawine an der anderen Seite der Häuser nicht bis zum Bach hinunter gedonnert war, sonst hätte man die Tiere nicht mehr zur Bachtränke treiben können. Man hätte für das Vieh das Wasser bis zum Frühjahr in Holzeimern mühevoll bis in die Ställe tragen müssen, um die Tiere zu tränken und um auch für den menschlichen Bedarf Wasser zu haben. Schnee hätte man nicht schmelzen können, weil er viel zu stark von Zweigen, Ästen und Erdreich verschmutzt war.

Alle Bewohner dankten dem Herrgott, dem Schicksal, den Ahnen oder überhaupt, dass kein Mensch zu Schaden gekommen war. Wegen der Ziegen machte man sich keine großen Gedanken. Während des Winters wären doch einige geschlachtet worden. So konnte man hoffen, dass sie im Schnee so konserviert waren, um sie im Frühjahr essen zu können. Fleisch wurde schließlich auch in den Schnee gegraben, wenn man länger davon zehren wollte.

Justina war sehr nervös. Sie wusste selbst nicht warum. Irgendetwas schien nicht in Ordnung. War mit Jaggl etwas los. War jemand in Gefahr?

Je mehr die Gefühle, wie Vorahnungen, sie überwältigten, desto klarer kam ihr das Bild von Pfafflaar und den netten Leuten dort ins Bewusstsein. Da wird doch nichts passiert sein? Lange trug sie diese Vorahnungen mit sich herum.

Mina war auch nicht so gesprächig wie sonst. Auf einmal platzte sie heraus: „Ich weiß nicht, ich habe so ein ungutes Gefühl. Habe die Gedanken nur noch in Pfafflaar, aber nicht wie sonst, wenn ich an Eduard denke. Etwas liegt in der Luft. Der viele Schnee kann einem aber auch Angst machen. Pfafflaar ist ein richtiges Schneeloch, da liegt sicher noch viel mehr Schnee als in Bschlabs."

„Papa, wäre es möglich, dass man mit Schneereifen nach Pfafflaar kommt?", fragte Mina ihren Vater.

Hiasl war davon überrascht, denn bei so viel Schnee wollte normalerweise niemand nach Pfafflaar. So antwortete er, ohne sich viel Gedanken zu machen: „Möglich schon, aber sehr schwierig. Es müssten mindestens sechs junge, starke Männer miteinander gehen. Keiner schafft es weiter als zwanzig Ellen als Erster voraus zu waten. Dann muss der Erste immer wieder vom Zweiten abgelöst werden. Der Abgelöste reiht sich hinten wieder ein. Man würde mindestens so lange brauchen, wie im Sommer ins Duerf."

„Justina und ich haben beide so etwas wie eine Vorahnung, dass in Pfafflaar etwas passiert sein könnte. Wir haben erst jetzt miteinander davon gesprochen, obwohl uns das schon seit gestern drückt."

„Mhm, auch ich bin die letzte Nacht mit einem bösen Traum um Pfafflaar aufgewacht und konnte nicht mehr schlafen. Wird doch nicht wirklich etwas passiert sein?"

Nach einer kleinen Nachdenkpause: „Ich werde einmal mit Mathe darüber reden." Damit war der Nachbar gemeint.

Inzwischen brach die Dämmerung herein. Nur das Knirschen des Schnees war zu hören, als Hiasl das Haus in Richtung Nachbar verließ. Auf einmal blieb er stehen. Was war das? Ein Gemisch von Hundebellen, Gewieher und Musik drang an sein Ohr. Hiasl war nicht mehr fähig, einen Schritt zu tun, nur schreien konnte er noch: „Die Wilde Jagd, die Wilde Jagd!"

Von jedem Haus rannte jemand heraus, einer schrie es dem anderen zu: „Die Wilde Jagd, die Wilde Jagd!"

Alle blickten in Richtung Hahntennen, von wo das Phänomen zu kommen schien. Tatsächlich, die Musik und das Gebelle wurden immer lauter, so als ob eine Horde von Pfafflaar herunter und weiter talauswärts ziehen würde. – Wie der Spuk gekommen, so schnell war er vorbei. Es wurde immer leiser, bis nichts mehr zu hören war.

Für die Bergbewohner war die Wilde Jagd ein Ereignis von größter Bedeutung. Es ging die Mär um, sie sei ein Vorbote einer Katastrophe, von Krieg oder Hungersnot.

Endlich konnte Hiasl den Weg zu Mathe fortsetzen und war bald bei ihm. Ohne Gruß fing er gleich mit seinem Anliegen an: „Ich weiß allein nicht mehr weiter. Mina und Justina haben eine Ahnung, ich hatte die Nacht einen schweren Traum, und alles um Pfafflaar. Jetzt noch die Wilde Jagd vom Hahntennen, das bedeutet doch etwas?"

Mathe gar nicht so sehr überrascht: „Mir ist auch etwas anders seit gestern. Am besten wird sein, wir bieten die Männer auf und gehen morgen nach Pfafflaar. Ein Weg nach Pfafflaar in dem tiefen Schnee ist immer gut, wenn irgendetwas bei uns oder bei denen oben passiert. Sollten sowieso öfters zusammen kommen."

Darauf Hiasl fast erleichtert: „Ich meine, dass wir nicht ganz umsonst den Weg machen. Also, du verständigst die oberen Höfe und ich die unteren. Wir müssten so an die sechs bis acht Mann zusammenbekommen. Gleich, in der Früh, sobald es hell wird, brechen wir auf. Es wird ein anstrengender Aufstieg werden. Zurück kommen wir erst am nächsten Tag."

Jeder Mann kam im Morgengrauen mit Schneereifen an den Füßen zum Sammelplatz beim Hiasl.

Da die Druckfläche des Schneereifens auf dem Schnee etwa viermal so groß wie der Schuh war, sank man nicht so tief ein. Anstrengend war das Waten im tiefen Schnee aber trotzdem.

Als die Sonne am höchsten stand, hatten sie zwar mehr als die Hälfte des Weges zurückgelegt, waren aber schon recht müde. Da wahrscheinlich noch nicht alle Lawinen abgegangen waren, mussten sie darauf besonders achtgeben. Vor der Dämmerung konnten sie endlich dahin sehen, wo die Häuser von Pfafflaar stehen sollten. Hiasl war wieder einmal der Vorausgeher, als er erschrocken stehen blieb: „Schaut, kein Haus ist mehr da. Eine Lawine hat alles unter sich begraben. Da haben wir Glück, wenn wir noch Lebende finden."

Auf einmal war alle Müdigkeit wie weggeblasen. In Riesenschritten eilten sie das letzte Stück Pfafflaar entgegen. Jetzt mussten sie nur noch über den hohen Lawinenkegel. Welches Bild des Schreckens wird sich ihnen bieten?

„Hiasl, steig du auf die Lawine, du hast die besten Nerven", sprach Mathe. Man sah ihm die Angst an, dass die ganze Siedlung von der Lawine verschüttet sein könnte.

„Einer muss voraus", hieß es, und Hiasl war mit wenigen Schritten ganz oben, so dass er die Hütten sehen konnte: „Dem Himmel sei gedankt, alle Häuser stehen noch. Wir konnten sie nur nicht sehen, weil der Lawinenkegel davor so hoch ist. Hoffentlich sind keine Menschen zu Schaden gekommen!"

Die Pfafflaarer waren natürlich überrascht, als sie die vielen Männer aus Bschlabs sahen. So viel Hilfsbereitschaft hätten sie von Bschlabs nicht erwartet. Natürlich wurden alle gut verpflegt. Man diskutierte noch die halbe Nacht, bevor sich die Bschlaber auf dem Stubenboden in Felle einwickelten und völlig übermüdet einschliefen.

Am nächsten Morgen, nach einem kräftigen Milchmus, schaute man sich die Lawine und die möglichen Bauplätze an.

Hiasl bewährte sich als guter Hausplaner und sagte gleich klipp und klar: „Da bei den anderen Hütten könnt ihr nicht mehr weiter bauen. Es gibt nur die Möglichkeit viel weiter unten, wo es Wasser gibt und lawinensicher ist, neue Häuser zu errichten, oder ihr bleibt zusammen und fangt im Ebele mit dem Bauen an."

Sepp musste ihm sofort recht geben: „Gedacht haben wir uns das genauso. Schwierigkeiten werden uns die großen Bäume machen. Wie sollen wir die mit der Hacke fällen?"

„Leicht ist das sicher nicht. Bei uns, im steilen Gelände, haben wir die Wurzeln bergseitig abgehackt, dann fällt der Baum von selbst zu Tal. Hier in Pfafflaar wird es schwieriger sein, denn wenn er umgefallen ist, muss man ihn wegtransportieren. Das wird keine leichte Arbeit sein, doch zu schaffen ist es. Fangt also zuerst mit den kleineren Bäumen an. Die könnt ihr gleich zum Haus bauen verwenden."

Sepp verstand sofort: „Das mit dem Wurzeln abhacken ist eine gute Idee. Ausgraben müssen wir die Wurzeln auf jeden Fall, so hätten wir die halbe Arbeit schon beim Fällen gemacht. Das probieren wir gleich aus."

„Passt aber gut auf. Es ist nicht ganz ungefährlich. Man weiß manchmal nicht, wohin der Baum fällt und da kann er leicht jemand erschlagen."

„Wir passen schon auf, da könnt ihr sicher sein."

Auf einmal kam Mathe, der beim Lawinenkegel geblieben war, eilig zu den anderen und sagte hastig: „Ich meine, dass wir die Ziegen aus dem Schnee ausgraben können. Ich habe einige Balken vom Ziegenstall gefunden, welche ganz oben sind. Ich meine, dass die Ziegen gar nicht so tief unten im Schnee liegen."

Darauf Hiasl: „Wäre schon recht, wenn wir wenigstens bei irgendetwas helfen könnten. Also versuchen wir die Ziegen zu finden."

Primitive Holzschaufeln waren bald bei der Lawine, und schon ging es los mit der Wühlerei im Schnee. Es dauerte gar nicht lange, bis eine Ziege gefunden wurde. Sie wurde gleich ausgeweidet und enthäutet. Das Fleisch war in Ordnung.

So fand man nach und nach vier Ziegen. Eine weitere Suche war nicht mehr möglich, weil man in der Lawine zu tief nach unten graben musste.

Ganz selbstverständlich wurde die größte Ziege den Bschlaber Männern mitgegeben. In Bschlabs gab es viel weniger Fleisch als in Pfafflaar. So war diese Ziege eine willkommene Bereicherung für den Sonntagstisch, welche sie sich auch redlich verdient hatten.

Am nächsten Tag ließ es sich Lee nicht nehmen, mit allen anderen Kindern weiter nach den Ziegen zu graben. Sie hatten schon eine richtige Höhle ausgebuddelt, als sie tatsächlich noch eine Ziege fanden. Mit Stolz brachten sie das tote, vom Schnee konservierte, Tier in die Hütte, wo ihm, wie den anderen vorher, das Fell abgezogen und die Eingeweide entfernt wurden. Im Schnee eingegraben, würden die Ziegen leicht bis ins frühe Frühjahr genießbar bleiben.

Schon am nächsten Tag trieb es die Männer zum Platz, wo das erste Haus geplant war. Weiter hinten im Wald waren die Bäume nicht so dick. Tatsächlich konnten am ersten Tag zwei Bäume gefällt, entastet und entrindet werden. Das war eine beachtliche Leistung, die Mut machte.

Trotz dem hohen Schnee würde es möglich sein, noch vor der Schneeschmelze alle Bäume auf dem Baugrund zu fällen. Da die meisten Baumstämme als Bauholz verwendbar sein würden, bestand die Aussicht, dass Jaggl schon im Herbst mit Justina darin wohnen könnte.

6. Der Wettbewerb

Nach einer Woche schwerer Arbeit ließen es sich die drei Burschen nicht nehmen, an einem Abend nach Bschlabs zu ihren Mädchen zu gehen. Hoch war der Schnee immer noch und schmal die Spur. Es war eine mühsame Wanderung. In ihrem Verliebtsein und jugendlicher Kraft ging es trotzdem gut vorwärts. Jetzt waren sie auch schon bei den Nachbarn vom Hiasl so gut bekannt, so dass sie überhaupt keine Hemmungen mehr hatten. Wie durch Zufall waren alle drei Mädchen beim Hiasl versammelt und natürlich überglücklich ob dieses Besuches.

Gleich nach der Begrüßung und einem kleinen Imbiss konnten die Mädchen nicht mehr länger schweigen. Justina sagte es freiweg heraus: „Für Eduard haben wir eine große Neuigkeit!"

„Was wird das wohl sein?", fragte Jaggl neugierig.

Darauf Justina: „Mina, jetzt musst du weiter reden!"

Mina drückte sich ganz fest an Eduard und flüsterte ihm etwas ins Ohr, so leise, dass es die anderen nicht hören konnten. Darauf verzog Eduard seine Miene, als ob er eine Erleuchtung erleben würde, nahm liebevoll das Gesicht von Mina in seine Hände, küsste sie und sprach, beinahe andächtig: „Wirklich? Etwas Schöneres hättest du mir nicht sagen können."

Die anderen warteten immer noch neugierig, bis Eduard stolz verkündete: „Ich werde Vater!"

Spontan, als ob es gar nicht anders sein könnte, sagte Jaggl zu ihm: „Jetzt wird das erste Haus für euch gebaut. Wir können noch ein Jahr warten."

Darauf Eduard ebenso selbstverständlich zu Jaggl und Markus: „Aber wenn sich bei euch auch eine Jugend einstellen sollte, dann müsst ihr zu uns ins neue Haus kommen. Da haben wir für alle Platz."

„Angenommen", klang es von beiden Angesprochenen wie aus einem Munde.

Hiasl musste diese Unterhaltung irgendwie mitbekommen haben. Er gesellte sich zu den Pärchen und fragte so halbinformiert: „Wer von euch bekommt nun ein Kind?"

„Ich", sagte Mina und fügte gleich hinzu: „Jaggl will auf das Haus in diesem Jahr verzichten. Wir sollen das erste im Ebele bekommen, damit wir mit unserem Bobbele ordentlich wohnen können. Doch wenn Justina oder Elga auch ein Kind bekämen, haben wir ihnen versprochen, dass sie nicht im Stall, sondern bei uns wohnen sollen."

„Ich freue mich auf ein Bobbele. Ein Kind ist immer ein Segen fürs Haus und die Familie", sagte er. Gleich wurde er etwas nachdenklich: „In Pfafflaar und in Bschlabs ist jedes Kind willkommen, gleich wie. Jetzt haben die Bschlaber Weiber wenigstens wieder einmal ein Thema, über das sie sich wochenlang unterhalten können. Hauptsache ist, dass ihr euch versteht und dass ihr ein gesundes Kind bekommt. Das Haus werden wir bis zum Herbst schon soweit unters Dach bekommen, dass du, Mina, das Kind dort zur Welt bringen kannst und ihr darin ordentlich wohnen könnt."

Eduard begeistert: „Papa, wenn du uns beim Hausbau hilfst, du brauchst uns nur zu sagen, wie wir es machen sollen, dann werden wir das Haus gut und schnell bauen können. Du und die meisten Bschlaber Männer können das besser als wir, und ihr habt auch das bessere Werkzeug."

„Wir haben, als wir noch ganz jung waren, auswärts arbeiten müssen. Da konnten wir viel lernen. In Pfafflaar haben die Leute immer genug zu essen gehabt, da war es nicht notwendig, dass schon die Kinder über den Sommer irgendwo anders arbeiten mussten. Lernen kann man in der Fremde mehr als zu Hause."

„Ja, ja. Hat alles seine guten und schlechten Seiten", erwiderte Jaggl nachdenklich. Er, jetzt schon wie verlobt, kann nicht mehr in die Fremde ziehen. Für seinen jüngeren Bruder Lee wäre das aber schon etwas. Der könnte damit auch nach Pfafflaar Neues und Gutes bringen. Er wandte sich zu Hiasl: „Sobald der Schnee zu schmelzen beginnt, solltest du zu uns kommen und uns sagen, wie wir den Bauplatz vorbereiten sollen, damit wir dann, wenn es aper ist, gleich anfangen können."

Hiasl war sichtlich beeindruckt über so viel Vertrauen in sein Talent und gab gleich noch einen Rat: „Wir brauchen nicht nur Holz für das Haus. An der Bergseite, wo es immer feucht ist, würde das Holz bald verfaulen. Wir machen gegen den Berg eine Mauer. Die Mauer hält ewig und in einem gemauerten Raum bleiben die Milch und das Fleisch viel länger frisch. Ihr müsst darum, zusätzlich zum Holz, viele Steine an den Bauplatz bringen. Am besten wird es sein, ihr sucht die Steine am Bach und transportiert sie mit dem Schlitten zum Bauplatz. Bei Schnee, mit dem Schlitten, geht das viel leichter."

„Du hast für alles eine gute Idee. Wir werden, sobald wir die Bäume gefällt haben, gleich mit dem Steintransport anfangen. Auch Lehm werden wir zum Mauern brauchen?", fragte Eduard, jetzt schon ganz Bauherr.

Hiasl wusste in Pfafflaar gut Bescheid, denn er sagte darauf gleich: „Mit dem Lehm müsst ihr warten, bis die Lawine weg ist. Dort oben findet ihr den besten Lehm. Ihr solltet später anfangen, Kalk zu brennen, wie wir es schon seit Jahren tun. Kalk ist viel besser zum Mauern als Lehm."

„Das müssen wir aber auch noch von euch lernen", gab Jaggl dem Hiasl einen neuen Ansporn.

„Kalk brennen ist ganz einfach, wenn man es kann. Es muss nur Tag und Nacht jemand beim Kalkofen bleiben, damit das Feuer nicht ausgeht. Kalksteine gibt es in Pfafflaar genauso wenige wie in Bschlabs. Wir müssen sie während des Winters weit herholen. Für die oberen Häuser müssen wir den Kalk dann hinauftragen. In Boden unten braucht ihr die Steine nur aufzuklauben. Das ganze Bachbett ist voll von Kalksteinen. Allerdings müsstet ihr dann den Kalk noch weiter hinauftragen als wir", belehrte er die Pfafflaarer Männer.

So ging die Unterhaltung, teils fachlich, teils familienbezogen, eine Zeitlang weiter, bis die jungen Leute einen Drang zum Zusammensein mit ihren Partnern spürten. Hiasl und seine Frau merkten das und zogen sich zur Freude der jungen Paare zurück in ihr Schlafgemach.

Am folgenden Tag, zu Mittag, brachen die drei Männer auf, um noch vor Einbruch der Nacht nach Pfafflaar zu kommen. Es war nicht nur schön, wieder einmal eine Nacht bei der Geliebten zu verbringen. Dass sie in Bschlabs wieder einiges dazugelernt hatten, beeindruckte sie sehr. Sie konnten diese Tipps gut gebrauchen.

In den folgenden Wochen gingen die Vorbereitungsarbeiten für den Hausbau gut voran. Hiasl kam oft, um nachzusehen und immer wieder ein paar gute Ratschläge zu geben. Manchmal wurde er von einem Nachbarn, meistens von Mathe, begleitet.

Es war so weit, dass man an den genauen Hausplan denken musste. Jaggl hatte eine

Idee, welche er zuerst mit Hiasl besprechen wollte: „Was meinst du, Hiasl? Könnten wir nicht, so wie im Tal und wie in deinem Haus, den Stall und das Wohnhaus für Eduard aneinander bauen? Das Vieh würde das ganze Haus wärmen."

„Das wollte ich euch schon längst vorschlagen. Ihr müsst freilich dafür einen größeren, ebenen Platz schaffen. Das ist viel Arbeit. Die Baumwurzeln werden euch schwer zu schaffen machen."

„Keine Sorge. Wir arbeiten lieber ein paar Tage länger, und Eduard hat mit seiner Familie dann ein warmes Haus."

„Wir können sicher im Duerf ein paar Kitz verkaufen. Dafür können wir Pickel und Schaufel anschaffen. Wenn wir mehr Werkzeug haben, können mehr Männer gleichzeitig arbeiten."

„Gut, dann messe ich das Bauholz für ein Haus mit Wohnung, Stall und Stadel aus. Ihr braucht es dann nur so abzuhacken, wie ich es euch markiere."

„Das machen wir gern. Eduard wird sich freuen, wenn er ein so schönes Haus bekommt. Wir sagen es ihm gleich."

„Eduard, komm zu uns!"

Wenn Hiasl diese Nachricht überbrachte, war sowieso alles in Ordnung: „Möchtest du nicht ein Haus, bei dem Stall und Wohnung zusammengebaut sind? Wäre doch im Winter viel wärmer."

„Wäre schon recht. Das macht aber dann viel mehr Arbeit. Ob wir das bis zum Herbst schaffen?"

„Jaggl meint, dass es geht."

„Das wäre freilich besser. Alle Häuser sollten, wenn es nach mir ginge, zusammengebaut werden. Im Tal, wo der Winter nicht so lang ist wie bei uns, ist es doch auch so."

Sepp kam dazu: „Ich höre, dass ihr Stall und Wohnung zusammenbauen wollt. Ist das so?"

„Ja, Papa, das möchten wir, damit wir es im Winter wärmer haben", gab Eduard zur Antwort.

„Ist mir schon so im Kopf herumgegangen. Ich habe bloß nichts gesagt, weil so ein Haus doch mehr Arbeit macht und man auch mehr Holz dafür braucht."

„Ich denke, dass wir in Zukunft alle Häuser so bauen müssen. Beim Vieh will niemand mehr länger wohnen und die Häuser, die allein und frei stehen, sind im Winter zu kalt."

„Ich glaube, dass alle in Pfafflaar so denken. Dann beginnt eine neue Zeit für unser Dorf. Die hat eigentlich schon begonnen, seit wir im Lechtal etwas mehr verkaufen können. Du, Hiasl, wirst uns schon immer wieder helfen müssen. Beim ersten Haus kommen wir ohne dich sicher nicht zurecht", sagte Sepp zum Schluss. Für Hiasl, der damit mit seinen Fähigkeiten anerkannt und gewürdigt wurde, konnte es kein schöneres Abschiedsgespräch geben. „Wo man derart anerkannt wird, da hilft man immer gern", waren seine viel versprechenden Abschiedsworte.

Mathe hatte im Lechtal die Gelegenheit, eine große Säge kennen zu lernen. Kleine Sägen, für Tischler- und Bastelarbeiten, wurden sogar in Pfafflaar verwendet. Handgeschmiedete, große Sägen waren fast unerschwinglich teuer und dazu sehr unhandlich. Die neuen Sägen sollten, nach Aussagen der Händler, bedeutend besser sein. Leichter waren sie tatsächlich. Man müsste sie ausprobieren, dachten die Männer. Mathe gelang es, eine Säge leihweise zu bekommen. Nur ganz wenig sollte er dafür bezahlen. Bis zur Schneeschmelze musste er sich entscheiden, ob er die Säge behalten wollte oder nicht. Wenn sie ihm gefiel, müsste er den Rest bezahlen, andernfalls die Säge zurückgeben. Die kleine Anzahlung wäre dann allerdings verloren gewesen. Zu Hause wurde die Säge an kleineren Baumstämmen gleich ausprobiert. Man brauchte zwar immer zwei Arbeiter, um sie hin und her zu ziehen, doch es ging tatsächlich etwas schneller als mit der Hacke. Die mit der Säge glatt abgeschnittenen Balken an den Häusern waren auf jeden Fall schöner als die schrägen und ungleichmäßigen, die mit der Hacke abgehackt wurden.

Also brachte eines Tages Mathe eine große Säge nach Pfafflaar. Sie wurde wie ein Wunderding von den Pfafflaarer Baumfällern betrachtet. Jaggl ging gleich auf Mathe zu: „Dürfen wir die auch ausprobieren?"

„Wir haben sie doch zum Ausprobieren mitgebracht. Ihr werdet sehen, dass ihr damit viel schneller die Baumstämme auf die richtige Länge teilen könnt."

Lee kam unerwartet angerannt: „Die Bschlaber Männer sollen sofort zum Essen kommen. Die Mama hat das Essen schon auf dem Tisch."

„Na, Lee, wenn du uns zum Essen holst, dann müssen wir gehorchen. Komm, Mathe", sagte Hiasl und ging mit Mathe nach unten.

Nun wurde die Säge ausprobiert. Anfangs machte das Arbeiten damit Spaß, doch sobald man sich an einen dicken Baumstamm wagte, wurde die Arbeit zur Qual. Das Sägeblatt ließ sich immer schwerer hin und her ziehen, und oft klemmte das Holz, so dass die Säge nur mit Mühe frei zu bekommen war. Da würden sie doch lieber bei der Hacke bleiben, sagten sie sich. Auf jeden Fall war die Arbeit mit der Hacke leichter und wahrscheinlich auch schneller.

Als Hiasl und Mathe vom Essen zurückkamen, hatte Kassian die im Baumstamm eingeklemmte Säge gerade wieder einmal mit Mühe freibekommen. Diesmal packte ihn so richtig der Zorn über dieses unpraktische Arbeitsgerät. So sagte er Mathe frei ins Gesicht: „Ihr mögt das Häuser bauen viel besser verstehen als wir, doch was du da gekauft hast, ist Murks. Damit kann man gar nicht richtig arbeiten. Ich trenne allein einen Baumstamm gleich schnell, wie ihr zu zweit mit der Säge."

„Also, das stimmt ganz sicher nicht. Freilich müssen zwei sägen, aber wir haben den Baumstamm auch in der halben Zeit durch, gegenüber dir mit der Hacke."

„Ich wette ein ganzes Kitz, dass ich allein einen Stamm in der gleichen Zeit durchhacke wie ihr zu zweit ihn mit dieser Säge absägt."

„Wenn der Hiasl mitmacht, gilt die Wette. Hiasl, machst du mit? Schneidest du mit mir den Baumstamm mit der Säge durch?"

„Ja, auf die gleiche Zeit da können wir es ankommen lassen", erwiderte Hiasl siegessicher.

„Also, Kassian, die Wette gilt." Sagte es und hielt ihm die Hand für einen Handschlag hin. Kassian schlug ein und bestärkte die Wette noch damit, dass er bekräftigte: „Also, es gilt ein Kitz. Wenn ich mit dem Abtrennen des Baumstammes langsamer bin als ihr zu zweit mit der Säge, so habe ich die Wette verloren."

Zwei Baumstämme, welche gleich dick waren und mit denen sich beide Parteien einverstanden erklärten, waren bald gefunden. Sie wurden auf das richtige Maß abgemessen, dann begann der Wettstreit.

Hiasl und Mathe zogen und schoben die Säge hin und her, dass es eine Freude war. Kassian hackte den Baumstamm, dass die Späne nur so flogen. Zu Beginn schien es, als ob die Säger dem Hacker weit überlegen wären. Ungefähr in der Mitte war die Säge der Hacke immer noch etwas voraus, doch Kassian holte jetzt gut auf. Anstrengender war jedenfalls die Säge, denn Hiasl wie Mathe wurden sichtlich müde. Kassian hackte zwar auch nicht mehr so kräftig wie am Anfang, doch schien er besser als seine Rivalen in Schwung zu sein. So ging es eine Weile weiter. Keiner wusste, wer Sieger sein würde, auch die Zuschauer nicht.

In der Eile und im Eifer der Vorbereitungen für die Wette hatte niemand darauf geachtet, dass die Baumstämme über einer kleinen Mulde lagen. Das sollte den Sägern endgültig zum Verhängnis werden. Je mehr der Stamm durchschnitten wurde, desto mehr sackte der Baumstamm gerade dort, wo sich der Schnitt befand, durch, und auf einmal klemmte die Säge so fest, dass sie überhaupt nicht mehr bewegt werden konnte. Bei Kassian hing der Baumstamm zwar ebenfalls durch, doch das brachte den Hacker überhaupt nicht in Verlegenheit. Kassian konnte dadurch die Trennung des Stammes sogar noch beschleunigen. Als sich der Stamm so durchbog, dass er schon nahe am Brechen war, fing er an, ihn von unten einzukerben. Nach ein paar kräftigen Schwüngen, Hiasl und Mathe wussten noch nicht, wie sie die eingeklemmte Säge wieder in Bewegung bringen sollten, brach der Baumstamm, ohne dass Kassian ihn total durchhacken musste, in zwei Teile.

Die Wette schien also eindeutig für Kassian ausgegangen zu sein. Hiasl und Mathe gaben das auch freimütig zu: „Kassian, du hast gewonnen!“

Kassian war darüber gar nicht so sehr erfreut: „Wir haben zwar jetzt gesehen, dass ein Mann mit der Hacke so schnell ist wie zwei Mann mit der Säge. Ob ich wirklich schneller gewesen wäre, wenn sich die Säge nicht verklemmt hätte und mir die Lage des Stammes zu einem schnelleren Bruch verholfen hätte, weiß ich nicht. Jedenfalls kann ich den Sieg nicht annehmen.“

Darauf Hiasl, ernst und sicher: „Du bist der Sieger! Wettschulden sind Ehrenschulden, da darf man weder handeln noch zögern.“

Darauf Kassian, genauso sicher: „Eben darum kann ich den Sieg nicht annehmen. Er wäre nicht ehrlich verdient.“

Jetzt mischte sich Jaggl ein: „Wenn ihr Erwachsene euch nicht einigen könnt, so schlage ich vor, dass ein Kind, ich weiß nicht welches, sagen soll, wer nach Kindermeinung gesiegt hat. Kinder, kommt her! Habt ihr das gehört? Wisst ihr, dass ihr jetzt ganz ehrlich sagen müsst, wer gesiegt hat: die Hacke oder die Säge?“

Lee war, wie meist, der Sprecher: „Der Baumstamm wurde von der Säge nicht ganz abgeschnitten, weil sie eingeklemmt war. Die Hacke hat den Baumstamm auch nicht ganz abgehackt, denn der ist vorher gebrochen. Ist es nicht so?“, fragte Lee mehr zu den Kindern als zu den Erwachsenen gewandt.

„Du hast recht“, sagten mehrere Kinder gleichzeitig.

„Lee wird unser zukünftiger Richter“, sagte Hiasl halb im Spaß, und gleich darauf Jaggl: „Also, nun wisst ihr es. Die Wette wurde gar nicht zu Ende geführt. Es gibt keinen Sieger und auch keinen Verlierer. Wir alle aber haben davon gelernt. Ich selbst weiß nicht, ob ich mir eine Säge kaufen werde. Das Bauholz zurichten geht mit der Hacke schneller und leichter.“

Darauf Mathe: „Ich werde sie wahrscheinlich behalten. Schöner werden die Häuser, wenn man die Baumstämme mit der Säge abschneidet."

Der kleine Lee musste auch noch etwas Gescheites darauf geben: „Wenn wir genug Geld haben, dann kaufen wir uns eine Säge." Demnach war vorauszusehen, dass die Häuser von Pfafflaar eines Tages mit einer Säge gebaut werden sollten.

Der Frühling kam ins Land. An den Schattenhängen um Pfafflaar lag noch Schnee, doch an den Sonnenhängen blühte es mal weiß von den Krokussen, mal gelb von Schlüsselblumen mit blauen Matten von Vergissmeinnicht. Nicht nur die Frauen und Kinder, selbst die Männer, blieben oftmals stehen, um die Blumenpracht zu genießen. Das Grün der Weiden und der kleinen Wiesen tat allen wohl. Pfafflaar war ein wunderschönes Flecklein Erde, nur die Winter waren zu lang. Gegen Ende der Winter konnte niemand mehr Schnee sehen.

Nachdem die Felder gedüngt und die wenigen Feldfrüchte angebaut waren, konnte man an den Hausbau denken. Alle Männer arbeiteten daran, sogar die Frauen halfen mit, so gut es ging. Ganz ohne Probleme ging der Bau natürlich nicht vonstatten. Jaggl und Eduard wurden wieder einmal mit Fleisch und Käse ins Lechtal geschickt. Mit der Einkehr in Bschlabs gingen darüber beinahe zwei Tage drauf. In der Zeit wollten die Arbeiter eine besonders gute Leistung vorzeigen können. Die meisten hatten von der ungewohnten Arbeit bereits schmerzhafte Schrunden an Fingern und Händen, doch im Eifer der Arbeit spürten sie die Schmerzen kaum. Sie hoben den Grund bergseitig so weit aus, dass man einen Keller in den Hang mauern konnte. Das Material wurde talseitig so aufgeschüttet, dass für das ganze Haus eine ebene Fläche entstand. Die vielen Baumwurzeln und Baumstöcke hätte man vorher unbedingt entfernen müssen, doch im Drang des Arbeitsfortschrittes dachte niemand daran, obwohl Hiasl und Jaggl das angeordnet hatten. Als die beiden vom Lechtal zurückkamen, mussten sie die Arbeiter aufs Höchste loben. Am nächsten Tag merkten sie freilich, dass die Baumstöcke vor der Grundaufschüttung nicht entfernt, sondern nur zugedeckt wurden. Darüber gab es einen heftigen Streit. Zwei Nachbarn, gerade die allerfleißigsten, rannten sogar mit dem Entschluss davon, nicht mehr mithelfen zu wollen. Jaggl und Eduard wurde ganz bange bei dem Gedanken, auch nur einen Arbeiter entbehren zu müssen. Schließlich bestand Eduard darauf, dass die Arbeit so belassen wird, denn die Zeit eilte davon. Wenn Eduard und Mina im Herbst mit dem Kind in dieses Haus einziehen sollten, duldete es nicht die geringste Verzögerung. Eduard lief den beiden Flüchtigen nach und bat sie inbrünstig, doch wieder mitzuhelfen. Da sie die anderen nicht im Stich lassen wollten, kamen sie mit leichtem Murren zurück.

Schließlich besänftigte sie Jaggl: „Ihr wisst doch selbst ganz genau, dass man kein Holz unter einem Haus eingraben sollte. Vielleicht war es aber tatsächlich zu schwierig, alle Wurzeln zu entfernen, und wir hätten dafür so viel Zeit gebraucht, dass wir mit dem Bau nicht mehr vor dem ersten Schneefall im Herbst fertig geworden wären. Seien wir also froh, dass ihr so fleißig gearbeitet habt. Morgen beginnen wir die Steine für das Fundament zu legen. Den Keller mauern wir, und wenn das Wetter mitmacht, so können Hiasl und Mathe nächste Woche beginnen, das Haus aufzuzimmern. Wegen den Baumstöcken unterm Haus wird es sicher nicht umfallen."

Umgefallen ist es nicht, doch nach hundert Jahren begann sich dieser Teil des Hauses zu senken, so dass sich alle Wandbalken bogen und der Boden neu gemacht werden musste.

Die Pfafflaarer konnten immerhin mit Steinen umgehen. Im Engadin wurden die Häuser nur mit Steinen gemauert, weil dort viel zu wenig Bauholz in Dorfnähe zu bekommen war. Was den Holzbau betraf, waren die Bschlaber den Pfafflaarern überlegen.

Das Haus war dank der Mithilfe von Arbeitern aus Bschlabs schneller hochgezimmert als gedacht. Nun konnten die Pfafflaarer sich ein wenig von der schweren Arbeit ausruhen.

Für Mina und Eduard war die Zeit gekommen, um zu heiraten. Dauernd zusammen wohnen wollten sie aus Tradition erst nach der Trauung. So gingen sie zu Fuß über den Hahntennen bis nach Imst. Beim Pfarrer von Imst wurde in den Büchern nachgeschaut, ob gegen die Brautleute etwas vorlag. Die Zeremonie war eher trocken. Die Kirche war schön, aber nüchtern und wirkte damit kalt. Nach der Trauung wurde von zwei Pfarrern eine Messe zur Ehre der Eheleute gefeiert. Mina und Eduard wussten damit allerdings nicht viel anzufangen. Zu fremd waren die Worte, welche da gebraucht wurden, und die Lehre des Christentums war in Pfafflaar längst gegen die nackten Lebensbedürfnisse ausgetauscht. Hauptsache, bei den geistlichen und weltlichen Herren, mit denen man immer wieder zu tun hatte, war man als Eheleute eingetragen. Die Kirche hatte somit für Pfafflaar nur eine statistische Bedeutung bei der Geburt mit der Taufe, beim Sterben mit der Beerdigung in Dormitz und eben den Trauungen. Nahe der Kirche befand sich eine kleine Gaststätte. Nachdem die frischgebackenen Eheleute darin etwas Warmes gegessen hatten, wurde der Marsch zurück über den Hahntennen angetreten. Obwohl Mina bereits im siebten Monat schwanger war, machte ihr der lange Weg über das Joch nicht viel aus. Rechtschaffen müde kamen sie beide noch vor der Dunkelheit zu Hause an.

Wahrscheinlich dachte kaum ein Schlossherr an die Leute hinter der Maldon, wie Pfafflaar auch genannt wurde. Das Vieh wurde problemlos im Frühjahr auf die Maldonalpe und die Hahntennenalpe aufgetrieben, den Sommer über von den Pfafflaarern gehütet und versorgt und im Herbst abgetrieben. Beim Viehtrieb ins Tal wurde Käse gegen Korn eingetauscht und dazu ein wenig bescheidener Handel betrieben. Mehr Kontakte wurden kaum gepflegt. Bei der Bevölkerung von Tarrenz und Imst waren die Pfafflaarer als gute Unterhaltungsmenschen zwar recht beliebt, doch merkte man ständig, dass sie als Bergler von den hintersten Winkeln betrachtet wurden. Diese Geringschätzigkeit ließ nur wenig engen Kontakt aufkommen, denn was die Gefühle betraf, waren die Rätoromanen aus Pfafflaar den Talbewohnern vom Inntal überlegen.

Um das Schloss Starkenberg waren viele Gerüchte im Umlauf. Kaum eine größere Debatte, in der dieses Schloss nicht zur Sprache kam. Niemand wusste genau, was dort passierte. Manchmal schien es, dass es darin so eine Art makabren Strafvollzug gab. Tatsache war, dass man früher Todeskandidaten in einen Messerturm warf. Wenn sie den Sturz, bei dem sie durch eingemauerte Messer regelrecht aufgeschlitzt wurden, überlebten, galten sie fortan als unschuldig. Viele allerdings dürften diesen Sturz entlang der scharfen Messer nicht überlebt haben.

So rankten sich um die Umgebung dieses Schlosses viele Schauermärchen und Geistergeschichten. Wahrscheinlich wurden von den Schlossherren und allen, welche in diesem Schloss ein- und ausgingen, diese Geschichten unters Volk gebracht. Sicher war es nicht erwünscht, dass das Volk Einblick in das dortige Geschehen bekam. Besonders im Salvösental sollten viele böse und ulkige Geister ihr Unwesen treiben.

7. Die Geburt

Es kam die Zeit der Heuernte. Alle mussten mithelfen, das Gras erst zu mähen, und wenn es trocken war, in die Scheunen zu tragen. Selbst die Kinder mit zehn Jahren trugen ein Heubündel auf dem Kopf. Es war die schwerste Arbeit vom ganzen Jahr, denn man musste jede Schönwetterperiode ausnützen, sonst bekam man kein gutes, trockenes Heu. Das Heu war lebenswichtig für die Kühe, die Ziegen und die Schafe, somit also auch für die Menschen die Lebens- und Überlebensbasis. Selbst die schwangere Mina half mit, als wäre sie gar nicht in anderen Umständen. Das Ahnle schaute ihr aufmerksam zu, als sie es mit der Arbeit zu bunt trieb. Wenn 's Ahnle etwas sagte, so hatte das viel mehr Gewicht, als wenn ein anderer etwas lautstark herausschrie. So ließ Mina sofort von der Arbeit ab, als 's Ahnle nur sagte: „Mina, jetzt ist es für heute genug. Komm!", und sie beiseite in die Stube zog. Da war es, als wartete Mariele schon auf die beiden: „Hast du schon gerechnet, wann das Kind kommen soll?"

„Es war Vollmond, als wir das erste Mal beisammen waren. Da muss es passiert sein."

„Dann müsste es bei Neumond kommen", sagte 's Ahnle.

Mariele ergänzend: „Das wäre dann schon der nächste Neumond."

's Ahnle schaute Mina lange und sinnend an: „Mir kommt vor, es kommt früher. Wir müssen darauf vorbereitet sein. Mir wäre überhaupt lieber, wenn Wilma von Bschlabs bei der Geburt helfen würde."

's Ahnle war in Pfafflaar nebenbei auch Hebamme. Bei der Frau des Enkels wollte sie lieber nicht aktiv dabei sein.

„Wilma ist eine gute Hebamme. Bei der ist noch keine einzige Mutter und kein Kind gestorben. Die sollten wir verständigen, dass wir sie als Hebamme möchten", sagte Mariele fast erleichtert, dass nicht so viel Verantwortung auf ihr und dem Ahnle lasten würde.

„Wenn ihr meint, dann kann morgen Eduard nach Bschlabs zu Wilma gehen und sie bestellen. Sie kommt immer gern ein paar Tage früher, damit nichts passiert, wenn es zu schnell gehen sollte." Also ging Eduard am nächsten Morgen, es war Sonntag, nach Bschlabs. Die Hebamme sollte in etwa einer Woche nach Pfafflaar kommen und auf die Geburt warten.

Es war ein wolkenloser Abend vor einer hellen Vollmondnacht. Die Berge verglühten langsam im Abendrot und überzogen die Landschaft mit einem märchenhaften, unwirklich roten Schimmer. Gleich nach der zauberhaften Dämmerung schliefen die meisten Leute von Pfafflaar, denn es war wieder einmal ein besonders anstrengender Tag gewesen mit schwerer Arbeit von früh morgens bis kurz vor Sonnenuntergang.

Die Hebamme war noch nicht in Pfafflaar, als Mina Eduard stöhnend aufweckte: „Eduard, ich glaube es ist so weit. Hol mir die Wilma, und sag es dem Ahnle und der Mama."

Eduard wusste gar nicht so recht, wie ihm war. Er sprang auf, sagte Mariele, dass er sofort nach Bschlabs müsse, um die Hebamme zu holen. Halb in Trance lief er so schnell er konnte in Richtung Bschlabs. Wilma war natürlich sofort bereit mitzukommen. Nur so schnell wie Eduard konnte sie nicht laufen. Eduard musste oft stehen bleiben, um auf sie zu warten. Schwitzend die Hebamme und Eduard, begreiflicherweise ziemlich nervös, kamen sie in Pfafflaar an.

Mina fühlte sich gar nicht wohl. Die Wehen waren unregelmäßig, so dass die Hebamme sie richtig untersuchen und die Lage des Kindes feststellen musste. Von nun an hatte Eduard nichts mehr in der Stube zu suchen. Er musste die Frauen allein lassen. Nach einiger Zeit kam die Hebamme aus dem Haus heraus, fand Eduard fröstelnd und aufgeregt auf einer Bank sitzend. Fast furchtsam und in eigener Angst um ihre Wöchnerin ging sie auf ihn zu und sagte vorsichtig: „Es wird eine schwierige Geburt werden. Hoffentlich bringen wir das Kind lebend heraus."

Es war, als ob man ihm einen Schlag über den ganzen Körper und die Seele versetzt hätte. Helle Freude über das werdende Kind war in Sekundenschnelle bedrückender Angst und Ratlosigkeit gewichen.

Was konnte er tun? Er sicher gar nichts. Wenn schon, dann die Hebamme, und vielleicht 's Ahnle, das immerhin viel Erfahrung mit Geburten hatte. Das Kind verlieren war schon schwer genug, vielleicht aber war Mina sogar in Lebensgefahr, die Wörter Sterben oder Tod verdrängte er mit aller Kraft, doch umso mehr drückten sie unbewusst auf sein Gemüt. Wilma war eine gute Hebamme, doch Wunder konnte auch sie keine vollbringen. Was sie ihm gesagt hatte, war ernst zu nehmen. Wilma würde niemals einen Vater ohne Grund verängstigen, das wusste er.

In seiner Not blickte Eduard hinauf zu den Sternen, als könnte ihm von dort Hilfe zuteil werden. Da erinnerte er sich an die letzten Worte von seinem Opa, bevor der die Augen für immer schloss: „Eduard, ich kann mit dir nicht mehr lange reden, aber du kannst mit mir reden, wenn ich auch gestorben bin. Wenn du in Not bist, so sprich mit mir, und wenn du überhaupt nicht mehr ein noch aus weißt, dann komm an mein Grab. Sag mir deine Sorgen, und ich werde dir helfen."

Lee war noch jung, als der Opa starb. Den anderen Kindern, so dachte er, wird der Opa wohl dasselbe gesagt haben. Wieder schaute er hinauf zu den Sternen, als müsste er dort oben irgendwo den Opa finden. Auf einmal packte ihn ein Drang: er musste an das Grab, wenn es auch bis Dormitz ein weiter Weg war. Niemand würde davon etwas wissen. Nur Jaggl wollte er informieren, damit niemand sich um ihn ängstigen müsste. Zu Jaggl sagte er dazu noch ausdrücklich, dass nur 's Ahnle und die Mama erfahren dürften, wohin er wirklich ging. Auch diese nur, wenn sie um ihn besorgt waren.

Bald verschwand Eduard in der Vollmondnacht in Richtung Hahntennen. Keine Geistergeschichten und Gräuelmärchen konnten ihn aufhalten. Sein Kind, Mina und der Opa kreisten immerfort in seinem Kopf herum, bis er nach Stunden, noch bei Nacht, am Grab seines Großvaters ankam.

Nun war ihm, als würde sein Opa noch leben, sah ihn deutlich am Sterbebett und konnte mit ihm reden: „Oh, Opa, du hast gesagt, dass du mir helfen wirst, wenn ich in Not bin. Jetzt bin ich selbst nicht direkt in Not, aber hilf deinem Urenkel und meiner Frau. Lass sie nicht sterben, bitte, bitte, hilf, dass unser Kind lebt und ein anständiger Mensch wird. Bitte, Opa, hilf, bitte!"

Er wusste nicht, sollte er mehr mit dem Opa tief unter der Erde reden, oder mehr mit dessen Seele, die er weit über den Sternen wähnte. Schließlich unterhielt er sich mit ihm wie damals, als der Großvater noch lebte. Der gab zwar keine Antwort auf seine Fragen, Bitten und Gebete, doch war die Erinnerung an den gütigen Mann zutiefst beruhigend. Eduard wusste nachher nicht mehr, wie lange er an seinem Grab verweilt und was er alles mit ihm besprochen hatte. Die Zwiesprache gab ihm mindestens das Gefühl, sich ausgesprochen und ihm alles anvertraut zu haben. Beim Abschied wurde ihm plötzlich ganz leicht im Herzen. Wie früher glaubte er ihn jetzt zu hören: „Geh nur heim, es wird schon recht werden." Als er dies vernahm, sah er den ersten Sonnenschein auf den Berggipfeln der Hoaterwand, dort, wo er seine Liebsten wusste. Er brauchte die Träne, die ihm über die Wange rann, nicht zu verbergen. Niemand hatte ihn am Grab seines Großvaters gesehen, und das war gut so.

Zwar hoffnungsvoll, aber gewiss nicht sorgenfrei, trat er, vom anstrengenden Marsch der Nacht gezeichnet, den Heimweg an. Das letzte Stück vor dem Pass konnte er nur noch mit letzter Kraft bewältigen. Als es aber endlich abwärts ging, schien es, als hätten seine Füße Flügel bekommen. Das Herz klopfte zum Zerspringen, und die Angst, was passiert sein könnte, wurde wieder unerträglich. Die Dächer von Pfafflaar in Sicht, wäre er am liebsten nicht mehr weitergegangen. Was wird inzwischen geschehen sein? Wird er eine Tragödie erfahren müssen? Wird noch alles so sein, wie er davongegangen ist, oder wird alles gut vorbei sein?

Nein, diese Ungewissheit war nicht mehr länger zu ertragen. Also, besser mutig vorwärts als diese Angst noch länger erdulden zu müssen.

Eduard war noch nicht beim Haus, da kam ihm Mariele, seine Mama, die Hände überm Kopf, im Laufschritt entgegen. Er wusste in der Aufregung nicht, was das zu bedeuten hatte. Jedenfalls erschrak er so, dass er wie angewurzelt stehen blieb, bis seine Mama vor ihm stand und ihn im Sprung umarmte: „Wir haben einen Buben. Alles ist gut gegangen. Es hat ganz schlecht ausgesehen. Die Hebamme und 's Ahnle waren schon verzweifelt. Plötzlich kamen abnormale Presswehen, dass man Mina bis in die Nachbarhäuser schreien hören konnte. Wilma, die Hebamme, glaubte schon, es wäre alles verloren, doch auf einmal kam der Kopf ganz normal zum Vorschein und in ganz kurzer Zeit war alles gut vorüber. Mina ist noch mitgenommen und schwach. Sie wird sich freuen, wenn sie dich sieht."

Auch Jaggl kam ihm entgegen: „Stell dir vor, genau, als die ersten Sonnenstrahlen unsere Berge berührten, hörte man den ersten Schrei vom Kind. Wenn das kein gutes Zeichen ist?"

Eduard sagte nichts. Ausgerechnet beim Abschied vom Grab, als er die erste Sonne auf den Berggipfeln sah, verspürte er die tröstende Botschaft von seinem Opa. Ja, sein alter Opa hatte sein Wort gehalten, das er ihm in seiner Sterbestunde gegeben hatte.

„Danke, Opa!", kam es über seine Lippen.

Nun schossen Tränen der Freude in seine glücklichen Augen. Mit nassen Wangen stürmte er in die Stube zu seiner geliebten Frau, die ihm in Schmerzen das Höchste geschenkt hatte, was in diesem Leben eine Frau einem Mann schenken kann.

Bald kam Wilma, die Hebamme, mit dem Baby zu Eduard, um es ihm in die Arme zu legen. Jaggl trat freudestrahlend in die Stube. Alle freuten sich über den Familienzuwachs. Wilma drückte auch dem Onkel Jaggl das Kind in den Arm, um es danach frisch zu wickeln. Alle Anwesenden bestaunten den strammen Jungen. Auf einmal streichelte Jaggl den Kleinen vom Po bis zu den Füßen. Es war eigenartig, wie er sich benahm. Er zitterte, gab Wilma den Kleinen zurück und verließ wortlos die Stube. Alle merkten dieses sonderbare Verhalten, bis auf Eduard. Der war so im Vaterglück vertieft, dass er davon nicht die geringste Notiz nahm. Auf eine fragende Bemerkung von Mariele beruhigte 's Ahnle: „Ihr wisst doch, dass er selbst es nicht erwarten kann, Vater zu werden. Das ist doch ganz normal."

Nein, das war nicht normal. Jaggl musste etwas bemerkt haben, das diese Emotion bei ihm auslöste. 's Ahnle wusste, dass es nun gebraucht wurde. Ruhig, wie zufällig, folgte sie Jaggl bis zum großen Stein überm Bach. Da konnte sie mit ihm ganz allein reden und fragte ihn dann direkt: „Glaubst du wirklich, dass es dein Sohn ist?"

„Ich habe doch das Muttermal am linken Oberschenkel gesehen. Genau dasselbe habe ich an dieser Stelle, und die Zeit der Geburt passt viel besser zu meinem ersten Besuch in Bschlabs als dem ersten von Eduard. Damals war Neumond und jetzt haben wir Vollmond. Das passt nicht zu Eduard."

Nun wurde das Ahnle fast feierlich: „Jaggl, merk dir für dein ganzes Leben: ein Kind ist ein Segen für das Haus und die ganze Familie. Woher es kommt und von wem es gezeugt wurde, ist gar nicht so wichtig. Wichtig ist, dass wir ein gesundes Kind haben. Es ist nicht dein, mein oder Eduards Kind. Es ist unser Kind. Alle zusammen wollen wir es zu einem anständigen Menschen erziehen. Von Zeit zu Zeit muss etwas Junges ins Haus, ganz gleich wie! Kehr frohen Mutes zurück in die Stube und nimm unser Kind noch einmal in deinen Arm. Gib ihm deinen Segen, schweig und vergiss!"

„Ahnle, jetzt sage ich dir auch einmal etwas: Schweigen ist leicht, aber vergessen unmöglich."

„Jaggl, da hast du ein wahres Wort gesagt."

„Es kann nicht schaden, wenn ein Kind zwei Väter hat. Ich will jedenfalls immer für dieses Kind da sein, wenn man mich braucht, und will mithelfen, dass es ein anständiger Mensch wird."

Damit war das Ahnle nun zufrieden: „So ist 's recht, Jaggl!"

8. Der Nebenverdienst

Am ersten Sonntag, an dem nicht gearbeitet wurde, kam Hiasl mit seiner Familie, um den kleinen, neuen Erdenbürger zu betrachten. Mathe mit seiner Frau und Elga begleiteten sie.

Den Bub lupfen, was so viel hieß wie „den Jungen in die Arme nehmen", das gehörte zu den selbstverständlichen Verpflichtungen der ganzen Verwandtschaft.

Die Oma aus Bschlabs war als Erste dran: „Habt ihr schon einen Namen für unseren Buben?"

„Lois soll er heißen", sagte die Mutter voll Stolz.

„Ist ein schöner und kurzer Name. Er gefällt mir."

„Mir auch", warf Opa Hiasl zustimmend ein.

„Also, Hiasl, nimm den Lois, deinen ersten Enkel, in den Arm!"

„Ist ein schönes Gefühl. Werde jetzt noch öfter nach Pfafflaar kommen. Der Bub soll von mir auch etwas lernen."

„Das ist wohl noch ein bisschen zu früh", meinte Justina und schickte sich an, das Kind von ihrem Vater zu übernehmen.

Nachdem Mathe mit Frau und Elga den Jungen ebenfalls „gelupft" hatten, gesellten sich Justina und Elga gleich zu ihren Verlobten, um sich in die freie Natur zu begeben. Wunderbare, einsame Plätzchen zwischen Bäumen und Latschen waren bald gefunden. Weiches Moos bedeckte den grasigen Boden und fühlte sich beim Hinlegen an wie ein samtweiches Federbett. Schöner konnte man sich ein Liebesnest nicht vorstellen. Wo sonst konnte man sich ungestörter lieben und sich endlich wieder einmal alles geben, wonach ein junger Mensch sich sehnt?

Die Älteren gesellten sich zu einem kleinen Imbiss. Es tat gut, sich wieder einmal miteinander zu unterhalten. Man sprach über das Vieh, den Hausbau und natürlich übers Geld, von dem jeder zu wenig hatte.

„Bei euch gibt es doch auch Füchse und Marder in der Nähe?", fragte Hiasl so nebenbei.

Darauf Sepp: „Wir haben davon viel zu viele. Letzten Winter hat uns ein Fuchs bei helllichtem Tag eine Henne geholt, und jeden Winter mordet einmal ein Marder im Hühnerstall."

Jaggl horchte auf. Über Raubwildfelle wurde kürzlich im Duerf gesprochen. Er musste sich in das Gespräch einmischen: „Habt ihr noch nie daran gedacht, dass man für die Fuchs- und Marderfelle viel Geld bekommt?"

„Daran gedacht haben wir schon, aber wohin sollen wir die verkaufen?"

„Nach Imst dürfen wir sie nicht verkaufen. Wenn das die Starkenberger zu Ohren bekämen, wäre das sicher nicht gut für uns, obwohl von den feinen Schlossjägern keiner über den Hahntennen kommt, um Raubwild zu fangen. Bei Gedeon hat man sich kürzlich über Raubwildfelle unterhalten. Ich denke, dass uns Gedeon weiterhelfen kann. Vielleicht kauft er sie uns direkt ab."

Hiasl kannte einen Fellhändler sogar etwas besser. Einer von ihnen würde sicher die Felle kaufen.

Der kleine Lee kam dazu und witterte eine interessante Sache: „Eine Marderfalle haben wir letzten Winter gebaut. Es ist zwar noch kein Marder in die Falle hineingeraten, aber funktionieren tut sie sicher. Wir bekommen über den Winter ein paar Felle. Da bin ich mir ganz sicher", glaubte Lee zu wissen.

Mariele kam hinzu: „Von mir aus könnt ihr alles Raubwild fangen, auch die kleinen Wiesel. Dann wären endlich die Hühner sicher. Auch die Wiesel solltet ihr fangen. Die saugen den Hühnern das Blut aus und lassen sie liegen."

„Wenn die Wiesel im Winter weiß sind, hat sogar dieses kleine Fell einen guten Preis. Für ein kleines Wieselfell bekommt ihr mindestens soviel wie für zwei Laib Käse."

„Wie viel ist ein Fuchsfell wert?", fragte Lee neugierig.

„Sicher soviel wie zwei Laib Käse, und ein Marderfell noch einmal das Doppelte."

„Mensch, da werden wir ja noch reich", platzte es aus Mariele raus.

„Reich wahrscheinlich nicht, aber wir können uns Werkzeug, gutes Zuchtvieh und anständige Kleider kaufen."

Das war nun etwas ganz Neues: Raubwild fangen und die Felle verkaufen. In Starkenberg und Stams sollte man davon besser nichts wissen. Wahrscheinlich würde man gezwungen, die Felle bei den Schlossherren oder bei befreundeten Händlern abzuliefern. Bezahlt würde von denen nur so viel, dass sich für die armen Hirten über dem Hahntennen der Raubwildfang gerade noch lohnt.

Da war es im Lechtal schon ganz anders. Dort konnte man echten Handel betreiben und bekam viel mehr Geld oder Tauschware.

Der immer stets eifrige und gescheite Lee war mit seinen gleichaltrigen Kameraden schon am nächsten Tag dabei, eine zweite Marderfalle weit unten im Tal zu bauen. Dort gab es immer viele Raubwildfährten, viel mehr als oben bei den Häusern.

Kaum zu glauben, welche Kräfte die halbwüchsigen Burschen entwickelten, wenn es darum ging, etwas Besonderes zu leisten. So eine Raubwildfalle zu bauen, war gar nicht so leicht. Zwei etwa drei Meter lange Baumstämme wurden auf Kopfhöhe zwischen zwei sich gabelnden Baumstämmen übereinander gelegt. Der obere Stamm wurde an einer Seite hochgehoben und mit einem Fallgerüst oben gehalten. Der Köder musste so angebracht sein, dass der obere Stamm auf den unteren fällt, so dass ein Tier, das vom Köder fressen wollte, zerquetscht wurde, ohne jedoch das Fell zu beschädigen. Die Art der Falle und deren Mechanik waren bekannt und erprobt.

Anders eine Fuchsfalle. Seppl sinnierte vor sich hin und murmelte, dass es die anderen gerade hören konnten: „Marder werden wir schon einen oder zwei fangen. Für die Füchse bräuchten wir Fangeisen. Selbst wenn wir das Geld dafür hätten, würden wir uns schwer tun, solche zu kaufen. Die herrschaftlichen Jäger sorgen dafür, dass niemand, außer ihnen, Fangeisen bekommt."

Lee hatte da schon wieder eine besondere Idee: „Muss es denn wirklich ein Fangeisen sein? Wir können einen Fuchs doch auch in einem Kasten oder in einer Höhle fangen."

„Bis jetzt hat man die Füchse entweder mit dem Pfeil geschossen, das haben wir verlernt, oder mit einem Eisen gefangen", gab Sepp zu bedenken und erklärte den Fuchsfang genauer: „Die herrschaftlichen Jäger im Tal verwenden Treteisen. Das ist eine grausame Tierquälerei. Löst ein Tier das Fangeisen aus, so klappt es mit großer Kraft zusammen und klemmt meistens den Fuß des Tieres so ein, dass es nicht mehr entfliehen kann. Meistens wird durch den starken Schlag des Eisens der Knochen am Fuß gebrochen. Es soll sogar vorgekommen sein, dass sich Füchse den halb abgeschlagenen Fuß ganz abbissen, um entfliehen zu können."

Nun kam Jaggl dazu: „Den Schlossjägern ist es doch ganz egal, ob ein Tier elendig zugrunde geht. Wenn die einen Wilderer ertappen, so foltern sie auch den auf die grausamste Weise, bis er alle seine Freunde verrät."

„Ja, ja, nur gut, dass wir im Winter vor den Jägern ganz sicher sind. Über den Hahntennen wagt sich keiner, so lange es Schnee gibt", stellte Sepp beruhigend fest und gleich darauf wieder genauer: „Raubwildfang ist nicht direkt verboten. Die Jäger sind froh, wenn das Raubwild reduziert wird. Sie wollen nur die Felle zu einem ganz niederen Preis einkaufen und dann teuer weiterverkaufen."

Lee, ganz empört: „Wenn mir so ein Jäger einmal begegnet, dann werfe ich ihn in die Schlucht hinunter, wo sie am tiefsten ist."

Darauf Sepp nicht weniger empört: „Lee, das merke dir: Ein Wildschwanzl ist nie ein Menschenleben wert. Natürlich kannst du jeden, der sich zu akkurat verhält, eine Lektion erteilen, achte aber genau darauf, dass er dadurch nicht zu Tode kommt. Das ist das erste Gebot der Selbsthilfe. Zweitens ist es ebenso wichtig, dass dein Feind niemals wissen darf, wer ihm eine Lektion erteilt hat, denn einen Feind, den man nicht kennt, kann man nicht bekämpfen. Drittens merke dir: Die Nacht ist die Kraft des Schwachen. Trainiere deine Augen bei Nacht, damit du besser siehst als alle anderen. So wirst du ihnen, zumindest wenn es dunkel ist, immer überlegen sein. Viertens darf dich kein Hund finden. Nütze jedes Wasser aus und jede mögliche Kletterei. Nimm in einem Beutel verschiedene, stark riechende Sachen mit und streue sie abwechselnd hinter dir in deine Spur. Nur so wird ein Hund deine Fährte verlieren."

„Da habe ich jetzt aber viel gelernt. Diese Tipps kann ich sicher einmal gut gebrauchen", antwortete Lee dankbar.

„Die können lebensrettend sein. Darum, Lee, werde ich dich nach ein paar Tagen fragen, ob du dir alles gemerkt hast", sagte abschließend Sepp wie ein richtiger Lehrer.

An den folgenden Tagen drehte sich in Pfafflaar alles um den Fuchsfang. Wirklich funktioniert hatte bisher kein Fanggerät. So kam Lee auf seine erste Idee zurück, als er einen großen, hohlen Baumstamm sah. In einen solchen hohlen Baum müsste man einen Fuchs ködern. Zuerst probierte er es mit einem kleinen hohlen Holz, das wie eine Röhre aussah. Es funktionierte einwandfrei, als er es seinem Vater vorführte. Eine primitive Holzröhre aus einem hohlen Baumstamm, durch die ein Fuchs sicher lieber durchkroch, als durch eine Bastelei von Menschenhand. Ein raffiniertes Gestänge sorgte dafür, dass sich vorn und hinten eine Klappe schloss, wenn ein Fuchs in die Mitte der Röhre kam. Die Klappen ließen sich dann von innen nicht mehr öffnen. Dieses Modell einer Fuchsfalle gefiel allen so gut, dass man gleich daranging, aus einem großen Baumstamm eine Fuchsfalle zu bauen.

Bei Betrachtung der kleinen Falle kam Jaggl eine Idee. Er sagte zu Lee: „Mit diesem kleinen Modell hast du schon eine Wieselfalle gebaut."

„Stimmt, daran habe ich noch gar nicht gedacht. Ein wenig verstärken muss ich sie noch."

„Die können wir ausprobieren, sobald die Wiesel ein weißes Winterfell haben."

„Wir bauen sie gleich in die Wand vom Hühnerkäfig ein. Zu den Hühnern kommen die Wiesel am liebsten."

Sepp kam dazu: „Lee, du hast nun tatsächlich deine erste Erfindung gemacht. Du wirst noch mehr erfinden. Jetzt wünsche ich nur, dass wir mit diesen Fallen viele Tiere fangen und die Felle gut verkaufen können."

So wurden etliche Raubwildfallen um Pfafflaar herum und weiter unten im Wald, den man Boden nannte, errichtet. So konnte man sich, wenn es gut ging, im Winter einen Zusatzverdienst schaffen, ohne dass die Arbeitskraft von den vielen Winterarbeiten abgezogen werden musste.

Diesen Herbst schneite es sehr spät. Alles Raubwild hatte vorher bereits einen schönen Winterpelz, und die Wiesel waren nun weiß wie Hermeline. Die halbwüchsigen Burschen von Pfafflaar, allen voran der immer pfiffige Lee, pirschten jeden Tag nur so weit an die Fuchs- und Marderfallen heran, bis sie sehen konnten, ob etwas gefangen worden war, aber nicht so weit, dass sie mit ihrem Menschengeruch das Raubwild verscheuchten. Endlich, Lee sah es schon von weitem, fanden sie die Wieselfalle zugeschnappt. Tatsächlich befand sich ein Wiesel in der Röhre, hüpfte wie verrückt im engen Rohr herum und war so kaum zu töten. Da musste ein Erwachsener her. Jaggl war bald da und holte einen Sack aus kräftigem Gewebe. Die Röhre der Wieselfalle an einem Ende zugehalten, am anderen Rohrende den Sack darüber gestülpt, und flugs war das Wiesel im Sack. Den Sack schnell mit einer Schnur zugebunden, und los ging es zum Bach. In ein paar Sekunden war das Wiesel ertränkt – glaubte man. Man stellte sich an, dem Tier das Fell abzuziehen. Jaggl ging ins Haus, um ein Messer zu holen, da schrie auf einmal Lee: „Schaut, es macht die Augen wieder auf."

Darauf Jaggl schnell: „Mensch, erschlage es – schnell!"

Kaum, dass der Satz zu Ende gesprochen war, machte das wiedererwachte Wiesel einen Luftsprung und hüpfte Lee gegen das Gesicht. Er konnte den Sprung gerade noch abwehren, doch das Wiesel sprang nun wie verrückt von Wand zu Wand und an den Köpfen der jungen Buben und Jaggl so eng vorbei, dass man meinte, es würde ihm ins Gesicht hüpfen. Jeder hatte Angst, gebissen zu werden, und schützte vor allem sein Gesicht. Die Wut und die Angst des Wiesels schienen jetzt auf einmal auf Jaggl übergegangen zu sein. Schnell ergriff er eine primitive, schwere Holzschaufel und schlug in Richtung des tobenden Tieres wütend drauf los. Fast ein Wunder, dass er damit nicht, statt des Wiesels, seine Kameraden traf. Dann, sicher Zufall, traf er das Wiesel mit einem einzigen Schlag, dass es tot zu Boden fiel. Erleichterung und Aufatmen bei allen im Raum. Das war ein harter Kampf. Nun konnte vorsichtig das Fell abgezogen werden. Stolz zeigten die Buben den schönen, weißen Balg herum. Es war der Anfang eines Zusatzverdienstes, der für die Entwicklung des Dorfes von Bedeutung werden sollte.

Die Raubwildfallen wurden hauptsächlich von den halbwüchsigen Burschen unter Führung von Lee betreut. Mit der Erfahrung von Sepp und den Ideen von Lee gelang ein Fang nach dem anderen. Die erwachsenen Männer konnten den ganzen Winter über ihrer gewohnten Arbeit nachgehen, fällten Bäume für Bauholz zum nächsten Hausbau, bastelten Arbeitsgeräte und betreuten geneinsam mit den Frauen das Vieh. Der Raubwildfang erforderte somit keine Arbeitskraft, die irgendwo anders gebraucht wurde. Jeder Fang wurde von Haus zu Haus herumgezeigt und entsprechend gewürdigt. Hoffentlich bekam man auch wenigstens annähernd so viel Geld, wie es von Hiasl und Jaggl in Aussicht gestellt wurde.

Bis zum Frühjahr gingen drei teure Edelmarder in die Falle. Vierzehnmal schnappte die Falle mit einem Fuchs zu, doch nur noch ein einziges Wiesel wurde zusätzlich zum ersten gefangen.

Immerhin zwölf Kreuzer für ein Marderfell und fünf Kreuzer für ein Fuchsfell ergaben schließlich so viel Geld, wie es im besten Käsejahr unmöglich zu erwirtschaften gewesen war. Hundertsechzehn Kreuzer brachte Hiasl nach Pfafflaar. So viel Geld hatte man auf einem Haufen noch nie gesehen. Mehr als vierzig Kreuzer waren mit dem Käse pro Jahr nicht zu bekommen, und so bot man Hiasl an, er möge das Geld über die hundert Kreuzer behalten, für den Transport, das Verhandeln und überhaupt für die Idee. Ja richtig, für die Idee könnte er Mathe auch etwas abgeben. So waren alle Beteiligten mit dem Raubwildfang in Pfafflaar zufrieden.

Einen kleinen Wermutstropfen gab es. In Bschlabs wurden den ganzen Winter nur zwei Füchse und drei Wiesel gefangen. Kein einziger Marder ging in die Falle.

„Wie machen es die Pfafflaarer, dass sie so viel gefangen haben?“, murmelte Hiasl halb für sich und doch so, dass es die anderen hören konnten. Und dann etwas geheimnisvoll: „Wisst ihr, ich habe in Bschlabs nirgends gesagt, dass ihr so viele Felle habt. Es würden ganz sicher ein paar neidisch werden, und das bringt nichts. Ich habe gesagt, dass ihr nur einen Marder gefangen habt und drei Füchse. Darum sind Jaggl und ich mit den Fellen allein und bei Nacht ins Lechtal gegangen. Wenn ihr mit jemandem aus Bschlabs darüber zu sprechen kommt, so sollt ihr dasselbe sagen – dem Frieden zuliebe.“

„Wir verstehen“, sagte Sepp nachdenklich, und alle nickten zu.

Hiasl wollte aber auch etwas dazulernen: „Habt ihr einen besonderen Trick, dass ihr so viel gefangen habt?“

„Genau wissen wir selbst nicht, was wir so gut gemacht haben. Lee hat immer wieder die Köder gewechselt, die Fallen beobachtet und die Spuren studiert. Wahrscheinlich hat er dann alles richtig gemacht. Habt ihr in Bschlabs auch so viele Spuren von Füchsen und Mardern?“

„Daran fehlt es gewiss nicht. Unsere Leute betreuen die Fallen fast jeden Tag. Ich weiß nicht, wo da der Fehler liegt.“

„Vielleicht kann Lee euch im kommenden Herbst ein paar Tipps geben. Der macht es sicher gern. Wir möchten doch auch, dass ihr mehr Felle verkaufen könnt.“

9. Die Zuwanderer

Das Frühjahr kam, die Feldarbeiten begannen, und bevor die Viehherden von Starkenberg aufgetrieben wurden, begann man für Jaggl direkt neben Eduards Haus mit den Vorbereitungen zu seinem Haus. Die Bäume am Bauplatz waren bereits zum Bau von Eduards Haus gefällt worden, und diesmal wurde alles Holz am Bauplatz sorgfältig ausgegraben, damit ein dauerhaft fester Grund zustande kam. Man konnte sich, dank der Erlöse für die Felle, gutes Werkzeug kaufen. Damit ging es mit dem Bau deutlich flotter voran, so dass daran gedacht wurde, das dritte Haus, welches man für Markus bauen wollte, noch in diesem Jahr zu beginnen.

Mit den Viehherden, die dieses Jahr größer als vorher waren, kamen zwei junge Leute aus dem Engadin mit. Sie hatten sich, wie in früheren Jahren die ersten Ansiedler, darum beworben, das Vieh hüten zu helfen. Ein Geschwisterpaar, Toni, ein flotter Bursche so um die zwanzig Jahre, und seine bildhübsche, rassige Schwester Maria waren in Pfafflaar fürs Erste nicht so recht willkommen. Bis jetzt hatten die Hirten in Pfafflaar als Hirtenlohn im Herbst das Gewand für zehn Personen bekommen. Wahrscheinlich würden die zwei neuen ihnen auch zwei Kleider wegnehmen. So gab es ein heimliches Gemurmel, denn keiner wusste so recht, wie man sich den sicherlich armen Eindringlingen gegenüber verhalten sollte. Wenn sie von den Schlossherren in Starkenberg als Hirten angestellt worden waren, so konnte man sie unmöglich wegschicken. Wurden sie von den Herren aber nur geduldet, müsste man sich das doch überlegen. Schließlich einigte man sich, dass man die zwei zu einem gemütlichen Essen einlud und dabei sicher mehr erfahren konnte.

Aufrichtig und offen erzählten die zwei jungen Leute, dass man sie wegen der größeren Herden nur für den Almauftrieb angestellt hatte. Wohl sagte man ihnen, dass sie vielleicht den Sommer über bleiben könnten, wenn die Pfafflaarer zusätzliche Hirten bräuchten. Das verstand man schon als kleine Bitte, bleiben zu dürfen. Auf eine freundlich angebrachte Bitte konnten die Pfafflaarer schwer nein sagen, doch zum Jasagen reichte es vorerst auch nicht ganz. Na ja, überlegen musste man sich das noch und vor allem eine Nacht darüber schlafen.

Bei dieser Debatte kam Jaggl zur Tür herein, schaute sich die zwei an und blieb in den Augen von Maria hängen. Dieser Blick, diese Augen, aus denen Wehmut, Leid und Liebe strahlten, bohrten sich direkt in sein Herz und seine Seele. Sich bei der ersten Begegnung so tief in die Augen zu schauen und dabei etwas fühlen, was man vorher noch nie gefühlt hatte, musste mehr bedeuten. War es nur, dass sie so wunderschön war oder war es ein innerer Kontakt, für beide geschaffen? Sie wussten es fürs Erste nicht, dachten auch gar nicht weiter nach. Für Jaggl war dieses Mädchen jedenfalls etwas Anderes, vorher nie Gekanntes.

Sepp informierte ihn gleich: „Jaggl, die zwei, Toni und Maria, möchten gern über den Sommer bei uns bleiben und beim Vieh hüten helfen. Das Problem ist nur der Hirtenlohn.“

Sein Herz fing auf einmal an zu pochen, dass er glaubte alle würden es merken. Dann würde Maria gar nicht mehr weg müssen, dachte er. Nur schwer konnte er seine Erregung unterdrücken, als er nüchtern erwiderte: „Die Viehherden sind größer als je zuvor. Wir möchten, wenn es irgendwie geht, beide Häuser so weit fertigbauen, dass man im Winter darin wohnen und das Vieh in die Ställe tun kann. Gut wäre es schon, wenn wir einen Hirten dazu bekämen."

„Es sind aber zwei. Wir können sie nicht auseinanderreißen", erwiderte Sepp.

Jetzt mischte sich sogar 's Ahnle ein: „Auf einen Esser mehr oder weniger ist es uns noch nie angekommen. Denkt daran, was für ein Glück wir mit den Fellen hatten. Es bringt uns sicher kein Unglück, wenn wir zwei arme Leute, die daheim nicht mehr genug zu essen haben, bei uns wenigstens über den Sommer aufnehmen."

Wenn 's Ahnle so sicher etwas sagte, wagte niemand mehr etwas dagegen zu sagen, denn wirklich geirrt hatte sich 's Ahnle noch nie.

Sepp war diese Entscheidung gar nicht so unrecht. Sympathisch waren ihm die zwei gleich von Anfang an, und er hätte sie ungern heimgeschickt. So holte er noch weiter aus: „Wenn immer mehr Vieh von Starkenberg kommt, müssen wir mehr Weide schaffen. Wir müssen die Latschen entfernen, damit Gras wächst, wo jetzt noch Latschenfelder sind. Häuser bauen, Latschen roden und Vieh hüten wird uns zuviel. Seien wir froh, dass wir zusätzlich Hilfe bekommen haben!" Darauf war nun wirklich nichts mehr zu sagen. Was Sepp sagte, war selten falsch, und irgendwie dachte jeder so ähnlich.

Für Jaggl war alles auf einmal anders. Der Blick von Maria traf immer wieder seine Augen. Dieses Mädchen war etwas Besonderes. Aus ihren leicht wehmütigen Augen strahlten Liebe, verdeckte Leidenschaft, Güte und Herzlichkeit. Bei jedem Anblick glaubte er, zusätzlich einen Hauch des Südens zu verspüren. Eine südliche Schönheit war sie auf jeden Fall. So ein schönes Gesicht hatte er sein Lebtag noch nicht gesehen, und ihre Figur war makellos, wie schöne Frauen auf gemalten Bildern in herrschaftlichen Häusern.

Da war aber noch Justina. War er nicht so gut wie verlobt mit ihr? Konnte, durfte er sie einfach sitzen lassen? Wie im Zeitraffer lief alles, was er mit Justina erlebt hatte, in seinem Gehirn und seinen Gedanken ab. Er liebte sie von Anfang an und erst recht nach der zweiten Nacht mit ihr. Auch jetzt, neben Maria, könnte er sich ein weiteres Verhältnis mit Justina durchaus vorstellen. Was für ihn vorstellbar, würde von den zwei Frauen sicher nicht gebilligt werden. Es wäre auf Dauer auch unmöglich zu verheimlichen.

Also, was nun? Hatte er Justina überhaupt das Heiraten versprochen? Nein, sicher nicht! Gesprochen hatten sie miteinander oft, als wäre es eine Selbstverständlichkeit, dass sie zusammenblieben und heiraten würden. Andererseits war das Verhältnis mit Justina nicht mehr so intensiv. Schließlich kamen sie nicht mehr regelmäßig pro Mondphase einmal zusammen. Wenn ihn Justina richtig begehren würde, so müsste sie doch auch mal ab und zu nach Pfafflaar kommen und ihn begehren. Mit dem festen Vorsatz, darüber ruhig zu schlafen, wurde es für Jaggl eine sehr unruhige Nacht.

Die nächsten Tage waren ausgefüllt mit sehr viel Arbeit. Alle arbeitsfähigen Leute von Pfafflaar taten ihr Bestes und arbeiteten so viel sie nur konnten. Allein der Sonntag wurde streng eingehalten. Da wurden nur das Vieh versorgt, etwas besser gekocht und Besuche gemacht. Arbeiten am Hausbau und sonstige schwere Arbeiten durften an diesem Tag nur in Notfällen erledigt werden.

Markus nutzte den folgenden Sonntag, um nach Bschlabs zu seinem Mädchen zu wandern. Das Verhältnis von Elga und Markus war zwar kein intensiv leidenschaftliches, doch so selbstverständlich, dass man am weiteren Bestand nicht zu zweifeln brauchte. Sie liebten sich auf die einfache Art, fanden das Liebesspiel wunderschön und waren damit mit sich und der Welt zufrieden.

Jaggl wäre, trotz seines Zwiespaltes, gern mit Markus nach Bschlabs gegangen. Sepp bestand aber darauf, dass das mit dem zusätzlichen Almvieh und den zwei jungen Hirten unbedingt geregelt werden müsste. So musste Jaggl über den Hahntennen zum Schloss Starkenberg gehen. Toni und Maria sollten ihn begleiten. Man konnte nicht wissen, ob nicht auch ihre Meinung gefragt war.

Beim Schloss angekommen, begehrte erst einmal nur Jaggl Einlass und Gehör für seine Anliegen. Der Schlossherr war heute in besonders guter Laune, was Jaggl bereits vom Portier zugeflüstert wurde.

„Durchlaucht", kam es verlegen von Jaggls Lippen, als er ins fürstliche Zimmer geführt wurde.

Der Schlossherr kam ihm sogar entgegen: „Was führt denn die Pfafflaarer so früh im Jahr zu mir? Muss etwas Besonderes sein?"

„Durchlaucht wissen sicher, dass diesen Sommer viel mehr Almvieh aufgetrieben wurde, das wir hüten müssen und das gut genährt im Herbst zurückkommen soll?"

„Die Kronburger haben Vieh zu uns gebracht, weil sie im Winter zu wenig Futter dafür hatten. Sie haben für ihre Felder und Weiden zu viel Vieh. So haben wir uns bereit erklärt, es mit unserem Vieh auf die Almen am Hahntennen zu treiben."

„Wir hüten das Vieh gern, auch wenn es mehr Tiere sind. Wir müssen damit aber nun jeden Fleck Weide ausnützen, damit die Rinder genug zum Fressen bekommen. Das macht viel mehr Arbeit. Wir müssen auch viel mehr achtgeben, dass uns kein Vieh abstürzt."

„So genau habe ich das noch gar nicht überlegt. Ich glaube dir, dass es zusätzliche Arbeit geben wird, welche wir euch auch zusätzlich vergüten wollen. Wärt ihr zufrieden, wenn ihr im Herbst ein Kalb bekommen würdet?"

„Oh, Durchlaucht, das ist sehr gütig. Wir wären schon damit zufrieden gewesen, wenn wir nur für die zwei Hirten aus dem Engadin im Herbst eine Einkleidung bekommen würden."

„Sind die zwei bei euch geblieben?"

„Ja, wir brauchen sie notwendig, damit wir das Vieh sicher hüten können."

„Wenn ihr alle Tiere gut über den Sommer bringt, dass im Herbst beim Abtrieb keines fehlt, dann bekommen die zwei, zusätzlich zu einem Stierkalb, auch neue Kleider."

„Wir werden alles tun, damit wir die Herden gut über den Sommer bringen."

„Das habt ihr bis jetzt auch immer recht gut gemacht."

Anschließend musste Jaggl noch so allgemein über Pfafflaar berichten. Sagte auch, dass neue Häuser gebaut werden und dass sich die Familien in nächster Zeit vermehren werden. Über die neuen Kontakte ins Lechtal bewahrte er eisernes Stillschweigen. Er testete nur noch die Meinung des Schlossherren, ob sie eventuell mehr und vielleicht besser den Käse eintauschen könnten, und wie es wäre, wenn sie tatsächlich einmal so viel Vieh hätten, dass sie es lebend verkaufen könnten.

Wegen dem Käse brauche er sich keine Hoffnungen zu machen, entgegnete der Schlossherr. Getreide würde man notwendig im Tal brauchen, weil überall Krieg geführt würde. Käse könne man nicht so lange konservieren, dass man davon mehr brauchen könnte, bevor er verdorben ist. Besser stünde es um das Lebendvieh. Es würden jeden Herbst zwei Viehmärkte abgehalten, wo die Pfafflaarer natürlich auch verkaufen könnten.

Das war für heute genug. Mehr konnten sich Jaggl und die Pfafflaarer von diesem Besuch nicht erwarten. Toni und Maria waren überglücklich über den Ausgang dieser Besprechung. Gleich vor dem Schloss gesellte sich ein Jäger zu den dreien, welche gleich über den Hahntennen zurück wollten. Er bot sich an, sie ein Stück zu begleiten.

„Da habt ihr heute den großen Herrn aber in einer einmalig guten Verfassung angetroffen. Vor ein paar Tagen hättet ihr mit allen euren Wünschen eine glatte Abfuhr bekommen. Er ist nur ganz selten gutmütig. Meistens ist er arrogant und schindet alle Untertanen", sagte der Jäger, nachdem Jaggl ihm von der Besprechung erzählt hatte.

„Ich denke, du stehst in seinen Diensten und bist mit ihm einer Meinung", erwiderte Jaggl darauf erstaunt.

„Mir blieb gar nichts anderes übrig als in seine Dienste zu treten. Doch das ist eine lange Geschichte, über die ich gar nicht so gern spreche. Ich bin nur ganz selten seiner Meinung. Widerlich ist es für mich oft, wenn ich seine Befehle ausführen soll. Ich weiß nicht, ob ich bei ihm sehr alt werde. Die vielen Ungerechtigkeiten und Menschenschindereien machen mich manchmal beinahe verrückt."

„Werden wir dann überhaupt darauf vertrauen können, im Herbst das Kalb und die zusätzlichen Kleider für die Hirten zu bekommen?"

„Wort halten, das ist eine der wenigen guten Eigenschaften von ihm. Wenn er etwas verspricht, dann hält er es auch, selbst dann, wenn es ihm schwer fällt."

„Das ist schon etwas. Hast du es wirklich so schwer mit ihm?", fragte Jaggl nun ganz freiweg.

„Dass ich das Wild hegen muss, ist klar. Dafür bin ich angestellt. Dass ich einen Wilderer stellen muss, sobald ich ihn erwische, ist auch selbstverständlich. Dass ich ihn aber foltern muss, bis er alles und noch mehr sagt, als er wirklich getan hat, das kann ich nicht mehr länger aushalten. Ganz schlimm soll er mit einem Wilderer umgegangen sein, weil er geglaubt hat, dass er zu einer Bande gehört. Er soll mit glühenden Eisen so gequält worden sein, dass er nie mehr ganz gesund wurde und sein Leben lang daran gelitten hat. Er wurde so raffiniert gefoltert, dass man außen an seinem Körper kaum Spuren entdecken konnte. Seine Kameraden hat er in seiner größten Pein nicht verraten."

„Das klingt ja fürchterlich. So hat er gar nicht ausgesehen. Da muss man sich ja wirklich in Acht nehmen", sprach Jaggl nun echt verängstigt.

„Seid froh, dass ihr weit weg über den Hahntennen seid. Im Winter seid ihr da vor allen feinen Herren sicher, und wir Jäger hüten uns, auch nur einmal bei Schnee über den Hahntennen zu gehen. Vor vielen Jahren ist ein Verwandter vom Schloss und ein Jäger von einer Lawine bei der Maldon getötet worden. Seitdem brauchen wir im Winter nicht mehr so weit zu gehen."

Da platzte aus Jaggl heraus, was er schon früher sagen wollte: „Ich habe gar nicht gewusst, dass es so anständige Jäger wie dich gibt. Du gefällst mir. Wenn du einmal in Schwierigkeiten kommst, so kannst du mit einer Zuflucht über den Hahntennen rechnen." Es war nur eine dunkle, unbestimmte Ahnung, doch Jaggl fühlte, dass er in diesem Jäger einen Menschen gefunden hatte, der ihn einmal brauchen würde und der den Pfafflaarern sehr nützlich sein konnte.

„Ich weiß, dass ihr ehrliche Leute seid. Wenn ich euch einmal helfen kann, viel kann ich nicht vermelden, dann fragt in Tarrenz nach dem Jager-Friedl. Mich kennt dort jedes Kind.“

„Ich bin der Jaggl, das ist der Toni und die Maria. Wir werden dich sicher nicht vergessen und dich sogar einmal besuchen, wenn es geht“, sagte Jaggl im Gegenzug.

„Ich bin fast nie daheim. Im Sommer muss ich im Revier sein. Meine Mutter aber ist immer zu Hause. Der könnt ihr alles anvertrauen.“

„Dann komm wenigstens du einmal nach Pfafflaar zu uns. Bist herzlich eingeladen.“

Inzwischen hatten sie beinahe die halbe Wegstrecke zum Hahntennen zurückgelegt, und da kam dem Jager-Friedl eine Idee: „Wenn wir schon so weit zusammen gegangen sind, so können wir doch noch bis zu unserer Jägerhütte gehen. Dort können wir es uns noch ein wenig gemütlich machen, bevor wir uns trennen.“ Jaggl war sofort dabei: „Gar keine schlechte Idee, denn schließlich ist es egal, wenn wir erst spät abends nach Hause kommen.“

So machte man es sich in der Jagdhütte gemütlich und plauderte über so vieles, was Jaggl und den zwei aus dem Engadin bisher fremd war.

Es war bereits dunkle Nacht, als die drei schließlich zurück nach Pfafflaar kamen. Da musste Jaggl erfahren, dass Justina heute in Pfafflaar gewesen, ihn treffen wollte und erst am Abend, als er längst überfällig war, zurück nach Bschlabs gegangen war. Vielleicht hatte Sepp ein unbedachtes Wort über Maria und Jaggl fallen lassen. Jedenfalls war sie auf einmal auf und davongerannt und mit ihrer Freundin in Richtung Bschlabs verschwunden.

Jaggl empfand dies als kleinen Schock. Mit Maria war noch gar nichts passiert. Justina hätte oft Gelegenheit gehabt, zu ihm nach Pfafflaar zu kommen. Wie glücklich wäre er gewesen, wenn sie ihn besucht hätte. Er wäre gern öfter nach Bschlabs gegangen zu Justina, doch stets, wenn er sich das vornahm, kam etwas dazwischen, oder er war zu müde für diesen doch ziemlich langen Marsch. So zwiespältig wie heute ging Jaggl noch nie schlafen.

Die nächsten Tage waren ausgefüllt mit harter Arbeit. Am kommenden Sonntag, nahm sich Jaggl vor, musste er unbedingt Justina besuchen. Wenn es so weiterginge, würde es mit Maria ohnehin ein exotischer Traum bleiben.

Ja, exotisch war sie wohl, die Maria. Das Geschwisterpaar kam aus dem Tal südlich vom Maloja. Dort sprach man Romanisch und Italienisch. Maria und Toni sprachen auch ein wenig Deutsch und waren sehr gebildet. Sie konnten recht gut lesen und schreiben, besser als Sepp und Jaggl.

An einem Spätnachmittag, einige Rinder hatten sich verlaufen und mussten gesucht werden, machten Jaggl und Maria sich auf, um die Tiere zu suchen. Allein in der freien Bergwelt, konnten sie sich endlich einmal ungestört miteinander unterhalten. Maria schwärmte von ihrer Heimat, dem sonnigen Süden. Zwei Dörfer unterhalb ihres Bergdorfes, in dem sie aufgewachsen war, wuchsen schon Palmen und es blühte überall, wenn oben noch Schnee lag. Sie träumte mit Jaggl vom Blütenduft und der Wärme Italiens, so dass Jaggl richtiges Fernweh verspürte. Einmal mit Maria dorthin zu reisen, wo die Palmen und die Zypressen wuchsen, wo die Menschen viel mehr musizierten und auch mehr liebten als in der rauen Heimat der Nordalpen. Da waren noch die blauen

Seen, die Maria bis jetzt auch nur einmal sehen durfte. Mit einem kleinen Boot über so einen See zu fahren, wo sich in den Wellen die verschneiten Berge spiegeln, müsste das nicht himmlisch sein? Wie wunderschön müsste das erst zu zweit sein?

Auf einmal lagen sie sich beide in den Armen. Innig schmiegten sich ihre Körper aneinander, voll Zuneigung und warmem Gefühl des Zusammenseins. War das schon Liebe? Kein Gefühl der Leidenschaft, wie beim ersten Zusammentreffen mit Justina, überwältigte Jaggl, nein, nur das Gefühl, mit einer Frau zusammen zu sein, die anders, fremd, exotisch und lieb war, gab ihm etwas, was er vorher nie gekannt hatte. Wie sie sich aneinander tasteten, Stück für Stück weiche Haut fühlten und streichelten, war weder reine Liebe, schon gar nicht Leidenschaft und doch ein Glücksgefühl in höchster Vollendung. Als sie sich endlich entspannt in den Armen lagen, kam Jaggl die Erinnerung an ein paar Worte vom Ahnle: „Man muss nicht immer gleich Kinder machen, es kann anders genau so schön sein."

Am Sonntag war für Jaggl der Gang nach Bschlabs zu Justina unumgänglich, obwohl er sich bei weitem nicht darüber im Klaren war, wie er sich ihr gegenüber verhalten sollte. Er wusste nur, wenn sie ihn so empfangen würde wie bei seinem zweiten Besuch, würde er sich doch für Justina entscheiden. Ganz leicht waren die letzten Schritte dann zu Hiasls Haus nicht. Sein „Allegra" wurde freundlich von Hiasl, seiner Frau und Elga erwidert, doch Justina war nirgends zu sehen. Elga verschwand gleich nach der Begrüßung, so dass Jaggl nichts anderes übrig blieb als nach Justina zu fragen: „Ist Justina heute nicht da?"

Darauf Hiasl mit ernster Miene: „Der Albin vom Bach war da. Beim Steeg braucht man eine Magd. Justina war nicht zu halten. Sie ging sofort mit. Wir wissen nichts Genaues. Vielleicht kannst du uns mehr dazu sagen?"

„Ich war letzten Sonntag auf Schloss Starkenberg. Es musste Wichtiges wegen des Viehs und den Hirten aus dem Engadin geregelt werden. Ich weiß, dass man über mich und Maria gesprochen hat, aber wir haben kein Verhältnis miteinander und uns schon gar nichts versprochen. Freilich unterhalten wir uns gern miteinander. Sie erzählt so schön von ihrer Heimat im Süden."

Das war zwar etwas untertrieben, aber nicht gelogen. Das sah ihm Hiasl auch an, und er war gar nicht böse: „Mit den Weibern ist es nicht ganz leicht. Justina war früher gar nicht so zimperlich, einen Mann mit einer anderen zu teilen, doch nun will sie dich anscheinend ganz allein oder sie ist sich der Beziehung zu dir selbst nicht mehr so sicher. So verliebt wie am Anfang scheint sie nicht mehr zu sein."

Jaggl tat es wohl, auf so viel Verständnis zu stoßen, und antwortete genau so ehrlich: „Ich kenne mich selbst mit mir nicht mehr aus. Eines meine ich sicher sagen zu können: Wenn Justina mich, so wie früher, empfangen hätte, dann hätte ich mich heute endgültig für sie entschieden. Nun weiß ich wirklich nicht mehr, wie ich mich verhalten soll."

„Jaggl, lass dein Herz sprechen!"

„Das ist es ja, warum ich mich nicht mehr auskenne. In Justina habe ich eine Frau, eine Mutter, eine Hirtin und eine Bäuerin gefunden. Das sind Eigenschaften für ein ganzes Leben. Mit Maria könnte es einige Zeit wunderschön werden, doch bei ihr fehlt mir die Sicherheit für die Zukunft. Sie ist ein wunderschöner Schwarm des Südens."

„Wirst dir etwas Zeit lassen müssen. Lass dich mit keiner zu fest ein und warte ab. Das ist das, was wir dir raten können."

„Ich werde euren Rat befolgen. Jetzt habe ich in euch Freunde entdeckt, die mir wirklich etwas wert sind. Auch wenn wir nur über Eduard und Mina verwandt sind, so könnt ihr euch immer auf mich verlassen. Das verspreche ich euch."

Nach einer Denkpause etwas kleinlaut, aber sicher: „Mit meinem Haus brauchen wir uns vorerst nicht zu beeilen. Werde mit Markus reden. Soll er doch mit Elga zuerst heiraten und das Haus nehmen, welches für mich und Justina gebaut wird."

Das musste Elga in der Küche mitgehört haben, denn nun platzte sie zur Tür herein: „Du bist ein wunderbarer Mensch. Wenn wir in Bschlabs doch auch so viel Nachbarschaftsliebe erleben würden."

„Ich kann doch nicht das Haus allein bewohnen, und ihr braucht bald einmal Platz für eine Familie. Vielleicht heirate ich überhaupt nicht. Heute jedenfalls ist mir nicht danach zumute."

„Aber, Jaggl, das wird sich bald wieder ändern. Nur das eine sage ich dir: Wenn du uns den Vorrang mit diesem Haus lässt, dann musst du bei uns wohnen, so lange, bis dein Haus, das auch bald fertig sein wird, bewohnbar ist."

Elga hatte, während sie aus der Stube ging, etwas Essbares hergerichtet. So plauderte man gemütlich über dies und jenes. Nun wusste man sogar, warum es im oberen Lechtal einige wohlhabende Leute gab. Man sollte öffentlich nirgends darüber sprechen, hieß es. Nicht einmal alle Nachbarn von Hiasl wussten davon. Ganz besonders sollte niemand im Inntal etwas darüber erfahren. So musste Jaggl mit Händedruck versprechen, dass er nur Leuten gegenüber, denen er wirklich vertrauen konnte, darüber etwas verlauten ließ: Im Koaser gab es ein Bergwerk, Knappenloch genannt, in dem Eisenerz abgebaut wurde. Im Winter arbeiteten die meisten Männer im Berg. Im Sommer waren es nur wenige, weil die Bauern die Wiesen und Äcker bearbeiten mussten. Auch das Vieh auf den Almen musste gehütet und versorgt werden. Darum kamen immer mehr Arbeiter von auswärts, sogar Italiener kamen als Spezialisten für den Stollenbau. Lebensmittel wie Käse und Fleisch würden in Zukunft im Lechtal mehr gebraucht und darum noch besser bezahlt werden. Gedeon im Duerf war sicherlich einer der führenden Köpfe beim Bergbau. Es schien so, als ob er mit dem Transport und dem Verkauf in Füasse zu tun hätte. Diesen ehrlichen, gescheiten und anscheinend auch raffinierten Geschäftsmann musste man sich warm halten.

Auf dem Heimweg nach Pfafflaar ging es im Kopf von Jaggl ziemlich durcheinander. Mehr als die Frauen beschäftigte ihn der Bergbau als anscheinend gute Geldquelle und neue Existenzform der Zukunft. Damit musste er sich mehr befassen. Er selbst kannte Koaser nicht, meinte aber, dass man vielleicht auch in den Bergen von Pfafflaar und Bschlabs Eisen finden könnte.

Doch halt! Nicht nur in den Knappenlöchern arbeiten müsste das Ziel sein. So wie Gedeon im Duerf müsste man den Handel und den Transport organisieren. Dazu gehörte freilich, dass man perfekt lesen und schreiben kann. Maria könnte es ihm beibringen. Sepp, sein Vater, kam mit dem Schreiben gerade so zurecht. Für eine führende Rolle im Handel mit den Herren Fugger würde es jedoch nie reichen.

In Pafflaar rannte Maria gleich Jaggl entgegen: „Du, ich habe dich den ganzen Tag vermisst. Hättest mir schon sagen können, wo du bist. Kann mir doch denken, warum du in Bschlabs warst." Jaggl wusste nicht recht, was er darauf antworten sollte: „Du meinst wegen Justina. Justina ist nicht mehr in Bschlabs. Sie hat sich in Steeg als Magd verdingt."

„Doch nicht etwa wegen mir. Wollte dich ihr nicht wegnehmen, wenn ich dich auch wirklich gern habe."

„Maria, ich weiß heute nur, dass ich unbedingt Lesen und Schreiben lernen muss. Das, was ich kann, ist viel zu wenig, um mit den herrschaftlichen Leuten zu verkehren. Wenn du es mir beibringen kannst, so wäre ich dir sehr, sehr dankbar."

„Kein Problem. Nicht nur Lesen und Schreiben musst du können, auch Rechnen gehört dazu. Ich habe es bei meinen Großeltern in Chiavenna gelernt, und wenn wir zwei schon beim Lernen sind, so reden wir in Zukunft nur noch italienisch miteinander. Meine Oma hat immer gesagt: ‚Soviel man Sprachen kann, so oft ist man Mensch'. Wir brauchen eine Schiefertafel und zwei Griffel, wenn wir richtig lernen sollen."

„Danke dir, Maria, dass du so viel für mich tun willst. Werde nächsten Sonntag ins Duerf zu Gedeon gehen. Der hat wahrscheinlich eine Schiefertafel zu verkaufen oder er weiß, wo man eine bekommt. Ich kann sogar zwei Laib Käse mitnehmen und verkaufen."

Sepp war begeistert, als ihm Jaggl von den Informationen des heutigen Tages erzählte. Justina freilich hätte er gern als Schwiegertochter bekommen. „Vielleicht findet ihr später doch wieder zusammen", glaubte er Jaggl trösten zu müssen.

„Vater, darüber brauchst du dir jetzt einmal keine Gedanken zu machen. Ich möchte zuerst das Lesen, Schreiben und Rechnen lernen, damit ich auch mit den gebildeten Leuten verhandeln kann. Mir geht außerdem im Kopf herum, ob nicht auch bei uns Eisen, Zink oder gar Silber in den Bergen zu finden ist."

Darauf sein Vater nüchtern: „Jetzt sind wir einmal froh, dass wir alles, was wir anzubieten haben, im Lechtal verkaufen können. Für den Bergbau bei uns wären jetzt noch viel zu wenige Arbeiter im Tal. Das solltest du bedenken. Aber die Idee ist schon richtig. Wäre nicht schlecht, wenn wir auch wohlhabend würden."

Diesen Abend war Jaggl zu müde, um noch mit Maria zu lernen. Am nächsten Abend waren beide voll dabei. Jaggl lernte begierig. Die Lettern schrieben sie in den feinen Lehm. Mit Schiefertafeln würde es nächste Woche bedeutend leichter sein. Immer wieder gesellte sich Lee zu den beiden, schaute sich nur die Schreibereien an und horchte aufmerksam zu. Was er nicht verstand, erfuhr er von Toni, der schließlich sein Lehrmeister beim Vieh hüten wurde. So lernten Jaggl und Lee das Lesen, Schreiben, Rechnen und Italienisch. Damit waren sie sogar den Lechtalern voraus.

10. Der Steinschmecker

Am Sonntag, Jaggl saß mit Gedeon im Duerf gemütlich beisammen, die Geschäfte mit dem Käse und den Schiefertafeln waren geregelt, da kam ein nur mangelhaft deutschsprechender Partieführer vom Bergwerk im Koaser zur Tür herein. Jaggl verstand zwar bei weitem nicht alles, was der Mann aus dem Trentino alles daherredete, doch so viel begriff er, dass er mit den Steinbohrern und Meißeln nicht zufrieden war. Der Schmied schärfte sie nicht so gut, wie man das im Trentino macht. Gedeon war verblüfft, dass ein Mann aus Pfafflaar ihm bei der Verständigung mit diesem Mann helfen konnte. Jaggl verstand es dazu ausgezeichnet, seine großen Schwächen, die er mit dem Italienisch noch hatte, zu überspielen. Gedeon merkte nicht, dass er in dieser Sprache ein blutjunger Anfänger war. Immerhin reichte es, dass Gedeon dem Mann zusagte, einen guten Schmied aus seiner Heimat zu holen. Arbeiter wurden sowieso immer mehr gebraucht. Obendrein gab es von allen Seiten für Jaggl Komplimente. Solche Leute könnte man in Zukunft gut gebrauchen.

Jaggl war auf einmal viel mutiger und selbstsicherer. Freiweg fragte er nun Gedeon um seine Meinung, ob nicht auch in den Bergen um Pfafflaar Erz zu finden wäre.

„Jaggl, dein Interesse für das Neue gefällt mir. Ich könnte mir ohne weiteres vorstellen, dass man auch bei euch Eisen, Blei, vielleicht sogar Silber finden könnte. In Füasse gibt es einen Steinschmecker, der riecht förmlich jedes Metall im Stein. Den müsste man einmal zu euch hinaufschicken. Werde mit ihm reden, sobald ich das nächste Mal nach Füasse komme oder er zu uns heraufkommt."

„Das ist aber sehr nett von dir, Gedeon. Wir sind glücklich, dass wir dich gefunden haben. Jetzt solltest aber auch du einmal zu einem Besuch zu uns nach Pfafflaar kommen. Bist herzlich eingeladen."

„Danke für die Einladung. Ich hoffe, dass es mir diesen Sommer noch gelingt, euch zu besuchen."

Jaggl wollte, obwohl es schon reichlich spät war, nicht im Duerf übernachten, sondern nach Hause gehen. Wenigstens bis Bschlabs würde er es noch schaffen. Dort könnte er beim Hiasl übernachten und wäre am nächsten Morgen nach kurzem Marsch in Pfafflaar. So kehrte Jaggl spät am Abend tatsächlich beim Hiasl ein, um zu übernachten. Gut, dass das Verhältnis mit Hiasls Familie trotz Justina und Maria nicht gelitten hatte.

Hiasl interessierte sich sehr für den Bergbau im oberen Lechtal. Wäre schon recht, wenn man in Bschlabs oder Pfafflaar Erz finden würde. Sehr schwierig würde der Transport ins Lechtal hinunter werden. Ob das nicht das größte Problem wäre? Dass sich ein Steinschmecker einmal im Tal umsieht, wäre sicherlich nicht schlecht. So sprach Hiasl mit fester Überzeugung: „Wo es Erz gibt, ist Geld, und mit Geld kann man auch Wege bauen. Ein guter Weg von Pfafflaar über Bschlabs ins Lechtal wäre für alle gut."

„Glaubst du, dass man auch in Bschlabs Arbeiter für den Bergbau bekommen würde? Immerhin sind die Familien in Bschlabs noch ärmer als die in Pfafflaar."

„Arbeiten können die Bschlaber gut. Es sind fleißige Leute. Einzig am Zusammenhalt fehlt es manchmal bei uns. In Pfafflaar wird öfters untereinander gestritten, aber wenn es ernst wird oder man eine wichtige Sache vor sich hat, sind sich alle einig. In

Bschlabs kommen alle Nachbarn gut aus miteinander, solange es nichts Ernstes und Bedeutendes gibt. Bei etwas Größerem ist man sich nie einig. Es sieht fast so aus, als ob jeder dem anderen, ob eines möglichen Vorteils, neidisch wäre."

„Ist es nicht möglich, diese Leute von einer für alle vorteilhaften Sache zu überzeugen?"

„Vielleicht ist es möglich. Wirklich daran glauben kann ich erst, wenn es gelingt. Dazu kommt noch, dass nur ich und Mathe gut lesen können. Wir beide sind in Zwieslen. In den anderen Höfen versteht man kaum, was geschrieben steht. Diese Leute haben furchtbare Angst, dass sie übervorteilt werden. Es ist wirklich schwierig."

„Am besten wird wohl sein, wenn wir uns heute noch nicht allzu viele Gedanken machen. Wir wissen ja noch nicht, ob es bei uns überhaupt Erz gibt."

„Ja, ja, Jaggl. Warten wir es ab."

Jaggl brachte außer den Schiefertafeln noch ein paar Kreuzer zurück nach Pfafflaar. Die Tafeln waren gar nicht so teuer. Seit dem Pelzverkauf war in Pfafflaar erstmals etwas Geld in Reserve vorhanden. Besonders herzlich wurde Jaggl von Maria begrüßt. Jetzt konnten sie so lernen, wie sie bei ihrer Oma im Italienischen gelernt hatte.

Am Abend war es dann so weit. Erst in der Abenddämmerung beim Alpenglühen konnten sie anfangen, und als es dunkel wurde, lernten sie beim Feuer am Herd bis Jaggl die Finger vom Schreiben wehtaten. Die Flamme flackerte nur noch spärlich, man konnte vor Dunkelheit kaum noch etwas erkennen, da drückten sie sich erst die Hände und bald die Körper aneinander, dass beiden richtig warm wurde. Aus dem gegenseitigen Streicheln wurde ein leidenschaftliches Suchen, bis sie das gefunden hatten, worauf sie sehnsuchtsvoll gewartet hatten. Ohne eine vollkommene Vereinigung war es wieder ein inniges Glücksgefühl, das sich dieses junge Paar schenkte, unbelastet von jedem Zwang und frei von möglichen Folgen.

So lernte Jaggl von Maria und Lee während des Vieh hütens von Toni Lesen, Schreiben, Rechnen und die italienische Sprache. Selbst die zu Lee ungefähr gleichaltrigen Kinder lernten mit. Es war vorauszusehen, dass es in Pfafflaar unter den jungen Leuten bald keine Analphabeten mehr geben würde.

Mehr als der halbe Sommer war vorbei, als Gedeon mit einem Steinschmecker aus Füasse nach Pfafflaar kam.

So schnell hatte Sepp noch nie ein Huhn geschlachtet. Wenn so einflussreiche, dazu noch sehr sympathische Menschen bis hinauf nach Pfafflaar kamen, musste man etwas Ordentliches auftischen. Gut, dass Lee und Toni vor ein paar Tagen einen großen Strauß Wohlgemut vom Berg geholt hatten. Wohlgemut und Kümmel waren eine der wenigen Gewürzkräuter, die in der Pfafflaarer Küche verwendet wurden. Das Huhn wurde von Mariele großartig zubereitet. Die drei Männer aus dem Tal waren sichtlich überrascht, ein so gutes Essen vorgesetzt zu bekommen. Nach dem herzlichen Empfang und der gemütlichen Plauderei beim Essen war Gedeon gleich von dem überzeugt, was er nach der ersten Begegnung mit Jaggl empfunden hatte: Die Pfafflaarer sind Menschen mit einem warmen Gemüt, mit innerer Herzlichkeit, intelligent und sehr gesellig.

Heute wollte der Steinschmecker nur so grob, hauptsächlich an den Bächen entlang, erkunden, ob überhaupt die Chance besteht, Erz zu finden. Am nächsten Morgen ging er in Begleitung von Sepp mit Hammer und Meißel schon vor Sonnenaufgang los. Die Reat, so hieß der Berg gegenüber Pfafflaar, gefiel ihnen gar nicht so schlecht. Zurück kamen sie mit Steinen beladen. Kein schlechtes Zeichen, dachten sich Sepp und Jaggl, als sie die beiden schwitzenden Männer kommen sahen. Nach einem heißen Schlehdorntee wurden sie endlich gesprächig. Dieser Berg, die Reat, hatte es ihnen angetan. Zink und vielleicht auch Blei vermuteten sie in den mitgebrachten Steinen. Eisen konnten sie keines entdecken, obwohl der rote Fleck am Berg, von dem die Reat ihren Namen bekam, darauf hindeutete. Bei einem weiteren Gang auf den Berg oberhalb von Pfafflaar, die Mutte, konnten sie überhaupt keine Spuren von Erz entdecken. Nur Kalkstein in mehreren Arten war zu finden.

Sepp interessierte sich natürlich über den weiteren Fortgang dieser Aktion: „Gedeon, was meinst du, sind Zink und Blei auch gefragt?"

„Das will ich glauben. Was es auch ist, jedes Erz kann man gut verkaufen. Da interessieren sich bald die großen und vor allem die herrschaftlichen Händler, wie die Fugger, dafür."

„Wie soll das aber nun vor sich gehen? Wir haben doch nicht so viel Geld, dass wir Werkzeuge kaufen und Wege für den Transport bauen können", warf Jaggl vernünftigerweise ein.

„Wegen Geld für den Bergbau braucht ihr euch keine Gedanken zu machen. Das würdet ihr allein niemals schaffen. Das können nur reiche Leute, Klöster oder Fürstenhäuser. Wenn es für die interessant ist, dann kommen sie zu euch, denn sie brauchen euch."

„Wird dann für uns überhaupt noch so viel Geld übrig bleiben, dass wir auch ein bisschen wohlhabend werden?", fragte Jaggl etwas besorgt.

„Den großen Verdienst werden immer die Großen einstecken. Es wird aber trotzdem viel Geld in das Tal kommen. Man braucht nicht nur Arbeiter in den Knappenlöchern. Wege, Anlagen und viele Dinge sind zu machen."

„Und alles muss bezahlt werden."

„Ganz richtig."

Sepp abschließend: „Also warten wir ab, ob unsere Spekulationen überhaupt einen Sinn haben."

Jaggl kam noch ein Gedanke: „Wir haben vielleicht ein Problem, woran noch gar niemand denkt."

„Was soll das sein?"

„Wenn die Starkenberger, die vom Kloster Stams oder die Kronburger etwas von unserem Bergbau erfahren würden, müssten wir denen sicher so viel abgeben, dass für uns gerade noch ein Hungerlohn für die reine Arbeit übrig bliebe."

Darauf wurde Gedeon ganz lebendig: „Diesen Fall haben wir im Koaser. Die müssen nun für jeden Sack Eisenerz zwei Kreuzer abführen."

Damit wurde Jaggl in seiner Befürchtung bestätigt, sagte aber nur bescheiden: „Wenn es so weit kommen sollte, dann müssen wir uns etwas sehr Gescheites, vielleicht auch Radikales einfallen lassen."

Sepp meinte: „In Pfafflaar sehe ich keine Schwierigkeiten, dass die über dem Hahntennen etwas erfahren. Im Sommer sind wir biedere Hirten und Bauern, und im Winter sind wir im Berg und transportieren das Erz in das Lechtal. Bei Schnee kommt nicht einmal ein Jäger über das Joch."

Darauf Jaggl aus eigener Erfahrung mit dem Jager-Friedl: „Das ist wahr. Seit dem Unglück, bei dem ein Jäger und ein Herrschaftlicher im Salvösental unter die Lawine gekommen sind, getraut sich niemand mehr über das Joch so lange Schnee liegt."

Sepp gab noch etwas zu bedenken: „Wie gesagt, in Pfafflaar sehe ich da keine Schwierigkeiten. Wie wir die Bschlaber in diese Sache einbinden werden, habe ich keine Ahnung. Wir müssen darauf achten, dass sie nicht neidisch werden."

Darauf Gedeon: „Ja, ja, da hat unser Pfaffe doch recht gehabt, als er von der Kanzel sprach: ‚Hütet euch vor dem Neid und der übertriebenen Ehrsucht und bedenkt: Aus Neid geschah der erste Mord'."

Lee hörte das und kam hinzu: „Stimmt, bei den ersten Menschen auf der Welt hat es einen Mord gegeben. Ein Mann hat seinen Bruder erschlagen, nur weil der Rauch des Feuers vom Bruder schön zum Himmel aufgestiegen ist und der seinige nicht."

„Wer hat dir denn das erzählt?", fragte Sepp verwundert.

„Maria hat das von ihrer Großmutter gelernt. Es gibt ein Buch, das heißt Die Bibel, da steht drin, wie man leben muss."

Gedeon erstaunt: „Dieses Buch gibt es wirklich. Unsere Kinder im Duerf sollen mit dem Pfaffen daraus lernen. Es ist ein gescheites Buch. Nur die Pfaffen selbst tun oft genau das Gegenteil von dem, was drin steht."

's Ahnle war inzwischen auch dazugekommen: „Es war immer schon leichter, gescheit zu schreiben wie man sich verhalten soll, als selber danach zu leben. Darum geben wir nicht viel auf diese Bücher und die Pfaffen. Wir leben ohne Bücher viel friedlicher zusammen, als die Leute im Tal bei den großen Klöstern."

Gedeon darauf: „Seid froh, dass ihr so weit weg seid vom Tal und der Winter so lang ist. Zu euch will bestimmt kein Pfaffe kommen. Wir konnten uns nicht mehr gegen ihn erwehren, weil wir mit allen unseren Geschäften auf die Fugger angewiesen sind. Die haben uns den Pfaffen aufgezwungen. Friedlicher ist das Duerf deswegen nicht geworden. Eher das Gegenteil."

Jaggl dachte schon wieder weiter: „Zum Heiraten und zur Taufe der Kinder müssen wir immer nach Imst. Die Toten müssen wir in Dormitz beerdigen. Das sind lange Wege."

's Ahnle darauf: „Besser ein langer Weg zu einem Pfaffen als einen im Dorf."

Gedeon war gleicher Meinung: „Wir sind nicht glücklich mit dem Pfaffen. Wir müssen ihm ein Haus sowie Speis und Trank besorgen. Anstelle der Kirche könnten wir uns selber schöne Häuser bauen. Wie sollte man in Pfafflaar eine Kirche bauen, wo doch noch lange nicht alle Familien ein eigenes Wohnhaus haben und deshalb im Winter noch beim Vieh im Stall wohnen müssen."

„Da hast du ganz recht", fiel Jaggl ein: „In nächster Zeit möchten wir jedes Jahr ein Haus bauen. Wir wollen, dass alle Familien getrennt vom Vieh leben können. Seit wir an euch etwas verkaufen können, tun wir uns aber viel leichter. Wir haben nun schon recht gutes Werkzeug und können uns sogar an Kleider etwas zukaufen. Wir sind so froh, dass wir nicht mehr allein auf die Gunst der Schlossherren von Starkenberg angewiesen sind."

„Wenn das mit dem Bergbau etwas wird, so seid ihr aus aller Not heraußen", machte Gedeon den Pfafflaarern Hoffnung.

Das Thema Bergbau hatte auch Ander, der sich bis jetzt im Hintergrund mit viel Arbeit aufhielt, in die Gesellschaft gezogen. So freundlich, wie den Gedeon mit seinen zwei Begleitern, hatte er schon lange keinen Menschen mehr begrüßt. Für den Bergbau hatte er, obwohl er ihn nur vom Hörensagen kannte, von Jugend an großes Interesse. Er war es, der alle kleinen Höhlen und Schlupflöcher in der Umgebung kannte. Immer schon hatte er den Gedanken, im Winter durch Arbeit zusätzlich zu Geld zu kommen. Nur die über dem Hahntennen, gleich ob weltliche oder geistliche Herren, dürften auf gar keinen Fall etwas davon erfahren.

„Wie werden wir, wenn man bei uns tatsächlich Erz findet, die Bschlaber zur Geheimhaltung bringen können?", fragte Jaggl besorgt.

Ander darauf auf einmal ganz selbstsicher: „Dürfte nicht schwierig sein. Jeder Bschlaber muss etwas davon abbekommen und selbst etwas tun, wovor er sich von den Starkenbergern fürchten müsste. Ich denke, dass schon der Raubwildfang dafür ein guter Anfang ist."

Das gefiel Gedeon: „Ja, wenn das Gesetz versagt, muss sich der Mensch selber helfen. Hätten die Koaserer es auch so schlau angegangen, dann bräuchten sie jetzt keinen Kreuzer für ihr Erz ins Inntal abzuliefern. Von selber wären die vom Schloss Schrofenstein nie darauf gekommen, dass man im Koaser Eisen findet."

„Hat es da einen Verrat gegeben?", fragte Sepp.

„Verrat gerade nicht. Nur unbedachte Worte sind bei einem Besuch im Inntal gefallen. Die kamen den Schlossherren zu Ohren, und schon war es geschehen. Jäger wurden geschickt, die natürlich sahen, wie da gearbeitet und Geld verdient wurde."

Jaggl durchfuhr es wie ein Blitz. Der Jager-Friedl fiel ihm ein. Dem könnten die Pfafflaarer vertrauen. Das musste aber sein Geheimnis bleiben. So sprach er nur ziemlich selbstsicher: „Wir Pfafflaarer werden Mittel und Wege finden, dass die Kontrolleure nur einmal versuchen, über den Hahntennen zu kommen. Wir tun ihnen aber nichts an, was sie in ihrem Leben bedrohen würde. Man sagt, dass das beste Wildschwanzl kein Menschenleben wert ist, und das möchte ich auch von einem Sack Eisen behaupten."

Gedeon war davon tief beeindruckt: „Ihr Pfafflaarer seid schon ein eigenes Volk. Da glaubt man, wenn man zu euch kommt, dass man im verlorensten Bergwinkel der Welt ist und trifft Leute, von denen die Adeligen sogar noch lernen könnten, unterhaltet euch in drei Sprachen und wisst immer einen Ausweg. Human seid ihr dabei auch noch."

„Die Kinder lernen jetzt alle mit Maria und Toni Lesen, Schreiben und Rechnen. Italienisch können sie auch schon reden. Der junge Lee lernt mit den kleineren Kindern, dass es nur so eine Freude ist. Er hat das Zeug zu einem richtigen Lehrer", sprach Sepp mit nicht zu überhörendem Stolz. Lee war schließlich sein Sohn.

„Wer das Lesen und Schreiben kann, wird in Zukunft allen, die es nicht können, weit voraus sein. Glücklich seid ihr, wenn eure Kinder das nun lernen. Wenn man bei euch tatsächlich Erz findet, dann könnt ihr alles mehr oder weniger selber in die Hand nehmen, und niemand kann euch so leicht betrügen."

„Was man gelernt hat, trägt man leicht", sagte 's Ahnle zum Schluss, denn die Leute aus dem Lechtal machten Anstalten für einen baldigen Abschied.

Das Erz, welches sie in Proben aus dem Fels gemeißelt hatten, musste natürlich mitgenommen werden, und so boten sich diesmal Markus und sein Vater Kassian an, es zu tragen.

Für Kassian musste die Aussicht auf einen Bergbau etwas Besonderes bedeuten. So gern wie heute hatte er noch nie seine Hilfe angeboten, war zwar immer da, wenn man ihn brauchte, sonst jedoch ein eher verschlossener Mensch und ziemlich eigensinnig. Mancher Streit ging von ihm ob seines Jähzornes und seiner Eigenwilligkeit aus. Deshalb waren alle Pfafflaarer froh, dass Kassian so gern mitmachte. Mancher mag wohl etwas Angst gehabt haben, ob ihm die Sache mit dem Bergbau überhaupt gefiel.

So verabschiedete sich Gedeon samt seinen zwei Begleitern mit einem herzlichen „Allegra“, nicht ohne eine gute Wegzehrung mitbekommen zu haben.

Bevor sie nach Bschlabs kamen, sagte Kassian ganz vertraulich zu Gedeon: „Ich weiß nicht, ob man nicht auch in Bschlabs nach Erz suchen müsste. Die Bschlaber könnten neidisch auf uns werden. Wenn wir bei ihnen nicht suchen, so lehnen sie alles, was bei uns geschieht, von vorneweg ab.“

Das war es, warum Kassian die drei begleiten wollte. Gedeon fühlte das sofort und machte ihm dafür ein Kompliment: „Bist ein echter Diplomat. Ich bin auch dafür, dass wir in Bschlabs suchen.“

Das hörte der Steinschmecker: „In Bschlabs werden wir wahrscheinlich nicht fündig werden. Eine kleine Aussicht besteht nur bei der Roten Wand. Wo der Fels so rot ist, kann man Eisen vermuten. So nahe beim Lechtal haben wir aber bei keinem Berg etwas gefunden. Das Erz fanden wir bis jetzt immer in den hintersten Tälern.“

„Kassian hat aber doch die richtige Idee. Wenigstens suchen müssen wir auch in Bschlabs, um ihnen zu zeigen, dass wir auch um sie bemüht sind. Wenn wir in diesem Tal einen Bergbau beginnen, brauchen wir jede Hand. Es sind sowieso zu wenige Arbeiter in diesem Tal“, sagte Gedeon.

„Am besten wird es sein, wenn wir beim Hiasl einkehren. Er ist der Gescheiteste und Vernünftigste im Dorf. Er wird uns schon den richtigen Rat geben.“

„Allegra, Allegra!“, wurden sie freundlich begrüßt. Mehr Leute als die Familie vom Hiasl waren nicht zu sehen. Anders als in Pfafflaar, flüchteten in Bschlabs die meisten, wenn ein Fremder ins Dorf kam, um ihn dann von einer versteckten Ecke aus zu beobachten. In Pfafflaar ging man jedem Fremden direkt entgegen, um ihn nach Neuigkeiten, die es in der Welt gab, zu befragen. Waren die Bschlaber mit einem Fremden aber einigermaßen warm geworden, so konnten sie recht gemütlich sein. Mit ihrem Humor waren sie den Pfafflaarern sogar oft überlegen, vor allem wenn es ums Singen und Musizieren ging.

Ohne den Gästen etwas Essbares hingestellt zu haben, durften sie nicht weitergehen. Schließlich bot sich Hiasl selber an, den Steinschmecker zur Roten Wand hinauf zu begleiten, um dort Gesteinsproben zu holen. Schwer mit Steinen bepackt, kamen alle schließlich im Lechtal an. In Alme trennten sie sich. Der Steinschmecker wartete mit seiner schweren Fracht auf ein Fuhrwerk ins untere Lechtal, die Bschlaber und Pfafflaarer traten den Rückweg an, und Gedeon fuhr weiter in Richtung Duerf.

Im Bschlabertal nahm die nächste Zeit alles seinen gewohnten Lauf. In Pfafflaar mussten nicht nur Häuser gebaut werden. Dringend notwendig wurde eine Vergrößerung der Weideflächen und der kleinen Äcker, schließlich waren inzwischen drei neue Erdenbürger angemeldet und die beiden jungen Leute aus dem Engadin wollten auch lieber das ganze Jahr in Pfafflaar bleiben, was allen nur recht sein konnte.

11. Geld und Handel

Als Jaggl eines Tages mit einem Helfer vom Käseverkauf aus dem Duerf zurückkam, brachten sie das Angebot mit, dass man im Lechtal, wegen des Bergbaus, viel Schafwolle brauchen würde.

„Da dürfen wir diesen Herbst aber keine weiblichen Schafe mehr schlachten, obwohl man uns das Fleisch inzwischen zu einem guten Preis abkauft“, sagte Sepp.

Kassian gefiel das nur halb: „Und mit was wollt ihr die überzähligen Schafe im Winter durchfüttern? Seid ihr verrückt?“

Das reizte mehrere Männer, und wie im Chor schrien sie auf einmal: „Wir sind nicht verrückt, aber du, wenn wir uns dieses Geschäft entgehen lassen sollen.“

„Ihr könnt doch nicht bis morgen denken. Schwachsinnig seid ihr, wenn ihr nicht begreift, dass wir kein zusätzliches Vieh mehr über den Winter füttern können.“

So kam eine richtige Streiterei zustande, bei der zum Schluss niemand mehr wusste, worum es wirklich ging. Lee war der Einzige, der nur horchte und sich nicht in den Streit einmischte. Als sich die Lage etwas beruhigt hatte, gab er seine Idee zum Besten: „Natürlich können wir mit dem Heu, das wir jetzt haben, keine zusätzlichen Schafe über den Winter füttern. Weiter oben auf dem Berg, wo es zwischen den Latschen immer wieder grüne Plätze gibt, ist kniehohes Gras. Neben dem Vieh hüten mähen wir dort Gras, soviel wir können. Ich bin sicher, dass wir so viel zusammenbringen, dass wir alle weiblichen Schafe über den Winter füttern können. Wenn die im Frühjahr Lämmer bekommen, dann können wir schon nächsten Herbst viel Wolle verkaufen.“

„Gut, ihr Idioten, dann fangt gleich morgen damit an. Allegra!“, schrie Kassian in die Runde und verschwand in seinem Haus.

Am nächsten Morgen hatte sich der Streit jedoch schon wieder gelegt, und Kassian grüßte seine Nachbarn, wie üblich, mit einem verhaltenen „Allegra“.

Alle halbwüchsigen Kinder beteiligten sich nun neben dem Vieh hüten an dieser zusätzlichen Heuernte. Selbst in Bschlabs wurde das Angebot für den Wolleverkauf angenommen und zusätzliches Gras gemäht, um mehr Schafe halten zu können. Da auch Flachs gefragt war, wurden in Bschlabs Vorbereitungen für mehr Anbaufläche getroffen. Flachs konnte man in Pfafflaar nicht anbauen, dafür war die Lage zu hoch.

Von diesem Herbst an gab es in Pfafflaar keine wirkliche Geldnot mehr. Bis jetzt, da kaum Geld zu verwalten war, hatte Mariele die Kasse für das ganze Dorf verwaltet. Keiner fühlte sich übervorteilt oder gar benachteiligt. Jetzt, da auf einmal ziemlich viel Geld da war, hörte man erst ganz heimlich, allmählich lauter und später unüberhörbar den Wunsch nach einer eigenen Kasse für jede einzelne Familie.

Sollte es nun zu einem richtigen Streit kommen?

Nun war es auf einmal Kassian, der offen und vernünftig war: „Wir brauchen Geld in jeder Familie, aber noch viel mehr Geld brauchen wir, so wie bisher, für uns alle. Ist das nicht so?“

„Ja, ja, stimmt schon“, hörte man ein allgemeines Gemurmel.

„Also sollte doch jede Familie einen eigenen Geldbeutel haben. Viel mehr Geld brauchen wir aber für den Bau von neuen Häusern, oder sollen die, welche noch im Stall wohnen, kein neues Haus bekommen? Wir haben bis jetzt zusammengearbeitet und gewirtschaftet und sollten es auch in Zukunft tun." Dagegen war nun nichts mehr einzuwenden.

Ganz kleinlaut wagte aber der kleine Lee eine Frage an die Runde: „Wie viel Geld soll nun aber jede Familie bekommen, und wie viel soll in die Gemeinschaftskasse?"

„Du kleiner Naseweis, du bist zwar noch nicht richtig trocken hinter den Ohren, aber vielleicht weißt du, wie wir es am besten aufteilen sollen? Du lernst jetzt außer Lesen und Schreiben doch auch noch Rechnen?"

„Leicht ist das sicher nicht aufzuteilen. Probiert es einmal, und ändert es, wenn ihr meint, dass es so nicht gut ist."

„Was würdest du vorschlagen?"

„Probiert es, indem ihr von allem was eingenommen wird, die Hälfte in die große Kasse und die andere Hälfte den Familien aufteilt."

„Dumm ist der Lausbub nicht", sagte Kassian anerkennend.

Jaggl, ob dieser Lösung hochzufrieden, bestätigte indirekt: „Also machen wir es einmal zur Probe so, wie Lee es vorgeschlagen hat. Wahrscheinlich werden wir daran bald etwas ändern müssen. Das werden wir ja sehen." So war es in Pfafflaar. Die großen Probleme wurden meist einvernehmlich und ohne Streit gelöst.

Im nächsten Frühjahr dachte man daran, ein weiteres Haus in Angriff zu nehmen. Der Sommer war dadurch noch arbeitsreicher als die vorangegangenen. Das Haus, erst für Jaggl und Justina geplant und nun für Markus und Elga bestimmt, war tatsächlich im Frühherbst primitiv bewohnbar. Jetzt konnten Markus und Elga heiraten. Ein Kind schien schon auf dem Weg zu sein. Jaggl half beim Einrichten der bescheidenen Räume so kräftig mit, so dass ihm schließlich gar nichts anderes übrig blieb, als von nun an bei Markus und Elga zu wohnen.

Maria und Toni wollten nun ständig in Pfafflaar bleiben. Nach einer kurzen Besprechung zwischen allen Familien war man sich einig, dass die zwei jungen Leute dableiben können. Markus bot ihnen an, im neuen Haus mit ihnen zu wohnen, doch auch Eduard lud sie zu sich ein. Maria und Toni waren alt genug, um sich in zwei Häuser aufzuteilen, nur war man sich unsicher, ob Maria bei Jaggl wohnen sollte oder doch besser nicht. Jaggl und Maria wussten selbst nicht, was besser für sie wäre. So kam man überein, ein Los entscheiden zu lassen. Ein langes und ein kurzes Ästchen gab Eduard Maria zum Ziehen: „Also, Maria, wenn du das lange Holz ziehst, dann wohnst du bei Jaggl."

Maria drehte sich um, dass sie die Hölzer in der Faust von Eduard gar nicht sehen konnte, und sagte feierlich: „Das Schicksal nehme seinen Lauf."

Zog ein Holz, es war das kurze. Lieber wäre beiden gewesen, wenn sie miteinander hätten wohnen können. Das sah man ihnen deutlich an. Nun war es zu spät. So ganz unkompliziert würde wahrscheinlich ihr Verhältnis nicht weitergehen. Immerhin blieben sie Nachbarn, und kein Mensch in Pfafflaar würde sich daran stoßen, wenn sie öfter beisammen schliefen.

Das Vieh von den Schlossherren in Starkenbach wurde mit der Begründung, dass Schlechtwetter mit Schnee kommen sollte, etwas früher als normal über den Hahntennen nach Tarrenz abgetrieben. In Wirklichkeit wollte man nicht riskieren, dass wegen des Schnees auf den Weiden Heu an die herrschaftlichen Tiere verfüttert werden musste. Das Heu wurde notwendig gebraucht, weil man immer mehr Schafe, wegen den zu erwartenden Lämmern im Frühjahr, den Winter über halten wollte. Alle Weidetiere, die im Frühjahr aufgetrieben wurden, kamen gesund und wohlgenährt wieder ins Tal zurück, darum hielt Graf Freiherr von Starkenberg auch sein Wort, so dass, wie ausgemacht, jeder Hirt zu seiner versprochenen Kleidung kam.

Wenn die Pfafflaarer beim Almabtrieb keinen Käse mit zum Schloss gebracht hätten, wäre es bestimmt aufgefallen und hätte es unangenehme Fragen gegeben. Freilich bekamen sie nicht so viel Geld, wie sie im Lechtal dafür bekommen hätten, aber es reichte immerhin, dass man ziemlich viel Werkzeug, von der Stricknadel bis zum Messer, kaufen konnte. Zu jedem Almabtrieb kamen fahrende Händler, weil sie wussten, dass zu diesem Anlass am ehesten etwas zu verkaufen war. Jaggl zahlte diesmal nie das, was verlangt wurde. Die Pfafflaarer gaben sich, dank dem Rückhalt im Lechtal, auf einmal viel selbstsicherer. Sie wandten sich erst einmal mit der Begründung ab, dass sie das Verlangte nicht bezahlen konnten. Also rannten ihnen die Händler nach und auf diese Weise zahlten sie schließlich weit weniger als früher. Darum reichte es diesmal sogar noch für ein paar Ellen Leinen, mit dem man den Frauen zu Hause eine besondere Freude machen konnte.

Maria, Toni und sogar Lee unterhielten sich mit den vorwiegend italienischen Händlern in deren Muttersprache, was ihnen zusätzliche Sympathien einbrachte, zum Abschied sogar noch ein paar kleine Geschenke, darunter eine gute Schiefertafel und einen Wetzstein aus Milano.

Mit guten Werkzeugen ließ es sich jetzt viel leichter arbeiten. Endlich konnte man ein paar Einrichtungsgegenstände und auch weiteres Werkzeug selber basteln. Toni baute sogar einen primitiven Webrahmen, mit dem sich kleinere Lodenstücke schnell und einfach weben ließen. Die Frauen wie die Männer waren ganz verrückt nach dem Weben, bis ihnen die Wolle ausging. Vom gekauften Leinen und dem selbstgewebten Loden konnte jeder Einwohner von Pfafflaar binnen weniger Wochen immerhin ein neues, schönes Kleidungsstück bekommen.

12. Häuser bauen und Raubwild fangen

Ander und Kassian wussten nicht, wie sie es der Dorfgemeinschaft beibringen sollten. Ein eigenes Wohnhaus, nicht mehr bei dem Vieh im Stall schlafen, das war der dringendste Wunsch ihrer Familien. Nur wenige Nachbarfamilien konnten sich eher mit dem Gewohnten abfinden, aber auch sie hätten sicher nichts dagegen, endlich so zu wohnen wie die Menschen im Tal.

Eines Abends, mitten im eher schneearmen Winter, niemand hatte heute so richtig Lust zu arbeiten, platzte Jaggl in die Nachbarrunde: „Mit mir braucht ihr die ersten Jahre nicht zu rechnen, dass ich heiraten und eine Familie gründen werde. Das knapp begonnene Haus wird man sicher bald fertig bauen, aber meint ihr nicht, dass wir jetzt an die denken sollten, die bis jetzt beim Hausbau so viel geholfen haben und noch beim Vieh schlafen?"

Eine bessere Idee hätte Jaggl nicht bringen können, dachte sich Kassian und sagte: „Das ist ein netter Zug von dir, dass du uns so bald zu einem richtigen Haus verhelfen willst."

„Das ist bei dem, was ihr für die jungen Paare getan habt, doch eine Selbstverständlichkeit. Wir dürfen nicht aufhören mit dem Hausbau, bis jede Familie ein richtiges Heim hat."

Eduard war gleich dabei: „Wir haben jetzt keine Wolle mehr, dass wir noch viel weben und stricken können. Um die Füchse und Marder kümmert sich Lee mit seinen Kameraden. Wir könnten gleich mit dem Holz fällen anfangen. Wenn wir das Holz alles an einem Platz schlägern, so würden wir damit zusätzliches Weideland oder Wiesen schaffen."

„Aber nicht oberhalb der Häuser. Da brauchen wir Wald, damit die Lawinen nicht bis zu den Häusern kommen."

„Natürlich nur dort, wo uns die Lawinen nichts anhaben können."

Jetzt ging Jaggl aufs Ganze: „Von mir aus können wir morgen schon anfangen. Seid ihr auch bereit?"

Obwohl die Männer von Pfafflaar diesen Winter eher Stubenhocker waren, getraute sich keiner ein Wort dagegen zu sagen. Nur zustimmendes Murmeln war zu hören.

Die Männer waren die folgenden Wochen mit Holz fällen und dem Zurichten für den Hausbau so beschäftigt, dass sie sich um nichts anderes mehr kümmern konnten. Sie merkten nicht einmal, dass die hochgespannte Leine mit den Fuchs- und Marderfellen immer voller wurde. Man hatte noch nicht die Hälfte vom Winter um und schon mehr als im letzten Winter gefangen.

Wie versprochen, gab Lee den Fallenstellern in Bschlabs Anweisungen, wie man das Raubwild am sichersten fangen kann. Von Zwieslen bis zum Gröben kamen alle jungen Burschen und sogar ein paar bejahrte Männer, um Lee mit seinen Pfafflaarern zuzuschauen, wie man Fuchs- und Marderfallen baut, den richtigen Köder auslegt und wohin man die Fallen stellen muss.

Ein alter Bschlaber, während die Jungen kräftig mithalfen, raunte seinem Nachbarn zu: „Du, der Lee ist ja noch gar nicht trocken hinter den Ohren. So ein Lausbub will uns zeigen, wie man Raubwild fängt? Erstens weiß er das doch selber nicht und wenn er es weiß, dann zeigt er uns gewiss das Gegenteil, damit wir nichts fangen."

„Du wirst recht haben."

„Natürlich habe ich recht. Wir müssen nur die Jungen darüber informieren."

„Aber wie? Die glauben doch ihrem Kameraden von Pfafflaar mehr als uns."

„Lass mich nur machen. Ich bin bei den meisten Fallen dabei. Die werden schon richtig gemacht. Wenn wir es anders machen als Lee, dann müsste es richtig sein."

„Habe ich mir auch gedacht."

Von beiden war als Unterton der Neid zu hören. Neid über Lee und die Pfafflaarer, weil sie etwas um so viel besser wussten, dass sie als alte Bschlaber gar nicht mehr folgen konnten. In diesem besonders konservativen, kleinen Kreis von Bschlabs war man so von sich eingenommen, dass die meisten meinten, es gäbe nur dieses Bschlabs. Alles müsste darum von Bschlabs lernen und nicht umgekehrt.

Lee mit seinen Freunden bemühte sich tatsächlich, den Bschlabern alles, so gut er es verstand, beizubringen. Sie stellten Fallen an den Wildkreuzungspunkten auf, beachteten Wasserläufe und Tümpel, so dass wahrscheinlich nichts schief gehen konnte. Sie müssten selbst sicher noch auf manches kommen, weil das Gelände in Bschlabs anders als das in Pfafflaar und Boden war. Man einigte sich darauf, die Fallen jetzt einmal, so wie gezeigt und besprochen, aufzustellen und sich dann mit den gemachten Erfahrungen wieder zu besprechen.

Die neidverkalkten alten Bauern brachten es dann aber tatsächlich zustande, dass die meisten Fallen an anderen Orten, ganz anders als gezeigt, aufgestellt wurden. Nur die Zwiesler, unter der Führung von Hiasl, und eine Familie im Taschig hielten sich an die Anweisungen der Pfafflaarer. Da nur die Zwiesler zusammenarbeiteten, bei den anderen aber jeder für sich sein Glück versuchte, wurde es während des ersten Winters gar nicht bekannt, dass nur die Zwiesler und der Taschiger gute Raubwildfänge gemacht hatten. Die Zwiesler hatten immerhin doppelt so viele Felle als alle anderen Bschlaber Fallensteller zusammen.

Die Zwiesler zeigten sich den Pfafflaarern gegenüber so dankbar, dass sie ihnen noch während der Schneeschmelze einen Besuch abstatteten und ihnen sogar einen kleinen Holzeimer voll Saubohnen mitbrachten. Sie wussten, in Pfafflaar würden die Bohnen nicht ausreifen. Weiter unten, bei den Raubwildfallen im Boden, müssten sie aber gut gedeihen. Da sollten sie gleich im Frühjahr einen Anbau versuchen. Die Pfafflaarer nahmen das Geschenk mit Freude an. Saubohnen waren eine der wenigen Delikatessen in diesem Hochtal.

Der Raubwildfang des vergangenen Winters wurde ausführlich besprochen. Im Boden hatte man so viel Felle, dass man daran denken musste, nicht noch mehr zu fangen, damit die Tiere nicht am Ende ausgerottet würden. Bei den Mardern wusste man, dass sie sich nicht so schnell vermehren. Von den anderen Bschlaber Weilern, Taschig, Egg, Sack, Aschlen und Gröben wusste man in Zwieslen nicht, wie viel gefangen wurde. Jeder wirtschaftete dort allein für sich, war sogar bedacht, dass niemand etwas vom Fang erfuhr. So machten die Zwiesler mit den Pfafflaarern einen Termin aus, an dem man die Felle ins Tal bringen und an Gedeon im Duerf verkaufen wollte.

Man wollte nach der kommenden Vollmondnacht am frühen Morgen aufbrechen. Die halbwüchsigen Buben und Mädel suchten am Vortag nach den ersten Alpenrosen und banden mit Zirbenzweigen anmutige kleine Blumensträuße für Geschenke an die

Damen im Duerf. Diese Halbwüchsigen durften ausnahmsweise mit ins Tal. Ob Bub oder Mädel, jedes durfte Felle zum Verkauf tragen und bekam mindestens zwei Felle in den Schnerfsack.

So eine Karawane von Pfafflaarern und Zwieslern war noch nie geschlossen zusammen ins Lechtal gegangen. Die Leute vom Gröben schauten verstohlen zu und wussten nicht, was diese Leute ins Lechtal trieb. Sie sahen wohl die Schnerfsäcke auf dem Buckel, brauchten anschließend trotzdem mehrere Tage, um es zu erfahren. Wie viele Felle verkauft wurden, sollten sie nie erfahren.

Im Duerf fielen die Pfafflaarer diesmal damit auf, dass sie auf einmal viel besser als vorher gekleidet waren. Überhaupt machten sie einen gepflegteren Eindruck.

Als die halbwüchsigen Buben und Mädel den Frauen die Blumensträuße mit einem fröhlichen und herzlichen „Allegra“ überreichten, gab es echten Jubel. Obwohl es so viele Leute waren, bekamen alle ein richtiges Essen vorgesetzt, eingeschlagene Eier mit gutem Brot. Die Stimmung war so gut, dass Gedeon und Jaggl zum Geschäft übergingen, sonst, so fürchteten sie, würde man heute trotz Vollmond nicht mehr nach Bschlabs und Pfafflaar zurückkommen, und für so viele hätten die anständigen Nachtquartiere doch nicht gereicht. – 32 Füchse, acht Marder und vier Wiesel hatte man in Boden gefangen; zwölf Füchse, drei Marder und fünf Wiesel die Zwiesler. Die Fellpreise waren dieses Jahr gestiegen, und so brachten die Pfafflaarer 284 und die Zwiesler 110 Kreuzer nach Hause.

So viel Geld hatten sie in ihren kühnsten Träumen nicht erahnen können. Es wurden untereinander noch keine genauen Zahlen bekannt gegeben. Die glücklichen Gesichter von denen, welche die Pelze verhandelt hatten, sagten alles und strahlten in die ganze Runde.

Der Fellhandel sollte aber noch nicht alles sein. Die Bergleute im Koaser brauchten immer mehr zum Essen und zum Anziehen. Für jeden, der es im oberen Lechtal verstand, fiel vom Bergbau etwas ab. Die Seitentäler konnten ebenso davon profitieren. Mit Gedeon, dem besten Mittelsmann, den man sich im Duerf vorstellen konnte, hatten die Pfafflaarer ja bereits echte und ehrliche Freundschaft geschlossen.

„Wie sieht es denn mit Käse, Fleisch und Wolle aus? Wir haben doch damals in Pfafflaar davon gesprochen?“, fragte Gedeon.

„Für Käse ist es noch zu früh, die Milchtiere bekommen auf den Weiden noch nicht genug zu fressen und geben darum auch nicht viel Milch. Fleisch können wir euch von einem Gstrein und von zwei Stierkälbern bringen. Wolle bekommen wir im Frühjahr schon etwas mehr als im letzten Jahr, aber im Herbst müssten wir viel Wolle verkaufen können“, antwortete Jaggl ausführlich.

„Ihr könnt uns alles bringen, was ihr verkaufen wollt. Mit so anständigen und fleißigen Leuten machen wir gern Geschäfte.“

Albin vom Bach war auf einmal da und mischte sich in die Debatte: „Ihr Pfafflaarer könnt doch außer eurem Romanisch und Deutsch auch noch gut Italienisch?“

„Ja, warum?“

„Mit den Mineuren aus Italien gibt es immer wieder Sprachprobleme. Wir verstehen sie nicht und sie uns nicht. Wir bräuchten oft einen Dolmetscher.“

Das war für Jaggl hochinteressant: „Mhm, Lee, der es am besten kann, ist noch zu jung, und ich komme über den Sommer unmöglich weg. Ich muss meinen Nachbarn beim Hausbau helfen. Dabei kann ich sie wirklich nicht im Stich lassen."

„Und wie sieht es im Winter aus?"

„Im Winter kann man darüber reden. Ich würde zudem gern die Bergwerke kennen lernen."

„Dürften wir wenigstens auch im Sommer an dich herankommen, wenn wir einmal eine große Besprechung haben, bei der Italiener dabei sind?"

„Wenn ihr mich notwendig braucht, so lass ich euch nicht im Stich. Im Notfall könnt ihr immer mit mir und uns allen rechnen. Wenn es nur zu einer Besprechung ist, dann könnte ich sogar Maria oder Toni mitnehmen, die perfekt italienisch nicht nur reden, sondern auch schreiben können. Ich selbst und die jungen Leute von Pfafflaar, die ihr heute da im Duerf seht, lernen alle Lesen, Schreiben, Rechnen und Italienisch."

„Das kann doch nicht wahr sein! Die jungen Pfafflaarer lernen Lesen und Schreiben?"

„Maria und Toni sind wie unsere Vorfahren vom Engadin gekommen, um im Sommer beim Vieh hüten zu helfen. Sie sind bei ihrer Oma im Italienischen aufgewachsen und gut erzogen. Sie lehren uns Lesen, Schreiben, Rechnen und ihre Sprache."

„Und da machen alle mit?"

„Die Jungen alle, können doch gar nicht anders. Wer nicht mitmacht, ist und bleibt dumm, und dumm will keiner sein."

„Ich wüsste kein Dorf im Lechtal, wo so viel gelernt wird, obwohl der Winter bei euch viel länger und schwerer ist. Ja, ja, die Not, sie macht erfinderisch und hält zusammen."

Da fiel nun Hiasl ein: „Wäre schön, wenn die Not alle zusammenbringen würde. Bei uns in Bschlabs ist es leider nicht so. Wir in Zwieslen halten gut zusammen, wie die Pfafflaarer. In den anderen Höfen gibt es keine Einigkeit. Jeder misstraut dem anderen und beneidet ihn, wenn er etwas besser macht oder mehr hat."

„Und wenn etwas Großes passiert?"

„Dann halten alle zusammen, dass man meint, es wird wirklich besser. Wenn alles wieder normal ist, dann ist es wieder dasselbe wie vorher."

„Sind nun nicht alle Bschlaber, welche Felle zu verkaufen haben, mit euch mitgekommen?", fiel Gedeon in die Unterhaltung.

„Nur wir Zwiesler und eine Familie vom Taschig haben sich den Pfafflaarern angeschlossen. Ist doch viel unterhaltsamer, wenn wir eine größere Gruppe sind. Die jungen Burschen haben sich besonders gefreut, dass sie mitdurften. Sie haben auch die meisten Füchse und Marder gefangen."

„Haben die anderen Bschlaber nicht auch etwas gefangen?"

„Wir wissen nur, dass sie weit weniger gefangen haben als wir. Die Pfafflaarer haben uns gelehrt, wie wir viel Füchse und Marder fangen können. Sie haben von uns dafür den Hausbau gelernt", erklärte Hiasl wahrheitsgetreu.

„Wo werden die anderen ihre Felle verkaufen?"

„Ich denke, die kommen in ein paar Tagen."

„Lasst sie nur kommen, die bekommen den gleichen Preis wie ihr, wenn die Felle auch so schön und gut behandelt sind."

„Wir sind zufrieden, und das Schöne bei euch ist, dass man nicht feilschen muss wie mit Händlern im Inntal. Wir haben bei euch immer einen guten Preis bekommen."

Nun war es höchste Zeit, an die Heimkehr zu denken. Schnell ging der Abschied nicht. Hundertmal wurde ein herzliches „Allegra“ ausgetauscht, und alle freuten sich auf ein Wiedersehen.

Jetzt merkten sie erst, wie spät es schon war. Das Wetter hatte sich arg verschlechtert. Dunkle Wolken hingen bis knapp an die Talsohle des Lechtales herab, und es wurde früh dunkel. Vom erwarteten Vollmond und einer hellen Nacht war nichts zu ahnen. Es war vorauszusehen, dass sie, trotz Vollmond, in einer stockdunklen Nacht den Heimweg würden bewältigen müssen. Noch bevor sie den Steilhang ins Bschlabertal hinaufsteigen mussten, konnte man kaum noch den Vordermann sehen. Hiasl und Jaggl machten sich Gedanken darüber, wie sie mit der ganzen Gruppe bei völliger Dunkelheit in dem Steilstück über der Schlucht zurechtkommen sollten. Zu dumm, dass sie in Erwartung einer Vollmondnacht nicht einmal eine Kienspanfackel mitgenommen hatten. Schon bei Tag musste man jeden Schritt in diesem gefährlichen Gelände genau überlegen, denn gleich unterhalb begann der senkrechte Fels einer zweihundert Meter tiefen Schlucht. Ein einziger Fehltritt und man war verloren. Als die Älteren überlegten, wie sie bei Nacht diese gefährliche Wegstrecke sicher überwinden könnten, näherte sich Lee mit einem verschmitzten Lächeln.

Ganz frech sagte er zu ihnen: „Wenn ihr auch Angst vor der Schlucht habt, ich habe keine. Ich werde euch an meiner Hand sicher hinaufführen. Vorher werde ich euch aber beweisen, wie gut ich bei Nacht sehen kann, damit ihr keine Angst zu haben braucht.“

„Wie willst du uns sicher hinüberbringen, wenn es so dunkel ist, dass man nicht einmal die Hand vor dem Gesicht sehen kann? Hätten wir doch eine Pechfackel mitgenommen.“

„Wartet nur ab, bis wir ein Stück oben sind.“ Das war alles, was Lee ihnen vorerst verriet.

Am unteren Teil der Schlucht angekommen, sagte Lee zu Hiasl: „Klaube irgend etwas vom Boden auf und nimm es in deine Hand.“

Hiasl nahm einen kleinen gegabelten Ast, den er gerade noch ergreifen konnte, in seine Faust.

„Wer von euch kann sehen, was Hiasl in der Hand hält?“, fragte Lee in die Runde.

„Wer soll das wissen, wenn es so dunkel ist“, sagte daraufhin Jaggl, und alle stimmten ihm bei.

„Das ist ein kleiner Ast, der vorne zwei Äste hat“, sagte Lee nun ganz sicher und weiter: „Damit ihr den Beweis habt, dass ich auch noch bei dieser Dunkelheit recht gut sehen kann, soll jetzt jeder von euch etwas in seine Hand nehmen, damit ich sagen kann, was es ist.“

Alle ergriffen etwas entweder aus ihrer Hosentasche, oder sie klaubten etwas vom Boden auf. Nur Mathe nahm nichts in seine Hand, tat nur so und fragte als Erster: „Lee, was habe ich in meiner Hand?“

„Nichts, nur einen kleinen schmutzigen Fleck am Mittelfinger.“

So ging es weiter. Lee konnte den Beweis erbringen, dass er bei Nacht tatsächlich viel besser als die anderen sehen konnte. So ging er als Erster, nahm Hiasl als den Ältesten bei der Hand, und jeder reichte hinten wieder einem anderen die Hand, bis eine lückenlose Menschenkette gebildet war. Je gefährlicher es wurde, desto fester musste einer den anderen bei der Hand fassen. Lee konnte jeden Schritt, so weit notwendig, beschreiben, bis schließlich alle den gefährlichen Teil der Wegstrecke gut überwunden hatten.

An den Häusern vom Gröben vorbei vernahmen sie Streit in einem Haus. Es ging so laut zu, dass sie es nicht überhören konnten: In diesem Haus musste bittere Not herrschen. Die Frau hatte für die Kinder nichts zu essen. Darum ging der Mann im Winter als Schuster auf die Stör. Weil er dem Alkohol zugetan war, brachte er kaum Geld nach Hause, und die Frau wusste nicht mehr, woher sie das Essen für die Kinder nehmen sollte. Die Pfafflaarer wie die Zwiesler waren ganz betroffen von dem furchtbaren Streit und überlegten, wie man, zumindest der armen Frau, helfen könnte.

In Zwieslen angekommen, richteten die Frauen gleich als Erstes ein Nachtlager für die Pfafflaarer her. Keiner durfte seinen Weg fortsetzen, und sie blieben auch gern. Sie waren von diesem Marsch alle rechtschaffen müde.

Auch Lee war bis zum Anblick eines jungen Mädchens elendig müde, wurde aber auf einmal hellwach und sprühte nur so von jugendlichem Tatendrang.

„Wer ist denn die Blonde dort?“, fragte er Hiasl. Seine Augen glänzten, dass es Hiasl unmöglich übersehen konnte.

Ein Schmunzeln im Gesicht von Hiasl verriet, was er dachte, und er antwortete: „Das ist die jüngste Tochter vom Mathe. Agnes heißt sie. Bis jetzt hat sie sich immer etwas zurückgezogen, doch nun scheint es, dass sie aufgewacht ist. Pass auf, Lee, dass sie dich nicht noch herumkriegt!“

„Mir gefällt sie.“

Also, Agnes hieß sie und musste etwa im gleichen Alter wie er sein. Vielleicht ein Jahr älter. Die Mädchen in Pfafflaar waren mindestens so nett wie Agnes, doch mit allen war er, wenn auch weitschichtig, verwandt. Die Moral in Pfafflaar war sicherlich sehr locker, es galt aber ein eisernes Gesetz: Lieber ledig bleiben als verwandt heiraten! Das wurde den Kindern, noch bevor sie in die Pubertät kamen, so eingeprägt, dass sich bis jetzt alle daran hielten. Sicherlich plänkelte man auch mit den gleichaltrigen Nachbarinnen ein wenig herum, doch bevor es ernst wurde, zog sich jeder Teil zurück.

Somit war Agnes Lee wirklich willkommen, umso mehr als sie ihn immer wieder mit verliebten Augen tief anblickte. Lee sah bald nur mehr Agnes, und er war ihr augenscheinlich nicht gleichgültig.

Neugierig, aufgeschlossen und unternehmungslustig, wie Lee nun einmal war, sehnte er sich früher als gleichaltrige Jungen nach Mädchen. Viele Nächte, wenn er nicht gerade seinen Erfindungen und Entwicklungen verfallen war, oder ganz im Lerneifer schwelgte, träumte er von einem Mädchen, das ihm ganz zu Willen wäre. Nach allem, was er so hörte, musste das wunderschön sein.

Agnes hatte, nachdem alle Männer mit Essen und Trinken versorgt waren, nichts mehr zu tun, da glaubte er seinen Augen nicht zu trauen, als sie ihm von der gegenüberliegenden Zimmerecke zublinzelte und mit dem Kopf unmissverständlich ins Freie deutete. Kurz darauf verschwand sie aus dem Zimmer, nicht ohne ihm nochmals einen viel sagenden Blick zuzuwerfen. Sein leichtes Nicken war für sie der Beweis, dass er sie verstanden hatte und er zu ihr kommen würde.

Sofort konnte er ihr nicht folgen. Das wäre zu auffallend gewesen, doch nach einiger Zeit musste auch er nach draußen. Er wusste nicht, wo sie auf ihn wartete, blieb deshalb vorerst stehen, um seine Augen an die Nacht zu gewöhnen. Sein Herz klopfte, er wusste nicht, wie ihm war, denn noch heute würde er, wenn nichts Besonderes dazwischen kam, kein Jüngling mehr sein.

Für Agnes war er nicht der erste Mann, doch mehr als zu einer schnellen Befriedigung hatte es nie gereicht. Über die Pfafflaarer konnte sie von der älteren Schwester, besonders aber im Gespräch mit ihren Freundinnen, einiges erfahren, was hoffnungsvoll erschien. Danach müssten die Pfafflaarer Männer viel zärtlicher als ihre Nachbarburschen von Zwieslen sein. Ihr Herz klopfte mindestens genau so stark wie das von Lee. Schließlich war Lee ein besonders interessanter Bursche.

Es dauerte nicht lange, bis Lee mit seinen Eulenaugen Agnes hinter einer Bretterwand erblickte. Nun gab es kein Halten mehr. Beide rannten aufeinander zu und verloren sich in einem leidenschaftlichen Zungenkuss. Nein, so tief im Mund hatte er noch keine Zunge eines Mädchens verspürt, und wie das aufpeitschte! So sehr war er von ihren leidenschaftlichen Küssen gefangen, dass er vorerst gar nicht weiter dachte und sich nur ihrer Leidenschaft und ihrer Zärtlichkeit hingab. Mehr hätte er heute nicht gebraucht. Als sie ihm jedoch mit ihrer Hand über die Hose strich und dort verweilte, wo sie den Sitz der Leidenschaft verspürte, erwachte in ihm der Wunsch von vorher. Voll zusammen sein, in sie eindringen bis zum Höhepunkt, ja, das hatte er sich vorgenommen, und mit etwas klareren Gedanken kam es bald soweit. Nur aufpassen, sie so jung auf keinen Fall mit einem Kind belasten, das waren die Gedanken, als er tief in ihr mit leidenschaftlichem Rhythmus dem Höhepunkt näherkam.

Es musste für beide eine volle Befriedigung gewesen sein, denn entspannt und zärtlich lagen sie noch lange beieinander, bis ihnen ihr Gefühl sagte, dass sie endlich wieder ins Haus zur großen Gesellschaft gehen sollten.

Die Männer waren so in ihre Gespräche über den Raubwildfang, den Häuserbau und die Bergwerke vertieft, dass ihre Abwesenheit keinem aufgefallen war. Hiasls und Mathes Frauen konnten sie allerdings nichts verbergen. Zu sehr waren die beiden jungen Leute verändert. Keine der Frauen machte jedoch die geringste Andeutung darüber. Nur Mathes Frau dachte sinnig zurück an ihre eigene Jugend und die ersten sexuellen Erlebnisse. Liebevoll schaute sie auf ihre Tochter, die hiermit endgültig dem Kindesalter entschwunden war, und dachte still bei sich: „Die Jugend wird immer wieder dasselbe erleben und genießen, nur die Zeiten und die Umgebung ändern sich. Glücklich sollten alle Eltern sein, mit den Kindern ein ganz klein wenig ihr Jugendglück mitfühlen zu können, anstatt lehrmeisterlich ihre meist auch nicht ganz makellose Jugend als Vorbild hinzustellen."

Am frühen Morgen, als die Pfafflaarer zum letzten Teil der Wegstrecke nach Hause aufbrachen, gaben Agnes und Lee mit keiner Gebärde zu erkennen, was sie in der letzten Nacht zusammen erlebt hatten. Es war bei beiden sicherlich nicht die große Liebe, eher ein Liebesverhältnis mit echter Sympathie und Verlangen, bald wieder die körperliche Vereinigung zu genießen.

In Pfafflaar wurde das Geld, wie besprochen, aufgeteilt. Alle waren glücklich. Das war ein kleines Lamm wert. Es wurde von Kassian geschlachtet, und Mariele durfte wieder einmal zeigen, wie gut sie kochen konnte. Damit hatte der Raubwildfang des letzten Winters für alle ein gutes Ende genommen. Leider gab es doch wieder etwas, was zu Ärger Anlass gab.

13. Neid und Streit

In Bschlabs konnten sich die, welche alles verkehrt machten und deshalb nur wenig Tiere fingen, gerade noch zu einem gemeinsamen Gang ins Duerf einigen. So liefen sie zu dritt mit den wenigen Fellen zu Gedeon, um sie zu verkaufen.

Sie kannten Gedeon kaum. Bei der Ankunft fielen sie schon negativ auf, weil sie nicht herzlich mit „Allegra" grüßten. Das war man von den Pfafflaarern und den Leuten von Bschlabs, die man bisher kennengelernt hatte, nicht gewohnt. Dennoch bot man auch ihnen etwas zu essen an, was sie aber, teils aus Schüchternheit, teils aus Angst, vielleicht eine Gegenleistung erbringen zu müssen, in einem kalten Ton ablehnten.

Gedeon wusste nicht, wie er mit diesen Leuten zurechtkommen sollte. Sie platzten dann auch schon gleich heraus, dass sie mit Fellen gekommen wären und diese verkaufen wollten. Schnell packten sie die Felle aus und breiteten sie vor Gedeon aus.

„Sind es nicht schöne Felle?", sagte Florian. Er war der Einzige, mit dem man sich wenigstens ein bisschen unterhalten konnte. Dem geübten Auge von Gedeon konnte nicht entgehen, dass die Felle nicht ganz sachgemäß getrocknet wurden. Er zupfte an den Fellhaaren und hatte bald ein Haarbüschel in der Hand.

„Gut habt ihr eure Felle aber nicht getrocknet. Ihr habt die Falten nicht richtig gespannt, und wenn die Falten feucht bleiben, dann gehen die Haare aus. So ein Fell ist fast nichts mehr wert."

„Du wirst uns doch nicht sagen wollen, dass die Felle nichts wert sind?", sagte Much, der ganz Mürrische, herausfordernd.

Darauf Gedeon seelenruhig: „Die meisten sind schon in Ordnung. Probiere doch selber bei den zwei Fellen, denen die Haare ausgehen. Du wirst auch bald ein Haarbüschel in der Hand haben."

„Wegen der paar Haare wird doch ein Fell nicht weniger wert sein?"

„Diese zwei Felle kann man für keinen Pelzmantel gebrauchen. Höchstens für eine Felltasche oder andere Kleinigkeiten. Dieses Fell ist nicht einmal die Hälfte der anderen wert. Ich habe euch die Felle sogar überbezahlt, wenn ich euch für alle zusammen vierzig Kreuzer gebe."

„Wir haben uns freilich etwas mehr vorgestellt", sagte Florian kleinlaut in vernünftigem Ton.

„Ihr müsst in Zukunft die Felle einige Tage innen mit Holz oder Ästen so spannen, dass es keine Falten gibt. Das ist nicht schwierig. Wir haben dieses Frühjahr noch kein einziges Fell mit Haarausfall bekommen.

Jetzt wurde Florian gegen Much wütend: „Lee hat uns das alles doch richtig erklärt. Du hast gemeint, dass wir es anders machen sollen. Jetzt hast du den Dreck. Wir alle müssen das büßen."

„Dann geh doch zu den Pfafflaarern, mach alles mit ihnen und lass dich bei uns nicht mehr sehen."

„Was hast du denn gegen die Pfafflaarer?"

„Nichts, sie wollen nur immer gescheiter, besser und angesehener als andere sein."

Jetzt musste Gedeon, obwohl er sich nicht einmischen wollte, etwas sagen: „Die Pfafflaarer lernen Lesen, Schreiben und Rechnen. Sie können in drei Sprachen reden.

Damit sind sie sogar uns Menschen vom Tal überlegen. Wir haben aber deswegen keinen Neid auf sie. Wir müssen nur trachten, dass wir auch mehr lernen als bisher. Vielleicht werden wir in ein paar Jahren gescheiter sein als sie."

„Wie sollen denn wir von denen etwas lernen?", fragte Much abschätzig.

„Das weiß ich auch nicht. Wir wissen nur, dass sie uns helfen, wenn wir ihre Talente brauchen. Sie würden uns sicher auch gute Lehrer sein, wenn wir sie darum bitten."

„Die Pfafflaarer können nicht einmal allein ein Haus bauen. Bei jedem Haus müssen ihnen Arbeiter von Bschlabs helfen."

„Ja, seht ihr, so kann man einander helfen, wenn man nur will", sagte Gedeon in einem abschließenden Ton und ging gleich zum Kasten um das Geld. Diese Leute mussten schnell abgefertigt werden, dachte er, sonst könnte es Schwierigkeiten geben.

Man war gerade beim Zählen der paar Kreuzer, als Albin vom Bach ins Zimmer kam: „Ich habe gehört, dass Bschlaber da sind. Ich hätte eine Nachricht nach Pfafflaar zu schicken. Habe alles auf ein Holzbrett geschrieben. Wer könnte das nach Pfafflaar bringen und Jaggl übergeben?"

Totenstille. Florian war es dann doch zu dumm, er fragte: „Muss es schnell in Pfafflaar sein?"

„Spätestens morgen abends müsste es Jaggl bekommen."

„Also gut, aber ganz umsonst renne ich nicht nach Pfafflaar", erwiderte Florian plump.

„Bekommst zwei Kreuzer. Bist du zufrieden?"

„Ja, ja ...", kam es unsicher aus ihm heraus.

„Gut, dann nimm dieses Brett und überbringe es Jaggl in Pfafflaar. Kannst du lesen, was darauf steht?"

„Lesen habe ich noch nicht gelernt und werde es auch nicht lernen."

„Dann sage ich dir, was darauf steht. Solltest du das Brett verlieren, dann kannst du es ihm direkt sagen. Jaggl soll übermorgen mittags in dieses Haus zu Gedeon kommen. Auch Maria kann mitkommen. Wir brauchen Dolmetscher für die Italiener."

„Ja, ja, das werde ich nicht vergessen, und das Brett verliere ich auch nicht."

Albin gab ihm die zwei Kreuzer in der sicheren Erwartung, dass alles in Ordnung geht.

Nur mit einem leisen „Allegra" verabschiedeten sich die drei, um den Heimweg nach Bschlabs anzutreten. Kaum waren sie allein, konnte es sich Florian nicht verkneifen, Much noch einmal Vorwürfe zu machen, weil er ihnen die Fangmethoden von Lee ausgeredet hatte. Much konnte nicht anders, als streitsüchtig zu antworten. So war diese Wanderung alles eher als friedlich. Zu Hause angekommen, war man sich erst nach stundenlanger Debatte über die Geldverteilung einig.

Das Holzbrett mit der Nachricht nach Pfafflaar war auf einmal nicht mehr auffindbar. Alle suchten das Brett, doch es blieb verschollen.

Da platzte Florian wütend heraus: „Much, hast du das Brett?"

„Wo soll ich das Brett haben?"

„Dir wäre es zuzutrauen, dass du es verschwinden lässt. Du hast doch so einen Zorn auf die Pfafflaarer und auf Lee, weil er uns das Fallen stellen doch richtig gelehrt hat. Du hast gemeint, er sagt uns das Gegenteil."

Drohend richtete sich Much gegen Florian auf: „Jetzt ist es genug. Ich schlage dich kurz und klein, wenn du mit deinen Anschuldigungen nicht aufhörst."

Florian hatte das Gefühl, dass er Much ausweichen sollte, drehte sich ganz rasch um die eigene Achse, so dass sein Arm weit ausschlenkerte. Ohne es zu wollen, schlug seine Hand gegen die Hose von Much und spürte dahinter etwas Hartes. Das könnte das Brett sein, bewusst griff er an die Stelle, wo er dieses vermutete. Tatsächlich schien Much das Brett hinter seiner Hose zu verstecken.

Nun wurde Florian wütend: „Also, höher geht es nicht mehr! Hat der Much nicht tatsächlich das Kurierbrett in seiner Hose versteckt."

Much war darum aber noch nicht verlegen: „Das Brett hat mir einer von euch hinter die Hose geschoben, damit ihr mich als Dieb hinstellen könnt."

„Jetzt ist es genug", schrie Florian und holte zu einem Hieb aus, der Much zu Boden schlug. Ein Satz und Much stand wieder vor Florian, um zu einem weit kräftigeren Schlag auszuholen. Da sprangen auf einmal mehrere Männer hinzu und schlugen auf Much ein. Auch Florian bekam dabei noch ein paar Hiebe ab. Ein Nachbar von Florian trampelte sogar auf das Gesicht von Much, bis Florian ihn wegriss und ängstlich schrie: „Mensch, lass ihn doch in Ruhe! Der hat seine Lehre bekommen. Wenn er noch einmal so etwas macht, dann werfen wir ihn tatsächlich in die Schlucht hinunter, denn einen Dieb können wir bei uns nicht gebrauchen. Hauptsache für heute: Wir haben das Kurierbrett. Morgen in aller Früh muss ich es nach Pfafflaar bringen."

Darauf die anderen Männer wie im Chor zu Much: „Hast du das gehört? Noch einmal etwas stehlen und du bist ein toter Mann. Jetzt schau, dass du heimkommst, und lass dich bei uns nicht mehr blicken."

Das war hart, denn damit war Much für lange Zeit aus der Dorfgemeinschaft ausgeschlossen, und ohne Nachbarn war ein Leben in Bschlabs fast unmöglich. Auf diesen kargen und schwer zu bearbeitenden Wiesen und Feldern waren viele Arbeiten nur durch gemeinsame Hilfe möglich.

Am nächsten Morgen spürte Florian erst, was er an Schlägen bei der Rauferei abbekommen hatte. Nicht nur, dass sein Gesicht blau und aufgedunsen war, das Schlimmste war, dass er seine Glieder kaum bewegen konnte. Wie sollte er heute nach Pfafflaar kommen, wenn er kaum im Haus herumgehen konnte? Gegen Mittag besserte sich sein Zustand dann doch etwas. Nun glaubte er, dass er ohne Schwierigkeiten Pfafflaar erreichen würde. Zurückkommen wollte er aber doch erst am nächsten Tag.

Die Hälfte der Wegstrecke legte Florian auch ohne Schwierigkeiten zurück. Vor dem steileren Anstieg nach Pfafflaar, bei einer kleinen Quelle, musste er rasten, aß eine Kleinigkeit und trank recht ausgiebig. Nun wurde ihm übel, und der Schlaf überwältigte ihn.

„Nur nicht einschlafen! Auf und weiter!", sprach er halblaut zu sich selber. Mit aller Kraft versuchte er, den Weg fortzusetzen, was ihm auch noch ein gutes Stück gelang. Er war gar nicht mehr so weit von Pfafflaar entfernt, als ihn die Kräfte endgültig verließen und er im Gras einschlief.

So schlief Florian nicht nur die ganze Nacht. Auch am frühen Vormittag wachte er noch nicht auf, und es war reiner Zufall, dass Jaggl mit seinen Kameraden nach Boden ging, um die Saubohnen auszusäen. Jaggl riss es nur so herum, als er Florian, blau und blutig im Gesicht, am Wegrand liegen sah.

Was war da geschehen?

Wecken musste man ihn auf jeden Fall. Wahrscheinlich musste man ihn sogar nach Pfafflaar tragen, um ihm die Wunden zu verbinden.

„Allegra", sagte Jaggl laut und rüttelte ihn ganz sanft. Nach einigem Stöhnen schlug Florian endlich seine Augen auf und sprach verwundert: „Wie komme ich hierher? Wo bin ich?"

„Du bist ganz nahe bei Pfafflaar. Wer hat dich so zugerichtet? Bist du unter die Räuber gekommen?"

„Ach, das war nur ein Streit mit Much ... Ach richtig, du bist ja Jaggl ... dir habe ich ein Brett zu bringen. Es steckt unter meinem Hemd. Ich kann den Arm nicht bewegen. Hol es dir selbst hervor."

Jaggl sah gleich, dass Florian unter dem Hemd etwas versteckt hatte. Da sagte Florian noch einmal: „Jaggl, nimm dir dieses Brett. Es gehört dir. Es kommt vom Albin vom Bach."

Jetzt getraute sich Jaggl endlich, das Brett aus dem Hemd hervorzuholen. Beim Lesen wurde er auf einmal nervös. „Maria und ich sollen heute mittags beim Gedeon im Duerf sein. Da müssen wir uns aber beeilen. Rechtzeitig kommen wir sowieso nicht mehr dorthin."

Und zu seinen Kameraden gewandt: „Die Bohnen können wir heute nicht mehr aussäen. Schaut, dass ihr Florian gut nach Pfafflaar bringt. Er soll, nachdem er etwas gegessen hat, sich gleich niederlegen. Ich werde in Bschlabs seinen Angehörigen Bescheid sagen, damit sie sich keine Sorgen um ihn machen."

Jaggl rannte, so schnell er konnte, nach Pfafflaar. Dort riss er Maria aus ihrer Arbeit. Beide wuschen sich nur notdürftig Gesicht und Arme, zogen sich ein besseres Gewand an, und schon ging es im Laufschritt in Richtung Lechtal. In Bschlabs gaben sie nur schnell bei Florians Familie Bescheid, dass der Mann in Pfafflaar gut aufgehoben sei. Alle nur möglichen Wegabkürzungen wurden ausgenützt, so dass sie hoffen konnten, mit nicht allzu großer Verspätung im Duerf anzukommen.

Beim Gedeon war eine bedeutende Besprechung, hauptsächlich mit Italienern, angesagt. Im Koaser lief der Bergbau recht gut. Neben Eisen wurden Blei und Zink abgebaut. Erz war stark gefragt, wenn auch der Transport bis Füassa lang und beschwerlich war. Es waren im Hochtal nicht genug Arbeiter zu bekommen und die Werkzeuge taugten nicht viel. Mehr Arbeiter und besseres Werkzeug waren dringend gefragt. Die Italiener waren zwar nicht direkt Bergleute, aber vom Wegebau her hatten sie so viel Erfahrung im Tunnelbau, dass sie als die einzigen Fachleute galten, die zu bekommen waren.

Gedeon war der Organisator zwischen dem Bergbau im Koaser, dem Transport und den Käufern in Ehrenberg. Beim einfachen Arbeiter und Bauern war Gedeon genau so beliebt wie bei den Händlern und Kirchenherren von Sankt Mang. Ohne ihn ging praktisch nichts im Lechtal.

Um Mittag war die Besprechung im Haus von Gedeon angesagt. Sogar die sonst nicht ganz pünktlichen Italiener kamen mit Albin vom Bach wie ausgemacht.

Gedeons Frau erkundigte sich bald, ob man mit dem Essen anfangen könnte.

Gedeon zu Albin: „Du hast die Botschaft nach Pfafflaar schon wirklich den Bschlabern mitgegeben?"

„Ich habe sie dem Florian mitgegeben. Der ist mir am verlässlichsten erschienen.

Den anderen zwei Unvernünftigen hätte ich sie niemals anvertraut."

Gedeon, etwas nachdenklich: „Wenn alles richtig gelaufen ist, müssten Jaggl und Maria um diese Zeit hier sein. Auf die Pfafflaarer kann man sich verlassen."

Zu dieser Zeit hatten die beiden erst den Talboden vom Lechtal erreicht. Normal waren von da bis ins Duerf zwei Stunden zu gehen. Jaggl und Maria rannten im Eilschritt, dass sie meinten, sie könnten in der Hälfte der Zeit die Strecke laufen. Ohne dass sie es in ihrem Lauffieber merkten, kam ein Pferdefuhrwerk im Trab von hinten auf sie zu. Der Fuhrmann blieb neben den beiden Eilenden stehen und rief ihnen zu, ob sie es denn tatsächlich so eilig hätten.

„Wir haben eine Botschaft zu spät bekommen, sollten jetzt schon im Duerf beim Gedeon sein. Wir konnten nicht noch schneller laufen", gab Jaggl schwitzend und keuchend zur Antwort.

„Zum Gedeon solltet ihr?", fragte der Fuhrmann interessiert.

„Ja, zum Gedeon. Wir sollten dort italienisch dolmetschen."

„Da habt ihr jetzt aber Glück gehabt. Ihr könnt bei mir mitfahren."

Hocherfreut stiegen Jaggl und Maria auf den Wagen, und dahin ging es. So waren sie bedeutend schneller im Duerf und vor allem nicht so müde und mitgenommen, als wenn sie den ganzen Weg im Laufschritt zu Fuß hätten zurücklegen müssen.

14. Die große Reise

Die Besprechung war kompliziert. Zu viele Probleme gab es mit den Arbeiten in den Knappenlöchern. Als man bei den meisten Punkten Einigung erzielt hatte, musste zusammen gefeiert werden. Die Italiener brachten Wein als Geschenk mit, die Duerfer hatten schon für eine Feier vorgesorgt, und es dauerte nicht allzu lange, bis die des Weines ungewohnten Lechtaler einen Schwips hatten. Maria unterhielt sich mit ihren Landsleuten begreiflicherweise besonders gut, und davon wurde auch Jaggl mitgerissen. Nach vielen „Saluti" wurden Maria und Jaggl schließlich eingeladen, bis ins Engadin oder sogar bis Italien mitzufahren. Wenn sie dort ankämen, würde es nur ein paar Tage dauern, bis der Capo einige Arbeiter angeworben hätte und sie zusammen zurück ins Lechtal fahren könnten.

Diese Gelegenheit konnte sich Maria nicht entgehen lassen. Zu gern wäre sie wieder einmal heim zu ihren Eltern ins Engadin gefahren. Der Süden reizte zusätzlich, und von diesem Reiz wurde schließlich auch Jaggl angesteckt. Der Schwips tat das Übrige, und so wurde fix vereinbart, gemeinsam nach dem Süden und wieder zurück zu fahren.

Die Italiener mussten einen Umweg über Reite und den Feara fahren, weil über Pfafflaar und den Hahntennen der Weg für ein Fuhrwerk unpassierbar war. Sie würden also erst eineinhalb Tage später in Imst durchfahren. Dort sollten die beiden zusteigen.

Als Jaggl und Maria nach der Ausnüchterung vom vielen Wein und der Rückkehr nach Pfafflaar etwas schüchtern diese Verabredung mit den Italienern in Pfafflaar bekannt gaben, herrschte fürs Erste Stillschweigen. Das konnte nichts Gutes bedeuten.

Sepp brach als Erster das Schweigen: „Dass man euch hier zur Arbeit braucht, daran habt ihr wohl nicht gedacht?"

Maria konnte jetzt sicher mehr als Jaggl ausrichten: „Das ist doch nur für ein paar Tage. Wir könnten in Italien besseres Werkzeug bekommen. Das würden wir doch so notwendig beim Hausbau und auf dem Feld brauchen."

Daran hatte Jaggl noch gar nicht gedacht, bestätigte aber Maria sofort: „Die wenigen Tage an denen wir weg sind, können wir mit gutem Werkzeug leicht wieder einarbeiten."

Das imponierte, und schließlich fanden sich alle damit ab, dass die beiden, wie ausgemacht, die Einladung nach Italien annahmen.

Jaggl hatte großes Reisefieber, und bei Maria erwachte die oft unterdrückte Sehnsucht nach Eltern, Muttersprache und dem Süden zu richtigem Heimweh. 's Ahnle war wieder einmal der Mensch, mit dem man sich von Herzen aussprechen konnte. Dem Ahnle konnte man alle Gefühle ungeschminkt zeigen, denn meist las sie sowieso vorher alles schon vom Gesicht ab. So glaubte sie, Jaggl ein wenig die Reiseangst nehmen zu können, indem sie ihm mit Überzeugung sagte: „Jaggl, du wirst eine unvergessliche Reise machen. Vielleicht ist es das Schönste, was du in deinen jungen Jahren erlebst. Genieße alles, was schön ist."

„Ich weiß. Maria hat mir so viel von ihrer Heimat im Engadin, von ihrer Oma in Chiavenna und dem Süden erzählt, dass das alles für mich nicht mehr fremd ist. Trotzdem habe ich etwas Angst vor dieser Reise. Ich weiß selbst nicht warum."

Maria kam hinzu: „Ich werde schon aufpassen auf dich und dich umsorgen. Meine

Verwandten sind alles nette Leute. Jedenfalls fahren wir bis Chiavenna, damit du etwas vom Süden mitbekommst."

's Ahnle: „Ein paar Geschenke müsst ihr mitnehmen. Maria hat im Winter so schöne Bilder mit getrockneten Alpenblumen gemacht. Im Engadin gibt es nicht so viele Blumen. Wären diese Bilder nicht schöne Geschenke?"

Maria, erfreut ob der Anerkennung ihrer Arbeiten: „In Chiavenna werden wir damit sicher gut ankommen. Im Engadin braucht man etwas zum Essen. Da ist immer noch bittere Not."

„Dann bringt ihnen doch Käse und Fladenbrot", sprach 's Ahnle, glücklich darüber, dass man damit etwas Gutes tun konnte.

So kam der Tag der Abreise. Lee und zwei Kameraden sollten Maria und Jaggl bis nach Imst begleiten und ihnen dabei die Traglast der Geschenke abnehmen.

Als 's Ahnle sich von Maria verabschiedete, konnte es eine Träne nicht verbergen. Maria, bis jetzt unbeschwert, fröhlich und voller Reiselust, wurde auf einmal richtig traurig. So sentimental hatte sie sich den Abschied nicht vorgestellt. Schließlich sollte er doch nur für ein paar Tage sein. Jaggl nahm den Abschied leichter. Nach der Aussprache mit dem Ahnle war es nur eine kurze Reise, von der man Schönes erwarten konnte. Wie konnte man da traurig sein?

Die Fahrt mit den Pferdefuhrwerken war ziemlich anstrengend. Im Oberengadin angekommen, ließ es sich Maria nicht nehmen, auch die Fuhrleute nach Hause zu ihren Eltern einzuladen. Zu essen hatten sie genug mitgebracht, und die italienischen Mineure waren meistens großzügig, wenn sie eingeladen wurden.

So verbrachten alle zusammen einen recht netten Abend unter ganz primitiven Verhältnissen. Es war schon eine arme Gegend, dieses Engadin. Mit wenig Geld musste man sich im Hochgebirge überall abfinden, wenn es wenigstens genug zu essen gab. Maria war etwas bedrückt von dieser nicht mehr gewohnten Armut.

So fiel ihr am kommenden Morgen der Abschied nicht leicht. Lieber wäre sie bei ihren Eltern und den Geschwistern geblieben. Wie könnte man ihnen nur helfen?

Für Jaggl war es von Anfang an eine interessante Reise. Nicht nur dass die Berge hier anders aussahen als im Norden, beeindruckte ihn, sondern auch die karge Landschaft, in der es wenig Wald gab und man Feldfrüchte kaum anbauen konnte. Hier musste man allein vom Vieh leben. Das war hart.

Etwas freundlicher wurde die Landschaft erst vor dem Passo Maloja. Schöne Seen und etwas üppigere Vegetation ließen den nahen Süden ahnen. Bald ging es steil bergab in Richtung Chiavenna.

Als Jaggl die ersten Palmen und Zypressen sah, frohlockten auf einmal sein Herz und sein Gemüt. Er konnte nicht anders, er musste Maria halb wild, halb zärtlich an sich pressen, sie umarmen und küssen. Dieses Land hätte er ohne Maria wahrscheinlich sein Leben lang nie kennen gelernt.

Überrascht war Jaggl, als sie zum Haus von Marias Cousin kamen. Das war ein richtiges Herrschaftshaus. Davon hatte ihm Maria nie erzählt.

So sagte er zu ihr, fast ein wenig vorwurfsvoll: „Warum hast du mir nie gesagt, dass deine Verwandten so reich sind?"

„Als ich zum letzten Mal hier war, war das Haus viel kleiner. Not hat es hier nie gegeben, doch jetzt haben sie, wie man sieht, viel Geld."

„Ich getraue mir mit meiner Kleidung gar nicht, in das Haus einzutreten", sagte Jaggl nun fast etwas furchtsam.

„Meine Verwandten sind alles nette und freundliche Leute. Du brauchst dich nicht zu genieren. Die Leute vom Berg, die hier herabkommen, sind alle viel ärmer als ihr in Pfafflaar."

Der Cousin mit seiner Frau waren sehr angenehme und warmherzige Leute. Jaggl fühlte sich nach kurzer Zeit fast wie zu Hause. Wie gut, dass er von Maria Italienisch gelernt hatte. In diesem Haus sprach man keine zweite Sprache.

Wie in Pfafflaar wurde auch hier gleich etwas zu essen und zu trinken angeboten. Nach der langen Fahrt mit den Pferdefuhrwerken waren sie durstig und hungrig. Das Essen zog sich bis zum frühen Abend hin. Man zeigte ihnen die Zimmer, sogar direkt nebeneinander, und das Badezimmer. Ja, baden sollten sie nach der langen und staubigen Reise.

Für Jaggl war es das erste Bad in seinem Leben. Er wusste gar nicht recht, wie er sich da verhalten sollte, bis ihm Maria ins Ohr flüsterte: „Wir baden zusammen."

Für Jaggl und schließlich auch für Maria war das gemeinsame Bad die Krönung ihrer Reise nach dem Süden. Man wusch sich gegenseitig, war auf einmal aufreizend sauber und konnte sich am ganzen Körper küssen. So erlebten sie diesmal den Hochgenuss der Liebe auf eine ganz andere, noch mehr berauschende Art. Es war himmlisch.

Zwei Nächte sollten sie in Chiavenna bleiben. Das bedeutete, dass sie nur einen einzigen vollen Tag da verweilen durften. Die Gastgeberfamilie organisierte eine Kutsche für eine Fahrt zum Lago di Como. Dort durften sie sogar eine kleine Runde mit einem Ruderboot mitmachen. Abends saß man noch ziemlich lange beisammen. Zu viel hatte man sich zu erzählen. Tatsächlich war seit Marias Abschied nach dem Tod der Oma einige Zeit vergangen. Jaggl war schließlich froh, dass es zu Bett ging. Er hatte gehofft, Maria würde bald in sein Zimmer kommen. Als sie längst überfällig war, schaute er vorsichtig zur Tür hinaus und hörte Maria immer noch in einem Gespräch mit ihrem Cousin.

Ohne zu wollen, musste er mithören, wie Maria sagte: „Ich glaube schon, dass ich die Stelle annehmen werde. Ich kann doch meine Eltern nicht so armselig in der Not allein lassen."

„Du hast aber noch eine ganz andere Chance. Mit dem Herrn im Nachbarhaus hast du dich doch früher schon gut vertragen. Wie mir scheint, hast du bei dem gute Aussichten. Das wäre eine gute Partie für dich."

„Daran denke ich jetzt überhaupt nicht. Ich verstehe mich mit Jaggl so gut, ohne dass wir ein richtiges Verhältnis miteinander haben. Jaggl tut mir wirklich leid, und ich würde lieber bei ihm bleiben. Wenn nur nicht die Not in meinem Elternhaus wäre."

„Du wirst dich schnell wieder hier eingewöhnen. Chiavenna war doch schon einmal deine zweite Heimat."

„Das ist es heute noch. Ich habe oft Heimweh nach Chiavenna gehabt. Doch jetzt muss ich allein sein. Schlafen werde ich diese Nacht nicht viel. Buona Notte!"

„Buona Notte, Maria!"

Jaggl verschwand schnell in seinem Zimmer und glaubte, Maria würde ihn diese Nacht nicht mehr besuchen. Jaggl wusste nicht, wie lange er so im Halbschlaf dahingedöst hatte, als er auf einmal Maria über sich spürte, wie sie ihn leidenschaftlich küsste und unter seine Bettdecke schlüpfte. So leidenschaftlich war sie noch nie zu ihm. Jaggl, innerlich bedrückt von dem drohenden Abschied für immer, konnte diese Leidenschaft nicht gebührend erwidern. Sie erlebten zwar noch einmal das höchste Gefühl der Liebe, doch für eine direkte Vereinigung blockte in Jaggl alles ab. Auch wenn er das Gespräch nicht mitbekommen hätte, er hätte sicher gemerkt, dass mit Maria etwas Besonderes los war. So hatte sie sich noch nie von ihm verabschiedet, wenn sie zusammen geschlafen hatten.

Am folgenden Morgen kam Maria nicht zum Frühstück. Erst danach fragte Jaggl seinen Gastgeber nach ihr. Etwas zögernd und verlegen sagte er ihm die Wahrheit: „Maria will unbedingt für ihre Eltern sorgen, damit sie nicht in so großer Armut leben müssen. Sie hat eine Stelle als Hausmädchen angeboten bekommen. Sie wird einige Zeit hier bleiben."

„Sie wird nicht mehr zurückkommen", sagte Jaggl niedergeschlagen und offensichtlich arg bedrückt.

„Ich soll dir noch viele Grüße ausrichten und alles Gute wünschen. Sie könnte den Abschied von dir nicht ertragen und weint lieber für sich allein."

„Ist schon recht", klang es monoton. Ein Blick auf die Palmen vor dem Fenster, und Jaggl wurde auf einmal ganz nüchtern: „Ich habe Maria viel zu verdanken. Sie hat mir so viel beigebracht, was ich in meinem ganzen Leben sonst nie hätte lernen können. Ich bin ihr sehr, sehr dankbar. Die Zeit mit Maria war wunderschön. Ich möchte keinen Augenblick davon missen. Sag ihr das bitte. Sie soll ihren Weg gehen. Meinen Segen hat sie. Sie soll nicht weinen, sondern sich lieber an unsere schönen, gemeinsamen Stunden erinnern."

„Was seid ihr Bergmenschen doch für Leute? So viel Vernunft und Selbstüberwindung muss man nur bestaunen. Ich werde Maria mit deinen Worten aufmuntern."

„Wenn ich nun auch nicht mehr an ein richtiges ‚Arrivederci' glaube, so möchte ich mich um so herzlicher mit ‚Allegra' verabschieden."

Das waren Jaggls Abschiedsworte an die Gastgeber, die ihm sicher in bester Erinnerung bleiben würden.

Die Heimfahrt war für Jaggl mehr ein unwirklicher Traum als eine Reise. Er konnte noch nicht fassen, dass Maria nicht mehr dabei war. In Pfafflaar würde sie eine Lücke hinterlassen, die man so schnell nicht würde schließen können. Auch Toni, das wusste er, wird es nicht ganz leicht nehmen. Zu gut hatte er sich mit seiner Schwester vertragen.

Das Werkzeug, das in Italien von den sachkundigen Mineuren gekauft wurde, konnte Jaggl allein nicht über den Hahntennen tragen. Er nahm nur soviel mit, als er gerade noch über das hohe Joch tragen konnte. Die anderen Werkzeuge nahmen die Fuhrwerke bis ins Lechtal mit. Dort würden sie in zwei Tagen ankommen, und ein paar Männer aus Pfafflaar würden sie abholen.

Hier war man froh, dass Jaggl von der großen Reise gut zurückkam. Alle bedauerten, dass Maria nicht mehr dabei war. Das Mädchen hatten alle lieb gewonnen. Sepp würdigte besonders ihr Lehrtalent: „Wer wird uns nun so viel lehren, wie Maria es getan hat? Es kommen Kinder nach. Auch die sollten das Lesen und Schreiben lernen."

Jaggl verschwand gleich von der Dorfgruppe und ging zum Ahnle ins Haus: „Gell, du hast geahnt, dass Maria nicht mehr zurückkommt?"

„Geahnt? Direkt nicht, aber ich habe gerechnet damit. Sie hat sich bei uns zwar wohl gefühlt, aber die Sehnsucht nach dem Süden hat sie nie verloren."

„Es ist leer ohne sie, aber ich bin nicht unglücklich", vertraute Jaggl dem Ahnle seine Gefühle an.

„Wir müssen froh sein, dass wir sie gehabt haben, und du, Jaggl, danke deinem Schicksal besonders. Du hast so viel gelernt und Schönes mit ihr erlebt."

„Ich denke auch so, aber von wem werden die Kinder jetzt lernen?"

„Toni kann das für einige Zeit tun. Weiters denke ich, dass Lee das Talent für einen Schulmeister hätte." In diesem Moment trat Lee in die Stube. Gerade konnte er die letzten Worte vom Ahnle noch hören.

„Ich werde Schulmeister, ich werde Schulmeister", rief er begeistert. Darauf 's Ahnle, ernst: „Du musst aber vorher selbst noch viel lernen."

Somit schien das Kapitel Maria abgeschlossen zu sein.

15. Mehr Leute im Tal

Am übernächsten Tag gingen drei Männer unter Führung von Eduard in Richtung Lechtal, um die Werkzeuge von den Fuhrwerken zu übernehmen.

Jaggl sollte sich von der langen Reise noch etwas erholen.

Die Fahrt nach Italien hatte sich schließlich für alle Pfafflaarer gelohnt. Das viele gute Werkzeug hätten sie in der Nähe nirgends bekommen und schon gar nicht zu einem so günstigen Preis. Damit gingen die Arbeiten wesentlich schneller und leichter voran.

Der kurze Frühling machte endgültig einem warmen Sommer Platz. So wie in den vergangenen Sommern, arbeiteten alle gemeinsam auf den Feldern und Weiden. Immer, wenn es zwischen dem Vieh versorgen und der Feldarbeit eine kleine Lücke gab, bauten die Männer eifrig an Kassians Haus. Es wurde bis zum Frühherbst sogar so weit fertig gestellt, dass man darin wohnen konnte. So konnte man an die Vergrößerung der Alm und der Ackerflächen denken. Latschen wurden gerodet, damit man mehr Weidefläche für das Vieh bekam, und wo ehemals geschlossener Wald war, wurde der Boden so bearbeitet, dass man im nächsten Sommer Kraut und Rüben anbauen konnte.

Die jungen Burschen, unter dem Anführer Lee, gingen bei jeder Gelegenheit nach Bschlabs. Dort gab es ungefähr so viel Mädchen als Burschen in Pfafflaar. Lee fand in Agnes ein Mädchen, das ihn fürs Erste ausfüllte und zufrieden stellte. Auch bei den anderen Burschen begannen sich langsam Kontakte mit dem anderen Geschlecht anzubahnen. Mit den gleichaltrigen Burschen von Bschlabs wurde Freundschaft geschlossen. Offensichtlich funktionierte die Kameradschaft in Bschlabs untereinander und mit Pfafflaar in der jungen Generation weit besser als bei den Alten.

Zwieslen war der Weiler von Bschlabs, wo sich der Weg von Pfafflaar kommend in zwei Pfade teilte, zwieselte, einer hinauf zum Weiler Egg und der andere hinab zur Häusergruppe Taschig. Hier, wo drei Wege zusammenkamen, trafen sich meistens die jungen Leute.

Es wurde Herbst. Die wenigen Laubbäume und Sträucher verfärbten sich farbenfroh, dass sie wie bunte Blumensträuße an den Berghängen wirkten. Die Lärchen trugen ihr gelbes Kleid zur Schau, und die meist sonnigen Tage waren lau wie im Sommer. Für die Bergbewohner war der Herbst die schönste Jahreszeit. Die wichtigsten Arbeiten auf den Feldern und Weiden waren getan, und so konnte man meistens einen Herbst mit schönem Wetter genießen.

Es war Spätherbst, als sich an einem sonnigen Sonntagnachmittag wieder einmal die jungen Leute von allen Weilern in Zwieslen versammelt hatten. Über einem offenen Feuer wurden kleine Fleischstücke gebraten und dazu Saubohnen gegessen. Man saß urgemütlich beisammen, als sich zwei Fremde dem kleinen Dorf näherten. Lee erkannte als Einziger, dass Albin vom Bach dabei war und meinte verwundert: „Was können denn diese zwei bei uns wollen?“

Keiner wusste darauf eine Antwort, bis das Duo bei der Gruppe angelangt war.

„Allegra“, kam es freundlich von allen Seiten, und dieser Gruß wurde genauso freundlich von den zwei Ankommenden erwidert. Lee bewährte sich als guter Gastgeber und lud sie gleich zum Essen ein: „Kommt, ihr werdet hungrig sein nach dem langen Marsch vom Lechtal her. Esst mit uns, wir haben genug für alle."

„Danke für die Einladung, doch stören wollen wir euch nicht", erwiderte Albin bescheiden.

Darauf mehrere gleichzeitig. „Ihr stört überhaupt nicht. Wir hören gern ein paar Neuigkeiten aus dem Lechtal. Setzt euch her zu uns, und stärkt euch ein wenig!"

„Nach dem langen Fußmarsch zu euch herauf haben wir tatsächlich Hunger und Durst", antworte Albin darauf, und beide setzten sich wie selbstverständlich zur Gruppe.

Die Frau von Mathe brachte kühles Trinkwasser und frischgekochte Saubohnen: „So, jetzt esst einmal von unseren Bohnen. Es ist das Beste, was wir euch in Bschlabs zum Essen anbieten können."

Das Bohnenessen war fast eine Zeremonie. Man löste einen Bohnenkern aus der Schote, biss von ihm die Spitze ab und drückte den weichen Kern aus der etwas harten Haut in den Mund. Den zwei Lechtalern mussten die Pfafflaarer das Bohnen essen erst beibringen. Dafür mundete ihnen dieses Essen so gut, dass sie kaum Fleisch dazu nahmen.

„Diese Bohnen würden wir im Lechtal auch gern anbauen", meinte Albin und fragte dazu: „Könntet ihr uns davon etwas Samen abgeben?"

Lee wusste darauf eine gute Antwort: „Ich weiß nicht, ob diese Bohnen bei euch unten so gut gedeihen wie in Bschlabs. In Pfafflaar reifen sie nicht jedes Jahr und weiter unten am Boden, wo wir die Marderfallen haben, wachsen sie ganz gut, aber so schmackhaft wie in Bschlabs sind die von dort nicht."

Thoma, der Sohn von Mathe, meinte darauf: „Probieren sollt ihr den Anbau an mehreren Stellen. Wir geben euch etwas Samen mit."

Darauf Albin erfreut: „Das ist nett von euch. Sollten sie bei uns nicht so gut gedeihen, könntet ihr vielleicht mehr anbauen und uns davon verkaufen? Wir brauchen für unsere Bergknappen immer mehr Lebensmittel. Wir müssen nun ständig von auswärts dazukaufen."

„Arbeiten nun so viele Bergknappen im Lechtal?", fragte Thoma neugierig.

Nun ging für Albin die Unterhaltung in die richtige Richtung: „Sehr viele, aber wir könnten im Koaser noch mehr Arbeiter brauchen. Das Erz wird zurzeit gut bezahlt. Die Bergknappen verdienen gut bei uns. Wir wollen aber nicht nur Engadiner und Italiener zu uns herholen. Warum sollen nicht auch unsere Bauern und Hirten im Winter etwas dazuverdienen können?"

Darauf Thoma interessiert: „Ja, könnten wir denn auch bei euch in den Knappenlöchern arbeiten? Im Sommer braucht man uns zu Hause, doch von jetzt ab bis zum Frühjahr würden wir gern etwas dazuverdienen. Wir können gut arbeiten."

„Das glauben wir, und deshalb sind wir auch zu euch heraufgekommen. Wäre doch schade, das Geld an Fremde auszugeben, wenn man es in unserer Gegend so notwendig braucht."

„Was mich betrifft, ich würde gern bei euch arbeiten", sagte Thoma kurz entschlossen.

„Ich auch, ich auch", tönte es von allen Seiten. Nur Lee mit seinen Pfafflaarer Nachbarn war etwas vorsichtiger: „Ich würde auch gern bei euch arbeiten. Die Arbeit, sicher nicht ganz leicht, würde mir nichts ausmachen, aber ich muss mir das noch gut durch den Kopf gehen lassen. Daheim in Pfafflaar können wir nicht alles im Stich lassen. Es sind Frauen und Kinder da. Von den Raubwildfellen haben wir schließlich auch ganz schönes Geld eingenommen. Ich möchte dafür eine Bedenkzeit, bevor ich fix zusage."

Darauf Albin verständnisvoll: „So eine Entscheidung kann nicht jeder sofort treffen. Wer heute zusagen kann, der kann morgen zu uns kommen und im Koaser arbeiten. Wer später kommt findet sicherlich auch noch Arbeit."

Thoma nahm es leichter: „Wir in Bschlabs haben den Winter über nicht so viel zu tun. Die Arbeiten mit dem Vieh haben bisher hauptsächlich die Frauen erledigt. Ich meine, dass es unseren Frauen lieber ist, wenn etwas Geld ins Haus kommt. Die älteren Männer bleiben sowieso bei den Frauen zu Hause. In Bschlabs sehe ich da keine Probleme."

Albin darüber sichtlich erfreut: „Wenn das so ist, dann sind wir ja nicht umsonst nach Bschlabs gegangen. Wenn wir euch damit etwas Gutes erweisen, so sind alle zufrieden. Jeder soll den gleichen Nutzen haben. Das sind immer die besten Geschäfte, gleich ob das mit Geld, Ware oder Arbeit ist."

„Da hast du jetzt etwas sehr Gescheites gesagt", erwiderte Lee überzeugt und weiter: „Wir wissen, dass wir mit euch immer ehrliche Geschäfte machen können. Gerade darum möchten wir Pfafflaarer mit einer Entscheidung ein paar Tage zuwarten. Schließlich müssen wir das auch mit unseren Familien besprechen."

Diese Worte stimmten die meisten Burschen von Bschlabs so weit nachdenklich, dass auch sie sich, vor einer festen Zusage, zumindest mit den Eltern besprechen wollten. Im Nu waren alle Arbeitswilligen aufgestanden, um zu ihren Angehörigen zu gehen. Albin war davon so überrascht, dass er noch alle gemeinsam fragte: „Sollen wir hier bleiben bis ihr zurückkommt? Können wir heute noch erfahren, wer nun als Bergknappe arbeiten will?"

Thoma, wie gewohnt, für alle: „Wir kommen so schnell wie möglich zurück. Ihr bekommt sicher von den meisten heute noch Bescheid."

„Dann bleiben wir so lange da. In der warmen Abendsonne ist es bei euch gut auszuhalten. Lee mit seinen Kameraden wird uns inzwischen Gesellschaft leisten. Schließlich sind ja auch noch ein paar hübsche Mädchen da. Mit denen würden wir uns sogar am liebsten unterhalten."

Darauf Agnes, erfreut, dass endlich auch die Mädchen angesprochen wurden: „Wir werden schon dafür sorgen, dass euch nicht langweilig wird."

So ging die Unterhaltung munter weiter. Lee glänzte bei Albin mit einem besonders geistreichen Gespräch. Wenn er sich als Bergknappe bewerben sollte, würde er ihn nie im Berg arbeiten lassen. Nein, ihm würde er eine ganz andere Aufgabe zuteilen.

Es dauerte gar nicht so lange, bis die Burschen von der Aussprache mit ihren Eltern zurückkamen. Morgen würde Albin gleich acht Arbeiter für die Knappenlöcher im Koaser bekommen. Er war damit hochzufrieden. In Bschlabs blieben allerdings vom jungen, arbeitsfähigen Nachwuchs, über den Winter, nur noch Mädchen im Dorf übrig. Bei jeder Mutter werden in der folgenden Nacht wohl einige Tränen geflossen sein. Allein der Trost, dass alle ihre Söhne im Frühjahr wieder nach Hause kommen würden, ließ das Ärgste verschmerzen.

In Pfafflaar wurden in der großen Gemeinschaft die Vor- und Nachteile einer Bergknappenarbeit im Koaser besprochen. Nach einigen Stunden intensiver Debatte war man noch zu keinem Entschluss gekommen. 's Ahnle, sonst immer auf Neues und Fortschritt eingestellt, war besonders zurückhaltend. Jaggl sah ihr an, dass sie am liebsten niemand von Pfafflaar weglassen möchte.

Jaggl war während der ganzen Besprechung ungewohnt zurückhaltend und nachdenklich. Für ihn war die Entscheidung längst gefallen und nun sagte er es freiweg heraus: „Wir haben für unsere wenigen Burschen auch im Winter mit dem Raubtierfang und dem Holz fällen für den Häuserbau genug Arbeit. Wenn die Familien sich weiter vermehren, wird die Zeit kommen, in der auch wir uns um zusätzlichen Geldverdienst umsehen müssen. Nach den Informationen, welche ich von Gedeon bekommen habe, ist der Stein unter der Reat erzhaltig. Es ist möglich, dass es auch bei uns in einigen Jahren ein Knappenloch geben wird. Ich möchte, dass möglichst viele von uns nicht nur schwer im Berg arbeiten müssen, sondern mehr die Organisation und die Aufsicht übernehmen. Schließlich sprechen wir mehr Sprachen als die Bschlaber und die Lechtaler. Wir müssen aber vorher noch viel dazulernen. Darum werde ich diesen Winter als Bergknappe arbeiten. Ich weiß, dass ich auch als Dolmetscher bei Gedeon und Albin bleiben könnte, doch ich will die Bergknappenarbeit von Grund auf lernen, um danach euch anlernen zu können."

Sepp, schon zufrieden, dass wenigstens einer zu einem Entschluss gekommen ist: „Jaggl, damit hast du eine gute Entscheidung getroffen. Was du sagst ist vernünftig."

Jaggl, nun tröstend zum Ahnle gewandt: „Ein paar Monate wirst du mich doch entbehren können. Es bleiben deine anderen Enkel alle da. Außerdem komme ich ganz sicher zwischendurch einmal nach Pfafflaar. Ich muss dich doch auch wiedersehen."

„Jaggl, sei immer vorsichtig bei der Arbeit, damit ich nicht so Angst um dich haben muss!"

„Ahnle, das verspreche ich dir!"

Lee sprang auf einmal auf und rief in die Runde: „Ich will auch mit Jaggl gehen. Ich will auch viel lernen."

Darauf Sepp energisch zu Lee: „Nein, Lee, du bleibst, zumindest diesen Winter, bei uns. Wir brauchen dich, um Füchse und Marder zu fangen. Du musst von Toni noch besser Italienisch lernen. In ein oder zwei Jahren wirst auch du die Bergknappenarbeit lernen müssen. Jetzt ist es für dich noch zu früh."

Für 's Ahnle war es ein schwerer Abschied. Sie hätte ihre Kinder und Enkel am liebsten immer um sich gehabt. Am nächsten Tag, kurz bevor Jaggl ins Lechtal aufbrach, reichte 's Ahnle ihm beide Hände und drückte seine Hand ganz fest und innig. Tief blickte sie ihm in die Augen und sagte in würdevollem Ton: „Jaggl, wenn du zurückkommst und ich nicht mehr leben sollte, so habe ich nur einen Wunsch: bleib brav!"

16. Knappenlöcher

Die Arbeit der Bergknappen im Koaser war keine Schinderei, aber eintönig und nicht ganz leicht. Einige ertrugen die Sonne nicht mehr, wenn sie tagelang im Fackelschein eines Talglichtes arbeiten mussten und längere Zeit kein Tageslicht erblickten. Vor allem die Schneeblendung machte ihnen arg zu schaffen. Der einzige Vorteil, gegenüber der Bauernarbeit, war, dass sie im Stollen die Winterkälte nicht zu spüren bekamen. In den roh gezimmerten Blockhütten ging das Feuer nie aus, so dass niemand frieren musste. Das Essen aus einer provisorisch eingerichteten Gemeinschaftsküche war gut und reichlich, damit die Arbeiter gesund und bei Kräften blieben. Jaggl mit seinen Arbeitskollegen aus Bschlabs hatte sich ganz gut eingearbeitet. Sie vertrugen sich mit den anderen Arbeitern recht ordentlich, nur wochenlang nicht heim zu kommen, das weckte so etwas wie Heimweh in den einsamen Herzen.

Etwas mehr als der halbe Winter war vorüber, als für Jaggl, unerwartet, die Arbeit im Berg zu Ende war. Eines Spätnachmittags, es war ein Tag vor dem arbeitsfreien Sonntag, war man im Stollen früher als normal mit der Arbeit fertig. Immer an diesem Wochentag wurden alle Bohrlöcher, bei denen Fels gesprengt werden sollte, mit getrocknetem Buchenholz verkeilt. Über den Sonntag war nur ein einziger Mann zum Dienst eingeteilt. Ihm oblag es, diese Buchenkeile alle paar Stunden mit Wasser zu begießen. Durch die Nässe quoll das Holz auf und sprengte innerhalb von zwei Tagen den Fels. Jaggl meldete sich oft freiwillig für diesen Tag- und Nachtdienst über den arbeitsfreien Tag. Er wollte diese Felssprengmethode genau studieren, und danach hatte er zwei Tage frei. An diesem Wochenende versah er keinen Dienst und durfte auf einen geruhsamen Tag hoffen.

Gerade saß Jaggl mit den anderen Bergknappen nach einer ausgiebigen Mahlzeit beisammen, als zwei Fremde in die kleine Unterkunftshütte eintraten. Diese grüßten alle freundlich mit dem romanischen Gruß „Allegra", und einer sagte dann ein paar Worte, welche vorerst keiner verstand. Darauf wiederholte er seine Worte laut und deutlich. Wieder verstand kein Knappe, was er sagte, nur Jaggl gab ihm eine Antwort, welche seine Kameraden nicht verstehen konnten.

Darauf ging der Fremde geradewegs auf Jaggl zu und sagte, dass es alle hören konnten: „Das ist der Mann, den ich suche."

Jaggl, ganz überrascht, wusste nicht, was er darauf antworten sollte, fragte aber doch: „Wieso gerade ich?"

„Wir brauchen einen Mann, der mit unseren Freunden aus Venezien und mit den Knappen im Berg reden kann. Er soll mit uns ins Tal mitkommen."

Darauf Jaggl: „Ich habe mich für den ganzen Winter als Bergknappe verdingt. Ich will mein Wort halten und im Berg arbeiten und dabei noch viel lernen."

Der Fremde wusste dies alles bereits und sagte nur: „Das geht alles in Ordnung. Du bleibst im selben Dienst, in dem du jetzt arbeitest, aber nicht mehr als Knappe, sondern als Dolmetscher und Bote."

Jaggl war so schnell nicht umzustimmen: „Meine Kameraden brauchen mich im Berg. Wir sind nicht genug Knappen wie nötig wären."

Der Fremde wusste auch darauf eine Antwort: „Du sollst neben anderem auch zusätzliche Arbeiter einstellen. Wir müssen mehr Erz liefern. Also komm, und alles Weitere werden wir später besprechen."

Das war so klar, dass sich Jaggl nicht getraute, dagegen eine Einwendung vorzubringen. Nur gab er zu bedenken, dass er, ungewaschen, voll von Staub und mit Schmutz bedeckt, aussehe wie ein Rauchfangkehrer. Seine bessere Kleidung würde er so gar nicht anziehen können.

„Wenn wir im Tal unten sind, kannst du dich waschen und neu einkleiden. Dafür ist gesorgt. Also, mach dich fertig!"

Das hörte sich so befehlerisch an, dass Jaggl vermutete, Albin, vielleicht sogar Gedeon, hätten den Fremden ins Koaser hinaufgeschickt, um ihn zu holen.

Eigentlich wollte Jaggl, wann immer die Rede über den Bergbau ging, eher organisieren, als selbst im Berg arbeiten. Die Arbeit als Bergknappe war ihm weder zu viel noch zu schwer. Er wusste aber, dass man mit Arbeit allein zu keinem Wohlstand kommen kann. So war die Einladung, Organisation, Transport und Verkauf von Erz kennen zu lernen, bei näherer Betrachtung, sogar ein Glücksfall für ihn.

Jaggl verabschiedete sich gebührend von seinen Kollegen, und obwohl es bereits später Abend war, brach er mit dem Fremden auf, um hinunter ins Lechtal zu gehen. Nach stundenlangem Marsch durch die mondhelle Winternacht kamen sie endlich gegen Mitternacht an der Talsohle an. Beim Steeg wartete bereits eine Pferdekutsche, mit der sie bis ins Duerf gebracht werden sollten. Als sie dort ankamen, graute schon der Morgen.

Bei Gedeon konnte sich Jaggl endlich waschen und sein gutes Gewand anziehen. Danach schmeckte das Frühstück umso besser.

Gedeon informierte ihn bald etwas ausführlicher: „Heute wirst du vom langen Marsch müde sein und kannst dich ausruhen. Morgen sollst du mit uns nach Füasse fahren. Da gibt es eine fürstliche Besprechung. Der Pfleger von Ehrenberg, die Fugger und sogar Venezianer Mandle sollen dabei sein. Die verstehen einander so einigermaßen, aber wir möchten auch wissen, was sie untereinander besprechen. Darum sollst du uns helfen."

Jetzt klopfte Jaggls Herz aber wirklich schneller: „Ich kann doch nicht in dieser Gesellschaft verkehren. Ich komme aus Pfafflaar, dem hintersten Winkel am Hahntennen. Meine Kleider sind zwar gut genug, um bei euch einzukehren, aber doch nicht bei den Herrschaftlichen."

Gedeon beruhigte: „Daran haben wir natürlich gedacht. Du wirst ganz neu eingekleidet werden. Eines sollst du dir merken, aber nicht anmerken lassen: Den Herrschaftlichen, mit denen du nun verkehrst, hast du etwas Wichtiges voraus, du kannst sie alle verstehen und mit ihnen sprechen, was die allesamt untereinander nicht gut genug können."

Darauf Jaggl bedächtig: „Auch mir wird manches Wort fehlen. Hoffentlich kann ich alles so übersetzen, dass es nicht falsch ist."

Gedeon zuversichtlich und optimistisch: „Jaggl, du schaffst es. Wenn wir Glück haben, so können wir für uns alle, für das ganze Lechtal, eine ganze Menge herausholen."

Spät abends musste Jaggl seine neuen Kleider anprobieren. Eine Bundhose aus feinem, weißem Loden und eine schwarze, ärmellose Wolljacke passten auf Anhieb, ebenso die gestrickten, weißen Kniestrümpfe. Die wildledernen, dunkelbraunen Schuhe waren etwas zu groß geraten, doch damit würde er sich für ein bis zwei Tage abfinden müssen. Das Hemd mit langen Ärmeln passte gut und die Hirschhornknöpfe gaben dem Trachtenkleid eine feine Note. Die abfallende Krempe an einem schwarzen Filzhut sollte wohl die Tracht nicht zu herrisch erscheinen lassen. Mit diesem Anzug konnte er ohne Komplexe in die große Gesellschaft eingehen. – Wer diese Tracht von eigenwilliger Schönheit einmal gesehen hatte, konnte sie nie mehr vergessen.

Zu der Besprechung am folgenden Tag war außer den angemeldeten Herren sogar ein Herr Fugger aus Augsburg dazugekommen. Das unterstrich die Bedeutung dieser hochkarätigen Versammlung umso mehr, denn die Fugger beherrschten den Handel im gesamten Raum von Venezien bis Flandern. Heute ging es hauptsächlich darum, mehr Galmei zu bekommen. In Schwaz wurde viel Kupfer aus dem Berg geholt. Mehr gefragt aber war, das Kupfer mit Galmei zu Messing zu legieren. Weil für die Verhüttung der Metalle in Schwaz viele Öfen geheizt werden mussten und dort das Holz bereits knapp wurde, um Reite herum aber noch große Wälder bestanden, entschloss man sich, das Messing in Pflach zu legieren. Galmei wurde zwar in Biberwier gefördert, doch war vorauszusehen, dass man da nicht soviel wie gewünscht bekommen würde. Man überlegte deshalb, wie man aus den bestehenden Knappenlöchern mehr Erz fördern könnte und wo noch Galmeivorkommen zu finden wären. Die Ausbeute von Galmei war im Koaser sehr bescheiden, zudem war im Winter der Schnee ein großes Hindernis für einen regelmäßigen Transport. Im Sommer mussten die meisten Arbeiter heim, um als Bauern und Hirten für die Ernährung ihrer Familien sorgen zu können. In dieser Zeit wurde nur wenig Erz gefördert. Niemand konnte vorerst einen Rat geben, wie man aus den bestehenden Bergwerken bedeutend mehr Erz zu Tal bringen könnte.

Obwohl Jaggl nur zum Dolmetschen bei der Besprechung war und mit eigenen Äußerungen sehr vorsichtig sein musste, kam von ihm so ganz nebenbei ein Hinweis zur Sprache, dass man im Lechtal wahrscheinlich nicht nur im Koaser, sondern auch bei Pfafflaar Erz finden könnte. Dieser Tipp war Öl ins Feuer dieser Konferenz. Ob er, Jaggl, denn eine bestimmte Vorstellung hätte, wo man nach Erz suchen könnte?

Jetzt war für Gedeon die Stunde gekommen: „Der Steinschmecker von Füasse hat bei Pfafflaar Galmei gefunden. Der Berg ist ganz hinten im Tal, aber immer noch näher als Koaser. Es wurden Proben nach Füasse mitgenommen."

Der Steinschmecker hatte einige Erfahrung im Erz suchen, doch wenn er einmal fündig geworden war, so musste ein echter Fachmann, genannt Venezianer Mandle (Männchen), den Berg genauer untersuchen, die Abbauwürdigkeit feststellen und eine Verhüttungsprobe machen.

Das Venezianer Mandle griff den Hinweis auch sofort auf und fragte: „Ist das jenes Erz, welches im Hinterhof in den Hanfsäcken liegt?"

Gedeon antwortete: „Ja, es liegt noch so, wie es herantransportiert worden ist. Es könnte Galmei sein."

Dem Herrn Fugger gefiel das: „Wie kann man von Pfafflaar das Erz zu Tal bringen?"

Nun wurde Jaggl angesprochen: „Einfach wird es nicht sein. Man wird Wege bauen müssen. Es geht meistens abwärts, so dass der Transport im Winter problemlos möglich sein müsste. Für den Transport im Sommer werden viele Arbeiter nötig sein."

Darauf musste Gedeon, nicht unbedacht, antworten: „Besteht nicht im Engadin immer noch bittere Not? Die Leute dort müssten doch froh sein, wenn sie genug zum Essen bekommen würden und darüber hinaus noch ein paar Kreuzer verdienen."

Der Pfleger zu Jaggl: „Ihr Pfafflaarer kennt doch das Engadin. Was meint er dazu?"

„Meine Großeltern sind aus dem Engadin nach Pfafflaar ausgewandert. Ich selbst war im vergangenen Frühjahr dort. Wir haben bei meinen Verwandten einmal übernachtet. Die Leute haben zu wenig zum Essen. Sie haben nur ein paar Ziegen, Schafe und wenig Kühe. Sie können auf dieser Höhe kein Getreide, ja nicht einmal Rüben, anbauen. Sie müssen allein von der Viehwirtschaft leben, und die reicht gerade, dass niemand verhungern muss. Vorstellen könnte ich mir schon, dass man im Engadin Arbeiter bekommen würde. Allerdings sind wir Rätoromanen sehr familienbezogen. Wenn die Frauen nicht mitkommen können, wird es schwierig sein, die Männer hierher zu bekommen."

Der Pfleger schlagfertig: „Dann sollen sie sich doch Hütten bauen und Familien gründen."

Gedeon darauf, als ob er Jaggl die Antwort wegnehmen müsste: „Es ist nicht vorauszusagen, wie die Schlossherren von Starkenberg und das Stift Stams reagieren, wenn sie erfahren, dass es Zuwanderung von Bergknappen nach Pfafflaar gibt."

Nun mischte sich der bisher wortkarge Herr Fugger ein und fragte Jaggl geradewegs: „Ist es möglich Erz zu schürfen, ohne dass es in Starkenberg bekannt wird?"

Jaggl ahnte, dass diesen Herrschaften nichts daran lag, wenn die Inntaler vom Bergbau erführen, und so konnte er frei reden: „Über den Hahntennen kommen nur im Sommer ab und zu Gamsjager nach Pfafflaar. Den langen, schneereichen Winter über lässt sich vom Inntal niemand bei uns blicken. Wenn wir uns im Winter nicht selbst helfen können, so sind wir verloren. Könnte man die Knappenlöcher so anlegen, dass sie von den Gamsjagern nicht gesehen werden, so müsste es möglich sein."

Jetzt musste Gedeon dazu eine Bemerkung machen: „Die Pfafflaarer sind Menschen, denen man vertrauen kann. Ihnen kann man viel Schlauheit und Organisationstalent zutrauen. Wenn man will, dass die Knappenlöcher geheim bleiben, so werden sie alles tun, damit sie nicht entdeckt werden."

Der Pfleger, erst nachdenklich, schließlich aber rasch entschieden: „Lassen wir doch die Pfafflaarer das Erz allein abbauen und verkaufen. Wir wissen von nichts und machen auch keine Aufzeichnungen, wenn wir von Pfafflaar Erz bekommen. So haben wir billiges Erz und die Pfafflaarer verdienen mehr als die Leute im Koaser."

Herr Fugger sah es gleich mehr von der praktischen und finanziellen Seite: „Wir werden aber nicht umhin können, eine bedeutende Starthilfe zu geben. Bis das erste Erz verhüttet werden kann, können Jahre vergehen."

Jaggl wusste nicht, sollte er nun frohlocken oder wegen dem, was auf ihn zukam, bange sein. Mehr nachdenklich wagte er wieder seinen Mund aufzumachen: „Sollte nicht der Steinschmecker mit dem Venezianer nach Pfafflaar gehen, damit wir sicher wissen, ob es genug Erz gibt und es sich lohnt, Knappenlöcher zu graben?"

Der Pfleger: „Wo ist der Steinschmecker? Sollte der nicht auch hier sein?"

„Wahrscheinlich konnte man ihn nicht antreffen, doch er müsste in Füasse sein."

„Kann ihn jemand holen?"

„Albin kennt sein Haus, er könnte ihn holen."

„Dann soll er ihn zu uns herbringen."

Es dauerte gar nicht lange, bis Albin mit dem Steinschmecker zurückkam. Herr Fugger fragte ihn frei heraus. „Kennt er Pfafflaar und dort die Berge?"

„Ich war nur einmal dort. Im Fels, an der Waldgrenze bei der Reat, habe ich Erzbrocken gefunden, die eindeutig Galmei enthalten."

„Würde sich ein Abbau lohnen?"

„Nach dem, was ich gesehen und gefunden habe, könnte es sich lohnen. Die Venezianer haben mit Erz suchen viel mehr Erfahrung. Sie müssten zuerst das Erz, welches wir mitgebracht haben, und dann den Berg in Pfafflaar untersuchen."

„Mit diesen Untersuchungen kann man aber erst im Frühjahr beginnen. Bei Schnee ist das unmöglich", sagte Gedeon bereits mit einiger Erfahrung im Bergbau.

„Das ist richtig. Wir werden den Berg und die anderen Berge um Pfafflaar herum gründlich untersuchen müssen."

„Dazu kommt, dass wir die Knappenlöcher, ja sogar die Probelöcher so anlegen müssen, dass sie die Gamsjager nicht entdecken. Wir können im Waldgebiet arbeiten. Dort wäre es mehr als Zufall, dass jemand Auswärtiger etwas bemerkt."

„Jaggl, könntest du diese Arbeiten vorbereiten?"

„Wenn wir so viel Geld bekommen, dass wir die Arbeiter bezahlen und verköstigen können, würde ich es versuchen." Der Pfleger auffallend eilig: „Es ist Zeit, dass wir etwas essen. Wir gehen in den Speisesaal. Bitte geht voran."

Die Lechtaler und die Italiener gingen gemeinsam unter der Führung eines Dieners voran. Die Herrschaftlichen blieben zurück. Natürlich mussten sie die finanzielle Seite untereinander besprechen.

Nach dem festlichen Essen ergriff Herr Fugger das Wort: „Ist es richtig, dass die Pfafflaarer nur im Winter in den Knappenlöchern arbeiten wollen?"

Diese Frage konnte nur Jaggl beantworten: „Im Sommer werden alle, ob Männer oder Frauen, gebraucht, um die Äcker zu bestellen und Heu für das Vieh in die Scheunen zu bringen. Das Vieh auf der Weide muss gehütet werden. Wir müssen die Nahrung für den ganzen Winter im Sommer zusammenbringen."

Herr Fugger darüber nicht glücklich: „Wer soll über den Sommer das Erz aus dem Berg holen?"

„Ich kann mir nur vorstellen, dass wir Leute aus dem Engadin holen."

Nun wandte sich Herr Fugger an die Venezianer: „Wie lange braucht ihr, um das Erz, was hier liegt, zu untersuchen?"

„Wenn es wirklich Galmei ist, so wissen wir, bevor die Sonne untergeht, ob es gut genug ist."

„Wunderbar, dann wissen wir ja heute noch, ob wir in Pfafflaar weiter suchen sollen."

Das war für den Steinschmecker und die Venezianer Mandle der Befehl, sich nach Pflach zur Messinghütte aufzumachen, um dort das Erz zu zerkleinern, zu rösten und mit Kupfer zu legieren.

Erst spät am Abend kamen sie zurück und zeigten den immer noch Versammelten einen winzigen Klecks von einem goldfarbigen Guss. Mit freudigem Gesicht reichten sie das kleine Metallstück herum, und ein Venezianer sagte: „Wir können zufrieden sein. Wenn die Ader groß genug ist, so lohnt es sich, dort ein Knappenloch zu graben."

Der Steinschmecker, welcher hauptsächlich mit der Messinghütte in Pflach zu tun hatte, gab zusätzliche Hoffnung: „Wir könnten in Pflach viel mehr Messing legieren, doch ständig fehlt es uns an Galmei. Kupfer bekommen wir genug von Schwaz, Holz haben wir hier im Überfluss, und nur an der Legierung, eben an Galmei, mangelt es. Es wäre ein Riesenglück, wenn wir mehr davon bekommen könnten."

Die hohen Herren waren vom Ergebnis tief beeindruckt. Herr Fugger versprach: „Wenn ein Venezianer sagt, dass sich ein Abbau lohnen könnte und der Steinschmecker mehr Messing in Aussicht stellt, so werden wir dafür sorgen, dass der Berg untersucht wird. Ihr könnt mit unserer Starthilfe rechnen. Ihr müsst aber dafür sorgen, dass kein Mensch über dem Hahntennen von diesem Bergbau erfährt. Ihr wisst selbst, was das für euch bedeutet. Ihr habt eine große Chance, lebt aber in einer großen Gefahr!"

Darauf Jaggl: „Ich werde alles tun, damit dieser Bergbau zustande kommt. Ich werde die meiste Verantwortung dafür übernehmen müssen und hoffe, dass ich niemand enttäusche. Sobald der Schnee weg ist, können wir mit den Vorbereitungen beginnen. Bei der ersten Gelegenheit müsste ich ins Engadin, um nach Arbeiter für den Sommer zu fragen. Im Koaser braucht man ebenfalls mehr Arbeiter."

Die Venezianer boten sich an: „Ein Stück könntest du mit uns reisen. Wir müssen, bevor wir zurückfahren, zum Schrofensteiner bei Landeck. Wir werden dann bald weiter über Finstermünz und Reschenpass heimfahren. Von Finstermünz ist es nicht mehr weit bis ins Engadin."

Obwohl Jaggl nie richtiges Heimweh verspürte, waren seine Gedanken in letzter Zeit zunehmend in seinem Heimatort und bei seiner Familie. Besonders oft musste er ans Ahnle denken. Viel lieber wäre er für ein paar Tage nach Hause gegangen. Nicht zuletzt wollte er seinen Sohn wieder einmal sehen. Das große Ziel, Knappenlöcher in Pfafflaar graben zu können, lag ihm trotzdem näher, und er sagte prompt die Mitreise in Richtung Engadin zu, wenn er nicht von seinen Vorgesetzten im Lechtal gebraucht würde.

Gedeon, rasch entschlossen: „Die Gelegenheit musst du nützen. Am Rückweg wirst du auch wieder eine Möglichkeit zum Mitfahren finden. Also, schau, dass du Arbeiter bekommst."

Für seine bis jetzt im Koaser geleistete Arbeit bekam Jaggl so viel Geld, dass er den größten Teil davon im Duerf bei Gedeon zurückließ. Ab jetzt wurde ihm, ohne dass er den geringsten Wunsch geäußert hatte, sogar ein höherer Lohn für seine nun etwas gehobeneren Dienste zugesagt. Zudem wurde er mit einem fürstlichen Zehrgeld ausgestattet. Jaggl konnte sich auf einmal zu den Wohlhabenden zählen. Aber halt, wie hatte 's Ahnle öfters gesagt: „Immer anständig und am Boden bleiben. Wenn du einmal ganz großes Glück hast, so bedenke: ‚Je höher du oben bist, desto tiefer kannst du hinunterfallen."

17. Eine abenteuerliche Fahrt

So ging es gleich am nächsten Vormittag über die Via Claudia in Richtung Süden. Der Fuhrmann, dem die Kutsche ab dem Feara anvertraut war, konnte mit dem Gefährt nicht schnell genug nach Imst gelangen, wo sein Dienst für heute zu Ende sein sollte. Er jagte das Gespann geradezu den Weg bergab in Richtung Inntal bis es sogar den zwei, an Schnelligkeit gewöhnten, Venezianern riskant vorkam. Gegenseitige Blicke genügten jedenfalls, damit sich jeder Fahrgast für einen eventuellen Absprung bereit machte. Doch zu aller Verwunderung ging es das steilste Gefälle hinab noch gut, und in der Talsohle angekommen, hörte man sogar anerkennende Worte über die Talente des Fuhrmannes. Die Gefahr schien überwunden zu sein. Wahrscheinlich wäre auch weiterhin alles gut gegangen, wenn nicht ein fürstliches Gespann auf einmal von hinten im Galopp gekommen wäre und die Lechtaler Kutsche radikal zu einem Ausweichmanöver gezwungen hätte. Der Boden neben dem Fahrweg war sehr weich, darum wollten die Pferde trotz dem überholenden Gefährt schnell zurück auf den festen Weg. Diesem Haken konnte die voll beladene Kutsche nicht standhalten und kippte prompt in das weiche, moorige Wiesengelände, wo sie auf der Seite liegen blieb. Darauf blieben die Pferde wie auf Kommando schlagartig stehen. Ein Menschenknäuel entwirrte sich langsam aus der Kutsche. Der Kutscher selbst sprang rechtzeitig ab und konnte den Insassen beim Hinauskriechen behilflich sein. Jeder betastete seinen Körper, um eine eventuelle Verletzung festzustellen. Bald stand fest, dass niemand etwas Ernstes abbekommen hatte. So ballten sich gleich die Fäuste in Richtung der davon galoppierenden Kutsche. Zur großen Verwunderung der Fahrgäste nahm sich der Kutscher auf einmal rührend seiner Insassen an.

„Wenn wir die Kutsche auf die Räder bringen würden, dann müsstet ihr das Stück bis Imst nicht zu Fuß gehen", meinte er fast ermunternd zu den Umstehenden.

Jetzt war Jaggl gefragt: „Du hast doch sicher ein paar Seile im Wagen?"

Der Fuhrmann, ob des Entgegenkommens sichtlich erleichtert: „Ja, natürlich."

„Dann müssten wir sie mit Hilfe der Pferde wieder auf die Räder bringen. Hol die Seile und mach dann die Pferde vom vorderen Gespann los."

Der Kutscher tat wie ihm gesagt. Den Venezianern brauchte Jaggl nur einen kleinen Deut zu geben und schon waren sie oben auf der umgestürzten Kutsche. Jaggl schlüpfte unter die Kutsche, befestigte je ein Seil an den Rädern und reichte jedes Ende einem Venezianer. Oben kreuzten sie die Seile, und der Kutscher wusste sofort, dass er an jedes Seilende ein Pferd anspannen musste.

Nun ging alles recht schnell, kaum zogen die Pferde an, stand die Kutsche, ohne sichtbare Schäden, wieder auf den Rädern.

Glücklich über die gelungene Aktion bot der Kutscher Jaggl an, bei ihm in Imst zu übernachten. Darauf Jaggl, erfreut: „Das würde ich gern annehmen, aber ich habe mir schon so lange vorgenommen, den Gamsjager-Friedl einmal zu besuchen. Wie wäre es, wenn die zwei Venezianer bei dir übernachten könnten?"

„Das ist mir eine besondere Ehre. Die Herbergen würden sich protzen, wenn sie sagen könnten, dass zwei Venezianer bei ihnen übernachtet haben."

Darauf Jaggl befriedigt: „Dann geht ja alles in Ordnung. Du bestellst die Plätze für morgen früh, damit wir mit der ersten Kutsche auch sicher mitkommen."

„Ich fahre die Frühe bis nach Landeck und nehme euch natürlich als Erste mit."

Nun fuhr Jaggl das restliche, kurze Stück bis Tarrenz sogar auf dem Kutschbock neben dem Kutscher mit. Der war auf einmal richtig gesprächig: „Das war der Graf von Starkenberg persönlich."

„Ich kenne ihn von einigen Gesprächen und Verhandlungen. Manchmal sicher ein schwieriger Mensch. Aber so kriminell habe ich ihn noch nicht kennengelernt", erwiderte daraufhin Jaggl wahrheitsgetreu.

„Er hat Schwierigkeiten mit seinem neuen Schloss und mit seinen Besitztümern bei Meran. Die Almen und Jagdgebiete sind Eigentum des Landesfürsten. Er ist nur als Besitzer und Fruchtnutznießer geduldet. Mit dem Landesfürsten scheint es immer wieder große Probleme zu geben."

Jaggl, ob dieser Auskunft richtig erstaunt: „Wir Pfafflaarer haben bisher gemeint, dass alles im Eigentum von Starkenberg und Stams ist."

„Das Stift Stams hat vom Landesfürsten sicher gewisse Privilegien zugestanden bekommen. Da es zu weit von hier angesiedelt ist, wurde den Starkenbergern die meiste Verwaltung übertragen. Weiter reichen die Besitzansprüche nicht."

Das passte Jaggl gar nicht so schlecht in seine Pläne, und er fragte weiter: „Dann ist der Schlossherr eigentlich nur für die Vereinbarungen zuständig, welche wir mit ihm getroffen haben. Wenn wir neue Verdienstquellen erschließen, so geht das die Starkenberger, genau genommen, gar nichts an."

„Stimmt, doch würde ich mit solchen Dingen schon eher vorsichtig sein. Gute Verdienstquellen bedeuten Geld. Wo Geld im Spiel ist, kennen manche Leute, und vor allem die Herrischen, keinen Pardon und sind oft ungerecht."

Jaggl verstand: „Wie furchtbar dieser Schlossherr sein kann, das haben wir soeben erlebt."

„Er ist oft ein arroganter und manchmal auch unberechenbarer Mensch, schindet seine Angestellten, vom Bauernknecht bis zum Gamsjager. Kurz darauf kann er zu diesen Leuten wieder ganz nett sein, als ob ihm manches leid täte. Einigen wenigen kann er anscheinend überhaupt nicht verzeihen. Diese werden ihres Lebens nicht mehr froh. Es wäre besser für sie, wenn sie die Gegend für immer verlassen würden."

Darauf Jaggl mit Gedanken an seinen Freund Gamsjager-Friedl: „Ist es aber nicht so, dass dadurch bei vielen Angst und Misstrauen zurückbleibt und sie froh wären, wenn sie nichts mehr mit ihm zu tun hätten?"

„Das ist so. Das hat aber auch gute Seiten. Niemand vom Volk würde jemanden beim Schlossherrn verraten. Nicht einmal seinen schlimmsten Feind. Und wenn ein Verrat bis zum Pförtner durchkäme, dort würde er nicht mehr weitergegeben werden. Es fürchten sich alle vor seinen Wutausbrüchen, von denen auch Unschuldige und Unbeteiligte nicht sicher sind."

Mehr gut brauchbare Informationen konnte man auf dieser kurzen Fahrt, in den wenigen Minuten bis zum Gamsjager-Friedl, nicht bekommen. Jaggl war mit dem Kutscher in der kurzen Zeit wie befreundet.

„Grüß mir den Friedl und komm morgen früh pünktlich gleich nach Sonnenaufgang nach Imst zum Platz!"

„Gute Nacht, Buona Notte und Allegra", rief man sich gegenseitig noch zu, bis Jaggl nach wenigen Schritten beim Gamsjagerhaus ankam.

So frisch und erwartungsvoll er an das Haus herankam, auf einmal war ihm gar nicht mehr nach Mut. Die Mutter vom Friedl kannte er noch gar nicht, und es sah nicht danach aus, dass Friedl selbst zu Hause war. Die Mutter begrüßte ihn recht freundlich, und so stellte er sich richtig vor: „Ich bin der Jaggl aus Pfafflaar. Den Friedl habe ich nur einmal getroffen. Wir haben uns gut verstanden und so wollte ich einmal schauen, wie es euch geht."

„Es ist nett, dass du uns nicht vergessen hast. Friedl hat mir von dir erzählt. Du bleibst doch heute Nacht bei uns?"

„Wenn es keine Umstände macht, würde ich gern bei euch übernachten. Friedl kommt doch heute noch nach Hause?"

Die gutmütigen, aber auch etwas sorgenvollen Züge der Mutter vertieften sich, doch sofort fing sie sich wieder und sagte: „Kann sein, dass es spät wird. Weiß selbst auch nicht, was er so oft bei Nacht im Revier macht. Über seinen Beruf sagt er kaum ein Wort, und schon gar nicht über die Jagd."

„Der Schlossherr hat uns heute mit seiner Kutsche so hinausgedrängt, dass wir umstürzten. Darum muss ich heute in Tarrenz übernachten."

„Ein radikaler Mensch, wenn er schlecht aufgelegt ist. Je älter er wird, desto schlimmer wird es mit ihm. Schon lange möchte er Kinder. Man munkelt, dass er es sogar bei anderen Frauen versucht."

„Und keine bekommt ein Kind von ihm?"

„Durch einen Fluch, wenn man den alten Dienstboten glauben darf, muss er kinderlos bleiben. Doch etwas Genaues weiß man nicht. Jedenfalls ist er mit keinen zehn Paar Rössern durch das Salvösental in die Maldon oder gar über den Hahntennen zu bringen. Dort muss in seinen jungen Jahren etwas Schreckliches passiert sein."

Jaggl wurde nachdenklich: Dass ihm nicht einmal 's Ahnle etwas davon erzählt hatte?

Wie dem auch sei. Jaggl zeigte sich interessiert: „Wir haben oft von bösen Geistern im Salvösen und bei der Maldon gehört. Von den Menschen die jetzt in Pfafflaar leben, hat noch niemand einen bösen Putz gesehen oder zu spüren bekommen."

„Ihr seid auch anständige Menschen. Dem, der etwas Grobes auf dem Gewissen hat, würde ich keinen nächtlichen Gang durchs Salvösental anraten", sagte die Mutter überzeugt.

Nun erinnerte sie sich an ihre Gastgeberrolle: „Du wirst Hunger haben. Für Friedl habe ich eine dicke Suppe mit etwas Fleisch gekocht. Ein paar eingeschlagene Eier dazu, und es müsste für euch beide reichen."

„Ein paar Eier esse ich gern. Die Suppe essen wir dann zusammen, wenn Friedl heimkommt. Die Mutter muss auch mit uns essen."

„Einverstanden, ich schlage dir gleich ein paar Eier in die Pfanne."

„Was weiß man über das Salvösental? Gibt es in dieser Schlucht wirklich einen Putz?"

„Alles kann nicht erfunden sein. Immer wieder hört man davon, aber niemand will offen reden. Tatsache ist, dass erst kürzlich ein Holzarbeiter, welcher für das Schloss arbeitet, schweißgebadet und keuchend zurückgekommen ist. Dieser Mann wurde von einer Gruppe aus Tarrenz gesehen. Wie ein Irrer rannte er, ohne ein einziges Wort verlauten zu lassen, ins Schloss, wo er ein Quartier hat und zu essen bekommt."

„Und wie stellt sich der Schlossherr dazu, glaubt er an böse Geister?"

„Ihm ist nicht wohl, selbst wenn er bei Tageslicht in Richtung Salvösental geht. In die Schlucht hinein ist er nicht zu bringen, selbst wenn er dort einen guten Rehbock erlegen könnte. Sobald man vom Salvösen oder vom verlassenen Hof dahinter, der Maldon spricht, treibt es ihm Schweißperlen ins Gesicht. Meistens wird er dann depressiv und unansprechbar. So viel weiß ich von Friedl."

„Was auch immer, ich fürchte mich vor keinem Putz. Wenn ich nicht mehr weiter weiß, dann blicke ich zum Himmel auf und spreche mit meinem Großvater. Der gab mir noch immer den richtigen Rat. Nach meiner Meinung sind bei den Salvösengeistern auch Menschen im Spiel, doch das braucht niemand zu wissen."

Die Gamsjager-Mutter stellte die Eier auf den Tisch. Jaggl hatte inzwischen einen Riesenhunger. Darum mundete es doppelt gut.

Es mochte beinahe Mitternacht sein, als Friedl endlich nach Hause kam. Doch wie sah er denn aus? Seine Mutter kam ihm mit einem sauberen Tuch entgegen: „Warst du wieder im Gestrüpp und hast dich arg zerkratzt. Hast du dir auch wirklich nichts gebrochen?"

Eigenartig kam Jaggl diese Begrüßung vor. So etwas musste öfters vorkommen. Mit der Gamsjagerei dürfte dies direkt gar nichts zu tun haben. Jaggl las mit seinem rätoromanischen Feingefühl immer vom Gesicht und hörte zwischen den Worten. Bis jetzt hatte ihn sein Instinkt noch nie betrogen.

So ging er schließlich Friedl entgegen und sie begrüßten sich herzlich wie zwei alte Freunde. Zu dritt schmeckte das einfache, aber gut zubereitete Essen noch besser, und allmählich kam man ins Gespräch.

Auf einmal betrachtete Friedl seinen Freund etwas genauer und fragte neugierig: „Was gibt es denn Neues in Pfafflaar? Du siehst nicht mehr aus wie ein Pfafflaarer Hirte. Du hast herrische Kleider und bist so gepflegt. Das muss doch etwas Besonderes bedeuten?"

„Ich habe den Winter über bis jetzt in den Knappenlöchern vom Koaser gearbeitet. Vor ein paar Tagen wurde ich von dort geholt, weil sie Dolmetscher für die Venezianer Mandle brauchen. Jetzt bin ich auf der Fahrt ins Engadin, um Arbeiter für den Bergbau zu organisieren."

„Wo Knappenlöcher sind, da ist Geld. Das sieht man. Arbeiten mehr Männer aus Pfafflaar in den Löchern?"

„Von Pfafflaar bin ich der Einzige. In Bschlabs sind fast alle jungen Männer weg und arbeiten im Koaser. Sie kommen aber im Sommer zurück. Darum brauchen wir über den Sommer zusätzliche Arbeiter."

„Hast dich gut gemacht, Jaggl. Ich traue dir zu, dass du sogar in Pfafflaar Blei oder Eisen findest. Dann wäre bei euch die Not vorbei."

„Wirkliche Not gab und gibt es in Pfafflaar nicht. Wir leben bescheiden, haben aber immer genug zu essen und können uns sogar neue Häuser bauen. Im Lechtal kauft man von uns alles zu einem guten Preis, was wir zum Essen anzubieten haben. Die Schlossherren und das Stift erfahren aber besser nichts davon. Sie bezahlten uns immer weniger, möchten aber doch, dass wir alles ihnen verkaufen."

„Von uns erfährt niemand etwas. Geheimnisse gehören zu meinem Beruf. Du bist darüber hinaus mein Freund und deine Freunde sind meine Freunde."

„Das gilt auch für mich: ‚Deine Freunde sind meine Freunde und deine Feinde sind meine Feinde'. Ich bin immer da, wenn du mich brauchst."

„Das hab ich schon bei der ersten Begegnung mit dir gespürt. Darum reiche ich dir meine Hand zu einer Freundschaft durch Freud und Leid fürs ganze Leben."

Es war ein fester, ehrlicher Händedruck, bei dem beide ein tiefes Gefühl spürten, als ob sie dadurch ihr Leben verändern würden. Obwohl kein Wort aus ihrem Munde kam, spürten beide tief im Herzen, dass diese Freundschaft bis zum Tod halten würde.

Der Mutter kollerte eine Träne aus dem Auge. Für einen Gamsjager war es nicht leicht, Freunde in der Nähe zu finden. Die meisten Einheimischen gingen in den Wald, um das eintönige Essen durch einen kleinen Wilddiebstahl etwas zu bereichern. Mit solchen Vorsätzen konnte man mit einem Jagdaufseher keine ehrliche Freundschaft schließen.

Für heute war es genug. Alle waren müde, und so konnte man sich zufrieden schlafen legen. Am nächsten Morgen musste Jaggl beim Abschied fest versprechen, entweder auf der Rückreise oder spätestens, wenn der Hahntennen schneefrei ist, wieder im Gamsjagerhaus einzukehren.

Rauchiger Winternebel überzog die flache Talsohle zum Inntal hin, als sich Jaggl am frühen Morgen aufmachte, um rechtzeitig zur Abfahrt der Kutsche in Imst zu sein. Friedl begleitete ihn ein Wegstück, bis er, getreu seinem Beruf, in den Hochwald abbog. Bei Landeck mussten die Venezianer auf Schloss Schrofenstein einkehren. Jaggl, als Freund der Venezianer, durfte mitkommen. Wie in Füasse suchte man auch hier intensiv nach Erzvorkommen. Kriegshorden kämpften sich immer mehr durch die germanischen Lande nach Süden, und könnten, wenn sie nicht aufgehalten würden, fürchterlich mordend bis in die Hochtäler der Berge vordringen. Nur mit viel Schießpulver, Kanonen und Blei konnte man siegreich bleiben. Deshalb war auf einmal Blei besonders gefragt und wurde gut bezahlt. Im Inntal waren einheimische Steinschmecker nicht bekannt, und so beauftragte man gleich die wirklichen Spezialisten, die Venezianer Mandle, mit der Erzsuche.

Auf der Rückreise fiel es Jaggl leicht, wieder beim Gamsjager-Friedl einzukehren. In den Tallagen war der Schnee inzwischen weggeschmolzen und im Hochgebirge hatte der Vorfrühling dem Winter Platz gemacht. Jaggl hoffte an einem kühlen Morgen, wenn der Schnee hart sein würde, gut über den Hahntennen zu kommen. Es zog ihn nach Pfafflaar in seine Heimat, zu seinen lieben Nachbarn und vor allem zu seiner Familie und „seinem" Lois. Dem Ahnle hatte er übrigens einen viel früheren Besuch versprochen. 's Ahnle musste er sehen. Dafür ließ er gern seine Auftraggeber im Lechtal noch zwei oder drei Tage warten. Schließlich hatte er genug zusätzliche Arbeiter für den Sommer bekommen und damit seinen Auftrag erfüllt.

Die Begrüßung war so herzlich, wie sie nur sein konnte. Nach dem unvermeidlichen Essen, welches die Mutter schnell und schmackhaft zubereitete, wollte Jaggl am liebsten gleich aufbrechen, um im Morgengrauen das Joch zu erreichen. Zu dieser Zeit war die Chance am größten, dass der Schnee hart war und er nicht bei jedem Schritt tief einsinken würde. Friedl sah das ein und bot seine Begleitung an. In der Jagdhütte im

Salvösen würden sie einkehren, sich stärken und die richtige Zeit für die Überschreitung abwarten.

In der Hütte angekommen, machten sie mit der mitgenommenen, glühenden Kohle Feuer, kochten einen Kräutertee, und bald war es urgemütlich warm.

Irgendetwas drückte Friedl aufs Gemüt. Jaggl mit seinem feinen Sinn schaute Friedl immer wieder heimlich an und, je öfter er ihn ansah, desto sicherer wurde er, dass Friedl etwas bedrückte. So fragte er ihn geradewegs: „Friedl, was bedrückt dich? Ich weiß nicht, ob ich dir helfen kann, aber ich möchte deine Sorgen teilen. Geteiltes Leid ist halbes Leid."

„Jaggl, ich weiß nicht, wie ich dir das erklären soll. Ich schwebe zwischen himmlischem Glück und dem tiefen Abgrund. Helfen wird mir niemand können. Ich muss alles selber durchstehen. Erst, bevor ich wirklich abstürze, kannst du mir vielleicht helfen."

„Es wird etwas sein, was du nicht einmal deiner Mutter anvertrauen kannst?"

Friedl, immer noch zaghaft: „Du hast recht. Mutter macht sich so schon immer wieder Sorgen um mich. Sie ahnt zwar irgendetwas, doch wenn ich ihr alles anvertrauen würde, so käme sie aus der Angst nicht mehr heraus."

Darauf Jaggl, verständnisvoll und hilfsbereit: „Wenn ich dir schon nicht helfen kann, vielleicht ist dir wohler, wenn du jemand hast, mit dem du darüber sprechen kannst."

Das glich beinahe einer Aufforderung zum Reden und so sagte Friedl freiweg: „Eine Frau will ein Kind von mir."

„Hat sie einen Mann?"

„Ja, sie ist sogar glücklich verheiratet und liebt ihren Mann wirklich. Gerade deswegen will sie ihrem Gemahl heißersehnte Nachkommen schenken."

„Ist er dazu nicht fähig?"

„Es wird viel herumgemunkelt. Es soll ein Fluch der Kinderlosigkeit über ihm liegen. Doch darüber weiß nicht einmal seine Gemahlin etwas Genaueres."

„Wenn wirklich ein Fluch über ihm liegt, dann hat er sich diesen selbst aufgeladen. Wenn du ihr nun zu einem Kind verhilfst, so könnte der Fluch euch alle berühren."

„Du siehst also noch weniger einen Ausweg als ich?"

„Bring diese Frau so weit, ihren Mann zu bewegen, dass er bereit ist, diesen Fluch abzuschütteln. Er muss mindestens so viel Gutes tun, in der gleichen Art und Weise, wie er Schlechtes getan hat. Wenn er das geschafft hat, so schenke ihr ein Kind. Vielleicht ist er dazu nicht fähig. Somit hast du Gelegenheit, zwei Menschen glücklich zu machen. Wenn das keine gute Tat ist?"

„Jaggl, wie glücklich bin ich, dich zu meinem Freund zu haben. Wo hast du diese Intelligenz her? Sprichst drei Sprachen, merkst dir alles, was du einmal hörst und weißt immer einen Ausweg."

„So etwas kann man nicht lernen. So wird man geboren. Die Menschen, welche nicht das Talent haben, etwas zu lernen, braucht man genauso. Ein Arbeiter im Bergwerk ist viel glücklicher, wenn er nicht so viel denken muss. Das habe ich im Stollen selbst erfahren."

„Da hast du recht. Wir brauchen mehr Leute, die schwer arbeiten können, als solche, die nicht arbeiten und nur denken können."

„Aber nun Friedl sagst du mir noch, wie deine Gefühle zu dieser Frau sind?"

„Das ist es ja. Wir verstehen uns so gut, fühlen alles miteinander, vertrauen uns das

Geheimste und Intimste an, und können es kaum erwarten, bis wir uns wieder sehen. Wir haben uns gegenseitig glücklich gemacht."

„Ihr seid also richtig verliebt ineinander?"

Friedls Augen strahlten auf einmal: „Wenn das nicht Liebe ist?"

„Und wenn ihr Mann etwas davon erfahren würde?"

„Ihr könnte er vielleicht verzeihen, doch ich wäre meines Lebens nicht mehr sicher."

„Dann kommst du zu uns. Über dem Hahntennen wird dich keiner finden", tröstete darauf Jaggl halb im Spaß und halb im Ernst.

„Ich habe sogar schon daran gedacht, dass mir die bösen Geister im Salvösental, die Pütz, im Notfall Sicherheit bieten könnten."

„Glauben die Leute im Tal an die Pütz?"

„In die Salvösenschlucht geht schon am helllichten Tag ungern jemand hinein. Bei Nacht wüsste ich außer mir und meinem Gamsjagerkollegen niemanden, der sich in diese wilde Gegend wagen würde."

„Und was ist wirklich daran an diesen Putzgeschichten?"

„Ich habe für alle Geräusche, die ich bisher wahrgenommen habe, eine Erklärung. Für Lichter, welche hell leuchteten, sich in der Schlucht und am Himmel hin und her bewegten, habe ich auch keine Erklärung. Ich habe bisher nichts Schlechtes getan und fürchte mich darum auch nicht."

Jaggl passte diese allgemeine Angst vor dem Salvösen genau in seine Pläne und fragte darum weiter: „Und wie sieht es weiter oben bei der Maldon aus?"

„Bei dem alten Gehöft soll man öfters einen Mann sehen, der Unverständliches jammert und dann auf einmal verschwindet. Weiter oben am Kühlen Brunnen soll es auch spuken. Seit es dort die zwei Lawinentoten gegeben hat, sollen vom Kogel sogar Totenköpfe herunterkollern. Ich meine allerdings, dass die Hirten von dort, welche gut mit Pfeil und Bogen umgehen können, öfters eine Gams wildern und darum die Gamsjager verscheuchen wollen."

„Bei uns kann niemand mit Pfeil und Bogen schießen. Im Oberengadin hat man das verlernt, weil es dort fast kein Wild mehr gibt. Der Hunger hat alles ausgerottet. Aber ..., da fällt mir etwas ein. Verzeih mir die Neugierde! Müsst ihr Gamsjager nur das Wild beaufsichtigen und vor Wilderern schützen, oder müsst ihr anderen Besitz vom Schlossherrn auch bewachen?"

„Das Wichtigste ist, dass wir, wenn Wildbret im Schloss gebraucht wird, das prompt und in bester Qualität herbeibringen. Natürlich müssen wir auf die Wilderer aufpassen und sie stellen, wenn wir sie erwischen. Der Schlossherr weiß, genauso wie wir, dass wir das ganze Revier niemals überwachen können. Die weit entfernten Täler, wie Bschlabs oder gar Gramoas, können wir unmöglich beaufsichtigen. Die Herrischen wollen schließlich auch nicht so weit wandern, um selbst ab und zu eine Gams zu erlegen."

Nun wollte Jaggl es genau wissen: „So fallen also die Weiden, das Vieh und was wir in Pfafflaar sonst noch tun, gar nicht in euren Aufgabenbereich?"

„Bis jetzt hat uns niemand eine Andeutung gemacht, dass wir auf euch aufpassen sollen. Wilderer müssten wir aber auch vom entferntesten Tal mit nach Starkenberg nehmen."

Jaggl dachte an den Raubwildfang und fragte möglichst harmlos: „Bei uns gibt es viel zu viele Füchse, Marder und Wiesel. Sie töten uns immer wieder die Hühner. Dürfen wir diese Raubtiere fangen oder ist uns das verboten?"

„Wenn ein Bauer in seinem Stall ein Raubwild antrifft, so wird er es töten, wenn er es erwischt. Das ist sein gutes Recht. Im Wald Fallen aufstellen ist verboten. Bei euch wird sich um das Raubwild sowieso niemand kümmern, wenn wir als Jäger dort nicht einmal so viele Gämsen erlegen als wir sollten."

„Du brichst also keinen Eid, wenn du von uns jemand beim Erz schürfen antreffen würdest, und das verschweigst?"

Jetzt wurde Friedl hellhörig: „Nein, sicher nicht. – Ja, gibt es denn bei euch Erz?"

„Wir wissen es noch nicht genau. Wenn es aber wirklich Erz gibt, dann würden wir es gern allein abbauen und selbst verkaufen. Die Starkenberger und die vom Stift geben uns immer weniger für unseren Käse. Etwas anderes nehmen sie uns schon gar nicht ab. Wovon sollen wir ordentlich leben und Häuser bauen, die wir so notwendig brauchen? Könnten wir nicht unsere Erzeugnisse im Lechtal verkaufen, so wären wir arm dran."

„Ihr müsst euch selber helfen. Gut, dass sich um euch weder die Herrischen noch die Bevölkerung vom Inntal viel kümmern. Wenn das Vieh auf euren Weiden gut versorgt wird und im Herbst gesund zurück ins Tal kommt, so braucht ihr euch um andere Dinge nicht viel Sorge zu machen."

„Und wir haben immer gemeint, dass die Gamsjager am gefährlichsten sind, wenn wir Knappenlöcher graben."

„Besser ist, es weiß niemand davon."

„So wie bei deiner Liebe?"

„Ich weiß wirklich nicht, wie das ausgehen wird. An dem Abend, an dem du zum ersten Mal bei uns eingekehrt bist, kam der Herr viel früher als erwartet ins Schloss zurück. Ich musste schnell in ein Verlies und darin ausharren, bis es dunkel wurde und niemand mehr wach war. Erst dann konnte ich über die Außenwand in die Schlucht klettern, um heim zu kommen."

„Wohnt deine Liebe im Schloss?"

„Ja, es ist ..., nein, ich darf es nicht sagen."

„Es ist die Schlossherrin."

„Du kannst Gedanken lesen."

„Nein, aber ich höre zwischen den Worten und lese vom Gesicht."

„Ich weiß nicht mehr, was ich tun soll!"

„Denk an meinen Rat, den ich dir gegeben habe. Ihr Gemahl soll seinen Fluch abschütteln, und dann mache zwei Menschen glücklich. Viel mehr und viel länger wirst du dir nichts erwarten können."

Jaggl dachte ernsthaft an das Wohl seines Freundes. Jetzt sollte er sich noch etwas zurückhalten. Wenn die Verbindung länger halten sollte, könnten sie sich auch leichter selbst beherrschen und würden einer unüberlegten Handlung nicht so sehr ausgesetzt sein.

Nach einer kleinen Weile stillen Nachdenkens sagte Friedl aufmunternd: „Sollten wir nicht aufbrechen? Du hast noch einen langen Marsch vor dir. Vielleicht sinkst du im Schnee so tief ein, dass der Marsch viel mühsamer wird als du denkst. Ich begleite dich noch ein Stück." Es war eine helle Mondnacht, in der sich die beiden Wanderer richtig wohl fühlten. Die heimatlichen Berge erhoben sich majestätisch mit scharfen Kontrasten in den dunkelblauen Sternenhimmel. Als sie höher im Tal anstiegen und der kleine Bach unter einer Schneehöhle verschwand, umgab sie, während sie für eine kurze Rast stehen blieben, einsame Stille.

Es weitete sich das Hochtal zu einer silbrigen, leicht ansteigenden Fläche. Die Maldon war bald erreicht. Ein altes, teilweise verfallenes Haus erinnerte daran, dass hier einmal Leute ständig gewohnt hatten. Sie waren wahrscheinlich die ersten Einwohner am Hahntennen. Es dürften einige warme Jahre lang den schneereichen Wintern nasskalte Sommer gefolgt sein. So wurde eine ganzjährige Bewirtschaftung dieser hochgelegenen Almweide unmöglich. Die Bewohner mussten die Maldon verlassen und siedelten sich im oberen Lechtal an. Das war die Version, von der man offen sprach, doch es sollten außerdem noch dunkle Geschehnisse bei der Entsiedelung eine Rolle gespielt haben. Jedenfalls war es sehr eigenartig, dass die Maldoner weder vor noch bei der Abwanderung ins oberste Lechtal einen Kontakt zu Pfafflaar aufnahmen. Die letzte Zeit, während der sie noch auf dieser unwirtlichen Alm wohnten, konnte sie kaum ein Wanderer, der über den Hahntennen ging, mehr sehen oder gar mit ihnen sprechen. Sie verkrochen sich in ihre Hütten und verschwanden bei Nacht und Nebel. Es wurde sogar gemunkelt, dass Kinder auf mysteriöse Weise ums Leben gekommen sein sollen.

Als man den Schneefeldern nicht mehr ausweichen konnte, begleitete Friedl seinen Freund noch ein gutes Stück, um festzustellen, wie tief man im Schnee einsank. Mit zunehmender Höhe war es auf einmal bedeutend kälter, und der Schnee wurde dadurch härter, bis man auf dem verharschten Schnee überhaupt nicht mehr einsank. So konnte Jaggl getrost den Weg über den Hahntennen allein fortsetzen. Die Freunde verabschiedeten sich ohne viele Worte. Jeder wusste, dass, wenn einer den anderen brauchen würde, er für ihn da wäre, und jeder würde dem anderen bis zu seiner Selbstaufopferung helfen.

So schritt Jaggl frohen Sinnes seiner Heimat und seiner Familie, seinem geliebten Pfafflaar entgegen. Knapp vor der Passhöhe erlebte er aber doch noch eine Überraschung. Der Schnee trug ihn von Schritt zu Schritt weniger. Mal sackte er bis zu den Knien durch, dann sogar bis zum Bauch. Allein seine Füße abwechselnd bis über den Schnee anzuheben, um darauf fast einen Meter bis zum Boden durchzusacken, war so anstrengend, dass er kaum noch vorwärts kam. Es war nicht mehr allzu weit bis zum höchsten Punkt seiner Wanderung. Verzweifelt überlegte Jaggl, ob er es bis Pfafflaar überhaupt schaffen würde. In seinem Schnerfsack hatte er etwas Fladenbrot und ein Stück Rauchfleisch. Damit konnte er sich stärken, bevor er ermatten würde, doch zurück würde es, da er nun schon so weit im tiefen Schnee waten musste, ebenfalls eine große Strapaze werden. Schwitzend und keuchend waren auf einmal seine Gedanken beim Ahnle. Er musste zum Ahnle, er musste es schaffen. Die Schinderei nahm ihn so in Anspruch, dass er erst wieder so richtig zur Besinnung kam, als er auf der kleinen Hochebene des Hahntennen angelangt war. Vom Joch an würde es bergab viel leichter sein, dachte er. Eine kleine Rast, ein paar Bissen Fladenbrot und etwas Schnee für den Durst sollten ihm nun die Kraft geben, die schwierige Wanderung bis Pfafflaar zu vollenden.

Seine Freude war verfrüht. Nun ging es wohl mit jedem Schritt bergab, doch sank er im Schnee noch tiefer ein als beim Aufstieg. Jetzt gab es aber auch kein Zurück mehr. Obwohl er eine tiefe Spur im Schnee hinterlassen hatte, würde er den langen Weg zurück bis Tarrenz unmöglich mehr schaffen. Dessen war er sich ganz sicher. Also, vorwärts! Es war bereits helllichter Tag, als er endlich das kleine Bächlein sehen konnte, welches damals den Kindern den sicheren Weg nach Pfafflaar wies. Jetzt nur nicht mehr locker lassen. Ruhig und stetig, Schritt für Schritt, das Bächlein zu erreichen, war nun alles, worum sich seine Gedanken drehten. Beim Weiterwandern in diesem Bächlein war natürlich mit durchnässten Füßen zu rechnen, doch das war das kleinere Übel gegenüber dem Waten im tiefen Schnee. Ein paar Armlängen vor seinem Ziel stolperte er noch und steckte unvermittelt mit seinem Gesicht im pulverigen Schnee. Wie spitze Nadeln spürte er jeden Eiskristall im Gesicht. Nun nur nicht mehr verzagen. Bis zum Bach musste er kommen und dann nichts als ausgiebig rasten. Mit allerletzter Kraft schaffte er die letzten Schritte und sank am Ufer des Bächleins sanft in den Schnee. Von starkem Durst geplagt, aß er erst ein Stück Fladenbrot und etwas Rauchfleisch, bevor er von dem glasklaren Wasser langsam und in kleinen Schlücken trank. Er wusste, dass man schwitzend nie etwas Kaltes trinken darf.

Erst versuchte er den Weg, von Stein zu Stein hüpfend, fortzusetzen, damit seine Füße nicht total durchnässt würden. Schließlich tappte er im eiskalten Wasser, mehr springend als gehend dahin, bis er am Bachrand einen Schlittenweg bemerkte. Nun war er endlich gerettet. Trotz seiner eiskalten, durchnässten Füße war es auf dem gebahnten Weg geradezu ein Vergnügen seiner Heimat entgegen zu laufen.

Kurz bevor Jaggl die Häuser erreichte, kam ihm sein Nachbar Ander, einen Heuschlitten ziehend, entgegen: „Jaggl, ich glaubte, ich sehe nicht recht. Bist du tatsächlich heute Nacht über den Hahntennen gekommen?“

Darauf Jaggl, sichtlich erschöpft: „Ja, aber ein zweites Mal würde ich es nicht mehr machen. Bin froh, dass ich hier bin. Wie geht es? Seid ihr alle gesund?“

„Die Male, 's Ahnle, liegt im Sterben. Lange wird sie es nicht mehr machen. Vielleicht erkennt sie dich noch.“

Nun war die Müdigkeit plötzlich wie weggeblasen. 's Ahnle musste er noch sehen. Wortlos rannte er von Ander davon und legte das letzte Wegstück in ein paar Sätzen zurück.

Im Haus der Sterbenden waren die meisten Nachbarn versammelt. Jeder wollte zumindest in der Nähe vom Ahnle sein, wenn es um die letzten Züge ging. Jaggl brachte das Wort „Allegra“ nicht über die Lippen, versuchte nur möglichst rasch ans Bett vom Ahnle zu kommen.

„Der Jaggl! Jaggl ist da“, riefen mehrere gleichzeitig, dass sogar 's Ahnle kurz die Augen aufmachte. Jaggl streckte schnell seine Hand aus, um die vom Ahnle zu ergreifen. Sie erwiderte sogar noch seinen Händedruck und sagte mit kraftloser, aber glücklicher Stimme: „Jaggl, du bist auch da. Jetzt ist alles gut. Jetzt kann ...“

Ihr Kopf neigte sich leicht zur Seite und friedlich war ihr ausgefülltes Leben zu Ende.

18. Die Starkenberger

Die Schneeschmelze setzte nun auch in den Hochlagen ein. Man wartete eine kalte Nacht mit verharschtem und dadurch trittfestem Schnee ab, um 's Ahnle über das Joch nach Dormitz zur Bestattung zu bringen. Noch nie begleiteten so viele Pfafflaarer einen Leichenzug über den Hahntennen wie diesmal. 's Ahnle hatte mit seinen Lebensweisheiten, seiner Hilfsbereitschaft und immer guten Ratschlägen jedem geholfen. Die Lücke, die es hinterließ, würde man nicht so schnell schließen können.

Nach der ergreifenden Beerdigung mussten alle Pfafflaarer wieder die Nacht abwarten, bis Aussicht bestand, bei hartem Schnee, ohne allzu große Strapazen, zurückwandern zu können. Man ging von Dormitz nach Tarrenz. Da wollte man sich etwas stärken und ein paar Kleinigkeiten kaufen.

Jaggl drängte es, seinen Freund Friedl zu besuchen. Zufällig trafen sich die beiden mitten im Dorf. Der Gamsjager freute sich besonders, das sah man in seinem Gesicht. Unauffällig zog er Jaggl beiseite, wo sie ungestört miteinander reden konnten.

Jaggl konnte nicht anders als ihn gleich direkt zu fragen: „Du hast mir etwas Erfreuliches zu erzählen?"

„Erfreulich, na ja, wie man es nimmt. Dein Rat mit dem Reueakt ist bei den Schlossleuten angekommen. Die Frau sieht darin einen Lichtblick und ein Ende des Fluches, doch er ist ratlos, wie er gutmachen soll, was er verbrochen hat."

„Das wird sich ergeben. Er darf nur die Hoffnung und den guten Willen nicht aufgeben."

Heute war ein überaus warmer Vorfrühlingstag. Die Bäume zeigten ihre ersten Blütenknospen und die Wiesen begannen leicht zu grünen. Die Pfafflaarer genossen den warmen Tag, und die Pietät ums Ahnle wich allmählich der Hoffnung auf einen baldigen Frühling nicht nur im Tal, sondern auch über dem Hahntennen in Pfafflaar. Der Bach, der vom Joch kommend aus der Salvösenschlucht nahe an den Häusern von Tarrenz vorbeirann, schwoll bereits beträchtlich an. Die Schneeschmelze war nicht mehr aufzuhalten.

„Sind die Häuser nicht etwas zu nahe beim Bach gebaut?", fragte Jaggl seinen Freund.

„Jeder braucht Wasser für Mensch und Vieh und will daher nahe beim Bach sein. Bis jetzt ist noch nichts passiert, doch wenn nun bei der Schneeschmelze noch ein Gewitter dazukäme, könnte es kritisch werden. Das einzelne Haus über dem Bach käme wahrscheinlich als Erstes in Gefahr."

Die Pfafflaarer sonnten sich in reger Unterhaltung mit den Leuten von Tarrenz. Sie merkten erst allmählich, dass sich über den Bergen beim Hahntennen dunkle Wolken zusammenbrauten. Das sah tatsächlich nach einem Gewitter aus.

„Nein, nein, so früh im Jahr gibt es noch kein schweres Gewitter", sagte ein alter Mann.

„Dass sich diese schwarzen Wolken verziehen, ohne Regen fallen zu lassen, ist schwer zu glauben", erwiderte der Gamsjager-Friedl.

Nun waren alle Blicke in Richtung Hahntennen und Salvösenschlucht gerichtet.

Plötzlich wurde es auch über Tarrenz dunkel, über der Schlucht sah man die ersten Blitze und grollender Donner ließ das bevorstehende Gewitter ahnen.

„Wir werden doch nicht den Teufel zu Recht an die Wand gemalt haben", sagte Friedl, nun richtig besorgt, zu Jaggl.

„Gut sieht es nicht aus bei diesen schwarzen Wolken", erwiderte der Angesprochene, nicht minder in Sorge.

Über dem Dorf fiel noch kein Tropfen, doch im Tal oberhalb begann es schlagartig heftig zu regnen. Alle Leute von Tarrenz, die sich außerhalb der Häuser versammelt hatten, sahen das Gewitter oberhalb des Waldes und über der Salvösenschlucht. Sie waren froh, dass über dem Dorf selbst kein Gewitter tobte.

Jaggl und Friedl gefiel die Situation gar nicht. Nun kam ein alter Mann auf sie zu und meinte: „So viel Schmelzwasser und dazu der schwere Regen, der weiter oben sogar noch Schnee zum Schmelzen bringt. Da kommt zum normalen Bachwasser Gewitterregen und Schneeschmelzwasser hinzu. Ich fürchte, dass die Brücke in Gefahr ist. Was meint ihr?"

Darauf wurden alle Männer hellhörig. Man beriet, was man im Falle einer größeren Mure dagegen machen könnte. Wirklichen Rat wusste niemand.

Während die Männer noch bei ihren Überlegungen waren, hörte man aus der Schlucht ein eigenartiges, dumpfes Brausen, und schneller als die Versammelten es fassen konnten, schoss eine riesige Mure von Geröll, Wasser, Baumstämmen und großen Felsbrocken aus der Schlucht hervor. Im Nu war das Geröll mindestens eine Geschosshöhe über dem normalen Bachbett. Alle Männer liefen nun, wie auf ein unhörbares Kommando, um Äxte zu holen und Bäume in das Bachbett zu fällen. Quer liegende Baumstämme zwischen Mure und den Häusern waren der beste und wohl auch der einzige Schutz, den man errichten konnte.

Die Brücke war unter den Wasser- und Geröllmassen begraben, doch es gelang tatsächlich die Mure von den diesseitigen Häusern abzulenken.

Plötzlich rannte eine Frau aus einem Haus heraus und schrie verzweifelt: „Meine Kinder, meine Kinder sind in unserem Haus. Schaut, bald wird es vom Bach weggerissen werden!"

Tatsächlich kam die Mure dem Haus am gegenüberliegenden Bachufer gefährlich nahe. Doch nicht nur das. Der Bach umspülte das Haus zu beiden Seiten, zwar bis jetzt nur mit einem kleinen Bächlein, doch für die Kinder schien es kein Entrinnen mehr zu geben. Alle, verzweifelte Eltern, ratlose Männer und schreiende Frauen, mussten zusehen, wie die Katastrophe ihren Lauf nahm.

Auf einmal waren zwei Reiter mitten unter den Dorfbewohnern. Der Schlossherr von Starkenberg kam mit seiner Gemahlin augenscheinlich von einem Frühjahrsausritt zurück. Der sonst sehr wortkarge Edelmann rief laut in die Runde: „Sind Menschen in Gefahr?"

Friedl erwiderte, genauso laut: „Die Kinder sind im Haus an der anderen Bachseite. Dieses Haus wird die Mure bald wegreißen. Niemand kommt mehr über den Bach. Wir wissen nicht, was wir tun können."

„Das Haus ist vom Wasser bereits eingeschlossen. Die Kinder können nicht mehr fliehen", sagte die Gemahlin zu ihrem Herrn und weiter: „Nur ein mutiger Reiter wie Ihr, mit einem Rassepferd wie diesem, kann den Bach überspringen und die Kinder noch retten." Der alte Mann hörte das und meinte: „Mut ist gut, das aber wäre Selbstmord. Kein Reiter kann diese Mure überspringen."

Der edle Herr schien diese Bemerkung überhört zu haben und schrie die Leute an: „Auseinander! Bahn frei für einen langen Anlauf! Auseinander, an die Häuser! Ich brauche Platz."

„Der edle Herr wird doch nicht ...? Doch er will ... Das geht nicht gut aus ... er will die Kinder retten ...", so hörte man vielstimmiges Gemurmel aus der Menschenmenge.

Doch der Herr schien gar nicht mehr richtig bei Sinnen zu sein. Was er vorbereitete, war in den Augen der Zuschauer, Fanatismus und selbstverachtender Mut. Und ... was war es noch? Nur drei wussten darauf eine Antwort.

Der Anlauf war gut durchdacht, der Ritt genau auf die einzige, am ehesten noch überspringbare Stelle gerichtet, und das Pferd schien zu begreifen, worum es ging. Es war in Höchstform und kaum zu halten, bis der Reiter das Kommando zum Galopp gab. Die Hufe bohrten sich in den Weg, Steine spritzten und blitzschnell setzte das Pferd zum entscheidenden Sprung über Leben und Tod an. Kein Laut war zu hören, so groß war die Spannung, bis das Pferd mit den Vorderfüßen eine weiche Schotterbank jenseits der Mure erreicht hatte. Mit unglaublicher Kraft ergriffen nun auch die Hinterbeine etwas Halt, und mit Schwung und einem letzten Satz standen sie auf festem Boden.

Nun waren es nur noch wenige Schritte über nasses, lockeres Geröll bis zum Haus, das immer heftiger umspült wurde. Der Retter musste ins Haus, denn von den Kindern war nichts zu sehen. Schnell lief er durch die halb offene Tür, wo er die Kinder spielend in ihrem Schlafzimmer fand. Sie merkten nicht, in welcher Gefahr sie sich befanden. In jedem Arm ein Kind, so sahen ihn die Leute aus Tarrenz zum Pferd rennen. Es war höchste Zeit, von dieser Insel wegzukommen, denn der Bach an der anderen Seite schwoll nun auch immer mehr an. Es bildete sich ein dritter Arm des Baches und das Wasser floss durch die Haustür in das Innere. Schnell mit den Kindern auf das Pferd, und mit einem kleinen Sprung hatten sie das rettende, jenseitige Ufer erreicht. Fast gleichzeitig drang ein reißender Wasserschwall durch Tür und Fenster ins Haus, wo sich die Kinder aufgehalten hatten. Er hätte für die Kleinen den sicheren Tod bedeutet.

Alle Zuschauer waren im ersten Moment sprachlos. Die Mutter schien die Rettung ihrer Kinder noch gar nicht so richtig zu begreifen. Endlich fasste sie sich und überglücklich schrie sie, dass es alle Anwesenden, trotz dem Getöse des Wildbaches, hören konnten: „Der Herr hat unsere Kinder gerettet, unsere Kinder müssen nicht sterben. Das muss ihm der Herrgott vergelten – Segen über ihn und das gesamte Schloss."

Ihr Mann stimmte in diesen Gefühlsausbruch ein und sagte ernst: „Das werden wir dem Herrn nie vergessen. Wir können es ihm nicht genug danken, aber der Herrgott wird ihn belohnen!"

Der Schlossherrin standen Freudentränen in den Augen als sie sagte: „Nun ist alles gut. Morgen kommt ihr mit den Kindern ins Schloss. Euer Haus wird nicht mehr zu retten sein. Ihr werdet ein neues Dach über eurem Kopf bekommen. Wir müssen alles in Ruhe besprechen." Sie hatte Angst, sich irgendwie zu verraten, und zog sich deshalb schnell zurück. Nur Jaggl schaute ihr tief und vielsagend in die Augen, bevor sie die Menschenmenge mit ihrem Pferd verließ.

Dass sie heute die Mure nicht noch einmal überqueren und dadurch ins Dorf zurückkommen konnten, war dem Schlossherrn und allen Zuschauern klar. Bachaufwärts, am

Schluchteingang, sahen sie ein ebenes Plätzchen unter einem überhängenden Felsen. Da konnte man Zuflucht suchen, wenigstens so lange, bis das ärgste Gewitter vorüber war. Nach dem Regen wollte der Herr mit den Kindern in Richtung Dormitz reiten, wo sie sicher Unterkunft finden würden. Es war freilich nicht zu vermeiden, dass sie selbst unter dem Felsen vom Regen etwas abbekamen und bald ziemlich durchnässt waren. Die Kinder unter seinen Reiterrock gepackt, so ließ es sich eine Zeitlang aushalten.

Während sie so saßen und die Leute von Tarrenz am anderen Ufer immer noch den Mut des Schlossherrn bewunderten, fraß sich der Bach unterhalb der drei so nahe an einen senkrechten Felsen, dass sie nun total eingeschlossen waren. Sie befanden sich zwar auf der höher gelegenen, massiven Schotterbank nicht in Gefahr, doch an ein Weiterreiten zu einem schützenden Haus war diese Nacht kaum noch zu denken. Alle Anwesenden überlegten, wie man den dreien wenigstens warme Decken über den Bach bringen könnte, damit sie nicht gar so arg frieren müssten. Alle Überlegungen ergaben nichts. Selbst für einen Steinwurf mit einer Schnur, an der man vielleicht etwas hinüberbringen hätte können, war die Strecke viel zu weit. Es half alles nichts. Man musste abwarten, bis das Wasser zurückging. Und bald würde es dunkle Nacht sein.

Jaggl besprach sich mit Lee abseits von möglichen Zuhörern und sagte dann zu den anderen Pfafflaarern: „Heute können wir sowieso nicht mehr nach Pfafflaar. Im Salvösen ist das ganze Tal mit reißendem Wasser ausgefüllt. Da ist kein Durchkommen. Ich denke, jeder sollte sich hier in Tarrenz ein Nachtquartier suchen. Wir zwei, Lee und ich, können beim Gamsjager-Friedl übernachten." Darauf der Gamsjager zu den Umstehenden: „Wir werden in Tarrenz die Pfafflaarer doch bei uns in den Häusern übernachten lassen?" Jeder Hausherr bot sich daraufhin an, einen Pfafflaarer bei sich aufzunehmen.

Darauf verschwand Friedl mit Lee und Jaggl auffallend schnell in Richtung Gamsjagerhaus.

Dort angekommen, fragte Jaggl: „Habt ihr ein paar Decken, die noch niemand gesehen hat?"

Die Mutter antwortete: „Ich habe zufällig vor ein paar Tagen Bettzeug und Decken gekauft."

Jaggl erleichtert: „Diese Sachen werden für euch verloren sein. Wenn wir das machen, was wir vorhaben, so kommen die Decken nicht mehr zurück. Außerdem brauchen wir ein großes Leintuch."

Friedl ahnte zwar etwas, fragte aber doch: „Ihr wollt doch nicht hinüber zu den Kindern? Das ist bei Tag nicht möglich, bei Nacht würde es den sicheren Tod bedeuten."

Darauf Jaggl: „Lee sieht bei Nacht fast so gut wie bei Tag. Ich weiß, dass es eine Engstelle in der Schlucht gibt, wo ein vom Wind gefällter Baum eine Brücke bildet. Niemand darf von unserem Vorhaben je etwas erfahren, auch später nicht. Das müsst ihr geloben."

Die Mutter konnte das nicht verstehen: „Warum macht ihr das geheim?"

Friedl, dem es jetzt erst dämmerte: „Wenn die zwei Pfafflaarer etwas Bestimmtes vorhaben, so haben sie, außer der Hilfsbereitschaft, noch einen anderen, wichtigen Grund. Ich gelobe, dass das unser Geheimnis bleibt."

Die Mutter: „Ich gelobe es auch. Von mir wird kein Mensch je etwas über diese Sache erfahren."

Jaggl zufrieden: „So können wir, sobald es dunkel ist, aufbrechen. Das Leintuch und die Decken sowie ein langes Seil packen wir so ein, dass man nichts Helles sehen kann. Habt ihr vielleicht eine Pechfackel?"

Friedl darauf: „Haben wir, aber die dürfen wir doch nicht anzünden."

„Um Himmels willen, nein! Wir müssen ein Feuer versteckt mitnehmen. Wir brauchen das Licht der Fackel erst, wenn wir bei den Eingeschlossenen sind."

Es hatte zu regnen aufgehört, und man sah sogar einzelne Sterne, welche die stockfinstere Nacht aber nicht erhellen konnten.

So verließen die drei das Gamsjagerhaus in völliger Dunkelheit. Friedl ließ es sich nicht nehmen, das Deckenbündel wenigstens ein kurzes Stück zu tragen, und begleitete Lee und Jaggl in Richtung Salvösenschlucht. Als das Gelände immer steiler und unwegsamer wurde, schickten die beiden Friedl zurück. Am Rückweg konnte er sich nur an den Silhouetten der Berge etwas orientieren.

Lee sah tatsächlich wie eine Eule. Sie fanden gleich die Engstelle mit dem morschen Baum, über den man, sofern er das Gewicht eines Menschen aushielt, auf die andere Talseite gelangen konnte. Lee wollte es gleich versuchen, doch Jaggl hielt ihn zurück: „Zuerst ans Seil, und ich sichere dich."

So kroch zuerst Lee hinüber. Nun band sich Jaggl ans Seil und Lee sicherte. Das war schneller geschafft als gedacht. Nun war es für Lee eine Kleinigkeit, mit Jaggl bachabwärts jenseits der Schlucht zum Schluchtausgang zu gelangen, wo der Schlossherr mit den Kindern zwischen Fels und reißendem Wasser eingeschlossen war.

Lee suchte zwei Äste, die sie kreuzweise zusammen banden, um danach ein Leintuch so daran zu befestigten, dass es, wenn nur ein leichter Fackelschein darauf traf, wie ein Geist oder Engel aussehen musste. Nun konnte die Pechfackel entzündet werden. Als sie damit fertig waren, ließen sie die Engelsgestalt am Seil über den überhängenden Felsen ziemlich nahe an die drei Frierenden hinab.

Bis jetzt verliefen die Vorbereitungen, ohne dass sich die zwei Brüder viel erklären mussten. Von nun an musste das weitere Geschehen genau aufeinander abgestimmt werden.

Jaggl sagte zu Lee: „Ich klettere jetzt hinunter, bis ich ganz nahe über den Eingeschlossenen bin. Ich werde sie mit unheimlichen Lauten wecken, sollten sie eingeschlafen sein. Du steigst über den Felsen und lässt die Fackel am Seil so weit hinunter, dass der Engel angeleuchtet wird. Dich darf man auf keinen Fall sehen, auch nicht, wenn du die Fackel zurückholst."

„Wirst du es schaffen, ohne Licht so weit hinunter zu klettern?", fragte Lee besorgt.

„Ich schaffe es, weil ich mich neben dem glatten Felsen am Gestrüpp festhalten kann. Außerdem hilft mir der Schein der Fackel." Jaggl verschwand ins Dunkel der Schlucht, während Lee die Fackel an einer über den Felsen hängenden Latsche festband.

Es dauerte nicht lange, bis dumpfe, unheimliche Laute durch die Nacht tönten. Tatsächlich wurden diese Töne vom frierenden Schlossherrn bald gehört. Weil es auf einmal nicht mehr stockdunkel war, schoss er, nun voll erwacht, aus der Hocke auf, dass die Kinder erschraken und eines zu weinen anfing. Nun sah er den Spuk über sich und er, vollends außer sich, konnte gerade noch die Worte stammeln: „Oh, Herr, sei mir gnädig! Schütze wenigstens die Kinder!"

Jaggl überbot sich selbst, als er durch die hohlen Hände mit unwirklicher Stimme dem Schlossherrn zurief: „Edler Herr von Starkenberg, du hast heute mit dem Einsatz deines Lebens zwei Kinder gerettet und damit den Fluch, der auf dir gelastet hat, abgeschüttelt ... Du wirst Kinder bekommen ..., diese Kinder werden dich aber nur dein Leben lang erfreuen, wenn du immer anderen Menschen hilfst und ihnen verzeihst, statt sie wegen jeder Kleinigkeit zu bestrafen ..., und niemals sollst du die Salvösenschlucht mit deinem Fuß betreten oder gar zur Maldon gehen ... sonst könnte der Fluch dich wieder treffen."

Nun warf Lee die Decken über den Felsen, dass es aussah, als ob der Engel sie hinunter geworfen hätte.

Jaggl posaunte weiter durch seine Hände: „Fürchtet euch nicht! Es sind warme Decken für dich und die Kinder. Ihr werdet die Nacht gut überstehen ... Segen über euch! ... Hochgelobt sei der Herr im Himmel."

Nun zog Lee die Fackel zurück, so dass der Engel im Dunkel der Nacht verschwand. Jaggl hörte nur noch, wie der Schlossherr zu den Kindern sagte: „Das war ein Engel vom Himmel. Er hat uns warme Decken gebracht. Wir wollen zusammen beten und Gott danken ..."

Der Rückweg war für die zwei Bergmenschen nicht mehr schwierig. Den morschen Baumstamm, der ihnen den Weg über die Schlucht ermöglicht hatte, brachten sie, gut am Seil gesichert, so zum Schaukeln, dass er brach und in die tosende Schlucht fiel. So konnte niemand auf den Gedanken kommen, dass es ein irdischer Engel gewesen sein könnte.

Friedl und seine Mutter waren heilfroh, als die zwei Pfafflaarer glücklich zurückkamen. Ein gutes, warmes Essen war vorbereitet, und trotz der späten Stunde ließen es sich alle gut schmecken, bevor sie in einen gesunden Schlaf fielen.

Beim ersten Morgengrauen waren die Eltern der Kinder und einige Tarrenzer am Bach, um zu schauen, wie es den drei Eingeschlossenen über der Mure ging. Die Mutter sah es zuerst, als sie die drei Schlafenden betrachteten, und rief: „Die haben Decken bekommen. Seht, wie sie eingewickelt sind. Sie mussten gar nicht frieren."

Der alte Mann, der nicht mehr so gut sehen konnte, erwiderte: „Niemand konnte heute Nacht über diesen Bach. Jetzt, am Morgen steht das Wasser immer noch so hoch, dass nur ein gutes Pferd es überspringen kann. Nur ein Putz oder ein Engel vom Himmel kann ihnen die Decken gebracht haben."

Es dauerte nicht lange, bis der Herr und die Kinder erwachten. Das Wasser war immerhin so zurückgegangen, dass ein Sprung darüber mit dem Pferd nicht mehr lebensgefährlich war. Also, die Kinder wieder in den Arm, und mit einem großen Sprung war man zurück im Dorf.

Der sonst gar nicht gesprächige Schlossherr gab zu allererst die Kinder in die Arme der vor Freude weinenden Eltern und sagte dann laut zu den Versammelten: „Schon gestern, beim Sprung über den Bach, hatte ich einen Schutzengel. Heute Nacht ist uns ein Engel im weißen Kleid erschienen und hat uns Decken gebracht. Wir haben die Nacht gut überstanden. Dank sei Gott für diese Gnade!"

„Dank sei Gott und Segen dem edlen Herrn vom Schloss für seinen großen Mut und seine gute Tat!", riefen alle im Chor.

Die beiden Kinder fingen auch gleich zu erzählen an: „Wir haben den Engel auch gesehen. Er war weit über uns, und dann hat es ‚platsch' gemacht. So viele Decken hat er uns geschenkt. Er ist ein braver Engel."

Der alte Mann begriff nun endlich auch, was geschehen war, und sagte mit fester Überzeugung: „Das haben wir alles dem Grafen zu verdanken. Er ist ein Held und ein guter Mensch! Gottes Segen ist über ihm und dem Schloss Starkenberg."

Dem Schlossherrn, sonst für jede Anerkennung empfänglich, war diesmal die überschwängliche Lobeshymne beinahe peinlich. Er sprach nur noch ein paar freundliche Worte, wiederholte die Erzählung über den Engel in der Nacht, ohne dessen genauen Wortlaut preiszugeben, und ritt bald in Richtung Schloss davon.

Auch die Kinder erzählten immer wieder, was sie in der Nacht erlebt hatten. Ihnen glaubten alle, denn, wie sagte das Ahnle: „Kinder und Narren sagen die Wahrheit." So wurde die Rettung durch den Engel und die Erlösung vom Fluch zum Dorfgespräch. Einer überbot den anderen mit seinen zusätzlichen Phantasien, so dass in Tarrenz, Dormitz und Imst diese Rettung zum langandauernden Tagesgespräch wurde. Die Salvösenschlucht wurde dadurch noch mehr zu einer Barriere, die kaum jemand überschreiten wollte.

Zu Mittag, als das Wasser annähernd den Normalstand erreicht hatte, machten sich die Pfafflaarer auf, um noch vor Einbruch der Nacht zu Hause zu sein. Selbst diese Leute, welche die Salvösenschlucht schon so oft durchwandert hatten, fühlten diesmal ein eigenartiges Gefühl. Keiner, außer Lee und Jaggl, würde allein ohne Begleitung den Marsch durch diese Geisterschlucht gewagt haben. Der Gamsjager-Friedl begleitete die Pfafflaarer ein Stück bis über die Salvösenschlucht hinauf.

Allgemein wurde sein Mut bestaunt, den Rückweg allein zu wagen. Als er, oberhalb von Tarrenz, im Lärchenwald ober dem Schloss eine kurze entspannende Rast einlegte, stand, als ob sie es verabredet hätten, auf einmal die Schlossherrin bei ihm, umarmte ihn überfallsartig und flüsterte ihm ins Ohr: „Nun musst du in mich. Ich will ein Kind von dir."

„Kann ich es denn verantworten? Der Herr hat mit seiner Tat wirklich den Fluch abgeschüttelt, wenn einer auf ihm gelastet hat."

„Das hat ihm der Engel gesagt. Er will zu allen Leuten gut sein."

Friedl erwähnte keine Silbe über die vergangene Nacht und sagte nur bescheiden: „Ich habe bei der ganzen Rettung nichts dazugetan."

„Diese gute Tat ist nicht zuletzt dein Verdienst. Ich habe deinen Rat befolgt und ihn dazu ermutigt. Vorher hätte er nicht sein Leben riskiert. Nur deine Idee hat ihn dazu gebracht."

Sollte Friedl sie im Glauben lassen, dass es nur seine Idee war? War es nicht Jaggls wunderbares Einfühlungsvermögen in andere Menschen?

Während er stumm diesen Gedanken nachhing, nahm sie zärtlich seine Hand und legte sie an ihre Oberschenkel. Er konnte nicht anders, als sie bis zu den intimsten Stellen hin lieb zu streicheln und sie tief und innig küssen. Das Blut wallte in ihm, Liebe und Leidenschaft erwachten zu einem Drang nach Erfüllung, wie er so etwas in seinem Leben bisher noch nie erlebt hatte. Es hätte ihrer auffordernden Worte nicht bedurft, denn nun gab es auch für ihn kein Zurück mehr. Noch nie vorher hatte er gehört, dass eine Frau vor Lust schreien und stöhnen kann.

„So etwas Schönes zu geben und zu erleben, kann doch nicht Sünde sein", brachte er gerade noch über seine Lippen, bevor sie sich entspannt, eng umschlungen in den Armen lagen.

Jede sich irgendwie bietende Gelegenheit wurde in den folgenden Tagen zu intimen Treffen von den beiden ausgenützt.

Der Schlossherr erwies sich für alle von der Mure Geschädigten hilfsbereit, besonders für die Familie, die ihr Haus verloren hatte. Er schenkte ihnen einen Baugrund an einer sicheren Stelle und stellte aus seinem Wald das Bauholz kostenlos zur Verfügung. So konnte die Familie hoffen, dass sie mit Nachbarschaftshilfe bald wieder, jedenfalls vor Wintereinbruch, ein eigenes Dach über dem Kopf haben würde.

Friedl schienen die vielen Treffen mit seiner Geliebten allmählich nicht mehr ganz geheuer. So kam es dazu, dass er, bevor er ihr seine Liebe zeigte, sie auf ihren Gemahl ansprach: „Kannst du, wenn du nun wirklich schwanger bist oder wirst, deinem Gemahl glaubhaft machen, dass das Kind von ihm ist?"

„Ich wollte dir nicht wehtun. Nun, wenn du selbst dieser Meinung bist, kann ich es dir ja sagen: Die letzten Nächte habe ich mit meinem Mann geschlafen."

Friedl, sichtlich erleichtert: „Das ist richtig und gut so. So lieb ich dich habe, darf ich nicht so oft mit dir zusammen sein. Es würde meinen Kollegen bald auffallen, wenn ich kaum noch mit ihnen ins Revier gehe. Sei nun lieb zu deinem Mann und verwöhn ihn mit allem, wie du mich glücklich gemacht hast. Das Glück des Schlossherrn wird auch mein Glück sein."

Sie wussten wohl, dass es kein Abschied für sehr lange Zeit sein würde. Beide fühlten, dass die Liebe zu stark war, um sich auf immer zu trennen.

Nach zwei Wochen wurde der Gamsjager-Friedl ins Schloss gerufen. Ein Festessen für den Landesfürsten musste vorbereitet werden. Dazu brauchte man frisches Wildbret. Friedl mit seinen zwei Kollegen sollte es binnen weniger Tage herbeischaffen.

Der Herr von Starkenberg verließ endgültig das alte Schloss Starkenberg und siedelte in das neu erbaute Schloss am kleinen Weiher um. Zur Schlosseinweihung war alles was Rang und Namen hatte, von Schrofenstein bei Landeck, über das Stift Zams bis zum Landesfürsten persönlich, eingeladen.

Damit Friedl mit besonderem Eifer an das Wildbret herangehen konnte, schenkte der Graf ihm Pfeil und Bogen, wie er sie nur bei fürstlichen Jagdgästen gesehen hatte. Damit konnte man wesentlich weiter schießen, wahrscheinlich auch besser zielen und treffen. Als er ehrlich vor Freude dankte, sah man dem Herrn an, dass er sich genauso freute, als er zu ihm sagte: „Du hast immer Wildbret besorgt, wenn wir es gebraucht haben. Das soll mein Dank dafür sein. Jetzt müsst ihr Gamsjager mehr schießen als je zuvor. Ich meine, dass ihr diese Ausrüstung gut gebrauchen könnt."

„Ihr könnt Euch darauf verlassen, dass wir alles tun werden, damit Ihr zufrieden seid."

„Das weiß ich. Doch nun muss ich weg. Habe noch dringende Sachen zu erledigen. Meine Gemahlin wird dir Gesellschaft leisten und dich bewirten."

So war Friedl bald mit seiner Geliebten allein. Laut und frei konnten sie nicht sprechen. Das Gesinde lauschte mit Mund und Ohren an jeder Tür, doch zu einer Nachricht reichte es. Die Herrin flüsterte, dass es bestimmt niemand anderer hören konnte: „Ich bekomme ein Kind von dir." Friedl, genauso leise: „Weiß es der Herr schon?"

„Du musstest es zuerst erfahren. Heute abends werde ich meinen Gemahl glücklich machen.“ Friedl im Vaterglück: „Das ist gut so. Von nun an werde ich glücklich sein, wenn ich mein Kind und dich ab und zu sehen kann. Jetzt gehörst du wieder deinem Mann allein.“ Doch sie gab sich damit nicht ganz zufrieden: „Ich werde dich auch jetzt immer wieder brauchen. Mich wirklich trennen von dir, das kann ich nicht.“ Mehr konnten sie sich nicht zuflüstern. Die Zofe war schon wieder im Saal. Die Herrin begleitete den Gamsjager bis zum Tor. In einer dunklen Ecke reichte es immerhin noch für einen innigen Abschiedskuss.

19. Zwei Dörfer, ein Ziel

In Pfafflaar nahm alles seinen gewohnten Lauf. Im Winter wurde wieder viel Raubwild gefangen, und die Felle konnten zu einem guten Preis verkauft werden. Wirkliche Geldnot gab es in Pfafflaar nicht mehr. Die geplanten Häuser würde man in den nächsten drei Jahren bauen können, damit niemand mehr beim Vieh wohnen müsste.

Vom Koaser kehrten die Knappen nach Bschlabs zurück. Sie brachten einen guten Lohn mit nach Hause. Zum Unterschied von Pfafflaar, wo die Hälfte aller Erlöse in eine gemeinsame Kasse eingebracht wurde, wirtschaftete in Bschlabs jede Familie mit ihrem kargen Geld selbständig. Das führte dazu, dass es bedeutende Unterschiede in der Wohlhabenheit der Familien gab. Neid und Zwiespalt fanden gute Nahrung.

Jaggl kam nun öfter über Bschlabs nach Pfafflaar. In Zwieslen kehrte er, wie gewohnt, jedes Mal beim Hiasl ein. Immer häufiger wurde er gefragt, ob es Chancen für einen Bergbau im Bschlabertal oder in Pfafflaar gäbe. Diplomatisch regte er das Interesse an Knappenlöchern immer mehr an, ohne etwas Sicheres zu sagen. Schließlich ließen die Venezianer Mandle viel länger als geplant auf sich warten. Von ihrem Gutachten würde es abhängen, ob man Knappenlöcher graben könnte.

Für die Pfafflaarer war es allerdings so gut wie sicher, dass es Galmei unter der Reat gibt. Von dem Gestein, das der Steinschmecker nach Füasse mitgenommen hatte, konnte man eine schräg in den Berg verlaufende Ader erahnen. Da könnte sich ein Abbau lohnen, soviel Erfahrung hatte Jaggl inzwischen im Koaser und in Füasse gesammelt.

Die Pfafflaarer trafen sich an einem Sonntag wieder einmal beim Hiasl in Zwieslen. An diesem Nachmittag wurde kaum mit Mädchen geflirtet. Alles drehte sich um den Bergbau. Jeder hoffte leidenschaftlich, dass man in der Umgebung Erz finden würde. Die Familien in Bschlabs, von denen junge Burschen während des Winters im Koaser gearbeitet hatten, waren im Vergleich zu den anderen wohlhabend geworden. Es gab aber mehrere Familien mit Männern, die der schweren Arbeit in den Knappenlöchern nicht gewachsen gewesen wären. Das konnte unter den derzeitigen Bedingungen auf Dauer nicht gut gehen. Sollte sich der Bergbau tatsächlich in Bschlabs und Pfafflaar entwickeln, könnte dies zu einer Katastrophe führen.

So begann Jaggl vorsichtig über dieses Thema zu sprechen: „Wir, die wir im Koaser Geld verdient haben, können uns davon etwas kaufen, uns besser kleiden und besser essen."

Mathe begriff sofort, wohin Jaggl hinauswollte: „Es wird in Bschlabs bald nur noch wohlhabende und ganz arme Familien geben. Das wird nicht friedlich abgehen."

„Mathe, du hast mir aus der Seele gesprochen. Ihr müsst euch tatsächlich Gedanken machen, wie die armen Familien ein wenig zu Geld kommen können. Almosen werden sie nicht von euch annehmen. Da haben sie ihren eigenen Stolz."

Zwei junge Burschen fragten fast gleichzeitig: „Gibt es in Pfafflaar nicht auch arme und reiche Familien?"

„Reiche Leute werdet ihr weder in Pfafflaar noch in Bschlabs finden. In Pfafflaar hat man bis vor zwei Jahren nur eine gemeinsame Kasse gehabt. Seit man Felle verkauft, kommt nur noch die Hälfte der Einnahmen in eine gemeinsame Kasse, die andere Hälfte wird gleichmäßig auf alle Köpfe aufgeteilt."

Darauf ein Bursche: „Können wir das in Bschlabs nicht auch so machen?“

Mathe schüttelte den Kopf und antwortete: „Das wäre zu schön. In Bschlabs wird es aber nicht funktionieren, weil die Gehöfte viel zu weit auseinander liegen und die Leute zu verschiedene Interessen haben. Es wird nicht leicht werden.“

Jaggl hatte eine neue Idee: „Unter euch sind doch ein paar Handwerker, Schuhmacher, Schneider und Zimmerleute?“

„Ja, die Schuhmacher und Schneider gehen jeden Winter für ein paar Wochen auf die Stör, damit sie ein paar Kreuzer verdienen. Geld bringen sie oft keines mit nach Hause, weil sie in der Fremde zu trinken anfangen. In diesen Familien gibt es deshalb viel Streit, unter dem vielfach auch die Nachbarn zu leiden haben.“

„Diesen Leuten müsste man Arbeit in ihrem Zuhause verschaffen und sie gut bezahlen, damit sie auf die besser Verdienenden angewiesen sind. Nur so kann es einen Dorffrieden geben“, sagte Jaggl fest überzeugt.

Florian stand auf einmal bei den gemütlich Diskutierenden, musste die letzte Debatte mitverfolgt haben, denn er warf nun seine Meinung ein: „Das sind gute Gedanken. Wir werden in diese Richtung arbeiten müssen. Bei den meisten Männern, denen man eine Arbeit verschaffen könnte, wird das angenommen werden. Einige Hartgesottene werden wahrscheinlich Außenseiter bleiben. Wie wollt ihr zum Beispiel den Much dazu bringen, dass er mitmacht. Er ist doch bei allem und überall dagegen.“

Schwierige Sachen reizten Jaggl schon immer. Er meinte: „Gehört Much nicht auch zu denen, die immer unter Geldnot zu leiden haben?“

Florian, sein Nachbar, wusste es nur zu gut: „Natürlich. Darum ist er so vergrämt. Er wäre ein guter Schuhmacher. Früher ging er auch auf die Stör. Nun, da die Töchter aus dem Haus sind, will er bei seiner Frau bleiben. Sie ist immer wieder krank. In Bschlabs hatte bisher niemand so viel Geld, um es für Schuhe ausgeben zu können, somit hat er die letzten Jahre überhaupt keinen zusätzlichen Verdienst gehabt.“

Mathe ergänzte: „Ja, die Schuhe haben wir uns selbst angefertigt. In jeder Familie gibt es jemand, der Schuhe machen kann, wenn auch nicht so gute und schöne wie der Much sie macht.“

Jaggl war auf einmal begeistert: „Ich werde mir vom Much ein Paar Schuhe anfertigen lassen.“

Mathe, bedenklich: „Du hast Mut. Glaubst du nicht, dass er dich hinausschmeißt?“

„Ich werde es gleich heute auf einen Versuch ankommen lassen. Ich gehe zu Much.“

Sagte es, stand auf und verschwand in Richtung Weiler Windegg. Dort traf er Much vor seinem Haus in der Sonne sitzend an, anscheinend in gar nicht so übler Stimmung.

„Allegra“, grüßte Jaggl von weitem und ging schnurstracks auf Much zu: „Ihr in Windegg habt schon warmen Sommer. Bei uns in Pfafflaar liegt schattenseitig noch Schnee. Im Frühjahr wäre ich lieber in Bschlabs.“

„Du bist doch der Jaggl. Du hast leicht reden. Wie man hört, bist du bei den Herrischen im Duerf angestellt und verdienst einen Haufen Geld. Wir in Bschlabs müssen schauen, dass wir unser Vieh über den Winter bringen, damit wir gerade genug zum Leben haben.“

Jaggl hatte Mitgefühl, ließ es aber kaum merken: „Ich weiß, dass man es in Bschlabs nicht leicht hat. Die Wiesen sind steil und es gibt zu wenig Weiden für das Vieh. Haben darum nicht die meisten Männer von Bschlabs ein Handwerk gelernt? Du sollst ein sehr guter Schuhmacher sein?"

„Wer sagt das?"

„Davon hat man heute in Zwieslen gesprochen, und darum bin ich hier bei dir."

„Sage mir bloß, du möchtest ein paar Schuhe von mir?"

„Genau darum wollte ich dich bitten. Mein erstes Paar Schuhe, das ich mir vom selbstverdienten Geld leisten kann, möchte ich von dir."

Much war so überrascht und musste sich geehrt fühlen, dass er gar keinen Widerspruch wagte, sondern nur ehrlich meinte: „Ich würde dir die Schuhe gern anfertigen. Es gibt aber eine Schwierigkeit."

„Welche?"

„Ich habe schon lange keine Schuhe mehr gemacht. Auf die Stör kann ich nicht mehr gehen, weil meine Hanna immer wieder so krank ist, dass sie mich braucht. Ich habe kein Leder im Haus. Es ist eine Schande, wenn ein Schuhmacher kein Leder mehr hat, aber es ist so."

Darauf Jaggl geradezu erleichtert: „Das ist überhaupt keine Schande. Du bist ein guter Mann, wenn du deine Frau so umsorgst. Ich komme diese Woche ins Lechtal und werde dort italienische Händler treffen. Bei denen bekomme ich schönes Leder zu einem guten Preis."

„Habe schon gehört, dass du Italienisch sprichst. Darum hat man dich bei den Herrischen angestellt. Wenn du mir Leder bringst, dann mache ich dir gute und schöne Schuhe."

„Das ist ein Wort, Much. Du kannst mir doch einen kleinen Lederfleck mitgeben, damit ich weiß, welches Leder ich kaufen soll."

„Du musst Leder für die Sohle und das Oberteil mitbringen. Ich habe ein paar Muster da und noch so viel Geld im Haus, dass ich das bezahlen kann."

„Das können wir doch mit dem Preis für die Schuhe verrechnen?"

„Nein, ein Schuhmacher verarbeitet sein eigenes Leder."

Das klang so stolz und eigensinnig, dass Jaggl keinen Einspruch wagte und nur sagte: „Gut, einverstanden! Ich werde dir gutes Leder zu einem guten Preis mitbringen."

„Du fragst nicht, wie viel die Schuhe kosten?"

„Nein, du bist ein ehrlicher Mann, sonst wäre ich nicht zu dir gekommen. Wenn ich gut verdiene, so sollst du auch daran verdienen. Ich weiß, dass du mir einen anständigen Preis machst."

„Ich habe auf der Stör immer die Hälfte vom Preis, der in der Stadt verlangt wird, bekommen."

„Das ist zu wenig. Jeder soll für seine Arbeit anständig bezahlt werden."

„Ich nehme denselben Preis wie auf der Stör und nicht mehr."

„Gut, einverstanden. Wenn aber die Schuhe besonders schön werden, wirst du doch noch ein kleines Trinkgeld annehmen?"

Much auf einmal lächelnd: „Du weißt immer einen Ausweg. Kein Wunder, dass du die Herrischen um deine Hand wickelst."

„Ich möchte mich so gern dafür einsetzen, dass es allen Leuten in unserem Tal besser geht. Ich weiß nicht, wie man das anstellen soll, habe nur die Hoffnung, dass mit den Bergknappen doch mehr Geld in die Dörfer kommt und alle davon profitieren. Vielleicht bin ich in diesem Jahr nicht der Letzte, der bei dir Schuhe bestellt."

„In Bschlabs macht sich beinahe jeder seine Schuhe selber."

„Solange sie den ganzen Winter zu Hause waren und dafür Zeit hatten. Nun sind die meisten arbeitsfähigen Männer weg und brauchen mehr Schuhe als vorher."

„Kannst recht haben, aber der Prophet im eigenen Land gilt meistens nichts. Mich würde es wundern, wenn nicht die meisten ihre Schuhe auswärts kaufen würden."

„Für die Bschlaber kann ich nicht sprechen. Die Pfafflaarer aber werden, wenn sie es sich leisten können, die Schuhe bei dir bestellen. Das kann ich dir sogar heute schon versprechen."

„Wollen sehen, wie es weitergeht. Viel schlechter als es die letzten Jahre war, kann es nicht mehr werden."

„Much, ich hoffe, dass nun bessere Jahre kommen. In ein paar Tagen bringe ich das Leder. Du kannst mir gleich die Schuhe anmessen. Ich wünsche, dass dies für uns alle ein guter Anfang in eine bessere Zeit ist. Nun muss ich wieder zurück. Meine Nachbarn sind noch in Zwieslen. Wir möchten noch vor Einbruch der Nacht in Pfafflaar zurück sein."

Nach dem Anmessen der Schuhe war es für Jaggl höchste Zeit den Heimweg anzutreten. „Jaggl, das war jetzt eine interessante Unterhaltung mit dir. Komm gut heim. Allegra!"

„Allegra!"

Als er um die Ecke verschwunden war, wandte sich Much in Richtung Haustür und rief seine Frau: „Hanna, stell dir vor, der Jaggl von Pafflaar hat bei mir ein Paar Schuhe bestellt. Er meint sogar, dass noch mehr Pfafflaarer gute Schuhe brauchen."

„Much, wie oft habe ich dir schon gesagt, du sollst nicht gar so verzweifelt sein. Es geht immer wieder."

„Bist eine gute Frau. Wenn du weniger Geldsorgen hättest, würdest du auch schneller wieder gesund."

In Zwieslen wartete man gespannt darauf, wie Jaggl bei Much angekommen war. Als sie vom guten Ausgang und dem günstigen Preis hörten, wollten gleich zwei Burschen auf einmal bei Much Schuhe bestellen.

Jaggl hielt sie zurück: „Lasst ihn zuerst meine Schuhe anfertigen. Dann könnt ihr, voll des Lobes über meine Schuhe, bei ihm eure Schuhe bestellen. Er braucht außer Geld eine Anerkennung. Glaubt mir: Aus dem Much machen wir noch einen netten Nachbarn. Es scheint, dass es nur die Geldnot und die Krankheit seiner Frau ist, was ihn zu so einem schwierigen Menschen gemacht hat."

Darauf Florian zustimmend: „Wäre schön, wenn er wieder ein guter Nachbar würde. In seiner Jugendzeit war er ein sehr netter Mensch und ein guter Kamerad."

Zum Schluss musste Lee noch etwas sagen: „Wir haben nun so viel Geld, dass wir, wenigstens eine kurze Zeit über den Sommer, die Zimmerleute aus Bschlabs bei unserem Hausbau beschäftigen und bezahlen können. Wir müssen trachten, dass möglichst viele von unserem Geld etwas bekommen. Nur wenn wir fest zusammenhalten, können wir es in der Zukunft zu etwas bringen."

Die Ideen und die Lehren vom Ahnle begannen Früchte zu tragen.

20. Die Venezianer Mandle

Endlich war es so weit. Jaggl sollte die berühmten Erzsucher aus Venetien, die Venezianer Mandle, vom Lechtal abholen. Mit dieser Nachricht kam er zum Hiasl nach Zwieslen. Keinesfalls wollte er mit diesen Spezialisten allein verkehren. Jemand von Bschlabs sollte unbedingt dabei sein, denn nach den Voruntersuchungen würde man in Bschlabs kein Erz finden, wohl aber am Berg gegenüber von Pfafflaar. Diese Tatsache könnte fälschlich bei den Bschlabern den Eindruck erwecken, man wolle den Bergbau unbedingt nach Pfafflaar verlegen, obwohl in Bschlabs ebenfalls Möglichkeiten bestünden. Zwischen Hiasl und Jaggl bestand ein so inniges Vertrauensverhältnis, dass Jaggl frei reden und fragen konnte: „Wen könntest du dir als am ehesten geeignet für die Begleitung der Venezianer vorstellen?"

Hiasl dachte wie Jaggl und antwortete prompt: „Lassen wir doch alle Männer von Bschlabs zusammen kommen. Die Bschlaber sollen selbst einen von ihnen bestimmen."

„Gut, das sollte aber heute oder morgen geschehen, denn übermorgen kommen die Venezianer."

„Wir bringen sie heute noch zusammen. So brauchst du morgen nicht noch einmal nur wegen dieser Besprechung nach Zwieslen zu kommen. Übermorgen könnt ihr sie dann gemeinsam abholen."

„Das wäre allerdings ideal. Dann könnte ich morgen einmal ausrasten. Die letzten Tage war ich immer als Kurier auf dem Weg. Das ist sehr anstrengend."

Wie Hiasl vorausgesagt, kamen bereits nach kurzer Zeit alle jüngeren Männer aus Bschlabs nach Zwieslen. Jaggl musste die Besprechung natürlich eröffnen: „Wie ihr sicher alle schon gehört habt, gibt es die Chance, dass man in unserem Tal Erz findet und Knappenlöcher graben könnte. Wo es Erz gibt, da kommt Geld und Wohlstand in die Dörfer."

Selbst Much war mitgekommen und stellte gleich eine Frage: „Ist es vielleicht nicht doch so, dass wir in den Knappenlöchern nur fest arbeiten müssen und das große Geld andere, die Händler und die Herrischen, einstecken."

„Ohne Händler und die Herrischen, die uns das Erz abnehmen, das Werkzeug stellen und uns schließlich auch bezahlen, geht es nicht. Allein können wir einen Bergbau niemals bewältigen. Im Koaser kann man gut verdienen. Ist es nicht so?" Die Frage war an die Burschen gerichtet, die den Winter über im Koaser gearbeitet hatten.

Einer von ihnen antwortete: „Schwerer als in Bschlabs die Bauernarbeit ist die Bergknappenarbeit sicher nicht, und mit dem Verdienst waren wir alle zufrieden."

Darauf musste Jaggl weiter erklären: „Wenn wir schlau sind und fest zusammenhalten, so haben wir die Möglichkeit, dass wir an die Herrischen im Inntal kein Geld abliefern müssen. Die Ehrenberger möchten am liebsten das Erz ganz heimlich und nur für sich allein und die Fugger haben. Die im Koaser müssen für jeden Sack Erz zwei Kreuzer an die Schrofensteiner abliefern. Wenn wir dieses Geld für uns behalten können, dann geht es uns allen nicht mehr schlecht. Wenn es nach mir ginge, dann würde ich dieses Geld gleichmäßig in Bschlabs und in Pfafflaar auf jeden Kopf aufteilen."

Ganz unvermittelt kam Jaggl dieser Gedanke. Wenn jeder von diesem Schwarzgeld etwas bekäme, so würde auch jeder schweigen.

„Verkaufst du nicht den Bären, bevor du ihn gefangen hast?", sagte Much, nicht ganz unbegründet. „Much, du hast vollkommen recht. Man soll nicht Geld aufteilen, bevor man es hat. Ich meine aber, dass wir uns leichter tun, wenn alle wissen, dass sie etwas bekommen, sollte es wirklich einen Bergbau bei uns geben. Diese zwei Kreuzer, die wir uns ersparen können, sind kein Geld für eine Arbeit. Es ist sozusagen ein Geld für die Geheimhaltung unserer Knappenlöcher, also ein Schweigegeld. Jeder im Tal braucht Geld, und jeder soll auch etwas davon bekommen. Es ist sicher nicht so viel, dass man davon reich werden kann, aber für jeden ist es eine willkommene Zubuße."

Much war immer noch nachdenklich: „Werden deine Pfafflaarer mit so einer Verteilung einverstanden sein? Wie es aussieht, werden die Knappenlöcher bei euch in Pfafflaar gegraben."

„Ich getraue mir zu sagen, dass die Pfafflaarer mit meinem Vorschlag einverstanden sind. Wir wissen jetzt noch nicht, wo man schließlich Knappenlöcher graben kann. Einen kürzeren und leichteren Transportweg hätten wir, wenn man bei Bschlabs Erz finden würde. Darum kommen die Venezianer Mandle und untersuchen alles von Bschlabs bis Pfafflaar."

Hiasl begann nun zum Grund der Zusammenkunft zu kommen: „Was Jaggl meint, ist kein schlechter Vorschlag. Er denkt für alle und will wirklich, dass es jedem in unserem Tal besser geht. Die Venezianer sollen ein paar jüngere Burschen begleiten. Ich bin dafür schon zu alt. Ich vertraue dem Jaggl, dass er es schon irgendwie richtig machen wird."

Darauf musste Jaggl etwas Anerkennendes sagen: „Hiasl, das eine verspreche ich dir und allen Leuten in unserem Tal: Ich werde versuchen, so gerecht als möglich alles zu regulieren, damit jeder einen Vorteil und niemand einen Nachteil hat. Doch nun solltet ihr euch besprechen, wer die Venezianer bei der Erzsuche begleiten soll. Am Anfang brauchen wir nur einen Mann."

Es begann daraufhin eine rege Debatte, denn eigentlich wollte jeder ganz gern mitgehen, alle hatten aber doch gewisse Hemmungen vor den fremden Italienern.

Schließlich sagte Florian: „Was ich nun so von euch gehört habe, wäre Thoma, der älteste Sohn von Hiasl, am ehesten geeignet. In dieser Familie sind schließlich noch genug Arbeitskräfte für die Bauernarbeit."

„Ja, stimmt, der Thoma soll mitgehen. Er kann klettern, schwere Lasten tragen und zu Hause geht die Arbeit trotz seiner Abwesenheit gut weiter."

Darauf Jaggl, froh über diesen Vorschlag: „Thoma, willst du mitkommen?"

„Wenn alle mit mir einverstanden sind, so kann ich es versuchen."

„Gut, dann gehen wir übermorgen zu Mittag ins Lechtal die Venezianer Mandle abholen. Much, wie steht es mit meinen Schuhen?"

„Die kannst du übermorgen, wenn du auf dem Weg ins Lechtal bei mir vorbeikommst, anprobieren. Ich brauche dann noch einen Tag bis sie fertig sind."

„Ich komme sicher zum Anprobieren bei dir vorbei."

Froh über den guten Ausgang dieser Diskussion, brach Jaggl mit seinen Kameraden auf, um noch vor Einbruch der Nacht in Pfafflaar zu sein.

Wie schön wäre es nun gewesen, bei der Heimkehr nach Pfafflaar mit dem Ahnle zu reden, ihm alles zu erzählen, noch bevor es die anderen erfahren würden. Ein paar gute Tipps hätte ihm das Ahnle sicher geben können. So musste Jaggl sich allein seiner Dorfgemeinschaft stellen und fing gleich an zu erzählen: „Stellt euch vor, in Bschlabs ist bis jetzt alles ohne Streit abgegangen. Ich habe ihnen angeboten, dass das Geld, das die Koaserer für jeden Sack Erz abliefern müssen, unter allen Leuten von Pfafflaar und Bschlabs aufgeteilt wird. So sind sie alle zum Schweigen gebracht. Wenn auch nur die kleinste Bemerkung nach außen dringt, dann ist es vorbei mit dem Geldsegen. Ich meine, so müsste es funktionieren."

Darauf Valentin, der immer noch nicht glauben konnte, dass man Erz in Pfafflaar abbauen könnte: „Hast du nicht das Ganze etwas zu früh eingefädelt? Man wird dich sicher auslachen, wenn nichts aus den Knappenlöchern wird."

Darauf Jaggl, fest überzeugt: „In Füassa hat man das Erz untersucht. Es ist so viel Zink drin, dass sich ein Abbau lohnt, wenn nur die Erzadern ergiebig genug sind. In ein paar Tagen wissen wir mehr. Die Venezianer Mandle werden zwar den ersten Tag in Bschlabs suchen, damit die Bschlaber nicht meinen, man will sie übergehen, doch ich bin fast sicher, dass man nur unter der Reat so gute Erzadern findet, dass sich Knappenlöcher lohnen."

„Ich wünsche es dir und uns allen, dass du recht behältst."

„Ja, ja, wir werden sehen. Doch etwas macht mir noch Kopfzerbrechen. Wo und wie können wir die Venezianer Mandle bei uns unterbringen. Sie wissen zwar, dass wir hier recht primitiv leben. Eine gute Schlaf- und Waschgelegenheit müssen wir ihnen aber unbedingt herrichten."

's Mariele war sofort bei der Sache: „Das Essen ist kein Problem. Wir schlachten ein Lamm. Die Schlafstellen können wir auch schön herrichten. Ich habe gehört, dass sich die Venezianer jeden Tag mit warmem Wasser waschen und sogar baden."

Jaggl wusste es besser: „Wir brauchen jeden Abend warmes Wasser und einen Trog, in dem sie baden können."

Das war wieder etwas für Lee: „Wenn wir den großen Baumstamm, der im Ebele für den Hausbau zu dick war, aushöhlen, so bekommen wir zwei Tröge, in denen sie baden können."

„Könnt ihr das bis übermorgen schaffen?"

„Jawohl, das machen wir."

So konnte Jaggl getrost der Ankunft der Venezianer entgegensehen und sich wieder einmal als richtiger Pfafflaarer fühlen.

Endlich konnte Jaggl sich ins Nachbarhaus begeben. Lois, den Jungen aus seinem Fleisch und Blut, musste er wieder einmal anschauen. Ein kleines Töpfchen voll mit süßem Honig hatte er ihm als Geschenk mitgebracht, und als er sah, wie prächtig sich der Knabe während seiner Abwesenheit entwickelt hatte, kamen ihm fast Tränen der Freude in die Augen. Mina, die Mutter von Lois, sagte zwar kein Wort, doch verstand sie mit mütterlichem Instinkt seine Regung sofort und schob ihm Lois entgegen. Der Honigtiegel war bald zur Hälfte geleert. Wenn doch 's Ahnle dabei sein könnte! Sie würde sich ungemein über ihren Urenkel freuen. Bald kam Mariele bei der Tür herein. Ein Blick auf Jaggl und Lois sagte ihr alles, was sie schon von Anfang an geahnt hatte, denn wirklich eingeweiht in diese Vaterschaft war nur 's Ahnle, und das hatte dieses Geheimnis mit in das Grab genommen.

Jetzt kam auch noch Eduard dazu: „Gell, da schaust, was wir für einen strammen Buben haben. Wäre Zeit, dass du auch so etwas zuwege bringst."

„Ich freu mich an euren Kindern. Mit dem Lois kann ich mich jetzt schon gut unterhalten. Ich selbst kann mich zurzeit nicht mit Frauen abgeben. Ich muss alles tun, damit wir ein Knappenloch graben können, damit alle eine Beschäftigung haben und zu Geld kommen. Sobald wir das erste Erz verkauft haben, werde ich mir wieder etwas mehr Privatvergnügen gönnen."

„Jaggl, du bist ein Idealist. Wir sind glücklich, dass wir dich haben."

Darauf Jaggl, ein wenig geehrt: „Ich tue, was ich kann. Habe nun aber eine große Bitte an euch: Lernt wieder Italienisch. Toni soll nur mehr italienisch mit euch reden. Wir werden diese Sprache in Zukunft so notwendig brauchen wie das tägliche Brot."

Toni ging gerade beim Fenster vorbei. Kassian klopfte ans Fenster, winkte Toni, dass er hereinkommen soll. Nach der Begrüßung mit Jaggl wurde Toni gleich von ihm angesprochen: „Wir Pfafflaarer müssen alle wieder mehr Italienisch lernen. Ich bin sicher, dass wir ein Knappenloch graben können. In unserem Tal gibt es zu wenig Arbeiter. Aus dem Engadin kommen kaum Arbeiter ohne ihre Frauen, somit sind wir auf italienische Mineure angewiesen. Wer bei uns nicht italienisch sprechen kann, wird selbst schwer arbeiten müssen. Wenn er aber diese Sprache kann, wird er überall in der oberen Schicht aufgenommen werden und selbst nicht im Berg sein Geld verdienen müssen. Ich bitte dich, Toni, dass du vor allem den jungen Pfafflaarern wieder deine Sprache lehrst und du bald einmal nur mehr in dieser Sprache mit ihnen redest."

Eduard sah das sofort ein und setzte noch hinzu: „Das gefällt mir sehr gut. Die Knappenlöcher sind sicher gut für unser Dorf und unser Tal. Unsere Leute werden es nicht leicht haben. Bis jetzt konnten sie sich im Winter gut ausrasten. In den Knappenlöchern werden sie den ganzen Winter über hart arbeiten. Unsere jungen Leute sollten so viel lernen, dass sie nicht immer im Berg schuften müssen."

Darauf Jaggl wieder zu Toni: „Wie du siehst, hast du das ganze Schicksal der jungen Generation in deiner Hand. Schau zu, dass sie deine Sprache lernen. Damit können sie sich selbst und dem ganzen Tal Gutes tun."

Toni erfreut über diesen Wunsch: „Wer mitmacht, dem werde ich Italienisch lehren. So gut, dass man in Pfafflaar sogar untereinander in drei Sprachen redet. Lesen, Schreiben und Rechnen müssen wir natürlich auch üben."

Jaggl hochzufrieden: „Ja, dann kann ich mich für heute beruhigt schlafen legen." Er nahm Lois noch einmal in seine Arme und schupfte ihn bis zur Decke hoch, um sich für heute mit einem fröhlichen „Allegra" zu verabschieden.

Nach einem geselligen Ruhetag brauchte Jaggl am folgenden Morgen nicht früh aufzubrechen. Die Venezianer Mandle sollten erst am Nachmittag in Alme ankommen. Frohen Mutes ging er am späten Vormittag den kürzesten Weg nach Bschlabs.

Thoma wartete im Haus von Much auf Jaggl, der da auf dem Gang ins Lechtal die neuen Schuhe anprobieren sollte. Etwas nervös war er schon, der Thoma. Noch nie hatte er sich mit fremden Menschen unterhalten. Endlich kam Jaggl. Mit einem freundlichen „Allegra" begrüßte er nicht nur Much, sondern auch seine Frau, die sich in der kleinen Küche zu schaffen machte. Von ihrer Krankheit schien sie sich gut erholt zu haben. Die Schuhe passten gut, nur am rechten Fuß musste der Schuh etwas gedehnt werden, um nicht zu drücken. „Kein Problem“, sagte Much, sicher, dass Jaggl voll zufrieden sein würde.

„Diese Schuhe sind zu schade, um sie in Pfafflaar zu tragen. Ich werde sie nur bei den Herrischen anziehen“, sagte darauf Jaggl aus voller Überzeugung.

Für Much war das ein weiterer Ansporn: „Dann muss ich sie dir aber als richtige Sonntagsschuhe ausarbeiten. Damit kannst du dich dann überall sehen lassen.“

„Ich bin überzeugt davon. Mach sie so, wie du sie dir vorstellst. Sie können auch teurer werden.“

Ohne zumindest eine Tasse Schlehentee getrunken zu haben, durften Jaggl und Thoma das Haus nicht verlassen. Dabei unterhielten sie sich mit Much und seiner Frau so gut, wie es sich Jaggl und, vor allem Thoma, ein Jahr vorher nicht hätten vorstellen können.

In Alme, im Wirtshaus mit dem Pferdestall, sollten die Venezianer ankommen. Da war Pferdewechsel, wenn die Kutsche weiter als bis zum Duerf fuhr. Mit der Kutsche sollten außer den Venezianern einige Spezialhandwerker aus Italien mitkommen. Gute Schmiede waren gefragt, um das Werkzeug in Ordnung zu bringen. Ohne gutes Werkzeug ging in den Knappenlöchern nichts voran.

Es war mittlerer Nachmittag, als das sehnlichst erwartete Gefährt in den Pferdehof einbog. Es kamen nicht die Venezianer, welche Jaggl in Füasse kennengelernt und erwartet hatte. Fremde, gepflegte Männer von kleiner Statur entstiegen der Kutsche. Etwas nervös ging einer von ihnen auf den Wirt zu und fragte ihn auf Italienisch: „Parlate italiano?“, was der Wirt nicht verstand und darum in die Runde rief: „Er möchte etwas auf Italienisch fragen.“

Da war Jaggl gefragt, wandte sich sofort dem Italiener zu und beruhigte ihn: „Io, io parlo italiano.“ Der Venezianer atmete auf: „Oh, welches Vergnügen, endlich wieder in meiner Sprache sprechen zu können.“

Sofort war die innere Beziehung zwischen Jaggl und den Venezianern hergestellt. Thoma blieb dabei freilich etwas abseits, denn nur das Notwendigste konnte Jaggl ihm übersetzen.

Man stärkte sich noch vor dem Marsch nach Bschlabs mit Rauchfleisch, Brot und Wein, dann ging es los. Jaggl hätte den zwei eleganten Herren nicht zugetraut, mit welchem Tempo sie den schmalen, steilen Pfad hinauf wandern würden. Keinen Blick warfen sie auf die Berge, was Jaggl gar nicht gefiel. Erst als sie bereits ein großes Wegstück zurückgelegt hatten und man die Berge um den Hahntennen sehen konnte, blieben beide wie auf Kommando stehen. Einer, er nannte sich Enzio, zeigte geradeaus und sagte: „Am Ende dieses Tales werden wir nach Erz suchen. Hier in der Nähe gibt es nichts als gewöhnliche Steine.“

Das wiederum gefiel Jaggl gar nicht. Man müsste den Leuten in Bschlabs wenigstens das Gefühl geben, als ob man auch in ihrem Gebiet nach Erz suchen würde. Gut, dass Thoma kaum etwas verstand, was die zwei Fachleute sagten. So konnte Jaggl ihnen erklären, worum es ging, und sie bitten, in Bschlabs zu übernachten und wenigstens ein Stück auf die Berge hinaufzusteigen.

Damit waren die Fremden gleich einverstanden, waren wahrscheinlich sogar froh, nach der langen Kutschenfahrt nicht weiter wandern zu müssen.

Beim Much schaute man nur kurz bei der Haustüre rein, stellte die zwei Veneziane Mandle vor und ging gleich bis Zwieslen, um sich für eine Nacht beim Hiasl anzumelden.

Für Hiasls Familie war das eine große Ehre. Man bewunderte die zwei Fremden, nicht nur wegen ihres großen Wissens, sondern hauptsächlich wegen ihrem gepflegten Aussehen.

„Ein so feines Rasiermesser müsste man haben", sagte Hiasl zu Jaggl und deutete auf das gepflegte, feinrasierte Gesicht der beiden.

Das schien Enzo verstanden zu haben. Er langte in seinen Schnerfsack, den Thoma abgelegt hatte, und entnahm ihm eine Lederschatulle von feinstem Aussehen. Mit eleganter Gebärde reichte er sie Hiasl und sagte nur: „Für Sie."

Hiasl, überrascht und neugierig, öffnete die Schatulle und erblickte zu seiner großen Überraschung ein funkelndes Rasiermesser, blank poliert und glänzend, wie er bisher keines gesehen hatte. Ein Abziehriemen aus feinstem Leder war beigepackt, um das Messer immer scharf halten zu können.

Eine größere Freude hätten die beiden Hiasl wirklich nicht bereiten können. Sein Dank war dementsprechend überschwänglich und die Freude auf beiden Seiten gleich groß.

Die Unterhaltung war so fröhlich und freundschaftlich, dass niemand bemerkte, dass Mathe ein Lamm schlachtete, um den noblen, italienischen Herren ein gutes Essen auftischen zu können. Dem wurde seine Frau auch voll gerecht, und alle konnten ehrlich das wunderbare Lammgericht loben.

Am nächsten Morgen, die Sonne ließ die teilweise noch schneebedeckten Berggipfel in hellem Glanz erscheinen, ging es hinauf an die Waldgrenze, wo am ehesten eine Erzader zu vermuten war. Doch nicht die leiseste Spur eines Erzvorkommens konnten die zwei Spezialisten finden, und so machte man sich zu Mittag auf, um nach Pfafflaar zu gehen.

Am Weg dorthin waren alle so in Gedanken vertieft, dass keine Unterhaltung zustande kam. In Pfafflaar angekommen, hielt sich Enzo nach der Begrüßung und einem kleinen Imbiss nicht lange im Haus auf.

Mario, sein Kollege, blieb im Haus, unterhielt sich etwas mit Jaggl und versuchte den Mädchen mit seinen schönen schwarzen Augen zu imponieren. Bei Mia schien er recht gut anzukommen. Obwohl, seit Maria Pfafflaar verlassen hatte, hier kaum noch Italienisch gesprochen wurde, konnte sich Mia immerhin mit kurzen Sätzen bei Mario noch sympathischer machen, als sie es schon war. Dieser Mario schien ein echter Frauenheld zu sein.

In Pfafflaar waren alle Männer rasiert, die meisten trugen einen feschen Schnurrbart. In Bschlabs gab es mehrere vollbärtige Männer. Alle legten Wert darauf, es den Talbewohnern gleichzutun und einigermaßen gepflegt auszusehen. So war es nicht verwunderlich, dass die zwei Fremden gebührend bewundert wurden.

Enzo kam erst zurück, als es bereits dunkel war. Sein Gesicht strahlte vor Begeisterung und er zeigte seinen Fund allen Anwesenden: „Eine Erzader von guter Qualität."

Jaggl natürlich genauso erfreut: „Wo habt ihr sie gefunden?"

„Direkt am Berg gegenüber, ich meine Reat heißt der Berg. Man kann die Ader von den oberen Häusern aus sehen."

Das war nun ein Schock für Jaggl. Wie sollte man den Bergbau heimlich betreiben können, wenn man das Erzvorkommen schon von weitem sehen konnte. Hastig fragte Jaggl: „Wird man das Knappenloch so graben können, dass man es von hier aus nicht sehen kann? Gibt es an der anderen Seite des Berges keine Erzadern?“

Enzo verwundert: „Warum fragst du?“

Jaggl begriff sofort, dass er einen Grund für seine Frage haben sollte. Wenn auch die Venezianer Mandle über jedes Erzvorkommen zu strengstem Stillschweigen verpflichtet waren, so schien es doch sicherer, nichts über den wahren Grund verlauten zu lassen. Wie ein Geistesblitz durchfuhr ihn ein neuer Gedanke. Tatsächlich kollerten von der Reat immer wieder Steine zu Tal. Öfters gab es einen kleinen Felssturz an dieser Bergflanke. So konnte er getrost die halbe Wahrheit sagen: „Auf dieser Seite, die wir von hier aus sehen können, besteht große Steinschlaggefahr. Es wäre lebensgefährlich, sich dort ständig aufzuhalten.“

Besser wäre es in jedem Fall, dass die zwei Venezianer nichts davon wussten, dass dieser Bergbau heimlich betrieben werden sollte. Dass dieser Berg wegen Steinschlag nicht ganz geheuer war, hatte Enzo sicher selbst schon bemerkt.

„Mhm, so müssen wir morgen wohl auch noch die andere Seite des Berges anschauen. Es könnte schon sein, dass die Ader hinüberzieht.“

„Am liebsten wäre uns, wenn wir das Knappenloch an der anderen Bergseite und da im Waldgebiet graben könnten. Da wären wir geschützt.“

Dazu Enzo verständlicherweise: „Dazu kann ich heute noch gar nichts sagen. Das müssen wir uns anschauen. Mario findet auch dort noch eine Erzader, wo ich keine mehr finde.“

Mochte Mario noch so viele fachliche Qualitäten besitzen, heute gab es für ihn nur noch Mia mit der Aussicht auf eine wunderschöne Nacht.

Mariele hatte in die von den jungen Pfafflaarern schnell ausgehöhlten Baumstamm-Badewannen heißes Wasser eingefüllt und lud die beiden Gäste zu einem Bad ein. War das eine Überraschung für die zwei Venezianer! Ein heißes Bad hatten sie sich in dieser rauen, in ihren Augen gottverlassenen Gegend nicht erwartet. Enzo sprach leise zu Mario: „Hast du nicht auch ein Rasiermesseretui mitgenommen?“

„Selbstverständlich, sogar zwei.“

„Der Frau kannst du kein Rasierzeug schenken. Ihr werde ich ein duftendes Öl geben. Dein Rasierzeug werden die Männer sicher gern annehmen.“

So bekam Mariele ein Duftöl, Sepp und Markus je ein Rasiermesser. Alle freuten sich ungemein über diese Geschenke. Beide sprachen fast wie aus einem Munde: „Jeder, der sich rasieren möchte, kann unsere Messer mitbenutzen, so wie wir es bis jetzt mit dem einzigen Messer gehalten haben. Wir werden den Talbewohnern schon zeigen, dass wir uns auch sauber herrichten können.“ Mario warf Mia noch einen vielsagenden Blick zu, und beide Gäste verschwanden hinter der Fellwand, um ihr Bad zu nehmen.

Jaggl waren die Blicke von Mario zu Mia nicht entgangen. Auf einmal erwachte in ihm wieder einmal die Lust nach dem weiblichen Geschlecht. Da kam gerade, wie von seiner Sehnsucht gerufen, Mona, die Tochter von Kassian zur Tür herein. Gut hatte sie sich in den paar Monaten entwickelt, seit er sie das erste Mal bemerkt hatte. Aus dem Mädchen war in dieser kurzen Zeit eine Frau geworden. Keine Schönheit, doch auf den ersten Blick anmutig und liebenswert. Jaggls Augen dürften Mona genau so angestrahlt haben wie vorher Marios Augen Mia. Hatten Jaggl und Mona früher kaum viel miteinander gesprochen, so konnten sie sich nun auf Anhieb gut unterhalten.

Die beiden Venezianer gingen frisch gebadet gleich schlafen, und bald war Jaggl mit Mona allein in der nun dunklen Stube. Für Mona war es der erste richtige Kuss, den ihr Jaggl leidenschaftlich gab. Sie küssten sich immerfort, bis Jaggl in ihren intimsten Bereich vordrang. In Mona erwachte eine Bereitschaft, dass Jaggl alles mit ihr hätte anstellen können. Ob es wirklich Liebe war, konnte sich Jaggl nicht sicher sein. Echte Zuneigung war es auf jeden Fall, und es wäre ganz sicher in dieser Nacht auch noch bis zum Letzten gekommen, wenn nicht Mona Jaggls Hand sanft von sich geschoben und mit leiser Stimme geflüstert hätte: „Jaggl, sind wir nicht verwandt? Waren nicht das Ahnle und mein Großvater Geschwister?"

„Oh Mona, musste dir das jetzt einfallen? Es wäre so schön gewesen. Ich hätte nicht daran gedacht." Sagte es, und schlagartig war eine unsichtbare Wand zwischen ihnen aufgerichtet. Zu oft hatte ihnen 's Ahnle eingeprägt: „Heiratet nicht unter Verwandten! Das gibt dumme und gebrechliche Kinder. Bis zum neunten Verwandtschaftsgrad solltet ihr keine Kinder zeugen."

Nun nahmen sie sich gegenseitig ganz fest in die Arme, drückten und schmiegten sich die halbe Nacht liebevoll aneinander, denn zu mehr würde es ein ganzes Leben lang nicht reichen dürfen.

„Wir bleiben aber schon gute Freunde?", fragte Mona, dem Weinen nahe.

„Wir wollen ganz feste Freunde bleiben. Jeder soll beim anderen sein Herz ausschütten können. Du kannst mit allen deinen Freuden und Leiden zu mir kommen. Vielleicht können wir einander so mehr Liebe und Hilfe erweisen als im Bett."

„Du hast Recht, Jaggl. Ich hätte dich so gern in mir gehabt. Es wäre wunderschön gewesen. Das ist nun vorbei, doch unsere Freundschaft wird umso fester halten."

„Ja, Mona wir wollen Freud und Leid miteinander teilen. Das werden wir im Leben oft gebrauchen können, und es wird uns oft hilfreich sein."

Am nächsten Morgen war Enzo, kaum als die Sonne die Berggipfel mit ihrem rötlich bezaubernden Strahl berührte, schon außer Haus. Spähenden Blickes suchte er den gegenüberliegenden Berghang nach Erzadern ab. Er musste eine Ader finden, die sich zur anderen, uneinsichtigen Bergseite hinzog. Nur wenn die Pfafflaarer ein Knappenloch an einer sicheren Stelle graben konnten, war an einen Bergbau zu denken, der dem ganzen Tal etwas bringen könnte.

Von Mario war noch nichts zu sehen, als die Sonne bereits die Häuser von Pfafflaar berührte und Enzo beim Frühstück saß. Es schien so, als ob Enzo die ganze Arbeit allein machen müsste. Endlich kamen Mario und Mia zusammen zum Frühstück. Hatten also wahrscheinlich doch zusammen geschlafen. Selbst beim Frühstück schien Mario alles eher als das Erz und die Knappenlöcher zu interessieren.

Es war bereits später Vormittag, als sich Mario und Enzo aufmachten, um den Berg gründlicher zu untersuchen. Enzo ging mit Jaggl und Thoma erst talwärts, dann steil hinauf zur Reat, wo sie die Fortsetzung der Erzader vermuteten. Mario war auf einmal verschwunden, worüber sich Jaggl und Thoma wunderten, während es Enzo gelassen hinnahm, als er seinen Freund nicht mehr sah.

Enzo klaubte jeden Stein auf, in dem ein Erzeinschluss zu vermuten war. Bald wussten auch die beiden Helfer, welche Steine für sie interessant waren. So kamen sie schließlich an der Waldgrenze an, wo nur noch ein paar Latschen an den schroffen Felsen wuchsen. Kein einziger Stein war zu finden, der auf Erz hätte deuten können. „Diese Bergflanke sollte man besser vergessen", war schließlich Enzos, für Jaggl erschreckendes, Urteil.

Beim Abstieg, etwas weiter im uneinsichtigen Gelände, fanden sie nur einen einzigen bröckeligen Stein, den Enzo aufmerksam und nachdenklich betrachtete. So aufmerksam und genau Enzo das Gelände oberhalb der Fundstelle auch absuchte, er konnte keinen weiteren Hinweis auf ein Erzvorkommen entdecken.

So gingen sie schließlich zusammen zum gestern entdeckten Erzvorkommen. „Notfalls müsste man einen langen Querstollen bis zur Erzader anlegen", sagte Enzo, sichtlich um den nervös wirkenden Jaggl zu beruhigen, denn an eine Verwirklichung dieser Möglichkeit war aus praktischen wie finanziellen Gründen kaum zu denken.

Jaggl wusste das und entgegnete: „Ein so langer Stollen wird kaum möglich sein. Wir werden wohl die Hoffnung auf Knappenlöcher und Geld aufgeben müssen."

„Wir suchen noch ein paar Tage weiter. Vielleicht finden wir doch noch eine brauchbare Erzader", beruhigte Enzo weiterhin. Jaggl tat ihm leid. Wusste er doch nur zu gut, welch große Hoffnungen er sich für dieses arme Tal ausrechnete, sollte es tatsächlich zu einem Bergbau in Pfafflaar kommen.

Für heute war der Tag gelaufen, als die drei betrübt in Pfafflaar ankamen. Jaggl hatte überhaupt keinen Appetit und selbst Thoma wurde von der depressiven Stimmung mitgerissen. Auch für ihn als Bschlaber bedeutete es, manche Hoffnung auf bessere Zeiten begraben zu müssen.

Es war stockdunkle Nacht, als Mario endlich zurückkam. Alle erhofften sich wenigstens einen kleinen Bericht, wie es ihm ergangen war. Doch mehr als ein paar nichtssagende Worte waren aus ihm nicht herauszulocken.

Das Abendessen, das Mariele wie immer schmackhaft zubereitet hatte, schmeckte heute nicht so richtig. Allein Mario schien die bedrückte Stimmung nicht mitzureißen. Wie gestern kümmerte er sich hauptsächlich um Mia. Ja, ja, er war ein guter Kavalier, dieser Mario, ein richtiger Charmeur aus der venezianischen Liebesschule.

Jaggl störte dieses Liebesgeplänkel zwar nicht, doch heute passte es nicht zu seiner Stimmung. So fragte er Mario laut und fordernd, wie es gar nicht seine Art war: „Wir haben nun zwei Tage nach Erz gesucht. Von Enzo haben wir immerhin gehört, wo man Knappenlöcher vielleicht anlegen könnte. Von dir wissen wir überhaupt noch nichts. Wir würden gern auch deine Meinung hören."

Darauf Mario lächelnd, ohne sich aus der Ruhe, oder besser gesagt, aus dem Liebesgeplänkel bringen zu lassen: „Meinung ist nichts, Wissen ist alles."

Schnell warf Enzo Jaggl einen vielsagenden Blick zu, worauf es wieder still im Raum wurde.

Schließlich verzogen sich alle bis auf Jaggl. Schlafen würde er sowieso nicht können. Also lehnte er sich lieber halbwach an die raue Holzwand und döste vor sich hin.

Auf einmal stand Mona vor ihm: „Jaggl, sei doch nicht gar so traurig. Es besteht doch immer noch die Hoffnung, dass die Venezianer eine Erzader finden, und wenn sie nichts finden, so haben du und Lee immer wieder Ideen, wie man das Leben bei uns verbessern kann. Denk doch ein paar Jahre zurück, als wir uns nicht einmal das Glas für ein paar Fenster leisten konnten. Jetzt bauen wir jedes Jahr ein Haus und kaufen das Glas dazu, haben gute Werkzeuge und können sogar Leute aus Bschlabs beim Hausbau beschäftigen. Du solltest auch einmal mit dem, was wir erreicht haben, zufrieden sein. Wir sind zufrieden. Nur du möchtest immer noch mehr für Pfafflaar und das ganze Tal erreichen. Das wissen wir, und keiner wird dir böse sein, wenn dir nun etwas nicht gelingt."

Jaggl, irgendwie erleichtert: „Du bist ja die reinste Seelentrösterin. So sieht man die Sache auf einmal ganz anders." Mona selbstsicher: „Ich sage dir nur die Wahrheit, oder wie ich mir es denke. Alles, was du dir einbildest, wirst du im Leben nie erreichen können. Nimm dir also nicht allzu viel vor, sonst gehst du noch mit deinen Nerven zugrunde."

Sie unterhielten sich auf diese Art noch bis tief in die Nacht hinein. Schließlich konnte sogar Jaggl bis zum Morgengrauen durchschlafen.

Lee war vor allen anderen in der Stube und löffelte hastig von der Milchsuppe, die Mariele gekocht hatte. Heute hatte er es besonders eilig. Mariele fragte ihn beim Hinausgehen: „Warum hast du es heute gar so eilig? Wo willst du denn hin?"

„Ich muss auf die Pleis hinauf mir etwas anschauen und werde noch am Vormittag zurück sein."

Das genügte Mariele. Es war unbedingte Pflicht, dass jeder, der allein in die Gegend ging, meldete, wohin er wollte. Im Falle, dass jemand überfällig wurde, wusste man wenigstens, wo man suchen musste.

Pleis nannte man eine steile Grünfläche oberhalb von Pfafflaar an der Sonnenseite des mächtigen Berges, von wo man den Felsberg gegenüber, in dem man Erz vermutete, vollständig übersehen konnte.

Mario begegnete Lee an der Tür und musste die letzten Worte von ihm gehört haben, denn er fragte Mariele: „Wo ist Pleis?"

Mariele erklärte ihm, dass es die Grünfläche oberhalb der Häuser ist. Mario hatte schon mehrmals den pfiffigen Lee im Auge gehabt. Nachdenklich überlegte er beim Frühstück, was Lee wohl mit seinem Gang dorthinauf bezwecken wollte. Es konnte sich nur um die Erzsuche handeln. Auf einmal kam es wie ein Geistesblitz über ihn, er stand vom Frühstückstisch auf und verschwand aus dem Haus, ohne viel gegessen zu haben. Mariele schaute ihm nach und sah, dass Mario, wie Lee vor ihm, in Richtung Pleis verschwand.

Mario rannte so schnell bergauf, dass er kurz nach Lee an der Pleis oben war. Dort sah er Lee, auf einer Baumwurzel sitzend, die gegenüberliegende Bergflanke betrachten. Wortlos setzte er sich neben ihn. Beide schauten an dieselben Punkte, bis Lee sagte: „Siehst du etwas Interessantes?"

„Du bist ein intelligenter Junge. Ich gratuliere dir. Du hast uns viel geholfen, denn nur von hier oben, wo uns kein Wald die Sicht verdeckt, kann man den weiteren Verlauf der Erzader erkennen. Es müsste schon schwer täuschen, wenn wir nicht im obersten Teil der Schotterhalde, die sich so versteckt an der anderen Talseite hinunter zieht, auf die Erzader stoßen würden."

Lee gab ihm sofort recht: „Das meine ich auch. Darum haben wir dort unterhalb immer wieder einen Brocken Galmei gefunden. Gestern haben wir zu weit links gesucht, obwohl wir die ersten Erzbrocken weiter rechts gefunden haben."

„Das war es doch, warum ich die Hoffnung auf ein Knappenloch bei euch nicht aufgegeben habe", erwiderte Mario erleichtert, bevor sie mit großen Sprüngen den Berg hinunter liefen, um sich nun das unterbrochene Frühstück gut schmecken zu lassen.

Auf einmal war Mario gar nicht mehr wortkarg und erklärte Enzo und Thoma mit Tonis Dolmetscherhilfe: „Wir müssen heute beisammenbleiben. Lee und ich haben entdeckt, dass sich die Erzader wahrscheinlich bis an die andere Talseite hinzieht. Um es genau zu wissen, muss am obersten Teil der Schotterhalde gegraben werden. Bevor wir jedoch damit beginnen, möchten wir eure Meinung hören. Wir müssen dort hinauf und zwar bis an die Felsen, wo wir unterhalb im Waldgebiet die Steine mit Galmei gefunden haben."

Dieser sichere Ton gefiel Enzo: „Gut, dann gehen wir langsam voran, ihr folgt uns nach dem Frühstück."

„Machen wir." Mario musste sich doch noch vorher von Mia zärtlich verabschieden.

Auf dem Weg zur vermuteten Erzader blieb Lee, während die anderen den steilen Hang hinaufstiegen, bereits unten im dichten Wald zurück. Bei oberflächlicher Betrachtung glaubte man an einen kompakten Waldboden, doch wenn man genauer hinsah, bemerkte man, dass die meisten Bäume auf groben und eher lockeren Steinen wuchsen. So war es nicht allzu schwer mit einem dicken Ast immer wieder Steine herauszuhebeln. Es dauerte nicht lange, bis Lee einen typischen Stein mit Galmei fand. Dadurch ermuntert, bohrte er immer wieder nach lockerem Gestein und brachte schließlich mehr derartige Steine an das Tageslicht. Als er gerade dabei war, diese interessanten Funde auf einen Haufen aufzuschichten, kam Mario den Berg herunter: „Wir zwei haben schon wieder den richtigen Gedanken gehabt. Oben findet man kein Erz, obwohl diese Brocken von oben kommen. Wir müssen an die andere Talseite. Vielleicht können wir von dort sehen, wo sich die Erzader befindet. Komm, Lee!"

„Du hast recht, Mario. Hier im Wald ist alles so unübersichtlich. Von der gegenüberliegenden Talseite müssten wir mehr sehen. Gut, gehen wir."

Die beiden rannten wie kleine Kinder den Berg hinab und stiegen in flottem Tempo den gegenüberliegenden Berghang hinauf bis zu einem guten Aussichtsplatz. Lange Zeit betrachteten sie nun den Berghang oberhalb der Stelle, wo Lee die erzhaltigen Steine gefunden hatte. Keiner sagte ein Wort, bis Mario die Hand ausstreckte und zu Lee sagte: „Siehst du den Grund, warum man weiter oben kein Erz findet?"

„Nein, Mario. Ich weiß es nicht"

„Schau auf den Fels ober dem Wald. Von dort aus muss es einmal einen Felssturz gegeben haben, der die erzhaltigen Steine zugeschüttet hat. Vorher hat es aber weiter unten schon einen Felssturz gegeben, von dem die Erzader betroffen war. Sonst gäbe es nicht so viele erzhaltigen Steine weiter unten, wo früher sicher kein Wald war."

Lee erstaunt: „Mario, du bist ein Genie!"

Darauf Mario, nun sehr sicher: „Wenn man den Felsabbruch ganz oben genau betrachtet, kann man sogar abschätzen, wie tief unten die Ader verläuft. Genau die Menge, welche oben abgebrochen ist, liegt nun als Geröllkegel unten."

Lee verstand noch nicht ganz: „Du meinst, wir müssen nicht im Fels, sondern in die Geröllhalde ein Knappenloch graben?"

„Das wird eine Möglichkeit sein an die Ader zu kommen. Die zweite wäre, oberhalb vom Geröll einen schrägen Schacht bis zur Ader in den Fels zu sprengen. Das müssen wir uns aber nun drüben anschauen. Wir müssen uns genau die Stelle merken, von wo das Erz abgebrochen ist."

Lee voll von neuem Forschergeist: „So lasst uns nun wieder die Talseite wechseln." Sagte es und sprang gleich den Berg hinunter.

Mario hatte wirklich ein Gespür, womit er alle anderen übertraf. An der richtigen Stelle angekommen, deutete er ganz sicher auf eine Stelle und sagte zu Lee: „Da müssen wir einen Graben ausschaufeln, bis wir an der Galmeiader sind. Wenn viele Männer daran arbeiten, so sind wir in einigen Tagen beim Galmei. Bekommt ihr so viele Arbeiter zusammen, dass wir es schaffen, bis wir unseren Bericht in Ehrenberg abliefern müssen?"

Lee überzeugt: „Das denke ich wohl. Heute können die Männer von Pfafflaar schon mit der Arbeit beginnen und morgen kommen sicher noch einige von Bschlabs dazu."

Enzo mit Jaggl und Thoma kamen nun durch das unwegsame Gelände mehr kletternd als wandernd zu Mario und Lee. Mario rief Enzo von weitem zu: „Wir wissen nun, wo die Galmeiader verschüttet worden ist. In ein paar Tagen werden wir sie frei haben."

Man fühlte förmlich, wie ein Aufatmen durch die Männer ging. Wenn der bisher wortkarge Mario sich so sicher gab, konnte man ihm vertrauen.

Lee fügte dann gleich hinzu: „Heute schon könnten die Männer von Pfafflaar mit der Arbeit beginnen. Thoma soll gleich nach Bschlabs und von dort zusätzliche Arbeiter holen."

Zu Thoma gewandt: „Glaubst du, dass einige mitkommen werden?"

„Da bin ich mir ganz sicher."

Mario war nun wie verwandelt, als er sagte: „Ich bleibe inzwischen hier, bis die ersten Arbeiter kommen. Denen werde ich genau erklären, wo und wie sie den Graben ausheben sollen. Lee kann dann die weiteren Arbeiten überwachen. Er hat das Talent dazu."

Jaggl ging nun direkt auf Thoma zu: „Wenn wir hier ein Knappenloch graben können, so ist das die ideale Stelle. Von nirgendwo kann man das Loch sehen. Eine raffiniertere Stelle hätten wir nicht finden können. Bravo, Bravo!"

Das stimmte, denn nicht einmal von der gegenüberliegenden Talseite aus war dieses, von Bäumen verdeckte, Knappenloch auszumachen.

Von Bschlabs kamen mehr Arbeiter, als man gerechnet hatte. In wenigen Tagen war man bei der erzhaltigen Schicht, die sich alle, auch Jaggl und Lee, anders vorgestellt hatten. Es fand sich keine kompakte Schicht aus Blei- oder Zinkerz, sondern nur Gestein mit hellen Einschlüssen. Nie wären die Pfafflaarer von sich aus darauf gekommen, dass dies das hochbegehrte Galmei sein könnte. Da fragte Jaggl Mario: „Ist das nicht zu wenig Erz, was wir hier finden? Ich glaubte, dass wir eine richtige Galmeiader entdecken."

„Galmei gibt es von unterschiedlichem Aussehen. Kompakte, große Erzadern sind in dieser Gegend selten. Mit dem, was wir hier sehen, müssen wir zufrieden sein. Wenn ihr gutes Werkzeug bekommt, so werdet ihr ganz schön Galmei abbauen."

Es wurden noch viele Erzbrocken gesammelt, damit die zwei Venezianer ihr Gutachten mit den Beweisen in Ehrenberg abliefern konnten.

So nahte der Abschied von Enzo und Mario. Für die Pfafflaarer waren die zwei eine echte Bereicherung ihres sonst doch eher eintönigen Lebens gewesen. Mia hätte mit Mario gern noch ein paar schöne Stunden verbracht, war aber beim Abschied gar nicht traurig, wusste sie doch von Anfang an, dass diese Beziehung nicht von langer Dauer sein würde.

Selbstverständlich wurden die zwei Venezianer von Jaggl bis nach Füasse begleitet. Thoma hatte sich an den wenigen Tagen schon so an die beiden Venezianer Mandle gewöhnt, dass er bereitwillig mitkam. Mit Italienisch ging es jeden Tag besser und schließlich brauchte man einen starken Träger für das Erz.

In Bschlabs, beim Haus von Much angekommen, war es für Jaggl fast eine Pflicht einzukehren, um ihm vom Erzfund zu berichten und nachzufragen, ob seine Schuhe fertig wären.

Nach einem freudigen, gegenseitig zugesprochenen „Allegra“ holte Much, beinahe feierlich, die Schuhe für Jaggl aus dem Schrank. Selbst die Italiener waren ob des guten Aussehens und der perfekten Machart der Schuhe begeistert und lobten Much und seine Schuhe mit einem ehrlichen: „Bellissimo!“

Thoma konnte nicht anders, als nun für sich ein Paar Schuhe zu bestellen. Das wiederum war für Much eine ganz besondere Ehre. Von einem Bschlaber hätte er sich nicht so bald einen Auftrag erwartet.

So unterhielt man sich noch einige Zeit in gelöster Runde, bis es höchste Zeit war, ins Lechtal abzusteigen, um den Stellwagen nach Ehrenberg und Füasse rechtzeitig zu erreichen.

21. Verschworen ohne Schwur

Jaggl wusste, dass das Gutachten der Venezianer zufriedenstellend ausfallen würde, doch über die Arbeiten und die Organisation wurde mit den zuständigen Herren in Ehrenberg noch nie gesprochen. Obwohl seine Begleitung nicht mehr notwendig erschien, zog es ihn in die Kutsche hinein. Lee folgte ihm. Thoma fragte Lee: „Soll ich auch mitkommen?“#

„Besser wird es sein, du gehst in Bschlabs von Haus zu Haus und informierst alle Leute. Wir kommen morgen sicher zurück. Richt es so ein, dass wir uns beim Much treffen oder lass dort eine Nachricht, wo wir uns treffen.“

So wanderte Thoma vergnügt den schmalen Weg nach Bschlabs hinauf. Doch schon beim ersten Haus bekam seine Freude über den vorauszusehenden Bergbau den ersten Dämpfer. Die Frau stand vor der Haustür, sah ihn von weitem kommen und erwartete ihn in einer Pose, welche nicht klar zu deuten war. Thoma schritt auf sie zu und grüßte mit einem freundlichen „Allegra“.

Darauf hatte Thoma keine Zeit mehr, sich zu erschrecken. So schnell prasselte ein gehässiger Redeschwall auf ihn ein: „Da kommt ja nun unser sauberer Verräter. Was haben dir denn die Pfafflaarer bezahlt, damit in Pfafflaar Knappenlöcher gegraben werden und nicht bei uns in der Roten Wand? Sieht doch jeder, dass es bei uns auch Erz gibt. Aber nein, alles muss aus Pfafflaar kommen. Man hört nur noch Pfafflaar, Pfafflaar und die Pfafflaarer. Die spielen die feinen Herren, stecken einen Haufen Geld ein, und wir können schinden für wenig Geld. Jetzt haben sie sogar noch dich an ihrer Seite. Schäm dich, dein Heimatdorf so zu verraten.“

Auf solche falsche Beschuldigungen war nun Thoma nicht vorbereitet und konnte darauf nur ein paar Worte stammeln: „Wie kommst du denn dazu, mir so etwas vorzuwerfen? Ich bin für die Bschlaber und nicht wegen den Pfafflaarern mitgegangen. Wer ein Erz bei der Roten Wand findet, der soll es doch bringen. Warum hat er es nicht den Venezianer Mandle gezeigt?“

„Wir wissen, dass es bei uns Erz gibt. Wer im Koaser gearbeitet hat, kennt sich damit aus. Nur ihr wollt bei uns keines finden.“

Aha, daher wehte der Wind, dachte sich Thoma und versuchte sachlich zu bleiben: „Nenn mir denjenigen, der meint, dass es bei der Roten Wand Erz gibt! Wenn er mir einen Brocken von da oben zeigen kann, bestelle ich mir auf eigene Kosten heute noch einen Stellwagen und fahre mit dem Finder und dem Erz zu den Venezianer Mandle. Derjenige, der mir das Erz bringt, soll mich begleiten. Mir wäre nichts lieber, als dass wir auch bei uns etwas finden würden. Die Venezianer Mandle übernachten noch sicher ein bis zwei Nächte in Ehrenberg. Wir können ihnen das Erz zeigen, und ich würde sie bitten, dass sie zurückkommen, um noch einmal die Rote Wand genauer zu untersuchen.“

Auf eine solche Entgegnung war die Frau nicht gefasst. Ganz sachlich schien sie, als sie ihm erwiderte: „Die Buben vom Sack (so hieß der tiefstgelegene Weiler des Ortes) meinen, dass es bei der Roten Wand Eisen gibt, weil dieser Berg so rot ist. ‚Wo rote Steine sind, ist immer Eisen dabei‘, sagen sie.“

Wenigstens vernünftig reden konnte man nun mit ihr. Etwas nachdenklich antwortete darauf Thoma: „Ich kann das zwar nicht recht glauben, denn der rote Fels ist von weitem zu sehen und die Venezianer Mandle hätten das bestimmt bemerkt, aber ich will dieser Vermutung nachgehen. Ich werde nun nicht direkt nach Pfafflaar gehen, sondern erst einmal im Weiler Sack vorbeischauen."

Auch da wurde er von einer Frau empfangen, die ihn kaum grüßte: „Was habt ihr jetzt ausgemacht? Was bekommen wir von den Knappenlöchern? Jaggl hat gesagt, dass wir von jedem Sack Erz Geld bekommen. Nun heißt es nur, die Pfafflaarer bekommen das Geld, weil man nur in Pfafflaar Knappenlöcher gräbt. Warum nicht auch bei uns? Bist du nicht mitgegangen, damit die Bschlaber auch etwas bekommen? Lass dich nur nicht bei den jungen Männern blicken, die im Koaser gearbeitet haben. Diese wissen, wo es Erz gibt, und die schlagen dir den Kopf ein, wenn für uns nichts heraus kommt."

Thoma war nun nicht mehr überrascht ob dieser falschen Anschuldigungen. Er blieb ganz ruhig und sagte nur ganz nüchtern: „Mit keinem Wort wurde darüber gesprochen, dass die Bschlaber vom Erz nichts bekommen. Das hat man direkt gelogen. Wenn wir Geld bekommen, so wird das auf jede Person in Bschlabs und in Pfafflaar genau aufgeteilt. Vom Neugeborenen bis zum alten Greis. So wurde es ausgemacht, bevor die Venezianer gekommen sind, und so muss und wird es auch bleiben. Zuerst müssen wir allerdings abwarten, ob wir wirklich bei der Reat ein Knappenloch graben können. Wenn jemand einen Stein mit Erz an der Roten Wand gefunden hat, so soll er ihn mir heute noch bringen. Die Venezianer Mandle sind noch in Ehrenberg und würden sicher noch einmal zu uns kommen, wenn hier etwas zu finden wäre."

„Wohin gehst du nun? Meine zwei Buben haben Eisen an der Roten Wand gefunden. Wenn sie nach Hause kommen, werde ich ihnen sagen, dass sie damit zu dir kommen."

„Ich gehe nun zu allererst zum Much wegen meinen neuen Schuhen und danach zum Hiasl. Dort bleibe ich für längere Zeit. Die Burschen sollen so schnell wie möglich mit dem Erzbrocken zu mir kommen. Wir müssen die Venezianer einholen, solange sie noch in der Nähe sind."

Es schien, als ob er auch diese Frau beruhigen konnte. Nach dem üblichen „Allegra" fügte er noch hinzu: „Und sage deinen Buben, dass sie schnellstens zu mir kommen. Am liebsten würde ich mit ihnen heute noch zu den Venezianern fahren."

Beim Much angekommen, musste Thoma gleich die Ursache der erlebten Missstimmung zu ergründen versuchen: „Allegra, Much! Habe heute bis jetzt allerdings noch wenig Lustiges erlebt. Was ist los in Bschlabs. Es scheint so, als ob jemand gegen Pfafflaar hetzen würde?"

„Allegra, es scheint, dass ein paar Junge meinen, der rote Fels an der Roten Wand ist Eisenerz. Bei den Knappenlöchern nahe der Eisenspitze beim Koaser haben sie die gleichen Steine gefunden."

„Mir wäre es recht, wenn dem so wäre. Ich kann mich nur erinnern, dass die Venezianer Mandle bis zum roten Fels aufgestiegen sind, doch nicht einen einzigen Gesteinsbrocken aufgehoben haben. Ich habe soeben die Buben vom Sack zu mir bestellt. Wenn sie meinen, sie haben einen Erzbrocken bei der Roten Wand gefunden, so fahren wir heute noch nach Ehrenberg, wo die Venezianer sich noch sicher ein bis zwei Nächte aufhalten."

„Das hast du gut im Kopf. Mach nur so weiter!"

Es dauerte nicht lange, bis die Buben auftauchten. Jeder hatte einen Schnerfsack, schwer gefüllt mit rötlichen Steinen. Sie konnten kaum erwarten, die Säcke vor Thoma und Much aufzumachen: „Schaut, in dem einen Schnerfsack sind die Steine von der Eisenspitze, im anderen von der Roten Wand. Sind das nicht dieselben Steine?"

Thoma sah auf den ersten Blick, dass die Steine einander zwar sehr ähnlich, aber doch nicht gleich aussahen, hütete sich aber das zu bemerken. Vielmehr tat er freudig: „Wie es aussieht, habt ihr tatsächliche eine große Entdeckung gemacht. Das ist es wert, dass wir heute noch mit diesen zwei Schnerfsäcken nach Ehrenberg zu den Venezianern fahren. Nur die zwei können beurteilen, ob es wirklich gutes Erz ist."

Die Buben zogen sich für den Weg nach Alme, nachdem sie sich gründlich gewaschen hatten, ihr bestes Sonntagsgewand an, und alle drei wanderten gemeinsam frohen Mutes zur „Krone" nach Alme, wo sie einen Stellwagen bestellten. Um der Sache noch mehr Nachdruck zu verleihen, bemerkte Thoma: „Diese zwei Schnerfsäcke sind es mir wert, dass ich ganz allein aus meiner Privattasche die Kutsche bezahle." Mehr konnte man von Thoma wirklich nicht verlangen.

Bevor sie die Kutsche in Ehrenberg verließen, sagte Thoma in einem sicheren Ton: „Bitte kein Wort darüber, welche Steine vom Koaser und welche von der Roten Wand sind. Ihr zwei merkt euch gut, von wo die Steine tatsächlich sind."

Für Thoma war es leicht, die zwei Venezianer ausfindig zu machen. Von den Ehrenbergern wurden sie gut aufgenommen. Ein neuer Erzfund war dort sowieso willkommen. Thoma hatte bereits einige Worte Italienisch gelernt, doch ganz ohne Dolmetscher wollte er nicht auftreten.

In einem bescheidenen Raum konnten die zwei Bschlaber Burschen ihre Säcke auspacken, jeder einen Haufen vor sich hin. Ohne dass die Venezianer einen Stein berührten, sagte Mario: „Diese Steine sind nicht vom selben Berg."

Thoma konnte das den zwei Burschen übersetzen und antwortete dann wahrheitsgemäß: „Das ist richtig. Wir möchten wissen, ob beide oder nur eine Probe Eisen enthalten."

Von nun an musste der Dolmetscher übersetzen.

Ohne zu überlegen, deutete Mario auf den Sack aus dem Koaser: „Wo habt ihr das gefunden? Wir haben in eurem Tal kein solches Erz entdeckt."

Thoma schien die Frage überhört zu haben: „Was ist mit dem Erz vom anderen Sack?"

„Darin ist kein Eisen, das ist nur Kalk. Guter Kalkstein, aus dem man schönen hellbraunen Kalk brennen kann."

Thoma fragte weiter:„Und die Steine aus dem ersten Sack?"

„Da ist Eisenerz drin. Nicht sehr reichlich, aber da müsste sich ein Abbau lohnen. Wo ist dieser Berg?"

Thoma musste den zwei Venezianern wahrheitsgetreu sagen: „Wie wir schon am Anfang besprochen haben, kann man in Bschlabs nicht glauben, dass es da kein Erz gibt. Jetzt sollen die zwei sagen, wo sie die Steine gefunden haben."

„Die Kalksteine sind von der Roten Wand, die Steine mit dem Eisenerz sind nicht von unserem Tal. Wir haben sie vom Koaser mitgebracht", musste der eine Bursche antworten.

Darauf Mario in gebrochenem Deutsch: „Wir haben Rote Wand Erz gesucht. Glauben junge Männer von Bschlabs mehr finden als alte Venezianer?"

Das war Thoma für die zwei Burschen etwas peinlich, so dass er die beiden beruhigte: „Macht euch nichts daraus. Es ist gut so, dass wir mit den zwei Proben zu den Spezialisten gefahren sind. Jetzt wissen wir, dass es bei der Roten Wand sicher kein Erz gibt. Sagt das nur in Bschlabs weiter, damit es wieder friedlicher zugeht."

Vor der Verabschiedung unterhielt man sich noch über den bevorstehenden Bergbau bei der Reat. Der schien in Ordnung zu gehen. Es wurde sogar schon sicheres Geld für die Vorarbeiten versprochen. Jaggl wüsste darüber Bescheid.

In Bschlabs zurück, machte der neue Bericht schnell die Runde. Ohne viel darüber zu diskutieren, war es allen in Bschlabs sowie in Pfafflaar eine Selbstverständlichkeit, dass über die Knappenlöcher kein Wort nach außen dringen durfte, am allerwenigsten ins Inntal.

Jaggl fuhr nicht direkt nach Pfafflaar zurück. Er musste Gedeon unbedingt gleich über die bevorstehenden Knappenlöcher bei Pfafflaar informieren und hatte außerdem noch einiges bei ihm zu erledigen.

Nachdem Jaggl Gedeon alles geschildert hatte, machte dieser ein nachdenkliches Gesicht: „Und wie glaubst du, kann man die Leute in eurem Tal dazu bringen, dass sie nichts nach außen tragen? Sobald die Starkenberger oder gar der Landesfürst von den Knappenlöchern erfahren, wärt ihr in echter Gefahr. Wir dürfen dann sowieso nichts davon wissen. Ich glaube du kannst das verstehen."

Jaggl mit einer Selbstverständlichkeit, die sogar Gedeon verblüffte: „Die Pfafflaarer sind eine bewährte, verschworene Gemeinschaft. Einige Dinge sind da passiert, wovon nicht einmal du etwas wissen kannst. In Bschlabs ist es nicht anders, wenn es darauf ankommt. Das haben die Bschlaber beim Raubwildfang bewiesen. Nicht einmal als eine Zeit lang Neid im Spiel war, hat es den geringsten Verrat gegeben."

Gedeon konnte das noch nicht voll überzeugen: „Werdet ihr jedem Einzelnen einen Schwur abnehmen?"

Darauf Jaggl mit einer bestaunenswerten Sicherheit: „Nein. Wir halten nichts vom Schwören. Jeder muss, was er sagt, selbst verantworten und wird es auch. Wenn wir einen Schwur verlangen, würde das wie Misstrauen wirken. Nein, jeder in unserem Tal wird genau informiert, wir versprechen nicht mehr, als man halten kann, und darüber wird auch in unserem Kreis kein unnötiges Wort verloren."

„Ihr Pfafflaarer seid schon eigenartige Leute. Man merkt deutlich, dass ihr nichts mit den Pfaffen zu tun habt."

„Die Bschlaber sind ebenso. Sie sind zwar im Alltag vielleicht nicht immer so friedlich zueinander, doch wenn jemand in Not gerät, sind sie noch hilfsbereiter und mindestens genauso verschworen wie die Pfafflaarer. Wir werden ein gemeinsames, verschworenes Tal."

22. Bergbau verändert das Tal

Vier Monde später: Ein schöner Sommertag neigte sich dem Abend zu. Mariele und Sepp mit den beiden Töchtern hatten heute besonders schwer gearbeitet. Im Sommer sollten möglichst alle Männer von Pfafflaar zu Hause in der Landwirtschaft bleiben. Doch Jaggl und Lee waren mit dem Bergbau bereits so beschäftigt, dass für daheim nicht mehr viel Arbeitskraft übrig blieb. Elsa und Sefa, ihre beiden Schwestern, arbeiteten von früh bis spät, konnten die fehlenden Männer aber unmöglich ersetzen.

Das meiste Heu war heute in die kleine Scheune über dem Viehstall unter Dach gebracht worden, und so konnten sich Mariele und Sepp in der märchenhaft rotgoldigen Abendsonne einer verdienten Ruhepause hingeben. Viel brauchten sie nicht zu reden miteinander, denn das meiste wussten sie sowieso voneinander. Schließlich machte Mariele den Mund auf, nur um eine Bestätigung ihrer Meinung zu hören: „Weißt du, Sepp, wie das bei uns weitergehen soll? Jaggl, Eduard und Lee sind kaum noch zu Hause, wir sind nicht mehr die Jüngsten und unsere beiden Töchter können nicht Tag für Tag von früh morgens bis spät abends schinden."

„Ja, ja – hat eben alles auch seine Schattenseiten. Jaggl und Lee versorgen uns mit Geld und allem, was wir so brauchen, doch arbeiten müssen wir viel mehr als vorher."

„Einen Mann sollten sie sich suchen, unsere zwei Töchter", meinte Mariele nicht zu Unrecht.

„Es sieht so aus, als ob man nun nicht einmal mehr für so etwas Zeit hat", erwiderte Sepp, beinahe ein wenig ärgerlich. Doch dann sah er seine beiden Söhne kommen. Endlich kamen auch sie wieder einmal nach Pfafflaar.

„Allegra", grüßte man sich recht herzlich, bis Elsa vom Stall her kam, die beiden Brüder erblickte und ohne zu grüßen zu schreien anfing: „Jetzt, da die größte Arbeit mit dem Heu getan ist, kommt ihr. Wir müssen Tag und Nacht schinden, Vater und Mutter sind jeden Tag überarbeitet, und ihr zwei spielt die feinen Herren."

Jaggl, vom langen Marsch aus dem Lechtal übermüdet wie die Schwestern, war ganz überrascht über diese vorwurfsvolle Begrüßung und gab nicht minder lautstark zurück: „Ja, meint denn ihr, wir haben nichts zu tun, als uns auf unserer faulen Haut auszurasten? Wir müssen uns fast jeden Tag die Füße aus dem Leib rennen. Ihr würdet so einen Kurierdienst gar nicht schaffen. Eduard kann euch doch auch noch helfen, wenn er schon meistens bei den Bergleuten sein muss."

Elsa kam richtig in Wut: „Eduard hat uns noch keinen halben Tag geholfen. Ohne ihn geht es nicht im Knappenloch, und beim Hüttenbau für die Bergknappen muss er, wie er sagt, auch dabei sein. Er bleibt lieber unten im Boden und kommt nicht einmal jede Nacht nach Pfafflaar zum Schlafen. So müde wäre er jeden Abend. Sefa und ich sind mit den Eltern bei der Arbeit ganz allein, und das wird uns zu viel."

Nun kam Sefa dazu: „Merkt euch, ihr zwei feinen Herren: so kann es bei uns nicht mehr weitergehen. Wir haben uns schon überlegt bei Nacht und Nebel zu verschwinden und irgendwo als Hausmädchen oder Magd zu arbeiten. Wir können Vater und Mutter nicht allein lassen. Die würden sich dann wirklich zu Tode schinden."

Lee kam bei diesem Streit jetzt richtig in Wut. Er schleuderte seinen Schnerfsack auf die Bank und schrie: „Ich lasse mich nicht als feinen Herrn betiteln, als ob ich sonst zu nichts taugen würde. Schließlich habt ihr alles, was wir euch mitgebracht haben, vom Geld bis zum Schmuck, immer gut brauchen können. Dazu sind wir gut genug."

„Das Geld, das ihr uns mitgebracht habt, haben wir uns redlich verdient, und den Schmuck hole ich gleich und werfe ihn dir an den Kopf. Ich brauche ihn nicht."

Das war Sepp nun doch zu stark: „Sefa, sei doch nicht gar so böse mit deinen Brüdern. Sie wollen doch auch nur das Beste für uns. Es stimmt aber, dass wir die Arbeiten, so wie in diesem Sommer, kein zweites Mal mehr bewältigen würden. Wir müssen uns alle durch den Kopf gehen lassen, wie wir weiter wirtschaften."

Lee war damit nicht gleich zu besänftigen und schrie immer noch: „Mit den zwei Weibern kann man doch kein vernünftiges Wort reden. Die kriegen nicht einmal mehr einen Mann."

Das war nun Mariele zu viel: „Lee, so kannst du nicht schreien. Wenn deine Schwestern keinen Mann bekommen, dann nur, weil sie gar keine Zeit mehr haben, um sich mit solchen Dingen zu beschäftigen. Jeder Mann würde es sich auch überlegen, in ein Haus zu heiraten, wo nur mehr von morgens bis abends, Sommer wie Winter, geschuftet wird."

Darauf Lee uneinsichtig: „Macht, was ihr wollt!" Sagte es und verschwand im Haus.

Die Worte der Mutter hatten schließlich auf Jaggl doch Eindruck gemacht, und er versuchte nun einen versöhnlicheren Ton: „Ich verstehe euch, dass ihr nun überarbeitet seid und nicht so weitermachen könnt. Daran trifft uns aber doch nicht die ganze Schuld. Den Bergbau wollten wir alle. Die Organisation mit den Arbeitern, der Transport und der Handel haben uns so mitgerissen, dass wir kaum noch zu Hause sind. Wir werden uns im kommenden Frühjahr um einen Knecht oder eine gute Magd umsehen müssen."

Darauf Sepp mehr als bedächtig: „Wäre schon recht, wenn wir so eine Hilfe bekommen würden. Freilich werden bald mehr fremde als eingesessene Leute in Pfafflaar leben. Im Boden unten haben die Bergknappen schon angefangen, kleine Hütten zu bauen. Sie müssen schließlich auch ein eigenes Dach über dem Kopf haben. Für Knechte und Mägde brauchen aber auch wir mindestens zusätzliche Schlafstellen."

Das musste Lee sogar im Haus mitbekommen haben, denn er rief darauf aus dem Fenster: „Die Knechte können doch bei Elsa und Sefa schlafen. So werden meine armen Schwestern endlich zu einem Mann kommen."

Darauf beide aus einer Kehle: „Verschwind und lass dich heute nicht mehr sehen!"

Vielleicht wäre dieser scharfe Wortwechsel noch in einen schweren Streit ausgeartet, wäre nicht, durch das Geschrei aufgerüttelt, Mona im Laufschritt aus ihrem Haus herausgekommen: „Was ist denn auf einmal mit euch los? Muss jetzt, kaum dass ihr angekommen seid, gleich gestritten werden?"

Das musste Sepp klarstellen: „Elsa und Sefa haben ihre Brüder nicht einmal anständig begrüßt, sondern sind gleich mit Vorwürfen über sie hergefallen. Lee ist daraufhin wütend ins Haus gerannt. Jaggl hat sich gefasst und ist vernünftig geblieben."

Wortlos nahm Mona die beiden wütenden Schwestern am Arm, blinzelte Jaggl von der Seite zu und führte sie gebieterisch in ihr Haus.

Somit war dieser Streit beendet. Alle wussten, dass für die Pfafflaarer etwas getan werden musste. Ohne zusätzliche Hilfskräfte, wenigstens über den Sommer, war nicht mehr auszukommen. Schließlich sollte auch mehr Heu für den Winter in die Scheunen, um den Rindviehbestand zu vergrößern, denn Milch war bereits jetzt schon Mangelware in Pfafflaar.

Etwas Gutes hatte der Streit doch bewirkt: Es wurde fortan offen über den Arbeitskräftemangel diskutiert. So kam es allen erst jetzt so richtig zum Bewusstsein, dass es nicht nur in der Landwirtschaft an Arbeitskräften fehlte, beim Hausbau und der dringend notwendigen Rodung von Waldflächen würde man ebenfalls einige Arbeiter mehr brauchen.

Wer sonst als Jaggl könnte dieses Problem besser bewältigen? Er, darauf angesprochen, wusste, was da zusätzlich auf ihn zukam, als er erwiderte: „Ich fühle mich dazu gezwungen, schon wegen meiner Familie, aber auch geehrt, dass ihr mir zutraut, noch mehr Arbeiter für den Sommer aufzutreiben. Ihr sollt aber auch wissen und bedenken, dass im Engadin, wie bei uns, nur im Sommer die Nahrungsmittel für den Winter geschaffen werden können. Wenn von dort zu viele Leute über den Sommer zu uns abgezogen werden, so leiden deren Familien zu Hause noch mehr durch die harte Arbeit im Sommer und den Hunger im Winter als wir in Pfafflaar. Ich werde tun, was ich kann. Vielleicht gelingt es, ein paar Ehepaare oder ganze Familien zu überreden, dass sie zu uns kommen und auch den Winter über bleiben. Blutauffrischung täte uns sowieso ganz gut."

Lee hatte bis jetzt schweigend zugehört und hatte plötzlich eine ganz neue Idee: „Hat jemand von uns schon einmal darüber nachgedacht, ob nicht in nächster Nähe noch Leute leben, welche vielleicht notwendig einen Zusatzverdienst brauchen könnten?"

Alle, auch Jaggl, waren von diesem Gedanken überrascht: „An wen denkst du? In Bschlabs wie im Lechtal werden kaum zusätzliche Arbeiter aufzutreiben sein. Im Inntal dürfen wir uns deswegen schon gar nicht bemerkbar machen."

„Schaut hinüber zum Sattele. Dahinter liegt Gramoas. Es leben dort zwar nicht viele Leute. Die Wiesen und Almen um den Ort sind klein und können nicht viele Menschen ernähren. Es soll dort zeitweise nicht einmal mehr genug zu essen geben. Weil Gramoas vom Inntal her im Winter vollkommen abgeschnitten und im Sommer nur über zwei Jöcher oder über einen sehr hohen Übergang zu erreichen ist, und ein Weg ins Lechtal von den wenigen arbeitsfähigen Einwohnern unmöglich angelegt werden kann, tun sie sich in allem viel schwerer als wir. Ich meine, man sollte mit ihnen wenigstens einmal reden und ihnen eine Chance geben."

23. Die Gramoaser

Sepp kannte die Gramoaser von früher etwas besser: „Die letzten Jahre ist es um Gramoas recht still geworden. Früher kamen sie öfter nach Pfafflaar, um über den Hahntennen ins Inntal zu wandern. Überall waren sie bekannt als gute Sänger und Musiker. Sie können andere Leute wunderbar unterhalten und sind Meister im Feste feiern, selbst wenn sie sich diese Orgien nachher vom Mund absparen müssen. Ich selbst war einmal als junger Bursche dort eingeladen, als wir ihre entlaufenen Schafe gefunden und ihnen zurückgebracht haben. Da wurde so richtig gefeiert. Das Essen hat uns damals besonders gut geschmeckt. Mariele kocht wirklich gut, doch die Gramoaser können noch besser kochen."

Das war nun für Eduard interessant: „Wenn wir aus Gramoas jemand zum Kochen bekommen würden, so wäre uns damit viel geholfen. Die Knappen werden immer mehr. Wir müssen an eine richtige Gemeinschaftsküche denken. Jetzt geht es schon in diese Richtung, denn jeden Sonntag und meistens auch abends an den Werktagen kocht Thoma für alle Knappen, und die sind heilfroh, wenigstens abends ein anständiges warmes Essen zu bekommen. Möchte jemand nach Gramoas hinübergehen und mit den Leuten dort Kontakt aufnehmen?"

Jaggl konnte sich dafür nicht entbehrlich machen, doch Lee könnte er zwei Tage entbehren: „Lee, das ist eine Aufgabe für dich."

Lee interessiert, aber unsicher: „Allein gehe ich nicht nach Gramoas. Thoma könnte mich begleiten. Wenn Thoma mitmacht, so wollen wir es versuchen."

Eduard hatte jeden Tag Kontakt mit Thoma und wusste, dass der rührige Junge aus Bschlabs gern mitgehen würde: „Mit Thoma kannst du rechnen. Der wird, wie ich ihn kenne, dich sogar mit Freude begleiten."

Eduard hatte Thoma richtig eingeschätzt. Für ihn war der Weg zu den Gramoasern eine willkommene Abwechslung. So wanderten Lee und Thoma am nächsten Tag froh gelaunt über das Joch, das man Sattele nannte, in das noch abgelegenere Bergdorf Gramoas.

Sie waren noch nicht beim ersten Haus, das den Pfafflaarer Häusern ähnlich sah, angelangt, als ihnen ein kleines Weiblein entgegen kam und die beiden Fremdlinge freundlich, halb in romanisch, halb in deutsch ansprach: „Von wo kommt denn ihr her. Kommt ihr vom Inntal oder gar vom Landesfürsten?"

„Wir kommen von Pfafflaar. Wir wollen euch einmal besuchen und schauen, wie es bei euch aussieht. Wir wohnen gar nicht so weit auseinander und kennen uns nicht."

Im Nu kamen mehr Leute den Fremden ohne Scheu entgegen, als ob sie bereits alte Bekannte wären. Interessante Menschen waren das: die Gramoaser. Alle von kleiner Statur. Noch kleiner als die Pfafflaarer und mit südländisch, dunkler Haut. Aus einem auffallend runden Gesicht blickten große, treuherzig schöne Augen, die manchmal schelmisch wirken konnten. Bei aller Gemütlichkeit, die diese Leute ausstrahlten, konnte ein Menschenkenner wie Lee nicht übersehen, dass in diesen interessanten Menschen ein hohes Maß an Stolz und Selbstbewusstsein steckte. Das Bemerkenswerteste an diesen Bergbewohnern war jedoch ihre schnelle, problemlose Kontaktfreudigkeit mit wildfremden Menschen. In wenigen Minuten waren die zwei Pfafflaarer von den Gramoasern schier umringt. Jeder fragte und erzählte, und kaum, dass sie sich es versahen, waren sie in einem Haus, wo ihnen als Erstes zu essen und zu trinken angeboten wurde. Es dauerte nicht lange, da gesellten sich drei hübsche, lieb und rassig wirkende Mädchen ungefähr gleichen Alters zu den feschen Burschen. So eine lustige ungezwungene Unterhaltung hatten die beiden noch nie erlebt. Wenn schon keine zusätzlichen Arbeiter in Gramoas zu bekommen wären, so hätte sich dieser Ausflug allein gelohnt, um diese netten Menschen kennenzulernen.

In dieser regen Unterhaltung war es kaum angebracht, irgendein Wort darüber fallen zu lassen, dass sie zum Arbeiter anwerben nach Gramoas gekommen waren. Lee konnte Thoma nur in einem günstigen Augenblick zuflüstern: „Kein Wort darüber, dass wir Arbeiter brauchen!"

Thoma verstand sofort und bejahte mit einem eindeutigen Blick.

Es dauerte nicht lange, so duftete es nach frisch gebratenem Fleisch durch das Haus. Lee musste diesen Duft genüsslich in die Nase ziehen, worauf die kleine Köchin ihm erzählte, dass man gestern einen Gamsbock mit Pfeil und Bogen erlegt hätte. Im Sommer und Herbst gäbe es in Gramoas viel Fleisch. Meistens von Gämsen und ab und zu würde man auch ein Reh fangen oder es mit dem Pfeil erlegen. Es war beruhigend zu wissen, dass man den Gramoasern nichts wegaß, was sie selbst notwendig brauchen würden.

Inzwischen kam ein groß gewachsener Mann mit hellerer Hautfarbe als die anderen bei der Tür herein, grüßte die Ankömmlinge freundlich und setzte sich zu ihnen. Die Köchin stellte ihn stolz vor: „Das ist unser Gamsjager. Er schießt immer was, manchmal so viel, dass ihm Männer helfen müssen, um das Wild nach Hause zu tragen."

Der Gamsjager: „Es ist ja auch genug Wild herum. Manchmal kann man ein Reh vom Haus aus schießen."

Die Köchin: „Wir sind jedenfalls froh, dass du zu uns nach Gramoas gekommen bist. So brauchen wir uns wenigstens den Sommer über nicht um das Essen zu sorgen."

Dann zu den Pfafflaarern gewandt: „Mit seinem richtigen Namen heißt er Augustin, aber bei uns nennt man ihn den ‚Lechtaler'. Er hat nach Gramoas geheiratet und hat drei Kinder. Leider geht es seiner Frau gesundheitlich gar nicht gut."

Thoma gefiel der Gamsjager recht gut. Eine Zubuße an Wildfleisch wäre in der Knappenküche herzlich willkommen, und so meinte er frei heraus: „Es wäre kein Schaden und würde auch ordentlich bezahlt werden, wenn wir ab und zu Wildbret für unsere Gemeinschaftsküche bekommen würden."

Der Lechtaler, sofort interessiert: „Das lässt sich sicher machen. Bei euch muss doch auch viel Wild zu schießen sein?"

„Die Pfafflaarer haben das Jagen nie so richtig gekonnt. Im Engadin, woher die Pfafflaarer stammen, wurde das Wild praktisch ausgerottet. So hat man dort das Jagen verlernt."

Der Lechtaler bereitwillig: „Damit kann ich euch sicher aushelfen."

Sepp hatte nicht übertrieben. Das Fleisch war unglaublich schmackhaft mit vielen Kräutern zubereitet. So kam Lee von selbst eine Idee, wie er vielleicht doch noch ans Ziel kommen könnte: „In Pfafflaar und auch in Bschlabs kocht man wirklich nicht schlecht. Wir sind gutes Essen gewöhnt, doch so gutes, schmackhaftes Fleisch haben wir noch nie gegessen. Am liebsten würden wir von euch eine Köchin mit zu uns nehmen, damit sie uns das Kochen lehrt. Für die Bergknappen müssen wir eine Gemeinschaftsküche einrichten. Die Knappen würden sich freuen, wenn sie ein so gutes Essen bekämen."

„Mama, hast du das gehört? Die Pfafflaarer möchten dich mitnehmen, damit du ihnen Kochen beibringst."

„Dafür bin ich zu alt. Wenn den zwei Pfafflaarern damit ernst ist, können Elli oder Klara nach Pfafflaar mitgehen. Die zwei können genauso gut kochen wie ich – wenn sie nur wollen."

Nun musste Lee die beiden Mädchen anblinzeln, und selbst der noch leicht scheue Thoma warf einen vielsagenden Blick zu seiner Dame gegenüber.

Darauf konnte Lee sofort reagieren: „Uns ist damit wirklich ernst. Wir brauchen in allernächster Zeit jemand, der gut kochen kann. Wenn wir von Gramoas jemand bekommen würden, so wären unsere Leute in Pfafflaar und im Boden sicher hoch begeistert."

Der Lechtaler mischte sich ein: „Wenn Elli und Klara es versuchen wollen, so sollen sie es probieren. Aber alle meine Töchter kann ich nicht weglassen. Eine muss mindestens hier bleiben. Meiner Frau geht es nicht so gut. Sie braucht vielleicht bald eine ständige Pflege."

Also waren Elli und Klara vom Lechtaler seine Töchter. Das würde alles gut zusammenpassen, dachten Lee und Thoma gleichzeitig.

Es dauerte nicht lange, bis es feststand, dass die zwei Mädchen nach Pfafflaar mitkommen würden, um die Gemeinschaftsküche zu führen.

Das war nun ein Anlass, dass das ganze Dorf wieder einmal nach Herzenslust feiern, singen und tanzen konnte. Erst mitten in der Nacht kam man allmählich zur Ruhe.

Geschlafen wurde auf einem großen, gemauerten Ofen in der kleinen Stube. Die Mädchen legten sich ganz selbstverständlich neben die Burschen und fingen an, sie zu liebkosen.

Wenn in dieser Nacht auch nichts Überwältigendes geschah, eines wussten die beiden Burschen, denen der Morgen viel zu schnell anbrach, dass für sie ein neuer Lebensabschnitt begann. Sie fühlten innig und sicher, dass diese zwei Mädchen in ihr Leben eindringen würden.

So kam es, dass man daran dachte, im Talboden unterhalb von Pfafflaar, im Boden neue Häuser zu bauen. Leicht war es nicht, denn allein die riesigen Bäume waren mit den damaligen Werkzeugen kaum zu fällen, geschweige zu transportieren und zu bearbeiten. Trotzdem entstand in wenigen Jahren ein richtiges Dorf, in dem die Bergknappen ein neues Zuhause hatten und wo immer wieder ein paar Saisonarbeiter Arbeit und Verdienst fanden. In Bschlabs konnte jeder seinen Beruf als Schuster, Schneider und Zimmermann wieder ausüben, ohne auswärts arbeiten zu müssen. Sogar die Frauen aus Bschlabs halfen mit, den Weg ins Lechtal für den Erztransport besser begehbar, und wo es ging, befahrbar zu machen. Man arbeitete allgemein viel mehr als vor der Bergknappenzeit, doch, dass jeder nun gut leben konnte, stellte sie zufrieden.

Jetzt belächelten die Pfafflaarer und die Bschlaber, wenn sie ins Inntal kamen, sogar die Leute im Tal. Wer meinte, über dem Hahntennen würden nur rückständige, einfache Hirten leben, und das den Pfafflaarern fühlen ließ, bekam eine Antwort, welche er so schnell nicht vergessen sollte. So ergab es sich in einem Gasthaus in Imst, in dem die Fuhrleute gern einkehrten, dass ein älterer Mann aus Imst Lee, der sich gerade ein gutes Essen auftischen ließ, geringschätzig ansprach: „Ihr kleinen, schwachen Leute über dem Hahntennen. Seid ihr noch nicht ganz verfault und vermodert? Könnt ihr überhaupt noch miteinander reden oder habt ihr das auch schon verlernt? Euer Kauderwelsch versteht sowieso niemand."

Lee fragte ihn darauf mit einem listigen Lächeln: „Kannst du mit den Italienern am runden Tisch reden?"

„Kannst es etwa du? Du Pfafflaarer Angeber!" Darauf wandte sich Lee an die Italiener und sagte ihnen in ihrer Sprache: „Der Mann glaubt mir nicht, dass ihr mich versteht und er weiß auch nicht, dass man in meinem Dorf drei Sprachen spricht."

Allein, dass die Italiener im deutschsprachigen Raum in ihrer Heimatsprache angesprochen wurden, verhalf Lee zu ungeahnter Sympathie der fremden Handelsleute, und einer sagte in nicht ganz akzentfreiem Deutsch zu dem Imster Herausforderer: „Dieser Mann und ganze Dorf spricht drei Sprachen. Du nur eine und diese nicht gut. Du ganz klein, dieser Mann ganz groß."

Das klang so drollig, dass es unter allen Gästen im Lokal ein lautes Gelächter gab und sie wie im Chor riefen: „Dieser Mann ganz groß und du ganz klein. Schäm dich!"

Dieser Vorfall verbreitete sich rasch in der ganzen Stadt. Von nun an wurden die Pfafflaarer längst nicht mehr so rückständig wie früher betrachtet.

24. Drei Dörfer und eine Idee

Fünf Jahre lief alles normal, so wie es sich Jaggl vorgestellt hatte, berechenbar und gut. Seit geraumer Zeit kam bereits gutes Geld für das Erz ins Tal, und durch die gerechte Verteilung der ersparten Abgaben brauchte weder in Pfafflaar noch in Bschlabs jemand Not zu leiden. Selbst die Geheimhaltung des Bergbaus gegenüber den Schlossherren im Inntal war kein Problem, denn niemand kümmerte sich dort viel um die Pfafflaarer. Wenn von den Hirten im Frühjahr das Vieh für die Almen übernommen wurde, um es im Herbst wohlgenährt den Besitzern zurückzugeben, so kümmerte man sich nicht weiter um die Bergbewohner über dem Hahntennen. Selbst, dass kaum noch Käse gegen Korn eingetauscht wurde, fiel nicht weiters auf. Lee, einmal darauf angesprochen, erwiderte schlicht und einfach, dass nun auch in Pfafflaar Korn angebaut und es dort recht gut gedeihen würde. Ein unberechenbares Risiko stellten schließlich nur noch die Gamsjager dar. Jaggl und der Gamsjager-Friedl trafen sich zwar selten, aber immer wieder. Wie gut war es für Jaggl und die Pfafflaarer einen Freund zu haben, der ein unsichtbares Schutzschild für ihre Existenz bedeutete. Gamsjager-Friedl wusste über die Knappenlöcher voll Bescheid. Nur, dass der Lechtaler-Gramoaser Jager die Gemeinschaftsküche der Bergknappen immer wieder mit Wildfleisch versorgte, damit wollte man den Gamsjager-Friedl lieber nicht belasten.

Vieles musste jetzt anders organisiert werden. Die Viehweiden um Pfafflaar herum wurden auf einmal notwendig für das vermehrte, eigene Vieh gebraucht. Waldrodungen, meistens Kahlschläge für den Hausbau im Boden und die Stollen im Berg, wurden eingezäunt. Aus diesen umzäunten Weideflächen konnte das Vieh nicht entweichen. Somit ersparte man sich vielfach die Hirten. Schließlich wurden, um mehr Fleisch und Wolle für die Bergknappen zu bekommen, viel mehr Schafe als früher gehalten. Die Schafe ernährten sich den ganzen Sommer über auf den Hochweiden. Sie mussten dort oben dauernd beobachtet und entlaufene Tiere zurückgeholt werden. Nebenbei mussten die Hirten die Umgebung, vor allem die Übergänge vom Inntal nach Pfafflaar, beobachten. Es könnte immerhin sein, dass ein Gamsjager oder ein herrischer Wanderer vom Bergbau etwas bemerken würde.

Thoma heiratete Klara aus Gramoas schon nach kurzer Zeit. Sie leiteten gemeinsam die Gemeinschaftsküche und waren bereits Eltern von drei lustigen Kindern. Lee hatte im Drang seiner vielen Geschäftigkeit kaum noch Zeit für Agnes. Das Verhältnis, von Anfang an mehr von Leidenschaft als von Liebe und Zusammengehörigkeit beeinflusst, kühlte von selbst ab. Schließlich nahm Agnes einen angebotenen Posten im oberen Lechtal an, lernte einen Bauern kennen und heiratete bald. So heirateten schließlich Lee und Elli, mit der er sich seit Anfang ihrer Beschäftigung als Köchin gut verstanden hatte. Ein Sohn wurde ihnen gleich nach der Hochzeit geboren. Eduard mochte nicht mehr so gern mit dem Bergbau und den Knappen zu tun haben, wandte sich immer mehr den Schafen als der Landwirtschaft zu, bis er schließlich den ganzen Sommer über fast nur noch die Schafe hütete und die Gegend nach möglichen Eindringlingen beobachtete. Das war seine Welt. Die Berge, die Tiere und überhaupt die freie Natur. Jeden Sonnenuntergang genoss er in himmlischer Glückseligkeit, war froh, keinem Menschen zu begegnen und verbrachte manche Nacht einsam in seiner kleinen Schäferhütte weit oben im Parzinn. Seine junge Frau hätte ihren Mann freilich viel lieber öfter bei sich gehabt, wünschte sie sich doch so sehnsüchtig ein Kind von ihm. Eduard betrachtete Lois nach wie vor als seinen eigenen, leiblichen Sohn und war damit mit sich und seiner Frau zufrieden. Es sah fast so aus, als ob Eduard kein Kind zeugen könnte, denn es wollte und wollte nicht klappen. Mina wandte schon ungewöhnliche Praktiken an, um ihrem Mann zu einem leiblichen Nachfolger zu verhelfen. Eduard war mit einem Kind zufrieden und konnte Mina nicht verstehen, warum sie sich mehrere Kinder wünschte. Vielleicht wäre Mina sogar wieder mit Jaggl zusammengekommen, wenn nicht plötzlich alles anders gekommen wäre. Mit dem Lois konnte Jaggl sogar schon Probleme besprechen und sich wie mit einem Gleichaltrigen unterhalten. Für Jaggl gab es kein Heimkommen nach Pfafflaar, ohne dass er Lois etwas mitgebracht hätte.

25. Der neue Pfafflaarer

Es war an einem lauen Sommernachmittag. Die Schlossherrin von Starkenberg, inzwischen Mutter von zwei prächtigen Töchtern, traf sich nicht mehr so oft mit dem Gamsjager-Friedl. Mehr zog es Friedl ins Schloss, um seine Tochter zu sehen. Er brachte es sogar so weit, dass das Kind zu ihm recht zutraulich wurde. Manchmal musste er eine Träne verbergen, wenn er sein Fleisch und Blut glückselig in den Arm nehmen durfte. Diesmal kam Friedl ins Schloss, ohne dass viel Gesinde oder der Schlossherr selbst anwesend war. So konnte er den Vorwand, mit dem er sich dem Grafen vorgestellt hätte, ruhig vergessen und sich seiner Tochter und seiner Geliebten zuwenden. Das Kindermädchen spielte mit ihren zwei Schützlingen.

Die Schlossherrin konnte Friedl einen heimlichen Wink geben, damit sie sich etwas absondern konnten. In der Schlossherrin mochte die einstige Leidenschaft wieder erwacht sein, denn plötzlich flüsterte sie so leise, dass es bestimmt niemand hören konnte: „Heute wäre wieder einmal Gelegenheit, mir alles zu geben. Mein Gemahl kommt diesen Abend erst später. Geh bitte hinauf in den Wald, dorthin, wo wir uns oft getroffen haben. Ich komme bald."

Das war so lieb fordernd vorgebracht, dass er nichts anderes tun konnte, als seine Tochter unauffällig in den Arm zu nehmen, sie lieb zu drücken und sich eilig zu verabschieden. Es dauerte nicht lange, bis die Schlossherrin denselben Weg in den Hochwald einschlug, den er gegangen war. Sie bemerkte nicht, dass der zweite Gamsjager sie beobachtete, wie sie oben im Wald verschwand. Glücklicherweise hatte er vorher Friedl nicht gesehen. So konnten sie sich bald lieben und sich einmal wieder alles geben, wonach ihr Geist und ihre Körper verlangten. „Heute gehe ich nicht so schnell von dir", sprach die Schlossherrin leidenschaftlich und lieb, als sie sich bereits entspannt in den Armen lagen.

Der Graf kam inzwischen, viel früher als geplant und erwartet, nach Hause. Als er seine Frau nicht antraf, fragte er zuerst das Kindermädchen, das ihm aber nur sagen konnte, dass sie das Schloss verlassen hat. Ahnungslos erwähnte es noch, dass der Gamsjager Friedl kurz da war, aber gleich wieder gegangen wäre, weil er den Herrn nicht antraf. Darauf fragte der Herr unvermittelt: „Sind meine Gemahlin und der Gamsjager zusammen weggegangen?"

„Nein, er ist kurz vorher weg."

Wortlos verließ er den Raum, um das Schloss zu verlassen. Kaum hatte er sich einige Schritte vom Schloss entfernt, sah er den zweiten Gamsjager nahe dem Weg unter einem Baum sitzen. Vielleicht wusste der, wohin seine Gemahlin gegangen war, ging schnurstracks auf ihn zu und fragte: „Hat er meine Gemahlin gesehen, als sie aus dem Schloss herauskam?"

„Ja, sie ist hinauf in den Wald."

„Danke."

Nun hatte es der Herr auf einmal sehr eilig, ebenfalls hinauf in den Hochwald zu kommen. Das Liebespärchen hatte sich gerade ein zweites Mal geliebt und sie lagen sich wiederum fest in den Armen, als das geübte Ohr des Gamsjagers ein feines, fremdes Geräusch von fernen Schritten im weichen Waldboden vernahm. Nur nicht aufhuschen, dachte er bei sich und drückte seine Freundin fest in die kleine Mulde in der sie lagen. Er hob seinen Kopf gerade so weit, dass er das Gelände unterhalb überblicken konnte. Zu seinem Schrecken erkannte er den Schlossherrn, wie er gerade zu der Stelle, wo sie lagen, heraufschritt.

Friedl reagierte unvorstellbar schnell, indem er der Schlossherrin zuflüsterte: „Dein Gemahl. Er kommt direkt auf uns zu. Steh auf und zeige dich ihm. Geh ihm entgegen. Vielleicht bemerkt er mich nicht."

Sie befolgte seinen Rat augenblicklich, stand auf, winkte ihm sogar zu und rief: „Hier bin ich, wenn Ihr mich sucht."

„Und du bist nicht allein – nein, du bist nicht allein. Wo ist der Gamsjager?"

Jetzt half nur noch eine Flucht nach vorn. Friedl stand tapfer auf und schrie laut: „Hier bin ich. Wir haben uns zufällig getroffen."

„Das könnt ihr nicht einmal dem dümmsten Mann von Imst erzählen und schon gar nicht dem Grafen von Starkenberg. Ob ich dir, meiner Gemahlin, verzeihen kann, muss sich zeigen. Wenn ich den Gamsjager seiner gerechten Strafe zuführe, so werde ich dafür diesmal keinen Fluch fürchten müssen. Er wird seine Strafe bekommen, das gelobe und beschwöre ich."

Wütenden Blickes zu seiner Gemahlin: „Was immer zwischen euch geschehen ist – komm!"

Dann zum Gamsjager gewandt: „Geh und komme mir nicht mehr unter die Augen. Deine Strafe wirst du von anderen bekommen."

Der Schlossherr verschwand mit seiner Gemahlin bald nach unten, während Friedl so tat, als ob er nach oben gehen würde. Seine Zeit als Gamsjager und Einwohner von Tarrenz war zu Ende.

Bevor er sein Heimatdorf für immer verlassen musste, wollte er noch seiner Mutter alles beichten und sie beruhigen, dass er schon eine Bleibe wüsste, wo ihn niemand finden würde. Er wollte ihr aber nicht sagen, wo er seine neue Heimat und sein neues Leben beginnen möchte. Er konnte der Mutter nur fest versprechen, dass er einen sicheren Ort wüsste und sie sich nicht um ihn zu sorgen bräuchte. Einen Wunsch brachte er noch vor, dass sich seine Mutter, so gut es ging, über alles im Schloss informieren sollte. Diese Informationen würden von ihm notwendig gebraucht werden, und auf diese Weise könnte er auch immer wieder erfahren, wie es seiner Tochter geht.

Dann ging alles sehr schnell. Friedl nahm nur die notwendigsten Habseligkeiten auf seiner Wanderung in ein neues Leben mit. Erst überlegte er, ob er Pfeil und Bogen, welche er vom Grafen geschenkt bekommen hatte, da lassen sollte. Schließlich entschied er sich, obwohl er seinen Beruf als Gamsjager nie mehr würde ausüben können, doch dafür, die Jagdgeräte, die er ehrlich als sein Eigentum betrachten durfte, in seine neue Heimat mitzunehmen. Vielleicht spielte der Gedanke, dass er sich vielleicht eines Tages selbst oder andere verteidigen müsste, auch eine kleine Rolle. Nun machte Friedl sich noch im Garten zu schaffen. Was er da suchte und ausbuddelte, wusste nicht einmal seine Mutter zu deuten. Er musste damit rechnen, dass man mit Hunden seinen Weg verfolgen würde, um ihn zu finden und zu stellen. Darum erntete er ein paar Meerrettichwurzeln, um immer wieder kleine Stücke davon auf seiner Fluchtspur zu hinterlassen. Durch den scharfen Geruch dieser Wurzeln würde der Geruchsinn der Hunde so abgestumpft, dass sie seine Fährte nicht weiter verfolgen könnten.

Der Abschied von der Mutter war kurz und nicht leicht. Er konnte ihr nur sagen, dass, wenn jemand, ob bei Tag oder bei Nacht, drei Mal gleichmäßig ans Fenster oder bei einer Begegnung sonstwie klopft, dieser Mensch mit einer Information von ihm zu ihr kommen würde. Sie könne aber erst nach längerer Zeit die erste Nachricht von ihm erwarten.

Nachdem doch eine bemerkenswerte Zeit zwischen dem Vorfall im Wald und seiner beginnenden Flucht aus Tarrenz vergangen war, wagte Friedl es nicht mehr, einen normalen Weg zu benützen. Vielleicht hatte der Schlossherr schnell Posten besorgt, die ihn abfangen sollten. Bei seinem Gamsjagerkollegen hatte er innerlichen Neid gespürt, als er ihm den vom Grafen geschenkten Pfeil und Bogen gezeigt hatte. Neid konnte gefährlich werden, denn, wie sagte einmal 's Ahnle in Pfafflaar: „Aus Neid geschah der erste Mord auf dieser Welt. Hütet euch vor Neid!"

Also, lieber gleich vorsichtig, vorerst über freie, fast nie begangene Flächen, damit er sich eines Freiraumes hinter ihm versichern konnte. Jetzt nur nicht durch das Salvösental in Richtung Hahntennen. Dass er in der Jagdhütte im Salvösental Zuflucht suchen würde, war das Naheliegendste. Niemand sollte eine Ahnung haben, wohin sein Weg führt. So streute er immer wieder kleine Stückchen von der Meerrettichwurzel in seine Fußstapfen. Weiter ging Friedl, immer in Deckung von Wald und Gebüsch, in Richtung Mutte und verkroch sich dort, weit oben, in einem Latschenfeld so, dass er die gesamte Umgebung im Auge behalten konnte, bis es dunkel wurde.

Es war eine Nacht bei abnehmendem Mond. Nach der Abenddämmerung wurde es stockdunkel. Jetzt wünschte er sich die Augen von Lee, der auch in der schwärzesten Nacht noch einen Weg fand. Diese Wunschträume halfen nicht, denn er musste über die Mutte nach Pfafflaar. Koste es was es wolle. So versuchte Friedl über ausgetretene Gamssteige den Scharnitzsattel, einen felsigen, schmalen Übergang in Richtung Pfafflaar zu erreichen. Diesen Übergang benutzten nicht einmal die Gamsjager gern, so unwegsam war diese Felsscharte. Trotz der Dunkelheit kam er ganz gut nach oben, wenigstens so weit, dass er keinen Häscher mehr zu fürchten brauchte. Es war noch nicht Mitternacht, als die Berggipfel vom fahlen Licht des Mondes beleuchtet wurden. Die Reflektion nach unten reichte aus, dass Friedl, nun mit seinen an die Dunkelheit gewöhnten Augen, problemlos zum Scharnitzsattel aufsteigen konnte. Nun war der gefährlichste Teil seiner Flucht vorüber. Erleichterung und Wehmut mischten sich, als er immer wieder zurück nach Tarrenz und voraus nach Pfafflaar blicken konnte. Hätte er nicht seine Mutter, die sicher nun in einer schlaflosen Nacht um ihn bangen würde, in Tarrenz zurücklassen müssen, so hätte er erleichtert nach Pfafflaar geschaut, ohne zu wissen, was ihn dort erwartet. Obwohl er ein guter Gamsjager war, lag ihm der Gamsjagerberuf nie so ganz. Er wäre von Kind an lieber unabhängig einer anderen Tätigkeit nachgegangen, auch wenn die Arbeit schwerer und vielleicht schmutziger gewesen wäre.

Friedl warf noch einen letzten Blick zurück, um nun schnell, mehr rutschend als schreitend, über Steine und Geröll den Weg steil abwärts nach Pfafflaar fortzusetzen. Vor den Häusern von Pfafflaar legte er noch eine ausgiebige Rast ein, denn er wollte erst nach Tagesanbruch dort ankommen. Seine ganze Hoffnung bezog sich nun auf Jaggl, ob er seinen guten Freund antreffen würde. Was sollte er den anderen Pfafflaarern erzählen? Würde ihn überhaupt jemand verstehen, warum er flüchten musste, und würde er überhaupt in Pfafflaar Schutz finden?

So wurde Friedl immer ängstlicher, je mehr er sich den primitiven Holzhäusern dieser Höhensiedlung näherte. Erst jetzt kam ihm zum Bewusstsein, dass ihn nur ganz wenige Leute aus Pfafflaar kannten. Wie sollte er sich da vorstellen? Nachdenklich dahintappend war er auf einmal zwischen den Häusern. Eine junge Frau grüßte ihn mit einem freundlichen „Allegra“, das er ebenso erwiderte.

Es war Mona, an die er zuerst geriet. Sie begann direkt mit einer Frage: „Heute Nacht über den Hahntennen?“ Friedl schon etwas lockerer: „Nicht direkt. Ich komme über den Scharnitzsattel. Ich weiß nicht, ob mich hier jemand kennt. Ich bin der Gamsjager-Friedl aus Tarrenz.“

Mona nun mit noch freundlicherem Gesicht: „Da wird sich aber Jaggl freuen, wenn er heute nach längerer Abwesenheit wieder einmal Pfafflaar besucht. Wir haben Nachricht bekommen, dass er heute, nicht wie sonst üblich, vom Lechtal her kommt, sondern über den Hahntennen. Er war wieder einmal im Engadin und in Italien.“

Friedl erleichtert: „Das trifft sich gut. So kann ich ihm sogar ein Stück entgegengehen. Übrigens, niemand sollte wissen, dass es den Gamsjager-Friedl noch gibt und schon gar nicht, dass er sich in Pfafflaar befindet. Wird das geheim bleiben?“

Mona war gar nicht so sehr erstaunt: „Ah, ist es nun so weit. Jaggl hat mir einiges über seinen besten Freund erwähnt. Wir sind verwandt, und deshalb können wir uns ungezwungen alles anvertrauen und unser Herz gegenseitig ausschütten. Was wir untereinander besprechen, erfährt sonst niemand. Nun komm, du wirst hungrig und durstig sein. Alles Weitere besprechen wir im Haus.“ Friedl schilderte ihr ganz kurz, was vorgefallen war. Dann verschwanden sie in Kassians Haus.

Kassian erkannte Friedl sofort: „Das ist aber nett, dass uns der Gamsjager einmal besucht.“

Mona fiel ihm sofort in die Rede: „Den Gamsjager-Friedl gibt es nicht mehr. Niemand darf seinen Namen mehr nennen, sonst kommt er in Gefahr.“

Kassian erstaunt: „Wenn er nichts Ernstes verbrochen hat, so hat er unseren vollen Schutz. Er ist doch der Freund von Jaggl. Wir werden alles tun, damit er bei uns sicher ist.“

Mona bestätigend: „Er hat sich nur mit der Schlossherrin von Starkenberg zu weit eingelassen und ist mit ihr von ihrem Gemahl im Wald ertappt worden. Jetzt ist er seines Lebens nicht mehr sicher, und wir müssen uns überlegen, was zu tun ist, denn den Gamsjager-Friedl darf es nicht mehr geben. Ich denke mir, dass er einen anderen Namen bekommen muss, und sein Aussehen müssen wir verändern. Nach dem Frühstück werden wir ihm, ob er will oder nicht, seinen Vollbart abrasieren.“

„Ich kann im Knappenloch arbeiten, wenn ich dort gebraucht werde.“

Darauf Kassian: „Eine Übergangslösung wäre es vielleicht. Eine dauernde Arbeit im Stollen kann ich mir für einen Gamsjager, der so viel Freiheit gewohnt ist, nicht vorstellen. Wir werden schon eine Arbeit für dich finden.“

Leicht war es für Friedl nicht, seinen schönen und oft bewunderten Vollbart zu verlieren. Er sah aber sofort ein, dass es sein musste.

Inzwischen kam Mariele, das vom Nachbarhaus aus den Gast bemerkt hatte, in die

Stube: „Allegra! Wer verschafft uns denn heute die Ehre? Ah, der Gamsjager-Friedl. Du wirst, wenn du heute bei uns bleibst, den Jaggl treffen. Er soll über den Hahntennen kommen.“

Mona fiel auch ihr sofort in die Rede: „Den Gamsjager-Friedl gibt es nicht mehr. Er wird bei uns bleiben. Er ist in Tarrenz in Lebensgefahr. Der Schlossherr hat ihn mit seiner Gemahlin im Wald erwischt.“

„Bei uns ist er nicht in Lebensgefahr. Wir geben ihm einen anderen Namen. Ich weiß schon wie wir ihn nennen. Ich wollte damals meinen Sohn Edi taufen, doch Sepp hat sich mit Eduard durchgesetzt. Ich möchte, dass er Edi heißt.“

Nun kam Friedl endlich auch mal zu Wort: „Edi gefällt mir gar nicht schlecht. Hat keine Ähnlichkeit mit Gamsjager und auch nicht mit Friedl. Ich bin damit einverstanden.“

Mariele, erfreut: „Jetzt habe ich endlich, in meinen alten Tagen, noch meinen Edi bekommen.“

Friedl, fortan Edi genannt, fühlte, dass er damit mehr oder weniger in die Familie von Mariele aufgenommen war. Vielleicht würde es für ihn gar nicht so schwer werden.

Von Mona wurden während dem Frühstück, das aus einem kräftigen Milchmus bestand, Schere und Rasiermesser bereit gelegt. Es machte ihr sichtlich Freude, Edi den Bart abzurasieren, um ihm ein neues Antlitz zu geben. Sie verstand diese Arbeit. Zu oft hatte sie den Männern von Pfafflaar zu einem gepflegten Haarschnitt verholfen, und selbst das Rasieren war für sie eine gewohnte Tätigkeit.

Als Mona Edi nach vollendeter Arbeit einen kleinen Spiegel vorhielt, erkannte er sich selbst nicht mehr. Er glaubte sogar, dass ihn nicht einmal seine Mutter wiedererkennen würde.

Mona meinte, dass sie Edi nun in jedem Haus von Pfafflaar vorstellen müsste. Es blieb ihm gar nichts anderes übrig, als ihr zu folgen.

In jedem Haus dieselbe Zeremonie. Mona stellte Edi vor: „Das ist unser neuer Einwohner Edi, ein guter Freund von Jaggl. Er hat sich mit der Schlossherrin von Starkenberg zu weit eingelassen, wurde von ihrem Gemahl im Wald erwischt und ist dort deshalb seines Lebens nicht mehr sicher.“

Dass er der Gamsjager-Friedl war, davon erwähnte sie vorsichtshalber kein Wort. Als sie sich von den Hausbesuchen bei Mariele in der Stube etwas ausrasteten, kam Eduard, der wieder einmal tagelang bei den Schafen verweilt hatte, bei der Tür herein. Mona stellte Edi ihm genau so wie den anderen Leuten von Pfafflaar vor.

Darauf Eduard mit lächelnder Miene, wie selbstverständlich: „Dann bekomme ich jetzt sogar eine Hilfe. Ein Schäfer allein schafft es nicht mehr, die vielen Schafe zu kontrollieren und zusammenzuhalten. Wie soll ich da noch aufpassen, dass keine fremden Gamsjager und Herrische in unser Tal kommen. Ich bin von morgens bis abends nur noch bei den Schafen. Immer wieder entlaufen mir einige Tiere. Bis ich sie gefunden habe, sind andere weg. Edi, sag mal: Würdest du mir beim Schafe hüten helfen? Die Gamsjager vom Inntal kennst du besser als wir und würdest sie darum leichter verscheuchen können.“

Etwas Besseres konnte ihm nicht geschehen, und so antwortete er mit Freude und Begeisterung: „Ich hätte mir nie gedacht, dass ich so schnell ein so gutes Angebot bekomme. Dachte schon, ich müsste im Knappenloch arbeiten."

„In den Knappenlöchern werden wir alle einige Zeit im Winter arbeiten müssen. Das ist aber gar nicht so schlimm. In den Stollen ist es wenigstens nicht so kalt wie draußen."

Edi nahm das selbstverständlich an: „Ich werde mich, so gut es mir möglich ist, den Pfafflaarern anschließen. Ich will einer von euch werden."

Das hörte der kleine Lois. Er kam zur Türe herein und rief: „Dann wirst du aber unsere Sprache und sogar noch Italienisch lernen müssen. Kannst du Lesen, Schreiben und Rechnen?"

„Lesen, Schreiben und Rechnen kann ich sogar sehr gut. Eure Sprache, das Romanisch, werde ich problemlos lernen, denn etwas kann ich schon verstehen. Italienisch lerne ich dann später."

„Italienisch können dir Toni und ich lehren. Ich rede mit Toni nur noch italienisch."

Mona bestätigte das: „Dass wir drei Sprachen sprechen, das ist unsere Stärke. Darum brauchen die meisten Pfafflaarer nicht das ganze Jahr über so schwer arbeiten. Sie werden überall dort gebraucht, wo man sich mit Italienern und Romanen aus den Engadin verständigen muss. Ohne unsere Männer geht im Lechtal nichts mehr. Sie schieben sich immer mehr in Führungspositionen und sind überall beliebte Partner."

Darauf Edi: „Ich bin froh, wenn ich bei euch bleiben kann. Jedem, der mich braucht, will ich helfen und euch auch etwas beibringen. Ganz sicher könnt ihr von mir das Gämsen jagen mit Pfeil und Bogen lernen."

Eduard interessierte das: „Habe mir öfters Pfeil und Bogen gewünscht, wenn ich vor einem Rudel Gämsen stand. Es sind deren so viele, dass sie den Schafen die Almweiden zu stark abgrasen. Eine Reduzierung täte der Knappenküche und den Schafen gut."

„Das werden wir schon hinbekommen."

Plötzlich stand Mina, Eduards Frau, vor ihnen. Die Begrüßung ihres Mannes war recht freundlich, aber doch nicht so, wie man es zwischen Ehepartnern erwarten konnte. Dass ein neuer Dorfbewohner nach Pfafflaar gekommen war, hatte sie bereits erfahren. So schaute sie nur Edi neugierig und zugleich tief in die Augen, als sie sagte: „Du bist also nun unser neuer Mann in Pfafflaar. Wenn ich dich so anschaue, glaube ich, dass wir zusammen auskommen werden."

Edi erwiderte ihren tiefen Blick in seine Augen mit einem leichten Augenzwinkern, indem er sagte: „Ich werde mir Mühe geben. Möchte einer von euch werden und will darum bald eure Sprache lernen. Hoffentlich schaffe ich es, dass ich bald genauso rede wie ihr."

Darauf Mina: „Du wirst, wenn du Eduard beim Schafe hüten hilfst, natürlich bei uns wohnen. Einen Platz haben wir noch für dich. Wir werden dir das Romanisch schon beibringen, dass jeder Fremde glaubt, du bist ein echter Pfafflaarer." So verbrachte man noch einige Zeit gemütlich zusammen, bis Edi meinte, dass es Zeit wäre, Jaggl entgegenzugehen. Schließlich könnte es seinem abrasierten, weißfahlen Gesicht nicht schaden, wenn es die Sonne etwas bräunen würde.

Bald wanderte Edi frohen Mutes über den leicht ansteigenden Weg, dem Hahntennental entlang, bis er nach der Passhöhe eine kleine Rast einlegte. Von da konnte er die andere Seite des Passes bis weit hinunter zur Salvösenschlucht überblicken.

Er mochte, vom Nachtmarsch ermüdet, kurz eingeschlafen sein, als er aufschreckte und mit seinen Augen den Weg zum Hahntennen gründlich absuchte. Vorerst erblickte er keinen Menschen. Doch was war das? Ganz nahe unterhalb des Hügels, auf dem er sich ausrastete, hörten seine feinen Ohren Schritte auf dem Grasboden. Ehe er es sich versah, kam über den Steilhang herauf Jaggl geradewegs auf ihn zu.

Jaggl näherte sich Edi, ohne ihn zu erkennen und grüßte ihn wie einen Wildfremden: „Allegra!"

Das konnte nun ein lustiges Spiel werden. Edi erwiderte mit leicht verstellter Stimme, ohne ihn dabei richtig anzusehen: „Allegra! Ich bin der neu angestellte Schäfer, der mit Eduard die Schafe hüten und fremde Eindringlinge verscheuchen soll. Er allein schafft es nicht mehr. Wenn du Jaggl bist, so soll ich dir alles abnehmen, was du zu tragen hast."

„Ich bin Jaggl. Bin froh, dass du mir entgegenkommst. Habe die ganze Nacht fast nicht geschlafen und von Imst her ist es ein ganz schönes Stück Weg, wenn man einiges zu tragen hat und lange Fußmärsche nicht mehr gewohnt ist."

Edi konnte sich nun fast sicher sein, dass Jaggl ihn auch weiterhin nicht erkennen würde. So sagte er nun, ohne seine Stimme zu verändern: „Komm, leg deinen schweren Schnerfsack ab. Ich will ihn dir bis Pfafflaar tragen." Gut, dass Jaggl sehr müde und daher nicht mehr gesprächig war. Nur einmal fragte er noch: „Wo kommst du her? Du kommst nicht aus dem Engadin, weil du deutsch sprichst?"

„Ich komme vom Inntal. Möchte aber nun für immer bei euch in Pfafflaar bleiben, wenn ihr mich bei euch aufnehmt. Wie es aussieht, mögen mich die Pfafflaarer ganz gern. Will auch überall helfen, wo ich gebraucht werde. Geld ist für mich Nebensache. Nur meine Mutter zu Hause muss ich ein wenig unterstützen."

„Dann bist du ein guter Mensch, wenn du zuerst an deine Mutter und dann erst an dich denkst. Solche Leute haben es nicht schwer bei uns."

Daraufhin wanderten sie schweigend, bis sie Pfafflaar erreichten.

Da machte Jaggl endlich wieder den Mund auf: „Es ist immer wieder das Schönste, was ich erleben darf: Die Heimkehr in mein Heimatdorf, zu meiner Familie und zu meinen Jugendkameraden. Wenn auch manche Jugendfreunde meinen, dass ich mich ihnen durch meine Verbindungen zu den Herrischen etwas entfremdet habe, so scheint das vielleicht so, doch im Herzen bin ich immer ein Pfafflaarer geblieben und werde es auch immer sein. Selbst wenn ich im tiefsten Italien, in der Lombardei mit Italienern beim Verhandeln bin, sehe ich plötzlich immer wieder das Bild von Pfafflaar mit den anständigen Menschen vor mir. Es ist schön, eine solche Heimat zu haben. Wenn du dich in unsere Dorfgemeinschaft einfügst, so wirst du bald einer von uns sein, hier eine neue Heimat finden und bald ebenso denken wie ich."

Das tat Edi wohl. Jaggl hatte also, ohne ihn zu erkennen, Sympathie für ihn angedeutet.

In Pfafflaar angekommen, wurden die beiden zuerst von Mariele bemerkt. Sie kam ihnen freudig entgegen: „Allegra, Allegra! Hat es dir wohlgetan, dass dir Friedl, nein jetzt Edi, den Schnerfsack abgenommen hat? Werdet euch eine Menge zu erzählen gehabt haben?" Jaggl wusste nicht, was er darauf antworten sollte, schaute bloß von Mariele zu Edi und wieder zu Mariele: „Wie soll ich das verstehen? Ich weiß nicht, was deine Worte bedeuten sollen?"

„Jaggl, hast du deinen alten, besten Freund wirklich nicht wiedererkannt? Schau ihn dir einmal genauer an und stell ihn dir mit einem Vollbart vor."

Noch immer konnte Jaggl nichts begreifen, sah nur Edi eindringlich an, bis dieser den Mund aufmachte: „Jaggl, jetzt wirst du doch deinen alten Gamsjager wieder erkennen? Du bist mir jedenfalls noch immer mein bester Freund, bei dem ich Zuflucht gesucht habe. Als Gamsjager-Friedl bin ich nämlich in Todesgefahr."

„Ach, Himmel, verzeih mir! Dass sie dir den Vollbart abrasiert haben, ist aber schon ein gewaltiges Stück. Du bist jetzt unser Edi? Erkennen tut dich wirklich niemand mehr."

Darauf umarmten sich die zwei Freunde und waren überglücklich, mehr oder weniger zusammenbleiben zu dürfen.

26. Freud und Leid

Jaggl brachte jedes Mal, wenn er länger fort war, einige interessante Neuigkeiten nach Pfafflaar und fand dort immer wissbegierige Zuhörer. Diesmal gab es nicht allzu viel zu erzählen. Viel mehr interessierte Jaggl, wie man in Pfafflaar mit der vielen Arbeit zurecht kam. Für die Heuernte hatten Eduard und Markus mit den Knappen eine gute Lösung vereinbart. Wenn das Futter drängte, um in die Scheune gebracht zu werden, so halfen die Knappen fleißig mit. Die meisten, als Bauern aufgewachsen, freuten sich darauf, anstatt im dunklen Knappenloch ab und zu in der freien Natur arbeiten zu dürfen. Die Bauern und Hirten von Pfafflaar halfen den Knappen beim Hüttenbau und manchmal sogar im Stollen, wenn dringend Bedarf bestand. So waren die Frauen und die älteren Männer ausreichend entlastet, und nach einem arbeitsreichen Tag wurde öfters ein kleines Fest gefeiert. Das geschah vor allem an Samstagen, wenn Gramoaser Burschen und Mädchen bei der Heuernte mitarbeiteten. In Gramoas und in Bschlabs war die Natur etwas früher, und somit war man auch mit der Einbringung der Früchte dort eher fertig als in Pfafflaar. Die Bschlaber wie die Gramoaser boten sich meistens selbst an, den Pfafflaarern bei ihrer vielen Arbeit zu helfen. Die Feste nach getaner Arbeit wurden schließlich so beliebt, dass die jungen Leute aus Gramoas und Bschlabs geradezu wetteiferten, den Pfafflaarern bei der Arbeit helfen zu dürfen. An diesen Abenden nahm man es mit der Liebe und der Moral nicht so genau, lebte noch freier und ungezwungener als man es sowieso in diesen kleinen Ortschaften gewohnt war. Man dachte sich kaum etwas dabei, wenn in einer Nacht mal die Partner gewechselt oder getauscht wurden. Eifersucht und Streit waren allen diesen, hauptsächlich jungen Menschen völlig fremd. Dieses kunterbunte und trotzdem harmonische Menschengemisch aus Italienern, Romanen, Pfafflaarern, Bschlabern und Gramoasern lieferte ein wunderbares Beispiel einer friedlichen Völkerverständigung.

Ganz toll ging es in einer Nacht zu, als Jaggl, Lee und Thoma von einer Reise ins Veltlin ein gar nicht so kleines Fässchen Wein mitbrachten. Die fleißigen Erntehelfer mussten schließlich auch einmal besonders belohnt werden. Elsa und Sefa, die sich mit den Brüdern längst wieder ausgesöhnt hatten, wurden von diesen besonders bedacht. Heute sollten die zwei Schwestern die mitgebrachten, prall gefüllten Schnerfsäcke selbst auspacken. „Alles, was ihr im Schnerfsack zum Anziehen findet, gehört euch“, sagte Lee mit einem feierlichen Lächeln.

Neugierig, wie Mädchen nun einmal sind, machten sich die beiden daran, die Säcke aufzuschnüren. Mariele kam dazu und war ebenso neugierig, was die zwei Söhne ihren Schwestern wohl mitgebracht haben. Zu oberst kam eine hohe Mütze aus feinem braunem Filz zum Vorschein, dann folgten nach und nach ein dunkelbraunes, wunderbar mit Stickereien verziertes Kleid, eine weiße Walkjacke und schließlich feine Strümpfe und herrische, schwarze Schuhe aus glänzendem Leder. Da kamen die Frauen aus dem Staunen nicht mehr heraus, bis Elsa den Mund aufmachte: „Danke, danke! Mit diesen Kleidern könnten wir uns sogar bei einer herrischen Gesellschaft sehen lassen. Da habt ihr euch aber nun wirklich übernommen. Diese Kleider kosten doch ein Vermögen.“

Darauf Jaggl: „Der Schneider in Bschlabs hat seine ganze Phantasie und sein unglaubliches Können in diese Kleider gelegt. Er möchte und hofft, dass ihr diese Kleider auch einmal den Herrischen zeigen könnt." Thoma war sichtlich stolz, dass es der Bschlaber Schneider war, der so etwas Schönes nähen konnte: „Es wird sich einmal schicken, dass wir auch Frauen zu den Herrischen mitnehmen. Mit diesen Kleidern können wir uns mit euch sehen lassen."

Lee musste etwas dazu sagen: „Heute abends, beim großen Fest, werdet ihr mit diesen Kleidern auch schon genug Aufsehen erwecken. Hoffentlich zerreißen euch die vielen Männer nicht. Es sind bedeutend mehr Männer als Frauen beim Fest. Da könnt ihr euch die Besten, Schönsten und Liebsten unter vielen auswählen."

Für Sefa und Elsa war es ein doppelter Anlass, an diesem Abend ausgiebig zu feiern, denn diesen Sommer brauchten sie sich mit der Arbeit nicht mehr so zu übernehmen wie letztes Jahr, und unter den Knappen waren mehrere, die Interesse an den beiden Mädchen bekundeten. In diesen schönen Kleidern würden sie sicher noch bedeutend mehr Zuneigung erwarten können.

Diesmal wurde im Boden, in der Bergknappensiedlung, gefeiert. Eine neue Hütte war gerade so weit fertig, dass man sich darin gut aufhalten konnte. Das musste schließlich auch gefeiert werden. Beim Feste feiern gaben nach wie vor die Gramoaser den Ton an. Kaum saß man beisammen, wurde gesungen, musiziert und getanzt. Der musikalische Teil wurde nur vom guten und reichlichen Essen kurz unterbrochen. Danach ging es umso lustiger weiter. Der ungewohnte Wein heizte die Stimmung zusätzlich an, und so dauerte es gar nicht lange, bis ein Pärchen nach dem anderen im Dunkel des nahen Waldes verschwand. Zurückgekehrt, wurde weiter getanzt, gesungen und gelacht, bis man schließlich im Morgengrauen, vom Tanzen, Trinken und Lieben erschöpft, endlich einschlief. Zwei Männer nahmen von der lustigen Gesellschaft früher Abschied. Eduard ließ es sich nicht nehmen, noch in der Nacht zu seinen Schafen aufzusteigen, und Edi sollte die Übergänge von Imst und Tarrenz her auf eventuelle Eindringlinge kontrollieren.

Edi, in Pfafflaar angekommen, versuchte so leise als möglich seine Schlafstelle zu erreichen, doch ein leichtes Rascheln war, als er sein Bett erreichte, nicht zu vermeiden. Mina musste genau beobachtet oder gefühlt haben, dass Edi allein war. Edi hatte sich kaum zugedeckt, als plötzlich Mina neben ihm lag und sich fest an ihn drückte. Edi konnte nur leise flüstern: „Aber Mina, warum kommst du zu mir ins Bett? Ist etwas Besonderes geschehen?"

„Nein, nein, Edi! Mich hat es ganz einfach zu dir hingezogen. Bitte, lass mich ein wenig bei dir sein. Ich möchte einmal bei dir einschlafen und mit dir aufwachen."

Ging es also nun schon wieder von Neuem los! Kaum der Schlossherrin entflohen, bahnte sich augenscheinlich eine neue Beziehung an. Nein, wohl war Edi nicht bei diesem Gedanken, und so flüsterte er noch leiser als vorher: „Ich möchte Eduard wirklich nicht enttäuschen, so gern ich dich habe. Kannst du das verstehen?"

„Edi, ich verspreche dir, dass ich, mag zwischen uns geschehen was will, nichts tun werde, was irgendjemand Sorge bereitet. Kannst du mir dasselbe Versprechen abgeben?"

„Nichts lieber als das. Ich verspreche dir, dass durch das, was wir vielleicht miteinander erleben werden, niemand Sorge oder Kummer bekommt. Wenn es tatsächlich mit uns zu weit kommen sollte, so soll das für die ganze Umgebung Wohl und Freude bedeuten. Du hast einen guten Mann. Den sollst du immer umsorgen und ihm zu Diensten sein." – „Ich habe gewusst, dass du ein anständiger Mensch bist. So können wir nun friedlich zusammen noch ein wenig schlafen. Die halbe Nacht ist sowieso schon vorbei." Sagte es und drehte sich schnell mit dem Rücken zu Edi, nicht ohne seine Hand zu suchen und sie zärtlich lieb zu drücken.

Am Morgen trachtete Edi, nachdem er den Hahntennen nach eventuellen Eindringlingen abgesucht hatte, möglichst bald zu Eduard in die Schäferhütte zu kommen. Da konnte man sich besprechen und nach den Schafen schauen. Erst musste Edi bis zum Boden absteigen, um gleich über eine schmale Brücke ins Angerle, zur Schäferhütte, zu gelangen. In der Bergknappensiedlung schien es, als ob alle noch schliefen. Selbst um das Knappenloch war es so ruhig, dass Edi nicht sicher war, ob heute überhaupt gearbeitet wurde.

Edi stieg frohgelaunt den zuletzt sehr steilen Pfad zur Hütte hinauf, wo Eduard ihn bereits mit einem frisch gekochten Milchmus erwartete. Nach dem deftigen Essen suchten beide gemeinsam die Hochweiden ab, ob die Schafe vollzählig beieinander waren. Heute schien es, als ob keine Tiere fehlten. So beschlossen die beiden gegen Abend nach Pfafflaar zurückzukehren und dort die kommende Nacht zu verbringen.

Es brauten sich wohl schwarze Wolken zusammen, doch keiner von beiden dachte, dass es so spät im Sommer zu einem Gewitter kommen könnte. So begannen sie gemütlich den Abstieg, legten sich, an der Waldgrenze angekommen, weil die Luft so warm war, unter einen Baum, wo sie bald einschliefen. Die Übernächtigkeit machte sich nun deutlich bemerkbar, so dass sie für längere Zeit in einen tiefen Schlaf verfielen. Unsanft aufgeweckt wurden sie erst durch einen lauten Donnerknall. Halb verschlafen, halb wach sahen sie, wie sich der Tag beinahe zur Nacht verfinstert hatte und sich über Pfafflaar ein schweres Gewitter zusammenzog.

Kaum hatten sie sich richtig gefasst, ging es mit Blitz und Donner weiter. Über Pfafflaar und der Mutte brauten sich deutliche Hagelwolken zusammen. Wieder ein Blitz und kurz darauf ein ohrenbetäubender Donner. Das Gewitter schien sich nicht nur über Pfafflaar zu entladen, deutlich sah man, wie sich die Naturgewalt auch direkt über ihnen entlud. Unter einem Baum Schutz vor dem Gewitterregen und dem Hagel zu suchen, wäre zwar naheliegend, doch wegen der erhöhten Blitzgefahr unter Bäumen nicht zu wagen gewesen. Das Gewitter setzte nun auch schlagartig voll ein. Regenschwalle mit Hagelkörner vermischt fielen vom Himmel, so dass die Hirten im Nu völlig durchnässt waren. Jetzt konnte man nur trachten, möglichst schnell wenigstens zum Boden zu kommen. Zu oft hatte der Bach schon bei Gewitter die kleine Brücke weggerissen, welche die Bergknappensiedlung mit dem Knappenloch verband.

So begannen sie nun im Laufschritt ihren Weg fortzusetzen. Bei der Brücke angekommen, sahen sie, wie sich eine dunkelbraune Mure mit viel Gehölz aus der Schlucht wälzte. Das Wasser stank nach Schwefel und zermalmten Steinen. Eduard dachte, dass die Zeit gerade noch reichen könnte, um über den Bach zu gelangen. Das Wasser schwoll von Minute zu Minute sichtlich an, so dass die Bergknappen, die gerade von ihrer Arbeit kamen, sich schon nicht mehr getrauten, die Brücke zu betreten. Etliche Männer standen am Bachrand und überlegten, ob sie es doch noch wagen sollten. Eduard und Edi, beide mit Naturgefahren aufgewachsen und, viel besser als die Knappen, körperlich durchtrainiert, überlegten nicht lange und schoben die unschlüssigen Männer beiseite.

Darauf Eduard selbstsicher: „Wenn wir uns beeilen, kommen wir noch hinüber. Aber nicht miteinander, nur Mann für Mann im Laufschritt. Edi, mach du den Anfang."

Edi nahm einen kleinen Anlauf und war nach ein paar Sätzen sicher am anderen Ufer. Eduard kam nicht hinterher, sondern ließ den nun drängenden Bergknappen den Vorrang. Die meisten schafften es auch ganz gut, doch einer schien es mit der Angst zu tun zu haben. Er zögerte immer wieder. Schließlich blieben nur noch Eduard und der ängstliche Bergknappe übrig. Eduard ließ auch ihm den Vorrang, wollte ihm sogar helfen, was dieser aber ablehnte. Unsicher, beinahe wackelig, versuchte er die ersten Schritte über die Brücke.

Das Wasser hatte schon die Brücke erreicht, immer mehr Steine und Geröll drohten sie bald wegzureißen. So kam der ängstliche Knappe nur bis zur Mitte, bis ihn endgültig der Mut verließ. Torkelnd versuchte er sich umzudrehen, um den Rückweg anzutreten. Eduard sah, dass das nicht gut ausgehen konnte und sprang ihm rasch entschlossen zu Hilfe. Obwohl Eduard ihn noch an einem Rockzipfel zu fassen bekam, war das Unheil nicht mehr aufzuhalten. Der Knappe kippte bachaufwärts über die Brücke und wurde vorerst vom Wasser so an die Brücke gedrückt, dass er daran hängen blieb, selbst sich aber nicht mehr befreien konnte. Eduard versuchte mit aller Kraft, ihn zurück auf die Brücke zu ziehen.

Edi am anderen Ufer musste, vorerst ratlos, alles mit ansehen. Als er begriff, dass Eduard den Knappen allein nicht mehr aus dem Wasser zu ziehen im Stande war, sprang er, ohne Rücksicht auf sein eigenes Leben, auf die Brücke, um zu zweit den Knappen von seiner gefährlichen Lage zu befreien. Zwar gelang es ihnen mit letzter Kraft den Mann knapp aus dem Wasser zu ziehen, doch bevor er wieder fest auf der Brücke Halt fand, rutschte Eduard auf dem glatten Gehölz der Brücke aus und stürzte in weitem Bogen direkt in den reißenden Wildbach. Blitzschnell konnte Edi dem Knappen gerade noch zu einem festen Halt verhelfen und schickte sich sofort an, Eduard zu retten. Dieser war von den Fluten mitgerissen, in einem Strudel von Geröll und Wassermassen verschlungen und plötzlich ganz verschwunden. Nur einmal, weitab von der Brücke, sah man seinen Körper wieder auftauchen. In Panik nahm Edi den ängstlichen Knappen schnell auf seine Schultern und rannte mit ihm über die Brücke. Als sie zurückblickten, sahen sie gerade noch, wie die Brücke von der Mure weggerissen wurde. Alle Männer liefen bereits dem Bachufer entlang abwärts, weil sie hofften, Eduard doch noch retten zu können. Edi rannte in unglaublichen Sprüngen allen voran, obwohl er wusste, dass es nichts mehr zu retten gab.

Niemand konnte sich je erinnern, dass ein Mensch oder ein Tier, das von einer solch gewaltigen Mure mitgerissen wurde, mit dem Leben davongekommen wäre. Selbst die Hoffnung, dass der leblose Körper irgendwo ans Ufer geschwemmt würde, gab es kaum. Nur um den Angehörigen das Gefühl zu geben, alles getan zu haben, suchte man bis zur Einmündung in die enge Schlucht vor Bschlabs die Ufer mehrmals gründlich ab, jedoch ohne eine Spur von Eduard zu entdecken. Nun sahen es alle ein: Nur durch einen Zufall würde man Eduard finden können. In keinem Friedhof, nein im tiefen Bachbett, in der rauen, unbarmherzigen Natur, die für ihn so viel bedeutet hatte, fand er seine letzte Ruhestätte.

Zu den Hütten im Boden zurückgekehrt, wurden die durchnässten Männer von den wenigen da wohnenden Frauen mit trockenen Kleidern versorgt. Als sich Edi, vom ersten Schreck etwas erholt, ein wenig umsah, bemerkte er den ängstlichen Bergknappen in einer Ecke des dunklen Raumes, wie zwei kleine Kinder an ihm hingen und er sie liebevoll an sich drückte. Jetzt verstand er auch die Ängstlichkeit dieses Mannes: Er war einer der wenigen Bergknappen, die mit Familie hier wohnten. Die Gedanken an seine Kinder mochten ihn davon abgehalten haben, zu viel zu wagen. Es dauerte nicht lange bis seine Frau mit dem jüngsten Kind im Arm zu Edi kam und sich bei ihm für den unglaublichen Mut der beiden Hirten und die Rettung ihres Gatten bedankte.

So sehr ihm das Leben dieses Mannes Befriedigung gab, sie konnte das Leid nicht wettmachen, einen guten Freund, einen sich selbst aufopfernden Kameraden und einen edlen Einwohner von Pfafflaar damit verloren zu haben. Jetzt kam auf ihn noch die schwere Aufgabe zu, in Pfafflaar die traurige Nachricht zu überbringen.

Es war bereits Nacht, als Edi den Aufstieg nach Pfafflaar antrat. Im Haus von Mina sah er noch fahles Kaminlicht. Wahrscheinlich blieb sie heute länger wach, weil sie nach dem schweren Gewitter die Rückkehr der beiden Männer erwartete.

Es half alles nichts. Edi musste seinen schweren Weg fortsetzen. Kaum trat er in die kleine Stube, huschte Mina leicht erschrocken auf, sah, dass er allein kam und fragte: „Kommst du allein? Wollte Eduard nicht mitkommen?"

„Eduard wollte gern mitkommen. Nun, Mina, musst du ganz stark sein, denn er wird nie mehr zurückkommen."

Nun stand sie langsam auf und warf sich gegen Edi: „Was ist geschehen? Ist ein Unglück passiert?"

„Eduard hat einen Bergknappen gerettet und ist dann in die Mure gefallen. Niemand konnte ihm mehr helfen. Er ist im Wasser und Geröll verschwunden. Wir haben lange gesucht, ihn aber nicht finden können."

„Dann werden wir ihn auch nicht mehr finden. Edi, jetzt musst du mir beistehen. Bitte, hilf mir!"

„Mina, ich verspreche dir, dass ich dir immer beistehen werde so gut mir das möglich ist. Du bist nicht allein."

„Edi, ich danke dir."

Beinahe unglaublich, welche Stärke und Gefasstheit diese Frau besaß. Edi konnte sie nur schweigend an sich drücken, um ihr das Gefühl des Beistandes zu vermitteln.

So standen sie lange beieinander, bis sie sich endlich auf die Bank setzten. Endlich begann Edi: „Wir müssen doch auch Mariele und Sepp benachrichtigen. Das wird das Allerschwerste sein."

„Mariele hat sich immer um die Bergknappen geängstigt. Sie hat mehr oder weniger damit gerechnet, dass es einmal im Berg ein Unglück geben und sie vielleicht dabei einen Sohn verlieren wird. Dass Eduard der Erste sein wird, damit hat sie wahrscheinlich nicht gerechnet. Für Sepp wird es auch nicht leicht sein."

„Gehen wir zusammen zu ihnen?"

Mina überlegte kurz: „Sollen wir ihnen heute noch berichten? Ist es nicht besser, wenn sie noch eine Nacht ruhig schlafen können? Wir beide können diese Nacht sowieso nicht schlafen. Jaggl und Lee gingen heute nachmittags ins Lechtal. Man wird sie wahrscheinlich im Duerf erreichen. Sobald wir morgen früh merken, dass Mariele und Sepp aufgestanden sind, werden wir ihnen die traurige Botschaft überbringen."

So geschah es auch. Natürlich war die Nachricht in ganz kurzer Zeit in ganz Pfafflaar verbreitet. In jedem Haus musste Edi ausführlich berichten, wie es sich zugetragen hatte. Weiters konnte er nur staunen, mit welcher Ruhe und Sachlichkeit diese traurige Nachricht vom Tod des allseits beliebten Nachbarn aufgenommen wurde. Selbst die Eltern gaben sich sehr gefasst und erwähnten immer wieder, dass es für sie eine Beruhigung wäre, dass Eduard vor seinem Tod noch einen anderen Menschen retten konnte.

Die meisten Männer und einige Frauen von Pfafflaar machten sich am Vormittag auf, um zum Boden hinunterzugehen und die Unglücksstelle zu besichtigen. Von den dortigen Bewohnern wurde immer wieder der Mut der Rettungsaktion beschrieben. Mariele und Sepp mussten den Mann sehen, den Eduard gerettet hatte. Als Mariele dessen Kinder sah, nahm sie die beiden gleichzeitig auf den Arm, drückte sie fest an sich und sagte mit Tränen in den Augen: „Nicht viele Eltern können sagen, dass ihr Sohn bei seinem Tod so lieben Kindern den Vater gerettet hat."

Nun kamen auch der Kindesmutter Tränen in die Augen, als sie wortlos Mariele mit den beiden Kindern an sich drückte.

Es mochte gegen Mitternacht in der darauf folgenden Nacht gewesen sein, als Jaggl und Lee nach Pfafflaar zurückkamen. Mina und Edi glaubten, nicht schlafen zu können und saßen noch halbwach am Kaminfeuer, als die beiden zur Stube hereinkamen. Jaggl erkannte im Dämmerschein des verglimmenden Feuers Edi sofort und fragte erstaunt: „Edi, du bist noch am Leben und, wie man sieht, gesund? Uns hat man im Lechtal gesagt, dass ein gewisser Edi in die Mure gefallen wäre und man ihn bis jetzt nicht gefunden hätte. Wir haben da natürlich mit Schrecken an dich gedacht."

Mina begriff sofort: „Edi ist am Leben, aber Eduard ist tot. Er ist bei der Rettung eines Knappen in die Mure gefallen und kam nicht wieder zum Vorschein."

Lee erschrak über diese Nachricht noch mehr als Jaggl und sagte fassungslos: „Musste Eduard denn immer der Mutigste sein? Aber er war von Kindheit an schon so. Er war einige Mal in Lebensgefahr, bis es ihn jetzt wirklich erwischt hat."

Edi konnte das nicht ganz gelten lassen und erklärte genauer: „Ich bin als Erster über die Brücke und alle Bergknappen, bis auf einen, folgten mir ohne Probleme. Der letzte Knappe war sehr unsicher, so dass Eduard fürchtete, er würde in die Mure fallen. Da sprang er zu ihm, um ihn zu halten. Eduard bekam den Knappen nicht mehr rechtzeitig zu fassen und konnte nicht verhindern, dass er vor seinen Augen bergseitig über die Brücke kippte und vom Wasser an die Brücke gepresst wurde. Eduard konnte ihn allein nicht mehr hochziehen, und so sprang ich ihm zu Hilfe. Wir beide brachten ihn auf der Brücke zum Stehen, doch da verlor Eduard das Gleichgewicht und stürzte direkt in die Mure, von der er sofort mitgerissen wurde und unterging. Wir haben die Ufer stundenlang abgesucht, ohne ihn zu finden."

„So etwas ist Schicksal. Einmal werden auch wir drankommen", sprach Jaggl, und alle nickten ihm stumm zu.

Lee dachte gleich weiter und fragte Mina: „Wie haben es Mama und Papa verkraftet?"

„Papa trägt es tief in seiner Brust. Man weiß nicht genau, was er fühlt. Mama tröstet sich damit, dass er mit seinem Tod einem Familienvater das Leben gerettet hat."

Man unterhielt sich längere Zeit, bis Jaggl aufhorchen ließ: „Es mag unschicklich sein, so bald nach dem Tod vom Bruder derart zu reden, doch mir ist eine Idee gekommen. Im Lechtal und sogar in Bschlabs ist man der Meinung, dass ein Mann namens Edi verunglückt ist. Weder den Gamsjager-Friedl, noch Edi oder Eduard kennt man im Lechtal, selbst in Bschlabs kennen den Eduard nur wenige Leute. Edi und Eduard könnte derselbe Mann sein. Es ist eine freche Idee, aber wäre es denn nun nicht gescheiter, wenn wir den Gamsjager-Friedl sterben lassen würden und der Eduard am Leben bliebe?"

Das war für Edi nun doch zu viel: „Mensch, Jaggl, so gut das für mich sein könnte. Ich kann doch nicht den Ehemann und den Vater Eduard ersetzen? Du kannst doch nicht über Mina und Lois hinweg so etwas planen."

„Ich plane nicht. Ich mache nur einen Vorschlag. Wenn ihr nach außen ein Ehepaar seid, so heißt das noch lange nicht, dass ihr auch zusammen schlafen müsst."

Lee wurde sehr nachdenklich, als er sagte: „Eine Überlegung ist diese Idee wert. Damit wäre der Gamsjager-Friedl ein für allemal außer Gefahr, und Eduard wäre es nach seinem Tod bestimmt lieber, wenn Edi sich um seine Frau kümmert als ein wildfremder Mann."

Endlich konnte Mina auch ihre Meinung äußern: „Wir wollen nicht über ein Eheverhältnis reden. So schnell kann man den Ehemann niemals vergessen. Wenn wir mit dieser Idee aber Edi aus aller Gefahr retten könnten, so wäre ich mit diesem Vorschlag einverstanden. Ich weiß, dass mir jeder von euch hilft, so gut es ihm möglich ist, doch für eine Frau mit einem Kind wird es trotzdem nicht leicht werden."

Das gefiel Jaggl gar nicht schlecht, als er abschließend meinte: „So etwas kann man nicht an einem Abend fix beschließen. Ich meine, dass jeder von uns darüber nachdenken sollte. Heute Nacht wollen wir unsere Eltern nicht mehr wecken. Wir können gut auf den Bänken schlafen."

Mina sah das ein und verschwand bald mit einem müden aber herzlichen „Allegra" in die Schlafkammer, Edi durch die Luke über dem Ofen in das Obergeschoss.

Wenn auch die Pfafflaarer von Religion, Kirche und Obrigkeit nicht allzu viel hielten, eine Regel befolgten sie felsenfest. Geburt, Heirat oder Todesfall wurden in Imst gemeldet, um in das Taufbuch eingeschrieben zu werden. Jaggl ging seine Idee vom Vorabend nicht aus dem Kopf. Er musste mit Mona darüber sprechen. Ohne ihre Meinung gehört zu haben, möchte er mit Mina und Edi nicht noch einmal darüber reden. Mona trug gerade einen Holzeimer mit Wasser ins Haus, als Jaggl ihr folgte: „Mona, ich möchte deine Meinung in einer ganz brisanten Angelegenheit hören. Hast du ein wenig Zeit?"

„Sicher. Um was geht es denn?"

„Mona, du weißt, dass es den Gamsjager-Friedl nicht mehr geben darf. Nun haben wir einen Einwohner in Pfafflaar, der nirgends in einem Taufbuch eingetragen ist. Mir ist gestern so die Idee gekommen, ob man nicht Edi als Eduard weiterleben lassen sollte und den Gamsjager-Friedl als vermurt in Imst melden könnte. Die Knappen, welche das Unglück mitangesehen haben, kannten weder Eduard mit Namen noch Edi oder gar den Gamsjager-Friedl. In Bschlabs weiß man bis jetzt nichts Genaues über das Unglück, jedenfalls haben wir dort nicht erfahren, dass Eduard tot ist. Mina wäre mit einem Mann im Haus gut geholfen."

„Wenn nicht alle Zeichen trügen, so könnte mit Mina und Edi eine richtige eheliche Verbindung entstehen. Es wird aber sicher einige Zeit dauern, bis Mina den Tod von Eduard überwunden hat. Wenn ich daran denke, dass Mina und Edi recht eindeutige Blicke bei der Begrüßung gewechselt haben, so kann ich mir bei ihnen alles vorstellen. Schließlich möchte Mina noch ein paar Kinder. Diesen Wunsch konnte ihr anscheinend Eduard nicht erfüllen."

„Du meinst also, dass meine Idee gar nicht so abwegig wäre?"

„Ich meine sogar, dass das eine sehr gute Idee von dir ist."

„Jetzt frage ich Mina und Edi noch einmal um ihre Meinung."

Sagte es und begab sich ins Haus zu Mina. Sie schien mit Edi bereits über diesen Fall gesprochen zu haben, denn sie fragte Jaggl geradeheraus: „Glaubst du immer noch, dass Edi als Eduard weiterleben soll?"

„Ich komme gerade von Mona. Ich habe sie um ihre Meinung gefragt. Sie meint, dass das sogar eine gute Idee ist."

Darauf Mina: „Wir könnten es uns auch vorstellen, doch möchten wir beide, bevor wir uns dazu entschließen, die Meinung von unseren Nachbarn hören."

„Das ist sehr vernünftig. Wir rufen alle Pfafflaarer zusammen, um ihre Meinung zu hören."

Es dauerte nicht lange, bis von jedem Haus jemand anwesend war. Man konnte mit der Dorfversammlung beginnen.

Alle erwarteten, dass Jaggl das Wort ergriff: „Es ist vielleicht nicht richtig, dass man am übernächsten Tag, nachdem der Bruder tödlich verunglückt ist, wegen seiner Witwe eine Dorfversammlung einberuft. Mir ist gestern eine Idee gekommen, die, wenn sie verwirklicht werden soll, keinen Aufschub duldet. Wir haben mit Edi einen neuen netten Dorfbewohner bekommen, der in keinem Taufbuch eingetragen ist. Weder die Knappen im Boden, noch die Leute von Bschlabs wissen den Namen von dem, der wirklich verunglückt ist. So richte ich an euch zu allererst die Frage: Wollen wir, dass Edi ständig bei uns in Pfafflaar bleibt? Wollen wir, dass er ein richtiger Einwohner von Pfafflaar wird?"

Erst hörte man nur bejahendes Gemurmel, bis Ander den Mund aufmachte: „Wir kennen Edi noch nicht so lange. In Tarrenz war der Gamsjager-Friedl sogar bei den Wilderern geachtet, weil er sich immer menschlich verhalten hat. Ich meine, dass wir ihm vertrauen können und er ein Pfafflaarer wird. Schließlich brauchen wir notwendig Schäfer und Leute, welche die Übergänge vom Inntal her gut kennen und bewachen."

So ließ Jaggl nun, was in Pfafflaar selten vorkam, darüber abstimmen: „Es möge jeder, der Edi bei uns haben möchte, seine Hand erheben!"

Alle Arme schnellten nach oben, kein Einziger war dagegen.

So konnte Jaggl fortfahren: „Es ist für uns nicht gut und für Edi noch weniger, dass er in keinem Taufbuch eingetragen ist. Ich habe mir nun gedacht, dass es möglich wäre, den Gamsjager-Friedl in Imst als tot zu melden. Edi wohnt sowieso bei Mina und könnte als Eduard weiterleben. Mina und Edi wissen von meinem Vorschlag, wollen aber erst ernstlich darüber nachdenken, wenn alle Pfafflaarer damit einverstanden sind. Was meint ihr dazu? Ich weiß, es ist ein sehr heikler Fall."

Das war nun freilich ein sehr mutiger Vorschlag von Jaggl.

Niemand getraute sich den Mund aufzumachen, bis Ander seine Meinung bekanntgab: „Wenn wir es wirklich ernst meinen, dass Edi ein Pfafflaarer werden soll, so muss er in einem Taufbuch eingetragen sein. Er könnte sonst nicht einmal heiraten und seine Kinder zur Taufe anmelden. Der Himmel hat uns diese Gelegenheit gegeben. Wir sollten sie nützen. Eine zweites, so günstiges Zusammenspiel des Schicksals wird es wahrscheinlich nie mehr geben."

Kassian, sonst meistens wortkarg, machte jetzt den Mund auf und sagte bestimmt: „Wir haben den Gamsjager nach außen hin schon sterben lassen. Wenn wir ihn nun auch im Taufbuch für tot erklären können, so ist es ganz selbstverständlich, dass wir das tun sollten."

Wenn Kassian, der sonst eher konservativ eingestellt war, so etwas sagte, dann musste man sich danach richten. Somit gab es von allen Seiten Zustimmung. Wortlos ging Sepp auf Mina und Edi zu, nahm ihre Hände und legte sie ineinander, indem er zu den beiden sagte: „Ihr sollt für eure Verbindung, wie sie auch ausgehen möge, meinen Segen dazu haben. Wir haben einen Sohn verloren, doch er wird in unserem neuen Sohn weiterleben."

Auch Mariele reichte Mina und Edi die Hände und drückte sie wortlos, innig und herzlich. Lee bot sich anschließend an, Hiasl in Zwieslen von diesem Ereignis zu berichten, und Edi ließ es sich nicht nehmen, seinen quasi Schwiegervater kennenzulernen und Lee zu begleiten.

Schließlich wurden Jaggl und Lee auserwählt, am nächsten Tag nach Imst zu gehen, um die Todesmeldung registrieren zu lassen. Für Jaggl war es aber damit nicht abgetan. Er meinte, dass man die Nachricht unbedingt auch dem Schlossherrn von Starkenberg überbringen müsste. Mit dem Grafen wollte Jaggl ganz allein sprechen. Zu leicht könnte man sich zu zweit verplappern. Darüber hinaus gab es noch das Problem, wie man die Gamsjager-Mutter benachrichtigen sollte. Sie musste zu allererst erfahren, dass ihr Sohn nur auf dem Papier tot und in Wirklichkeit quicklebendig ist.

Der Mutter wollte Edi selbst den lebenden Beweis liefern. So machte sich Edi schon am Spätnachmittag auf, um über den Hahntennen nach Tarrenz zu wandern. Er wollte erst bei stockfinsterer Nacht dort eintreffen. Wenn ihn auch, durch den abrasierten Bart stark verändert, kaum ein Mensch in Tarrenz wiedererkennen würde, so wäre es trotzdem unverantwortlich, wenn er beim Besuch der Mutter von irgendjemand gesehen würde.

Edi konnte damit rechnen, dass die Mutter nicht erschrecken würde, wenn er sich heimlich bei ihr bemerkbar machte. So erreichte er, immer im Schatten von Gebüsch und Zäunen, unbehelligt das Gamsjagerhaus. Beim Schlafzimmerfenster angelangt, klopfte er, wie ausgemacht, drei Mal an die Scheibe. Sofort erschien seine Mutter beim Fenster, und er flüsterte ihr zu: „Mama, mach bitte die Tür vom Hühnerstall auf. Ich komme lieber von hinten ins Haus."

So saßen Mutter und Sohn im Dunkel der kleinen Stube glücklich, Hand in Hand, beieinander. Die Mutter begriff unglaublich schnell die komplizierte Situation und war froh, ihren Sohn in Sicherheit zu wissen. Nun kam ihr die nicht ganz leichte Aufgabe zu, die trauernde Mutter des verunglückten Sohnes zu spielen, denn morgen würde sie, ob über das Schloss, ob von Jaggl oder Lee, vom Tod ihres Sohnes benachrichtigt werden.

Endlich war es an der Zeit, dass die Mutter das rasierte Gesicht ihres Sohnes zu sehen bekam. Bevor ein kleines Kienspanlicht entzündet wurde, verhängten sie mit Decken die Fenster so, dass nicht der geringste Schein nach außen drang.

Nun hielt Edi das flackernde Licht vor sein Gesicht, damit ihn die Mutter richtig betrachten konnte. Mit lächelndem Gesicht, so wie es Edi von seiner Kindheit her kannte, sagte sie zu ihm: „Mein Sohn, du siehst ja aus, als ob du noch ein Knabe wärst. So habe ich dich in Erinnerung, bevor du einen Bart bekamst. Doch außer mir wird dich niemand mehr erkennen. Ich bin froh, dass dich die Pfafflaarer so lieb aufgenommen haben. Sei immer dankbar zu ihnen."

„Mama, du brauchst dir nun keine Sorgen mehr um mich zu machen. In einem Jahr werde ich ihre Sprache perfekt gelernt haben und Italienisch noch dazu. Kein Mensch wird mehr an den verunglückten Gamsjager-Friedl denken. Am ehesten wird ab und zu die Schlossherrin an mich denken. Doch das wird sich auch legen. Freilich möchte ich später einmal meine Tochter im Schloss wiedersehen. Ich hoffe, dass sich das eines Tages unauffällig machen lässt." Mehr als die halbe Nacht war vorüber, als Edi den Weg zurück in seine neue Heimat Pfafflaar antrat.

Noch bei Nacht auf der Passhöhe des Hahntennen begegnete er Jaggl und Lee, die früh am Morgen im Schloss Starkenberg sein wollten. Edi berichtete ihnen kurz, dass die Mutter informiert war und ihn sonst niemand bemerkt hat. Bald setzte Edi seinen Weg nach Pfafflaar fort, Jaggl und Lee gingen den Weg nach Tarrenz. Im Wald oberhalb des Schlosses trennten sie sich. Lee ging weiter zum Haus der Gamsjagermutter und Jaggl zum neuen Schloss Starkenberg. Kaum läutete Jaggl an der Hausglocke, erschien der alte Pförtner und begrüßte ihn freundlich: „Was führt denn so früh einen Pfafflaarer zum Schloss?"

„Ich muss dem Grafen eine traurige Nachricht überbringen. Der Gamsjager-Friedl ist, als er einen Mann aus Pfafflaar aus einer Mure gerettet hatte, in den Bach zurückgefallen und mitgerissen worden. Wir haben ihn trotz stundenlangem Suchen bis heute nicht gefunden und werden ihn wahrscheinlich auch nie mehr finden."

„Hat sich der Gamsjager bei euch aufgehalten? Ich habe ihn einige Zeit nicht mehr gesehen."

„Er hat einige Tage beim Schäfer in der Schäferhütte verbracht."

„Hmm? Komm herein. Kann sein, dass du auf den Herrn einige Zeit warten musst."

Es dauerte eine Zeitlang, bis der Schlossherr erschien und Jaggl freundlich grüßte: „Was bringt mir der Pfafflaarer heute für eine Nachricht? Ich habe gehört, es soll wegen dem Gamsjager-Friedl sein."

„Ich muss Durchlaucht leider eine traurige Nachricht überbringen. Der Gamsjager-Friedl ist tot. Er kam mit dem Schafhirten aus Pfafflaar vom Parzinn herunter und wollte anscheinend über Pfafflaar nach Tarrenz zurück. Da brach ein schweres Gewitter los, das den Bach beim Boden in eine reißende Mure verwandelte. Sie mussten diesen Murbach auf einer schmalen Brücke überqueren. Da kippte ein Mann aus Pfafflaar in den Bach und drohte mitgerissen zu werden. Der Schäfer und der Gamsjager sprangen ihm zu Hilfe. Den Mann konnten sie retten, doch der Gamsjager kippte in die Mure und wurde sofort mitgerissen, so dass ihm keiner mehr helfen konnte. Wir haben lange die Bachufer abgesucht, ihn aber nicht finden können."

„Wen die Mure einmal begraben hat, der wird vor dem Jüngsten Tag nicht mehr nach oben kommen. So hat der Gamsjager vor seinem Tod wirklich noch einen Menschen gerettet?"

„Ja, es ist ein Familienvater mit zwei Kindern."

„Gott ist gerecht. Wir werden für den Gamsjager eine feierliche Totenmesse abhalten. Er war ein guter Mensch. Man konnte sogar von ihm etwas lernen."

Nicht die leiseste Andeutung, dass der Gamsjager-Friedl gar nicht mehr im Dienste des Grafen stand, und nicht einmal eine Frage, wieso der Gamsjager sich im Parzinn aufhielt. So unterhielt man sich nur noch kurz über Pfafflaar und das Vieh, welches bald nach Tarrenz und Imst zurückkommen sollte. Es gab beim Vieh keine einzige Krankheit oder einen Unfall. Alle Tiere würden, wenn nicht die letzten Tage noch etwas passieren sollte, wohlgenährt von der Alm abgetrieben werden.

Der Schlossherr wurde immer redseliger, beinahe fröhlich, als er Jaggl fragte, ob er sich nicht zum Mittagmahl einladen lassen würde.

Darauf Jaggl betont höflich: „Diese Einladung ist mir eine Ehre und ich nehme sie gern an. Ich möchte nur vorher den Tod vom Gamsjager-Friedl in das Taufbuch eintragen lassen. Mein Bruder hat mich über den Hahntennen begleitet. Ihn traf die schwerste Aufgabe. Er ist bei der Gamsjager-Mutter, um ihr vom Tod ihres Sohnes zu berichten."

„Den Bruder soll er selbstverständlich zum Essen mitbringen. Die Mutter vom Gamsjager tut mir auch leid. Sie ist eine gute Frau. Weiß nicht, wo ich sie unterbringen soll, denn in das Gamsjagerhaus muss in diesem Fall bald ein neuer Gamsjager einziehen."

So begab sich Jaggl schnell auf den Weg zum Gamsjagerhaus. Die Mutter spielte die Trauernde recht gut. Lee begleitete natürlich Jaggl zum Pfaffen nach Imst, um die Taufbucheintragung zu erledigen. Mit dem Pfaffen besprach man sich über die vom Schlossherrn gewünschte Totenmesse. Jaggl und Lee äußerten den Wunsch, bei dieser Andacht gern dabei zu sein. So vereinbarte man, das Einverständnis des Grafen vorausgesetzt, die Totenmesse gleich am folgenden Tag abzuhalten.

Zurück im Schloss, wurden sie von der Schlossherrin empfangen. Alles deutete darauf hin, dass sie sich mit den beiden Pfafflaarern allein unterhalten möchte, als sie sagte: „War einer von euch dabei, als das Unglück geschah?"

„Nein, wir waren beide im Lechtal. Wir haben erst am Rückweg nach Pfafflaar davon erfahren."

„ Ist es nicht grausam, in eine Mure zu fallen und darin zu ertrinken?"

„In einer Mure ertrinkt man nicht. Da wird man zwischen Steinen, Gehölz und Wasser zerquetscht. Das geht so schnell, dass man kaum Zeit hat zu erschrecken."

„So hatte der Gamsjager keinen qualvollen Tod?"

Jaggl antwortete mit Überzeugung: „Ich wünsche mir einen solchen Tod, wenn es einmal so weit ist."

Ein feinfühlender Mensch wie Jaggl hätte, wenn er über das Verhältnis der Schlossherrin zum Gamsjager nichts gewusst hätte, aus ihrem nicht mehr zu beherrschenden Gefühlsausbruch eindeutig erkannt, dass zwischen den beiden mehr als nur eine Berufsbekanntschaft bestanden hat. Jetzt kamen die beiden Kinder zur Tür herein. Ohne vorerst ihre jüngere Tochter zu beachten, nahm sie ihre ältere in den Arm und drückte sie stumm an sich, bevor sie sagte: „Ihr habt doch immer mit dem Gamsjager-Friedl so gern gespielt, wenn er einmal kurz bei uns war?"

Die Tochter fragte schnell: „Kommt er heute wieder zu uns?"

„Mein liebes Kind, er wird nie mehr zu uns kommen. Er ist tot. Er ist in eine Mure gefallen und ertrunken."

Darauf Jaggl: „Da hört ihr Kinder, wie gefährlich es ist, an einen Bach zu gehen."

Man rief in den großen Saal zum Mittagessen, wo der Herr selbst schon anwesend war. Vor dem Essen wurde für den verunglückten Gamsjager gebetet.

Der Graf fand darauf einige Worte: „Wenn ich mit dem Gamsjager auch nicht immer gleicher Meinung war, so muss ich doch jetzt sagen, dass wir ihm Gutes zu verdanken haben. Für ihn können wir nun nichts mehr tun als beten und verzeihen. Seiner Mutter müssen wir ein neues Zuhause geben. Gott ist gütig und gerecht. Er lenkt alles bereits auf dieser Erde zum Guten, für die, welche selbst Gutes tun."

Jaggl staunte über die Offenherzigkeit des edlen Herrn und konnte nicht anders als einzuwerfen: „Durchlaucht ist nicht nur großzügig, sondern auch gütig. Der Segen für so viel Edelmut wird über das gesamte Schloss kommen."

„Vom Engel, der uns damals in der Gewitternacht erschienen ist und Decken gebracht hat, haben wir viel gelernt. Wie gut, dass ich seinen Rat auch bei einer schweren Prüfung befolgt habe. Das hat uns Segen und Freude beschert. Wahrscheinlich ist uns dadurch auch Leid erspart geblieben."

Ein völlig Unwissender hätte mit diesen Worten kaum etwas anzufangen gewusst. Für Jaggl war diese edle Einstellung des Grafen von besonderer Bedeutung. Wenn er so auf die Gebote des Engels vertraute, so blieb der Salvösen und der Hahntennen tabu. Niemals würde der Graf sich in dieses Gebiet wagen. Damit war das Geheimnis um den Bergbau viel sicherer geworden.

Der Herrin waren diese Reden beinahe schon peinlich als sie ablenkte: „Wie wäre es denn, wenn wir die Gamsjager-Mutter zu uns ins Schloss nehmen würden? Sie kann immer noch gut auf unsere Kinder aufpassen, wenn das Kindermädchen nicht da ist, und sie ist eine sehr gute Köchin, von der unser Koch sogar noch etwas dazulernen kann."

„Die Kammer vor dem Turm könnte man bewohnbar machen. Nach einigen Tagen, wenn die Mutter den größten Schmerz überwunden hat, wird meine Gemahlin ihr das zu berichten wissen. Bis ein neuer Gamsjager in unseren Diensten ist, wird sie im Gamsjagerhaus bleiben können."

„Wenn es dem Herrn recht ist, so werde ich sie von nun an öfters zu uns einladen, damit sie sich an das Schloss gewöhnen kann."

„Das wird so richtig sein", bestätigte der Herr die Ansicht seiner Gemahlin, um in einem ganz anderen Thema schlau fortzufahren: „Hat der Gamsjager im Parzinn Gämsen erlegt?" Jaggl antwortete wahrheitsgetreu: „Niemand hat ein erlegtes Wild bei ihm gesehen. Vom Schäfer weiß ich, dass er in der Schäferhütte zwar Pfeil und Bogen dabei gehabt hat, doch nie versucht hat, ein Wild zu erlegen."

„Gibt es viel Wild um Pfafflaar herum?"

Jaggl war mutig und schlau, als er erwiderte: „Es gibt viele Gämsen hoch oben auf den Bergen. Man kommt nicht nahe an sie heran, weil sie keine Menschen gewohnt und darum sehr scheu sind. Wären sie leicht zu erlegen, so würden die Gamsjager von Starkenberg und Kronburg das Gebiet schon längst bejagen. Schließlich muss man das Wild, wenn man es erlegt hat, sehr weit bis nach Starkenberg tragen."

Der Graf rückte ganz offen mit seiner Sorge heraus: „Mit der Jagd wird sich in nächster Zeit einiges ändern. Dem Landesfürsten wird sein Jagdgebiet zu klein. Vielleicht will er sogar in Pfafflaar jagen."

Das war für Jaggl und Lee ein Schock, den sie nur mit Mühe beherrschen konnten. Dass der Landesfürst persönlich vom Bergbau erführe, wäre einem Unheil gleichzusetzen. So musste Jaggl versuchen, etwas zu komplizieren: „Unser Jagdgebiet ist riesengroß und ständig von Steinschlag und Muren bedroht. Über dem Hahntennen ist öfter schlechtes Wetter als im Inntal. Bei Nebel kann man sich da verirren, dass man nicht einmal mehr einen Weg ins Tal findet. Wir, die wir beinahe jeden Stein kennen, tun uns schon beim Vieh hüten manchmal schwer. Wie soll sich da ein fremder Gamsjager zurechtfinden?"

Das gefiel anscheinend dem Grafen gar nicht so schlecht, denn es klang erleichtert aus ihm, als er zu erklären anfing: „Heute nachmittag gibt es eine Besprechung zwischen landesfürstlichen Gamsjagern, Stift Stams und uns. Wir wissen nur, dass es um eine Neuregelung der Jagd geht. Können die Pfafflaarer bei dieser Besprechung dabei sein?"

Jaggl dachte sich: „Nichts lieber als das", und antwortete schnell: „Das wäre uns eine große Ehre. Wir sind den ganzen Tag frei, warten nur bis morgen, um bei der Totenfeier dabei zu sein."

„Wenn er die großen Gefahren und Schwierigkeiten dieses Jagdgebietes den Gamsjagern schildern kann, so wäre das für uns vielleicht eine Hilfe."

„Das werden wir gern tun", antwortete Jaggl mit ehrlicher Überzeugung.

27. Ein glücklicher Zufall

So wartete man auf die Ankunft der Herren aus Innsbruck und Stams. Der Kronburger Gamsjager war natürlich auch gekommen. Ihm musste man über den Tod vom Gamsjager-Friedl ausführlich berichten.

Als die Runde vollzählig war, begab man sich in den neuen Festsaal vom Schloss. Manches war noch nicht fertiggestellt, doch schien der Saal für große Festlichkeiten ausgelegt zu sein. Jaggl erkannte mit seinem Feingefühl, dass es bei den Starkenbergern mit dem großen Geld doch nicht so gut aussah, sonst hätte man sicher gleich zur Eröffnung einen Prunksaal präsentiert. In letzter Zeit wurde sogar gemunkelt, dass das neue Schloss nicht mehr den Starkenbergern gehören würde.

Nach der Begrüßung kamen die Landesabgesandten bald zur Sache. Der Graf musste berichten, wieviel Gämsen, Rehe und Hirsche erjagt worden sind. Die Anzahl der erlegten Tiere war den Landes-Gamsjagern viel zu gering. Sie deuteten sogar an, dass vielleicht bewusst nicht die volle Menge bekanntgegeben wurde. Der Schlossherr sah sich schon in die Enge getrieben, als die Rede darauf kam, dass man in Innsbruck daran denke, die Jagdgebiete von Kronburg und Starkenberg selbst zu betreiben. Das musste der Kronburger Gamsjager natürlich so gut es ging verhindern und gab das Wort an Jaggl weiter: „Wir haben hier ganz zufällig zwei Männer aus Pfafflaar. Sie haben mit der Jagd nichts zu tun, kennen aber das Gebiet vom Schafe hüten ganz genau und können uns die Jagdmöglichkeiten hinter den Bergen gut schildern."

Jaggl versuchte die Tatsachen mit seinen Vorstellungen zu vermischen, als er zu erklären anfing: „Früher soll es auch bei uns etliche Gämsen gegeben haben. Es werden immer mehr Bewohner in unserem Tal, und so musste man mehr Schafe halten, um die Leute ernähren zu können. So gibt es um Pfafflaar herum nur noch wenige Gämsen, einige Rehe, noch weniger Hirsche. Würde es sich lohnen, so hätten die Starkenberger und die Kronburger das Gebiet doch ständig bejagt."

„Ihr erlegt keine Gämsen hinter den Bergen?", war die Frage an den Kronburger Gamsjager.

„Nein."

Darauf der Landes-Gamsjager: „Wie sieht es mit den Schafen aus? Haben die ein Weiderecht auf den Bergen?"

Jetzt musste der Graf antworten: „Die Pfafflaarer Hirten und Bauern dürfen so viel Grund und Boden in Anspruch nehmen, als sie für ihren Lebensunterhalt brauchen. Wir haben dort das verbriefte Weiderecht für unser Vieh im Sommer. Das Vieh wird von den Pfafflaarern bestens versorgt. Natürlich vermehren sich die Menschen dort und brauchen laufend mehr Platz und größere Weideflächen für ihr Vieh."

„Demnach ist also eher mit einer Verminderung als mit einer Vermehrung der Gämsen zu rechnen?"

Jaggl konnte tiefste Überzeugung vortäuschen: „So ist es."

Der Landes-Gamsjager darauf nachdenklich: „Wir müssen dem Landesfürsten eine Vereinbarung überbringen, nach der er von nun an Wildbret aus eurem Revier bekommt und er selbst mit seinen Freunden in eurem Gebiet jagen darf."

Jaggl blinzelte dem Grafen im richtigen Moment teilnahmsvoll zu, so dass er dem

Landes-Gamsjager weiter das Wort überließ: „Was meint der Pfafflaarer dazu? Wird ein Dutzend Gämsen um Pfafflaar herum zu erlegen sein?"

„Damit müsste nach meinen Beobachtungen der Landesfürst zufrieden sein. Wenn man mehr erlegt, so werden die Gämsen in diesem Gebiet ausgerottet."

Der Graf warf einen dankbaren Blick zu Jaggl, und dann einigte man sich für eine bestimmte, erlegbare Menge an Wildbret aus dem Gebiet von Kronburg bis Pfafflaar und um den Hahntennen. Für die landesfürstlichen Jagdgäste wolle man das bequemere und näher gelegene Revier auf der Inntaler Seite bereithalten. Immer wieder warfen sich der Graf und Jaggl verständnisvolle Blicke zu. Eine bessere Gelegenheit mit dem Grafen in persönlichen Kontakt zu kommen, hätte sich für die Pfafflaarer nicht bieten können. Andererseits musste der Graf Jaggl für sein Verhandlungsgeschick dankbar sein, denn ohne ihn hätte er vermutlich bedeutend schlechter abgeschnitten.

Nachdem die Gäste das Schloss verlassen hatten, begann eine intensive Aussprache zwischen den Pfafflaarern und dem Schlossherrn. Dem Grafen war manches nicht so ganz klar, was Jaggl den Landesfürstlichen angeboten hatte. Als der Graf im Laufe der Besprechung erklärte, dass ein dritter Gamsjager für sein Revier nicht in Frage käme, konnte Jaggl mit seiner vorgefassten Idee endlich herausrücken: „Wenn Durchlaucht es uns erlauben würde, so könnten wir öfters Wildbret besorgen. Niemand von uns Pfafflaarern hat Pfeil und Bogen. Unsere Ahnen im Engadin haben das Jagen verlernt, und wir konnten es noch nicht lernen. Unsere Schafhirten hätten Zeit und Gelegenheit, um euch das Wildbret zu erlegen und in das Schloss zu bringen. Freilich, es fehlt ihnen außer dem Schießzeug auch die Übung im Schießen."

„Am Schießzeug soll es nicht liegen. So würde also der Schafhirte mein Gamsjager?"

Jaggl wagte nicht, Edi zu nennen. Die Gefahr, vom Grafen erkannt zu werden, war einfach zu groß. Der Lechtaler-Gramoaser könnte eine gute Hilfe bei der Jagd sein, doch auch über ihn wollte er vorerst kein Wort erwähnen. So fuhr er in seiner Meinung ganz schlicht fort: „Ich kann nicht gut für andere reden, doch denke ich mir, dass unser Fredi aus Bschlabs zum Gämsen schießen geeignet wäre.

Der Graf dachte nur daran, dem Landesfürsten die vereinbarten Gämsen liefern zu können: „Wichtig ist für uns, dass wir dem Landesfürsten das vereinbarte Wildbret liefern."

Das schien für Jaggl kein Problem zu sein, denn er erwiderte überzeugend: „Wenn uns Durchlaucht mit dem notwendigen Schießzeug ausrüstet, so werden wir alles daran setzen, dass er seine Verpflichtungen erfüllen kann. Wir werden, sobald wir heimkommen, mit dem Lechtaler und mit Fredi reden. Einer, oder vielleicht auch beide, werden Euch bald im Schloss hier besuchen."

Damit war der heutige Tag gelaufen. Jaggl und Lee verabschiedeten sich wie von guten Bekannten. Der gräfliche Herr war den beiden gegenüber recht zutraulich geworden.

Am folgenden Vormittag war der Sterbegottesdienst für den Gamsjager-Friedl. Die Mutter spielte ihre Rolle sehr gut, doch einen Pfafflaarer vom Schlage eines Jaggl oder Lee hätte sie nicht täuschen können. So wurde ihr von allen Seiten Beileid zuteil und Hilfe angeboten. Dass sie der Schlossherr, sobald im Gamsjagerhaus ein anderer Gamsjager einziehen würde, im Schloss unterbringen wollte, war für die meisten eine Erleichterung.

Bevor die Pfafflaarer ihren Gang über den Hahntennen antraten, stärkten sie sich mit einem duftenden Braten und einem Glas Rotwein im Gasthaus bei der Kirche. Dem Wirt fiel die noble Kleidung und das feinrasierte Gesicht der beiden auf, und er sprach sie gleich darum an: „Ja, was ist denn nun mit den Pfafflaarern los? Ist bei ihnen der Reichtum ausgebrochen? Vom Kopf bis zum Fuß fein gekleidet, sauber gewaschen und rasiert?"

Auf diese Fragen wurde sogar Jaggl verlegen. Nun war es Lee, der dem Wirt mit einem Schmunzeln antwortete: „Wir Pfafflaarer sind zwar klein von Statur, haben aber das Glück, dass wir drei Sprachen sprechen. Solche Leute braucht man im Lechtal, wo es viele Knappenlöcher gibt. Dort, wo es Knappenlöcher gibt, ist Geld. Es ist doch bestimmt keine Schande, wenn wir auch etwas davon abbekommen?"

An allen Tischen in der Gaststube wurde es auf einmal mäuschenstill. Das war zu interessant. Der Wirt ergriff als Erster wieder das Wort: „Da schau sie einer an. Wir haben gemeint, dass die Pfafflaarer einfältige und arme Leute sind. Jetzt zeigen sie uns, wie man reich wird."

Darauf Jaggl: „Reich sind wir nicht. Wir sind froh, dass wir uns anständige Häuser bauen und ein gutes Festgewand leisten können. Schließlich arbeiten wir auch mehr als früher. Das Vieh müssen nun hauptsächlich die Frauen versorgen."

Jaggl und Lee mussten nun ausführlicher über ihre Tätigkeit erzählen. Den Bergbau in Pfafflaar erwähnten sie natürlich mit keinem Wort.

Als man mit der Unterhaltung die Geister im Salvösen erwähnte, taten Jaggl und Lee erschrocken, als ob sie vor diesen richtig Angst hätten: „Mein Gott, wir müssen nun aber schleunigst aufbrechen, damit wir nicht in die Nacht hineinkommen. Nicht nur im Salvösen gibt es viele Pütz, weiter oben bei der Maldon ist es nicht besser. Unlängst saß einem Pfafflaarer ein Putz im Genick, den er schwer mittragen musste. Erst kurz auf der Passhöhe verließ ihn der Putz in Gestalt eines Totenkopfes, der schließlich wegrollte und verschwand. Nicht umsonst haben die Maldoner ihr Gehöft bei Nacht und Nebel verlassen."

Der Wirt pflichtete gleich bei, denn zu viele Geistergeschichten wurden in seiner Gaststube schon erzählt: „Da hört ihr, dass es nicht gelogen ist, was sich die Imster immer wieder erzählen. Im Salvösen geistert es gewaltig. So viele Pütz gibt es nirgendwo als zwischen Salvösen und dem Hahntennen."

Darauf meinte ein Gast: „Ich gehe schon bei Tag nicht ins Salvösen. Bei Nacht bringen mich keine zehn Paar Rösser dorthin."

Jaggl tat, als ob er gleicher Meinung wäre: „Wir gehen auch nicht gern durch das Salvösen. Auch nicht am helllichten Tag. Aber wir müssen durch, um heimzukommen. Mag kommen was will."

Nun verabschiedeten sich die beiden schnell, um über Tarrenz, nach einem kurzen Besuch bei der Gamsjager-Mutter, den Gang über den Hahntennen anzutreten.

Sehnsüchtig wurden sie besonders von Edi erwartet, der darum bangte, ob es seiner Mutter weiterhin gestattet sein würde, im Gamsjagerhaus zu wohnen. Kaum saßen sie in der Stube, kam Edi bei der Tür hinein, brauchte aber erst gar nicht zu fragen, denn Lee erkannte sofort, weswegen er so schnell erschienen war und begrüßte ihn gleich mit einer Mitteilung: „ Edi, deiner Mutter geht es sehr gut. Sie ist glücklich, dass sie, sobald ein neuer Gamsjager ins Gamsjagerhaus einzieht, im Schloss aufgenommen wird. Übrigens, was man so bei ihr fühlt, wäre sie gar nicht unglücklich, bald einmal Pfafflaarer Großmutter zu werden."

Edi sichtlich erleichtert: „So bin ich eine große Sorge los und habe nun auch den Segen meiner Mutter. Das ist wunderschön. Ich fühle mich richtig erleichtert und werde es gleich Mina berichten."

„Edi, halt, so schnell darfst du uns nicht verlassen, denn wir haben dir noch etwas Interessantes zu berichten. Du wirst deinen Beruf als Gamsjager auch bei uns nicht ganz los."

Jaggl und Lee berichteten abwechslungsweise, welche Besprechung im Schloss stattgefunden hatte, wie der Schlossherr in Bedrängnis gebracht wurde und, dass die Pfafflaarer nun eingeladen wären, das vereinbarte Wild zu erlegen und nach Schloss Starkenberg zu liefern. Dadurch würde kein herrschaftlicher Gamsjager mehr in Versuchung kommen, in der Umgebung von Pfafflaar zu jagen und dabei eventuell die Knappenlöcher zu entdecken. Somit wäre eine der größten Gefahren um den Bergbau in Pfafflaar geschickt abgewendet. Alle Talbewohner bangten seit Beginn des Bergbaues bei dem Gedanken, dass sich einmal ein herrschaftlicher Gamsjager nach Boden verirren und die Knappenlöcher entdecken könnte.

Edi kam von seinem gewohnten Beruf somit nicht los, denn es war klar, dass die meisten Gämsen von ihm erlegt werden sollten. Fredi hatte zwar das Schießen mit Pfeil und Bogen vom Lechtaler-Gramoaser schnell gelernt, doch seine Hauptaufgabe bliebe wahrscheinlich im Sommer das Vieh zu hüten. Natürlich musste man dieses Verhandlungsergebnis auch in Bschlabs bekannt machen. Für Jaggl war es klar, zuerst Hiasl zu informieren. So ging er am nächsten Morgen allein und direkt nach Zwieslen.

Hiasl war sichtlich erfreut, erkannte bereits während der Begrüßung, dass Jaggl etwas Wichtiges am Herzen hatte, und begleitete ihn gleich in die Stube. Kaum, dass sie sich auf die neu gezimmerten Stühle gesetzt hatten, begann Hiasl: „Jaggl, ich wette, du hast mir etwas Interessantes zu berichten."

„Bist ein schlauer Mensch und darum komme ich ganz selbstverständlich zuerst zu dir."

„Es kann nichts Unangenehmes sein. Dein Gesicht strahlt irgendwie. Das kann nichts Schlechtes bedeuten."

„Du hast recht, Hiasl. Die Starkenberger müssen viel Wildbret an den Landesfürsten abliefern. Einen dritten Gamsjager wollen oder können sie sich nicht leisten. Nun sollen wir ihnen das Wild erlegen und bringen."

„Mensch, Jaggl, wie hast du das geschafft? Dann brauchen wir doch gar keine Angst mehr zu haben, dass uns ein herrschaftlicher Gamsjager die Knappenlöcher entdeckt."

„Das hast du aber schnell begriffen. Von Bschlabs nach Tarrenz ist es zwar ein weiter Transportweg, doch sind die Burschen hier schwere Lasten zu tragen gewohnt. Vielleicht kann man nicht nur um Pfafflaar herum, sondern auch bei Bschlabs Gämsen erlegen und dem Starkenberger bringen."

„Fredi hat sich selbst Pfeil und Bogen gebastelt und geht, wenn er den Lechtaler-Gramoaser trifft, ab und zu mit ihm auf die Jagd. Er schießt immer wieder ein Reh oder einen Hasen. Ich meine, das ist der geborene Gamsjager. Ihm könnte man keinen größeren Gefallen tun, als ihn recht viel Wild abschießen zu lassen."

„Das hast du mir bereits früher einmal erzählt, und darum habe ich beim Grafen gleich Fredi als Gamsjager vorgeschlagen. Wo arbeitet Fredi derzeit?"

„Fredi arbeitet daheim und müsste nicht allzu weit vom Haus entfernt anzutreffen sein."

„So könnten wir ihn schon heute informieren und fragen, ob er mitmacht. Ich möchte heute sowieso noch ins Taschig zum Schneider und dann noch zum Much. Ich brauche einen neuen Anzug und neue Schuhe. Am liebsten wäre mir, wenn du, Hiasl, mitkommen würdest."

Diesen Wunsch nahm Hiasl gern an: „Wenn du das meinst, so komme ich gern mit."

Die Frau von Hiasl ließ es sich jedoch nicht nehmen, Jaggl vorher noch zu einer kleinen Brotzeit einzuladen. Es gab gutes Ofenbrot mit Käse und dazu Schlehentee.

Schließlich war man so weit, um den Gang zum Schneider anzutreten. Beim Eintreten in die Stube, die zugleich die Schneiderwerkstatt war, sah man sofort, dass genug, vielleicht sogar zu viel, Arbeit vorhanden war. Ein junger Bursche wurde anscheinend vom Schneider angelernt und machte seine Arbeit bereits ganz ordentlich.

Nach dem herzlichen „Allegra" brachte Jaggl gleich seinen Wunsch vor: „Ich würde dringend einen neuen Anzug brauchen. Wie ich sehe, hast du viel zu tun. Kannst du mir einen Anzug machen? Er soll besonders schön sein. Der Preis spielt keine Rolle. Ich muss bei den Herrischen gut aussehen, sonst bringe ich unsere Wünsche nicht so gut durch."

„Wem habe ich es denn zu verdanken, dass ich nun so viel Arbeit und Verdienst habe? Hättest du nicht den Bergbau in unser Tal gebracht, so wären wir heute noch bettelarm. Ich wäre ein Schuft, wenn ich dir etwas nicht machen würde, was du notwendig brauchst. Es ist für mich eine besondere Ehre, dass du, obwohl du nun genug Geld hast, um zu einem Stadtschneider zu gehen, immer noch zu mir kommst. Jaggl, du kannst immer zu mir kommen."

Jaggl war sichtlich gerührt über so viel Anerkennung und Dankesbezeigung. Das hätte er sich von dem eher verschlossenen Schneider nicht erwartet.

So war es mehr eine Geste, als er bescheiden erwiderte: „So groß ist mein Verdienst an den Knappenlöchern auch wieder nicht. Es haben mir viele dabei geholfen, bis es so weit war."

„Nein, nein. Dass wir die Knappenlöcher haben, ist dein Verdienst. Niemand anderer hätte sich so mit den Herrischen verständigen können und gewusst, wie man so etwas anpackt. Nun komm schon. Wie stellst du dir deinen neuen Anzug vor?"

„Der Anzug, den du mir zuletzt gemacht hast, ist wunderschön und kommt überall gut an. Denselben kannst du mir wieder schneidern. Nur sollst du mir einen feineren und eleganteren Stoff dazu verwenden. Wie gesagt: Das Geld spielt diesmal keine Rolle."

Jaggl warf einen Blick über die vielen nur teils fertigen Kleidungsstücke. Wie sollte der Schneider da noch auswärts Besorgungen machen können? Den musste man ein wenig unterstützen. Wie seine Gedanken ankamen, konnte er nicht wissen, und so begann Jaggl vorsichtig: „Wie ich sehe, hast du so viel zu tun, dass du für den Einkauf kaum noch Zeit hast. Wenn dir damit geholfen wäre, so würde ich den Stoff sogar selbst besorgen. Ich kann dir auch noch andere Sachen mitbringen, wenn du etwas notwendig brauchst."

„Schon recht, du tätest dich mit dem Kauf von elegantem Stoff wahrscheinlich viel leichter als ich. Du triffst immer wieder italienische Händler, die alle Arten von Stoffen verkaufen. Wenn du dir den Stoff selbst besorgst, so könntest du den Anzug schneller bekommen, denn ich werde alle anderen Arbeiten liegen lassen, um dir den Anzug möglichst schnell zu nähen."

„Ich fahre nächste Woche nach Augsburg. Da treffe ich ganz bestimmt Händler, bei denen ich einen Stoff nach meinen Vorstellungen finde."

So kam es, dass der Schneider in wenigen Wochen für Jaggl einen Anzug anfertigte, der zusammen mit einem Kleid, das der Schneider für die Schwestern genäht hatte, fünfhundert Jahre später als Pfafflaarer Tracht im ganzen Land zu sehen sein sollte.

Doch zu dieser Tracht hatte auch der Schuster Much beigetragen. Er dankte Jaggl genauso wie der Schneider für seine Bemühungen um den Bergbau und versprach ihm ganz besonders elegante Schuhe. Ganz von selbst ergab es sich, dass Jaggl in Hinkunft für diese Handwerker Leder und Stoff besorgen sollte, damit die beiden sich ganz ihrer Arbeit widmen konnten. Wenn das so weiterging, würde aus Jaggl bald ein Händler werden.

Mehr als die Hälfte des Tages war vorüber, als Jaggl und Hiasl endlich zu Florian kamen, um nach Fredi zu fragen.

„Fredi ist schon am Vormittag in den Wald. Er möchte ein Reh mit nach Hause bringen. Er hat sich ein gutes Schießzeug gebastelt, doch oft kommt er leer zurück."

„Das passt ja wunderbar", dachte sich Jaggl und sagte laut: „Wir werden auf Fredi warten. Wir glauben, dass wir ihm eine gute Botschaft überbringen können."

So erzählten sie Florian, was sich im Schloss Starkenberg zugetragen hatte und von der Möglichkeit, dass sich Fredi in Zukunft offen als Gamsjager betätigen würde können.

Florian nahm dies mit einem lachenden und einem weinenden Auge zur Kenntnis und meinte dazu: „Fredi könnt ihr keinen größeren Gefallen tun, als ihn mit der Jagd zu betrauen. Wenn er dazu noch gutes Schießzeug bekommt, so ist er sicher überglücklich. Zu Hause wird er uns freilich bei der Arbeit schwer abgehen. Die Bauernarbeit in Bschlabs ist nicht leicht."

Jaggl wusste das, und es taten ihm besonders die Schwestern von Fredi leid, als er leicht tröstend sagte: „Wenn wir das wissen, so können wir ihn schon ein wenig so lenken, dass er auch zu Hause, zumindest bei den schweren Arbeiten, mithilft. Er ist ja schließlich ein kräftiger Bursche."

Florian war davon nicht ganz überzeugt und meinte nur: „Probieren könnt ihr, ob ihr ihn zu Hause an die Arbeit bringt. Bei der Jagd scheut er keine Mühe und setzt seine ganze Kraft ein. Bei der Bauernarbeit sucht er sich lieber die bequemeren Arbeiten aus."

Die Männer waren noch in lebhaftem Gespräch, als Fredi tatsächlich mit einem Reh nach Hause kam. Er war von Jaggls Vorschlag natürlich hellauf begeistert und glaubte, dass er allein das gesamte Wildbret erlegen könnte. Darauf gab ihm Jaggl zu bedenken, dass er wohl das Wild allein erlegen könnte, aber für den Transport nach Tarrenz mindestens noch ein Gamsjager gebraucht werde. Das sah Fredi schließlich ein.

So wurden nach einigen Tagen Fredi und der Lechtaler-Gramoaser von Lee im Schloss Starkenberg vorgestellt. Beide sollten mit Pfeil und Bogen ihr Geschick als Gamsjager unter Beweis stellen. Fredi schoss als Erster auf ein Ziel und traf so gut, dass alle nur so staunten. Der Lechtaler-Gramoaser tat bei den ersten zwei Schüssen, als ob er ein blutiger Anfänger wäre. Länger konnte er sich nicht beherrschen und schoss darauf so genau ins Ziel, dass der Schlossherr vom Staunen nicht mehr heraus kam.

So bekamen beide gutes Schießzeug, das sie mit Freuden annahmen. Vor dem Abschied, als sie sich für die Waffen herzlichst bedankten, gab es eine gar nicht leicht zu nehmende Aufregung. Voll Stolz betrachtete Fredi seinen Pfeil und Bogen und sagte übermütig: „Mit so einem Pfeil schießen wir sogar alle Pütz im Salvösen."

Der Schlossherr hörte dies, machte einen Satz zu Fredi, entriss ihm den Bogen, den er gerade stolz und freudig leicht gespannt hatte, und schrie ihn an: „Noch ein einziges Wort über die Pütz im Salvösen und ich werfe ihn eigenhändig in die Schlucht hinab!"

Natürlich war Fredi darauf verdutzt und wusste nicht, was dies zu bedeuten hatte. Glücklicherweise kam gerade in diesem Moment die Schlossherrin mit den zwei Kindern herbei, hörte was vorgefallen war und konnte ihren Gemahl, wahrscheinlich mehr durch den Anblick der Kinder, als mit ihren Worten, von seiner Wut besänftigen. Kurz darauf wurde es mäuschenstill, bis Lee das Schweigen brach: „Wir werden alles tun, damit der gnädige Herr das Wild bekommt, das er für den Landesfürsten und für sich selbst braucht. Wir hoffen, dass wir bald etwas bringen können."

Wahrscheinlich sah der Schlossherr nach der ersten Aufregung ein, dass Fredi sich bei seinen Worten überhaupt nichts gedacht hatte. Jedenfalls wurde es ein freundlicher Abschied. Tiefsinnig nahm die Schlossherrin ihr Töchterlein fest bei der Hand und blickte irgendwie sehnsüchtig den drei Pfafflaarern nach. Dem feinfühligen Lee kam es vor, als wollte sie für jemanden einen lieben Gruß mitgeben.

Das Leben in Pfafflaar nahm bald wieder seinen gewohnten Lauf. Für Jaggl, Lee und Thoma war es höchste Zeit, wieder ins Lechtal zu kommen. Viele Aufgaben von der Organisation im Koaser bis zu den immer weiter ausgedehnten Kurierdiensten und Besorgungen warteten auf die drei. Albin vom Bach gesellte sich immer häufiger zu den drei Pfafflaarern, griff jedes Wort bei italienischen Gesprächen auf und konnte sich schon leidlich mit den südlichen Händlern verständigen.

Der Herbst zog ins Land und der Almabtrieb nach Imst und Starkenberg wurde angesagt. Diesmal sollte es eine besondere Feier im Schloss geben. Der Gamsjager-Fredi, Edi und der Lechtaler-Gramoaser konnten nicht nur das für den Landesfürsten vereinbarte Wild bringen, sondern auch noch das Schloss selbst reichlich mit Wildbret versorgen. Bei Fredi nahm seine Jagdleidenschaft manchmal derartige Ausmaße an, dass Leute vom Dorf für den Wildtransport eingesetzt werden mussten, weil es für die drei Gamsjager nicht zu schaffen war, das erlegte Wild nach Hause zu transportieren. Fredi versprach dem Schlossherrn zum Almabtrieb eine besonders junge und schmackhafte Gams. Im Gegenzug ließ es sich der edle Herr nicht nehmen, die Pfafflaarer Hirten mit allen Begleitpersonen zu einem kleinen Fest beim Schloss einzuladen.

So präsentierten sich nicht nur die männlichen Pfafflaarer in ihrer besten Kleidung, auch die Frauen hatten endlich einmal Gelegenheit, ihre schönen Kleider auswärts zu zeigen. Der Gastgeber ließ sich nicht lumpen und tischte den Gästen ein gutes Essen und sogar Wein auf. Die Gramoaser hatten sich ein besonderes Spektakel ausgedacht, von dem selbst die Pfafflaarer völlig überrascht wurden. Als das Fest gerade im Gang war, kam ein Chor singend und spielend aus dem Wald herunter mitten in die fröhliche Gesellschaft. Von dieser Überraschung ließ sich sogar der Schlossherr mit samt seiner Gemahlin mitreißen. So ein Fest hatte Schloss Starkenberg noch nie erlebt. Schließlich kam man überein, den Almabtrieb in Zukunft immer mit einer derartigen Feier zu verbinden.

Allmählich kündigte sich der Winter mit kurzen Schneestürmen an. Der erste Schnee schmolz zwar wieder weg, doch bald sorgten weitere Schneefälle für eine weiße Landschaft. Nun begann für Bergknappen und Bauern eine besonders anstrengende Zeit. Der Großteil des Erzes, das den Sommer über geschürft worden war, musste im Winter mit Schlitten talauswärts ins Lechtal gebracht werden. Im Sommer musste alles auf dem Buckel getragen werden, und man schaffte nur soviel Galmei ins Tal, als von der Hütte in Pflach dringendst angefordert wurde. Man wollte das angehäufte Erz noch vor dem Hochwinter zu Tal bringen, bevor große Schneefälle und Lawinen die Leute gefährden und den Weg blockieren. Dass im Tal unten nichts abhanden kam und alles Erz richtig am Ziel anlangte, wurde hauptsächlich von Thoma kontrolliert. Schließlich wurden Jaggl und Lee laufend irgendwo anders gebraucht.

28. Ein gefährlicher Transport

Die Salzfuhrleute, die ständig zwischen Hall und dem Allgäu unterwegs waren, konnten keine weiteren Aufträge mehr übernehmen. So kam nach Ehrenberg die Anfrage, ob nicht verlässliche Leute für einen wertvollen Transport nach Augsburg zu finden wären. Nach einigem Überlegen kam man auf die Pfafflaarer zu sprechen, denen es offensichtlich nicht so sehr ums Geld, als vielmehr auf Anerkennung ankam. Niemand wusste, worum es ging, doch die Order war klar. Es musste der Transport einer einzigen Kiste von Schwaz über Ehrenberg nach Augsburg begleitet und bewacht werden. Diese heikle Aufgabe wurde Jaggl, Lee und Albin vom Bach anvertraut. Jeder von ihnen musste einen Eid ablegen, notfalls mit seinem Leben um diese Kiste zu kämpfen, um sie unversehrt beim Empfänger abzuliefern. Das hieß, die Kiste nicht nur auf der Fahrt zu beschützen, sondern sie auch während der Ruhepausen ständig zu bewachen.

In Schwaz wurde ihnen eine elegante Reisekutsche mit einem Reisegepäckabteil, in dem sich bereits die versiegelte Kiste befand, zur verantwortungsvollen Reise übergeben. Albin und Lee freuten sich, in so einer eleganten Kutsche reisen zu dürfen, doch Jaggl betrachtete diese Kutsche mit gemischten Gefühlen, trübte aber seinen Kollegen vorerst nicht die Freude an diesem prunkvollen Gefährt. Für die Organisation während der Fahrt wurde den Begleitern freie Hand gelassen.

Eigentlich sollte die Abfahrt am Nachmittag stattfinden, um in Innsbruck das erste Mal zu nächtigen. Das passte Jaggl gar nicht in seinen Plan, und so setzte er sich schließlich mit seinem Wunsch durch, erst am frühen Morgen abzufahren.

Noch bevor der Tag graute, war man schon auf der Fahrt nach Innsbruck, wechselte dort ohne weiteren Aufenthalt die Pferde und fuhr innaufwärts. Der normale und kürzeste Weg hätte dann über das Plateau direkt zur Via Claudia geführt. Jaggl konnte seine Kollegen schließlich überzeugen, dass sie besser dem flachen Inntal folgend den Weg fortsetzen sollten, um am späten Abend in Imst oder Tarrenz anzukommen. Dort würden sie sowohl die örtlichen Verhältnisse, sowie viele Leute kennen und dadurch in keine Gefahr kommen. Das funktionierte auch bestens, bis sie am folgenden Tag den Weg über den Fernpass fortsetzen mussten. Südlich des Passes war es noch trocken, doch je näher sie zur Passhöhe kamen, desto mehr Schneeflocken fielen vom Himmel. Gut, dass sie die steilsten, abschüssigen Wegstrecken in Richtung Reite bald hinter sich haben würden, denn diese Prachtkutsche war nicht für den Winter mit schneebedeckten Wegen konstruiert.

Für alle drei Männer war es klar, dass sie bei solchen Schneeverhältnissen mit dieser Kutsche den Weg nicht mehr fortsetzen konnten, ohne in höchste Gefahr zu kommen. Wie leicht konnte sie eine Schlittenkutsche einholen, ausrauben und davonfahren, ohne dass sie wirksam etwas dagegen tun hätten können. Jaggl gefiel die ganze Sache überhaupt nicht, behielt seine Bedenken aber vorerst für sich.

Als sie hinter dem Pass langsam, mehr rutschend als fahrend, den Weg hinunterfuhren, überholte sie ein Reiter, dessen Pferd Jaggl in Innsbruck glaubte gesehen zu haben. Dies vertraute Jaggl nun seinen beiden Kollegen an, die sofort den Ernst der Lage begriffen.

Schließlich schafften sie es doch noch bis zur Festung Ehrenberg, wo sie eine versperrbare Unterkunft für sich selbst und die Kutsche bekamen. Nun war es von großem Vorteil, in Ehrenberg bekannt und beliebt zu sein. Sonst hätten sie in Reite mit den vielen Salzfuhrleuten in einem Gasthaus übernachten und die ganze Nacht die Kiste bewachen müssen. Man hörte immer wieder, dass laufend Salzfässer gestohlen wurden. In einem Gasthaus wären sie mit dieser Nobelkutsche bestimmt aufgefallen und in Gefahr gekommen.

So besprach man sich mit dem Stallmeister, in der späten Nacht die Kiste auf ein einfaches Bauerngefährt umzuladen, um mit einem unauffälligen Schlitten, sichtbar mit Milchkannen beladen, dann am frühen Morgen die Fahrt nach Reite, Füasse und Augsburg fortzusetzen. Die Nobelkutsche sollte am Vormittag mit einer versiegelten, jedoch wertlosen Kiste beladen, mit zwei Knechten der ersten Kutsche folgen.

Jaggl gab dem Stallmeister und den Knechten eine gute Vorausbelohnung und versicherte ihnen, dass sie von Augsburg zurückkommend nochmals gutes Geld für ihre Dienste bekommen würden. Jaggl und seine Begleiter konnten sich von nun an nicht mehr um das Nobelgespann kümmern und setzten planmäßig ihre Reise am frühen Morgen in Richtung Reite und Füasse fort.

So kamen sie problemlos mit einem Pferdewechsel bis Schongau, wo sie für heute übernachten wollten. Auf einmal drängte Jaggl, den Weg noch bei Nacht, nachdem sich das Wetter immerhin ein wenig gebessert hatte, in Richtung Augsburg fortzusetzen. Weil alle einsahen, dass sie damit der Gefahr eines Raubes so gut wie endgültig entfliehen könnten, stimmten sie diesem Vorschlag zu.

Nun schien es aber nicht möglich, einen Kutscher und ausgeruhte Pferde aufzutreiben. Gerade, dass man sie nicht für verrückt erklärte. Über einen Stallbesitzer war nichts zu machen. Erst als sie das Trinkgeld verdoppelten, erklärte sich ein Kutscher für diese Nachtfahrt bereit.

Nach einem kräftigen Abendessen, das die drei abwechselnd einnahmen, denn zwei blieben immer bei der wertvollen Fracht, drängte nun der Kutscher zur Eile. So schlampig angespannt hatte Jaggl noch nie ein Fuhrwerk gesehen. Erst als sie außerhalb der Stadt waren, blieb der Kutscher stehen und zerrte das Geschirr ordentlich fest. Die drei wussten nicht, was das eigenartige Benehmen zu bedeuten hatte, denn der Mann knurrte bei jeder Frage nur etwas Unverständliches in seinen Bart hinein.

Langsam begann es wieder zu schneien, es begann den Schnee zu verwehen, so dass der Weg manchmal kaum noch zu erkennen war. Plötzlich setzte kräftiges Schneetreiben ein. Man musste nun mehr den Pferden als dem Kutscher vertrauen, um auf dem Weg zu bleiben. Überdies sah man diesem Mann an, dass er selber immer unsicherer wurde und nicht mehr überzeugt war, auf dem richtigen Weg zu sein. Ab und zu beruhigten nur noch ein paar sichtbare Schlittenspuren. Doch niemand wusste, ob diese in die richtige Richtung führen würden. Immerhin waren sie nun schon so weit von Schongau entfernt, dass es bei dieser Sicht fraglich war, den Weg zurückzufinden. Für einen kurzen Moment konnte Lee den Mond hinter den Wolken erblicken, worauf sie wenigstens wussten, dass die Richtung zumindest ungefähr stimmte. So ging es eine Weile recht und schlecht weiter, bis sie endlich zu einem Gehöft kamen, bei dem einige Fenster schwach beleuchtet waren.

Jaggl zum Kutscher: „Kennst du diesen Hof?“

„Er kommt mir bekannt vor. Kann sein, dass dieser Hof nicht direkt an der Straße liegt." Jaggl kurz entschlossen: „Halt an! Ich will nun genau wissen, wo wir sind. Ich frage im Haus."

Jaggl klopfte leise aber deutlich an die Haustür, worauf sich vorerst gar nichts rührte. Es schien, als wollte man nicht aufmachen. Jaggl wollte anderseits aber keinen Lärm machen und nicht aufdringlich sein. Als sich weiter nichts rührte, begab sich Jaggl zur Kutsche zurück und sagte zum Kutscher: „ Also, wenn du dir nicht ganz sicher bist, dass wir am richtigen Weg sind, dann bleiben wir die Nacht in der Nähe dieses Hofes. Am Morgen wird uns schon jemand sagen, wo wir sind und wie wir nach Augsburg kommen."

Das musste gehört worden sein, denn kurz darauf kam ein kräftiger, untersetzter Mann aus dem Dunkel des Stalles auf die Reisenden zu: „Ihr wisst nicht mehr, ob ihr am richtigen Weg seid?"

„Ganz recht, wir vermuten, dass wir im Schneegestöber von der Via Claudia abgekommen sind."

„Ihr seid am Lehleitnerhof. Ihr seid nicht gar so weit vom Weg abgekommen, würdet aber kaum allein zur Via Claudia zurückfinden. Müsst ihr diese Nacht noch unbedingt weiterfahren? Ihr könnt hier übernachten. Wir haben einen Platz für Pferde und Wagen und für euch selbst auch eine Kammer."

Da ergriff der Kutscher das Wort: „Ich sollte mit meinen Pferden vor Morgengrauen zurück in Schongau sein. Das Problem wird sein, wo man für die Weiterfahrt nach Augsburg Pferde bekommt."

Nun horchte Jaggl auf und sagte ihm direkt ins Gesicht: „Das sind gar nicht deine Pferde. Du hast sie dir nur unerlaubt für diese Nacht ausgeliehen, weil dich unser schönes Trinkgeld gereizt hat."

Darauf der Kutscher ganz kleinlaut: „Ich bin arm und habe sechs Kinder daheim. Mit dem Geld kann ich den Kindern etwas zum Anziehen kaufen."

Darauf Jaggl sehr streng: „Das Trinkgeld und den Kutscherlohn darfst du behalten. Das Geld für die Pferde musst du dem Besitzer geben. Ich werde das bei der Rückfahrt kontrollieren."

Nachdem der Hofbesitzer das alles mit angehört hatte, war für ihn klar, dass er diesen Menschen vertrauen konnte.

Er bot sich auch gleich als Helfer an: „Meine Pferde sind mehr für den Acker als für eine Kutsche. Kann euch aber leicht bis Landsberg vorspannen. Dort findet ihr Pferde, die euch in einem Gang bis nach Augsburg bringen."

Nachdem die Pferde versorgt waren und die Schlittenkutsche in einem Schuppen untergestellt war, konnten die drei Lechtaler darauf vertrauen, dass in dieser Nacht nichts passieren würde. Man unterhielt sich noch einige Zeit in gemütlicher Runde. Die Lehleitners standen im Lehen ihres Herrn und waren ihm ein Leben lang verbunden. Nachdem beide Eltern jung verstorben waren, bewirtschafteten Bruder Josef und Schwester Anna mit einem Knecht den Hof an der Lehleite, eine große, mäßig steile, zum Lech hin geneigte fruchtbare Wiesen- und Ackerfläche. Der Zehent war aufzubringen, und um den Absatz ihrer Produkte brauchten sie sich keine Sorge zu machen, denn der Lehensherr kaufte ihnen alles ab. Seit einigen Jahren machten ihnen allerdings immer mehr die schier unersättlichen Klöster und Pfaffendiener zu schaffen. Jeden Herbst sollten sie Produkte an diese klerikalen Institutionen abliefern. Es sah so aus, als ob diese Betteleien den Zehent bald übersteigen würden. Bauern, die in keinem Lehen standen, waren noch schlechter dran. Wie gut, dass dieses Lehen auf Lebenszeit galt, trotzdem lauerten die angrenzenden Bauern wie Luchse darauf, diesen Hof mit irgendeinem Trick für sich zu erwerben oder zumindest in das Lehen miteinbezogen zu werden.

Am frühen Morgen wurden die Reisenden zu einem guten Frühstück eingeladen. Man merkte, dass man sich nicht nur in einem Grünland, sondern auch in einem Getreideanbaugebiet befand. So gutes Brot hatten die drei Gebirgler noch nie gegessen. Nun lernten sie auch die Schwester des Bauern, Anna, kennen. Nicht großgewachsen, eher von sehniger untersetzter Statur, war sie keine wirkliche Schönheit, aber umso mehr anmutig, liebenswert und von einer beachtlichen Intelligenz. Man konnte sich mit ihr über alles unterhalten. Jaggl und Lee hatten den Eindruck, dass man bei dieser Frau einiges dazulernen könnte.

So angenehm der nicht geplante Aufenthalt auch war, man musste trachten, möglichst schnell nach Augsburg in die Fuggerei zu kommen, um dort die Kiste abzuliefern und den restlichen Fuhrlohn zu kassieren. Der Lehleitner ließ es sich nicht nehmen, mit seinen Pferden persönlich bis Landsberg zu kutschieren. Dort reichte er das Gefährt an einen bekannten Stall weiter, sodass Jaggl, Lee und Albin noch vor der Dunkelheit in die Fuggerei einfuhren.

Der zuständige Herr, dem sie die Kiste übergeben sollten, ließ länger auf sich warten, und endlich wurden die Fuhrleute vorgelassen. Jaggl grüßte ehrerbietig und berichtete von der glücklich zu Ende gebrachten Reise, natürlich ohne seine Tricks zu verraten. Der feinfühlige Jaggl glaubte sich nicht zu täuschen, dass dieser Mann ihn gar nicht erwartet hatte. Nach einigem Gestammel, bei dem Jaggl nicht so richtig wusste, wie es zu deuten war, konnte er ihn kaum dazu bewegen, die Kiste mit dem Siegel zu kontrollieren. Für alle drei war es unverständlich, dass er das Siegel gar nicht so richtig betrachtete, vielmehr zwei Diener herbeorderte, um die Kiste aufzumachen. Die für den Transport Verantwortlichen sollten sich vom unversehrten Inhalt überzeugen. Jaggl, mit seiner bis jetzt gesammelten Erfahrung, konnte das alles nicht begreifen. Normalerweise würde man einen so wertvollen Inhalt niemandem und schon gar nicht einem gewöhnlichen Bediensteten zeigen. Da musste wohl etwas faul sein.

Zwei Männer, die aussahen wie zwei Knechte, kamen herbei und sollten sich gleich an die Kiste heranmachen, um sie zu öffnen. Jetzt wurde Jaggl ernst und befehlerisch: „Wir haben den Transport einwandfrei erledigt und wollen unter Zeugen feststellen, dass die Siegel an dieser Kiste echt und unverletzt sind."

Darauf der Fuggerbeauftragte zornig: „Was soll das?"

Nun Jaggl betont ruhig: „Uns interessiert nicht, was sich in dieser Kiste befindet. Wir haben diese Kiste mit einem unversehrten Siegel übernommen und liefern sie hier mit einem unversehrten Siegel ab. Das hat man uns aufgetragen, und dafür bekommen wir unseren restlichen Fuhrlohn."

Darauf der Übernehmer so laut, dass man es im ganzen Hof verstehen konnte: „Mich interessieren nicht die Siegel. Ich will wissen, ob die Ware in Ordnung ist."

Darauf stellte sich Jaggl direkt vor die Kiste und erklärte ruhig und laut: „Und ich lasse, bevor die Kiste nicht ordnungsgemäß übergeben ist, niemanden die Kiste öffnen, und schon gar nicht, bevor die Siegel beurkundet sind." Mit Lee und Albin bildete sich eine Front, welche die Knechte nicht zu durchbrechen wagten.

Auf diese laute Debatte musste ein elegant gekleideter Herr aufmerksam geworden sein, denn dieser kam geradewegs zu den Kontrahenten: „Um was geht es hier? Können mir die Fremden sagen, was sie hierher führt?"

Jaggl glaubte diesem Menschen irgendwo begegnet zu sein, fühlte sich direkt angesprochen und ergriff das Wort: „Wir haben eine versiegelte Kiste in Schwaz übernommen und sie ordnungsgemäß hierher gebracht. Dieser Herr weigert sich nun, die Siegel zu kontrollieren und uns den Fuhrlohn auszubezahlen. Uns interessiert nicht der Inhalt, den wir nicht kennen, sondern nur das unversehrte Siegel."

„Ist das die Fracht aus Schwaz, die doch erst morgen hier ankommen sollte?"

„Ja, wir sind eine Nacht durchgefahren. Eine planmäßige Fahrt wäre uns zu riskant gewesen."

„Sehr gut gemacht", und dann zu dem Mann, der die Kiste übernehmen wollte: „Wusstet ihr, dass es die Kiste aus Schwaz ist?"

Der Gefragte eingeschüchtert: „Die drei sagten es, doch kann man bei einer solchen Fracht jemand trauen?"

„Ihr hattet die ausdrückliche Order, mich zu verständigen, wenn die Kiste hier ankommt. Diese Siegel will ich selbst kontrollieren. Ihr könnt das gar nicht, denn in jedem Siegel ist ein Geheimnis, das nur ich allein kenne. Also, alle weg, damit ich in Ruhe kontrollieren kann."

Alle wandten sich schleunigst ab. Ein Knecht flüsterte Jaggl ins Ohr: „Das ist der Sohn vom Fugger. Ein guter Mann. Hoffentlich jagt er seinen Finanzkämmerer nun zum Teufel."

Der junge Herr Fugger machte sich ziemlich lange bei der Kiste mit den Siegeln zu schaffen. Als er mit seiner Kontrolle fertig war, kam er schnurstracks auf Jaggl zu:

„Ihr seid gute Leute. Ihr habt es geschafft. Ihr bekommt den restlichen Fuhrlohn. Essen und schlafen könnt ihr in der Fuggerei. Geht mit meinem Finanzkämmerer und lasst euch den Lohn geben." Dann zum Finanzkämmerer: „Gebt ihnen den vereinbarten Lohn. Später kommt ihr zu mir in meine Stube. Wir haben miteinander zu reden."

Als die drei mit dem Fuhrlohn zurückkamen, bat sie Herr Fugger in seine Stube mitzukommen. Jetzt erst dämmerte Jaggl, dass der junge Herr Fugger seinem Vater, den er in Ehrenberg kennengelernt hatte, ähnlich sah. So einen prunkvollen Privatraum hatten sie noch nie gesehen und wussten nicht recht, wie sie sich hier benehmen sollten.

„Setzt euch nieder. Ihr werdet müde sein. Ich möchte aber noch etwas fragen: Was hattet ihr für einen Eindruck von meinem Finanzkämmerer, als ihr ihm von der glücklichen Ankunft berichtet habt?"

Da musste wieder Jaggl antworten: „Ich hatte den Eindruck, dass er nicht erwartet hat, dass diese wertvolle Kiste hier unversehrt ankommt. Glücklich war er sicher nicht darüber. Andererseits konnte er anscheinend nicht glauben, dass es die Kiste mit dem wertvollen Gut ist. Sein Benehmen war jedenfalls sehr eigenartig. Ihnen können wir auch anvertrauen, dass wir nicht mit der Kutsche gefahren sind, die uns in Schwaz übergeben wurde. Wir haben uns heimlich einen Bauernwagen besorgt und die echte Kutsche hinter uns gelassen. Wenn dieser Kutsche auf der Reise etwas zustößt, dann sollte man es genau untersuchen."

Das war sehr schlau von Jaggl. Ohne ein Wort über den Kämmerer zu verlieren, musste die Fuggerei diesen eigenartigen Mann in die Untersuchungen einbeziehen.

„Ein Fugger weiß, was zu tun ist. So kann ich den Tirolern einen Brief und ein kleines Paket nach Schongau mitgeben. Es ist neben dem Eisenturm beim Landrichter abzugeben. Von diesen Sachen weiß niemand. Ich vertraue darauf, dass es mit euch sicher ankommt."

„Das ist uns eine große Ehre."

„Nun will ich euch zeigen, was euch auf dieser großen Reise anvertraut war. Kommt!"

Im Nebenraum stand die Kiste, die Schlösser offen, doch anscheinend noch nicht geöffnet.

Bedächtig ergriff der edle Herr den Deckel, elegant und feierlich mit je zwei Fingern, und hob ihn ab. Jeder Gegenstand war in feingestickten Tüchern eingewickelt. Die Kiste war voll von kunstvollen Silberbechern, Tellern und Bestecken.

„Was ihr hier gesehen habt, bleibt natürlich unser Geheimnis."

Darauf alle drei im Chor: „Das geloben wir."

„So kommt morgen früh in mein Gemach, damit ich euch das Paket nach Schongau mitgeben kann."

Am nächsten Vormittag, auf dem Rückweg, machten sie noch den kleinen Umweg über den Lehleitnerhof. Jaggl wollte sich mit einem Geldbetrag für die gute Unterkunft und Verpflegung revanchieren. Da fiel ihm Anna protestierend in den Arm: „Was fällt euch ein! Ein Bauer wird doch nicht von verirrten Fuhrleuten etwas annehmen. Wir sind glücklich, dass wir euch helfen konnten und werden euch immer gern wieder einmal bei uns sehen. Ihr könnt jederzeit bei uns einkehren, wenn es sich ausgeht, am liebsten zum Übernachten. Da können wir mehr miteinander plaudern."

Jaggl wurde warm ums Herz. Mit einer Frau von so hohem geistigen Niveau war er noch nie so nahe zusammengekommen. Als Jaggl nun ihren warmen Körper und ihre samtweiche Haut so zu spüren bekam, regten sich Gefühle, wie er sie schon lange nicht mehr verspürt hatte. Das Geschäftliche, die abenteuerliche Reise und alles rundherum waren auf einmal vergessen. Als sie ihm noch so nah und tief in die Augen schaute, war sie für Jaggl auf einmal die schönste Frau der Welt. Wenn sie doch nicht gar so weit entfernt wohnen würde! Und an ernste Absichten war schon deshalb nicht zu denken, weil sie niemals von ihrem schönen Anwesen, dem Lehleitnerhof, wegziehen würde. Jedenfalls nahm sich Jaggl vor, bei der nächsten Gelegenheit wieder in diesem Haus einzukehren. Wenn diese anziehende Frau mit den tiefblauen Augen und dem betörenden Blick auch niemals mit ihm nach Pfafflaar ziehen würde, so könnte es doch eine wunderbare Liaison wie mit Maria geben, an die er immer wieder in liebgewordener Erinnerung denken musste.

Doch für heute musste ein inniger Abschiedsblick und ein dankbares Händeschütteln reichen. Sie wollten noch bei Tageslicht nach Schongau kommen, wo sie etwas über ihre Nobelkutsche zu erfahren hofften.

Der Brief und das Päckchen waren bald beim Landrichter neben dem Eisenturm abgegeben. Danach fühlten sich die drei erst richtig frei und ihrer Aufträge enthoben. Jetzt konnten sie sich im Gasthaus, in dem sie übernachteten, gemütlich mit den anderen Gästen unterhalten.

Auf einmal stutzte Lee und hatte nur noch Ohr dafür, was am Nebentisch gesprochen wurde. Er hörte wie einer sagte: „Wenn diese Räuber nun auch noch die Via Claudia unsicher machen, müssen wir richtige Waffen mitnehmen. Weiß man, wohin die Räuber sind?"

Sein Tischkollege wusste anscheinend auch nichts Genaues: „Wie ich gehört habe, haben sie gute Pferde und einen schnellen Schlitten gehabt und sind querfeldein verschwunden. Sie haben nur jedem der zwei Insassen einen Knüppel auf den Kopf gehauen, haben eine versiegelte Kiste mitgenommen und den Kutscher weiterziehen lassen."

„Hat man gehört, wie es den Verletzten geht?"

„Sie sollen schon wieder wohlauf sein."

Auch Jaggl und Albin lauschten aufmerksam dem Gespräch am Nebentisch, bis Albin sagte: „Das wird doch nicht unsere Kutsche gewesen sein?"

Für Jaggl war dies so gut wie sicher. Alles passte zusammen. So wandte er sich zum Nebentisch und fragte frei heraus: „Weiß man, wie die Kutsche ausgesehen hat?"

Einer der Angesprochenen gab bereitwillig Auskunft: „Die Kutsche steht im Hinterhof, ganz hinten. Eine schwarze, elegante Kutsche, aber nicht gut für schneebedeckte Wege. Hat keine Kufen. Räder gehen im Schnee viel zu schwer."

„Dann ist es unsere Kutsche", kam es aus Jaggl so heraus.

„Was heißt eure Kutsche? Seid ihr nicht mit dem alten Karren unterwegs?"

„Natürlich. Unsere Kutsche war uns zu gefährlich. Im Schnee hatten wir Angst damit. So haben wir uns, um schneller weiterzukommen, einen Bauernwagen mit Kufen gemietet. Mit dem kamen wir auch gut vorwärts und sind bereits wieder von Augsburg zurück."

„Warum hattet ihr Angst?"

„Wir hatten ein ungutes Gefühl, und wie man sieht, hat es uns nicht getäuscht."

„Dann hattet ihr wertvolle Fracht?"

„Wir hatten nur eine Kiste zu transportieren. Was drin war, wussten wir nicht und interessierte uns auch nicht."

Jetzt mussten Jaggl, Lee und Albin nach ihren in Ehrenberg angedungenen Stallknechten sehen. Es hatte sich wirklich so zugetragen, wie die Leute am Wirtshaustisch erzählt hatten. Alle waren froh, dass keiner ernstlich verletzt war, und so konnten sie am nächsten Morgen gemeinsam den Rückweg nach Ehrenberg und weiter nach Schwaz antreten.

In Ehrenberg konnten sie sich endlich sicher fühlen. Diese Festung war so gut gebaut und Tag und Nacht ständig bewacht, dass niemand unkontrolliert eindringen konnte. Nun waren die Wachen natürlich besonders auf der Hut. Man konnte schließlich nicht wissen, ob die Diebe sich nicht an den raffinierten Fuhrleuten rächen wollten.

In Schwaz hieß es nun, sehr diplomatisch vorzugehen. Nach der Rückmeldung wurden sie in eine Hinterkammer beordert, was Jaggl und Lee nicht ganz geheuer vorkam. Ein jugendlicher Mann mit einem überlegenen Benehmen begrüßte so von oben herab, dass man sogar Albin ein ungutes Gefühl ansah. Jaggl und Lee tauschten Blicke, die bedeuteten, dass nur einer reden würde.

Der Snob begann mit seinen Fragen: „Würde ich erfahren dürfen, wie die Reise mit dem kostbaren Gut verlaufen ist?" Jaggl begann: „Es ging alles gut bis zur Via Claudia.

Nach dem Feara hatten wir große Probleme im Schnee. Wir hatten Angst, dass wir mit der großen Kutsche stecken bleiben würden. So haben wir uns um eine andere Kutsche umgesehen, es war mehr ein primitiver Bauernkarren, aber mit Kufen. Mit diesem Gefährt kamen wir dann gut voran und alles ging normal bis Augsburg. Damit wir am Rückweg, wo wir keine Eile mehr hatten, komfortabler reisen konnten, haben wir die gute Kutsche nachkommen lassen, sie aber erst auf dem Rückweg in Schongau wieder getroffen. Da haben wir gehört, dass die Kutsche vor Schongau überfallen wurde. Den zwei Pferdeknechten wurde eins über den Kopf gehauen und die Kiste, in der wir bis zum Kutschenwechsel unsere guten Kleider mitgeführt haben, wurde von den Räubern mitgenommen. Wir haben den Verdacht, dass jemand die versiegelte Kiste gesehen hat. Wir werden ein anderes Mal, sollten wir wieder einen ähnlichen Auftrag bekommen, natürlich doppelt vorsichtig sein."

Ein älterer, seriöser Herr betrat nun den Raum, grüßte flüchtig, aber sehr freundlich. Er musste die letzten Worte mitbekommen haben, denn er schloss direkt an: „Den werdet ihr bald bekommen. In weniger als zwei Monaten sollt ihr noch einmal eine wertvolle Kiste nach Augsburg fahren."

Jaggl war nun ganz Geschäftsmann: „So eine Fuhre übernehmen wir ein zweites Mal aber nur zum doppelten Fuhrlohn. Wir müssen da ein gewisses Sicherheitsrisiko einkalkulieren. Nur unter dieser Bedingung sind wir bereit, noch einmal so einen Transport zu übernehmen."

Der ältere Herr konnte ein leichtes Schmunzeln nicht verbergen, als er erwiderte: „Die Lechtaler verlangen viel."

Jaggl selbstsicher: „Eine gute Leistung hat ihren Preis."

Der ältere Herr nun an den Snob gewandt: „Darf ich nun mit den Lechtalern allein reden?"

Als dieser den Raum verließ, hörte man fast ein Aufatmen unter den Pfafflaarern. Der ältere Mann sprach nun frei heraus: „Ihr werdet wieder einen Auftrag bekommen. Wir möchten die Fuhre noch im Winter nach Augsburg bringen. Im Sommer ist ein Transport dorthin viel zu gefährlich. Zwischen Füasse und Augsburg kann man mit einem Diebsgut überall querfeldein oder in die Wälder verschwinden."

Jaggl gab ihm recht: „Das ist richtig. Außerdem müssen wir Bedingungen stellen."

„Und die wären?"

„Bevor die Kisten versiegelt werden, müssen wir sehen, was sich tatsächlich in jeder befindet, und wir dürfen jede Kiste mit einem geheimen Zeichen kennzeichnen. Jede Kiste muss doppelt vorhanden sein."

„Ich habe schon gehört davon, dass die Lechtaler besonders schlau sind. Nun glaube ich, dass da etwas Wahres dran ist. Ich verstehe euch in diesem Fall recht gut und finde es richtig, welche Bedingungen ihr stellt. Den öffentlichen Auftrag werden wir primitiven Salzfuhrleuten nach Ehrenberg mitgeben. Darauf könnt ihr frei handeln. Wichtig ist allein, dass die Ware gut ankommt."

„Wir tun, was wir können, schließlich wollen wir ehrenhafte Leute bleiben und einen guten Lohn bekommen."

„Ihr habt mein Vertrauen und das der Fugger. Pflegt es gut!"

29. Rettung aus größter Not

Der nachfolgende Transport ging mit den Täuschungen und Raffinessen von Jaggl, Lee und Albin ohne Probleme vonstatten. Am Rückweg zog es Jaggl zum Lehleitnerhof. Anna musste er unbedingt wiedersehen.

Als sie dort in den Hof einfuhren, kam dem feinfühligen Jaggl irgendetwas eigenartig vor. Eine dunkle Ahnung befiel ihn, dass etwas vorgefallen sein musste. Nach geraumer Zeit ließ sich endlich der Knecht blicken. Jaggl ging mit einem freundlichen Gruß auf ihn zu und fragte: „Sind heute die Bauersleute nicht da? Es sieht so einsam aus."

Der Knecht wusste nicht recht, was er darauf antworten sollte: „Der Bauer müsste schon da sein. Wenn er euch sieht, wird er bestimmt aus dem Haus herauskommen."

Jaggl gefiel diese Antwort überhaupt nicht, fragte aber gleich weiter: „Ist Anna nicht da?"

Darauf wurde der Knecht kreidebleich, stammelte noch ein paar unverständliche Worte, wandte sich ab und verschwand schnell im Haus. Lee glaubte eine Träne in seinem Gesicht bemerkt zu haben. Was sollten sie nun machen? Einfach ins Haus eindringen? Schließlich hatten sie zusammen beim ersten und zweiten Besuch richtig Freundschaft geschlossen. Ein Pfafflaarer wird nie einen Freund im Stich lassen, und so betrat Jaggl, gefolgt von seinen Begleitern, mutig das Haus. Im Flur sah man die Tür zur Wohnstube einen Spalt offen. In der Stube kauerte der Bauer am Tisch, den Kopf in seine gekreuzten Arme vergraben, ohne die Ankömmlinge vorerst zu bemerken. Jaggl klopfte an die halboffene Tür, worauf der Bauer aufgeschreckt die drei erblickte, ohne ein Wort über seine Zunge zu bringen. So musste Jaggl das Wort ergreifen: „Grüß dich, Bauer. Wir wollten euch wieder einmal besuchen. Nun sehen wir, dass irgendetwas bei euch nicht in Ordnung ist. Ist was mit Anna? Ist sie krank?"

„Viel schlimmer."

„Ist sie weg?"

„Viel schlimmer."

„Sie wird doch nicht tot sein?"

„Noch schlimmer."

„Nun sag endlich, was passiert ist."

„Sie sitzt im Kerker in Schongau. Wir müssen damit rechnen, dass sie auf den Scheiterhaufen kommt."

„Um Himmels willen, wieso hat man sie in den Kerker gesteckt?"

„Zurzeit gehen viele Lutherische von Haus zu Haus und werben für die neue Religion. Es ist schon richtig, dass die Pfaffen uns alles wegnehmen. Der Kirchensäckel hat keinen Boden. So hat sich Anna überreden lassen und hat einer neuen Messfeier beigewohnt. So etwas bleibt in unserer Gegend nicht geheim. Am nächsten Tag ist sie zu einer kranken Kuh gerufen worden. Kranke Viecher hat sie meistens geheilt, auch bei unseren, uns nicht ganz gewogenen Nachbarn. Diesmal bekam die Kuh, gleich nachdem sie ihr einen Trank eingeflößt hatte, einen furchtbaren Krampf und verendete kurz darauf. Nun wird sie als Hexe beschuldigt. Ihr könnt euch nicht vorstellen, was sie nun für Folterungen durchmachen muss, bis sie unter unmenschlichen Schmerzen alles sagt, was sie sagen soll. Schließlich muss man damit rechnen, dass sie auf dem Scheiterhaufen lebendig verbrannt wird." Das war für Lee zu viel: „In welchem Kerker ist sie? Ich hol sie eigenhändig heraus."

„Noch niemand ist es gelungen, aus dem Eisenturm jemand herauszuholen."

Lee, mutig und voll Abenteuerdrang: „Das ist doch der Turm, neben dem wir beim Landrichter unser Päckchen abgeben sollen?"

Sogar der ruhige Albin war tief betroffen, als er antwortete: „Richtig, diesen Turm müssen wir uns genau ansehen."

Jaggl musste nun auch so eine Idee entwickelt haben, denn er sagte: „Es kann sein, dass wir die Nacht zurückkommen. Vielleicht verstecken wir uns sogar einen Tag lang hier im Lehleitnerhof. Jedenfalls darf uns hier niemand mehr sehen."

So machten sie sich schleunigst auf, um noch vor der Dunkelheit nach Schongau zu kommen.

Bevor sie durch das Stadttor in die Stadt einfuhren, blieben sie in respektvoller Entfernung stehen, um zu Fuß die Außenmauern des Eisenturmes mit der Stadtmauer zu erkunden. Lee meinte, dass man über das raue Mauerwerk hinaufklettern könnte. Diesmal ging Jaggl nicht allein zum Landrichter, um das Päckchen abzugeben. Sechs Augen sehen eben mehr als zwei und auf jede Kleinigkeit konnte es ankommen, wenn sie Anna aus dem Turm herausholen wollten. Der Landrichter erwies sich diesmal besonders dankbar und lud die drei Kuriere zu einem Umtrunk einen Stock tiefer in einem unheimlichen Gewölbe ein. Der Landrichter war heute besonders gut aufgelegt. Es schien, dass dies nicht der erste Umtrunk an diesem Tag war, denn von Becher zu Becher wurde er mehr betrunken. Lee schüttete den Wein schon unbemerkt in einen Mauerspalt, Albin vertrug anscheinend viel Alkohol und Jaggl war so lustig, wie ihn die beiden anderen noch nie gesehen hatten. Lange konnte es nicht mehr dauern, bis der Landrichter am Boden lag. Er konnte kaum noch sprechen, nur noch Unverständliches lallen. So wurde es allmählich still in der Runde. Auf einmal huschte Lee auf. Ihm war, als hätte er von der Ferne einen Schrei gehört. Alle waren mäuschenstill, bis man wieder, nun ganz deutlich, einen durchdringenden Schrei hörte. Das konnte nur Anna sein. Hatten sie also schon mit der Folter begonnen?

Die Schreie wurden immer lauter und verstummten, bevor man eine Tür zuschlagen hörte. Schließlich tauchte aus dem Dunkel einer Hintertür ein eigenartiger Mann auf. Sein glänzendes Gesicht schien immer zu lachen. Seine großen hämischen Augen erinnerten an einen Mongoliden, doch schien er nicht wirklich geisteskrank zu sein. In der Hand trug er eine kleine Laterne, in welcher ein schwaches Licht sein teuflisches Gesicht geisterhaft und unheimlich erscheinen ließ. Mit tollpatschigen Schritten kam er auf die Fremden zu und flüsterte mit einem sadistischen Lächeln: „Horcht, horcht!". Obwohl nichts mehr zu hören war. Wahrscheinlich hörte er Stimmen, die er sich nur einbildete, denn halb flüsternd fuhr er fort: „Hört ihr die Hexe. Heute schreit sie noch nicht so laut. Aber morgen, morgen wird es schön. Morgen kommt der zweite Grad mit den glühenden Nadeln. Habe sie soeben mit Nadeln in die Füße gestochen. Das tut doch nicht weh und doch hat sie geschrien. Morgen wird sie viel lauter schreien, das wird herrlich sein."

Grausam, wie sich ein Mensch so an den Qualen Unschuldiger erfreuen kann. Doch gerade nun bewies Jaggl seine Talente, indem er beipflichtete: „So habt ihr wieder eine

Hexe, der man den Teufel austreiben muss. Dann kommt sie doch noch in den Himmel?"

„Ob Himmel oder nicht Himmel, das Schönste mit den Hexen ist, wenn sie so richtig schreien, vor Angst zittern und Mund und Augen nicht mehr zumachen können."

Jaggl hätte sich am liebsten die Ohren zugehalten, ihm ekelte vor diesem Menschen. Der Landrichter lag nun total besoffen auf der Bank und rührte sich nicht mehr. Da kam Jaggl auf einmal ein Gedanke: „Magst du auch einen Becher mit uns trinken? Wir sollten das ganze Fass leer trinken. Du kannst trinken, so viel du willst."

„Oh ja, ihr seid gute Menschen. So kommt auch einmal ein armer Kerkermeister zu einem herrschaftlichen Trunk."

Gierig trank er den ersten Becher in einem Zug aus. Jaggl zögerte nicht, ihm wieder und immer wieder voll einzuschenken. Mit jedem Becher wurde er gesprächiger, kam den anderen mit seinem Gesicht so nahe, bis sie seinen ekligen Mundgeruch fast nicht mehr ertragen konnten.

Schließlich fragte er neugierig: „Seid ihr etwa die Folterknechte von morgen? Nur bei solchen Leuten ist der Landrichter so freigebig."

„Du hast es erraten. Wir bringen sie morgen schon richtig zum Schreien, aber heute wollen wir einmal beim Wein lustig sein", sagte Jaggl und schenkte wieder einen Becher randvoll.

„Du wirst Durst haben. Trink! So viel Wein bekommen wir nicht so schnell wieder."

So trank der Kerkermeister Becher um Becher, bis auch er nur mehr lallen konnte. Nun war es höchste Zeit, um sie zu der Eingekerkerten zu führen.

„Kann ich morgen beim zweiten Grad zuschauen? Wird sie nackt sein?"

„Wir müssen sie nackt ausziehen und sie nach einem Hexenmal untersuchen. Wenn du einen Platz findest, wo man dich nicht sehen kann, so kannst du zuschauen, wie wir sie mit glühenden Nadeln zum Schreien bringen. Wir müssten uns aber heute noch im Kerker umsehen, ob wir einen Winkel finden, wo wir dich verstecken können."

Freudig ging der Sadist den dreien voran und sperrte das Verlies auf. Im fahlen Licht der Laterne konnte man Anna gerade erkennen. Sie war nicht gefesselt, zitterte aber am ganzen Leib. Sie fürchtete sicher, wieder eine neue Folter durchmachen zu müssen.

Ohne dass sich die drei etwas sagen mussten, holte der kräftige Albin zu einem weichen, aber kräftigen Schlag an die Schläfe des Kerkermeisters aus. Er sollte für kurze Zeit bewusstlos sein und sich an die letzten Geschehnisse nicht erinnern können. Doch sollte niemand morgen eine Verletzung an ihm bemerken. Lee glaubte seinen Augen nicht zu trauen. In dem nur spärlich erleuchteten Raum hing ein Seil von der Decke so weit herab, dass es ein großer Mann wie Albin gerade noch mit den Fingerspitzen erreichen konnte. Wahrscheinlich sollte es dazu dienen, die Opfer so weit hinaufzuziehen, dass die Füße gerade nicht mehr den Boden berührten. So begannen meistens die Folterungen. Doch nun hieß es schnell handeln. Lee turnte auf die Schulter von Albin und an dem Seil hinauf bis zu einem Balken, wo er die Knoten lösen konnte. Dieses Seil war für die geplante Flucht wirklich ein Geschenk des Himmels. Den Kerkermeister trugen Lee und Albin hinauf in den Trinkraum und legten ihn unter den Tisch beim Weinfass. Jaggl stützte Anna beim Gehen, denn die Torturen hatten sie schon ziemlich mitgenommen. Die Kerkertür wurde wieder versperrt und die Schlüssel dem Kerkermeister ordentlich an den Bauchriemen zurückgebracht. Inzwischen war es stockdunkle Nacht geworden, und es würde nicht mehr lange dauern, bis die Stadttore geschlossen werden.

Die vier konnten ungesehen ins Freie kommen. Es hatte leicht zu schneien begonnen und kein Mensch war weit und breit zu sehen. Es war klar, dass nur Lee, der in der stockdunklen Nacht immer noch ausreichend sehen konnte, nun mit Anna trachten musste, über die Stadtmauern hinunter zu klettern. So flüsterte er den anderen noch ins Ohr: „Im dunklen Wald nach der Brücke ist am Wegrand eine kleine Hütte. Wir wollen dorthin, um auf euch zu warten."

Mehr Worte darüber brauchten die zwei Brüder nicht zu wechseln. Jeder wusste, was er zu tun hatte.

So schlich sich Lee mit Anna zu einem schmalen, stinkigen Gässchen, das direkt zu der Stadtmauer führte. Innen war die Mauer nur brusthoch, gerade richtig, um Anna beim Abseilen verlässlich zu sichern. Lee band sie mit einer Brustschlinge ans Seil und deutete ihr, über die Mauer zu steigen und sich ins Seil fallen zu lassen. So konnte Anna, noch bevor das Seil zu Ende ging, auf sicherem Boden stehen. Sie band sich sofort los, damit Lee das Seil zurückziehen konnte. Nun kam für Lee der schwierigste Teil. Es wäre einfach gewesen, das Seil mit einer Schlinge an einer Zinne zu befestigen, um sich daran abzuseilen, doch dann hätte man es sicher entdeckt und der Fluchtweg wäre verraten gewesen. Lee konnte mit seinen Adleraugen gut abschätzen, dass das Seil, doppelt genommen, nur gut die Hälfte der Mauer hinunter reichen würde. Er konnte noch so lange überlegen, es gab wohl keine andere Möglichkeit, als das Seil zwei Mal um die Zinne zu wickeln und sich, so weit das Seil doppelt reicht, so tief wie möglich daran abzuseilen. Vorher sicherte sich Lee mit einer Brustschlinge, aber nur an einem Seil. Mutig stieg nun Lee an die Außenkante der Mauer, prüfte vorher noch sorgfältig, dass sich das Seil an der Zinne nicht kreuzt, und ließ sich mutig in die Tiefe. Sobald das Ende der zwei Seile erreicht war, ließ Lee das freie Seil los und konnte nur hoffen, dass die Bremswirkung des um die Zinne gewickelten Seiles ihn vor einem Absturz bewahren würde. Dieses Bremssystem funktionierte wie ausgedacht, und Lee landete unversehrt neben Anna im Schnee. Schließlich musste das Seil ganz heruntergezogen werden, was mit einigem Schlenkern gelang.

Anna tappte nun, meistens von Lee geführt, den Hang hinab, bis sie flachen Waldboden erreichten. Der Schneefall nahm zu, was den beiden nur recht sein konnte, denn Lee fand mit seinen Eulenaugen immer noch einen gangbaren Pfad und die richtige Wegstrecke zur abgesprochenen Hütte. Gefährlich konnte ihnen nun nur noch die Lechbrücke werden. Sie war Tag und Nacht bewacht. Lee konnte nur hoffen, dass bei diesem starken Schneefall niemand die zwei nächtlichen Wanderer bemerken würde. Diese Nacht war ein Idealfall. Außer Lee konnte niemand die Hand vor den Augen sehen und im weichen Schnee bewegten sie sich lautlos wie auf einer Wolke. So erreichten sie unbehelligt das jenseitige Ufer und waren bald an der kleinen Hütte, an die sich Lee erinnern konnte. In diese Hütte war allerdings ohne Einbruchswerkzeug nicht hinein zu kommen. Lee entdeckte aber hinter der Hütte einen kleinen offenen Schuppen, in dem Heu und Stroh gelagert waren. Besser konnten sie es nicht treffen. Schnell hatten sie sich im Heu tief eingewühlt und brauchten nicht zu frieren. Sie schliefen sogar immer wieder für ein paar Minuten ein.

Jaggl und Albin verbrachten den Abend bis spät in die Nacht hinein im Kreise gemütlicher Fuhrleute aus Italien. So nebenbei erwähnten sie, dass ihr Kollege in der Kutsche bei den Kisten übernachten würde. Das war bei wertvoller Fracht durchaus üblich. So konnten viele Menschen bezeugen, dass die drei, obwohl sie beim Landrichter im Haus waren, mit der Flucht der Hexe nichts zu tun haben konnten.

Morgens wollten sie so früh als möglich weiterfahren. Sie mieteten die Pferde diesmal ohne Kutscher bis Füasse, denn einen Zeugen über den Zustieg von Lee und Anna konnten sie wirklich nicht gebrauchen. Das Gefährt kam trotz bedeutendem Neuschnee recht gut voran. Nach dem Pferdewechsel ging es ohne weiteren Aufenthalt bis Pflach, wo Jaggl und Albin in der Hüttenmühle bei der Erzverhüttung gute Freunde wussten.

Hier wollten sie übernachten. Am nächsten Tag trennten sie sich. Albin und Lee fuhren mit der Kutsche über die Via Claudia nach Schwaz, Jaggl mit einer anderen Kutsche ins Lechtal. In Alme stiegen Jaggl und Anna aus. Sie mussten von da zu Fuß nach Bschlabs und weiter nach Pfafflaar.

Es hatte auch hier einen kräftigen Neuschneezuwachs gegeben, und so war Jaggl mit Anna heilfroh, als sie das erste Haus von Bschlabs erblickten. Da kehrten sie ganz selbstverständlich ein und wurden sofort mit heißem Schlehentee, Eier und Brot bewirtet. Anna wurde von Jaggl als eine Frau vom oberen Lechtal vorgestellt. Sie käme aus dem Wallis, wäre aber in der Lechleite groß geworden. So wurde Anna von da an Lechleitnerin genannt.

Auf dem Weg nach Pfafflaar musste Jaggl mit Anna einen gefährlichen Lawinenstrich durchqueren. Nach jedem Schneefall war das Betreten eines solchen Gebietes ein recht riskantes Unternehmen. So begleiteten Bschlaber Männer die beiden bis zu diesem Lawinenstrich. Anna musste vor der Gefahrenzone warten, bis die Männer einen Fußweg über die gefährliche Strecke gebahnt hatten. Immer wieder sanken die Männer bis zum Bauch in den tiefen Schnee. Zu jeder Zeit mussten sie sich einen einigermaßen begehbaren Rückweg frei halten, um schnellstens aus der Gefahrenzone flüchten zu können, sobald weit oben am Berg sich eine Lawine lösen sollte. Ein Mann blieb deshalb immer, die Augen zum Berg gerichtet, als Warnposten stehen. Nach mühsamem Waten im Schnee hatten sie endlich das Ende der Gefahrenzone erreicht und konnten nun Anna holen. Mit Anna ging es eine kleine Wegstrecke recht gut, doch auf einmal verließ sie die Kraft. Sie konnte nicht mehr. Die Folter, die Todesangst und die Strapaze der Reise hatten sie ausgezehrt. Doch was nun? Mitten im Lawinenstrich verweilen, glich einem Selbstmord. Ein Mann aus Bschlabs hob Anna mit einem Ruck auf den Buckel und versuchte sie so schnell er konnte aus dem Gefahrenbereich zu bringen, doch auf einmal verließ auch ihn die Kraft. Er musste Anna im Schnee absetzen. Nun gab es für Jaggl kein Halten mehr. Mit einigen Sätzen war er bei Anna, rüttelte sie am Arm und schrie sie an: „Schnell, Anna, jetzt geht es wirklich um Leben und Tod!"

Das gab Anna einen seelischen Ruck, sie schreckte auf und folgte Jaggl wie in Trance, bis sie zu einem sicheren Platz kamen. Alle atmeten auf und gaben sich einer kurzen Rast hin. Kaum hatten sie mit einer gemütlichen Plauderei begonnen, hörten sie ein kurzes Brausen wie von einem herannahenden Sturm. In Sekundenschnelle donnerte eine riesige Staublawine hinter ihnen zu Tal. Wäre diese Lawine losgebrochen während Anna gerade schlapp gemacht hatte, es hätte kein Entrinnen gegeben. Mindestens drei Menschen wären mitgerissen und getötet worden.

Ab den nächsten Häusern von Bschlabs war von den Bergknappen ein Weg bis zum

Boden ausgetreten. Auch weiter bis Pfafflaar war ein gangbarer Weg durch den Schnee gebahnt. Somit konnten die zwei Wanderer, zwar hundemüde, aber noch am selben Abend, Pfafflaar erreichen. Anna konnte nur noch ein paar Schluck Milch trinken und schlief danach sitzend am Tisch ein. Jaggl hatte gerade noch die Kraft, um auch den Nachbarn zu melden, dass er eine neue Einwohnerin mitgebracht habe. Als er seinen prächtigen Lois sah, war für ihn für eine kurze Zeit die Müdigkeit vergessen. Er erinnerte sich, dass er ihm, so wie meistens, einen Becher Honig mitgebracht hatte. Diesen musste er heute noch seinem Sohn bringen. Danach lehnte er sich an den warmen Ofen, dachte mit Sorge an Schongau, ob hoffentlich nicht der Lehleitner wegen des Verschwindens seiner Schwester inzwischen in Schwierigkeiten geraten war.

Doch in Schongau kam es anders als vorauszusehen war. Der Kerkermeister wachte mitten in der Nacht auf, bemerkte, dass er sich beim Landrichter befand, und eilte schleunigst in sein eigenes Gemach, wo er bis tief in den Tag hinein schlief. Dem Landrichter hatte der Alkohol noch mehr zugesetzt. Für ihn wurde es am folgenden Tag niemals richtig hell. In seinem Kater erinnerte er sich nicht einmal, dass er die peinliche Befragung der Hexe weiterführen sollte. Als der echte Folterknecht weder den Kerkermeister noch den Landrichter antraf, verzog er sich in ein Gasthaus, wo nun auch er dem Alkohol tüchtig zusprach. So wurde an diesem Tag das Verschwinden der Hexe noch gar nicht bemerkt.

Erst am zweiten Tag wurde sich der Kerkermeister seiner Aufgabe bewusst. Man trug ihm immer wieder auf, die Eingekerkerten gut zu verpflegen, damit sie die Folterungen recht lange aushielten. Am frühen Morgen stieg der Kerkermeister mit einem kräftigen Essen hinunter in den Turm, wo Anna eingekerkert war. Schon wollte er ihr einen saftigen Fußtritt verpassen, damit er sich wenigstens an einem Schrei ergötzen könnte, als er die leere Zelle erblickte. So oft er seine Augen in jedes Eck der Zelle schweifen ließ, kein Mensch war zu sehen. Darauf kontrollierte er die Tür, ob Spuren einer gewaltsamen Öffnung daran zu bemerken wären. Doch auch hier, wie am kleinen, vergitterten Fenster war nicht die geringste Spur von einem Ausbruch oder einer Flucht festzustellen.

Es blieb ihm also nichts anderes übrig, als dem Landrichter das Verschwinden der Hexe zu berichten. Wohl war ihm nicht, als er ihm den Vorfall zu schildern versuchte. Als der Landrichter ihn fragte: „Hat er die Schlüssel immer bei sich getragen?“, wusste er, dass er von seinem Rausch nichts bemerkt hatte und konnte ihm erleichtert antworten: „Ja, natürlich, wie sollte ich die Schlüssel jemand anderem geben, wo ich mich doch so auf die peinliche Befragung gefreut habe?“ Das wusste der Landrichter nur zu gut und konnte ihm somit aufs Wort glauben. Dem Landrichter kamen nun allmählich eigene Gewissensbisse. Seinen Rausch musste er der Obrigkeit unbedingt verschweigen. So fragte er den Kerkermeister erst einmal: „Was denkt er? Wie konnte die Hexe verschwinden?“

„Nur ein Engel vom Himmel kann sie befreit haben. Vielleicht war sie sogar unschuldig.“

„Wir wollen heimliche Kundschafter ausschicken. Wenn sie von diesen nicht gefunden wird, so wird sie ein Engel befreit und zu sich in den Himmel geholt haben.“

„Der gerechte Herr weiß, was er zu tun hat.“

Als die Kundschafter bei den Nachbarn des Lehleitners nachfragten, bekamen sie eine mit Überzeugung gesprochene Antwort: „Im Lehleitnerhof ist sie sicher nicht. Dort kommt nichts herein und auch nichts heraus, was wir nicht bemerken. Sollten wir die Verschwundene irgendwo sehen, werden wir dem Landrichter selbstverständlich davon berichten."

Dieser Nachbar war glaubwürdig, denn er hatte Anna wegen der Teilnahme bei einer Feier der Lutherischen verraten und von der Kuh berichtet, die nach der Behandlung von Anna verendete. Ob diesem Mann eine Reue ob seines Verrates gekommen war? Jedenfalls glaubte man ihm, so dass der Landrichter die Version von der Befreiung durch einen Engel an seine Obrigkeit weitergab und die direkten Ermittlungen einstellte.

30. Die Lechleitnerin

Wäre Anna nicht der Folter und dem sicheren Tod entrissen worden, so hätte sie sich in Pfafflaar bestimmt nicht wohl gefühlt. Sie selbst war zwar auch nicht groß gewachsen, doch die niederen Räume, die noch niedrigeren Türen und die primitiv aus Rundholz gezimmerten Wände mit den kleinen Fenstern drückten nach dem Aufwachen furchtbar auf ihr Gemüt. Sie hörte im Nebenraum sprechen, konnte aber kein Wort verstehen. Wo war sie denn nur hingeraten? Da ging plötzlich die Tür auf und Mariele sprach, natürlich deutsch, mit ihr: „Nun, konntest du endlich, wieder in Freiheit, ruhig schlafen? Heute abends bekommst du ein richtiges Bett. Du wirst es von zu Hause nobler gewohnt sein. Wir können dir nicht so viel bieten, aber wir haben immer genug zu essen und können uns anständige Kleider kaufen. Für einen Menschen, der in Not ist, haben wir immer einen Platz bei uns. Arbeit gibt es auch genug. Unsere Männer sind meistens auf Kurierdienst und die anderen Männer von Pfafflaar und im Boden sind mit dem Bergbau beschäftigt. Wir haben, seit es die Knappenlöcher gibt, auch keine Geldnot mehr, nur um die Häuser besser auszubauen, dafür hat niemand mehr Zeit, nicht einmal mehr für die netten Dinge des Lebens. Gerade, dass man den Heranwachsenden, wenn sie eine Familie gründen wollen, ab und zu ein neues Haus bauen kann. In der Landwirtschaft sind zu wenige Leute zur Arbeit. Wir könnten viel mehr Fleisch und Käse verkaufen, wenn wir im Sommer mehr Heu ernten könnten. Knappenlöcher, Bergbau, Bergbau, Knappenlöcher: Das ist es, worum sich bei uns im Tal alles dreht. Dabei sind wir in Pfafflaar noch viel besser dran, als die von Bschlabs und im Boden. Wir sprechen drei Sprachen, und darum braucht man uns überall, bei den romanischen und italienischen Mineuren und im Tal beim Handel und der Politik."

Anna war sichtlich überrascht. Einmal so schnell über den Ort informiert zu werden, und zum anderen, dass man hier gleich drei Sprachen spricht. Erstaunt sagte sie: „Ihr sprecht untereinander romanisch, das ich nicht verstehe, könnt aber neben Deutsch auch noch Italienisch. Diese Sprache habe ich in der Klosterschule auch gelernt. Bei uns braucht man es, weil über die Via Claudia viele italienische Händler an uns vorbei kommen. Ich sollte zu den Fuggern in den Dienst kommen, doch mein Bruder stand mit dem Lehleitnerhof auf einmal ganz allein da. Da konnte ich ihn nicht im Stich lassen."

Mariele staunte nicht schlecht, es mit einer so gebildeten Frau zu tun zu haben: „Das trifft sich wunderbar. Toni, der den Kindern immer wieder Italienisch beibringt und ihnen Lesen, Schreiben und Rechnen lehrt, hat im Sommer dafür keine Zeit mehr. Man braucht ihn ununterbrochen zur Bewachung der Übergänge und zum Schafe hüten."

„Müsst ihr selbst die Übergänge bewachen? Bei uns machen das Soldaten und Brückenwächter."

„Das ist wieder eine eigene Geschichte. Von den Knappenlöchern und dem Erz darf niemand im Inntal erfahren, sonst müssten wir für jeden Sack Galmei zwei Kreuzer abliefern. Diese zwei Kreuzer werden auf jeden Kopf im Tal aufgeteilt. Darum haben wir keinen Geldmangel mehr."

„Da seid ihr sehr schlau, aber wie steht es bei euch mit den Pfaffen? Bei uns sagt man ‚Der Pfaffensäckel hat keinen Boden'. Die bauen ein Kloster nach dem anderen; und wir sollen alles bezahlen."

„Die Pfaffen drängt man den Dörfern im Lechtal geradezu auf. Zu uns in die Hochtäler, wo dreiviertel Jahr Winter ist, wollten sie bis jetzt nicht heraufkommen. Wir würden schon dafür sorgen, dass sie bald wieder verschwinden. Wir leben friedlicher, freier und gerechter, als die Menschen, die nach einer Religion leben müssen."

Das hatte die Lechleitnerin am eigenen Leib zur Genüge erfahren und Anna konnte ihr nur beipflichten: „Das ist wahr. Bei uns kann niemand mehr frei und natürlich leben. Wir leben in einer total verlogenen Gesellschaft. Ganz deutlich habe ich das in der Klosterschule erlebt. Von allen Katholischen verlangt man, dass sie keusch leben, und hinter den Klostermauern geht es zu, dass einem davor ekeln könnte."

„Wir kümmern uns nicht darum, wie es in unseren Klöstern zugeht. Wir wissen nur, dass man uns für den Käse, den wir jeden Herbst für Korn eintauschen, immer weniger gibt. Zum Glück für uns gibt es Streit zwischen dem Landesherrn, dem Kloster Stams und dem Starkenberger. Dieser Zank hält sie so in Atem, dass wir für sie kaum existieren. Wenn das Vieh, das wir über den Sommer in unserem Tal hüten müssen, im Herbst gut genährt zurück nach Starkenberg kommt und unsere Gamsjager dem Schlossherrn genug Wild liefern, kümmert man sich nicht weiter um uns."

Anna war tief beeindruckt, war froh, dass man nicht allein in Richtung Augsburg orientiert war. Hoffnungsvoll fragte sie: „So muss ich mich nicht mein ganzes Leben verstecken, um nicht entdeckt und wieder gefoltert zu werden?"

„Wir haben mit Augsburg politisch und kirchlich nichts zu tun. Bei uns bist du sicher. Selbst wenn sie erfahren würden, dass du hier bist, dürften sie dich nicht von hier ohne Einwilligung des Landesfürsten abführen. Besser ist es aber, dass außer uns niemand weiß, wer du bist. So bist du von nun ab die Lechleitnerin aus Lechleiten im obersten Lechtal, das die dortigen Walliser Lilite nennen."

Auf einmal war die kleine Stube gar nicht mehr so beengt und primitiv. Sogar die Fenster schienen größer und heller zu werden, und plötzlich fühlte sie die Wärme, die der gemauerte Ofen ausstrahlte, mehr aber noch die Wärme, die von Mariele ausging. Wenn die anderen Leute dieses einsamen Bergdorfes auch nur annähernd so viel Wärme und Vertauen ausstrahlten, könnte man es hier gut aushalten.

Als Anna anschließend bei einem Milchbreifrühstück saß, kam Jaggl zur Tür herein. Er wusste, dass es für Anna eine völlig ungewohnte Umgebung war, sah, dass sie sich zumindest mit seiner Mutter gut verstand, fragte aber dennoch zögernd: „Gestern abends waren wir zu müde, um überhaupt noch richtig denken zu können. Hast du dich heute schon ein wenig umgeschaut?"

„Dafür hatte ich noch keine Zeit. Deine Mutter hat mir so viel erzählt, dass ich mich bei euch schon auskenne, bevor ich etwas gesehen habe."

„Du wirst bald mehr sehen. Wir gehen nun von Haus zu Haus, damit dich jeder kennen lernt. Du kannst sie nicht alle auf einmal im Gedächtnis behalten, aber nach einem Monat wirst du sie alle kennen."

Bevor Anna antworten konnte, warf Mariele ein: „Stell dir vor: Anna hat eine Klosterschule besucht und spricht auch italienisch. Sie kann Toni beim Unterricht mit den Kindern behilflich sein." Jaggl hatte davon noch nichts gehört: „Anna hat mir davon noch nichts erzählt, aber das trifft sich sehr gut. Sie kann Toni behilflich sein und wird einiges bei den Knappenlöchern zu erledigen bekommen, wenn wir nicht da sind."

Nun durfte Anna einen Wunsch äußern: „Ich möchte aber auch bei den Tieren mithelfen. Ganz ohne Tiere kann ich nicht leben. Ich habe von klein auf in der Landwirtschaft fest mitgeholfen und möchte, so gut es geht, auch hier mit den Bauern arbeiten."

Jaggl konnte seine Freude darüber nicht ganz verbergen, als er sagte: „Da wirst du hier bei allen hoch willkommen sein, denn was ich gehört habe, bist du auch ein Viehdoktor. Wenn du bei uns ein Vieh nicht heilen kannst, wird dich deswegen niemand in den Kerker bringen."

Jaggl sah, dass er Anna nicht an diesen schlimmen Fall hätte erinnern dürfen, denn sie zuckte ungewollt zusammen. Er musste sie so schnell wie möglich beruhigen: „Anna, du kannst nicht alles vergessen, was passiert ist und was man dir angetan hat. Nun aber bist du hier und kannst mit uns darüber reden. Wenn da auch mancher diese Grausamkeiten nicht verstehen kann, so schadet es nicht, wenn die Leute hören, dass die Pfaffen uns nichts Gutes bringen würden."

Jaggl und Anna begannen den obligatorischen Besuch durch Pfafflaar. Gleich im ersten Haus, bei Kassian, fragte man Jaggl nach dem „Allegra", welches romanische Wort Anna als Erstes mitbekam: „Schön, Jaggl, dass du nun endlich eine Frau gefunden hast. Wir meinten schon, dass du ledig bleiben willst."

Anna und Jaggl blickten sich an, sahen sich tief in die Augen und fühlten gleichzeitig, dass dieser Gedanke, auf den sie selbst noch gar nicht gekommen waren, gar nicht so abwegig wäre. Laut gab aber Jaggl mit einem selbstsicheren Anschein zur Antwort: „So weit haben wir noch gar nicht gedacht. Lee hat Anna, die Lechleitnerin, aus dem Kerker in Schongau herausgeholt. Sie hat bei einer lutherischen Feier teilgenommen und dann konnte sie, obwohl sie bei diesem Bauern vorher schon viele Tiere geheilt hatte, eine Kuh nicht heilen. Sie verendete gleich nach ihrer Medizin. Das hat gereicht, dass man sie in den Kerker geworfen und tagelang gefoltert hat. Hätten wir nicht das unbeschreibliche Glück gehabt, zu ihr in den Kerker zu kommen, wäre sie am nächsten Tag mit glühenden Nadeln gestochen worden. Jeden Tag hätte man sie mehr gequält und schließlich lebendig auf einem Scheiterhaufen als Hexe verbrannt."

Alle Hausleute waren sichtlich gerührt. Die Frau trat hervor: „Ja, gibt es denn solche Schlechtigkeiten auf der Welt? Wir haben davon gehört, haben aber geglaubt, dass es so zusammengereimte Geschichten sind, wie die von den Salvösenpütz. Man kann doch nicht Menschen bei lebendigem Leib verbrennen. Wer tut denn so etwas?"

„Die Katholiken haben einen Papst in Rom. Der hat angeordnet, dass alle Gläubigen, welche zum lutherischen Glauben übertreten, lebendig verbrannt werden sollen. Die Pfaffen mit ihren Landrichtern foltern sie vorher so, dass sie alles sagen, was man von ihnen hören will."

Jaggl sah man seine ehrliche Abneigung gegen die Pfaffen an, als er mit Überzeugung sagte: „Seien wir froh, dass man uns keinen Pfaffen aufdrängt. Unten im Tal ist es schon schwieriger. Die Pfaffen predigen den Frieden und bringen Streit in die Dörfer. Eine Frau muss sich davor fürchten, ein Kind zu bekommen, wenn sie nicht verheiratet ist. Selbst die unschuldigen, unehelichen Kinder haben darunter zu leiden."

Anna wusste nicht so richtig, was sie von diesen Worten halten soll: „Ist es bei euch keine Sünde, ein Kind zu bekommen, wenn man nicht verheiratet ist?"

„Wir mögen den Begriff Sünde nicht. Wir kennen nur Recht und Unrecht. Unrecht ist, wenn man jemand etwas Ungutes antut, etwas weg nimmt oder jemand verleumdet. Wenn man ein Kind in die Welt bringt, ist das doch nichts Unrechtes, sondern etwas Gottgewolltes. Darum ist bei uns ein Kind immer ein Segen für die Familie und das ganze Dorf. Basta!"

Anna sagte darauf aus tiefster Brust: „Ihr seid dem Himmel viel näher als die vielgepriesenen frommen Pfaffen hinter den Klostermauern."

Als sie zur Häusergruppe Ebele hinaufwanderten, blieb Anna, am Aussichtspunkt angelangt, stehen und rief Jaggl voll Begeisterung zu: „So wunderbar habe ich mir die Berge nicht vorgestellt. Ich habe oft bei sehr klarem Wetter nach den Bergen in der Ferne geschaut. Habe allerdings nicht erwartet, dass ich einmal dort ein Zuhause finde. Seht ihr denn selbst auch, in welch schöner Gegend ihr wohnt?"

Jaggl freute sich ungemein über diese Einstellung von Anna und konnte ihr ehrlich antworten: „Nicht alle von uns genießen die Natur. In meiner Familie allerdings spricht man oft über das wundersame Alpenglühen, die bezaubernde, märchenhafte Beleuchtung, bevor am Hahntennen die Sonne untergeht, und über die schön geformten Berge. An einem Tag wie heute mit solch strahlender Sonne, glitzerndem Schnee und tiefblauem Himmel muss man einfach glücklich sein."

„Du, Jaggl, weißt du, dass ich nun wieder einmal richtig glücklich bin?" Sagte es und drückte sich dankbar eng an ihn, dem dabei ganz warm ums Herz wurde.

Es dämmerte, bis die Lechleitnerin in allen Häusern von Pfafflaar vorgestellt war. Müde, doch frohen Mutes kamen sie nach Hause zurück, wo sie Mariele mit einem guten Essen empfing. Damit wurde Anna noch einmal überrascht, denn einen so fein zubereiteten Lammbraten hatte sie sich in diesem kleinen, abgeschiedenen Bergdorf nicht erträumt.

Nach dem Essen unterhielt man sich noch einige Zeit, bis sich nur noch Mariele mit Jaggl und Anna allein in der Stube aufhielten. Mariele ahnte bereits eine gewisse Zuneigung der beiden zueinander und fragte ganz unverblümt: „Schlaft ihr oben beisammen, oder soll ich für Anna die Couch aufbetten?"

Für Anna kam diese Frage so überraschend, dass sie keine Antwort darauf fand, doch Jaggl gab unumwunden zu, dass es ihm nichts ausmachen würde, bei Anna zu schlafen.

„Dann schlaft gut. Allegra!", und Mariele war in ihrem kleinen Schlafzimmer verschwunden.

Ohne, dass es Jaggl so richtig zum Bewusstsein kam, hatte er seine Hand am Oberschenkel von Anna. Ganz ruhig hatte er seine Hand dort liegen, doch in Anna erweckte dies Gefühle, die sie vorher überhaupt noch nicht erlebt hatte. Ein sanftes Wallen ging durch ihren Körper, das sogar Jaggl spürte, und er deshalb seine Hand wegziehen wollte. Er konnte Anna doch nicht so schnell verführen. Da flüsterte sie ihm leise, bittend ins Ohr: „Lass deine Hand da! Es ist doch so schön." Ganz lieb drückte sie sich nun an ihn, bis auch er ihr etwas ganz Liebes ins Ohr flüsterte. So saßen sie lange innig umschlungen beieinander. Jaggl wusste immer noch nicht, wie er sich nun weiter verhalten sollte. Er spürte, dass Anna ihn sehr gern mochte, und für ihn war es bereits Liebe, was in ihm erwacht war. Ein leises Verlangen wurde immer stärker, doch wäre es diese Nacht sicher nicht bis zum Letzten gekommen, wenn Anna ihm nicht lieb, verlangend, ja fordernd zugeflüstert hätte: „So kannst du mich jetzt nicht sitzen lassen. Jetzt möchte ich dich voll und ganz."

Ein beherrschendes Weib war das, diese Anna aus dem flachen Land. Wahrscheinlich konnte sie sich in ihrer bisherigen Umgebung weder gefühls- noch begabungsmäßig so richtig entfalten. Zum einen drückten die Pfaffen gerade die Frauen, welche begabt waren und sich zu sehr hervortaten, und dann war im Lehleitnerhof doch nur die Arbeitskraft gefragt. Für Gefühle und eine Verwertung ihres Wissens blieb dort kaum noch Platz.

Das alles ging Jaggl blitzschnell durch den Kopf und er wäre bestimmt noch länger bei diesen Gedanken verharrt, wenn ihn Anna nicht lieb und fordernd beim Arm genommen und in Richtung Luke an der Decke gezogen hätte.

Diesem Verlangen hätte Jaggl ohnehin nicht länger widerstehen können. So schob er Anna durch die kleine Luke in das obere Gemach, nicht ohne seine Hand unter ihrem Rock den nackten Oberschenkeln entlang gleiten zu lassen.

Es wurde eine wunderschöne Nacht. Im Morgengrauen, nachdem sie sich noch einmal geliebt hatten, flüsterte Anna Jaggl fragend ins Ohr: „Werde ich nun von dir ein Kind bekommen?"

„Das wissen wir erst in ein paar Wochen. Aber wenn wir eins bekommen, so werden wir es lieb haben und zu einem anständigen Menschen erziehen."

Voll Liebe, Dankbarkeit und erfüllter Leidenschaft drückte sich Anna daraufhin so fest an Jaggl, dass es ihm beinahe weh tat. Doch dann, nach dem Aufstehen, begann für alle wieder der Ernst des Alltags.

31. Not und Verrat

Wenn Jaggl nur daran dachte, was sich bei Gedeon für ihn an Besorgungen angesammelt hatte, so konnte er nun nicht mehr länger in Pfafflaar bleiben. Schließlich war er in fremden Diensten und wurde dafür nicht schlecht bezahlt.

In Pfafflaar gab es nichts, was noch zu erledigen gewesen wäre, doch im Boden, bei den Bergknappen, musste er vorbeischauen. Dort gab es immer etwas, womit man ihn betrauen wollte.

Heute wurde über das karge Essen geklagt. Die Lebensmittel, die in Pfafflaar und in Bschlabs produziert wurden, reichten für die vielen Bergknappen schon lange nicht mehr. Thoma, sonst recht agil und umsichtig, war mit dem Erztransport und dessen Übernahme in Alme so intensiv beschäftigt, dass für andere Tätigkeiten keine Zeit mehr blieb. So versprach Jaggl wieder einmal, der Retter in Not zu sein und unten im Tal zusätzlich Lebensmittel zu besorgen.

Bei Gedeon im Duerf ging es drunter und drüber. Beim Steeg waren einige auf die Idee gekommen, Erz auf eigene Rechnung zu liefern und zu verkaufen. Das war den Schlossherren von Schrofenstein zu Ohren gekommen, worauf sie Leute aus dem Wallis als Kontrolleure anheuerten. Nun musste jeder Sack Erz zweimal gewogen werden.

Das alles wäre zu ertragen gewesen, wenn nicht die Ungewissheit über einen Verrat in der Luft gelegen wäre. Keiner traute fortan dem anderen, und das Arbeitsklima wurde dadurch schwer beeinträchtigt; so schwer, dass bereits die Produktion darunter litt. Jaggl war darüber sehr beunruhigt. Ein Verräter im Koaser war schon schlimm genug, doch wenn es gar einen in Pfafflaar gäbe, wären die Folgen nicht auszudenken.

Jaggl erledigte also nur das Allernotwendigste und musste sodann gleich dieser Angelegenheit nachgehen, wenn ihm auch bewusst war, dass eine Aufdeckung dieses Verrats nicht so leicht war und vor allem Zeit brauchte.

So informierte sich Jaggl, unter die Arbeitenden gemischt, zuerst einmal über alles, was sich in letzter Zeit ereignet hatte, ohne auch nur die leisesten Anzeichen einer Spur zu entdecken. Am zweiten Tag brachte ein Walliser Kurier drei Landsleute zum Steeg. Es waren Zimmerleute, die er zum Hausbau angeheuert hatte. Mit diesem Mann unterhielt sich Jaggl ganz ungeniert, bis er von ihm so nebenbei erfuhr, dass er vom Lechtal ins Wallis nicht den kurzen Weg über die verschneiten Berge gegangen war, sondern den bequemeren Umweg über Landeck und Schrofenstein in Kauf genommen hatte. Es dauerte nicht lange, bis einwandfrei fest stand, dass niemand, außer diesem Kurier, mit den Schrofensteiner Schlossherrn Kontakt haben konnte.

Jaggl informierte davon Gedeon und bat ihn, einen Auftrag zu erfinden, für den er mit dem Walliser Kurier zusammen verreisen müsste. Wohl war Jaggl bei der ganzen Sache nicht, denn er ahnte, dass er für diesen Fall einen Gutteil seiner Anständigkeit über Bord werfen musste.

Für Gedeon war es kein Problem, die zwei auf eine Reise zu schicken. Der erste gemeinsame Abend, den Jaggl mit seinem Gefährten in Reite verbrachte, führte ihn bereits auf die richtige Spur. Jaggl vertrug den Wein, den sie in einem Gasthaus vor dem Schlafen gehen zusammen tranken, weit besser als der Walliser. Wein- und redselig erzählte er Jaggl frei heraus, dass er sich für seine Dienste und die langen Wanderungen ins Wallis hin und her einen besseren Lohn erwartet hätte. Wenigstens von dem schwarzen Geld für das Erz hätten sie ihm etwas abgeben können.

Mehr war freilich vorerst aus dem Mann nicht heraus zu bekommen. Für Jaggl stand fest, dass nur er der Verräter sein konnte. Er war sich aber auch seiner Verantwortung bewusst, dass dieser Mann, wenn er seine Vermutung nun im oberen Lechtal weitergeben wird, schlimme Strafen bis zur Folter zu gewärtigen hätte.

Zurück im Duerf traf sich Jaggl mit Gedeon und Albin vom Bach. Albin war von seinen gut bekannten Bergknappen so informiert, dass er vorschlug, diesen Walliser einer peinlichen Befragung zu unterziehen. Hätte Jaggl nicht in Schongau erleben müssen, wie Unschuldige gequält werden, so hätte er wahrscheinlich in diese Prozedur eingewilligt. Nun musste er, um sein Gewissen nicht zu belasten, einen anderen Weg finden. Wie ein Geistesblitz durchzuckte ihn eine Idee. Obwohl Gedeon und Albin anfangs nicht vom Gelingen überzeugt waren, willigten sie doch nach einer gründlichen Beratung in den Vorschlag ein.

Albin, den der Walliser kaum einmal gesehen hatte, maskierte sich ein wenig, und zusammen mit zwei robusten Knappen, die sein volles Vertrauen genossen, überfielen sie den Walliser während er schlief, fesselten ihn und verbanden ihm die Augen. Anschließend führten sie ihn in einen einsamen Keller, aus dem kein Schrei nach außen dringen konnte.

Im Dämmerschein des nur mit einer Kerze erleuchteten Raumes nahm man ihm die Augenbinde ab und zog die Fesseln umso enger und schmerzhafter an. Mit leicht verstellter Stimme begann Albin mit dem Verhör und drohte mit furchtbaren Qualen, falls er nicht die Wahrheit sprechen würde. Die Knappen machten Anstalt, ihn an den Füßen aufzuhängen und bereiteten ihm dabei bereits leichte Schmerzen, die Schlimmeres ahnen ließen. Um dem Ernst der Sache etwas Nachdruck zu verleihen, gingen sie schon so weit, mit der Kerze die Brusthaare abzubrennen, und ließen Messer blitzen im flackernden Dämmerlicht der Kerzen.

Da pochte es auf einmal laut an die Tür. Eine fordernde Stimme schrie: „Macht auf!“

Vorerst verhielten sich alle mäuschenstill, bis stärker an die Tür geklopft wurde und die Stimme noch lauter wurde: „Macht endlich auf! Ich bin es, der Jaggl. Wenn ihr nicht aufmacht, rufe ich Gedeon!“

Der Walliser wurde ganz schnell in eine Ecke gezerrt und mit ein paar alten Lumpen zugedeckt. Dann öffneten sie die schwere Kellertür. Jaggl stürmte mit einer Laterne in den Raum und schrie sie an: „Was macht ihr da mit dem Walliser? Wo habt ihr ihn versteckt? Ach ja, da hinten sehe ich einen Fuß. Was habt ihr mit ihm vor?“

Wie ausgemacht, ergriff ein Knappe das Wort: „Er hat uns in Schrofenstein verraten, weil wir ein paar Säcke mit Erz heimlich verkauft haben.“

Jaggl begab sich zu dem Delinquenten, zog ihm die Fetzen vom Körper und beruhigte ihn: „Da habe ich wohl im richtigen Moment davon erfahren. Du hast ein unbeschreibliches Glück, dass du in mir einen Freund gefunden hast.“ Und zu den anderen gewandt: „Bindet ihn los! Er steht unter meinem Schutz. Verbindet ihm aber noch einmal die Augen! Er muss nicht wissen, wo das passiert ist. Ich werde für Gerechtigkeit sorgen. Darauf könnt ihr euch verlassen!“

Jaggl nahm den Geplagten bei der Hand und begleitete ihn bis zum Haus von Gedeon. Dort, in einem Hinterzimmer, nahm Jaggl ihm die Binde von den Augen ab und sprach auf ihn ein: „So, nun erzähle mir aber wirklich alles, was du gemacht hast, was du in Schrofenstein gesagt hast und was sich in diesem Zusammenhang alles um dich ereignet hat. Du brauchst von mir keine Strafe zu erwarten, denn die, welche das Erz heimlich verkauft haben, haben sich auch nicht richtig verhalten. Sie haben den Erlös nicht gerecht aufgeteilt, wie es sich gehört. Ich werde eine Lösung finden, dass so etwas nicht mehr passiert. Also sprich!"

Freimütig, heilfroh einer Folter entronnen zu sein, erzählte nun der Walliser offen, wie es zu dem vermeintlichen Verrat kam. Anlässlich seines Kurierdienstes wäre er in Schrofenstein gefragt worden, was der Grund sein könnte, dass in letzter Zeit immer untergewichtige Erzsäcke verrechnet würden. Ob er sich vorstellen könne, dass Erz gestohlen werde, und was man dagegen tun könnte. Er hätte dann den Vorschlag gemacht, das Erz oben im Koaser zu wiegen und nochmals unten beim Steeg, wo es an die Fuhrleute übergeben wird. Darauf war er gebeten worden, diese Kontrollfunktion zu übernehmen, was er mit der Begründung abgelehnt hätte, dass ihn dort zu viele Menschen kannten.

Jaggl war mit seiner raffinierten Detektivtätigkeit für heute zufrieden. Am folgenden Morgen, nach einer gründlichen Besprechung mit Gedeon und Albin, fuhr man mit einer schnellen Kutsche zum Steeg. Dort berief man alle am illegalen Erzhandel Beteiligten zusammen. Nach einer gründlichen Lektion von Gedeon und Jaggl musste jeder geloben, dass alles Erz, das ohne aufzufallen abgezweigt werden kann, für den Lebensmittel-Ankauf gestiftet wird. Zudem wurde ihnen klar gemacht, wer auch nur einen Kreuzer für sich selbst behielt, mit Strafarbeit in einem Knappenloch rechnen müsste.

Jaggl nun an den Walliser gewandt: „Man kann dir keinen Verrat vorwerfen. Doch eines musst du dir merken: ‚Wo die Obrigkeit versagt, muss sich der Mensch selber helfen.' Im Lechtal muss man, seit es Bergbau gibt, den Schlossherren im Inntal zu viel bezahlen. Von diesen feinen Herren kümmert es keinen, ob die Bergknappen etwas zu essen haben oder hungern müssen. Du bist nun bei uns und musst hier bleiben, weil du schon zu viel mitbekommen hast. Aus dem Lechtal entkommt keiner, ohne dass er auf seiner Flucht verunglückt."

Der Walliser hatte verstanden und wusste den Ernst der Lage einzuschätzen. Schüchtern fragte er: „Wo soll ich nun wohnen und was soll ich arbeiten?"

Da kam nun eine Aufgabe an Albin heran: „Wir werden für dich ein Plätzchen finden, und Arbeit bekommst du auch. Du musst nun dafür sorgen, dass die Schrofensteiner zufrieden sind und die Bergknappen genug zu essen bekommen. Wenn es die geringsten Schwierigkeiten gibt, so melde dies mir oder Gedeon, und sage davon niemand anderem auch nur ein Wort."

Damit war dieser Fall für Jaggl erledigt, denn er wusste, dass Albin alles gut und richtig machen wird. Er selbst musste schleunigst für die Bergknappen Lebensmittel auftreiben, und das nicht nur für die Knappen im Koaser, sondern auch für die in Pfafflaar. Das Wichtigste von allem war, Korn fürs Brot zu besorgen. Wenn also in Reite nicht schnell Korn oder Mehl zu bekommen war, dachte er daran, nach Schongau zum Lehleitner zu fahren. Dort müsste, wenn schon nicht bei ihm, aber sicher bei bekannten Bauern, Korn aufzutreiben sein. In Reite war vorerst nur eine kleine Menge zu bekommen, gerade genug, um den Knappen im Koaser für zwei Wochen aus dem Ärgsten zu helfen. Also doch nach Schongau und das mit einer starken Kutsche, auf der man bei der Rückfahrt gleich ein paar Säcke aufladen könnte.

Im Lehleitnerhof war man indes so schlau geworden, sich vor dem Haus so zu benehmen, um den versteckten Nachbaraugen nicht zu viel zu verraten, und so wurde Jaggl wie ein Fremder begrüßt und ins Haus geführt. Erst im Haus konnte Jaggl über die geglückte Befreiung von Anna berichten. Dass sie sich in Pfafflaar bereits eingelebt hat und in Sicherheit fühlen konnte, waren für den Bruder die größte Beruhigung und eine Erlösung.

Nun rückte Jaggl mit dem Zweck seines Besuches heraus: „Korn oder Mehl würde man im Lechtal kaufen. Wie steht es im Lehleitnerhof. Habt ihr jetzt im Spätwinter noch Korn zu verkaufen?“

„Wir haben nur noch wenig Korn im Speicher. Für eine Kutsche voll könnte es gerade reichen.“

Jaggl erleichtert: „So müssen wir wenigstens nicht leer zurückfahren.“

Darauf der Bauer: „Die Nachbarn hätten noch viel Korn. Ob ihr dort noch fragen wollt?“

Das war Jaggl gar nicht so unrecht: „Da gehe ich hin. Vielleicht erfahre ich sogar etwas darüber, wie sie über Anna denken.“

So schritt Jaggl zuversichtlich zum etwas höher gelegenen Nachbarhof. Dort angekommen, stellte er sich natürlich zuerst vor: „Ich komme aus dem Lechtal und habe die Besorgung von Lebensmitteln für die dortigen Bergknappen übernommen. Heute brauchen wir Korn oder Mehl fürs Brot. Der Nachbar hat mir gesagt, dass ihr vielleicht noch Korn zu verkaufen hättet.“

Der Bauer war sichtlich verwundert: „Der Lehleitner hat das gesagt?“

„Ja, er selbst hat nur noch höchstens so viel, was wir auf die Kutsche aufladen können.“

„Wir können noch mindestens drei große Fuhren verkaufen. Verstehe nicht, warum euch der Lehleitner zu uns herauf schickt.“ Jaggl tat natürlich unwissend: „Habe auch keine Ahnung. Wir haben die Lehleitners kennengelernt, als wir uns im Schneesturm auf der Fahrt nach Augsburg verirrt hatten. Sie haben uns gut aufgenommen, und wir haben uns nachher auch noch einmal bedankt. Jetzt auf der Suche nach Korn, das wir schnell brauchen, kam uns der Lehleitnerhof in Erinnerung. Als ich dem Bauern sagte, dass wir viel Korn brauchen würden, hat er mich gleich zu euch geschickt.“

„Hm, weiß nicht, was ich darauf sagen soll.“ Jaggl tat erst recht verwundert und fragte geradeheraus: „Wollt ihr uns kein Korn verkaufen?“

„Schon, aber ... ist schon recht. Wie viel Korn braucht ihr?“

„Wir kaufen euch alles ab. Auch wenn ihr noch vier Fuhren im Speicher habt.“

„Wie viel bezahlt ihr uns?“

„Wenn ihr den Transport ins Lechtal übernehmt, bezahlen wir euch den gleichen Preis, den wir in Reite bezahlen.“

„Was bezahlt ihr in Reite?“

Der Kornpreis in Reite war so hoch, dass der Bauer mit diesem Vorschlag gleich einverstanden war. Jaggl hatte den Vorteil, dass er für den Transport ins Lechtal nicht extra aufkommen musste.

Nachdem der Handel mit einem Handschlag abgeschlossen war, unterhielt man sich über allgemeine Dinge, vor allem über das Bauer sein im flachen Land. Nachdem wieder einmal der Name Lehleitnerhof gefallen war, wagte Jaggl eine neugierige Frage: „Wohin ist denn die Schwester vom Bauern, ich meine, Anna heißt sie? Ich habe sie nur beim ersten Besuch wegen dem Schneesturm kurz gesehen. Mir hat sie gut gefallen. Doch beim nächsten Besuch, als ich nach ihr gefragt habe, gab mir ihr Bruder nur eine mürrische Antwort: ‚Sie ist weg!' Darauf getraute ich mich nicht noch einmal nach ihr zu fragen."

Der Bauer konnte einen inneren Schrecken zwar gut, aber nicht gut genug vor Jaggl verbergen. Wenn Jaggl nicht schon von der Rolle gewusst hätte, die dieser Bauer beim Verrat an Anna gespielt hatte, so hätte sich dieser Mann gerade verraten. Nun aber nahm er sich sichtlich zusammen und antwortete mit dem Anschein von Unbefangenheit: „Niemand weiß etwas über sie. Sie scheint vom Erdboden verschwunden zu sein. Man sagt, sie wäre unschuldig eingesperrt gewesen und ein Engel vom Himmel hätte sie befreit."

„Dann werde ich sie wohl nicht mehr sehen. Soviel ich beim ersten Besuch bemerkt habe, war sie eine sehr intelligente Frau, die sogar die Klosterschule besucht hat."

„Das ist richtig. Wir meinen, aber das darf man nicht weitersagen, dass sie ins Kloster zurückgeholt wurde, und das ist sicher nicht das Schlechteste für sie."

Auch dieser Bauer wusste also nur zu gut, dass es hinter den Klostermauern viele Geheimnisse gab, von denen niemand außerhalb erfahren durfte.

Für Jaggl genügte diese Information. Er konnte berechtigt annehmen, dass die Vermutung, Anna wäre hinter den Klostermauern verschwunden, nicht allein dieser Bauer teilen würde und somit von der Bevölkerung der Verdacht einer Befreiung erst gar nicht in Erwägung gezogen wurde. So verabschiedete man sich mit der Vereinbarung, dass die erste Kornfuhre gleich morgen ins Lechtal geschickt wird. Jaggl hätte auch bei diesem Bauern übernachten können, doch die längere Bekanntschaft mit den Lehleitners rechtfertigte Jaggls Absicht, dort die Nacht zu verbringen.

Beim Lehleitner unterhielt man sich nach einem guten Abendessen, das eine Magd zubereitet hatte, recht gut und erleichtert. Die Lehleitners hatten von der Vermutung, Anna wäre im Kloster, noch nichts vernommen und waren darüber sehr erleichtert. Im Kloster wären weitere Nachforschungen sowieso aussichtslos. Ausgiebig unterhielt man sich über die Verpflegung der Bergknappen. Als die Sprache auf Fleisch kam, bot der Lehleitner einen Mastochsen an. So konnte Jaggl am nächsten Tag nicht nur etwas Korn, sondern dazu das Fleisch von einem Ochsen ins Lechtal bringen. Dass die Knappen von Pfafflaar dabei nicht zu kurz kommen würden, dafür war von Jaggl natürlich gesorgt. So konnte das vorher oftmals kärgliche Essen bedeutend aufgebessert werden. Die Knappen arbeiteten wieder fleißiger, und in Pflach, mehr noch in Ehrenberg, war man froh, mehr Erz zu bekommen. Galmei war zurzeit sehr gefragt.

32. Galmei – Galmei

Wie doch die Zeit vergeht! Fünfzehn Jahre waren inzwischen vergangen. Alle Einwohner im Tal lebten gut mit dem Bergbau und waren im Großen und Ganzen auch recht zufrieden. Neue Impulse gab es allerdings keine. Man trachtete nur, das Erreichte möglichst lange zu bewahren, was umso leichter war, als sich die Starkenberger mit dem Landesfürsten immer mehr zerstritten. Um die Leute über dem Hahntennen kümmerte sich niemand, wenn nur das Vieh über den Sommer gut versorgt und im Herbst wohlbehalten zurückkam und reichlich Wild für den Landesfürsten gebracht wurde. Man munkelte bereits, dass die Starkenberger, weil völlig überschuldet, den Zins nicht mehr aufbringen und das Schloss mit den angrenzenden Besitztümern bald aufgeben müssten.

Pfafflaar hatte sich in diesen Jahren nur noch um ein paar Häuser unterhalb der bestehenden Siedlung vergrößert, doch im Boden war ein neues Dorf entstanden. Die Bergknappen der ersten Generation wurden hier großteils sesshaft. Es mussten in letzter Zeit immer weniger Arbeiter von auswärts beschäftigt werden, denn mehr und mehr Kinder kamen ins arbeitsfähige Alter. Jaggl war immer noch die führende Kraft im Tal, wenn er auch öfters sichtlich müde und abgespannt aussah. Mit Anna kam es zu einem innigen eheähnlichen Verhältnis, aus dem zwei Söhne, Walte und Leo, hervorgingen. Mochte es für Jaggl anfangs die totale Inanspruchnahme durch den Bergbau gewesen sein, so war es zuletzt sicher seine immer mehr auffallende Unentschlossenheit, Anna trotz der zwei gemeinsamen Kinder zu heiraten. Seine Söhne Leo und Walte, sowie sein Lois aus der Liaison mit Mina, waren nichtsdestoweniger sein ganzer Stolz und junge Hoffnungen im gesellschaftlichen und geschäftlichen Leben von Pfafflaar, Boden und Bschlabs.

Jaggl gefiel es sogar, dass seine beiden Söhne den Nachnamen der Mutter trugen. Beide hatten in ihrer Kindheit von Toni und ihrer Mutter so viel Schulwissen mitbekommen, dass man sie im Tal als die jungen Schulmeister betrachtete. Jeden Winter brachten sie den kleineren Kindern Lesen, Schreiben und Rechnen bei. Allein mit der romanischen Sprache wollte es nicht mehr so richtig klappen. Es sah aus, als ob man diese Sprache bald nur noch in Pfafflaar hören würde, und selbst dort sprach man immer öfter deutsch miteinander. Schließlich verstanden immer weniger Menschen das Romanische.

Edi und Mina wurden ein glückliches Paar. Vier Kinder, alles stramme Buben, waren der Stolz dieser Familie. Da es Lücken in der Matrize in Imst gab, ließ Edi seine Kinder mit dem Nachnamen Friedl eintragen, aus denen sich eine große Friedl-Sippe entwickeln sollte.

Lee und Elli bewohnten mit ihrer nun achtköpfigen Familie das erste groß gebaute Haus in Boden. Thoma und Klara mussten ihr Haus in Bschlabs vergrößern. Sechs Kinder brauchten dort mehr Platz.

Mariele wurde nun das neue Ahnle, zu dem alle kamen, wenn sie Rat brauchten oder ihre Sorgen mit jemand teilen wollten. Sepp wurde zum Öhnle, von dem die Kinder gern Geschichten hörten und handwerkliche Tricks lernten.

Es war ein wunderschöner Abend an einem der längsten Tage im Jahr, die Grillen zirpten, und eilig versuchten einzelne Hummeln, ihren gesammelten Nektar ins Nest zu fliegen. Mariele saß mit Anna und ihren Söhnen im märchenhaften Schein der untergehenden Abendsonne vor dem neu erbauten Haus am Ebele, als Jaggl mit Lee und Lois nach längerer Abwesenheit wieder einmal zurück in ihr Heimatdorf kamen. Lois wurde von Jaggl in allen ihm zumutbaren Dingen eingeschult und gelegentlich sogar schon auf kleinere Reisen mitgenommen.

Glückliche Gesichter und ein von allen Seiten zu hörendes „Allegra" deutete die sehnlichst erwartete Rückkehr der beiden an.

Jaggl ließ sich sofort neben Anna nieder und drückte ihr innig die Hand. Lois konnte sich nicht zurückhalten. Er musste gleich allen mitteilen, was nun auf sie zukommen sollte: „Ihr wisst, dass wir aus den zwei Knappenlöchern nicht mehr Galmei als bisher herausholen können. In Pflach braucht man aber immer mehr davon. Jedes Mal, wenn wir in Ehrenberg einkehren, bedrängt man uns, mehr Galmei zu liefern, und wir wissen nicht, wie wir es aus den drei Knappenlöchern herausholen können. Wir wollen es uns nur nicht eingestehen, aber die Ader verliert sich allmählich und wird unergiebiger, je tiefer wir in den Berg kommen. Wenn wir aber nicht mehr liefern können, müssten sie in Pflach mit der Messinglegierung aufhören. Kleinere Mengen würden sich nicht mehr lohnen."

Alle ließen den Kopf hängen. Sie wussten, was das zu bedeuten hatte, doch nur Anna fand ein paar optimistische Worte: „Das heißt also, dass wir neue Knappenlöcher graben müssen?"

Jaggl, eher mutlos: „Wo sollen wir denn noch Galmei finden? Wir haben den ganzen Berg abgesucht, und dort, wo man den Abbau von weitem sehen kann, ist es einfach nicht zu wagen."

„Den Steinschmecker aus Füasse oder, noch besser, die Venezianer Mandle müsste man holen. Wäre doch gelacht, wenn die nicht noch eine Ader finden würden", sagte Anna fest überzeugt, dass man nicht den Mut verlieren sollte.

's Öhnle ergriff nun das Wort: „In der Umgebung von Pfafflaar, Boden und Bschlabs werden wir keine neuen Galmeivorkommen finden. Hat jemand schon daran gedacht, dass man im Parzinn oder hinter Bschlabs im Plötzig einmal die Gegend absuchen sollte? Dort hat bis jetzt noch niemand nach Galmei gesucht."

Jaggl horchte auf: „Im Parzinn, wo viele Schafe weiden, hätte man schon längst etwas gefunden. Ich weiß, dass man im Feara Erz vom Tareton herausholt. Das ist das Tal entlang der Hoaterwand. Es ist der Berg, der das Hahntennental vom Plötzig trennt. Wenn es in der Nähe vom Feara Erz gibt, wäre es denkbar, dass auch auf unserer Seite etwas zu finden ist. Die große Schwierigkeit wird sein, dass in dieses Tal kein einziger begehbarer Weg führt. Darum wird dort nicht einmal nach Gämsen gejagt."

Für Jaggl war das immerhin ein kleiner Hoffnungsschimmer: „Nun wird jede Arbeitskraft gebraucht, zumindest alle Männer, um das Heu unter Dach zu bringen. Danach sollten unsere Jungen die ganze Umgebung gründlich absuchen."

Lois bot sich schnell an: „Ich kann morgen ins Plötzig und Galmei suchen gehen."

Darauf Jaggl in strengem Ton: „In dieses Tal geht keiner von euch allein. Außerdem kennst du nicht alle Galmeierze. Die vom Feara sehen anders aus, als die aus unseren Knappenlöchern. Nachdem das Heu unter Dach ist, gehen wir zusammen ins Plötzig."

Walte meinte dazu: „Warum heißt dieses Tal Plötzig?"

Niemand wusste es, bis 's Ahnle den Mund aufmachte: „Genau weiß es niemand. Wie ihr wisst, nennt man eine bewaldete Fläche mit schönen freien Weideflächen ‚platzig'. Ich meine, dass die alten Bschlaber daraus das Plötzig gemacht haben. Sie sprechen das a oft als ö und nennen schließlich auch jeden Graben ‚Gröben'."

Lee kümmerte das wenig und meinte nur: „Wo wir Galmei finden, ist egal. Wichtig ist nur, dass wir bald etwas finden. Wir getrauen uns nicht mehr nach Ehrenberg, wenn wir ihnen nicht bedeutend mehr davon versprechen können."

So nahm die Debatte darüber, wo man Galmei finden könnte, weiter ihren Lauf. Schließlich vereinbarte man, dass vorerst kein Wort über den Mangel an Galmei unter die Leute kommen soll, damit niemand beunruhigt wird. Bald rief Anna zum Abendessen.

„Endlich wieder einmal ein Essen, wie wir es von Kindheit an gewohnt sind. Die herrschaftlichen Speisen und das Essen in den Gasthäusern ist zwar meistens gut, aber es wächst mir allmählich beim Hals heraus", sagte Jaggl und führte genüsslich seinen vollen Löffel zum Mund.

Für Lee war es nach dem Abendessen höchste Zeit, seine Familie zu besuchen. Jaggl konnte es kaum erwarten, mit Anna endlich allein zu sein. Das Schönste im Leben der beiden war immer wieder die erste Nacht nach einer längeren Trennung. Die Liebe zueinander erwachte von neuem und jedes Mal inniger, so dass die Trennungen recht gut zu überwinden waren. Vergessen war für kurze Zeit das große Problem Galmei, das auf sie zukommen würde.

Jaggl wollte sich einige Tage gründlich ausrasten und verdrängte bewusst alles, was mit Handel und Knappenlöcher zu tun hatte. Anna fühlte das und verlor kein Wort über die anstehenden Probleme. Bei sich fasste sie allerdings einen ehrgeizigen Plan. Nicht die Männer sollten ein neues Erzvorkommen entdecken, nein, sie allein würde im einsamen, entlegenen Plötzig so lange suchen, bis sie etwas finden würde. Ein innerer Drang befahl ihr, sich endlich bei diesem Tal, das sie in ihrer ärgsten Bedrängnis so selbstverständlich liebevoll aufgenommen hatte, zu revanchieren. Darüber ließ sie aber selbst zu Jaggl kein Wort verlauten.

Dass man dringend nach Galmei suchen sollte, war unter dem Druck der vielen Arbeit zurückgedrängt worden. Wenn ab und zu im kleinen informierten Kreis darüber diskutiert wurde, so verschob man diese wichtige Aufgabe jedes Mal auf später.

Feuchte Schwüle und teils wolkenverhangene Berge ließen einen eher gewittrigen Tag vermuten. An eine Heuernte war bei diesem Wetter nicht zu denken. Die Männer von Pfafflaar waren nichtsdestoweniger vollbeschäftigt oder nicht im Dorf anwesend. An diesem Morgen fasste Anna den kühnen Entschluss, ganz allein eine Wanderung ins Plötzig zu unternehmen. Es drängte sie, als Dank für die rettende Aufnahme in größter Gefahr, für dieses Tal etwas Gutes zu tun. Sie informierte nur 's Ahnle von ihrem Vorhaben und bemerkte dazu, dass sich niemand um sie sorgen sollte, wenn sie nicht heute, sondern erst am nächsten Tag zurückkäme.

Sobald sie den Weg nach Bschlabs in Richtung Plötzig verlassen hatte, behinderten erst dichter Hochwald, dann geschlossene Latschenflächen Anna am Vorankommen in dieses einsame, unbekannte Tal. Um taleinwärts zu gelangen, musste man nun entweder hoch hinaufsteigen oder den Bach entlang das Bachbett mehrfach kreuzen, was schier unmöglich schien. Anna versuchte es an mehreren Stellen, kam dabei immer höher die Bergflanke hinauf, bis sie unvermittelt auf Fredi traf, der sich auf einem Pirschgang befand, und sie anscheinend schon seit einiger Zeit beobachtet hatte. Die Jagdzeit hatte begonnen, und er musste mit seinen zwei Gamsjager dafür sorgen, dass der Schlossherr von Starkenberg das vereinbarte Wildbret bekam.

Fredi wunderte sich nicht ohne Grund, die Lechleitnerin in diesem unwegsamen Gelände anzutreffen und fragte sie neugierig: „Aber, Anna, was machst du denn ganz allein in dieser Gegend? Suchst du jemand?"

Anna erleichtert, dass sie Fredi, einen Kenner des gesamten Reviers, traf: „So kann man es auch nennen. Ich möchte ins hintere Plötzig. Eigentlich hätte ich zu allererst zu dir kommen sollen. Du kennst dich doch da ein wenig aus?"

„Ich komme immer wieder in dieses Tal. Wenn es nur nicht gar so beschwerlich wäre, von dort das Wild nach Hause zu bringen. Unten im Tal ist kein Durchkommen, so muss man über die Waldgrenze hinauf, und das ist ein beschwerlicher Umweg."

„Fredi, du kennst dich immerhin in diesem einsamsten Tal besser aus. Es sollte zwar noch ein Geheimnis bleiben, doch dir kann, ja muss ich es anvertrauen. Kannst du dir vorstellen, dass man im Plötzig Galmei findet?"

„Ich habe darauf noch nicht geachtet. Vorn im Tal kann man kaum suchen, weil alle Flächen dicht bewaldet sind. Weiter hinten, bei der Hoaterwand, fällt mir ein, eine Felsader gesehen zu haben, welche mich an Galmei erinnert hat. Ihr wollt doch nicht im Plötzig Knappenlöcher graben?" Anna sah einen Hoffnungsschimmer und antwortete: „Ob wir wollen oder nicht, wir müssen mehr Galmei nach Pflach liefern, sonst stellen sie die Messinglegierung ein und wir haben keinen Bergbau mehr. Kannst du dir vorstellen, was das für uns bedeuten würde?"

Man sah Fredi an, wie er erschrak: „Das wäre das Ende für unser Tal. Wir müssen sowieso trachten, dass die Kinder zu leben haben."

Anna, irgendwie erleichtert, dass sie jemand gefunden hat, der ihr bei der Suche nach Galmei behilflich sein würde: „Du hast das richtig erkannt. Das ist unser zweites Problem. Wir müssen nach weiteren Galmeivorkommen suchen – und wenn es im hintersten Plötzig ist."

„Ich wollte heute ins vordere Plötzig, um ein Reh zu schießen. Vielleicht gelingt dies mir auch beim Durchwandern. Jedenfalls ist mir dieses Anliegen wichtiger. Ich gehe mit dir bis zur hinteren Hoaterwand, dorthin, wo ich meine, einen Felsen, der nach Galmei aussah, gesehen zu haben."

Anna erleichtert: „Du wirst mich führen?" Fredi nicht ganz unbesorgt: „Kannst du dir vorstellen, wie schwierig und lang dieser Weg sein wird?"

Der starke Wille von Anna war damit nicht zu erweichen: „Ich möchte mit dir Galmei suchen. Ich wäre auch allein ins Plötzig gegangen, wenn ich dich nicht getroffen hätte. Mit dir habe ich nun einen Führer. Etwas Besseres konnte mir gar nicht passieren."

Fredi darauf: „Gut, dann wollen wir aber gleich weiter. Wir haben einen langen und anstrengenden Tag vor uns."

Fredi kannte die wenigen vom Wild ausgetretenen Pfade durch Latschen, zwischen Bäumen und Gestrüpp, welche Anna allein nie gefunden hätte. Nur gut, dass immer wieder plötzliche Lichtungen die Wanderung erleichterten. 's Ahnle wird schon recht haben, dass diese plötzlichen freien Plätze diesem einsamen Tal den Namen gaben. So kamen sie schneller als gedacht ans Ende des Hochtales, wo mehr grüne Grasweiden und nicht voll geschlossene Latschenflächen das Weiterkommen bedeutend erleichterten. Fredi stieg geradewegs, zuletzt über Geröllhalden, in Richtung Hoaterwand, wo er meinte, Galmei gesehen zu haben. Gewaltig erschien Anna der Anblick der Hoaterwand. Eine Riesenmauer aus grauem Fels, von helleren Adern durchzogen, wie Fugen eines riesigen Mauerwerks, die einen grandiosen Anblick bot. Unüberwindliche, senkrechte Höhen zogen sich weit nach Sonnenaufgang hin, dorthin, wo angeblich Galmei aus diesem Berg geschürft wurde. Einen so gewaltigen Berg hatte Anna noch nie aus der Ferne gesehen, geschweige aus nächster Nähe. Plötzlich blieb Fredi stehen und stieß einen jodlerähnlichen lauten Ruf aus. Vielfach schallte das Echo zurück. Anna musste es mit etwas melodischeren Tönen auch versuchen, um schließlich, überglücklich im Herzen, auszurufen: „Dieses Echo allein ist es wert, hierher zu kommen. Fredi ich danke dir. Du hast mir einen glücklichen Tag beschert."

Schließlich kamen sie zu der Stelle, an die sich Fredi erinnern konnte, Gesteinsbrocken gefunden zu haben, die dem Galmei ähnlich sahen. Noch bevor Fredi fündig wurde, zeigte Anna auf einen Felsen mit kleinen, gelblichen Einschlüssen: „Fredi schau, das sieht nach Galmei aus! Soviel ich von Lee weiß, könnte das allerbestes Galmei sein. Eine bessere Qualität als die, welche man aus den Knappenlöchern bei Boden holt. Davon nehmen wir so viel mit als wir finden und tragen können."

Damit konnte Fredi nicht ganz einverstanden sein: „Müssen wir denn viel Erz mitnehmen? Tut es nicht auch eine kleinere Probe? Du darfst nicht vergessen, dass wir noch einen weiten Rückweg vor uns haben. Wenn es auch meistens abwärts geht, so müssen wir doch immer wieder aufsteigen, um einen begehbaren Pfad zu finden."

Anna musste das wohl einsehen: „Gut, nehmen wir nicht zu viel mit. Doch dem Steinschmecker in Füasse müssen wir schon zeigen, welch guten Fund wir gemacht haben."

Fredi nicht ganz überzeugt: „Sollst recht haben. Notfalls müssen wir die Last weiter unten im Tal absetzen. Das Erz kann ich morgen mit noch einem Träger nach Alme bringen. Von da aus kannst du es bis Füasse begleiten."

Der letzte Satz erschreckte Anna, denn es war ihr sogar nach so vielen Jahren immer noch zu unsicher, sich im Gebiet des Bistums Augsburg sehen zu lassen. Zu tief saß ihr der Schock der Folter in der Brust und der des Scheiterhaufens vor den Augen. Zu Fredi gab sie sich aber unbefangen, als sie ihm erwiderte: „Ich meine, das kann Thoma, der immer mit den Erztransporten zu tun hat, besser für mich erledigen. Wichtig ist, dass der Steinschmecker, und, wenn notwendig, die Venezianer Mandle bald zu uns kommen, damit sie das Erzvorkommen bestätigen. Alles Weitere werden Jaggl und Lee besorgen."

Wie auf Kommando setzten sich die beiden auf den weichen, von der Sommersonne erwärmten Rasen und begannen ihren Hunger zu stillen. Eine kleine Quelle sorgte für ihren Durst. Danach packten sie so viel Erzgestein in ihre Schnerfsäcke, dass sie meinten, es würde für einen Test des Steinschmeckers reichen.

Auf dem Rückweg merkte Anna bald, warum Fredi nicht allzu viel Erz mitnehmen wollte. Von Schritt zu Schritt machte sich Müdigkeit bemerkbar. Als sie an eine Stelle kamen, von wo aus man das ganze Plötzigtal übersehen konnte, wollte sie endlich eine Rast einlegen. Nun merkte man schon den Unterschied zwischen einem Menschen, der von Jugend an in den Bergen zu Hause war, und jemand, der aus dem Flachland zugezogen ist. Anna war zwar eine gute Bergwanderin, doch wenn es galt, einen sicheren Tritt zu finden, war sie unsicher. Fredi war immer mit kühnen Sprüngen voraus, während Anna erst dann den Fuß aufsetzte, wenn sie von dessen Trittfestigkeit überzeugt war. Das ermüdete sie auf diesem langen, beschwerlichen Abstieg derart, dass Fredi schon daran dachte, die Last früher als geplant abzusetzen. Dann würde man sie eben in zwei Tagen bis nach Alme bringen.

Als sie sich nun einer verdienten Rast hingaben und ihre Blicke talauswärts gleiten ließen, wohin sie heute noch kommen wollten, ergriff Fredi das Wort: „Nun haben wir, wie es aussieht, eine ergiebige Galmeiader entdeckt. Wir haben uns aber noch keine Gedanken darüber gemacht, wie man das Erz ins Lechtal transportiert. Das Plötzig ist so einsam, dass wir da sicher keinen Gamsjager fürchten müssen, aber dafür so unwegsam, dass man für den Transport zuerst einen Weg bauen müsste."

Anna hatte daran schon gedacht, als sie ihm erwiderte: „Ganz richtig, Fredi. Hast du nicht gesagt, dass man für unsere Kinder Arbeit und Verdienst braucht? Ich bin derselben Meinung. Ist das nun nicht eine wunderbare Fügung, dass wir nicht nur Arbeiter in den Knappenlöchern, sondern auch beim Wegebau beschäftigen können?"

„Und wer soll das bezahlen?", fragte Fredi nicht unbegründet.

„Da vertraue ich auf Jaggl und Lee. Die beiden haben großen Einfluss auf die Ehrenberger und die Fugger, dass ich meine, es wird machbar sein. Schließlich hängt bei ihnen viel Geschäft am Messing."

Wie bestimmt und selbstsicher Anna das sagte! Sie war wirklich eine bemerkenswerte Frau, diese Lechleitnerin, von der man nicht einmal genau wusste, woher sie kam. Fredi konnte nicht anders, als ihr unvermittelt tief in die Augen zu blicken. Noch nie erwiderte eine Frau ihm einen Blick mit so tiefstrahlenden Augen. Diese Blicke wiederholten sich nun mehrmals, bis sie die Hände ineinander legten. So verbrachten sie in lebhafter Unterhaltung einige Zeit, bis sie ein großer Regentropfen aufschreckte. Es war wohl die Ankündigung eines Gewitters, dem man nicht so ungeschützt auf diesem exponierten Bergrücken ausgesetzt sein sollte. Also packten sie schleunigst ihre Schnerfsäcke und eilten so schnell sie konnten weiter talauswärts. Wenigstens so weit wollten sie kommen, bis dahin, wo sich Fredi eine primitive Hütte für Notfälle zusammengebaut hatte. Darin würden sie wenigstens vor dem ärgsten Regen geschützt sein.

Die erste markerschütternde Detonation eines Donners war nicht zu überhören, und schlagartig setzte darauf starker Regen ein. Grelle Blitze zischten aus pechschwarzen Wolken, die Intervalle zwischen Blitz und Donner wurden immer kürzer, die entfesselten Naturgewalten kündigten höchste Lebensgefahr an. In wenigen Minuten waren beide platschnass. Die Schnerfsäcke mit dem Erz wurden, da sie Wasser ansaugten, immer schwerer. Schnell deponierten sie alles Erz unter einem Baum und trachteten so rasch als möglich zur nahen Jagdhütte zu kommen. Völlig durchnässt erreichten sie schließlich den kleinen primitiven Raum mit einem anscheinend dichten Dach aus Gras und Tannenzweigen. Auf einer primitiven, mit Heu bedeckten Pritsche konnte man sich wenigstens gemütlich niederlassen. Fredi zog sich erst einmal sein Hemd über den Kopf. Für Sekunden vergaß Anna die eigene Nässe und Kälte. So ungeniert hatte sich noch nie ein Mann vor ihr ausgezogen. Das eigenartige Kribbeln, das sie zum ersten Mal verspürt hatte, als Jaggl ganz sanft seine Hand auf ihrem Schenkel ruhen ließ, überfiel sie wieder, und sie konnte nichts dagegen tun, als diesen sehnigen, eher schmächtig untersetzten Mann anzustarren. Fredi schien das nicht zu spüren, denn ganz unbefangen sprach er wie selbstverständlich: „Willst du dir nicht wenigstens deine nasse Bluse ausziehen? Du wirst dich noch erkälten und krank werden."

Wie selbstverständlich langte er an ihre Knöpfe, machte sie auf und half ihr die vor Nässe klebrige Leinenbluse auszuziehen.

„Anna, ich habe da hinten rohe Felle von zwei Gämsen. Damit kannst du dich zudecken und brauchst das nasse Kleid nicht anzubehalten, bis es trocken ist. Also zieh es aus und lege dich unter das Fell. Ich werde das Kleid nachher zum Trocknen aufhängen."

Schnell holte er die Felle aus dem hintersten Winkel und begab sich anstandsvoll, das Gesicht nach außen gewendet, an die Hüttentür, als Anna halb lachend ihn rief: „Fredi, das Kleid ausziehen ist leichter gesagt als getan. Es klebt so an mir, dass ich es nicht vom Leib bekomme. Kannst du mir dabei helfen?"

Fredi wusste nicht, wie ihm geschah. So frei hatte vor Anna noch nie eine Frau mit ihm gesprochen. Sicher, er war kein Unschuldsengel mehr. Öfters konnte er mit einem Mädchen die Tiefe des Waldes zu leidenschaftlichen Stündchen nutzen. Hingebungsvoll war jede, die mit ihm in den Wald ging, doch so frei? Nein, das war ihm noch nie untergekommen.

So wandte er sich um und sah Anna, den Rock bereits halb über den Kopf gestülpt, unten nackt und hilflos mit den Armen hantierend, nicht fähig, aus dem Kleid herauszukommen. So tat Fredi, als ob er den wunderschönen weiblichen Körper nicht sehen würde und half ihr mit einem Ruck aus dem nasskalten Kleid. Danach legte er die zwei Felle auf die Liegestatt.

„So, Anna, jetzt legst du dich schön brav nieder und wärmst dich einmal auf. Ich versuche ein Feuer zu machen und Tee zu kochen."

Schnell schlüpfte Anna unter die Felle. Darauf lieblich schmunzelnd: „Fredi, du hast mir geholfen, unter die trockenen Felle zu kommen. Du kannst dich genauso erkälten. Ziehe also auch du deine nasse Hose aus und komm zu mir unter die Felle. Sie reichen für uns beide und wir können uns gegenseitig wärmen."

Fredi wusste nicht, was er darauf antworten sollte. So frei die Mädchen im Tal auch waren, in diesem selbstverständlich klingenden Ton hatte ihn noch nie ein weibliches Wesen so direkt eingeladen. Übrigens, wie war es gemeint? Wollte sie, dass sie sich nur gegenseitig wärmen könnten, oder dachte sie an mehr?

Schamhaft drehte er sich um, ging ein paar Schritte vor die Hütte und zog seine durchnässte Hose aus. Auf einmal spürte er bei dem Gedanken an Anna keine Kälte mehr. Er musste nackt, wie er war, direkt in den Regen und sich wie unter einer Dusche richtig am ganzen Körper abreiben, bis Anna rief: „Wo bist du denn? Du wirst doch nicht draußen im Regen bleiben?"

„Ich habe mich nur gründlich gewaschen. Der Regen ist gar nicht kalt. Ich komme schon." Sagte es und kam zurück in die halbdunkle Hütte. Schnell und ein wenig schamhaft lag er nach einem kurzen Sprung neben Anna unter den Fellen.

Wie wohl das tat, einen weiblichen Körper so dicht, warm und zart an seiner Haut zu fühlen. So schön hatte er sich den Ausklang des heutigen Tages nicht vorgestellt, doch auch in Anna müssen sich ähnliche Gefühle geregt haben. Sie schmiegte sich, so dicht es ihr gerade möglich war, an ihn, umschlang seinen Körper mit Armen und Beinen, dass ihm nicht nur warm, sondern richtig heiß wurde. Es konnte nicht mehr lange dauern, bis sie voll vereint waren. Doch mitten in der Wollust erwachte Anna wie aus einem schönen Traum, sah im Geist Jaggl über sich und wusste, dass nicht er es war. Sah ihre Kinder, weit entfernt, aber so, als ob sie ihr zurufen würden: „Aber, Mama, was tust du da?“ Ihre Gedanken überstürzten sich, dass sie zwischen Lust und Schuldgefühl nur noch laut stammeln konnte: „Fredi, bitte kein Kind!“

Dieser Ruf dürfte gerade noch rechtzeitig im letzten Moment an die Ohren von Fredi angekommen sein, denn wie auf Kommando lag er entspannt und leicht erschöpft, getrennt neben ihr. So lagen sie noch einige Zeit stumm beisammen, bis Anna, wie zur eigenen Entschuldigung, endlich den Mund aufmachte: „Ein Mal ist nichts, doch noch ein Mal wäre zwei Mal zu viel. Es war ein wunderschönes Erlebnis mit dir, und ich wäre glücklich, wenn du mir nicht böse wärst. Wir könnten zusammen für unser Tal noch so viel Gutes tun.“

Für Fredi wurde diese Frau immer interessanter, zugleich aber auch rätselhafter. Er wusste nicht, was er schnell darauf antworten sollte: „Wie meinst du das? Wie soll ich dir böse sein? Wenn jemand von uns nicht befriedigt ist, so bist doch eher du es. Ich werde gern mithelfen, in unserem Tal etwas vorwärts zu bringen. Ich brauche aber sicher immer wieder deinen Rat.“ Sie konnte nicht anders, als Fredi lieb zu umarmen und fest zu drücken: „Du bist ein guter Mensch! Vielleicht können wir zwei dem Tal noch zu einer guten Zukunft verhelfen.“

Das Gewitter schien vorüber zu sein. Die Sonne strahlte bereits wieder zwischen den Wolken vom klaren, blauen Himmel. Frisch gewaschen präsentierte sich das eng romantische Tal, als ob es sich mit glitzernden Perlen und Geschmeide zeigen wollte. Wie selbstverständlich nahm Anna alle durchnässten Kleider, wrang sie aus und hängte sie an einen Ast an die Sonne. Während Fredi ein Feuer anfachte, um heißen Tee zu kochen, sammelte Anna, nahe der Hütte, einige Beeren, die den Tee bereichern sollten. Erst als sie sich in der Hütte beim Tee gegenüber saßen, kam ihnen zum Bewusstsein, dass sie beide noch nackt waren. Doch nun war alles ganz anders als vor der Umarmung. Unbefangen und ohne erotische Gedanken waren sie nun, konnten über ihre Nacktheit nüchtern hinwegsehen, um sich nach dem Tee ihre inzwischen halbtrockenen Kleider anzuziehen. Mit neuer Kraft holten sie ihre Schnerfsäcke mit dem Erz, schwangen sie mit kühnem Schwung über ihre Schultern und machten sich talauswärts bis dahin, wo sich ihre Wege für heute trennen mussten. Da langte Anna in ihren Schnerfsack, entnahm ihm einige Erzproben und deponierte schließlich den Sack unter einem markanten Baum.

Etwas lag ihr noch am Herzen: „Fredi, glaubst du nicht auch, dass es besser wäre, wenn wir noch keinem Menschen gegenüber etwas über unsere Entdeckung verlauten ließen? Stell dir vor, wie enttäuscht, ja sogar ärgerlich die Leute wären, wenn schließlich aus dem Bergbau im Plötzig doch nichts würde.“

„Anna, du sagst, was ich mir soeben gedacht habe. Außer Jaggl, Thoma und uns braucht niemand etwas davon zu wissen.“

Anna beruhigt: „So können wir den neuen Knappenlöchern hoffnungsvoll entgegensehen.“

Nach einem kurzen Abschied und herzlichen „Allegra“ wanderten beide frohen Mutes weiter, Anna nach Pfafflaar und Fredi nach Zwieslen.

Es kam, wie es kommen sollte. Jaggl fiel es nicht schwer, nachdem die Erzproben in Pflach gut ankamen, die Venezianer Mandle zu organisieren. Fredi sollte sie ins hintere Plötzig begleiten. Zugleich sollten Gämsen an den Landesfürsten und Schloss Starkenberg geliefert werden. Der Lechtaler-Gramoaser war nicht zu erreichen. Wahrscheinlich jagte er im Gramoaser Gebiet nach Gämsen. Edi konnte beim Schießen und dem Transport über den Hahntennen helfen, doch beim Schloss wollte er sich noch immer nicht sehen lassen. Das schien ihm auch in Zukunft zu gefährlich. Also wusste man vorerst nicht, wo eine ortskundige Begleitung für die Venezianer herzunehmen wäre. Dazu kam noch, dass die Venezianer wahrscheinlich nur Italienisch verstanden. Als Anna diese Verlegenheit zu Ohren kam, erklärte sie sich sogleich bereit, die Venezianer Mandle zu begleiten. Schließlich kannte sie außer Fredi als Einzige die vermutliche Galmeiader. Jaggl hatte schon vorher daran gedacht, Anna wegen ihrer Italienischkenntnisse Fredi als Begleitung mitzuschicken. So war es ihm gerade recht.

Es kamen zwei Venezianer, die noch nie in dieser Gegend gewesen waren, aber das innere Tirol und sogar den Feara kannten. Sehr sympathisch erschienen sie ihr nicht. Anna unterhielt sich auf dem Weg ins Plötzig kaum mit ihnen. Am Ende des Tales angelangt, betrachtete einer von ihnen, Tino, die imposante Hoaterwand und meinte: „Dieser Berg hat eine große Ähnlichkeit mit dem, den wir vom Feara aus untersucht haben.“

Darauf erwiderte Anna, ohne sich etwas dabei zu denken: „Das ist derselbe Berg. Er zieht sich bis zum Feara hin.“

„Warum wollt ihr nun von dieser Seite Galmei abbauen? Der Transport wird euch doch viel zu lange. Es ist viel näher, das Erz in Richtung Feara abzutransportieren.“

Anna erschrocken: „Wir brauchen Arbeit und Verdienst in unserem Tal.“

„Schon gut. Wir haben schließlich nur festzustellen, ob sich ein Abbau lohnt.“

Bis jetzt konnte sich Anna mit beiden, Tino und Alessandro, gut verständigen. Nun sprachen sie in einem venezianischen Dialekt miteinander, den Tino fließend sprach, doch Alessandro anscheinend nur knapp verstand. Er antwortete immer wieder in Italienisch. Anna erinnerte sich, in der Klosterschule diesen Dialekt gehört und ein wenig mitbekommen zu haben. Sie glaubte etwas davon verstanden zu haben, zumindest so viel, dass ihr klar wurde, man hatte etwas vor ihr zu verbergen.

Schließlich hatten sie den letzten Aufstieg und den kurzen Abstieg zu der Stelle erreicht, von wo sie das Galmei zum Test mitgenommen hatten. Tino schien das Sagen zu haben, während Alessandro mehr als Gehilfe und Lehrling mitgekommen sein dürfte. So viel erahnte Anna, am Ziel angekommen. Als Tino der Felswand so nahe kam, dass er die Einschlüsse im Fels erkennen konnte, machte er ein paar Sätze, und schon hatte er einen kleinen Brocken Galmei in der Hand. Anna erkannte sofort, dass er von dieser Entdeckung hell begeistert war. Umso mehr war sie gleich darauf enttäuscht, als ihr Tino den Brocken zeigte und meinte: „Dieses Erz sieht zwar schön aus, und man meint, dass es gutes Galmei ist. In Wirklichkeit muss man dieses Erz umständlich und lange rösten, darum nimmt man es in den Messinghütten nur ungern an.“

Anna ahnte sofort, dass das gelogen war, wagte aber diplomatischerweise keinen

Widerspruch. Bestätigt wurde sie noch zusätzlich, weil die Venezianer die ganze Felspartie gründlich absuchten und zum Schluss ein Stück weiter in Richtung Feara auf einen kleinen Felsen kletterten, bis sie das Tal dorthin übersehen konnten. Anna kam es schockartig zu Bewusstsein, dass diese zwei Venezianer zu Verrätern wurden und das Erzvorkommen lieber ins Inntal als nach Ehrenberg verschachern wollten.

Auf dem Rückweg gaben sich die beiden ziemlich wortkarg. In Anna rumorte es im Hirn und in der Brust. Was tun? Etwas Radikales musste geschehen, damit die beiden den geplanten Verrat nicht durchführen können. Heute war eine Übernachtung in Zwieslen geplant. Anna wollte normalerweise am Abend nach Pfafflaar zurückkehren. Jetzt entschloss sie sich, die beiden nach Zwieslen zu begleiten. Die Leute in Ehrenberg mussten unbedingt vor diesen zwei Venezianern gewarnt werden. Sie wusste nur noch nicht wie.

Bei Hiasl war für eine Kammer mit einer guten Liegestatt gesorgt. Ein schmackhaftes Essen wurde aufgetischt, das den zwei Fremdlingen augenscheinlich gut mundete. So fiel es überhaupt nicht auf, dass sich Anna nach einem Augenkontakt mit Hiasl draußen vor dem Haus traf. Nachdem sie ihm in Kürze von der Lage berichtet hatte, meinte Hiasl, dass jemand gleich am Morgen nach Ehrenberg sollte, um dort zu informieren und zu warnen. Doch wer sollte das tun? Keinem Menschen aus Bschlabs, außer Thoma, war zuzutrauen, dass er bei den herrschaftlichen Leuten in Ehrenberg so gut auftreten konnte, um dort überhaupt eingelassen zu werden. Es gab tatsächlich nur eine Lösung: Anna selbst musste so schnell als möglich nach Ehrenberg. Nur ihr war zuzutrauen, dass es ihr gelingen würde, die zwei zu entlarven und die Knappenlöcher im Plötzig zu retten.

Anna schlief diese Nacht nur wenige Stunden. Lange vor Tagesanbruch brach sie, obwohl von der anstrengenden Wanderung noch hundemüde, in Begleitung von zwei Männern aus Bschlabs nach Alme auf, um den ersten Stellwagen nach Reite zu erreichen. In diesem war nur noch Platz für zwei Personen. Also fuhr sie in Begleitung nur noch eines Mannes lechabwärts. Vor Reite schob sie dem Kutscher ein großzügiges Trinkgeld zu mit dem Wunsch, sie direkt bis zur Festung Ehrenberg zu fahren. Das klappte gut. Erst jetzt, kurz vor der Burg, erinnerten sie die massiven Festungsmauern an jene in Schongau. In einer Anwandlung von Angst und Unsicherheit wäre sie am liebsten nicht ausgestiegen und unerkannt ins sichere Pfafflaar umgekehrt. Hier im Gebiet des Bistums Augsburg war sie vogelfrei und vor einer Verfolgung nicht vollkommen sicher. Die Folter und der Scheiterhaufen traten vor ihre Augen. Sollte sie tatsächlich den Mut finden, sich in dieses Gemäuer zu begeben? Wird sie wirklich niemand erkennen? Wird sie auch wieder unbehelligt herauskommen?

Andererseits, ein ganzes Tal mit Bewohnern, von denen sie in ärgster Not liebevoll aufgenommen wurde, die selbst ihr Leben gewagt haben, um sie zu retten, stand auf dem Spiel. War sie es nicht diesen Menschen schuldig, ebenfalls ihr Leben zu wagen?

Erst dieses Sinnieren brachte sie zurück zu nüchternem Denken. Niemals durfte sie ihre guten Freunde im Stich lassen. Nun war der Entschluss leicht. Mutigen Schrittes verließ sie die Kutsche und ging aufrecht durchs äußere Tor der Festung.

Endlich sah sie einen Mann in Uniform, der auf sie aufmerksam wurde. Er begrüßte sie etwas steif und wunderte sich sichtlich, dass eine gut gekleidete Frau in Begleitung eines einfachen Mannes sich ohne Voranmeldung in den Schlosshof wagte.

„Mit wem haben wir die Ehre des Besuches?“, war seine erste Frage.

„Ich bin die Frau von Jaggl aus Pfafflaar und habe eine wichtige und dringende Nachricht an den Pfleger, Freiherr von Ehrenberg. Mein Mann ist leider nicht zu erreichen.“

„Hat es etwas mit Erz zu tun?“, dieser Mann musste gut informiert sein.

„Ja, so ist es. Es ist sehr wichtig.“

„Das trifft sich gut, Herr Fugger weilt seit gestern bei uns. Alles, was mit Erz zu tun hat, interessiert ihn außerordentlich.“

Nun fühlte Anna wieder einen Stich in der Brust. Fugger kam aus Augsburg und stand den Klöstern sehr nahe. Würde sie doch noch entlarvt werden? Doch nun gab es sowieso kein Zurück mehr. Also, mutig vorwärts und weiter die ehrenwerte Frau aus Pfafflaar spielen!

Anna wurde in einen Teil der Festung geführt, wo sich anscheinend nur die hohen Herren aufhielten. Die Zeit des Wartens im Flur schien ihr endlos. Endlich öffnete sich die Tür zu einem nüchternen, bei näherer Betrachtung aber doch eher prunkvollen Raum. Um einen langen Tisch herum saßen einige Männer. Sie fühlte die neugierigen Blicke und die angespannte Erwartung, was denn eine Frau aus Pfafflaar so Wichtiges zu berichten hat.

Nach der Begrüßung, die für die Klosterschülerin kein Problem darstellte und bei den Anwesenden sichtlich gut ankam, wurde ihr ein Platz angewiesen, und nach einigen banalen Phrasen wurde sie gefragt, was sie zu berichten hätte.

Erleichtert, dass der Start so einfach und gut gelungen war, begann sie mit ihrem Anliegen: „Wie Sie wissen, sind mit Eurer großzügigen Unterstützung zwei Venezianer in unser Tal beordert worden. Weil keine Männer im Dorf waren, welche die vermuteten Erzadern kannten, musste ich die beiden Spezialisten in das einsame Tal begleiten. Als sie Galmei erkannten, waren sie sichtlich davon begeistert. Das Vorkommen befindet sich aber an der höchsten Stelle zweier Täler. Eines führt hinaus zum Feara, das andere mündet in unser Tal. Ich konnte von dem Gespräch der Italiener nur so viel verstehen, dass sie mehr Geld bekommen würden, wenn sie das Vorkommen im Inntal melden statt in Ehrenberg. Dadurch wäre das so notwendig gebrauchte Galmei für Ehrenberg verloren.“

Darauf kam ein Test eines Herrn, in dem er auf Italienisch fragte: „Versteht die Frau denn die Sprache der Italiener?“

Darauf Anna in fließendem Italienisch: „Ich verstehe nicht alles, was die beiden in ihrem venezianischen Dialekt sagten, doch so viel habe ich verstanden, dass ich ihre Absicht, bevor sie nach Ehrenberg zurückkommen, Euch überbringen musste. Sie werden Euch ein Gutachten vorlegen, dass es dort zwar Galmei gibt, es aber so minderwertig ist, dass es die Messinghütten nur ungern annehmen.“

„Und Ihr seid die Gemahlin von Jaggl aus Pfafflaar?“

„So ist es. Wir haben zwei Kinder.“

Nun war Herr Fugger am Wort: „Jaggl hat sich mit Transporten von Schwaz nach Augsburg verdient gemacht. Wir können ihm vertrauen. Wenn nun seine Gemahlin es für so wichtig erachtet, uns diese Nachricht selbst zu überbringen, so müssen wir sie ernst nehmen.“ Zu Anna gewandt: „Ist das Erzvorkommen wirklich so ergiebig, dass sich der Abbau und der Transport lohnen?“

„Ich kann nur sagen, was ich an den Mienen der zwei Spezialisten eindeutig bemerkt habe. Ihre Gesichter strahlten, als sie die Felswand betrachteten, und sie haben darüber dann nur noch in ihrem Dialekt geflüstert."

Anna merkte, dass man ihr Glauben schenkte.

Herr Fugger traf auch gleich eine Entscheidung: „Wenn die Galmeiader so ergiebig ist, wie die Frau vermutet, so schicken wir den Steinschmecker aus Füasse in das Tal. Die Venezianer schicken wir für zwei Tage ins Schwarze Wasser. Dort gibt es sicher kein Erz, aber wir bedrängen sie, dort zu suchen, bis sie etwas gefunden haben. Inzwischen ist der Steinschmecker mit seinem Gutachten zurück. Diesem Mann können wir vertrauen. Wenn sich herausstellt, dass die zwei Venezianer uns ein falsches Gutachten gebracht haben, so werden sie ihren verdienten Lohn bekommen. In diesem Fall können die strengsten Regeln angewendet werden."

Anna erschauderte schon wieder. Sie wusste nur zu gut, was das für die zwei bedeuten würde, ja sicher wird, denn sie war vom falschen Gutachten dieser Männer überzeugt.

Zustimmend sagte sie: „Das ist ein weiser und trefflicher Entschluss. Ich werde den Steinschmecker genau zu der Stelle hinführen, zu der ich die zwei Venezianer geführt habe."

Das gefiel allen Anwesenden. Herr Fugger ließ einen Bediensteten kommen und beauftragte ihn: „Es möge sofort ein Kurier nach Füasse aufbrechen. Der Steinschmecker soll heute noch nach hier kommen. Es wird ein Wagen ins Lechtal fahren und ihn mit Anna nach Alme bringen. Von dort an sind sich die beiden selbst überlassen."

Für Anna bedeutete das eine zusätzliche Anstrengung. Gestern der lange Marsch ins Plötzig, nur wenig geschlafen, dann der Marsch nach Alme. Nun gut, auf der Rückfahrt im Stellwagen wird man sich doch ein wenig ausrasten können, bevor von neuem der lange Marsch von Alme ins Plötzig beginnen würde.

Die Versammlung war damit geschlossen. Es wurde zu einem Essen eingeladen. Dabei erfuhr Anna einiges über den Bergbau und vor allem über die Verhüttung vom Erz. Sie erfuhr ausführlich, was von den Venezianern angedeutet wurde, dass man Galmei überm Feuer rösten muss, bevor man es mit Kupfererz zusammen schmilzt. Es wurde auch darüber diskutiert, dass das Holz für die Verhüttung in den Tallagen immer rarer wurde und man es jedes Jahr von noch weiter her transportieren musste. In den Knappenlöchern wurde viel Stützholz gebraucht, und immer weniger blieb als Brennholz für die Hütte in Pflach übrig. Da wagte Anna sogar eine Bemerkung: „Wäre damit gedient, wenn man das Galmei dort, nahe bei den Knappenlöchern, rösten würde? In unserem Tal ist an Holz kein Mangel."

Fugger spontan: „Daran hat noch niemand gedacht. Diese Idee ist bemerkenswert. Das soll der Steinschmecker gleich mitprüfen. Dass uns ausgerechnet eine Frau diesen Vorschlag macht?"

Darauf Anna bescheiden: „Mir ist diese Idee gekommen, weil man am Weg zum Galmei sicher viele Bäume und Latschen schlägern muss, um einen Weg anzulegen."

„Wenn das Vorkommen reich genug ist, wird ein Weg kein Problem sein."

So verging die Zeit wie im Flug, bis der Steinschmecker mit einer Kutsche eintraf. Unverzüglich musste Anna zusteigen, denn nach einem Pferdewechsel ging es rasch weiter in Richtung Alme.

Als sie dort ankamen, war es bereits früher Abend. Der Steinschmecker kannte den Weg nach Bschlabs recht gut und ahnte, dass es ein anstrengender Marsch bis ins Plötzig werden würde. So entschloss er sich, in Alme zu übernachten, doch Anna kam von dem Gedanken nicht los, dass sie sich noch im Bereich des Bistums Augsburg befand und sich noch nicht vollkommen sicher fühlen konnte.

So meinte sie in einem Ton, der keinen Widerspruch duldete: „Wir sollten heute noch bis zu den ersten Häusern von Bschlabs gehen, sonst wird uns morgen der Marsch ins hintere Plötzig viel zu lang. Noch können wir, bevor es Nacht wird, die steilen und gefährlichen Stellen erreichen und sicher passieren. Danach wandern wir ganz gemütlich weiter. Morgen sind wir froh darum."

Der Steinschmecker sah das irgendwie ein, und schnell ging es die Bergflanke hinauf.

Weiter als bis zu den ersten Häusern im Gröben, dem ersten Gehöft von Bschlabs, schaffte es Anna aber dann nicht mehr. Sie kehrten in dem ärmlichen Haus ein, von dem bekannt war, dass der Mann ein Schnapstrinker war, und die Mutter oft nicht wusste, wo sie das Essen für ihre Kinder hernehmen sollte. Der Steinschmecker hatte genug Proviant mitgenommen. Schließlich sollte es für Anna und ihn zwei Tage reichen. Bevor sie ins Haus eintraten, sagte sie zum Steinschmecker: „Wir lassen die Familie von unserem Proviant mitessen. Wir bekommen beim Hiasl wieder neuen."

Kaum hatten sie die Tür zur ärmlichen Behausung geöffnet, sahen sie zwei Kinder im Dunkel des Raumes nach hinten verschwinden. Die Frau kam ihnen schüchtern, ja ängstlich entgegen, bis Anna sie in weichem Ton ansprach: „Allegra! Liebe Frau, wir sind so müde, dass wir nicht mehr weiterkommen. Könnten wir bei euch am Fußboden übernachten? Wenn wir einen Schlehentee bekommen, so können wir euch alle zum Essen einladen. Wir haben genug dabei."

Die Frau war so überrascht, dass sie nur stammeln konnte: „Gewiss könnt ihr bei uns auf einer Bank schlafen. Ich koche euch gleich einen Tee."

„Danke, die Kinder sollen kommen, dann können wir zusammen essen."

Die Frau nun etwas gefasst: „Kinder kommt, die Leute haben uns etwas zu essen mitgebracht! Es sind ganz nette Menschen. Kommt!"

Man sah es den Kindern an, dass sie unterernährt waren. Umso glücklicher waren die beiden Herbergsucher, den Kindern beim Essen zuzuschauen, wie sie sich einmal satt essen konnten.

Anna nahm sich vor, bei Gelegenheit wieder in diesem Haus einzukehren, um den Kindern wenigstens ab und zu etwas zukommen zu lassen.

Am nächsten Vormittag kamen Anna und der Steinschmecker gut voran. Auf dem langen Weg durch das Plötzigtal gönnten sie sich kaum eine kleine Rast. Zu sehr drängte es Anna, etwas Genaueres über das Galmei bei der Hoaterwand zu erfahren. Das Schicksal des Tales lag daran wie die Zukunft der Kinder.

Kurz vor Ort vollzog sich mit dem Steinschmecker nun ungefähr dasselbe wie vorgestern mit den Venezianern. Kaum hatte der Steinschmecker die gelblichen Einschlüsse im Fels entdeckt, begann er seinen Schritt zu beschleunigen, bis er die letzte Strecke darauf zu rannte und strahlend ausrief: „Anna, schau, das ist das beste Galmei, das ich bis jetzt gefunden habe! Und so viel, was man außen an einer einzigen Felswand finden kann. Fürs Erste braucht man da nicht einmal ein Knappenloch zu graben. Die Knappen können viel davon direkt aus dem Fels meißeln. Ich gratuliere euch!"

Anna konnte eine kleine Freudenträne nicht verbergen. Damit dürfte die Zukunft von Pfafflaar, Boden und Bschlabs gesichert sein. Dass gerade sie so viel zu diesem Erfolg beitragen konnte, war noch eine besondere Genugtuung. Nicht auszudenken, wenn Fredi oder Thoma die beiden Venezianer begleitet hätten. Das Galmei wäre sicher für Ehrenberg und das Tal verloren gewesen. So hat sie sich für die freundliche Aufnahme hier einmal richtig bedanken können. In diesen Minuten kamen ihr nach langer Zeit die religiöse Erziehung und Klosterschule ins Bewusstsein. Sie richtete inbrünstig ein stummes Dankgebet zum Himmel, und gleich darauf im Flüsterton: „Herrgott, nun lass alles noch zu einem guten und glücklichen Ende kommen!"

Am Rückweg machte Anna den Steinschmecker darauf aufmerksam zu prüfen, ob man vielleicht das Galmei bereits am Weg nach unten rösten könnte. Das würde zusätzliche Arbeit und Verdienst bedeuten, und zum Transport würde das Erz etwas an Gewicht verlieren.

Der Steinschmecker brauchte nicht lang herumzuschauen. Latschen, die bei der Verbrennung viel Hitze abgaben, waren genug in der Umgebung. Schließlich wusste er nur zu gut, was es bedeutete, wenn man sich in Pflach das Holz für die Röstung ersparen könnte. Dieses Gutachten würde also ebenfalls zu Gunsten des Tales ausgehen.

Der Steinschmecker hätte Anna gern bis nach Reite mitgenommen, doch dazu war sie nicht zu bewegen. Bis zum Hiasl in Zwieslen, wo der Steinschmecker übernachten sollte, begleitete sie ihn gern. Schließlich war Hiasl genau über alles zu informieren. Da Thoma zufällig da war, konnte er das mitgebrachte Erz nach Alme tragen und den Steinschmecker bis Ehrenberg begleiten. Die weitere Organisation war sowieso Männersache. Bevor Anna nach Pfafflaar aufbrach, flüsterte sie Thoma ins Ohr: „Ich musste mich in Ehrenberg als die Frau von Jaggl vorstellen. Informiere auch Jaggl und Albin davon. Wir dürfen nun keine Fehler machen."

Sie durfte darauf vertrauen, dass die drei Diplomaten im Notfall deswegen nicht in Verlegenheit kommen würden, wenn sie vorher eingeweiht waren.

Hiasl hörte gerade noch mit, als es ihn drängte, seine Meinung zu diskutieren: „Wie es aussieht, habt ihr nun eine richtige, ertragreiche Galmeiader gefunden. Wir wissen aber noch nicht, wie wir das Galmei aus dem Plötzig ins Lechtal transportieren können. Das ist ein weiter und beschwerlicher Weg."

Anna zuversichtlich: „Wo es Galmei gibt, ist auch Geld. Wo Geld ist, werden Wege gebaut. Ohne guten Weg werden wir nicht auskommen. In Ehrenberg hat man mir angedeutet, dass, wenn es eine gute Galmeiader gibt, der Weg kein Problem darstellen wird."

Hiasl nachdenklich: „Wo sollen wir so schnell so viele Arbeiter für den Wegebau bekommen? Die meisten Männer sind in der Landwirtschaft, beim Hausbau oder in den Knappenlöchern beschäftigt. Nun braucht man zusätzliche Arbeiter für die neuen Knappenlöcher im Plötzig. In wenigen Jahren wachsen Kinder heran, für die wir notwendig Arbeit und Verdienst brauchen könnten, aber jetzt ist es noch zu früh."

Anna immer noch optimistisch: „Von den Knappenlöchern bei der Reat kann man wahrscheinlich ein paar Arbeiter entbehren, wenn man im Plötzig viel mehr und besseres Galmei bekommt."

Darauf hatte Hiasl gleich einen neuen Einfall: „Wenn das so ist, so könnten wir uns überlegen, ob man nicht mit allen Knappen im Sommer im Plötzig und im Winter in den Knappenlöchern ober Boden arbeiten sollte. Im Winter werden wir im Plötzig immer Probleme haben."

Anna darauf zustimmend: „Hiasl, du hast recht! Für den Bergbau im Plötzig werden wir uns für den Winter etwas einfallen lassen müssen. Das größte Problem wird sein, dass man im Winter bei dem vielen Schnee keinen Weg bauen kann."

Hiasl: „Wir müssen trachten, dass wir die ersten Jahre mit einem Fußweg auskommen. Selbst wenn wir von hinten bis Bschlabs das Galmei auf dem Buckel tragen müssen, so darf uns das nicht erschrecken. Diesen Herbst müssen wir einen schmalen Weg so weit als möglich von Zwieslen ins Plötzig planen und ausholzen. Im nächsten Jahr bekommen wir einen kleinen Trupp von Halbwüchsigen zusammen, die mit Pickel und Schaufel einen Fußweg anlegen können. Bis zum Herbst sollten wir uns nicht mehr durch das Gestrüpp quälen und über Latschen klettern müssen. Beim Transport können uns sogar die Frauen helfen. Die Frauen von Bschlabs sind Lasten tragen gewohnt. Sie müssen viel Heu, Rüben und Holz zu ihren Gehöften tragen."

Anna zustimmend: „Hiasl, du hast immer wieder gute Ideen. Wir brauchen für die vielen Kinder, die in Pfafflaar und Bschlabs heranwachsen, für längere Zeit eine rentable Beschäftigung."

Am kommenden Morgen konnte Anna beruhigt nach Pfafflaar zurückkehren, um allen die hoffnungsvolle Nachricht vom Galmei im Plötzig zu überbringen.

33. Der Maldonfluch

Von Ehrenberg zurückgekehrt, konnte Lee die gute Nachricht, dass es für die Vorarbeiten eine kleine Unterstützung geben würde, nach Pfafflaar bringen. Jaggl musste zu Gedeon ins Duerf.

Allein in der Kutsche musste Jaggl plötzlich an die zwei Venezianer denken, die ein falsches Gutachten nach Ehrenberg überbracht hatten. Dass sie dafür über Auftrag der Fugger in den Kerker geworfen wurden, schien selbstverständlich, weiter war es sehr naheliegend, dass man sich ihrer gänzlich entledigen wollte. Am ehesten war anzunehmen, dass man sie am Berg durch einen provozierten Unfall beseitigen würde. Nicht umsonst gab es überall unheimliche Plätze, dunkle Schluchten und alte Hütten, wo die Pütz ihr Unwesen trieben.

Im Duerf angekommen, saß im Haus von Gedeon eine ältere Frau. Jaggl meinte sie irgendwo einmal gesehen zu haben. Diese Frau musste einiges mitgemacht haben, denn ihr sympathisches Gesicht war reichlich von markanten Sorgenfalten durchzogen. Trotzdem erschien sie ihm recht hübsch und jünger, als sie wahrscheinlich war. Während Jaggl sich so seine Gedanken machte, schaute sie ihm freundselig tief in die Augen und öffnete den Mund: „Allegra, Jaggl, es ist aber nun eine lange Zeit, dass wir uns nicht mehr gesehen haben."

Da gingen Jaggl die Augen auf, und freudig reichte er ihr beide Hände: „Allegra, Justina! Das ist aber nett, dass wir uns doch endlich einmal wiedersehen. Wo lebst du denn jetzt? Hab überhaupt nichts mehr von dir gehört, seit du aus Bschlabs weg bist."

„Ich war mit dem Maldoner hinterm Steeg verheiratet. Mein Mann ist letztes Jahr gestorben. Jetzt lebe ich dort mit den Kindern und meiner Schwiegermutter. Wir müssen viel arbeiten, aber sonst geht es uns nicht schlecht. Mit meiner Schwiegermutter komme ich recht gut aus."

Jaggl erinnerte sich auf einmal an den Fluch, den der Starkenberger bei der Maldon auf sich geladen haben soll, fragte aber ungeniert: „War das der Maldoner, der damals bei Nacht und Nebel von der Maldon weggezogen ist, und von dem man in Pfafflaar nie mehr etwas gehört hat?"

„Das war der Vater von meinem Mann. Er hat so viel Arges erlebt, dass er in jungen Jahren an gebrochenem Herzen gestorben ist. Seine Frau hat es besser verkraftet. Sie überlebte ihn viele Jahre und sie hat immer wieder meiner Schwiegermutter von dem furchtbaren Elend in der Maldon erzählt."

Jaggl sichtlich gerührt: „Ich wundere mich immer wieder, wenn ich an dem Gemäuer der Maldon vorbeigehe, dass in dieser kargen, rauen Gegend überhaupt einmal jemand Sommer wie Winter leben konnte."

Die beiden konnten nicht weiter miteinander reden. Albin kam zur Tür herein und frage Gedeon, kaum dass er Zeit für einen flüchtigen Gruß fand: „Kann jemand heute noch zum Steeg fahren? Dort würde man dringend Mehl zum Brot backen brauchen. Pferde und Wagen sind da, aber es ist kein Fuhrmann aufzutreiben. Ich wollte heute unbedingt nach langer Zeit wieder einmal eine Nacht bei meiner Familie verbringen."

Justina schlagfertig: „Bis zum Steeg übernehme ich gern ein Fuhrwerk. Ein Problem wird das Zurückkutschieren sein. Die Pferde können über Nacht bei uns im Stall bleiben, aber ich kann morgen nicht gut noch einmal ins Duerf herunter."

In Jaggl regte sich die ehemalige Zuneigung zu Justina, gleich wie das Interesse, Näheres über die damaligen Vorgänge in der Maldon zu erfahren. Ohne viel darüber nachzudenken, bot er sich an, das Fuhrwerk morgen ins Duerf zurückzubringen.

Kaum hatte Justina dies vernommen, begannen ihre Augen zu strahlen, ihre Falten glätteten sich, und Jaggl erschien sie auf einmal viel jünger und hübscher als vorher.

Es dauerte nicht lange, bis angespannt war und das Gespann lechaufwärts trabte. Albin fuhr mit bis zum Bach, wo er zu Hause war. Beim Steeg war schnell abgeladen. Zu sehnsüchtig wartete man auf das Mehl, um die Knappen mit frischem Brot zu versorgen. Danach ging es flott, das letzte Stück mit fast leerem Wagen, über einen schmalen Feldweg zum Haus von Justina. Dort kamen ihnen fröhlich und heftig gestikulierend die Kinder entgegen. Justina hatte für jeden der drei Buben eine süße Bäckerei mitgebracht. Jaggl holte aus seinem Schnerfsack einen Honigtiegel, den er immer wieder nach Hause mitbrachte, um den sich die Kinder nun beinahe rauften.

Justina konnte es noch weniger als Jaggl erwarten, in einem Kämmerchen endlich für ein paar Minuten allein zu sein, um sich zu drücken und zu liebkosen. Danach musste für das leibliche Wohl gesorgt werden. Die Schwiegermutter war noch recht rüstig, und es dauerte nicht lange, so stand ein gutes Essen auf dem Tisch.

Vorsichtig lenkte Jaggl das Gespräch auf die Maldon und bedauerte die Menschen, die damals in der unwirtlichen Gegend Sommer wie Winter leben mussten. Jaggl gab sein ganzes Wissen über die Maldon so geschickt zum Besten, dass die Oma allmählich von selbst zu erzählen anfing:

Furchtbar muss es gewesen sein, als ihnen eine Kuh abstürzte, der Sommer so kalt war, dass nicht einmal mehr eine Rübe für den Winter übrig blieb und sie nicht mehr wussten, wo sie etwas zu essen hernehmen sollten. Es muss für meinen Schwiegervater viel Überwindung gekostet haben, aber schließlich raffte er sich seinem Kind zuliebe auf, um im Schloss Starkenberg etwas Nahrung zu erbetteln. Der Schlossherr half ihnen im ersten Herbst bereitwillig aus. Gab ihnen etwas Korn und Rüben mit, womit sie den Winter leidlich überstehen konnten. Im Frühjahr fasste mein Großvater, anlässlich eines Besuches des Schlossherrn in der Maldon, noch einmal seinen Mut zusammen und fragte nach einer Kuh, welche er im Sommer melken und vielleicht davon ein Kalb behalten könnte. Auch das bekam er. Allerdings mit einer Bemerkung, bei der mein Schwiegervater nicht wusste, sollte er sie im Ernst oder im Spaß auffassen: ‚Anstatt der Kuh kannst du mir im Herbst auch deinen Kleinen geben.' Der Schlossherr hatte bemerkt, wie ein kleines Kind im Nebenraum weinte. Dass der Schlossherr bereits selbst seit Jahren auf ein eigenes Kind hoffte, wusste der Maldoner nicht, und sagte, ebenfalls halb im Ernst, halb im Spaß: ‚Ja, ja entweder Kuh oder Kind.' Der nächste Sommer war noch kälter als der vorherige. Immer wieder schneite es bis unterhalb der Maldon. Es gab praktisch keine Ernte außer dem Heu, das mühsam getrocknet in die Scheune gebracht werden konnte. Die Familie wusste weniger als ein Jahr vorher, woher sie das Essen für sich und die Kinder nehmen sollte.

So kam eines Herbsttages der Schlossherr persönlich mit seinem Gamsjager zur Maldon, um wegen der Kuh nachzufragen. Als das Ehepaar die beiden Ankömmlinge bemerkte, sagte der Mann zur Frau: ‚Ich weiß, wie schwer es für uns und besonders für dich sein wird. Doch sollen wir unser größeres Kind mit uns verhungern lassen, oder dem Kleinen zu einem Leben in Wohlstand verhelfen und uns dabei etwas zum Überleben aushandeln?‘ Meine Schwiegermutter hat das schweren Herzens eingesehen. Der adelige Herr wurde mit seinem Begleiter freundlich empfangen. Nachdem sich die zwei Starkenberger über den schlechten Sommer und das karge Leben informiert hatten, fragte der Schlossherr unverblümt: ‚Will er mir nun die Kuh zurückbringen oder mir sein Kind als meinen Sohn anvertrauen?‘ Mein Schwiegervater konnte nicht mehr korrekt denken und erwiderte nur: ‚Er soll das Kind bekommen, aber wir möchten, damit sein Bruder nicht im Hunger aufwachsen muss, jeden Herbst ein halbes Dutzend Scheffel Korn.‘ Ohne zu überlegen, war man handelseins. Weinend holte die Mutter ihren kaum ein Jahr alten Sohn, zog ihm das beste Kleid an, das sie fand, und überreichte es dem adeligen Herrn mit den Worten: ‚Gott mit euch!‘ Sein Begleiter wollte ihm das Kind abnehmen, doch der Herr gab es nicht aus den Armen. Um das Kind zu beruhigen, begleitete mein Schwiegervater die drei noch ein Stück bis zur Salvösenschlucht. Als das Kind seinen Vater, der allmählich zurückblieb, nicht mehr erblickte, wurde es wütend, schrie und kratzte seinen zukünftigen Vater, dass sich dieser des kleinen Bengels kaum erwehren konnte. Das Kind muss ihm ins Auge gekratzt haben, denn auf einmal schrie der Schlossherr im Schmerz auf und warf im Zorn das Kind in weitem Bogen von sich. Tragischerweise flog dabei der Knabe über eine Felskante in eine steinige Mulde der Schlucht. Mein Schwiegervater sprang wie von Sinnen todesmutig über die Felskante verzweifelt zu seinem Kind. Als er es in den Armen hielt, wusste er, dass seinem Sohn nicht mehr zu helfen war. Wie besessen schrie er auf: ‚Ihr habt mein Kind umgebracht. Niemals in Eurem Leben sollt Ihr ein Vaterglück erleben!‘ Das ist der Fluch, der auf dem Schlossherrn lastet. Er wird wohl über den Gamsjager unter die Leute gekommen sein.“

Jaggl war so beeindruckt von dieser Erzählung, von der jedes Wort zu glauben war, dass er lange Zeit mit der Oma in Stillschweigen verharrte. Seine Gedanken kreisten wild. Sollte er der Frau sagen, dass der Schlossherr seinen Fluch durch eine gute Tat abgeschüttelt hat und nun glücklicher Vater von zwei Kindern ist. Wie hatte das Ahnle gesagt: „Bub sei immer brav, sag, wenn du niemand damit schadest, immer die Wahrheit!“ Musste er nun die Wahrheit sagen? Wem würde das schaden? Vielleicht könnte daraus jemand sogar lernen. So machte er endlich den Mund auf und sagte: „Man kann jeden Fluch durch eine gute Tat wieder von sich abschütteln. Man muss nur mehr Gutes tun, als man verbrochen hat.“

Die Oma erinnerte sich und sagte: „Ich meine, dass meine Schwiegereltern dem Schlossherrn keinen weiteren Fluch aufgebürdet haben. Mein Schwiegervater brachte nach ein paar Tagen seine Kuh nach Imst und verkaufte sie. Für die Abtretung seiner Hof- und Weiderechte konnte er von der Gemeinde Imst noch zusätzlich etwas Geld aushandeln, um kurz danach mit Frau und Sohn ins obere Lechtal auszuwandern, wo er für das wenige Geld, das er besaß, ein kleines, halb verfallenes Haus mit etwas Feld kaufen konnte. Daraus hat er, wie man sehen kann, einen ordentlichen Hof zustande gebracht. Mein Schwiegervater hat mir nur einmal, kurz vor seinem Tod, diese Geschichte erzählt, meine Schwiegermutter erzählte sie mir immer wieder.“

Irgendwie fühlte sich Jaggl verpflichtet, über den Schlossherrn von Starkenberg zu berichten, und fuhr fort: „Dem Schlossherrn von Starkenberg muss das mit dem Kind von der Maldon schwer zu schaffen gemacht haben. Der beste Gamsbock konnte ihn nicht dazu bringen, das Salvösen oder gar die Maldon zu betreten. Dann gab es eine große Murenkatastrophe in Tarrenz. Soviel man weiß, wollte er den Fluch abschütteln, und unter höchster Lebensgefahr rettete er zwei kleinen Kindern das Leben. In der folgenden Nacht soll ihn ein Engel vom Himmel von dem Fluch endgültig befreit haben, allerdings unter der Bedingung, dass er in seinem Leben nie mehr das Salvösen oder die Maldon betritt. Tatsächlich wurde er bald Vater von zwei Mädchen. Es scheint, als wäre er ein ordentlicher Mensch geworden."

Absichtlich erwähnte Jaggl mit keinem Wort die Geister und die Pütz, welche im Salvösen ihr Unwesen treiben sollen. Man unterhielt sich noch eine kleine Weile. Justina sah man es an, dass sie sehr müde war. Die Oma schlief mit den zwei Kindern im Obergeschoss, Justina im Schlafzimmer neben der Stube und für Jaggl wurde von Justina eine ordentliche Liegestatt auf der Couch in der Stube hergerichtet. Nach der frühen Nacht, während Jaggl von Justina zum Wechsel der Liegestatt gebeten wurde, träumten beide befriedigt und zufrieden, bis sie die Röte eines wunderbaren Morgens aus dem späten Schlaf erwachen ließ.

Auf der Kutschenfahrt ins Duerf musste Jaggl erst einmal träumerisch mit sich selber fertig werden. Er wusste, dass es diesmal keine so lange Trennung von Justina mehr geben würde. Zu viel hatte sie ihm damals schon bedeutet. Und nun hatte sie ihn in einer Nacht um Jahre jünger gemacht, wie wahrscheinlich er auch sie.

Andererseits, daheim in Pfafflaar wartete eine wunderbare Frau auf ihn. Er wusste: Anna würde alles für ihn tun. Es war nicht allein Dankbarkeit und Verbundenheit mit seinen Söhnen, sondern echte Liebe, die ihn nach Pfafflaar zog, und die er niemals enttäuschen könnte.

34. Ein wunderbarer Herbst

Wenn es auch Jaggl, Lee und Thoma viel zu langsam schien, es war nicht abzuleugnen, dass bereits in diesem Sommer recht gute Vorarbeiten für den Bergbau im Plötzig geleistet wurden. Sofern es die Bauernarbeit erlaubte, waren aus Bschlabs jeden Tag einige Männer dabei, eine Schneise durch den unwegsamen Wald und die Latschenflächen auszuholzen. Die jungen Burschen aus Bschlabs und Pfafflaar halfen mit, Geäst und Holz wegzuräumen. So brauchte man bald nicht mehr den anstrengenden und zeitraubenden Umweg über die Waldgrenze hinaufzugehen.

Freilich, an einen richtigen Transportweg war nicht zu denken, soviel Geld wollten die Ehrenberger dann doch nicht flüssig machen.

Durch den für das Wild ungewohnten Lärm im Tal flüchteten die meisten Gämsen in Richtung Hahntennen, wo sie von Fredi, Edi und dem Lechtaler-Gramoaser leichter erlegt werden konnten, und der Weg nach Starkenberg nicht mehr so weit war. So konnten Fredi und der Lechtaler dem Schlossherrn sogar mehr Wild bringen, als ausgemacht war. Dieser bedankte sich, und sie bekamen jedes Mal eine kleine Belohnung.

Der herbstliche Almabtrieb zum Schloss Starkenberg gestaltete sich Jahr für Jahr immer mehr zu einem Volksfest. Schließlich wurden auch andere Almen am selben Tag abgetrieben, damit man gemeinsam feiern konnte. Den Pfafflaarer Bauern gesellten sich die Gramoaser dazu, und diesen Herbst sollte es ein besonders lustiges und musikalisches Fest werden. Die wenigen Pfafflaarer Frauen und Männer glänzten mit einer wunderschönen Tracht, die allgemein bewundert wurde. Diesmal war ein Kunstmaler aus Innsbruck anwesend. Er sollte vor allem das alte und das neue Schloss malen. Als er die eigenwillig schöne Tracht der Pfafflaarer wahrnahm, ließ er sich nicht mehr halten. Jedes Paar musste ihm posieren, und mit unglaublicher Schnelligkeit malte er skizzenhaft einige Bilder von ihnen. Anna schien es ihm besonders angetan zu haben. Sie verstand es auch am besten, sich mit ihm zu unterhalten. Das, was sie in der Klosterschule gelernt hatte, gereichte ihr immer wieder zum Vorteil. Beim Gesang der Gramoaser und dem gut mundenden Rotwein war die Zusammenkunft der Hirten, der Bauern, der Gäste aus anderen Dörfern und schließlich sogar des Schlossherrn mit seinen Leuten eine so fröhliche Gesellschaft, dass man kaum noch Herkunft und Stand unterscheiden konnte. Wie von einem inneren Gefühl getrieben, gesellte sich die Schlossherrin zu Anna. Sie wollte einiges über Pfafflaar erfahren, und verstand es ausgezeichnet, sich darüber mit Anna zu unterhalten, bis sich die Tochter des Grafen ebenfalls zu ihnen setzte. Beim Anblick dieser jungen Schönheit war Anna für einen Moment wie schockiert. War das wirklich die Tochter des Starkenbergers? Anna glaubte Rosa, die Tochter vom Jager Edi, neben sich zu haben. Selbst die Stimme war, trotz des anderen Dialektes, die von Rosa. Sie hatte keine Ahnung, wie sie sich diese Ähnlichkeit erklären sollte. Anna konnte nicht anders, als ihr ein Kompliment zu machen und die Bemerkung anzufügen: „Wenn Durchlaucht nicht die Prinzessin von Starkenberg wären, würde ich glauben, dass sie irgendwo in meiner Nähe eine Schwester hätten. Ich glaube ein Mädchen zu kennen, das dem gnädigen Fräulein zum Verwechseln ähnlich sieht."

Die Schlossherrin hörte das natürlich mit, bekam einen roten Kopf, stand auf und entfernte sich vom Tisch, wonach die beiden Zurückgebliebenen sich unbefangen einige Zeit unterhielten. Kaum hatte sich das Fräulein von Anna entfernt, kam die Schlossherrin wieder und setzte sich schnell zu Anna, die ihr nun ein Kompliment wegen ihrer schönen Tochter machte.

Da passte die Frage an Anna gar nicht so schlecht: „Ihr habt gesagt, dass meine Tochter irgend einer anderen Frau ähnlich sieht. Wer sollte das sein?"

Nun ahnte Anna die Wahrheit und sagte frei heraus: „Wollen Durchlaucht mit mir kommen?"

Die Schlossherrin wusste nicht, was das bedeuten sollte, kam aber bereitwillig mit. Anna ging schnurstracks in Richtung zu den Gramoasern, die gerade beim Essen saßen. Neben einem feschen jungen Mann saß ein Mädchen, zu dem Anna unauffällig hindeutete: „Schauen Durchlaucht dieses Mädchen an. Könnte das nicht auch Eure Tochter sein?"

Die Schlossherrin zuckte zusammen, nahm Anna am Arm und flüsterte ihr aufgeregt ins Ohr: „Würdet Ihr mit mir kommen? Ich muss Euch viel fragen."

Anna gab darauf keine Antwort, erwiderte nur den Druck ihrer Hände in zusagender Weise, worauf die beiden hinter einem Gebüsch verschwanden.

Kurz nachdem sie sich auf eine primitive Bank gesetzt hatten, konnte sich die Schlossherrin nicht mehr länger beherrschen und fragte drängend: „Wer ist der Vater dieses Mädchens?"

„Das ist die Tochter von unserem Gamsjager Edi."

„Ist er nicht auch hier?"

„Nein, er hat Angst wegen den Salvösenpütz. Er ist der beste Jager, aber er hilft nur, das erlegte Wild bis zur Salvösenschlucht zu transportieren. Ich persönlich meine, dass er in dieser Schlucht irgendetwas, vielleicht etwas Arges, erlebt hat, was er nie vergessen kann."

Die Schlossherrin wurde sichtlich immer aufgeregter: „Was wisst Ihr noch über diesen Jager?"

Jetzt durfte Anna nicht die Wahrheit sagen. Sie log schließlich nicht, wenn sie ihr nun erwiderte: „Ich selbst bin in Pfafflaar nicht geboren, sondern als Erwachsene zugezogen. Damals war Edi schon mit Mina verheiratet und hatte eine, eben diese Tochter. Später kamen noch zwei Söhne dazu."

„Lässt es sich machen, dass ich diesen Jager, von ihm unbemerkt, einmal sehen kann?"

Anna konnte nicht anders. Sie musste es geradewegs heraussagen: „Durchlaucht tragen ein großes Geheimnis mit sich?"

Darauf war die Schlossherrin nicht mehr in der Lage, eine Antwort zu geben. Sie drückte nur Anna so fest und innig an sich, als ob sie uralte Bekannte wären. Wenn das kein Ja bedeuten sollte? Anna wusste: Nur ein offener Dialog konnte die Schlossherrin aus ihrem sichtlichen Zweifel erleichtern: „Kann es sein, dass die zwei jungen Damen verwandt sind?"

Die Schlossherrin zuckte wieder zusammen, Anna erschien ihr als vertrauenswürdige Mitwisserin, der sie alles, was mit dem Jager Friedl passiert war, erzählen musste.

Anna, dem ungeschworenen Schwur verpflichtet, der alle Pfafflaarer zusammenhielt, konnte ihr natürlich nicht die Wahrheit sagen. Glücklicherweise fiel ihr eine logische Erklärung ein: „Wenn ich mir das alles nun so überlege, dann gibt es nur eine

Erklärung. Der Jager Friedl hatte, bevor er verunglückt ist, ein Verhältnis mit Mina, woraus diese Tochter entsprang. Habe sogar einmal davon gehört, dass sich Edi und Mina schwer taten, Kinder zu bekommen."

Darauf sah man der Schlossherrin an, dass sie schon wieder erschrak. Wahrscheinlich hatte sie gehofft, dass der Jager Friedl doch noch am Leben wäre. Nun wurde ihr sogar diese Hoffnung zerstört. Doch wie durch eine fremde Eingebung sagte sie zu Anna: „Ich möchte doch einmal hinter die Maldon nach Pfafflaar. Mein Gemahl wird ab morgen mindestens zwei Wochen verreist sein. Ich werde einen Jager bitten, dass er mich zu Euch begleitet. Wollt Ihr das für mich organisieren?"

Was sollte Anna anders tun, als ihr zuzusagen.

Doch eines sollte die Schlossherrin bedenken: „Das werde ich gern für Durchlaucht tun, doch nur unter einer Bedingung?"

„Und die wäre?"

„Auch bei uns gibt es Geheimnisse, die Ihr wahrscheinlich erfahren werdet. Von uns, und das kann ich für alle Pfafflaarer versprechen, wird nie jemand etwas über Eure Geheimnisse erfahren. Dasselbe müssen wir aber auch von Euch verlangen. Jedes unserer Geheimnisse müsst Ihr wie verschworen bei Euch behalten. Das müsst Ihr mir versprechen."

„Das schwöre ich bei Gott, so wahr er mir helfe."

„Und noch etwas müsst Ihr mir versprechen. Es darf kein Unfrieden bei uns entstehen. Bevor Ihr etwas sagt oder tut, was den Frieden stören könnte, müsst Ihr mit mir reden."

„Auch das verspreche ich."

Nun gesellte sich plötzlich Jaggl zu den beiden Frauen. Nach einer höflichen Begrüßung der Schlossherrin musste es Jaggl frei heraussagen: „Anna, ich habe beim Pfaffen in Imst für morgen das Aufgebot für uns bestellt. Morgen heiraten wir. Dann brauchst du nicht mehr zu lügen, wenn du wieder einmal zu den Herrischen nach Ehrenberg kommst."

Anna wusste, dass Jaggl immer wieder für eine Überraschung gut war. Diesmal war ihm dies besonders gut gelungen.

Am darauffolgenden Morgen wurden also Jaggl und Anna in der Kirche zu Imst getraut. Eine besondere Ehre erwies ihnen die Schlossherrin von Starkenberg, indem sie dieser Zeremonie beiwohnte. Vielleicht war es diesem Umstand zuzuschreiben, dass vergessen wurde, die zwei Söhne aus dem Verhältnis des Brautpaares zu legalisieren. So behielten die Kinder und deren Nachkommen den Nachnamen Lechleitner.

Schließlich weihte man noch, gerade so viel als notwendig, den Gramoaser-Jager in das Vorhaben der Schlossherrin ein, und vereinbarte, dass er die edle Dame inkognito nach Pfafflaar begleiten sollte.

Der Gramoaser übernachtete also im Schloss, wo er auf jagdliche Abgesandte des Landesfürsten traf. In der kollegialen Abendunterhaltung wurde ihm der Posten eines Gamsjagers im landesfürstlichen Dienst angeboten. Der Gramoaser war ob dieser Ehre davon so beeindruckt, dass er ohne viel zu überlegen in dieses Angebot einwilligte. Erst nach dieser, später leicht weinseligen Feier wurde ihm bewusst, worauf er sich da eingelassen hatte. Die Pfafflaarer würden einen notwendig gebrauchten Gamsjager verlieren, aber einen massiven Vorposten gegenüber der Landesjagerei bekommen. Man würde in Pfafflaar also nicht mehr mit einem Einfall von Landesjagern rechnen müssen. Und so sollte der Lechtaler-Gramoaser viele Jahre, bis er in den Dienst das Kaisers wechselte, ein zusätzliches Schutzschild für die Pfafflaarer bilden.

Doch nun zurück zur Schlossherrin und ihrem Besuch in Pfafflaar. Um nicht so leicht erkannt zu werden, legte sich die Schlossherrin eine andere, ganz gewöhnliche Frisur zu. Durch Schminke ließ sie sich ihr Gesicht leicht verändern und wählte außerdem Kleider, wie sie bei den gewöhnlichen Frauen üblich waren. Am nächsten Tag brach der Jager mit seiner adeligen Schönheit zum Marsch durch das Salvösen und über den Hahntennen auf. Bei jeder klaren Quelle, die silberig perlend aus dem Berg sprudelte, nahmen sie sich Zeit für eine kleine Rast und einen kühlen Trunk. Erst auf der Passhöhe gönnten sie sich eine ausgiebige Pause. Im Anblick der imposanten Berge, welche aus den grünen Matten der Hochalmen herauszuwachsen schienen, wurde die Dame immer gesprächiger. Unvermittelt rutschte es aus ihr heraus: „Ich würde mein ganzes Leben gern in Starkenberg und dieser wunderschönen Berggegend verbringen."

Der Jager wusste darauf nicht so recht, was diese Worte zu bedeuten hatten und sagte: „Aber gnädige Frau leben doch hier und können die Berge immer bewundern."

„Aber nicht mehr lange. Es wird einen Kampf gegen den Landesfürsten geben. Wir werden von hier wegziehen und nach Greifenstein übersiedeln."

Der Jager war ehrlich überrascht: „Das kann doch nicht wahr sein? Was soll mit uns, den Almen, dem Vieh und der Jagerei geschehen?"

„Soviel mir bekannt ist, soll alles normal weitergehen. Es wird andere Besitzer mit denselben Verträgen geben. Die Alm- und Weiderechte werden an die Gemeinde Imst verkauft. Die Pfafflaarer werden sich zu wehren wissen, wenn die Gemeinde Imst zu viel verlangt."

Klar, dass der Jager damit einen Schreck verpasst bekam: „Die Pfafflaarer verstehen sich mit den Starkenbergern so gut, dass sie darum sehr traurig sein werden."

„Das neue Schloss ist zu aufwändig und damit zu teuer geraten. Wir haben uns zu viel auf den Landesfürsten verlassen. Nun sieht es so aus, als ob er es gern sehe, wenn wir aus dieser Gegend wegziehen. Im Süden, wo wir noch einen Besitz haben, wird es für uns leichter sein."

Darauf konnte der Jager keine sinnvolle Antwort geben und sagte nur: „Ich kann nur noch einmal sagen, dass es den Pfafflaarer sehr leid tut, wenn Eure ehrenwerte Familie wegzieht."

Dann setzte man den Marsch nach Pfafflaar fort. Der Gramoaser wusste, dass, vorerst jedenfalls, die Schlossherrin unerkannt bleiben wollte. Allzu oft ließ sie sich bei den Viehabtrieben im Herbst ohnehin nicht sehen, und von woher sonst sollte sie jemand kennen.

Zuerst begleitete der Lechtaler-Gramoaser Jager seine Dame direkt in das Haus von Jaggl und Anna. In diesem Haus schien im Moment niemand anwesend zu sein, darum begab sich der Gramoaser zum Haus von Edi und Mina. Er konnte damit rechnen, dass Edi nicht zu Hause war. So stellte der Jager seine Begleitung Mina vor: „Eine Dame aus Imst wollte unbedingt einmal Pfafflaar besuchen und sehen, wie wir arbeiten und wohnen, um unsere Lebensweise kennen zu lernen. Sie hat einen Schwur geleistet, dass sie keines unserer Geheimnisse verraten wird. Der Schwur ist doppelt gebunden."

Mina wusste zwar nicht so richtig, was sie von diesem Besuch halten sollte, doch wenn der Gramoaser diese Frau mitbrachte, vielleicht war es seine Verlobte, so wird das schon einen Grund und seine Richtigkeit haben. Höflich und mit Ehrerbietung grüßte Mina: „Allegra! Willkommen in unserem bescheidenen Haus. Ihr werdet Hunger und Durst haben. Werde schnell etwas für Euch kochen."

Darauf der Jager: „Durst haben wir nicht, doch etwas Gutes zu essen könnte uns nicht schaden." Zur Schlossherrin gewandt: „Mina ist eine ausgezeichnete Köchin. Doch fürs Erste sind wir zufrieden, wenn wir ein paar Eier in der Pfanne mit Brot und Schlehentee bekommen."

Mariele, 's Ahnle, kam bei der Tür herein: „Was habe ich gehört? Eine Dame aus Imst macht uns einen Besuch? Allegra! Und willkommen!"

Die Kinder kamen inzwischen nach Hause, und es dauerte nicht lange, bis man auf Edi zu sprechen kam, der auch bald zurückkommen sollte, denn heute wollte er nur in der Nähe eine Gämse schießen. Weil die Pfafflaarer beim Almabtrieb so gut versorgt worden waren, wollte er für das Schloss noch ein zusätzliches Geschenk erlegen.

Das freute die Dame, doch konnte sie eine innere, unerklärliche Unruhe nicht verbergen. Keinem der Anwesenden fiel das auf, doch Mariele wusste auf einmal den Zusammenhang: Nein, das war keine gewöhnliche Dame, nein, das war die Schlossherrin persönlich. Weiß Gott, wer oder was sie zu dem Besuch in Pfafflaar gebracht hat. Jedenfalls würde sie, Mariele, das ganz geheim für sich behalten.

Edi staunte nicht schlecht, als er eine wildfremde Dame in der Stube erblickte. Mina erklärte auch schon: „Eine edle Dame aus Imst macht uns einen Besuch. Sie interessiert sich für uns und unser Leben hinter der Maldon."

Einen leichten Schreck konnte Edi darüber nicht verbergen, doch scheinbar unbefangen reichte er der Dame die Hand: „Allegra! Das ist uns eine Ehre. Wie lange ...", Edi stockte, erst jetzt konnte er, nachdem sich seine Augen an die Dunkelheit der Stube gewöhnt hatten, das Gesicht der Dame richtig sehen. Das von früher so vertraute Antlitz konnte er sofort erkennen. Augenblicklich fasste er sich und fuhr fort: „... wie lange gedenkt Ihr bei uns zu bleiben? Wie man bei uns wohnt, isst und sich kleidet, weiß man in zwei Tagen, doch um unsere ganze Lebensweise zu ergründen, braucht es eine lange Zeit."

Am Gesicht hätte die Schlossherrin ihren Jager-Friedl nicht sofort erkannt, doch an der Stimme, mit der er sein Geheimnis nicht länger verbergen konnte. Standhaft gab auch sie sich ungerührt, als sie sagte: „Der Gramoaser-Jager hat mich gut über den Hahntennen begleitet. Jetzt bitte ich einen anderen Jager, einen der hier geboren ist, um meine Begleitung. Kann das der Jager Edi für mich tun?"

Darauf konnte es sowieso keine Widerrede geben, und sie fuhr fort: „Ich bin jetzt zwar etwas müde, möchte aber heute noch das ganze Dorf von Pfafflaar sehen. Kann mich der Jager wenigstens auf einem kurzen Gang begleiten?"

Natürlich musste Edi zusagen, aufgeregt pochte das Herz von Lust und Liebe vergangener Zeit, als er versprach: „Nach dem Essen machen wir einen Spaziergang zu allen Häusern von Pfafflaar."

Kurz, nachdem sie zu den untersten Häusern von Pfafflaar unterwegs waren und im Latschengebüsch verschwanden, konnten sie sich endlich richtig in die Augen schauen. Mit Worten war sie schneller als er: „Dank sei Gott, dass du lebst. So hat unsere Tochter doch noch den leiblichen Vater."

Das war so von Herzen gesprochen, mit dem Ausdruck dankbaren Glücks, dass Edi nicht anders konnte, als sie ganz fest zu umarmen, sich an sie zu schmiegen und lieb zu drücken.

Edi konnte ihr auf diesem kurzen Spaziergang nur das Wichtigste über sein Schicksal erzählen. Morgen würde noch genug Zeit bleiben, um den Rest zu erfahren. Auch sollte Edi heute noch nichts über die geplante Abwanderung aus Starkenberg erfahren.

Anna hatte es so organisiert, dass die Schlossherrin in ihrem Haus übernachten sollte. Edi würde am Abend zu ihnen kommen und ihr etwas Gesellschaft leisten. Dazu war er sofort bereit, denn niemand anderer als das junge Ehepaar, der Lechtaler-Gramaoser und Edi durften etwas über die Dame erfahren. Da die Schlossherrin so ziemlich alles erfahren hatte, was sie bedrückte, wollte sie für die Pfafflaarer nicht zu weiterer Neugierde Anlass geben und äußerte den Wunsch, bereits am nächsten Tag wieder zurück in Starkenberg zu sein. Vormittags wäre noch etwas Zeit, um die Umgebung von Pfafflaar näher kennen zu lernen. Sie wusste bis jetzt nur eines, dass es irgendetwas in diesem Bergdorf geben musste, was den Einwohnern zu einem bescheidenen Wohlstand, der vornehmen Kleidung und zu der bemerkenswert guten Allgemeinbildung verholfen hatte.

Gern erfüllte Edi ihr nicht den Wunsch, etwas weiter talabwärts zu wandern. Die Schlossherrin hatte nämlich am Vortag einen neu angelegten Weg weit unten entlang des Baches bemerkt. Dieser Weg musste wohl mit dem von Anna angedeuteten Geheimnis zu tun haben.

Als sie bereits unterhalb der untersten Siedlung von Pfafflaar waren, fing die Dame selbst damit an, dieses Thema anzuschneiden: „Ich weiß, dass es bei euch ein großes Geheimnis gibt. Ich habe einen Schwur geleistet, alles, was damit zu tun hat, ebenfalls als Geheimnis auf Leben und Tod zu wahren. Worum handelt es sich also?“

„Im Boden unten gibt es ein zweites Dorf, von dem nirgends geschrieben steht. Die Männer arbeiten in den Knappenlöchern. Wir schürfen nicht viel Blei und Galmei, aber es reicht uns, um recht gut zu leben und uns anständig zu kleiden. Das ist aber nur möglich, weil es niemand über dem Hahntennen weiß und wir keine Abgabe an den Landesfürsten und das Schloss Starkenberg leisten. Müssten wir, so wie die im Koaser, für jeden Sack zwei Kreuzer abliefern, wären wir genauso arm wie früher. Nun hängt unser ganzes Schicksal daran, dass auch in Zukunft niemand etwas über diesen Bergbau erfährt.“

„Ihr habt die letzten Jahre immer mehr Wild an das Schloss abgeliefert, als euch vorgeschrieben war. Der Landesfürst kümmert sich um uns alle nur, wenn er glaubt, seinen Reichtum vermehren zu können. Es wird einen Kampf geben. Ob wir gegen die Übermacht des Landesfürsten diesen Kampf gewinnen können, wage ich zu bezweifeln. Wir haben deshalb die Flucht nach Grafenstein vorbereitet. Schwierig kann es werden, wenn die Gemeinde Imst die Weiderechte bekommt. Vor diesen müsst ihr euch besonders in Acht nehmen.“

Edi etwas verdutzt: „Sollen die Imster die Weiderechte bekommen?“

Nun musste die Schlossherrin damit herausrücken, dass die gesamten Rechte mit dem Landesfürsten neu verhandelt werden müssten, sollten sie Starkenberg aufgeben müssen.

Inzwischen waren sie im dichten Wald, wo man vom Weg aus, wegen dem Unterholz, kaum die grünen Plätzchen im Gebüsch sehen konnte. Nun konnte Edi nicht mehr anders. Diese wundervolle, edle Frau musste ihm ein letztes Mal noch ganz gehören. Liebevoll reichte er ihr die Hand, zärtlich erwiderte sie deren Druck und folgte ihm in froher und leidenschaftlicher Erwartung. Alles, was sie vor Jahren miteinander erlebt hatten, war wunderschön gewesen. Dieses Mal war es wirklich die höchste Erfüllung von Sehnsucht, Liebe, Leidenschaft und Abschiedsschmerz. Nun erfüllte sich ein Jugendtraum bis zu den innersten Fasern ihrer Körper und ihrer Seelen. Als beide endlich befriedigt und in träumerischem Frieden aneinandergeschmiegt im weichen Moos des Waldes lagen, kam ein sinniger Satz aus ihrem Mund: „Wir werden uns, auch wenn wir weit weg voneinander leben, immer in lieber Erinnerung bleiben – nein, mehr noch – wir werden uns unser Leben lang lieben."

Edi drückte sie fest an sich: „Ja, die Gegenwart ist so schnell vorbei, aber die Erinnerung bleibt uns unser Leben lang! Ist das nicht wunderbar?"

„Ich habe dich in der Gestalt unserer Tochter immer bei mir. Jedesmal, wenn ich sie ansehe, werde ich dem Herrgott danken, dass es dich gibt und dass er dich beschützt."

„Heute gehe ich mit dir bis zum Schloss. Wir kommen dort bei Nacht an, und von denen, die heute noch dort wohnen, wird mich niemand mehr kennen, außer deinem Gemahl und meiner Mutter. Wenn ich meine Mutter begrüßt und unsere Tochter gesehen habe, werde ich gleich zurück durch das Salvösen verschwinden."

„Darüber bin ich überglücklich, nur müssen wir uns ganz sicher sein, dass mein Gemahl noch nicht zurückgekommen ist, und dass, wenn er zurückkommt, wir nicht in Verlegenheit kommen."

So schön es auch gewesen wäre, noch länger in dieser unbeobachteten Einsamkeit zu verweilen, die Pflicht rief zur Wirklichkeit zurück. Stolz zeigte er nun seiner Geliebten das Bergknappendorf, den Wegebau und beschrieb ein wenig die Lebensweise und die Organisation, die damit verbunden waren. Anna kochte heute wieder einmal ein festtägliches Essen, von dem die Schlossherrin ehrlich begeistert war. Der Lechtaler-Gramoaser trug die erlegte Gämse bis ins Salvösental. Danach nahm sie Edi über die Schultern, so dass dieses wandernde Paar auf dem Weg zum Schloss Starkenberg ganz unverfänglich aussah.

Als die beiden in der späten Abenddämmerung das Schloss bereits sehen konnten, setzte sich Edi unter einen Baum. Die Schlossherrin ging die letzten paar Schritte allein zu ihrem Domizil. Sie sollte jedenfalls bald wieder vor die Eingangstür kommen; eine Hand hocherhoben sollte bedeuten, dass die Luft rein war und er mit der Gämse seinen Weg fortsetzen kann. Das lief wie vereinbart. Nachdem die Gämse am richtigen Platz war, begab man sich zum Gemach der Jagermutter, welche die Herrin schon kurz informiert hatte.

Etwas wackelig, aber immer noch leidlich gesund, kam sie ihrem Sohn entgegen und empfing ihn halblaut: „Mein lieber Bub, dass ich dich noch einmal sehen darf, ist für mich das Höchste, was ich mir in meinem Alter noch gewünscht habe. Ich danke dir, dass du es doch endlich gewagt hast, zu mir zu kommen."

„Mama, ich wollte doch schon so lange. Es stand einfach zu viel auf dem Spiel."

„Mein lieber Bub, das weiß ich doch."

Still saßen sie daraufhin Hand in Hand beieinander, bis die Schlossherrin den

Wunsch äußerte, die Jagermutter möge etwas zum Essen herrichten und in ihr Gemach bringen. Hier wäre es auch nichts Besonderes, wenn sie ihre Tochter rufen würde, um am Essen teilzunehmen.

Beim Anblick seiner Tochter konnte Edi nicht anders als ihr entgegenzugehen und sie voller Bewunderung anzusprechen: „Das gnädige Fräulein sei gegrüßt. Habe schon gehört, wie wunderschön Eure Tochter sein soll. Dieser Anblick übertrifft alle Erwartungen. Ihr habt eine würdige Nachfolgerin von Eurem Geschlecht."

Edi musste dem jungen Fräulein vom ersten Blick an sehr sympathisch gewesen sein. Sie unterhielt sich mit ihm unbefangen über die Jagd, die Pferde und das Leben hinter der Maldon, bis er drängte, den Heimweg anzutreten, um noch vor der Geisterstunde hinter das Salvösental zu kommen. Es war für Edi nicht ganz leicht, unauffällig Abschied zu nehmen. Umso tiefer waren die Blicke zur Mutter, zur Geliebten und zu seiner Tochter, so als wäre es ein Abschied für immer.

35. Gefährliche Schwierigkeiten

Zwei Jahre waren inzwischen vergangen. Vorerst merkte man kaum, dass nicht mehr die Starkenberger, sondern die Gemeinde Imst über die Weiderechte um Pfafflaar herum verfügte. Es schien, als ob die Angst wegen der Entdeckung der Knappenlöcher durch die Imster Bauern unbegründet war. Das sollte sich jedoch unerwartet ändern.

Ein wunderschöner Sonntagmorgen an einem Spätfrühlingstag, der Schnee am Hahntennen war bis auf ein paar Reste gerade geschmolzen, verlockte Edi, über das Joch zu wandern, um die Spielhahnbalz zu beobachten. Als er das Tal in Richtung Imst überblicken konnte, glaubte er seinen Augen nicht zu trauen. Etliche Männer stapften forschen Schrittes der Passhöhe zu. Zuerst glaubte er an einen Spuk, einen Maldonputz oder eine Einbildung, wie sie ihm Lee aus seiner Jugendzeit mehrmals erzählt hatte, doch bald musste er erkennen, dass es leibhaftige Männer sind.

Eine dunkle Ahnung befiel Edi. Was immer diese Leute vorhatten, sehen sollten sie ihn vorerst nicht. Ohne zu überlegen, machte er kehrt und lief so schnell er konnte nach Pfafflaar, um seine Nachbarn zu informieren. Danach ging er schnell wieder zurück, um diesen Fremden zu begegnen und etwas über ihr Vorhaben zu erfahren.

So ein eigenartiger Haufen komischer Gestalten, durchwegs bejahrte Männer, war Edi noch nie begegnet. Zwei bärtige Typen, einer mit einem schrecklich großen Muttermal, der Zweite mit einem Triefauge, führten die Gruppe an. Da war einer, der leicht hinkte und doch der Gruppe immer wieder mal voranrannte, und dann noch einer, der die anderen um seine Schulter überragte und wie ein Kirchturm zwischen Häusern wirkte. Es waren Gestalten, die man, ob man wollte oder nicht, neugierig betrachten musste. Edi schien es, dass nur ein Einziger von ihnen völlig normal aussah.

Edi, den Kopf tief nach vorne gebeugt, tat, als ob er die Wanderer vorerst nicht bemerken und ihnen sozusagen vor die Füße laufen würde. Kurz vor der Begegnung erschrak Edi sichtlich, tat, als ob er die Leute bis jetzt nicht bemerkt hätte, gab sich erstaunt und fragte nach einem kurzen „Allegra! – Das wird aber die Pfafflaarer freuen, wenn sie heute einen so großen Besuch bekommen."

Einer von ihnen antwortete in herrischem Ton und mit einem leichten Sprachfehler behaftet: „Weiß nicht, ob sich die Pflafflaarer über uns freuen werden. Wir kommen, um die uns zustehenden Weiderechte zu fordern. Uns steht viel mehr Weide zu, als uns bis jetzt von den Pflafflaarern zugestanden und von uns ausgenützt wurde."

Das Wort Pfafflaar schien er nicht richtig aussprechen zu können. Geistig hochstehend schienen allesamt nicht zu sein. Doch was sagte einmal Anna: „Es ist leichter, mit zehn Gescheiten als mit einem Dummen zu verhandeln." Edi war bange bei dem Gedanken, mit diesen Leuten verhandeln zu müssen, suchte aber doch eine Verhandlungsbasis, indem er fragte: „Was stellt ihr euch vor? Warum glaubt ihr, dass ihr mit den Weiderechten zu kurz kommt?"

Wieder antwortete der mit dem Sprachfehler: „Die Weide ab der Maldon über dem Hahntennen bis Pflafflaar hat immer den Starkenbergern gehört. Jetzt weidet schon seit vielen Jahren euer Vieh da. Wir haben die Weiderechte gekauft und wollen sie auch besitzen."

Edi konnte seinen Schrecken kaum verbergen. Die guten Weiden am Hahntennen waren ein Teil der Lebensbasis für die Pfafflaarer. Trotzdem antwortete er selbstsicher: „Das ist aber ein großer Irrtum. Die Pfafflaarer sind nur verpflichtet, eine bestimmte Stückzahl an Vieh von den Starkenbergern, jetzt also von den Bauern aus Imst, auf den hiesigen Weiden zu hüten und gut wieder im Herbst nach Imst zu bringen. Wo dieses Vieh weiden soll, davon wurde nie gesprochen."

Darauf wurden gleich mehrere wütend, und einer schrie auf: „Schade, dass bei euch niemand lesen kann, sonst würden wir euch den Vertrag zeigen, damit ihr wisst, wie viele Viehweiden wir gekauft haben."

Edi darauf seelenruhig: „In uns habt ihr euch sicher getäuscht. In Pfafflaar können alle lesen, schreiben und rechnen. Dieser Vertrag ist sicher interessant für uns."

Das musste Eindruck erweckt haben. Einer begann in seine Lodenjacke zu langen, als ob er etwas herausholen wollte. Ein anderer gab ihm einen Stoß und schrie aufgeregt: „Wir haben den Vertrag nicht mitgenommen, aber wir wissen, was darin steht."

Edi nun ein klein wenig erleichtert: „Ohne Vertrag werden wir euch sicher nicht mehr Viehweiden bewilligen, als euch von alters her zustehen. Das kann ich sicher auch im Namen der anderen Bauern von Pfafflaar sagen."

Das war Öl aufs Feuer: „Wir werden uns unsere Rechte schon holen. Wenn es sein muss, mit Gewalt."

Darauf Edi mit einem höhnisch überlegenen Lächeln im Gesicht: „Und ihr glaubt tatsächlich, dass ihr dann siegen würdet? Habt ihr noch nie etwas von einem bösen Geist in der Maldon und von einem Salvösenputz gehört? Wisst ihr nicht, dass diese Pütz uns Pfafflaarern nichts Böses antun, aber auswärtigen Menschen den Tod gebracht haben? An eurer Stelle würde ich mich bei Nacht nicht getrauen, durch das Salvösental heim zu gehen."

Was hundert Schimpfworte und ein Dutzend Rechtfertigungen nie erreicht hätten, hatte Edi mit den Androhungen der Salvösenpütz bewirkt. Alle wurden auf einmal kleinlaut. Man hörte ein gegenseitiges Gemurmel, bis einer mit der Frage herausrückte: „Wir können doch bei den Pafflaarern übernachten?"

„Anständige Leute finden bei uns immer eine Unterkunft. Wenn ihr euch anständig verhaltet, wird das sicher kein Problem sein. Wir haben genug zu essen und zu trinken, und an einer guten Liegestatt wird es auch nicht fehlen."

Bald hatte man die Häuser von Pfafflaar in Sicht. Edi glaubte nicht richtig zu sehen. Alle Männer, die in der Nähe wohnten, schienen in bester Sonntagskleidung zur Begrüßung versammelt zu sein. Weil Edi wusste, dass Jaggl und Lee schnell reagieren würden, konnte er sich gleich zur Begrüßung einen richtigen Spaß erlauben: „Hat euch der Maldonputz tatsächlich schon die Nachricht gebracht, dass uns so viele Leute aus Imst besuchen? Sonst wärt ihr doch nicht alle zur Begrüßung versammelt?"

Lois, der Sohn von Jaggl, ein aufgeweckter Kerl, reagierte sofort und antwortete selbstsicher: „Nein, nicht der Maldonputz, die Salvösenpütz haben uns gesagt, dass Männer aus Imst zu uns kommen."

Das brachte die Gruppe aus Imst vorerst zum Schweigen. Mehr Respekt hätte man diesen Bauern nicht vermitteln können. Es schien, als ob ihnen der Mund zugewachsen wäre, bis einer endlich ein paar Worte herausstammelte: „Ihr Pfafflaarer seid also wirklich den Pütz, diesem Teufelszeug, verschrieben. An den Herrgott, den Himmel und die

Kirche glaubt ihr überhaupt nicht. Haltet euch nur an die Pütz. Das werden wir dem Pfaffen in Imst melden."

Lois selbstsicher: „Dann werdet ihr aber nicht mehr lange leben. Die Salvösenpütz werden so etwas nie verzeihen und euch überall finden. Wir haben nichts gegen den Herrgott, nichts gegen die Kirche und wollen alle in den Himmel kommen. Darum wird bei uns auch niemand betrogen oder sonst geschädigt. Was wir versprechen oder aushandeln, zu dem stehen wir, auch wenn es schwer ist."

Der mit dem Sprachfehler schien gar nicht so dumm zu sein, wie es zuerst schien. Er hatte die Pfafflaarer falsch eingeschätzt, aber hatte nun irgendwie begriffen, als er sagte: „Ihr Pflafflaarer seid schon ein eigenartiges Volk, kleiden sich wie die Herrischen, können lesen und schreiben und halten zu den Pütz, um in den Himmel zu kommen. Das soll einer verstehen!"

So begann die Verhandlung über die Weiderechte. Schließlich rückte einer mit einem Papier heraus, welches eine Abschrift des Starkenberger-Vertrages mit der Gemeinde zu sein schien. Edi las laut vor. Es schien tatsächlich so, dass die Starkenberger den Imster Bauern im Vertrag mehr Flächen zugesagt hatten, als sie selbst die Jahre vorher innehatten. Edi konnte nicht glauben, dass das vom Schlossherrn so gewollt war, doch ein Rechtsgelehrter, der wohl diesen Vertrag geschrieben hatte, wird darauf ausgewesen sein. Nun hatte man die Bescherung. Das konnte schwierig werden. Man musste schauen, wie man die Angelegenheit einigermaßen friedlich lösen konnte.

Jaggl blieb mit Kassian bis jetzt unscheinbar im Hintergrund, winkte nun aber verstohlen seinen Lois zu sich, um mit ihm leise zu flüstern. Mit dem Resultat dieser Absprache kam Lois zurück zur Versammlung: „Ich kann jetzt natürlich nicht für alle Pfafflaarer reden, und doch möchte ich einen Vorschlag machen. Wir haben über diesem Berg drüben gute Weiden. Viel größer als die am Hahntennen. Das Problem ist nur, dass man einen Weg anlegen muss, damit man das Vieh zu diesen Weiden treiben kann."

Toni fragte dazwischen: „Meinst du damit das Plötzig?"

„Ja, das meine ich."

Zumindest Toni war mit diesem Vorschlag nicht einverstanden und schrie Lois an: „Bist du verrückt? Wenn jemand die Weiden im Plötzig nützt, so wären doch wir das!"

Lois seelenruhig: „Wir brauchen unsere Weiden in der Nähe vom Dorf für die Kühe, die wir jeden Tag melken müssen. Die Imster Bauern treiben nur Jungvieh auf die Almen. Die Tiere bleiben den ganzen Sommer über oben. Somit ist es doch viel vernünftiger, die Bauern von Imst treiben das Vieh zu den Weiden im Plötzig, wo viel mehr Platz ist für das Vieh, und wir nutzen den Hahntennen."

Weiter zu den anderen Pfafflaarern mit einem Schmunzeln im Gesicht: „Wir hüten ihnen weiterhin das Vieh, so wie mit den Starkenbergern vereinbart, nur müssen sie mithelfen, den Weg ins Plötzig anzulegen, damit man das Vieh dorthin treiben kann. Das muss ihnen die größere Weide wert sein."

Das schien den Imstern gar nicht so schlecht zu gefallen, einer meinte dazu: „ Wie viel Vieh können wir dort weiden lassen?"

Lois überzeugend: „Ich bin mir sicher, in einigen Jahren doppelt soviel wie am Hahntennen."

„Warum erst in einigen Jahren?

„Wie ich schon gesagt habe, muss man einen Weg über den Berg anlegen. Diesen Sommer wird es noch keinen Weg geben. Wir werden für diesen Sommer eine notdürftige Lösung finden müssen. Im nächsten Sommer kann der Weg so hergerichtet werden, dass man mit dem Jungvieh über den Berg kommt, und erst Jahre später werden wir dann einen guten Weg für alle Tiere haben."

Die meisten Männer von Pfafflaar waren mit diesem Vorschlag nicht einverstanden. Es schien ihnen wegen dem Bergbau zu gefährlich, dieses Tal für das Weidevieh aus Imst zu erschließen. Schließlich hatte man eine nette Hütte gebaut, in der man Galmei röstete, das besser bezahlt wurde und bedeutend leichter zu transportieren war als ungeröstet. Wie sollte man diese Hütte verbergen, ohne dass sie bemerkt wurde, falls einmal Bauern nach ihrem Vieh sehen wollten?

Also zogen sich einige Pfafflaarer zur Beratung zurück. Edi schien eine Lösung parat zu haben: „Wir hätten für die Galmeihütte einen bedeutend günstigeren Platz, als jetzt im unteren Plötzig. Wenn wir eine Hütte weiter oben versteckt bauen, so müssen wir das schwere Erz nicht so weit transportieren, und wir haben riesige Latschenfelder für das Brennholz direkt oberhalb der Hütte. Ich weiß einen Bauplatz, den man sicher vom Viehtrieb aus nicht sehen kann. Dann noch etwas: Wenn wir den Imster Bauern nicht etwas anbieten können, mit dem sie einigermaßen zufrieden sind, werden sie immer wieder kommen, das Gelände absuchen und sicher die Knappenlöcher bei Boden entdecken."

So einigte man sich tatsächlich und konnte anschließend friedlich miteinander eine kleine Mahlzeit einnehmen, von der die Imster begeistert waren. Danach spendierten die Imster Bauern eine Runde nach der anderen selbstgebrannten Schnaps, es wurde immer lustiger, bis man sich im Morgengrauen, zwar müde und abgeschlagen vom Feiern, aber doch gütlich trennte. Es gab sogar eine leichte Annäherung der Bauern von Imst zu denen von Pfafflaar. Die Pfafflaarer merkten, dass in der rauen Schale der meisten Talbauern ein weicher Kern steckte, und die Imster mussten einsehen, dass die Pfafflaarer viel gebildeter waren, als bisher angenommen. Später sollte bei der Gemeinde Imst ein schriftlicher Vertrag errichtet werden.

Etwas hatten die Pfafflaarer vor ihrer Vereinbarung mit den Imster Bauern nicht bedacht. Erst Thoma, der am folgenden Tag nach Pfafflaar kam, um mit Jaggl etwas zu besprechen, öffnete ihnen die Augen. Das Plötzig war näher bei Bschlabs als bei Pfafflaar. Man hätte die Leute von Bschlabs unbedingt in die Besprechungen einbeziehen sollen. Das konnte noch dumm ausgehen. So kam man mit Thoma überein, vorerst über diese Verhandlung zu schweigen und die Bschlaber so zu informieren, als ob noch nichts endgültig verhandelt wäre.

Jedenfalls wollte Jaggl am Weg ins Lechtal bei Hiasl einkehren, um mit ihm vertrauensvoll die Lage zu besprechen. Nicht ganz wohl war ihm bei dem Gedanken, dass er wahrscheinlich längere Zeit abwesend sein würde. Wer sollte die Informationen und die Verhandlungen mit Bschlabs organisieren?

Als Anna davon hörte, bot sie sich sofort an, Jaggl zu vertreten und zu verhandeln. Sie wollte Jaggl und Thoma, die dringend ins Lechtal mussten, bis zum Hiasl begleiten, um mit ihm die Vorgangsweise gemeinsam zu besprechen.

So kam es, dass noch am selben Tag alle anwesenden Männer von Bschlabs zu einer Besprechung eingeladen wurden.

Hiasl informierte darüber, dass Bauern aus Imst die Weiden bis zur Ortschaft Pfafflaar beanspruchten und damit große Gefahr bestünde, dass die Knappenlöcher von Boden und damit wahrscheinlich der gesamte Bergbau nicht mehr länger geheim gehalten werden könnten.

Dass es Anna zu verdanken war, damit der Bergbau im Plötzig überhaupt zustande kam, wussten alle in Bschlabs. Anna konnte darauf bauen, dass sie das Vertrauen aller Anwesenden besaß. So gab Hiasl an sie das Wort weiter. Sie berichtete: „Ihr könnt euch vorstellen, wie erschrocken wir waren, als uns die Bauern aus Imst einen Vertrag der Gemeinde Imst mit den Starkenbergern vor die Nase hielten, der den Imster Bauern mehr Rechte zubilligt, als die Starkenberger vorher besessen hatten."

Florian warf ein: „Das ist doch Betrug. Das muss vor den Landrichter."

Anna ruhig: „Das wäre natürlich richtig und schön. Nur, wem wird man mehr glauben, den herrischen Starkenbergern, die übrigens weggezogen sind, oder den betroffenen Bauern von Pfafflaar? Jedenfalls wird der Landrichter bis nach Pfafflaar kommen, und die Knappenlöcher wären wieder in Gefahr. Deshalb haben wir an etwas anderes gedacht. Wir haben den Imster Bauern gesagt, dass wir eine Weide wüssten, wo sie viel mehr Vieh als am Hahntennen auftreiben können. Dieses Vieh würden wir dort hüten, so wie bisher. Gedacht haben wir an das Plötzig."

Florian erschrocken aufgebracht: „Das ist doch ganz unmöglich. Wenn ein Bauer sein Vieh besucht, sieht er den Weg vom Plötzig nach Bschlabs und vielleicht sogar, dass wir Galmei rösten."

Anna weiter ruhig und sachlich: „Daran haben wir natürlich auch gedacht. Weil das alles nicht so einfach ist, wollen wir, ja müssen wir, das natürlich besonders mit euch besprechen. Schließlich arbeiten im Plötzig mehr Arbeiter aus Bschlabs als aus Pfafflaar."

Florian schien das zu beruhigen. Er fragte: „Und wie habt ihr euch das nun vorgestellt?"

„Wir müssen einen schmalen Weg für den Viehtrieb vom Hahntennen aus bauen. Den würden mindestens zur Hälfte die Imster Bauern übernehmen. Natürlich lassen wir sie nur das Stück bauen, von wo sie nicht das ganze Plötzig übersehen können. Die Galmeihütte müssen wir so verlegen, dass man sie weder vom Viehtrieb noch von den Weiden aus bemerkt. Wir könnten sie dort bauen, wo oberhalb die großen Latschenfelder fürs Brennholz sind, und wir das schwere ungeröstete Galmei nicht so weit transportieren müssten. Wenn sie den Weg bemerken, sagen wir ihnen, dass wir den für den Brennholztransport nach Bschlabs brauchen."

Florian zweifelnd: „Und ihr glaubt, dass uns das die Bauern aus Imst alles abnehmen?"

Anna gab sich sicher: „Die Bauern scheinen nur ihre Rinder und die Almweiden im Kopf zu haben. Ich meine schon, dass wir ihnen das vormachen können. Übrigens: Weiß jemand eine bessere Lösung? Wir sind jedem dankbar, der uns etwas Besseres vorschlagen kann."

Noch einmal meldete sich Florian: „Das Plötzig könnten unsere Bauern als Weide notwendig brauchen."

Daran hatte in Pafflaar noch niemand gedacht. Jetzt musste Anna mit den Bschlabern ähnlich verhandeln, wie die Pfafflaarer mit den Imstern, musste, ohne jemand in

Pfafflaar oder Boden zu fragen, Zugeständnisse machen: „Das ist richtig. Ihr müsst dafür entschädigt werden. Ich meine, dass man in Boden nicht dagegen wäre, wenn ihr etwas Vieh zu uns ins Angerletal auftreiben würdet. Jetzt müssen wir zusammenhalten, sonst ist unser Tal verloren."

Nun kam eine allgemeine Debatte in Gang. Der eine und andere schrie aufgeregt in die Runde, dass man meinte, es würde ein Streit entstehen, doch schließlich sah man ein, dass es nur die von Anna vorgeschlagene Lösung geben kann. Jaggl von Pfafflaar und Hiasl von Bschlabs sollten den Vertrag bei der Gemeinde in Imst aushandeln und unterschreiben.

Am nächsten Tag sollte für Anna die Angelegenheit aber noch nicht zu Ende sein. Es sollte noch eine schwierige Aufgabe auf sie warten. Ihr weiteres Leben sollte von den Folgen der kommenden Verhandlungen nicht unberührt bleiben.

Anna wusste, dass sie nun zuallererst in Boden die wenigen Bauern, die dort Vieh besaßen, von dem zwischen Pfafflaar und Bschlabs ausgehandelten Vertrag überzeugen musste. Am besten also gleich am Heimweg in Boden vorbeischauen.

Sie wusste, dass es in Boden nicht immer so friedlich zuging wie in Pfafflaar, und in jüngster Zeit sogar in Bschlabs. Zu sehr prallten die Interessen der Knappen und der Bauern aufeinander, die vielen auswärtigen Familien taten ein Übriges dazu. Doch irgendwo musste man anfangen. Also, gleich ins erste Bauernhaus!

Nach ihrem freundlichen „Allegra" wurde ihr mit „Grüß Gott" geantwortet. Sie wusste, dass es ein zugezogener Bauer aus dem oberen Lechtal war, dem seine Frau verstorben war und der seither allein mit seinen halbwüchsigen Kindern die kleine Landwirtschaft bewirtschaftete. Auf den ersten Blick erkannte sie, dass mit ihm nicht ganz leicht zu verhandeln sein würde. Nach einem einleitenden, nichtssagenden Gespräch musste sie auf den Zweck ihres Besuches kommen: „Wir haben nun ein großes Problem mit den Bauern aus Imst. Sie wollen uns die Weiden streitig machen und haben sogar einen Vertrag, bei dem uns angst und bange wird."

Das berührte den Bauern, Benjamin war sein Name, vorerst wenig: „Das ist doch eine Sache, die nur mit Pfafflaar zu tun hat. Uns in Boden betrifft das doch nicht."

„Wenn das so einfach wäre, so wäre ich jetzt nicht bei dir."

Sie musste ihm also die ganze Geschichte erzählen und kam schließlich zu dem Gespräch in Bschlabs, wonach die Bschlaber nur auf das Plötzig verzichten würden, wenn sie ihr Vieh auf die Weiden im Angerletal auftreiben könnten. Das gefiel Benjamin überhaupt nicht: „Erstens kann ich dazu allein überhaupt nichts sagen, und zweitens werde ich der Letzte sein, der dazu ja sagt. Holen wir also alle unsere Nachbarn, die Vieh halten, damit wir hören, was sie dazu sagen."

Anna darauf: „Ich wollte sowieso alle fragen. Bin nur bei dir, im ersten Haus, zuerst eingekehrt."

Es dauerte nicht lange, bis alle versammelt waren. Nachdem sie informiert waren, worum es ging, hängte Anna noch einen, für die meisten entscheidenden Satz an: „Eines müsst ihr bedenken: Wenn es nicht gelingt, zwischen Pfafflaar, Boden und Bschlabs zu einer friedlichen Vereinbarung zu kommen, sind die Tage der Knappenlöcher gezählt. Nur wenn wir alle ganz schlau sind, können wir die von Imst weiterhin von unserem Geldsegen fernhalten."

Das sahen alle, bis auf Benjamin, ein. Er erwiderte eigennützig: „Was gehen uns Bauern die Knappenlöcher an? In Boden findet man sowieso immer weniger Erz. Bald wird es sich hier nicht mehr lohnen. Wir müssen schauen, dass wir für unsere Kinder etwas zu essen haben. Das Essen kommt von den Bauern. Dafür brauchen wir unsere Weiden notwendig selbst. Wir können sie nicht vergrößern."

Darauf der größte Bauer im Dorf: „Wir müssten schauen, ob man nicht zusätzliche Weiden in Richtung Gramoas schaffen könnte. Auch da, wo ständig eine Lawine den Wald verwüstet, wäre, wenn aufgeräumt würde, mehr Weidefläche zu schaffen."

Das war ein Lichtblick für Anna: „Wenn das zu machen wäre, dann würde ich die Bauern von Bschlabs dazu bringen, dass sie die Weide kultivieren. Dann hätten doch alle einen Nutzen."

Damit waren die meisten einverstanden. Nur Benjamin war auch davon nicht zu überzeugen: „Das will ich mir vorher noch gründlich anschauen. Anna, kommst du mit?"

Nichts tat Anna lieber. Es müsste doch mit dem Teufel zugehen, wenn sie Benjamin nicht zu einem Ja überreden könnte.

Es war ein wunderschöner Frühlingstag und eine wahre Lust durch den schattigen Hochwald und über die kleinen, sonnigen Weideflächen zu wandern. Bald erkannten sie, dass zwar keine großzügige Weide wie am Hahntennen, doch mehrere kleine Weideflächen zusätzlich zu kultivieren wären. Es müsste für die Bedürfnisse der Bschlaber Bauern ausreichen. Beinahe an der Baumgrenze oben angelangt, gönnten sie sich endlich eine kleine Rast in einer sonnig gemütlichen Waldblöße, umgeben von dichtem Jungwald. Von der Ferne hörte man den Ruf eines Kuckucks, mehrere Vögel zwitscherten im Paarungsrausch um die Wette und wilde Bienen flogen von Blume zu Blume. Idyllischeres Plätzchen konnte man keines finden. Benjamin hatte für einen kleinen Imbiss vorgesorgt, eine saubere Quelle war nicht weit, und genüsslich ließen sie sich das Essen schmecken.

Anna konnte sich zwar für Benjamin nicht so voll begeistern, ließ sich aber nichts anmerken und war sehr freundlich, fast lieb zu ihm, um von ihm endlich das Ja für ihr Anliegen zu bekommen. Benjamin war nichtsdestoweniger freundlich, bis er mit etwas kam, womit Anna am allerwenigsten gerechnet hatte: „Anna, du warst mir, obwohl du mit so einem unangenehmen Anliegen zu mir gekommen bist, von Anfang an sympathisch. Jetzt, wo wir so gemütlich durch den Wald gewandert sind, habe ich dich ehrlich lieb gewonnen. Bitte, Anna, ich möchte von dir das Letzte haben. Hier kann uns niemand beobachten. Hier sind wir ganz allein – bitte!"

In seiner aufflammenden Leidenschaft konnte Benjamin gar nicht bemerken, wie schockiert, ja entsetzt Anna darüber war.

Sie wusste in diesem Augenblick nicht, wie ihr geschah. Sah einerseits sein Einverständnis, das wahrscheinlich das ganze Tal vor einem Chaos retten konnte, zum Greifen nahe, andererseits konnte sie sich doch keinem Mann hingeben, zu dem sie keine inneren Gefühle hinzogen. Mit Fredi war es schließlich auch passiert. Doch zu Fredi hatte sie immer schon andere Gefühle, und bei ihm würde es ihr gar nicht sonderlich schwer fallen. Ihre Gedanken überschlugen sich. Wirklich denken konnte sie schon gar nicht mehr, als Benjamin sich ihr weiter näherte, eine Hand ihren Busen berührte und die andere ihren Rock nach oben schob. Kaum war sie noch mächtig, die Worte über ihre Lippen zu bringen: „Benjamin, ich habe dich auch sehr gern", log sie im Zwiespalt, „aber du musst mir vorher versprechen, dass du zu den Weiden für die Bschlaber ja sagst."

„Habe schon gewusst, dass das kommen wird. Ich sage ja, wenn du mir nun wenigstens einmal ganz gehörst."

Zum Teufel mit der Moral, wenn man ein ganzes Tal mit Unmoral retten kann! Schließlich war Benjamin, trotz seiner rauen Natur, nicht einmal brutal fordernd. War es nicht eine innige, liebevolle Bitte, die bei einem Witwer mit längerer Enthaltsamkeit durchaus verständlich war? Plötzlich fiel es ihr gar nicht mehr so schwer, ihn zärtlich zu berühren. Wenn ihre Seele auch noch lange nicht damit einverstanden war, was sie tat, ihr Körper sträubte sich auf einmal nicht mehr. Sie dachte an nichts anderes mehr, als ein gutes Werk für ihr Tal zu vollbringen. Warum sollte ihr Körper das nicht genießen? Automatisch machte sie sich an seiner Hose zu schaffen, bis es von Benjamin aus tiefstem Herzen kam: „Mein Gott, bist du lieb! Ich tu alles für dich!" Das war der letzte Funke, der auch Anna zu einer einverständlichen Vereinigung trieb, um deren Lust leidenschaftlich und innig voll zu genießen.

Bald lagen sie ruhig, leicht umschlungen, friedlich nebeneinander. Was Anna sich vorher nie hätte träumen lassen, fühlte sie neuerlich erwachen. Es war heiße Leidenschaft und nochmaliges Verlangen. Hatte Benjamin bis jetzt immer noch gezweifelt, ob Anna ihm nicht allein zu Willen war, um von ihm ein Ja für ihr Anliegen herauszulocken, so fühlte er jetzt, dass auch sie ihm zugeneigt und aus innerer Seele heraus ergeben war.

So konnte es nicht lange dauern, bis sie, nun endlich voll befriedigt, nach einem kleinen Nickerchen, den Heimweg antraten. Bevor sie die Brücke zum Dorf erreichten, blieb Benjamin stehen: „Anna, ich danke dir. Du hast mir heute damit geholfen, wieder ein Mann zu sein. Was auch kommen mag – ich danke dir und werde für dich da sein."

„Benjamin, ich muss mich auch bei dir bedanken. Nicht allein dafür, dass du zu meinem Anliegen ja gesagt hast. Nein, ich danke dir von ganzem Herzen für das, was du mir gegeben hast. Du weißt, dass ich verheiratet bin. Ich möchte nicht, dass jemand etwas erfährt, wie wir zueinander stehen, und ich möchte keinesfalls, dass jemand darunter leidet. Eines sollst du wissen, ich werde dich nicht abweisen, wenn sich eine ähnliche Gelegenheit wie heute ergeben sollte."

„Jetzt weiß ich endlich sicher, dass ich in dir mehr habe, als nur eine Frau, die mir wegen einem Anliegen zu Willen ist. Ich weiß, wie wir uns verhalten müssen, um dich nicht in einen schlechten Ruf zu bringen. Trotzdem ist bei mir wieder die Sonne aufgegangen. Lass dich ab und zu in Boden sehen. Allegra!"

36. Hoffnungsvolle Zukunft

Der Vertrag mit der Gemeinde Imst, den Bauern aus Imst, Pfafflaar, Bschlabs und Boden war unter Dach und Fach. Jaggl, Hiasl und Benjamin waren die Verhandler vom Tal. Freilich wollten die Bauern aus Imst noch mehr herausholen, bis ihnen Benjamin verärgert frei heraus drohte: „Wollt ihr nicht, dass euer Vieh im Herbst gesund von den Almen kommt?"

„Wie soll man denn das verstehen? Soll das eine Drohung sein?", fragte der Richter ernst.

Darauf Jaggl ebenso ernst: „Wir können für niemand garantieren, wenn es um seine Existenz geht, und es wird auch niemals jemand verraten, sollte wegen einer Existenzgefährdung etwas passieren. Wir werden aber voll hinter dem Vertrag stehen, wenn er, so wie bereits ausgemacht, von allen unterschrieben wird. Dann werden wir weiterhin für Ehrlichkeit und Ordnung sorgen."

Das war deutlich genug, dass es sogar die eigennützig denkenden Bauern einsahen. Einem friedvollen Vertrag stand somit nichts mehr im Weg.

Der Weg vom Hahntennen zum Plötzig war so weit gediehen, dass man im folgenden Jahr mehr Vieh von den Imster Bauern übernehmen konnte. Die neue Galmeihütte wurde an eine andere, versteckte Stelle versetzt, damit sie von den Weiden im Plötzig nicht einzusehen war, und die Latschen, als Heizmaterial zum Galmei rösten, unweit der Hütte geschlägert werden konnten.

Sollte jemand diese Hütte doch entdecken, würde man sagen, dass es eine unbedeutende Kalkbrennhütte ist, in der man ab und zu Kalk für den Häuserbau in Bschlabs brennt.

Im Angerletal wurden durch Wald ausholzen und Lawinenschutt aufräumen zusätzliches Weideland geschaffen, dadurch konnte Vieh von Bschlabs dort weiden.

Über zu wenig Arbeit brauchte niemand mehr zu klagen. Finanziell war es zwar nicht mehr so üppig wie vor Jahren. Zu sehr belastete der Wegbau für den Galmeitransport und den Viehtrieb den Lohn für die Arbeiter. Ein Glück, dass das gleichmäßig verteilte Geld von der Steuer- und Abgabenersparnis wenigstens eine bescheidene Zubuße darstellte. Dieses Geld tat vor allem den ärmsten Familien wohl, die aus familiären oder gesundheitlichen Gründen keine Arbeiter stellen konnten. Die Handwerker in Bschlabs konnten doch immer wieder Lehrlinge und Hilfskräfte einstellen, um alle Aufträge, teils aus dem Lechtal, erledigen zu können.

Für Jaggl, Anna und die anderen Aktiven schien sich somit ihr Traum von der gesicherten Zukunft des Tales irgendwie erfüllt zu haben. An finanziellem Wohlstand aber hätten sie sich doch mehr erhofft. Leider hatte Jaggl in letzter Zeit immer wieder gesundheitliche Probleme. Letzthin musste er sogar im Duerf zwei Ruhetage einschalten, bevor er neue Aufträge übernehmen konnte. Nun, da er wieder bei Gedeon verweilte und gerade ein Fuhrwerk zur Weiterfahrt bis zum Steeg angespannt wurde, konnte Jaggl der Versuchung nicht widerstehen. Er musste, solange er gesundheitlich dazu in der Lage war, Justina noch einmal besuchen. Beim Steeg angekommen, war Jaggl von der holprigen Fahrt derart strapaziert, dass er den Weg zu Justina zu Fuß nicht mehr geschafft hätte. Bereitwillig brachte ihn der Fuhrmann ans Ziel.

Man sah es Justina an, dass sie beim Anblick ihres alten Freundes ob seines schlechten Aussehens erschrak. Liebevoll nahm sie ihn beim Arm und führte ihn in die Stube auf die Couch. Erst eine schnell zubereitete Mahlzeit von drei Eiern ließ Jaggl etwas zu Kräften kommen. Endlich war er mit Justina für kurze Zeit allein und konnte ihr sagen, wie sehr es ihn zu ihr gezogen hat. Allmählich erwachten sein Geist und seine Glieder zu neuem Leben. Nein, Justina sollte nicht merken, dass es vielleicht sein letzter Besuch bei ihr war. Heute musste er ihr noch einmal alles geben, sie musste fühlen, dass es einen Menschen gibt, der ihr immer verbunden war, und der sie immer noch im hintersten Kämmerchen seines Herzens liebt.

Es wurde ein wunderschöner Abend. Selbst vor der Schwiegermutter versuchten sie heute nicht, ihre Zuneigung zu verbergen. Von der anschließenden Nacht sollten sie beide noch so lange zehren, als ihre Gefühle der Erinnerung fähig waren.

Am Morgen war Jaggl immerhin so bei Kräften, dass er den Weg bis zum Steeg leicht allein schaffen konnte. Von dort brachte ihn eine Kutsche bis zu Gedeon ins Duerf. Glücklicherweise und rein zufällig traf er dort Lee und seinen Lois an. An einen Auftrag übernehmen, war bei seinem Gesundheitszustand nicht zu denken. Lois musste nun zeigen, dass er erwachsen und ein würdiger Nachkomme seines Vaters war. Jaggl begab sich in die Kammer, in der er meistens schlief, wenn er bei Gedeon übernachtete. Bevor er die Tür zumachte, rief er Lois zu sich. Als beide an der Bettkante saßen, begann Jaggl: „Erinnerst du dich, dass ich dir, als du noch ein Kind warst, immer eine Süßigkeit mitgebracht habe, wenn ich wieder einmal nach längerer Abwesenheit heimkam?"

„Natürlich, darum habe ich dich immer so als zweiten Papa und später als meinen besten Freund betrachtet."

„Lois, was du jetzt von mir erfahren wirst, wird dich vielleicht erschrecken, oder vielleicht wirst du dich sogar freuen. Ich bin krank. Ich weiß nicht, wie lange ich noch zu leben habe, darum möchte ich dir etwas sagen, was du unbedingt wissen sollst, etwas, was für dein zukünftiges Leben bedeutungsvoll sein kann, etwas, was sogar für deine Kinder und Kindeskinder wichtig ist zu wissen."

Jaggl musste eine Pause einlegen. Zu sehr aufgeregt wurde er bei diesen Worten.

Lois wunderte sich zwar über diese Geheimnistuerei, fragte aber frei heraus: „Was soll das denn so Wichtiges sein? Etwas Schlimmes kann es nicht sein, das sehe ich an deinem Gesicht."

„Lois, ich will es kurz machen: Ich bin dein Vater. Nicht Eduard war es. Du bist mein Sohn aus meinem Fleisch und Blut."

„Oh, Papa, das sagst du mir erst jetzt! So spät. Ich bin dir doch nicht böse, aber wir hätten noch viel glücklicher zusammen sein können, wenn ich das früher gewusst hätte."

„Bitte, verzeih mir! Ich habe bis jetzt den Mut nicht aufgebracht, vor allem auch deswegen, weil ich nicht wissen konnte, wie du gegenüber deiner Mutter reagierst."

„Ich muss euch doch beiden dankbar sein, dass ich überhaupt auf der Welt bin. Ich lebe gern und werde euch beide immer lieben und für euch sorgen, solange ich dazu im Stande bin."

„Mein lieber Sohn, du sollst als mein Erstgeborener meine Arbeit fortführen. Ich weiß, du wirst es schaffen. Meine drei anderen Söhne, deine Brüder, sollst du unterstützen. Leo und Josef werden gute Lehrer, und Walte kann von dir lernen und eines Tages selbständig arbeiten. Um euch ist mir nicht bange. Sorgt aber dafür, dass nicht unter Verwandten geheiratet oder Kinder gezeugt werden."

„Oh, Papa, gut, dass du mir jetzt alles gesagt hast. Du warst immer so gut zu mir. Ich danke dir!"

Der heutige Tag war für Jaggl beendet. Morgen wollte er versuchen, den langen Fußmarsch nach Pfafflaar zu beginnen. Weiter als bis Bschlabs würde er an einem Tag, bei seinem angeschlagenen Gesundheitszustand, wohl nicht kommen. Am zweiten Tag konnte er hoffen, sein geliebtes Pfafflaar zu erreichen. Obwohl Lois dringend andere Aufgaben hätte übernehmen sollen, ließ er es sich nicht nehmen, seinen Vater auf diesem Weg zu begleiten. Zu gefährlich schienen ihm die vielen Abgründe, wo ein leichtes Torkeln schon genügen würde, um in die Schlucht zu stürzen. So kamen die beiden wie erwartet am zweiten Tag in Pfafflaar an. Kurz davor begann Lois zu rennen, um früher in Pfafflaar zu sein. Seiner Mutter musste er vorher berichten, dass er nun weiß, wer sein wirklicher Vater ist.

Mit letzter Kraft erreichte Jaggl schließlich sein Haus. Anna sah erst, als er sich ihr näherte, dass mit ihm etwas nicht in Ordnung war: „Ach, Jaggl, wie siehst du denn aus? Bist du krank? Du bist ganz blass. Was fehlt dir?"

„Oh, Anna, wenn ich das wüsste. Ich habe keine Schmerzen, aber ich bin so schwach, dass ich Pfafflaar fast nicht erreicht hätte."

Leichtes Hüsteln und Schüttelfrost begleiteten Jaggl den ganzen Abend über, bis er vor Schwäche endlich einschlief.

Die folgenden Tage verliefen zwischen Besserung und Rückfall. Alle Hausmittel wurden bereits angewendet, ohne eine durchgreifende Besserung zu erreichen. Anna umsorgte ihn so gut sie nur konnte. Jaggl tat sie leid, denn er rechnete fest damit, dass sein Leben nun zu Ende geht. Eines Abends drängte es ihn, auch sein letztes Geheimnis preiszugeben. Anna brachte ihm gerade eine Edelweißmilch, die er immer noch mit Genuss trinken konnte. Jaggl sah sie dankbar und zugleich mitleidig an und begann: „Anna, ich muss dich noch wegen etwas um Verzeihung bitten."

„Was hast du denn so Schlimmes angestellt, dass dir danach ist?"

„Bevor ich letzthin halb krank nach Pfafflaar gegangen bin, war ich beim Steeg und habe bei Justina geschlafen."

Anna verstand noch nicht: „Und was soll daran Besonderes sein? Du hast immer wieder auswärts geschlafen."

„Nein, ich meine nicht normal schlafen. Ich bin mit Justina im Bett gelegen. Wir haben uns die ganze Nacht geliebt."

„Dann kann ich also beruhigt sein, ich habe dasselbe mit Benjamin im Wald getrieben. Jetzt sind wir also quitt."

Jaggl konnte sogar noch in seinem angeschlagenen Zustand logisch folgern: „Du hast es wahrscheinlich nur getan, um sein Ja zu den Weiderechten zu erwirken. Ich habe es aus alter Liebe und echter Zuneigung getan. Du hast damit wahrscheinlich das ganze Tal gerettet, und ich habe es aus Leidenschaft getan."

So weit musste es also noch kommen, dass sie dafür von Jaggl noch quasi gelobt wird. Nun musste sie auch ganz ehrlich sein: „Für den Anfang mag das sogar stimmen. Doch bereits beim ersten Mal habe ich für Benjamin Zuneigung empfunden, dass ich ihn sogar dazu ermuntert habe, und es ist nicht bei dem einen Mal geblieben. Einmal bin ich sogar bei Fredi schwach geworden, aber das war zum Glück schnell vorbei."

Jaggl irgendwie erleichtert: „So kann ich dir auch sagen, dass ich mit Justina die letzten zwei Jahre öfters beisammen war. Noch etwas muss ich dir dazu sagen: Ich habe keinen Augenblick daran gedacht, dich zu verlassen oder dir weh zu tun."

„Oh, Jaggl, wie sind wir doch beide dieselben Sünder! Wie schön, wenn man sich gegenseitig so liebt, dass man sich so etwas ohne große Hemmungen beichten kann."

„Anna, du bist eine großartige Frau. Ich bin stolz, dich gefunden zu haben."

Ein Schatten huschte am Fenster vorbei. Lois, gefolgt von Walte und Leo, stürmte aufgeregt in die Stube: „Papa, Mama! Stellt euch vor: das Galmei von der neu entdeckten Galmeiader in der Hoaterwand ist das Beste, das je in unserer Gegend gefunden wurde. Die Ehrenberger können nicht genug davon bekommen, bezahlen uns freiwillig mehr dafür und sind bereit, uns einen guten Weg vom Plötzig ins Lechtal zu bauen."

Jaggl strahlend: „Oh, mein Gott, ich danke dir! Dass ich das noch erleben darf. Jetzt kann ich glücklich sterben – oder weiterleben ..."

Glossar und Bilder

Ausdrücke, Dörfer und Flurnamen, wie sie damals allgemein und heute immer noch im einheimischen Dialekt verwendet werden:

Ahnle – Großmutter, das „Ahn“ gesprochen als Nasallaut, das „n“ hört man kaum.

Alme – Elmen, Ort im mittleren Lechtal, von dort verlief damals der Fußweg nach Bschlabs, Boden und Pfafflar.

Beim Bach – Bach, gemeint ist das Dorf Bach im Lechtal.

Beim Steeg – Steeg, damals wie heute das letzte Dorf im Talboden des Lechtals.

Duerf – Elbigenalp, damals wie heute der größte Ort im oberen Lechtal.

Ellen – 20 Ellen sind etwa 13 Meter.

Feara – Fernpass, damals erschlossen durch die Via Claudia.

Füasse – Füssen, damals wie heute bedeutende Stadt im Allgäu.

Galmei – Zinkblende, jahrhundertelang das einzige Erz, womit sich Kupfer zu Messing legieren ließ.

Gramoas – Gramais, Nachbarort von Boden über dem Gramaiser Sattele.

Gstrein – Kastrierter Widder, Hammel.

Hahntennen – Das Hahntennjoch (1887 Meter) wurde 1969 mit einer Straße erschlossen. Bis dahin gab es einen Fuß- und Saumweg.

Hoaterwand – Die Heiterwand ist ein erzreicher Gebirgszug von Boden bis Nassereith.

Holzhacke – Langstieliges Beil.

Im Boden – Boden, vermutlich als Bergknappensiedlung zwischen Pfafflar und Bschlabs gegründet. In der Nähe liegt ein heute noch begehbares Bergwerk.

Koaser – Kaisers, höchstgelegenes Bergdorf in den Lechtaler Alpen. Am Talende fand vermutlich der erste Bergbau im Lechtal statt.

Lahne – Lawine, Schneelawine.

Latschen - Legföhren. Sehr verbreitet, besonders häufig in den nördlichen Kalkalpen knapp unterhalb bis oberhalb der allgemeinen Baumgrenze. Latschen können von Lawinen nicht geschädigt werden. Gutes, harzreiches Brennholz.

Lawinenstrich - Gebiete, meistens glatte Wiesenflächen oder Talmulden, an welchen immer wieder Lawinen zu Tal donnern.

Muere – Mure, Wasser-Geröll-Lawine.

Öhnle – Großvater, das „Öhn“ als Nasallaut gesprochen. Das „n“ hört man kaum.

Pfaffe – Pfarrer, damals allgemeine Bezeichnung für Priester, z. B. Pfaffenwinkel.

Pfafflaar – Pfafflar. Heute eine Sommersiedlung, bestehend aus drei Weilern. Der heutige Name Pfafflar entstand wahrscheinlich aus einer Verkettung von Pavular (Pavlar) mit Pfaffenleer = ohne Priester.

Plötzig – Plötzigtal. Das Hochtal, welches sich von der Straße zwischen Bschlabs und Boden zur Anhalter Hütte hinzieht.

Putz – Gespenst, Plural: Pütz – Gespenster, in welchen man häufig die Seelen von Verstorbenen vermutete, die im Leben etwas verbrochen oder sich eigenartig benommen haben. Im Hochdeutschen werden sie Wiedergänger genannt. Als Wiedergänger bezeichnet der Volksglaube einen Verstorbenen, der wegen einer Schuld oder aus anderen Gründen als dämonischer Toter umgehen muss.

Reite – Reutte, damals Knotenpunkt an Via Claudia für Salz-, Holz- und Erztransport.

Salvösen – Salvesental. Das schluchtartige Tal zieht sich von Tarrenz entlang der Hahntennjochstraße zur Passhöhe hin. Von dieser Schlucht gibt es besonders viele Geistergeschichten.

Saubohnen – Eine Bohnenart mit silbergrünen Blättern und großen Schoten. In der Hülse weichgekocht besonders wohlschmeckend. Bohnenessen im Herbst hatte bis in die jüngste Vergangenheit im Bschlabs und Boden festlichen Charakter.

Schnerfsack - Ein Tragsack, dessen Inhalt auf beide Enden verteilt wurde und deshalb leichter zu tragen war. Gut zu sehen beim Trachtenpaar von 1510. Im Dialekt wurde später auch der gewöhnliche Rucksack häufig als Schnerfsack bezeichnet.

Wilde Jagd - Für die Bergbewohner war sie ein Ereignis von größter Bedeutung. Es ging die Mär um, dass sie ein Vorbote einer Katastrophe, von Krieg oder Hungersnot sei. Die Wilde Jagd war auch noch bis ins frühe zwanzigste Jahrhundert zu hören. Nach der Meinung von einigen Bergbewohnern verschwand dieses Phänomen, als Radiowellen durch den Äther geschickt wurden.

Zwieslen - Zwieslen ist ein Weiler von Bschlabs, wo sich der Weg von Pfafflaar kommend in zwei Pfade teilt, einer ging hinauf zum Weiler Egg und der andere hinab zur Häusergruppe Taschig. Der Weg teilte sich: zwieselte sich.

Wappen der Familie Lechleitner.

Insgesamt sind bis jetzt vier Wappen der Lechleitnersippe bekannt. Zwei davon dürften denselben Ursprung haben und in Flandern verliehen worden sein. Dieses Wappen ist besonders interessant und lässt mehrere Deutungen zu. Die Gestalt auf einem „Original“ soll einen Mann darstellen, der bei genauer Betrachtung und Überlegung aber nicht dazupasst. Es könnte sein, dass man einer Frauengestalt nachträglich einen Schnurrbart und eine damals übliche Männerhaartracht übermalt hat. In diesem Bildnis wurden der Bart und das Haar wegretuschiert. Auf dieser Deutung beruht die Romangestalt der „Anna“ in diesem Roman.

Landschaftsskizzen

Gebiet um Pfafflaar

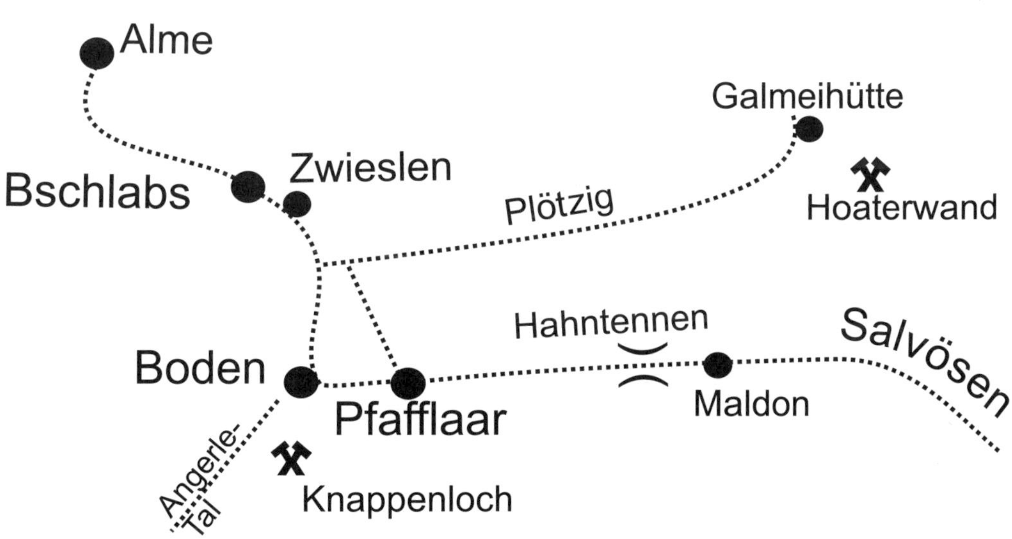

An der Ruine der Galmeihütte ist noch geröstetes Galmei zu finden. Der Zinkgehalt des metallurgisch analysierten Erzes beträgt 49 Prozent. Es zählt somit zu den weltbesten Vorkommen. Die Galmeihütte diente wahrscheinlich als Lagerraum und Unterkunft. Geröstet wurde es augenscheinlich irgendwo außerhalb der Hütte.

Im Bereich der Heiterwand sind seit alters viele Bergwerke bekannt. Die hier abgebildeten Erzvorkommen sind jedoch bis jetzt in keiner Publikation deutlich erwähnt. Um zu diesen Knappenlöchern im beinahe senkrechten Fels zu gelangen, mussten hohe Leitern angelegt werden. Nur ein guter Kletterer kann ohne Hilfsmittel zu ihnen aufsteigen.

So könnte die Gegend um Pfafflar im Jahr 1600 ausgesehen haben. Die Wege sind heute noch teilweise zu erkennen.

Autor Walter Lechleitner erforschte noch begehbare Knappenlöcher in Boden.

Die sagenumwitterte Salvösenschlucht: die schmalste Stelle, heute als „Hoher Übergang" bekannt, wurde überbrückt und damit dem Wanderer erschlossen. Dieser Engstelle kommt im Roman eine besondere Bedeutung zu.

Eines der besterhaltenen Häuser von Pfafflar, bei denen Wohnteil und Stall fix getrennt wurden. An diesem Haus sind spätere Anbauten erkenntlich.

Wahrscheinlich das zuerst gebaute Wohnhaus in Pfafflar. Heute noch im Grundaufbau erhalten, obwohl es mehrmals renoviert wurde.

„Auf eigener Fährte – Jagdgeschichten aus dem Außerfern“ (ISBN 3-901821-01-5):
Der Reuttener Forstmeister Ernst Bitterlich (1877-1957) verfasste bis zum Sommer 1949 seine weidmännischen Erfahrungen. Er schildert spannend und unterhaltsam seine Jagderlebnisse, Anekdoten, Erinnerungen an Jäger-Originale sowie Wilderer- und Schmugglergeschichten.

„Mein Reutte – Siegfried Singer erzählt“ (ISBN 3-901821-05-8):
Der Bestseller des Reuttener Altbürgermeisters, mit Illustrationen von Wolfgang Maier. Der Autor ruft vergangene Begebenheiten in Erinnerung, macht Vergessenes wieder lebendig und skizziert skurrile Ereignisse. Im Anhang: Haus- und Straßennamen von Reutte.

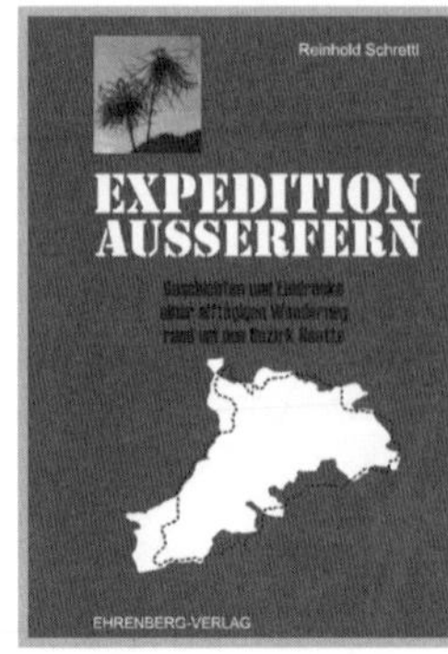

„Expedition Außerfern – Geschichten und Eindrücke einer elftägigen Wanderung rund um den Bezirk Reutte“ (ISBN 3-901821-06-6):
Der Bericht einer Bezirks-Umrundung des Vilsers Reinhold Schrettl ist mehr als das Tagebuch eines sportlichen Grenzganges – es ist die Geschichte von Menschen, Schicksalen und Sehenswürdigkeiten rund ums Außerfern.

„Bloaß it lugg lo“ (ISBN 978-3-901821-17-2):
Bloaß it lugg lo! – so lautet nicht nur der Titel ihres zweiten Buches, sondern auch die Lebenseinstellung der Autorin. Das Reuttener Original Annemarie „Mizzi“ Tuschl begeistert mit ihren herzerfrischenden Mundarttexten. Zwischen den Zeilen lesen lohnt sich!

„Das Schwazer Bergrecht der früheren Neuzeit – eine Quellenedition“ (ISBN 978-3-901821-13-4):
Wolfgang Tschan und Gerd Hofmann haben, neben der Wiedergabe der Originaltexte, den Kernbestand des Schwazer Bergrechts, die unter Maximilian I. entstandenen Erfindungen und Ordnungen, in modernes Deutsch „übersetzt“.

„Kriegserinnerungen – persönliche Aufzeichnungen von 1942 bis 1945“ (ISBN 3-901821-03-1):
Der gebürtige Reuttener Walter Bitterlich, als Erfinder der berühmteste Forstmann der Welt, legt anhand von eigenen Erfahrungen, Schicksalen und Briefen an die Familie schonungslos seine Gefühlswelt und unvorstellbares Leid offen.

„In ein fernes Blau – lyrische Texte" (ISBN 3-901821-07-4):
Die Reuttenerin Gertrude Eckl-Schwaiger veröffentlicht mit diesem Band eine Auswahl an Lyrik aus ihrem umfassenden Werk, in dem sie ihre Erlebnisse und Erkenntnisse aufgearbeitet hat. Ihre offenen Worte berühren und finden den direkten Weg zum Herzen.

„rückenansicht – gedichte" (ISBN 3-901821-11-2):
Drei Jahre nach ihrem Tod geschieht nun doch, was Almuth Becke-Windrath selbst noch realisieren wollte, ihr dazu aber keine Zeit mehr geblieben war: Ihre feinfühligen Gedichte – fertig in der Schublade lagernd – werden abgedruckt nun ihre Unvergänglichkeit behalten.

„Außerferner Eigenart – eine menschliche Spurensuche" (ISBN 3-901821-08-2):
Der Reuttener Wolfgang A. Ruepp begibt sich auf Spurensuche nach den Eigenarten der Außerferner. Es ist ein Buch voller Fantasien und Wahrheiten, von dem der Autor sagt: „Ein jeder von uns kann sich suchen in diesen Texten und auch finden."

Weitere Bücher aus
dem Verlagsprogramm:

EHRENBERG-VERLAG
Huter & Klimesch OG
Mühler Straße 12 / 7
A-6600 Reutte

Fax: +43 5672 65004-44
Tel. +43 5672 65004-11
info@ehrenberg-verlag.at
www.ehrenberg-verlag.at

www.ehrenberg-verlag.at